달빛조각사

달빛 조각사 21

ⓒ 남희성, 2007

발행일 2025년 3월 1일 | 발행인 김명국 | 발행처 주식회사 인타임 | 출판 등록 107-88-06434 (2013년 11월 11일) | 주소 서울시 구로구 디지털로31길 38-21 이앤씨벤처드림타워 3차 507호 | 전화 070-7732-2790 | 팩스 02-855-4572 | 이메일 in-time@nate.com | ISBN 979-11-03-99786-1 (04810) 979-11-03-32686-9 (세트) | 이 책은 주식회사 인타임이 저작권자와의 계약에 따라 발행한 것이므로 내용의 전부 또는 일부를 사용하려면 반드시 양측의 동의를 받으셔야 합니다. 잘못된 책은 구매처에서 바꿔 드립니다.

달빛조각사 21

남희성 게임 판타지 소설

The Legendary Moonlight Sculptor

INTIME

contents

가르나프 평원의 변화

예술가들의 도시 로디움!

직업 선택에 따른 후회로 비탄과 절망이 가득한 곳이었다.

그들에게도 가르나프 평원에서 조각상을 세운다는 소식이 전해졌다.

"우리가 쓸모가 있겠습니다. 삶의 의미가 존재하겠군요."

"아니, 그보다도… 풀죽신교 홈페이지에 있는 레드 드래곤 제작 계획서 보셨습니까? 높이 800미터의 조각상이라니!"

"상상도 안 가는 규모입니다."

"건물… 아니, 산을 깎아야 되는 수준 아닙니까?"

"강철과 바위를 연결한다는데 상상만 해도 놀랍죠."

크기 1~2미터짜리 조각품들을 깎아 오던 조각사들을 기겁하게 만드는 스케일!

위드조차도 이런 규모로 조각상을 만든 적은 없었다.

"평원이니 흙과 돌부터 옮겨 와야만 하겠지요. 제작이 가능

"할까요?"

"재료는 걱정 안 하셔도 됩니다. 100만 명이 투입되어서 재료 수급에 동원될 거랍니다."

"공중 조각상 계획도 있습니다. 조각품을 공중에 매달아서 움직이게 한다는데요."

"아니, 어떻게요?"

"그건 지금부터 연구해 본다고……."

로디움에서 놀고 있던 조각사들을 흥분시키는 소식이었다.

"아, 내가 왜 화가를 한다고 했을까."

"친구들 말을 들을걸. 남들 사냥 가서 돈 버는데 난 물감값만 날리고 있어."

"조각사는 위드가 있어서 행복하겠다."

화가들은 허둥지둥 떠나는 조각사들을 보며 땅바닥에 낙서나 하고 있었다.

그들에게도 풀죽신교의 소식이 전달되었다.

"가르나프 평원에 화가들도 모이랍니다."

"그림이 필요해요? 조각품을 만든다던데……."

"1~2명이 작업하는 게 아니잖습니까. 화가들이 그린 그림을 조각상으로 제작해야 한다고요."

"오호라, 그런 방법이!"

로디움에서 구걸하고 있던 예술가들이 전부 가르나프 평원으로 향하기 시작했다.

아르펜 왕국과 하벤 제국의 결전!

베르사 대륙의 운명이 결정될 장소는 인류의 역사상 존재하지 않았던 거대한 노가다 판으로 변하고 있었다.

레벨이 올랐습니다.

바드레이의 레벨은 드디어 592에 도달했다.

무신이라는 별명이 걸맞을 정도로 압도적인 성장이었다.

"조만간 600을 달성할 수 있겠군."

〈로열 로드〉가 문을 열고 나서부터 쭉, 지금까지 레벨로 선두를 지켜 왔다.

유리한 퀘스트와 사냥터 들을 독점했으며, 던전의 경우에도 미발견인 곳들을 이용하여 2배씩의 경험치를 친위대와 함께 먹어 치웠다.

그 결과 랭커들 중에서도 압도적인 강함을 자랑했지만 바드레이는 전쟁의 날짜가 다가오자 초조함을 이기기 힘들었다.

"이상하게 불안하군."

위드와의 전투는 묘하게 긴장되는 구석이 있었다.

멜버른 광산에서 예상외로 쉽게 이기지 못했을 때, 그 스스로 느꼈던 바.

'다양한 스킬의 운용이나 타이밍을 뺏는 기술. 의외로 전투적인 재능에서는 나를 앞선 면이 많았지.'

바드레이는 안정적인 사냥을 한 경험이 대부분이었다.

최초로 보스급 몬스터를 사냥하더라도 혼자가 아니라 친위대나 지원 병력을 데리고 싸웠다. 그들과 함께하기 때문에 혼자보다는 협력 전투에 능숙하다고 할 수 있었다.

반대로, 위드는 그야말로 잡초처럼 험하게 구르며 살아남기 위해서 싸웠다.

'그래서 방심할 수가 없지.'

바드레이는 높은 레벨과 탁월한 전투 기술로 다른 사람들을 압도했다.

로암이나 칼리스 등 유명한 랭커들을 상대로도 명성 덕분에 싸우기도 전에 이기고 들어갔다.

그 방식이 위드에게만은 전혀 통하지 않기에 멜버른 광산의 승리 이후로도 여전히 부담스러운 경쟁자로 여기고 있었다.

'위드도 지금까지 나를 의식하고 있겠지.'

바드레이는 전투를 하다가도 위드를 떠올리면서 더욱 힘을 냈다. 부족한 부분을 보완하기 위해 위드의 전투 영상을 보고 일점공격술도 익혔다.

전투 기술들의 운용이나 검술 자체에도 힘을 쏟았다.

'위드도 날 만나길 기다렸을지 모른다. 베르사 대륙의 진정한 최강자를 가리기 위해서 말이야.'

사실 위드는 먹고사느라 돈 벌고 스킬 노가다를 하면서 퀘스트까지 깨기 바빴지만, 그런 사정을 알 리 없기에 바드레이 혼자서 하는 착각이었다.

'이번 전투에 모든 것을 걸어야 해. 일대일 승부에서 패배한다면… 전쟁의 신이라는 별명까지 위드에게 넘겨주겠지.'

헤르메스 길드가 무너지는 것보다도 바드레이 자신에게는

더 큰 충격이 되리라.

―잠깐 할 말이 있습니다.

바드레이는 사냥터에서 붕대괴물 골랍들을 사냥하던 중에 메시지를 받았다.

―무슨 일인가.
―풀죽신교의 움직임이 심상치 않습니다.

바드레이도 방송을 보고 짐작하고 있었다.

―축제와 함께 조각품을 만든다고…….
―제가 분석하기로 그 일은 게이하르 폰 아르펜이라는 황제와 관련된 것으로 보입니다.

아르펜 황제!

바드레이는 퀘스트나 역사에 대해서는 잘 모르는 편이었다.

라페이와 정보대가 모든 정보들을 모으고 사냥터를 제공하기에, 오직 싸우는 것만 신경 썼다.

그럼에도 위드가 세운 아르펜 왕국의 배경에 대해서는 꽤나 잘 알고 있었다.

―베르사 대륙을 통일한 아르펜 제국의 황제 말인가.
―그렇습니다. 조각술의 스킬 중에 조각품에 생명을 넣어서 움직이게 하는 것이 있습니다.

위드의 조각술 비기도 헤르메스 길드는 꾸준히 분석해 왔다.

대재앙은 물론이고, 정령 창조, 조각품에 생명 부여, 조각 부활술, 조각 검술 등등.

그 모두를 잘 알고 있을 뿐 아니라 찰나의 조각술까지 연구하는 중이었다.

구체적인 스킬의 발동 요건 같은 건 알지 못하지만 굉장히 위험하고 까다롭다는 점을 모두 인정했다. 바드레이조차 시간을 멈춘다는 것에 대해서는 어떤 해답도 찾지 못했고 막막하기 짝이 없었으니까.

그가 흑기사로서 대단히 강력해진 건 사실이었지만 위드 역시 그 못지않게 성장한 것이다.

—설마 그 거대한 조각품들을 전부 생명 부여로 움직인다고?
—그렇게밖에는 생각되지 않습니다. 그 조각품들이 전부 제국군을 상대할 것입니다.

바드레이는 그 광경을 상상해 봤다.

벌써 수십만 명의 사람들이 초대형 조각품들을 만들겠다고 가르나프 평원에서 대공사를 벌이고 있었다.

13일 정도가 지난 후에 그곳에는 어마어마한 조각품들이 대량으로 널려 있게 될 것이다.

그 막강한 조각품 군단이 하벤 제국군을 짓밟고 휩쓸어 버리고 말리라.

전쟁을 거듭하며 제국군이 최정예가 되었다고는 하나 조각품 군단은 그야말로 위험천만한 상대가 될 것이다.

바드레이는 망설이긴 했지만 말하지 않을 수 없었다.

—우리에게 너무 불리한 것 아닌가?
—위드가… 자신의 상황에서 최고의 수를 꺼내 든 것으로 파악됩니다.

바드레이는 무신이라는 별명에도 불구하고 그런 조각품들을
상대하고 싶진 않았다.

—대응책은? 조각품을 못 만들게 해야 하지 않나? 전쟁을 앞두고 미리 유저
들을 동원해서 전투 병기를 만드는 건 공정하지 못한 행동 같은데.
—비난도 고려는 해 봤지만, 그런다고 멈출 것 같지 않습니다.

헤르메스 길드의 인기가 바닥이다 보니 정정당당한 승부를
하자고 해도, 조각품 건설을 그만두라고 해도 사람들이 크게
신경 쓰지 않을 것이다.

—곤란하게 되었군.
—전투를 취소하기에도 너무 많이 와 버렸고… 그냥 싸우는 수밖에는 없습
니다. 조각품들은 공중군으로 상대해야겠지요.
—제국을 지키기 위한 비책 중 하나를 그런 식으로 소모하는 것인가.
—조인족까지 상대하면서 조각품들을 감당해야 하니 공중군을 투입하지 않
을 수 없습니다.
—정말 정신없는 전투가 되겠군.
—무엇을 상상하든 그 이상, 사상 최대 규모의 전투가 벌어지겠지요.

하늘에서는 조인족과, 헤르메스 길드가 감춰 온 비밀 중의
하나인 공중군이 뒤엉키게 될 것이다.

지상에서는 수천만 단위의 병력과, 중앙 대륙을 통일한 하벤
제국의 최정예들이 붙게 된다.

라페이를 중심으로 하벤 제국군과 헤르메스 길드의 총전력

이 집결하고 있었다.

바드레이는 전쟁의 순간을 떠올리자 혈관의 피가 끓어오르는 것처럼 흥분되었다.

'중앙 대륙 정복 전쟁에서도 느끼지 못했던 기분이군. 그때는 그저 성취감만 있었는데, 이번엔 정말 전쟁을 즐길 수 있을 것 같아.'

헤르메스 길드에서도 수많은 랭커들이 이번 전쟁에 칼을 갈고 있었다.

위드와 북부 유저들에게 연패했던 것은 둘째 치고, 멋진 전투에 참여하는 것에도 큰 의의를 두었다.

헤르메스 길드가 탐욕을 부린 건 사실이지만, 그들도 강해지기를 꿈꾸던 시절이 있었다.

'대륙 최고의 전투라면, 지금까지 사냥한 게 아쉽진 않겠지.'

바드레이의 긴장이 조금씩 풀렸다.

명성에 부합하고 이름값을 해야 한다는 부담은 있지만, 이런 멋진 승부가 인생에 자주 일어나진 않으리라.

'근데… 지면 어떻게 하지?'

위드와 그의 동료들은 해양 몬스터들을 막기 위한 전투를 앞두고 바쁘게 움직였다.

그물을 만들고, 함정을 설치하고, 해저지형까지 파악했다.

수많은 노가다 작업들의 연속이었는데, 아무리 해도 진척이 되지 않았다.

"우리끼리는 무리네요. 도와줄 사람들이 필요하겠어요."

화령은 인부들이 있어야 한다며 누렁이를 타고 인근 마을들로 갔다.

"몬스터들이 침략해 올 거예요. 우리 같이 힘을 모아서 막아 봐요."

"알겠습니다."

> 간절한 호소가 주민들을 설득했습니다.
> 주민들은 하루에 4시간씩 작업을 도와줄 것입니다.

매력이 높은 댄서의 스킬!

해안가에 사는 주민들은 어부 출신이 많아서 그물을 짜는 작업에 많은 도움이 되었다.

위드는 아무리 생각해도 드넓은 바다에서 벌어지는 전투라서 어려움이 많을 것 같았다. 2~3시간만 막으면 된다지만 그것도 간단한 일이 아닌 것이다.

"녹조라도 퍼뜨려야 되나?"

심각한 해양오염으로 몬스터들에게 맞서려는 계획!

위드는 진지하게 바다를 보며 견적을 뽑아 봤지만, 이내 포기했다.

"그런 방식으로는 물고기와 산호를 지키지 못하겠지."

베르사 대륙 최악의 환경오염은 다행히 일어나지 않았다.

"어떻게든 해 보고, 재앙도 일으키면… 2시간까지는 막을 수 있을 거야. 일부 산호 지역을 포기하더라도……."

불사의 군단도 대충 몸으로 때우면서 막았는데, 지금이라고 못 할 것도 없다.

위드와 동료들이 밤샘 작업까지 불사하던 중에 흰 수염을 길게 늘어뜨린 할아버지가 찾아왔다.

"자네들, 지금 여기서 뭐 하나?"

제피가 낚싯바늘을 꿰다가 손을 휘휘 저었다.

"할아버님, 몬스터가 쳐들어올 겁니다. 이 지역은 위험하니 피난이라도 가세요."

"네. 어서 떠나세요."

수르카가 걱정스럽게 말하며 자리에서 일어섰다.

착한 그녀로서는, 눈앞의 주민들이 옛 역사에만 존재한다는 걸 알고 있으면서도 죽는 광경을 보고 싶지 않았다.

"제가 안전한 곳까지 모셔다드릴게요. 집이 어디세요?"

"어디라도 내 집이지."

심상치 않은 수염 할아버지의 말에 일행들의 시선이 일제히 모였다.

허름하기 짝이 없는 평상복은 족히 10년 정도는 입은 것 같았으며, 꼬질꼬질한 얼굴에는 위엄이라고는 전혀 느껴지지 않았다.

'집이 없는 가난한 주민인가.'

'이런 분위기에서는 퀘스트가 생기기도 하던데…….'

여행의 조각술은 수많은 퀘스트들과 연결되기도 한다.

조각술과 같은 예술이란 많이 경험하고 돌아봐야 한다는 취지이리라.

위드는 그냥 가만히 앉아서 돈벼락이나 맞고 싶은 생각뿐이었지만, 이리엔이 배낭을 뒤적거리더니 작은 주머니를 꺼내 수염 할아버지에게 내밀었다.

"이걸로 뭐라도 사 드세요. 많이 못 드려서 죄송해요."

동료들도 돈이 아깝기는 했지만 충분히 그럴 수 있는 상황이라 생각했다.

주민에게 몇 골드 정도 쥐여 주는 걸로 사라져 버릴 돈이긴 하나, 또 인정이 그런 게 아니니까.

딱딱하게 경직되어 얼어붙은 미소!

"예쁜 아가씨가 고맙군."

수염 할아버지는 이리엔에게서 작은 주머니를 받아 들더니 손바닥에 쏟았다.

차르르릉!

수북하게 쌓이는 커다란 금화들은 최소 200골드는 되어 보였다.

"아가씨, 시간이 있을까? 이것도 인연인데, 어디 조용한 곳에 가서……."

오래된 과거로 왔는데 수작을 부리는 동네 할아버지라니!

이리엔은 뭐라고 대답도 하지 못하다가, 이어지는 말에 깜짝 놀랐다.

"아가씨의 조각품이라도 하나 만들어 주고 싶은데 말이야."

"엥?"

"얼레?"

"저런 대사는……."

지금 이곳에 조각사가 있는 것이야 불가능한 일은 아니다.

베르사 대륙의 주민들 중에도 드물긴 하지만 조각술을 익힌 이들이 있었고, 조각 재료 상점도 엄연히 존재했으니까.

그렇지만 할아버지의 느긋한 분위기는 어쩐지 심상치 않음을 느끼게 했다.

이리엔도 비슷한 생각이 들었는지 조심스럽게 물었다.

"할아버님, 성함이 어떻게 되시는지요?"

"흔한 이름인데, 게르라고 해."

"…네."

위드와 동료들은 게이하르와 비슷한 이름이기에 여전히 수상하게 생각했다.

'비밀도 아니야. 금방 확인할 방법이 있지.'

이리엔이 공손하게 대답했다.

"좋아요, 제 조각품을 만들어 주세요."

조각사 마스터 게이하르 황제!

그가 확실하다면 어마어마한 작품이 나올 것이다.

사각사각사각.

할아버지의 손에서 하얀 대리석이 깎여 나간다.

조각칼을 움직이는 속도는 느렸지만, 불과 1분도 되지 않아서 구경하는 이들에게 확신을 주었다. 영롱한 빛을 머금은 조각품이 너무나도 아름다웠던 것이다.

'이리엔을 저렇게 예쁘게 조각할 수 있다니. 이건 거의 새로운 창조다!'

'게이하르 황제가 분명해.'

'베르사 대륙을 최초로 통일한 황제가 나타났어.'

'이렇게 되면 위드 님의 계획이 어긋나는데… 고생은 그만해도 되려나?'

역사적인 영웅을 만난 동료들의 생각은 다양했지만, 다들 그리 크게 놀라진 않았다.

〈로열 로드〉를 시작하고 초반에 만났던 위드가 생고생을 하고 지금처럼 유명해진 게 더 믿기 힘든 현실이었으니까.

가까이 있었다는 것만으로도 명성을 날리게 된 그들 또한, 불가능하다 여겨지던 도전과 모험 들을 어찌어찌 기적처럼 성공시켜 오지 않았던가.

게이하르 황제가 사는 시대로 왔고, 이 부근 어딘가에 있다는 것도 알고 있었다. 그러니 이렇게 만난 게 완전히 우연도 아닌 것이다.

'조금 꼬였군.'

위드는 미간을 찌푸리면서도 게이하르 황제가 조각하는 것을 세심하게 지켜보았다.

게이하르 황제는 조각상의 형상과 비율을 조금씩 다듬는 게 아니라, 완전히 몰입해서 얼굴에서부터 내려오며 표현하고 마무리했다. 손을 다시 댈 필요가 없을 정도로 생동감이 넘치는 표현력이 장점이었다.

'최소한 걸작급 이상은 나온다. 명작일 가능성도 매우 크고.'

조각품의 뛰어난 가치야 조각사 마스터이니 당연하리라.

'그보다 해양 몬스터를 막는 공을 세워서 아부한다는 계획은 이걸로 취소다. 이렇게 된 이상 황제와 함께하는 편이 낫겠지.'

위드는 게이하르 황제의 곁에 바싹 붙었다.

미용실 스태프처럼 바닥에 떨어진 대리석 조각을 치우기도 하고, 먼지들을 털어 낼 여러 종류의 붓도 가져다줬다.

"필요한 것인데, 잘 쓰겠네."

"예, 어르신!"

위드는 간신배에 가까운 목소리로 말했다.

조각품에서는 여러 종류의 매력들이 보이고, 살아서 움직일 것만 같은 생동감이 느껴진다.

이리엔은 원래 앳되고 청순한 아름다움을 갖고 있지만, 조각 상은 그야말로 당장이라도 사랑에 빠질 만한 작품이었다.

'조금씩 달라.'

조각 전문가의 관점에서 볼 때, 미세하게 다리가 길다거나 턱이 더 갸름하다거나 하는 변화는 있었다.

크게 티가 안 나면서도 아름답게 표현하는 기술이 대단히 뛰어난 것이다.

"이 아가씨는 참 사랑스럽군."

게이하르 황제는 뾰족한 도구를 사용하여 머리카락까지도 시간을 들여 정교하게 표현해 냈다.

땀에 젖어서 작업하는 광경이 가히 장인다운 모습!

'역시 황제도 노가다꾼이구나.'

'조각사의 비결은 노가다였어.'

'아, 땀 냄새 너무 나는데.'

동료들로서는 이 역시 익숙한 광경이라 게이하르 황제도 마찬가지라고 여길 뿐이었다.

광기 어린 열정과 집념이 보이기는 했지만 그래도 좀 씻고는 살아야지…….

게이하르 황제가 이리엔에게 물었다.

"작품에 이름을 붙여야 하는데, 내가 정해도 되겠나?"

"네, 할아버지."

"이 작품은… 마땅히 다른 수식어 따위는 붙이지 않고 미인상으로 할 것이네."

띠링!

명작! 〈미인상〉이 완성되었습니다!

베르사 대륙 조각술을 위대하게 만든 조각사! 조각술 마스터 게이하르 폰 아르펜이 대리석으로 헌신적인 사제의 모습을 따스하게 표현했다.

생명력과 마나, 체력의 회복 속도 40% 상승. 모든 스탯 52 증가. 신앙심과 매력 10 영구 상승. 신성 직업들 관련 스킬 숙련도 일부 상승. 조각품이 완성된 지역 명성 85 상승. 일정 시간이 흐른 후 이곳은 신앙의 성소가 될 것이다.

프레야 여신의 축복이 부여됩니다.
모든 상태 평균에서 벗어나며 최상의 몸 상태가 만들어졌습니다. 종족의 특성을 배가시킵니다. 불굴의 의지! 성기사들이 동료와 함께 있을 때 신성 스킬의 위력이 강화됩니다. 어둠 계열 몬스터들의 특수 공격을 성스러운 힘으로 막아 냅니다.

"고맙군. 그대처럼 참한 아가씨가 조각을 허락해 줬으니 말이야."

"예쁘게 조각해 주셔서 고맙습니다."

"자잘한 잔재주를 익힌 조각사로서 더없는 영광이지. 평생 오늘의 일을 기억하며 살 수 있을 것 같네."

게이하르 황제의 기분이 한없이 좋아 보였다. 그가 벨로트와 화령을 보더니 제안했다.

"그대들도 조각을 할 수 있도록 허락해 주겠나? 내 더없는 영광으로 여길 터."

"물론이에요."

"얼마든지요!"

그녀들은 흔쾌히 허락했다.

위드의 모험이 가져다주는 인기는 대중적인 연예인들을 가볍게 능가할 정도였다.

전 세계에 퍼지게 될, 조각품을 만드는 영상!

물론, 당장은 지옥 같은 그물 꿰기에서 벗어났다는 생각에 적극 찬성할 뿐이었지만.

게이하르 황제가 벨로트와 화령의 조각품을 만드는 사이에, 조용히 지켜보고 있던 위드의 꼼수가 완성되었다.

위드는 제피와 페일에게 부탁했다.

"물고기를 좀 많이 잡아 주십시오. 저녁거리를 만들어야겠습니다."

"그물 제작 작업을 하고 있는데……."

"이제 끝입니다."

"옙!"

"사슴이나 멧돼지, 새 고기도 필요합니다. 오늘은 만찬을 열까 해서요."

동료들이 고기를 구해 오는 사이에 누렁이와 금인이가 나물을 캐 왔다.

잠시 후에는 제피와 페일, 메이런이 보기에도 맛있을 것 같은 하얀 대게, 새우, 다양한 생선들 등 푸짐한 해산물을 비롯하여 사슴과 토끼, 새 들까지 잡아 왔다.

"이거면 뭘 해도 되겠군."

위드의 요리 스킬은 고급 2단계!

어떤 재료라도 깊은 맛이 우러나게 할 수가 있었는데, 마침 1등급, 2등급 요리 재료들이 준비된 것이다.

위드는 요리에 관심이 생긴 수르카의 도움을 받아 산해진미를 차렸다.

끓이고, 튀기고, 굽고, 삶고, 쪘다.

뷔페식으로 다양한 요리들이 해변가에 줄줄이 배치되었다.

"차린 건 없지만 편히 드십시오."

조각품을 만드느라 고생한 게이하르 황제의 눈에 놀라움이 가득 담겼다.

"냄새만 맡아 봐도 대단한 요리로군."

위드는 부침개가 든 프라이팬을 현란하게 뒤집었다. 그럴 때마다 기름에서 불길이 1미터씩 피어올랐다.

"심심풀이로 익힌 재주에 불과합니다. 아름다움을 표현하는 조각술이 가진 불멸의 가치에는 비할 수가 없죠."

"조각술의 가치를 알아주니 고맙군."

"저도 조각사입니다. 평생을 묵묵히 조각술 외길만을 걸어왔습니다."

"호오! 조각술은 보통 어려운 것이 아닌데, 젊은이가 참으로 대견하네."

조각술이라는 떡밥을 던지자, 굶주린 악어처럼 덥석 무는 게이하르 황제!

"저는 조각술이 어렵다고 생각해 본 적이 없습니다."

"뭐라고? 조각술이 쉽다는 건가?"

"언제나 즐거운 것이죠. 아름다운 상상을 구현해 내고 예술가로 살아가는데 매일 행복하지요. 열정과 끈기를 가지고 모든 만물을 사랑해야 하는 직업이 아니겠습니까."

조각사란 직업을 선택하고 1년은 끊임없이 투덜거렸던 과거를 깔끔하게 세탁해 버리는 위드였다.

"좋은 말이군. 자네와는 많은 이야기를 나눠 보고 싶네."

"저도 배우고 싶은 것이 많습니다. 조각칼 쥐는 법부터 몽땅 가르침을 받고 싶습니다."

위드는 게이하르 황제에게 새우 요리부터 그릇 가득 담아 주었다.

"미천한 솜씨지만 맛있게 드셔 주십시오."

게이하르 황제가 아무런 의심도 없이 그릇을 받았다.

동료들은 그 광경을 보고 서로 눈빛을 교환하며 소곤거렸다.

"게이하르 황제도 노예가 되겠네요."

"위드 님을 만난 순간, 정해졌죠. 헤스티거의 경우만 봐도 알잖아요."

베르사 대륙의 영웅들마저 살살 구슬려서 쌓아 올린 친밀도!

명성이 높아지고 지위가 오른 이후에는 별로 쓸모가 없었다.

오랜만에 위드가 실력을 발휘하고 있었는데, 내일부터 게이하르 황제가 노예처럼 부려질 것을 믿어 의심치 않았다.

"위드 님의 해산물 요리는 정말 맛있어요."

"캬아, 오랜만에 이 맛이구나."

"환상적이네요. 해가 저무는 해변에서 만찬이라……."

고된 노동 후의 식사라서 더욱 맛있게 느껴졌으리라. 동료들은 아름다운 산호바다의 해변에서 풍경을 즐겼다.

양념게장이 주변 마을을 돌며 맥주를 넉넉하게 사 왔다.

로뮤나는 화염 계열이 전문이었지만, 얼음 계열도 기초적인 주문은 사용할 수 있어서 맥주를 시원하게 만들어 주었다.

페일과 메이런도 한 잔씩 받아 마셨다.

"우리끼리 만찬을 다 즐기네요. 매일 오늘만 같으면 즐거울 텐데."

"위드 님 따라와서 호사를 누리는 것 같아요. 전투도 치르고, 멋진 여행도 하고. 헤르메스 길드와 전쟁이 끝나면 이런 날들이 더 자주 오겠죠?"

"아마도요."

"근데… 지면요? 진다면 우린 어떻게 해요?"

갑작스러운 수르카의 말에 동료들은 아무런 대답도 하지 못했다.

전쟁에서 패한다면 헤르메스 길드의 철저한 보복이 뒤따를 터, 더는 〈로열 로드〉를 즐길 수 없게 될지도 모른다.

양념게장이 웃으며 말했다.

"동쪽으로 무인도라도 가서 지내면 되죠. 하늘에 떠 있는 조인족 도시로 가도 되고 말입니다."

"하아… 뭐, 그렇겠네요."

동료들도 긴장과 걱정을 하고 있는데, 메이런이 조심스럽게 입을 열었다.

"비밀인데요, 드릴 말씀이 있어요."

"예?"

"방송국이 전부 위드 님 편에 붙은 것 같아요."

메이런은 KMC미디어의 내부 분위기를 이야기했다.

"사흘쯤 전에 위드 님이 자택에서 저녁 식사에 국장님을 초대했어요."

"그래서요?"

베르사 대륙의 정세에는 큰 관심이 없던 제피마저도 맥주잔을 내려놓고 대화에 끼었다.

"위드 님이 국장님들한테 라면을 끓여 줬다고 하는데…….”

"위드 님답네요."

"계란도 안 들어 있었대요."

"헉!"

"그 자리에서 어떤 대화를 나눴는지는 모르겠지만… 어쨌든 그날 이후로 방송국들이 거의 온종일 이번 모험을 비롯해서 위드 님의 모습을 보여 주고 있어요."

〈로열 로드〉와 관련된 어느 채널을 돌려 봐도 위드에 대한 이야기가 나온다.

양념게장이 의아하다는 듯이 물었다.

"가르나프 평원의 결전이 벌어질 예정이기도 하고, 지금은 과거로 돌아온 모험을 진행 중이라서 그런 거 아닙니까?"

"시청자들은 그렇게 생각할 수 있죠. 근데 방송국 내부에서는 위드 님의 모험 영상을 밝고 긍정적으로 편집하는 데 초점을 맞추고 있어요."

"그것도 인기가 높으니… KMC미디어는 위드 님과 관계도 두터운 편 아닙니까."

"지금까지 했던 모험들을 다시 편집해서 방송해 주고, 항상 성공해서 대륙을 구했다는 식으로 암시를 주는데요? 그에 비해 헤르메스 길드의 언급 비율은 절반 이하로 줄었죠. 그나마 지금까지 저지른 악행들을 반복해서 소개하고요."

"그건 좀… 이상하긴 하네요."

"게다가 KMC미디어만 그런 게 아니에요. 지금 모든 방송국이 다 그러죠. 제 생각에는 위드 님이 방송을 통해서 분위기를 이끌고 있는 것 같아요."

"……!"

동료들의 눈이 커졌다.

전쟁이 벌어지기 전에 전 세계의 방송국들을 이용해서 여론을 주도한다!

〈로열 로드〉와 관련된 대부분의 사람들이 위드의 승리를 확신한다면, 아르펜 왕국의 편은 늘어날 것이다.

전투력도 어마어마하게 달라질 것이다. 그 결과는 위드가 바라는 대로 만들어질 가능성이 커질 테고…….

"대박!"

"와, 소름 돋았다!"

동료들은 게이하르 황제의 옆에서 실없이 웃고 있는 위드의 모습을 돌아보았다.

"으헤헤헤헤헤헤헤."

간이라도 꺼내 줄 것 같은 평화로운(?) 미소!

'사회생활은 저렇게 하는 거구나.'

'어릴 때 신문 배달하면서 언론을 이용하는 법을 익혔다더니, 그게 농담이 아니었을 줄이야!'

노가다와 사회생활의 완성형이 바로 위드라고 할 수 있었다.

아름다운 바다를 위해

저녁 만찬의 자리가 무르익자, 위드는 누렁이와 악어 나일이를 가까이 불렀다.

음머어어.

"졸린데… 이런 날은 일찍 자자."

투덜거리는 조각 생명체들!

"소개해 드리겠습니다. 이 녀석들도 제 조각품입니다."

위드의 소개에 게이하르가 놀란 듯이 고개를 갸웃거렸다.

"조각품이라고? 설마 이 애들은……."

"제가 생명을 부여했죠."

"생명 부여? 그것은 내 특기인데… 어떻게 자네가 할 수 있었나?"

위드는 꼬깃꼬깃 구겨진 초보자용 여행복을 손으로 대충 폈다. 간도 쓸개도 다 빼 줄 기세로 아부를 준비하는 자세였다.

"제대로 인사드리겠습니다, 스승님."

"스승님…이라니?"

"게이하르 폰 아르펜 황제 폐하, 저는 미래에 폐하께서 남기신 양피지를 읽고 조각사가 된 제자입니다."

게이하르가 놀라서 입을 떡 벌렸다.

위드는 옛이야기를 했다.

리트바르 동굴에서부터 시작된 조각사라는 직업. 따지고 보면 진정한 스승은 게이하르 폰 아르펜 황제인 게 맞았다.

"허어, 그런 일이… 내 편지를 보고 조각사가 됐다고?"

"그럼요. 마음에 쏙 드는 명문이었습니다."

위드는 증거라면서 아직도 갖고 있던 양피지를 꺼냈다.

오래된 잡템조차 절대로 버리지 않는다!

흑색 거성의 구석에 처박아 두었던 것인데 이번 여행을 준비하며 챙겼던 것이다.

나는 최초로 대륙을 일통한 황제 게이하르 폰 아르펜이다. 그러나 나의 말년은 썩 행복하지 않았다.

나의 고뇌를, 나의 뛰어남을 누구도 알아주지 않았기 때문이다!

어째서 나의 직업을 이해하지 못하는가!

어째서 나의 직업을 하찮다고 무시하고 천시하고 있는가!

뜻을 헤아려 보지도 않고 선입견에 사로잡혀서 아무도 나의 직업을 이어 가려고 하지 않았다.

그것은 나의 자식들도 마찬가지다.

미련하고 우매한 녀석들!
그 녀석들에게는 나의 후계자가 될 자격이 없다.
여기 나의 비기들을 남기노라.
…….

자식 탓과 불만으로 가득한 편지!

"이것은… 내 필체가 맞는 것 같군."

"예. 저는 평소 조각술에 관심이 많기도 했지만 황제 폐하께서 남기신 편지를 보고 바로 결정을 내렸죠."

"내 자식들이 후계자가 되지 못했다고…….."

"예… 편지에 그렇게 쓰여 있었습니다."

아무리 같이 욕하면서 친해진다지만 가족을 비난하는 건 안 될 일이었다. 속이 시원하기도 하면서 기분이 나빠지기 마련이니까.

"저는 황제 폐하 덕분에 조각술에 눈을 뜨고서 개고생… 크흠, 뜨거운 열정을 가지고 멋진 모험들을 하게 되었습니다. 대륙을 떠돌면서 조각술에 대해서도 알게 되었죠."

게이하르 황제는 모든 사정 설명을 듣고 나서는 고개를 끄덕였다.

"역시 조각술이로군. 기적을 만드는 조각술이라면 시간을 여행하는 일은 아무것도 아니지."

위드는 입술에 침을 듬뿍 발랐다.

"그럼요. 조각술이야말로 최곱니다."

"알고 있는가? 전투 계열 기술들은 단순하지만, 생명을 만들어 내는 건 신이나 가능한 일. 예술이야말로 그 한계를 짐작하기가 힘들다네."

"물론입니다. 제가 평소에 입버릇처럼 하던 말이죠. 조각술은 영원불멸입니다."

"제자라서 그런지 이야기가 잘 통하는군."

"폐하, 한 잔 따라 드리겠습니다!"

"편하게 스승이라고 부르게."

위드는 맥주를 마시면서 게이하르 황제와 어우러졌다.

"근데 바로 나를 만나러 오지, 왜 이곳에 있었나?"

"며칠 뒤면 몬스터의 침략이 있을 겁니다. 아르펜 제국의 아름다운 바다가 파괴되어 버리겠죠."

산호 지대의 습격에 대한 설명도 덧붙였다.

게이하르의 눈가가 가늘어지면서 살짝 의심의 기운이 감돌았다.

"침략과 파괴라니, 그렇다면 더더욱 나에게 와야 했던 것 아닌가?"

"마음은 스승님께 달려가고 싶었습니다. 하지만 그때만 하더라도 위대한 황제 폐하께서 저 같은 자는 만나 주지 않으실까 봐 걱정이 되어서… 부족하나마 힘을 모아 몬스터의 습격이라도 막아 보려고 했지요."

"역시 내 제자라서 기특하군."

"으헤헤헤헤헤."

게이하르 황제는 소탈하면서도 아부에 잘 넘어가는 성격이었다.

'걱정할 필요 없었군. 애초에 후인에게 남기는 편지부터 단순하기 짝이 없는 사람일 것 같더라니.'

커피믹스에 뜨거운 물 탄 듯이 아부가 술술 풀려 나왔다.

해양 몬스터들을 막기 위해, 바로 다음 날부터 게이하르가 합류했다.

"조각 생명체에 생명을 부여하면, 그때부터는 자유로운 영혼이라 할 수 있지. 난 내 친구들에게 도움을 청할 것이네."

"예, 스승님."

게이하르 황제는 빛나는 뿔피리를 불어서 인근에 사는 조각 생명체들을 불렀다.

매일 1,000마리 이상이 모여들었는데, 첫날에는 너구리나 오소리를 닮은 작은 녀석들이 많았다.

"주인, 주인!"

"케켓. 내가 왔노라!"

보록이라는 이름의 종족은 오자마자 그동안 제피가 심심치 않게 잡아 놓은 물고기들을 다 먹어 치웠다.

게이하르 황제가 녀석들에게 말했다.

"싸움이 벌어질 것이다."

"크케켓. 무섭다! 무서워!"

"적은 생선이다."

"먹는다! 먹을 거다!"

위드는 첫날 모여든 조각 생명체들은 아무짝에도 쓸모없는 녀석들이라 생각했다.

'작고 힘도 없는데 많이 먹어. 그야말로 최악이군.'

다음 날에는 토끼를 닮은 작은 녀석들부터 초식동물들이 모여들었다. 숲에 가면 알아서 먹을 것을 찾아 먹으니 따로 챙기지 않아도 되었지만, 전투에 투입할 수 있을지는 미지수였다.

'조각 생명체는 역시 일 잘하고 명령을 잘 따라야지. 뭐, 귀여운 외모가 있으니 인형이나 캐릭터 사업용으로는 좋겠군.'

위드가 속으로 실망을 달래고 있는데, 악어를 닮은 듬직한 전투병 군단이 도착했다.

"폐하의 부름을 받고 왔습니다."

"전투가 벌어질 것이다. 해안을 지키도록 해라."

"옛!"

악어 전투병 군단은 믿을 만했다.

아르펜 제국의 역사서에도 '크로커' 군단에 대한 기록이 있었는데, 단단한 피부와 강한 힘을 가졌다고 했다.

검과 방패를 든 크로커 군단! 늪이나 강도 그냥 헤엄쳐서 건너가는 기동력을 갖춘 전투병단이었다.

위드는 조각 생명체들을 보며 게이하르 황제의 취향을 추측했다.

'쥐랑 토끼에 이어 악어까지… 동물을 좋아하나? 기록에도 나오긴 했지만 독특하네.'

아부란 상대방을 파악하고 벌이는 섬세한 작업! 황제의 취향에 맞추기 위해 일부러 악어 나일이를 데려오기도 했다.

위드는 게이하르 황제에게 넌지시 말했다.

"악어들이 참 늠름하고 멋집니다."

"실패작들인데 그렇게 생각하나?"

"예?"

"술 먹고 대충 만들었거든. 번식을 워낙 잘해서 저렇게 많아졌지."

조각의 흑역사!

모든 예술가들이 그렇지만 완성품들이 다 마음에 드는 것은 아니리라.

그다음 날부터는 정말 아르펜 제국의 주력이 등장했다.

하늘을 뒤덮은 비행 생명체 군단!

날개를 펼치면 드래곤만큼이나 거대했다.

뾰족하고 긴 부리에, 근육질의 어깨와 다리.

덩치가 크지만 날렵하기까지 하다. 그야말로 전투를 위해서 태어난 종족이라고 할 수 있었다.

"저 새는 뭐라고 부릅니까?"

"바라그라고 하지. 참 크고 귀엽지 않은가?"

바라그!

역사서에 기록되어 있기로 와이번이나 그리폰은 웃으며 때려잡는다는 흉포한 몬스터.

훗날 전쟁의 시대에 도시 몇 개를 무너뜨리기도 했다는 그 어마어마한 생명체들이 30마리나 나타났다.

"대륙에 사는 바라그는 몇 마리나 되죠?"

"모르지. 어릴 때 조각한 녀석들이라… 아마 지금쯤 1,000마리는 되지 않을까?"

위드는 내심 생각했다.

'저런 녀석들이 있었으니 베르사 대륙을 통일할 수밖에! 열 손가락 깨물어서 안 아픈 손가락이 없다지만, 일 잘하는 손가락은 따로 있는 거 아니겠어.'

바라그들이 날개를 펼치고 위협한다면 인간들은 삶과 죽음을 결정해야 하리라.

게이하르 황제가 귀엽다면서 만든 조각 생명체들은 먹이사슬의 정점에 존재했다.

해양 몬스터들이 나타나는 날.

해안가에 물고기 떼들이 몰려들더니 위드와 동료들에게 퀘스트가 발생했다.

띠링!

포라트의 습격!

바다 깊은 곳에서 모든 것들을 먹어 치우던 포라트들이 무더기로 풀려났다! 놈들은 식량이 풍부한 울호프 산호 지대로 몰려들고 있다. 아르펜 제국의 조각 생명체들과 협력하여, 포라트들이 산호 지대를 파괴하는 것을 막아라.

난이도: A

보상: 아르펜 제국의 공헌도

제한: 역사적인 모험 수행

예정된 퀘스트의 발생!

'이것도 나쁘지 않군.'

사냥과 퀘스트를 동시에 진행하는 건 기본이었다.

게이하르 황제는 호의라면서 소유하고 있는 장비들을 빌려 주기도 했다.

"그대들의 옷이나 무기가 너무 허름하군. 주민들을 위해서 싸우는 것인데. 이걸 쓰도록 하게."

누더기를 입고 있던 황제가 내놓은 건, 뜻밖에도 번쩍거리는 드워프제 장비들이었다.

영광과 질서의 검

참홍의 갑옷

별과 바람, 구름의 갑옷

지저의 방패

바다 꽃무늬 부츠

패왕의 반지

착용 제한이 대부분 레벨 400대 후반 정도로, 페일이나 로뮤나 등이 쓰던 것보단 훨씬 좋았다.

게이하르 황제는 현재 베르사 대륙 최고의 부자인 것이다.

수르카가 몇 가지 장비들을 챙기더니 물었다.

"평소에도 이렇게 많이 가지고 다니세요?"

"조금 더 있지. 구경이나 해 보겠는가."

황제는 가죽이 다 닳은 배낭에서 몇 가지 장비들을 더 꺼내

놓았다.

미네드린의 전설 세트
전설의 하늘 검
전설의 드래곤 검
전설의 대지 진동의 창
세계수의 천둥 울림 활
태양을 꿰뚫는 활
아르펜 황제의 대검
절대 화염 스태프

눈이 튀어나올 정도로 찬란한 광채에 휩싸여 있는 무구들!

양념게장과 파이톤은 원래 쓰던 무기가 손에 익었고 더 좋았기에 욕심내지 않았지만, 다른 동료들은 장비들을 살피는 데 여념이 없었다.

"우와……."

"대박! 끝내준다."

"레벨 제한이 600이나 700에 달하는 진짜 보물들이야. 전설급 무구들이 이렇게나 많아?"

위드의 목소리가 낮고 조용하게 깔렸다.

"이것들을 어떻게 얻은 겁니까?"

"선물받은 것도 있고, 친구들과 모험하며 구한 물건도 있지."

이것이야말로 대륙의 정점에 있는 황제의 위엄!

"그렇군요."

위드의 손이 조용히 로아의 명검으로 향했다.

이 순간만큼은 헤르메스 길드와 가르나프 평원까지도 잊어버렸다.

여차하면 황제라도 조용한 곳에 묻어 버리고, 여행의 조각술로 도망갈지도 모르는 일.

'몇 가지 장비들은 이대로 역사에서 영영 사라져 버리는 것들이다.'

위드는 장비들을 보고 당연히 탐욕으로 가득했다.

당장이라도 게이하르 황제의 뒤통수를 때리려고 하는데, 메이런이 재빨리 다가왔다.

"위드 님, 나중에 KMC미디어와 인터뷰하실 거죠?"

"⋯⋯."

KMC미디어라는 말을 듣는 순간 정신이 번쩍 들었다.

'방송이야, 방송. 방송으로 지금 이 장면을 최소 1억 명의 시청자들이 보고 있어. 근데⋯ 욕은 먹더라도, 챙긴 장비는 영원한데⋯⋯.'

방송에 대해 자각했지만, 여전히 게이하르 황제는 일생일대의 위기에 놓여 있었다.

위드가 평소에 가지고 있던 도덕심을 장비 탓에 팔아먹으려고 하는데, 파이톤이 입을 열었다.

"근데 이 대검은 폐하가 쓰시는 겁니까?"

파이톤이 가리킨 건 가장 커다란 대검이었다.

게이하르가 웃으며 고개를 끄덕였다.

"취미로 조금 다루지."

그제야 아이템에 눈이 멀었던 위드의 두뇌가 서서히 회전하기 시작했다.

'자하브처럼, 게이하르 황제도 검술의 마스터였지.'

오래전 일이기는 했지만 게이하르 황제도 검술의 마스터였다는 기록이 있었다.

파이톤이 도전적으로 말했다.

"이 검을 잘 다루시겠군요."

"못 다루네."

"예?"

"과거에는 검을 휘둘렀지만 지금은 아이들을 키우느라 약해졌지."

조각품에 생명 부여가 가진 페널티!

레벨이 떨어지면서 약해진다.

게이하르 황제는 원래 대단한 검사였지만 지금은 검술은 뛰어나도 약해져 버린 것이다.

그 대신, 황제의 주변에는서 흉포한 바라그들이 커다란 눈을 끔뻑이고 있었다.

위드가 로아의 명검을 휘두르면 게이하르 황제를 죽일 가능성은 일단 크다. 그 이후의 뒷감당은 곤란한 상황이었다.

'아쉽구나. 정말로…….'

아이템에 이성을 잃었던 위드는 간신히 물러날 수 있었다.

"그럼 사냥을 시작해 보죠."

"좋네!"

게이하르 황제가 합류하면서 위드와 동료들은 그동안 했던 조악한 준비들을 전부 취소했다.

바다에 그물을 쳐 놓고 포라트 떼를 일부라도 막아 보려고 했다. 그사이에 에센 포라트를 직접 사냥하고, 대재앙이나 여러 스킬들을 활용하여 버티려는 계획이었다.

해양 몬스터들의 엄청난 생명력과, 위험을 느끼면 바다 밑으로 숨어 버리는 특징을 감안했을 때 쉬운 싸움은 아니었다.

그것을 이용해서 시간을 끄는 것이 계획의 전부.

하지만 게이하르 황제의 조각 생명체 군단이 도착하면서 정면 승부로 방향을 틀었다.

조각 생명체 군단은 포라트들이 나타나는 결전의 날까지도 계속 등장했다.

위드는 새하얀 눈덩어리 괴물들을 가리켰다.

"저건 뭡니까?"

"눈사람이네. 딸을 위해 만들었지."

"…그렇군요. 설마 저게 돌아다닙니까?"

"매년 겨울이면 제국의 영역을 돌아다닌다네."

빗자루를 들고 있는 눈사람의 크기는 자그마치 180미터!

입김을 내뿜을 때마다 극심한 한기가 밀려 나와서 나무와 땅을 쩍쩍 얼어붙게 만들었다.

어린아이에게 저 눈사람 괴물이 쿵쿵거리며 다가간다면 공포에 질려서 며칠은 불면증에 시달릴 것이다.

동심 따위는 콱콱 짓밟아 줄 만한 스케일!

"따님이 좋아하겠습니다."

"정말 좋아했지. 눈사람을 본 이후부터 밥도 잘 먹고 투정도 안 부린다고 하더군.”

“당연히 그렇겠지요.”

해안가에 게이하르 황제가 불러온 조각 생명체 군단이 도열했다.

나일이를 닮은 악어 병사들이 중심이 되었고, 다양한 조인족들도 보였다.

가장 압도적인 것은 금속이나 나무, 물이나 불을 조각해서 만든 대형 조각 생명체들이었다.

번쩍번쩍 빛나는 금속 거인.

“큰 녀석들이 많네요.”

“클수록 귀엽지 않은가? 작은 녀석들은 근엄하고.”

100미터, 200미터, 300미터짜리의 조각 생명체 군단!

저것들이 일제히 진군한다면 당연히 인간 군대는 싸우기도 전에 항복할 수밖에 없으리라.

‘그런 식으로 베르사 대륙을 통일했구나.’

얼마 후, 먼바다를 관찰하던 바라그 부대로부터 해양 몬스터들이 몰려오고 있다는 보고가 왔다.

“그럼 시작해 보세.”

“옙! 눈사람 투입!”

눈사람들이 바다로 걸어 들어갔다.

그들은 산호 지대에 머무르면서 포라트들이 다가오지 못하게 얼음의 장벽을 칠 것이다.

“이걸로 날지 못하는 포라트를 막을 수 있겠군.”

“예, 다음 계획으로 가죠.”

조각 생명체들의 특성을 감안한 작전은 위드가 짰다.

눈사람으로 먼바다를 빙하처럼 얼리고, 몇 곳은 협곡처럼 길을 터놓는다.

빙하에는 군단을 비롯한 조각 생명체 전사들이 배치되어 바다를 통과하는 포라트를 족족 잡아낼 것이다.

"에센 포라트는 역시 바라그로 잡아야겠지?"

"물론입니다."

위드와 동료들은 게이하르 황제와 함께 바라그의 등에 탔다.

거대한 날개를 활짝 펼친 맹수를 타고 무서운 속도로 바다를 날았다.

에메랄드빛 산호 지대를 넘어 멀리서 적들이 보였다.

"목표들이 보인다!"

에센 포라트라는 이름의, 날개 달린 거대 바다뱀이 바다 위를 날고 있었다.

그렇게 날아다니는 녀석들만 100마리가 넘었다.

장엄하기까지 한 에센 포라트 군단!

바닷속에도 은빛 포라트들이 가득했으며, 수많은 녀석들이 신난 듯 물 위로 1, 2미터씩 뛰어오르기도 했다.

위드가 사자후를 터트렸다.

"사냥을 시작한다!"

바라그들은 사정거리에 들어가자 일제히 포라트들을 향해 불길을 뿜어냈다.

하늘이 화염으로 뒤덮일 정도로 거대한 불줄기들이 뻗어 나갔다.

끄우워어어어억!

에센 포라트들은 사방으로 흩어졌지만 15마리 정도가 불에 휩싸여서 추락했다.

그런데 바다에 빠졌던 녀석들도 완전히 죽지 않고 다시 날아올랐다.

에센 포라트란 몬스터가 괜히 바다 전체를 오염시키고 파괴한 주범으로 몰린 것이 아니었다. 1마리, 1마리가 본 드래곤을 뛰어넘는 보스급 몬스터인 것이다.

거대 해양 몬스터의 특징으로 막대한 생명력이 있어서 끈질긴 것이 강점이기도 했다.

"놈들이 온다!"

바라그들은 동요했지만, 다행히 산전수전을 다 겪은 위드의 지휘 아래 있었다.

"정면에서 싸우지 않는다. 높게 상승하라!"

위드의 명령에, 바라그들이 더 높은 곳으로 날아올랐다.

에센 포라트들이 쫓아오면서 꼬리를 무는 추격전이 벌어지는 상황!

"2진. 오른쪽으로 빠져라!"

6기의 바라그가 오른쪽으로 크게 선회했다.

"3진은 왼쪽으로. 4진은 5초 뒤에 뒤쪽으로 빠진다."

위드의 지휘에 따라 공중에서 산개하는 바라그 무리.

조각 생명체인 만큼 나름 괜찮은 지능을 가지고 있었기에 명령을 따르는 데 무리가 없었다.

위드의 통솔력과 카리스마는 막 창을 잡은 병사들을 복종시킬 정도로 압도적이었고, 조각사라는 점 때문에라도 쉽게 친근함을 느끼고 바라그들과 친분을 다졌다.

"도망가도 소용없다. 전부 죽일 것이다아!"

크욱. 크우워오오!

강렬한 식욕과 살의를 가진 에센 포라트들이 흩어지는 바라그들을 추적해 왔지만, 그들 무리는 효과적으로 나누어지지 못했다.

처음에 빠진 2진을 50마리도 넘는 에센 포라트가 한꺼번에 쫓아갔으며, 그 이후로도 병력들이 계속 분산되었다.

그 결과, 본대와 5진을 마지막까지 추격한 건 고작 3마리, 5마리였다.

"역습이다!"

위드의 지휘 아래에 바라그들이 공중에서 반전했다.

순간적으로 우월한 숫자를 바탕으로 화염을 뿜어내며 육탄전에 돌입.

바라그와 에센 포라트들이 발톱을 상대의 거대한 몸에 박아 대고 화염과 독을 뿜어냈다.

일대일 승부에서는 바라그들이 훨씬 강했으므로 진형의 이점이 있다면 압도적인 승부였다.

"그럼 일당이나 해 볼까?"

위드는 로아의 명검을 뽑아 들고 앞으로 달려갔다.

바라그의 앞발과 날개를 차례로 딛고 뛰어올라 떨어진 곳은 에센 포라트의 머리!

위드는 에센 포라트의 정수리를 로아의 명검으로 내리쳤다.

에센 포라트를 공격했습니다.
생명력에 29,291의 피해를 입힙니다! 로아의 명검이 대형 몬스터에게 3배의 추가적인 피해를 가합니다. 적의 최대 생명력을 일부 줄입니다.

치명적인 일격!
에센 포라트의 방어력이 약화되었습니다.

로아의 명검은 대형 몬스터를 사냥할 때에도 빛을 발한다.

공격력에 도움이 되는 장갑이나 투구를 바꾼 것도 피해를 높인 이유 중의 하나였다.

"인간 따위가 감히! 이 정도로는 날 아프게 하지 못한다."

보스급 몬스터답게 에센 포라트가 말로 분노를 드러냈다.

"다들 처음에는 너처럼 말하지만, 좀 맞다 보면 철이 들기 마련이지."

곧바로 위드의 공격이 방금 타격했던 곳을 다시 한 번 두들겼다.

일점공격술이라는 이름을 가지고 있지만, 실상은 때린 곳을 또 때리기!

치명적인 일격이 터졌습니다.
38%의 피해를 추가합니다. 에센 포라트의 방어력이 감소합니다.

치명적인 일격이 터졌습니다.
92%의 피해를 추가합니다. 에센 포라트의 방어력이 감소합니다.

치명적인 일격이 터졌습니다.
145%의 피해를 추가합니다. 에센 포라트의 방어력이 감소합니다.

치명적인 일격이 터졌습니다.
198%의 피해를 추가합니다. 에센 포라트의 방어력이 감소합니다.

크우오오오오오!

그 어떤 몬스터도 당해 내지 못한 일점공격술이었다.

로아의 명검이 가진 치명적인 일격에 발동되는 방어력 약화 효과까지 곁들여지다 보니 쌓이는 피해가 어마어마했다.

"꺼져라, 벌레 같은 인간아!"

에센 포라트가 머리를 흔들어 위드를 떨어뜨리려고 했지만 매달린 위드는 꿈쩍도 하지 않았다.

거인족이라면 위드를 쳐 내기 위해 손을 휘두르기라도 할 테지만, 머리 위에 서 있으면 대부분의 공격 방법이 무용지물이 되어 버린다.

에센 포라트는 정면으로는 바라그의 발톱과 부리에, 머리 위로는 위드의 공격에 피해를 입었다.

거대 해양 몬스터의 생명력이 높다고 해도 이런 식으로는 버틸 수 없었다.

"후회하게 해 주마!"

에센 포라트가 바라그를 뿌리치고 숨을 크게 들이마셨다. 대형 생명체답게 비장의 브레스를 쏘려는 것이었다.

"무모한 짓을 저지른 대가를 치르게 해 주마!"

그러거나 말거나, 위드는 계속해서 검을 내리쳤다.

놈의 머리 위에 있는 이상 브레스를 맞을 염려 따위는 없으니까.

> 치명적인 일격이 터졌습니다.
> 413%의 피해를 추가합니다. 에센 포라트의 방어력이 최저치입니다.

하지만 거대 해양 몬스터답게 쉽게 죽지 않는다.

에센 포라트의 입에는 타오르는 듯한 열기가 가득했다.

"종말이다."

에센 포라트가 공중에서 몸을 뒤집으며 급강하를 시작했다. 뒤이어 묘기라도 부리듯이 추락과 상승, 선회를 반복했다.

"그만 떨어져라!"

하지만 위드는 더듬이를 붙잡고 악착같이 매달렸다. 그리고 틈이 날 때마다 공격하면서 에센 포라트의 생명력을 착실하게 떨어뜨렸다.

"산개해서 앞에서 합류해요!"

그사이 부대장 역할을 맡은 페일이 바라그 무리를 지휘했다.

"고속 기동! 적의 무리를 떼어 놓습니다."

다른 에센 포라트들이 위드에게 관심을 갖지 않도록 시선을 끌려는 것이었다.

"다발 화살!"

페일이 쏘아 낸 빛줄기 같은 화살이 공중을 꿰뚫는다.

"불의 영역 확산!"

로뮤나의 마법 공격들도 위력은 약하지만 화려하게 공중에서 폭발했다.

에센 포라트들은 불 속성 공격에 대단히 약했으므로 그녀의 공격도 잘 먹혀들었다. 생명력이 고작 0.1%도 떨어지지 않았는데 굉장히 괴로워했다.

"헤헤, 이거 재밌네!"

"승부를!"

파이톤과 양념게장이 바라그를 타고 에센 포라트를 정면으로 들이받았다.

용기사처럼 전투를 치르는 것인데 위드처럼 아예 에센 포라트에 올라탈 생각까지는 못 했다.

위드를 보니 공중에서 미친 듯이 몸부림치는 에센 포라트를 감당하는 건 쉬운 일이 아닌 것이다.

'차라리 정면에서 힘으로 겨루고 말지. 저런 방법은… 흠. 위드는 전투가 벌어지면 모든 능력을 발휘하니 강한 것인가? 타고난 전사구나.'

'스킬에 의존하는 것도 아니, 그냥 본능이야. 알아서 몸이 찾아간다.'

파이톤과 양념게장은 위드를 보며 꽤나 감탄했다.

높은 하늘에서 싸우는 것만 해도 굉장한 용기를 내야 하는데, 보스급 몬스터의 머리에 올라타고 전투를 치르다니!

'저런 무모함과 용기가 인기를 만드는 것인지도.'

'당연하지만 쉽진 않아. 전투의 승리를 위해서 지휘관이라면 저렇게 위험한 곳에 있어야지.'

위드가 크게 외치는 소리가 들렸다.

"전리품! 경험치! 레벨! 스킬 숙련도! 다 내놓고 죽어라, 이놈아!"

"……."

"……."

대병력을 이끄는 지휘관이 아니라 욕심이 목까지 찬 악덕 사장 같은 모습!

당하는 에센 포라트가 조금 불쌍해질 지경이었는데, 결국 최후를 맞이했다. 위드가 들고 있던 로아의 명검이 계속 에센 포라트의 머리를 강타했던 것이다.

> 울호프 산호 지대의 침략자, 흉포한 몬스터 에센 포라트가 영원한 안식에 들어갔습니다.

1마리임에도 불구하고 몬스터의 수준이 높다 보니 따로 위드에게는 메시지 창이 떴다.

> 레벨이 올랐습니다.

> 검술 스킬의 숙련도가 향상되었습니다.

> 놀라운 전투 업적으로 인하여 명성이 1,980 올랐습니다.

> 힘이 2 상승하였습니다.

> 체력의 최대치가 100 상승하였습니다.

에센 포라트의 가죽을 얻었습니다.

에센 포라트의 심장을 획득하였습니다.

1급 마나의 결정체를 얻었습니다.

샤샤샤샥!

눈부신 속도로 전리품도 습득.

에센 포라트가 회색으로 변하며 전리품들이 나타났는데, 위드의 손이 지나가자 마법처럼 감쪽같이 사라졌다.

전리품 획득이야말로 〈로열 로드〉에서 위드를 따라올 자가 없으리라.

"나쁘지 않군."

보스급 몬스터들이 주변에 100마리도 넘게 있다는 것은 바꿔서 생각하면 수확할 사냥감이 널려 있다는 뜻이기도 하다.

위드는 두 팔을 벌렸다.

타고 있던 에센 포라트의 시체와 함께 무서운 속도로 바다로 추락하는 중이었다.

"위드 님!"

페일이 그를 발견했지만 숫자가 부족한 바라그들이 전부 전투를 치르고 있어 구하러 가기는 무리였다.

이 정도 높이에서는 물 위로 떨어진다고 해도 피해가 이만저만이 아닐 것인데…….

꾸엑!

꾸워어어억!

바다에는 무엇이든 먹어 치우는 작은 포라트들이 주둥이를 벌린 채 기다리고 있었다.

샤샤샥!

위드는 착용하고 있던 몇 가지 장비들을 바르칸 데모프의 것으로 바꾸었다.

검을 휘두르는 것만큼이나 빠른 속도로!

그리고 추락하는 에센 포라트의 머리에 손을 올렸다.

"너희가 살아서 움직이던 땅으로 돌아오라. 이곳은 어두운 곳. 검고 부패한 땅. 영영 사라지지 않을 암흑의 율법을, 모든 이들에게 새길 수 있도록 하라. 언데드 라이즈!"

에센 포라트의 육체가 시커멓게 물들더니 살점들이 떨어져 나가며 고스란히 뼈를 드러냈다.

바다로 추락하던 에센 포라트는 앙상한 뼈만 남게 되었다.

이내 그 뼈조차 검게 물들었고, 텅 빈 안광이 번뜩이기 시작했다.

위드는 전투가 벌어지기 전에 조각 파괴술로 모든 예술 스탯을 지혜로 바꾸어 놓았다.

장비와 스탯발!

그 결과, 보스급 몬스터에 대한 언데드 소환 마법이 성공한 것이다.

"나는, 나는 죽음으로부터 돌아왔다."

"내게 복종하느냐?"

"그것은……."

에센 포라트가 고개를 흔들었다.

보스급 몬스터답게 기억과 자아가 남아 있어서 방금 저를 죽인 자에게 쉽게 복종하지 않았다.

하늘에서 바다로, 위드와 언데드로 되살아난 에센 포라트는 무서운 속도로 추락하고 있었다.

"나에게 복종해라."

> 네크로맨서 스킬, 지옥 군주의 로브에 봉인된 영혼 복종의 마법이 사용되었습니다.
> 영혼에 새겨지는 강력한 고통과 공포가 언데드를 부하로 만들어 줍니다.

크르루라라라라라!

뼈밖에 남지 않은 에센 포라트가 절규를 터트렸다.

"나를 따르라. 그것만이 너에게 가장 큰 영광이 될 것이다."

네크로맨서 스킬에 위드의 카리스마와 통솔력까지 적용되면서 에센 포라트는 곧 굴복했다.

과거의 삶을 잊고 완전한 본 포라트가 되는 순간이었다.

"불멸의 삶을 준 주인에게 영광을."

"좋아, 일단 하늘로 올라가기나 하자!"

위드의 명령을 받자마자 본 포라트는 뼈로 된 날개를 활짝 펼쳤다.

수면을 스치며 하늘로 다시 맹렬하게 솟구치는 본 포라트의 머리에 위드는 당당하게 섰다.

쿠워어억!

"이곳은 아르펜의 하늘이다. 몬스터들이여. 원래 있던 곳으로 썩 돌아가라!"

"이 땅을 지키기 위해 전투를!"

높은 지성을 가진 바라그들과 투쟁심으로 가득한 에센 포라트들이 하늘에서 뒤엉켜 전투를 펼치고 있었다.

화염의 브레스가 하늘을 붉게 물들이고, 2~3마리씩 몸으로 뒤엉킨 몬스터들이 상대를 주둥이로 물어뜯고 발톱으로 내려찍는다.

거대한 보스급 몬스터들끼리 뒤섞인 전장!

위드는 동료들의 안전부터 살폈다.

바라그의 등에 타고 있는 이들은 아직 무사했다.

바다에서도 눈사람들이 얼음 지대를 만들며 포라트 떼를 차단하고 있었다.

'아직 멀쩡하군.'

눈사람의 능력으로는 바다를 가득 메운 포라트들을 언제까지고 막을 수가 없다.

오랫동안 전투가 벌어지면 포라트들이 우회해서 산호 지대를 파괴하게 될 것이다.

어쩌면 눈에 보이지 않는 다른 지역에서는 이미 산호와 해양 생명체들이 피해를 입었을지도…….

'할 수 있는 것을 한다. 머리로 완벽해질 때까지 기다리기보단 먼저 움직이고… 대응하는 거지.'

위드의 눈에 바라그들과의 싸움에 패배하여 추락하는 에센 포라트들이 보였다.

아직 2~3마리에 불과했지만, 페일과 동료들이 애를 써서 일부라도 제거한 것이다.

위드는 타락한 성자의 지팡이를 쥐고 오른손을 뻗었다.

"언데드 라이즈!"

목숨을 잃고 떨어지던 에센 포라트들의 몸에서 살점들이 떨어져 나가기 시작했다.

바다로 추락하던 에센 포라트들은 언데드로 변신하고 절반이 다시 날아올랐다.

나머지 절반도 언데드가 되긴 했지만 바다에 떨어져 온몸의 뼈가 바스러지면서 사라졌다.

> 에센 포라트를 언데드의 종속으로 만들었습니다.
> 언데드 소환 스킬이 부족하여 유지 시간은 33분입니다.

위드가 3마리의 본 포라트들을 거느리며 씩 웃었다.

"자, 수금을 시작해 볼까!"

셀지움의 북쪽 해안.

검은 모래와 울퉁불퉁한 암석들이 늘어져서 과거에는 인기가 없는 해변이었다.

이곳의 해안선을 따라 100만 명은 족히 넘는 유저들이 모여 바다를 지켜보고 있었다.

"정말 성공할까?"

"다른 사람이라면 기대도 안 하지만 위드 님이니까. 그분의 모험은 실패한 적이 없다고."

"그래, 위드 님이니까 믿고 기다린다."

북부와 중앙 대륙의 유저들이 뒤섞여 앉았다.

평소라면 상단의 상인들이 나와서 닭꼬치라도 팔았겠지만, 가르나프 평원에 모두 나가 있어서 한적하기까지 했다.

축제의 참석마저 미루고 이곳에 모인 유저들은 바다 경치를 사랑하는 이들이었다.

"형이 그러는데, 위드 님의 모험은 우리를 위한 거래."

"우리?"

"응, 중앙 대륙의 유저들에게 주는 선물이라고. 아르펜 왕국에서는 이렇게 즐거운 일이 매일 벌어진다면서 말이야."

"정말일까?"

"지켜보면 알겠지만 위드 님은 실망시킨 적이 없잖아. 방송으로만 쭉 본 거긴 해도 믿음직스럽지 않아?"

위드의 인기가 높다 보니 근거 없는 헛소문까지 긍정적인 것들이었다.

― 벌써 14마리째 에센 포라트의 사냥에 성공했습니다!

― 바다를 보십시오. 소용돌이가 작은 포라트들을 집어삼킵니다.

― 전투 노예 페일이 힘껏 화살을 당깁니다. 빗살처럼 날아간 화살, 에센 포라트의 눈에 적중!

유저들이 가진 수정 구슬에는 실시간으로 위드의 모험이 중계되었다.

위드의 모험이 성공하면 역사가 바뀐다.

엠비뉴 교단이 일찍이 패퇴한 적도 있지만, 이번에는 지형의 변화와 관련이 있었다.

방송 화면으로만 봤던 끝내주는 경치인 올호프 산호 지대!

그 아름다운 바다가 나타날 수도 있기에 많은 유저들이 모여 기다리고 있었다.

수정 구슬 속 위드가 본 포라트를 타고 적진으로 돌격했다.

"무, 무슨 짓이야! 위험하게."

"으아! 브레스 뿜는다."

"방금 그거 봤어? 본 포라트에서 뛰어올랐지!"

독액과 브레스 사이로 겁도 없이 돌진하며 사냥하는 위드의 모습에 유저들은 심장이 두근거렸다.

"크으……."

"아! 저 박진감. 미쳤다."

"영화 수준 아니냐?"

"영화보다 낫지. 목숨이 몇 개라도 되는 거 같아."

현란한 공중전이 벌어지는 가운데, 본 포라트를 탄 위드가 하늘을 휘젓고 있었다.

검을 휘두르고 때론 화살을 쏜다.

뮬의 선더스피어까지 사용해 벼락을 일으키면서 전투를 펼친다.

실상은 어떻게든 막타를 노리고 레벨 업과 전리품 획득에 미쳐 있는 모습이었지만, 일반 유저들이 보기에는 멋진 장면들의 연속이었다.

"모든 언데드들은 나를 따르라. 나는 암흑 군대의 총사령관이다!"

"주인을 잘못 만나다 보니 이런 곳까지 오는군. 이 날개 달린 물고기들의 피 맛은 최악이야."

데스 나이트 반 호크와 뱀파이어 로드 토리도 역시 소환!

"훌륭한 탈것이네!"

반 호크는 본 포라트를 타고 전투를 치렀으며, 토리도는 박쥐 떼와 함께 현혹과 환영의 마법을 펼쳤다.

전투력만 놓고 보면 그 둘이 에센 포라트를 위협할 정도는 아니었다.

반 호크와 토리도.

그들은 대규모 군대를 지휘하거나 인간들을 상대로 할 때 강점을 보인다.

다만 데스 나이트와 뱀파이어 로드라는 한계에도 불구하고 에센 포라트의 관심을 흩트려 놓으면서 시간을 끌었다.

"언데드 공군이다."

"끝내주네. 나도 저런 전투를 할 수 있었으면……."

본 포라트들은 제한 시간이 가까워질수록 날개 끝과 꼬리부터 먼지가 되어 사라져 갔다.

하지만 위드는 에센 포라트들이 죽을 때마다 언데드 소환 마법을 계속 펼쳤다.

20마리가 넘는 본 포라트 수를 유지하면서 공중전을 벌이던 위드가 사자후를 터트렸다.

"너희가 원망해야 할 대상이 있다. 아직도 살아 있는 저들을 공격해라!"

크우와아악!

본 포라트들이 살아 있는 동료들을 원망하며 몸으로 부딪쳐 갔다.

"이대로 섬멸하세요!"

페일도 바라그 부대를 이끌면서 멋지게 전투를 펼쳤다.

공중전을 지휘하는 건 보통 일이 아니지만 아르펜 왕국에서 와삼이를 탄 경험이 많았다.

전투를 할 때마다 위드가 병력을 움직이는 걸 지켜본 경험도 공중 지휘에 도움이 됐다.

'약한 녀석들부터. 그리고 이런 싸움에서는 진형이 중요하다. 아군의 병력도 잃지 말아야 해.'

위드는 전투의 승리도 중요하지만 쓸모없이 희생시키는 아군 병력은 절대 만들지 않았다.

로자임 왕국에서부터 말단 병사라고 할지라도 희생을 최소화하면서 성장시켰다.

어떤 최악의 상황에서도 대비할 수 있도록 전력을 확보해 놓는 것이었다.

공중전은 전투를 펼칠 수 있는 영역이 넓다.

에센 포라트의 이목을 끌며 데리고 다니는 부대가 절반.

나머지는 기동력을 바탕으로 따로 떨어져 나온 녀석들을 사냥했다.

"좋은 전술이다!"

"이런 방식의 싸움도 마음에 든다."

바라그들은 페일의 기동 지휘를 인정하며 충실하게 따랐다.

페일은 순수한 궁수 출신이기에 통솔력이나 카리스마가 빈약했다.

어쩌면 위드가 지휘하는 편이 더 나을 수 있겠지만, 언데드들을 소환한 후로 페일에게 지휘를 맡겼다.

"전 아마도 수확하기 바쁠 겁니다. 보스급 몬스터들을 바라 그들에게 넘겨주긴 너무 아깝지 않습니까. 특히 녀석들은 희귀한 놈들이라 전리품도 매우 특별한 것들이 나올 텐데요."

"예?"

"페일 님이 영웅이 되세요. 저는 건물주가 될 테니까요."

"……!"

전투 자체로 놓고 보면 페일에게 큰 공을 세우도록 하고, 실속은 몽땅 챙기려는 계획!

'뭐, 이것도 나쁘진 않지.'

페일은 겁이 많은 편이었지만, 또 막상 전투가 펼쳐지면 무아지경에 가깝게 싸웠다.

위드가 누군가와 친분만으로 이렇게 오래 함께할 리는 없지 않은가. 지금까지 페일이 전투에서 제 몫을 다하지 못한 적이 한 번도 없기에 믿고 맡긴 것이었다.

30마리의 바라그들은 3배가 넘는 병력을 상대로 시간을 끌며 안정적으로 버텼다.

"죽음이다!"

양념게장은 기회가 되면 에센 포라트의 그림자에서 튀어나와 목덜미를 찔렀다.

파이톤은 기사처럼 대검을 휘둘렀으며 로뮤나와 수르카, 메이런도 자기 할 일을 해냈다.

벨로트와 화령은 날아다니는 바라그에 탄 채로 악기를 연주하고 춤을 추느라 고역이었다.

"언니, 발밑을 조심해요!"

"꺅!"

그녀들은 연주와 춤으로 에센 포라트의 신경을 거스르게 하고, 아군의 전력을 상승시켰다.

위드가 이끄는 본 포라트들까지도 격렬하게 전투에 참여하면서 전황이 기울었다.

곳곳에서 바다로 추락하는 에센 포라트들이 나왔고, 그들은 언데드가 되어서 다시 날아올랐다.

힘의 균형이 위드와 바라그들 쪽으로 완전히 넘어왔다.

"승리다!"

하늘을 장악하던 100여 마리가 넘는 에센 포라트의 전멸!

공중전을 승리로 마쳤지만 이후에는 바다에서 해일처럼 밀려오는 포라트들이 해안가로 향하는 것을 막아야 했다.

"들어가라!"

위드는 본 포라트들을 바다에 투입시켰다.

그들은 원래 날개 달린 생선이라고 할 수 있었으니 바다에 뛰어드는 데 조금의 거리낌도 없었다.

"전부 먹어 치워!"

위드는 본 포라트의 머리에 탄 채로 푸른 물결이 넘실거리는 바다를 내려다봤다.

"저놈들 처리하는 것도 일이겠군."

포라트 떼가 바다 전체를 뒤덮을 정도였다.

눈사람들이 얼음 지대를 만들어 놓은 덕분에, 추위를 싫어하는 포라트들은 먼바다에 머물러야 했다.

"시간은 좀 걸리겠지만 어렵지는 않지."

위드는 타락한 성자의 지팡이를 손에 쥐었다.

"일어나라, 눈 감지 못하고 잠들지 않은 원혼들이여! 일어나서, 여기 살아 있는 자들과 너희를 죽인 자들에게 복수하라! 데드 라이즈!"

언데드 소환 마법!

바다에서 죽은 포라트들을 언데드로 만들어서 그대로 동료들과 싸우게 만들었다.

크적.

콰드득.

뼈밖에 없는 포라트들이 동료들을 물어뜯었다.

전투력만 보면 좀비나 스켈레톤에 비할 바는 아니었지만, 가까이 있는 포라트를 먹을 수 있을 정도면 충분했다.

그리고 위드가 언데드 소환 마법을 펼칠 때마다 더 많은 포라트들이 생성되었다.

> 경험치를 습득하였습니다.

> 경험치를 습득하였습니다.

위드도 이것만큼은 예상하지 못했다.

본래는 토끼 1마리 사냥에도 미치지 못하는 적은 경험치를 주는 포라트들.

하지만 바다 전체가 포라트로 뒤덮여 있었으니 수만 마리의 본 포라트들을 상대로 무지막지한 사냥이 이루어졌다.

그렇다고 해서 500을 넘은 위드의 레벨이 막 오르는 건 아니었지만, 경험치는 꾸준히 쌓였다.

"스킬 레벨까지 오르네. 역시 바다는 인류의 미래였어."

위드의 눈동자가 떨어진 지갑을 발견했을 때처럼 초롱초롱 빛났다.

주인이 있는 지갑이야 함부로 가져가면 잘못이지만, 바다에 사는 포라트를 사냥하는 건 오히려 공적을 세우는 일이다.

퀘스트의 목표 달성과 경험치, 스킬 레벨!

여기서 부족한 게 있다면 전리품인데, 그 부분은 에센 포라트들을 사냥하면서 상당히 충족시켰다.

대장장이용 1등급 가죽, 뼈, 요리 재료의 1등급 살점들을 듬뿍 챙겼던 것이다.

"일어나라, 나의 언데드들이여. 여기 살아 있는 포라트를 몽땅 쓸어버려라!"

바다를 장악한 포라트들이 경험치와 스킬 숙련도 상승을 위한 제물이 되었다.

"시체 폭발, 시체 폭발, 시체 폭발!"

바닷속의 광경은 보이지 않았지만, 물 위로 포라트들이 뛰어오르면서 아비규환이 되었다.

> 경험치를 습득하였습니다.

> 경험치를 습득하였습니다.

> 경험치를 습득하였습니다.

> 경험치를 습득하였…….

위드는 마나가 있는 만큼 시체 폭발이나 언데드 소환 마법을 펼칠 뿐이었다.

"크케헤헤헤헤헤헤헷!"

입가에는 참을 수 없는 웃음이 감돌았다.

미치광이들이 터트리는 광소!

페일을 비롯한 동료들은 모두 그저 멀리서 지켜보고 있을 뿐이었다.

"위드 님이 제대로 한밑천 챙기시는 거 같군요."

"음. 부럽기는 하지만 왠지…….""

"좀 무섭죠."

오랫동안 함께했던 이리엔이나 수르카 같은 동료들마저 함부로 다가가지 못했다.

위드가 본 포라트를 타고 바다 위를 돌아다니면서 언데드 소환 마법을 펼친다.

바다는 아비규환으로 변하며 언데드 포라트들이 무더기로 솟구친다.

그 직후 시체 폭발!

양념게장이 떨리는 목소리로 말했다.

"위드 님이… 조각사라서 다행이었군요."

"네?"

"처음부터 네크로맨서였거나 중간에 네크로맨서로 전직한 경우만 되었어도……."

"크흠."

동료들의 머릿속에 그려지는 환상이 있었다.

네크로맨서는 어둠의 힘을 다루고 성장 속도가 빠르기 때문에 그만한 페널티가 부여된다.

조각사로서, 수많은 모험들을 성공시킨 영웅으로서의 업적들이 없었더라면 엄청난 언데드 제국을 만들었을지도 모를 일이었다.

아르펜 왕국이 아닌, 아르펜 언데드 군단!

위드라면 절대 평범한 네크로맨서로 끝나지는 않았으리라.

"베르사 대륙을 위해서는 진짜 천만다행이었네요."

이리엔이 미소를 지었지만, 양념게장은 여전히 꺼림칙한 기색이었다.

"휴, 앞으로의 일을 모른다는 게 문제겠죠. 어쩌면 위드 님은… 대악당이 될지도."

"……."

오랜 동료들조차 그 말에 반박하기 힘들었다.

위드가 베르사 대륙의 평화를 위협하는 대악당이 되는 건 솔직히 너무나도 자연스러웠으니까!

지금도 포라트들을 언데드로 만들어서 바다를 휩쓸고 있지 않은가.

"뛰어라, 뛰어!"

위드의 외침을 들은 언데드 포라트들이 바다 위로 힘껏 뛰어올랐다.

7미터, 10미터 이상 솟구친 수천 마리의 포라트들이 수면 아래로 떨어져 내렸다.

이것이야말로 언데드 포라트 분수쇼!

상식이 있는 평범한 네크로맨서라면 절대 만들어 내지 못할 광경이었다.

바다에 돌아다니는 수많은 포라트들을 표적으로, 위드와 언데드들의 밤샘 사냥이 이루어졌다.

게이하르 황제의 조각 생명체들 중에서 해양 생명체들도 몰려와 사냥에 참여했다.

초대형 문어와 거북이, 상어, 고래 등등.

압권인 것은 멸치였는데, 생긴 건 현실의 멸치와 똑같았지만 몸길이가 800미터에 달했다. 그 거대한 몸을 꿈틀거리며 헤엄치는 속도는 무섭도록 빨라서 소용돌이와 작은 해일을 일으킬 수 있었다.

메이런이 왜 그렇게 멸치를 크게 만들었냐고 물으니 게이하르 황제의 대답이 가관이었다.

"예쁘지 않은가?"

"네?"

"젊었을 때 만든 녀석인데 생선은 자고로 클수록 더 맛있고 좋지. 멸치라고 해서 약하다고 생각하는 편견에 도전한 작품이라네."

"아… 그러셨군요."

"바다에서는 육지와는 다르게, 몸집이 커도 활동하기 편하지. 지금 같으면 3킬로는 되는 녀석으로 만들었을 텐데."

"……."

그랬다면 아마도 바다의 절대자 멸치가 탄생했을 것이다.

게이하르 황제는 만족스럽게 웃었다.

"이제부터 뒤처리는 내가 하도록 하지. 멸치 녀석에게 맡겨 두면 포라트가 다시 이 땅을 위협할 일은 없을 것이야."

"네에."

이리엔과 로뮤나, 벨로트는 바다를 보며 포라트들의 명복을 빌어 주었다. 무사히 이곳을 벗어난다고 하더라도 평생 멸치에게 쫓겨야만 할 테니까!

띠링!

위드와 동료들은 바다를 보면서 서 있었다.

기나긴 전투가 끝나고 석양이 붉게 물들어 갔다.

───※───

위드가 무사히 퀘스트를 완료하는 광경이 방송으로 중계되면서 가르나프 평원에 모여 있던 유저들이 고함을 질렀다.

"승리다!"

"만세! 포라트를 이겨 냈어."

"위드 님이라면 당연히 해낼 줄 알았지!"

바다에 누워서 기다리는 시간은 길었지만 성공적으로 퀘스트가 끝나는 광경을 확인할 수 있었다.

그런데 그때, 갑자기 바다가 빛나기 시작했다.

"우와아아아아!"

"뭐야, 뭔데 이래?"

"이거, 시작됐다. 엠비뉴 교단이 망할 때도 세상이 변했는데 여기서 또 벌어지는 거야."

저 먼바다에서부터 세상이 신비롭게 에메랄드빛으로 물들어가고, 잔잔하던 바다에서 돌고래들이 뛰어올랐다.

"우왓!"

"여기 돌고래들이……."

"저건… 인어들 아냐?"

탁하고 모래가 많던 회색 바다가 조금씩 맑아지더니 바닥이 훤히 내려다보일 정도로 투명해졌다.

해저에는 다양한 색깔의 산호들이 자라났으며, 무수히 많은 해양 생명체들이 물속을 헤엄쳐 다니고 있었다.

유저들의 발밑까지도 바뀌어서 조개껍질이 있는 푹신한 황금빛 모래사장으로 변했다.

끼룩.

새들이 무리를 지어 하늘을 자유로이 날아다닌다.

띠링!

> 세계의 비경에 도착하였습니다.

> **울호프 산호 지대**
> 루딘 해협에서 시작하여 알카드 해역까지 876킬로미터의 대륙 최대의 산호 지대. 수심은 3미터에서 최대 80미터까지 깊어지며, 600종의 산호들과 1,890종의 바다 생명체들이 살고 있다. 베르사 대륙의 9대 비경 중 한 곳으로 일찍이 수많은 모험가들이 찾기를 원했던 장소.
> 오랜 과거, 포라트의 위협에 의해 파괴될 뻔했지만, 모험가 위드와 그의 동료들에 의해 무사히 지켜졌다.

모험의 성공에 따라 명성이 1,394 올랐습니다.

레벨이 올랐습니다.

역사적인 지형을 찾아낸 특별한 경험으로 지식과 지혜가 10씩 추가로 늘어납니다.

멋진 풍경으로 예술 스탯이 4 늘어납니다.

귀중한 발견을 보고하면 추가적인 보상을 얻을 수 있을 것입니다.

"캬하!"

먼저 와 있던 유저들은 자연스럽게 세계의 비경을 발견하는 모험 성과까지 이루어 냈다.

"아아아……."

"정말 천국이다."

유저들은 인생에서 다시없을 명장면을 직접 구경하는 기쁨을 만끽했다.

"저놈은 빨리 대륙이나 통일할 것이지, 온갖 일을 다 저지르고 다니는군."

유병준은 불만스럽게, 〈로열 로드〉의 화면이 나오는 모니터를 보고 있었다.

산호바다에 뛰어들어 수영하며 놀고 있는 유저들의 얼굴에는 행복한 웃음이 가득했다. 갑옷이나 여행복을 벗어 버리고 초록빛 물결을 따라 둥둥 떠다니면서 즐거워하는 모습들.

다른 모니터에 뜬, 가르나프 평원에서 대형 조각품을 만든다고 땀을 흘리며 석재를 옮기는 유저들도 표정이 밝았다.

"힘은 들지만 희망이 있다는 건가? 저 유저들의 행복도는 몇이나 되지?"

— 94.3781834%입니다. 역사상 최고치를 갱신했습니다.

"〈로열 로드〉가 막 열렸을 때와 비교하면?"

— 당시에는 전체 유저의 평균이 93.3972939%였습니다. 그 이후로 매달 3% 이상씩 하락했지요. 최저치는 61%에 근접했을 때입니다.

"혼자만의 힘으로… 세상을 바꾸어 버렸나."

유병준은 〈로열 로드〉를 만들었던 이유를 떠올렸다.

부조리한 세상을 조롱하고 싶어서, 직접 만든 세계의 황제에게 모든 걸 물려주기로 했다.

"그때만 해도 저런 놈이 갑자기 튀어나올 줄은 몰랐지."

위드의 영상을 보면서 많은 시간이 흘렀다.

엉뚱하기 짝이 없는 사건들을 저지르고, 불가능에 가까운 퀘스트들을 해결해 낸 위드.

동료들만이 아니라 모르는 유저들과도 함께 터무니없이 긍정적인 결말을 만들어 내는 그의 모습을 유병준은 쭉 지켜봐왔다.

"〈로열 로드〉의 세상을 정복하면 내 후계자가 될 텐데… 누가 되든, 그자가 돈과 권력을 마구 휘두르고 세상을 파괴한다 해도 간섭하지 않을 작정이고. 세상 따위 어떻게 되거나 말거나, 난 비웃어 주고 싶으니까 말이야."

그런데 문득, 위드가 후계자가 된다면 사람들이 싫어하지 않을 것 같다는 생각이 들었다.

"부득부득 기어오르는 것만 같더니, 어느새 여기까지 왔군. 내 의도와는 다른데……."

― 후계자 계획을 취소하시겠습니까?

유병준이 소유한 유니콘 사의 자산은 물론이고 숨겨 둔 천문학적인 재산까지도 승계한다는 것이 그 계획이었고, 이미 준비도 끝난 상태였다.

"그대로 진행해. 어느 쪽이든 승리한 사람이 모든 걸 갖게 될 거야."

위드와 바드레이.

두 사람은 알 수도 없었지만, 베르사 대륙을 통일한 자는 세계 최고의 부자와 권력자가 되도록 결정되어 있었다.

"크크크. 세상이 모두 내 후계자에게 굴복할 것이다!"

유병준은 크게 광기 어린 소리를 질렀다.

마침내 그의 운명을 건 후계자가 결정되려는 참인데, 왠지 가슴 한구석의 찜찜함이…….

"아무래도 위드가 황제가 되어서 내 모든 것을 이어받을 것 같단 말이지."

그 일이 이루어지고 나면 목적을 달성했다는 즐거움보다는 아랫배가 살살 아플 것 같았다.

유병준이 젊은 시절을 다 바쳐 〈로열 로드〉를 만들었더니, 위드가 영웅이 되며 미녀와 돈을 얻었다.

그가 개발한 인공지능을 비롯한 모든 자산까지 물려준다면 영락없이 죽 쒀서 위드를 준 꼴이 아닌가.

마판은 가르나프 평원의 총책임자였다.

천막 안에서 축제 개최와 전쟁 물자 보급, 마판 상회의 급한 업무들을 처리하고 나온 그는 평원에 높은 산들이 우뚝우뚝 솟아 있는 걸 봤다.

"저건… 뭐냐?"

사촌인 숨긴돈이 한숨을 쉬더니 대답했다.

"조각품이랑 조각품 만들 재료들을 쌓아 놓은 거야, 형."

가르나프 평원의 한쪽 면이 고산지대처럼 산맥의 형태로 변해 있었다.

"노, 높구나."

마판은 일을 시키기는 했지만 전문적인 분야에 대해서는 잘 알지 못했다.

"어떻게 며칠 만에 끝낸 거야?"

"사람들이 모여서 해냈지."

"그게… 가능해?"

"하니까 되던데."

쿵쿵쿵! 뚝딱뚝딱!

"벽돌이 부족해요."

"지금 갑니다!"

가까운 곳에서 풀죽신교의 유저들이 개미 떼처럼 몰려들어 까마득히 높은 800미터짜리 조각상을 세우고 있는 광경도 보였다.

다른 곳에는 면적이 수백 제곱미터는 될 듯한 거대 조각상도 세워지고 있었다.

"지지대는……."

"지반공사도 동시에 진행해야죠."

"건축가의 스킬이 있으니 편하군요."

"안전장비? 그런 게 필요하겠습니까. 추락의 깃털 몇 개만 갖고 있으면 되는데요."

어딘가 익숙한 모습들이었다.

빌딩이나 아파트 건설 현장처럼 가림막을 쳐 놓았을 뿐 아니라, 땅에는 철근을 박아서 하부 공사도 하고 있었다.

"저들은 누구야?"

"삼성물산 건설 사업부."

"어?"

"저쪽은 대우건설이랑 현대건설에서 나왔어."

마판은 잠시 할 말을 잃었다. 그러다가 어이없다는 듯이 물었다.

"내가 알고 있는 그 회사들이 맞아?"

"응. 건설사들이잖아."

"…그들이 왜 왔어?"

"KPF나 스티븐 홀에서도 왔는데."

"거기가 어딘데?"

"세계적인 건축설계 회사들."

현실에서도 가르나프 평원의 조각상들은 대단한 이슈가 되었다.

수백 미터짜리의 조각상들이 하루가 다르게 세워지는 광경은 기적이라면서 매일 언론의 조명을 받은 덕분이었다.

아침, 점심, 저녁, 가릴 것 없이 20, 30미터짜리 조각상이 세워지다 보니 대중의 관심도 모아질 수밖에 없었다.

현대건설은 회사 차원에서 적극적으로 참여를 결정했다.

"이 정도 규모라면 건설이라고 볼 수 있는데, 우리 현대가 빠질 수 있습니까? 대대적으로 참가합시다."

건설사의 설계 팀에서는 온갖 아이디어들을 다 내놨다.

직원들도 〈로열 로드〉를 하기 때문에 건축 분야의 참신한 아이디어들을 상당히 많이 생각하고 있었다.

회사 내부에서 그런 계획을 올렸다면 과장이나 부장 들이 떨떠름하게 여겼을 것이다.

"이게 돼?"

"이런 걸 기획안이라고 가져왔어?"

"돈! 돈 되는 걸 해야지!"

〈로열 로드〉에서라면 멋질 것 같은 아이디어들이 그렇게 잠을 자고 있었는데 이번에 전부 내놓게 되었다.

"뭐가 될지 모르지만 일단 만들어 보자고. 도전해 봐야지."

"정말 만드는 겁니까? 높이가 408미터짜리인데요?"

"저 옆은 620미터짜리를 만드는 중이라는데, 이 정도야 뭐."

자금과 공사 재료가 부족하다는 고민도 할 필요가 없었다.

풀죽신교의 유저들이 평원 인근의 산들을 통째로 옮겨 오고 있었던 것이다.

건설사들은 아파트를 짓듯이 기둥을 올리고, 고급 재료들로 외부를 장식했다.

래미안, 푸르지오, 캐슬, 에스클래스!

건설사들의 브랜드를 딴 건축물들이 여기저기 세워졌다.

"근데 전무님, 이건 조각품인데요."

"우린 높게만 만들어 놓으면 돼. 나머지는 조각사들이 알아서 할 테니까."

규모가 큰 건설의 개념이 들어가자 작업 속도가 어마어마하게 빨라졌다.

"한국의 건설사들이?"

"시청률이 평균 40%입니다."

"꽤 높군. 어느 방송국이야?"

"전 세계 평균 시청률입니다. 미국은 85%에 달합니다. 폭스랑 CNN도 중계하는데요."

"그러면 우리도 빨리 시작해. 기술력을 과시할 수 있는 기회잖아. 홍보 효과는 차고 넘칠 거야."

현실에서 세계적으로 알려진 건축설계 사무소의 고급 인재들이 한 지역에 모여들게 되었다.

"우린 여기에 뭘 만들까요?"

"모르지만, 일단 하부 공사부터 시작하지. 다른 회사들보다 작은 걸 만들 수는 없잖아."

설계하기도 전에 시공에 착수하는 속도전!

북부의 건축가들과도 협력해서 어마어마한 것들을 만들어 내고 있었다.

아이디어를 모집합니다.
뭐든 만듭니다!

가르나프 평원은 조각술의 천국이 되었다.

용이나 호랑이 같은 것은 기본이었고, 조각 생명체들의 인기를 반영하듯이 와이번이나 빙룡과 비슷한 형태도 있다.

참신한 기획이라면 벌레죽 부대에 의해서 대거 탄생되었다.

"저기… 진짜 기가 막힌 벌레가 있는데요."

"뭐든 말씀하세요."

"다리가 300개이고 더듬이가 40개인데… 괜찮을까요?"

"그 정도야 뭐, 어렵지도 않겠네요. 높이 올리는 게 아니라 길게 이으면 되니까 시공 난이도도 어렵지 않습니다."

"몸을 뒤집어서 전진합니다."

"예?"

"그니까… 설명하기가 좀 어려운데 말이죠, 잔털도 많아야 됩니다.”

반경 5킬로미터는 벌레죽 부대의 영역!

거대한 벌레 형상의 조각품들이 단연 많았는데, 일반인들도 참여해 각양각색의 작품들이 나왔다. 직접 조각술을 배워 본다면서 5미터, 6미터짜리 벌레들을 마구잡이로 만들어 놓았던 것이다.

만약 그것들이 살아 움직이게 된다면 정말 대단한 광경이 벌어지리라.

“내구성은 신경 쓰지 마! 전쟁이 벌어지는 날까지만 안 무너지면 돼!”

“우린 높이 1킬로 정도로 가자고. 세계 최고의 기록을 달성해 봅시다.”

“더 빨리! 더 높게! 무너지면 또 지으면 되니까, 우린 그냥 ‘크고 높게’에만 승부를 걸자고!”

사람들이 많이 모이니 그 추진력은 무서울 정도였다.

세계의 동물이나 유명 건축물들을 참고하여 수많은 조각품들이 만들어졌다.

“뎁스 님, 낭비할 시간 없으니 어서 올라가세요.”

“제가… 실은 고소공포증이 있는데요.”

“저는 정신과 의사입니다. 옆에서 상태를 점검할 테니 올립시다.”

“어서 밀어!”

강제로 올려 보내진 조각사들이 구름을 내려다보면서 작업을 이어 갔다.

풀죽신교와 전 세계 건설사들의 합작으로 가르나프 평원 전체가 일주일 만에 완전히 바뀌었다.

"허허."

마판은 헛웃음만을 터트렸다.

북부 유저들이 중심이 된 풀죽신교의 힘이라면 어느 정도 성과는 있으리라 예상했다.

'근데 상상을 넘어서잖아.'

치킨 1마리를 주문했더니 타조가 통째로 온 것 같은 느낌!

'위드 님의 부탁은 충실히 이행했구나.'

가몽을 비롯하여 북부의 상인들도 적극적으로 나섰다.

세계 최대의 축제와 공사판이 공존하는 현장!

이미 이곳에 모인 인원만 해도 5,000만 명이 넘는 것으로 추정되었다.

가르나프 평원은 연일 방송으로 중계되면서 계속해서 사람들을 모으고 있었다.

감춰 둔 무기

중앙 대륙의 플레처 성!

대외적으로 크게 알려지지 않은 작은 성이었지만, 이곳에는 헤르메스 길드의 모험가 판테가 머무르고 있었다.

"이제 부화가 얼마 남지 않았구나."

지금으로부터 1년 6개월 전에 그는 도리아 지역에서 퀘스트를 하나 받았다. 헤르메스 길드 소속은 이미 알려진 퀘스트, 그것도 보상이 좋은 것만 한다는 인식이 있었다. 하지만, 판테는 가끔씩 누구도 해결하지 못한 퀘스트에 매달리기도 했다.

> **엘프들의 의아함**
> 자작나무 숲의 엘프들은 요즘 꽃이 빨리 시드는 것에 의아함을 느끼고 있다. 숲에서 무언가가 벌어진 모양인데, 이 의문을 해결해 줄 모험가를 찾고 있다.
> 난이도: D
> 보상: 엘프들의 친밀도

판테는 심심하던 차에 누구도 해결한 적이 없는 퀘스트임을
확인하고 의뢰를 받았다.

'간단히 끝내 버려야지.'

숲을 헤매다가 낙엽 밑에 있는 비밀 공간을 발견!

끈적끈적한 진흙 조금을 얻었다.

악령이 붙은 흙의 정수를 입수하였습니다.

그것을 엘프 장로에게 가져다주면서 이어지게 된 연계 퀘스
트들이 있었다.

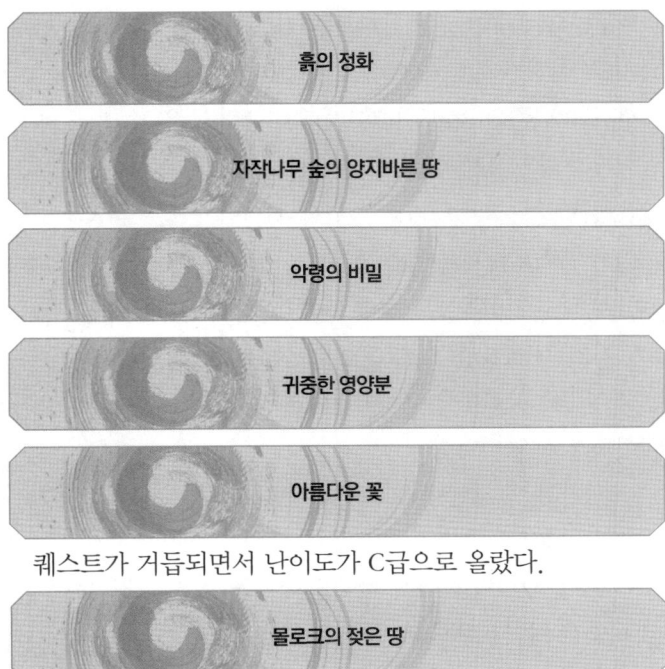

흙의 정화

자작나무 숲의 양지바른 땅

악령의 비밀

귀중한 영양분

아름다운 꽃

퀘스트가 거듭되면서 난이도가 C급으로 올랐다.

몰로크의 젖은 땅

가볍게 시작한 퀘스트였지만 몰로크는 너무나도 먼 곳에 있었다.

"난이도 C급이라. 여러 번의 퀘스트가 아깝긴 하지만 이걸로 어쩔 수 없지."

넓은 땅을 한 달 이상을 헤매고 다니기에는 귀찮다는 생각이 들어서 잊어버리고 살았다. 8개월 정도가 그렇게 지나고, 하벤 제국의 탐험대가 몰로크의 대지까지 향하게 되었다.

헤르메스 길드는 아직도 베르사 대륙에 수많은 신비들이 남아 있다는 걸 알고 있었다.

대부분의 유저들은 완전히 밝혀진 사냥터와 퀘스트를 반복하지만, 여전히 어딘가에 대박은 남아 있었다.

던전과 보물을 얻기 위해서라도 최상위권 유저들로 구성된 탐험대가 베르사 대륙을 한 번씩 돌아다녔다.

판테는 몰로크의 대지를 탐험한다는 이야기를 듣고 그곳에 끼어서 퀘스트를 완수했다.

연계 퀘스트라고 해도 막상 보상이 그렇게 크지 않은 것들도 많았기에 기대는 하지 않았다.

그런데 몰로크의 대지에서 끝나지 않고 나이 든 주민에 의해 퀘스트가 계속 이어졌다.

"모험가여, 그대에게 부탁드릴 게 있소."

"부탁이요?"

"그 흙이 있다면 충분히 씨앗을 꽃피울 수 있을 것 같군."

"씨앗은 어디에 있습니까?"

"내 할아버지가 잃어버렸지. 하지만 다행히 어디에서 잃어버린 것인지 알고 있다오."

몰로크의 음습한 둥지

몰로크에는 바게트들의 서식지가 있다. 그곳에는 대단히 귀한 열매들이 열린다고 하는데…… 바게트들을 제거하고 열매들의 씨앗을 입수하자.

난이도: A

제한: 흙의 정수, 몰로크의 젖은 땅 퀘스트 완료

보상: 최상의 열매

난이도 A 정도의 의뢰라면 이제 보통 일이 아니었다.

"하겠습니다."

판테는 헤르메스 길드의 상부에 보고를 했고, 즉시 타격대의 지원을 받았다.

"오늘 중으로 처리해 드리죠."

기사와 마법사, 궁수, 사제들로 구성된 100명의 타격대는 바게트의 둥지를 철저히 파괴했다.

판테는 간단히 퀘스트를 완료할 수 있었는데, 그것으로도 끝이 아니었다.

환상의 열매

먹기만 하면 건강해질 수 있다는 콰이란의 열매이다. 1등급 음식 재료! 하지만 이것을 찾던 이가 따로 있다는데…… 나이 많은 드워프들 중에는 알아볼 이가 있을지도 모른다.

난이도: A

제한: 콰이란의 열매 습득

판테는 헤르메스 길드의 지원을 받아 토르에서 드워프들에게 이야기를 들었다.

"콰이란의 열매가 있다고? 그것은 대단히 귀한 물건이지."

"어디에 씁니까?"

"그건… 내 입으로 말하고 싶진 않군."

판테는 친밀도를 높이기 위해 돈을 뿌렸다.

든든한 헤르메스 길드가 뒤에 있었으니 100만 골드 정도를 투입하는 건 일도 아니었다.

드워프는 어느 정도 친해지긴 했지만 그래도 입을 다물었다.

"함부로 말할 수가 없는 일이네. 또 모르지. 입이 싼 주정뱅이 드워프라면……."

헤르메스 길드의 정보력으로 주정뱅이 드워프를 찾아내고 퀘스트를 이어 나갔다.

"콰이란의 열매를 구했다고? 그것은… 실로 위대하고 두려운 존재들이 좋아하는 열매지."

판테의 퀘스트는 헤르메스 길드의 최상위권 모험가들이 지켜보고 있었다.

연계 퀘스트로 난이도 A.

여러 단계들이 이어지다 보니 보상이 문제가 아니라 난이도 S급의 의뢰로 이어질 수도 있다는 걸 예상했기 때문이다.

> 발람: 드워프들에게 위대하고 두려운 존재? 그렇다면 그건…….
> 타엠보: 드래곤이군요.
> 길추적자: 드래곤과 이어진다라. 이건 대박이라는 말로도 부족한데.

난이도 S급의 의뢰는 베르사 대륙의 지형이나 역사조차 바꿀 수 있다는 걸 위드의 모험으로 확인했다.

주정뱅이 드워프의 말이 계속되었다.

"오래전의 일이었어. 콰이란의 열매를 바쳐야 하지만, 구하기가 힘들었지. 그 존재들이 너무 맛있어서 몽땅 먹어 치워 버렸기 때문일세. 우리 드워프들도 몰래 술을 담그기도 했지만 말이야."

"아, 그러시군요."

"근데… 갑자기 오래전 소문이 떠오르는군."

"소문이요?"

"위대한 존재들이 어릴 때 가장 좋아하는 열매가 콰이란이라고 하지. 그래서 콰이란을 얻은 주변을 보면 귀한 발견을 할 수도 있다는데……."

주정뱅이로부터 정보를 입수했습니다.

퀘스트가 갱신되었습니다.

드래곤이 좋아하는 열매

콰이란의 열매는 드래곤들의 먹이이다. 많은 영양분을 담고 있어서 거대한 육체를 유지해야 하는 드래곤이 자주 찾는다. 열매의 발견 지역 인근을 수색해 보자. 위험하겠지만 무언가 귀중한 것을 얻을 수도 있다.

난이도: S

제한: 콰이란의 열매 습득, 드래곤과 관련된 정보 입수.

"정말로 난이도 S?"

"이거 도대체 어디까지 가는 거야."

판테와 헤르메스 길드 소속 모험가들.

심지어는 길드 최고 수뇌부층도 난이도가 오름에 고민에 잠겼다.

"계속 진행해도 되는 퀘스트일까요?"

"드래곤과 엮이면 위험하지 않겠습니까. 드워프가 나온 것도 마음에 걸립니다."

"드워프 왕국 토르가 악룡 케이베른의 영역이기는 하죠."

"몰로크의 대지는 한참 멉니다. 거긴 미지의 땅에 가까워요. 새로운 유형의 모험일 가능성을 배제할 수 없습니다."

"드래곤이라면 레어 근처에도 다가가지 못했습니다. 이런 퀘스트를 통해 친밀도라도 얻어 두면 큰 이익 아닙니까?"

"퀘스트가 어떤 식으로 전개될지 예측이 불가능하다는 점이 문제인데. 중간에 포기가 안 되면 곤란해질 것입니다."

헤르메스 길드 수뇌부는 이 퀘스트 때문에 회의까지 벌였고, 조금 더 진행해 보는 것으로 결론을 내렸다.

판테와 모험가들은 대대적으로 충원된 타격대의 도움을 받아서 몰로크의 대지를 탐험했다.

몬스터의 수준이 레벨 400, 500대라서 꽤나 고생했지만 얼마 되지 않아 찾아내고야 말았다.

던전, 방치된 집의 최초 발견자가 되었습니다.
혜택· 명성 10,000 증가. 일주일간 경험치, 아이템 드롭률 2배. 첫 번째 사냥에서 해당 몬스터에게 나올 수 있는 것 중에서 가장 좋은 물건 아이템이 떨어진다.

던전에서는 레벨 600대가 넘는 키메라들이 튀어나왔다.

상식을 초월하는 힘과 생명력!

모험가만 왔다면 고생했겠지만, 헤르메스 길드의 무력이 투입되니 처리할 수 있었다.

사제들과 마법사들의 후방 지원을 받으며 기사와 전사 들이 앞장서서 던전을 정리했다.

"흠. 수색을 해 보죠."

타격대가 중심이 되어 수색이 이루어졌다.

한 도시만큼이나 넓은 던전!

수많은 몬스터들이 살고 있었고, 구석에서 보물 상자들이 발견되기도 했다.

보석이나 황금 따위가 잔뜩 들어 있는 상자들.

검과 갑옷도 나왔는데, 드워프들이 제작한 물품이었다.

"놀라운데요. 여긴 중앙 대륙에서도 찾지 못했을 정도로 큰 던전입니다."

"보상도 확실하고요. 10개 이상의 퀘스트들이 연결되어 있습니다."

마법 함정들의 흔적도 있었지만 작동되지 않았다.

그렇게 수색을 하고, 마침내 찾아낸 것은 4미터 정도 되는 새하얀 덩어리였다.

"이거 뭡니까? 바위예요?"

"그런 것 같기도 한데. 단단하고요."

"따뜻함이 느껴지지 않습니까? 마나석의 느낌인데."

"마나석은 절대 아닙니다. 마법 봉인이 되지 않아요."

모험가들이 감정을 해 보고 나서야 확인할 수 있었다.

모험가들과 타격대의 유저들은 그 자리에 얼어붙었다.

"허, 드래곤의 알이라니……."

"설마 케이베른의 알? 그러면 이거, 던전에 들어온 죄로 우리 모두 죽는 거 아닙니까?"

"그런 것 같진 않은데요. 던전 이름도 방치된 집이라 하고."

"어떤 드래곤의 알인지는 아직 밝혀지지 않았습니다."

판테는 다가가서 알을 만져 봤다.

여러 번의 연계 퀘스트로 접근하게 된 드래곤의 알이라 감격으로 가슴이 벅찼다.

띠링!

퀘스트가 갱신되었습니다.

드래곤의 알
그린 드래곤 아란칼드가 블랙 드래곤 케이베른과 낳은 알을 발견했다. 아란칼드가 알려지지 않은 이유로 떠나고 난 이후에 알은 현재의 자리에 그대로 남겨졌다. 인간의 손길이 닿은 알은 드래곤의 분노를 사게 될 것이다. 분노를 해소할 방법은 무사히 알을 부화시켜서 새끼 드래곤의 탄생을 기다리는 것이다.
난이도: S
제한: 드래곤의 알 발견, 현재의 진행 단계에서 퀘스트 포기 불가능.

"……."

퀘스트의 실체를 알게 된 판테는 말문이 막혔다.

'드래곤이 태어난다고?'

사정을 알게 된 헤르메스 길드의 수뇌부도 갑론을박에 빠져 들었다.

"난이도 S급의 연계 퀘스트입니다. 이런 모험은 위드조차 한 적이 없습니다."

"방송을 한다면 시청률은 정점을 찍을 수 있을 것 같군요."

"광고도 충분히 들어오겠죠. 유저들에게 헤르메스 길드의 능력을 각인시킬 기회입니다."

"기회라고요? 드래곤이 얼마나 위험한 존재인지 모릅니까? 잘못되면 도시 몇 개가 날아갈 수도 있어요."

"영향력이 큰 퀘스트입니다. 이런 건 실패 시의 손해도 잘 고려해야……."

저마다 입장이 달라서 끝나지 않을 토론이었다.

드워프 모험가 항투는 말했다.

"난이도 S급인 모험은 좋습니다. 근데 이게 케이베른과 관련이 있다는 게 걸립니다. 케이베른이 괜히 악룡이겠습니까?"

판테조차도 그 말에는 딱히 할 말이 없었다.

명성과 능력이 되는 모든 모험가들은 대체로 드래곤과 관련된 퀘스트를 꺼린다.

드래곤이 인간을 만나 주는 경우도 드물지만, 악룡 케이베른 같은 경우는 정당한 보상을 해 주리라고 기대하기도 힘들었다.

"그래도 퀘스트인데… 보상이 있지 않겠습니까?"

"케이베른이 드워프들에게 제작 퀘스트를 내주죠. 근데 제대로 된 보상을 해 줬다는 이야기는 못 들었습니다."

"허, 난이도나 상황을 보면 계속 도전을 해 보고 싶은 퀘스트인데."

기사들 중에서 특히나 퀘스트에 강한 애착을 갖는 이들이 많았다.

퀘스트의 내용이 앞으로 어떤 식으로 바뀔지는 모르지만 그들은 상상했던 것이다.

새끼 드래곤을 부화시킨다.

그 드래곤과 친해진다면, 전설의 드래곤 나이트라는 직업을 얻을 수 있을지도 모른다는 상상.

일찍이 위드가 엠비뉴 교단을 퇴치할 무렵에 혼돈의 드래곤 아우솔레토를 탔던 적이 있다.

블랙 드래곤을 타고 엠비뉴의 화신과 전투를 펼치던 광경이 잔상처럼 기사들에게는 남아 있었다.

'드래곤 나이트만 된다면 대가로 성 하나를 바치더라도 아깝지 않다.'

'드래곤 나이트. 기사들이 품는 최고의 로망 아니겠어?'

헤르메스 길드에서도 소수만이 알고 있는 퀘스트였고, 무엇보다 흑기사 바드레이가 있었다.

"지금까지 해 온 것도 있고, 퀘스트가 성공한다면 막대한 이익을 거둘 수 있을지도 모릅니다. 더 이상 취소도 안 되는데 진행하는 수밖에요."

그리하여 판테와 몇몇 모험가들은 플레처 성에 드래곤의 알을 보관하며 부화를 준비하고 있었다.

그 이후에 몬스터 군단이 플레처 성을 몇 번이나 노렸다.

대중은 반란군이나 낮아진 치안의 영향이라고 생각했지만, 실상은 드래곤의 알을 노린 흑마법사들의 공격!

헤르메스 길드의 군사력을 넘어설 수 없었기에 흑마법사들의 시도는 매번 좌절됐다.

하지만 그러면서 추가적인 정보도 얻을 수 있었다.

알이 파괴되면 2마리의 드래곤이 강림한다.

흑마법사들의 목적은 마법의 시대를 여는 것이다.

드래곤의 분노는 몬스터 웨이브를 일으켜서 대륙 전체
를 황폐화시킬 가능성이 크다.

위드와 동료들은 게이하르 황제의 안내를 받아 아르펜 제국의 수도로 향했다.

"……."

"이야아아!"

"괴, 굉장하다!"

고전 시대의 장엄한 석조 건축물들이 그들을 반겼다.

시야의 끝에서 끝까지 펼쳐져 있는 대도시!

짐승, 조인족의 형태로 이루 말할 수 없는 다양한 조각 생명체들이 살아간다.

아름다운 강이 흐르고 수백여 종의 나무들이 무성하게 자란 아르펜 제국의 수도였다.

고전 시대 아르펜 제국의 수도를 찾아왔습니다!
기록에 존재하는 옛 아르펜 제국의 수도! 수많은 생명체들과 인간이 어우러
져 살았으며, 베르사 대륙의 문화와 문물이 모이는 중심이 되었던 버드 아드
렌에 방문하였습니다.
전설적인 모험 업적을 세웠습니다. '역사의 관찰자' 호칭을 획득하였습니다.
모든 스탯이 5씩 증가합니다. 명성이 12,450만큼 늘어납니다.
이 믿기 어려운 발견물은 다른 이에게 보고한다고 해도 받아들여지기 힘들
것입니다.

위드는 오래전이기는 하지만 아르펜 제국의 옥새에 담겨 있
던 영상을 통해서도 이 수도를 본 적이 있었다.

직접 온 건 처음이라서 모험 업적에 따른 보상을 얻을 수 있
었다.

"크으! 감동이다."

"이런 모험이라니요."

"전부 다 신기해요."

동료들이 감동하며 거리를 걸었다.

믿기 어렵게도, 모든 아르펜 제국의 풍경들이 옛 모습 그대
로 남아 있었다.

광장과 상점 거리, 식량 창고를 비롯한 건물들이 그대로 재
현되었다.

〈로열 로드〉에서만 가능한 시간 여행!

오래전 과거에 살았던 희귀한 수인족들도 돌아다녔다.

게이하르 황제의 미적 취향은 종족을 가리지 않는 편이라 파
충류나 벌레 종족의 생명체들까지도 다양한 편이었다.

특이한 점은 그 모습들마저 도시의 풍경과 잘 어우러져 아름답다는 것이었다.

'위드 님도 조각사로서 나중에는 종족을 만들어 낼 수 있겠지. 베르사 대륙의 지금 모습도 많이 바뀔 수 있겠구나.'

'진짜 역사다. 조각술의 끝은 기적과도 맞닿아 있어. 내가 익힌 낚시에도 이런 위대함이 있을까?'

'강한 전사들이 많이 보이는군.'

하늘에는 날개가 달린 거대한 뱀이 날아다니기도 했다.

기상천외한 광경이었지만 이곳이 조각 생명체들이 살아가는 도시임을 감안하면 그 어떤 것도 이상할 것이 없다.

게이하르 황제가 흐뭇하게 웃었다.

"제국 안에서도 내 자식들이 가장 많이 모여 있는 곳이지."

번화한 상점 거리도 당연히 있었다.

위드와 동료들은 상점용 물품을 쓸 수준을 넘어섰지만 신기한 마음에 구경했다.

"좋은 물건들이 많소. 들어와서 보시겠소?"

"집을 장식할 융단을 찾으려면 이쪽으로 오세요."

"남자라면 무기지! 그쪽, 그냥 지나가지 말고 이 무기를 좀 살펴보게!"

조각 생명체들이 종족을 이루며 살고 있었기에 매우 다양한 물품들이 많이 있었다.

식료품만 하더라도 수백여 종이 넘는다.

지렁이 허리띠, 토끼족의 방한용 귀마개, 악어족의 장식용 이빨끈.

잡화점에서는 온갖 물품들을 다 판매했다.

이리엔이 악어 나일이를 위해 이빨끈을 샀다.

"천공의 섬 라비아스에서 조인족들을 위한 물건을 판매하는 것과 비슷하네요."

"전투용보다는 음식이나 생활용품이 많은 것이 특징이기도 합니다."

페일은 시골쥐와 누렁이를 위한 물품도 사 줬다.

쥐의 꼬리 장식과 누렁이의 외투 같은 것이었는데, 나름 품질은 뛰어났다.

찍찍!

"음머어어어. 고맙다."

위드는 그저 남의 일처럼 지켜볼 뿐이었다.

조각 생명체들을 태어나게 해 주었지만 그 이후에는 오로지 부려 먹을 뿐!

게이하르 황제는 흐뭇한 광경으로 그 모습을 봤다.

"자네의 친구들도 정말 멋진 모습이야."

"친구들요?"

"아, 자네는 가족이라고 생각하는 모양이군."

"……."

조각 생명체들은 오로지 부하일 뿐!

녀석들을 데려온 것도 전투용보다는 게이하르 황제와의 친밀도를 위함이었는데, 결과적으로는 긍정적인 반응이었다.

"특히 누렁이라고 했나. 저 육체미는 그야말로 발군이라고 할 수 있어. 소의 강한 힘을 상징하고, 시골쥐도 아주 귀여워."

게이하르 황제는 조각 생명체들을 칭찬하기도 했다.

자연스러운 흐름!

위드는 슬슬 용건을 꺼내야 할 때임을 직감했다.

"폐하."

"편하게 스승이라고 부르게."

"예, 스승님!"

호칭이 가까울수록 부탁은 거절하기 힘들다.

어려운 일을 맡길 때 명분이란 슬금슬금 쌓는 것이었다.

"저는 미래에서 왔습니다. 이 도시에 있는 스승님의 친구들이 어찌 될지… 혹시 알고 계십니까?"

게이하르 황제는 잠시 생각해 보다가 탄식했다.

"아마도. 이 녀석들이 평화롭게 인간들과 어울려서 살면 좋겠지만… 그러지는 못하겠지."

"이미 짐작하고 계시는군요."

"같은 인간들끼리도 더 가지려고 전쟁을 벌이는데. 조각 생명체들을 받아들이기가 쉽지 않겠지."

"예, 그렇습니다."

위드는 미래에 벌어질 일들을 알려 주었다.

게이하르 황제가 죽고 나서 조각 생명체들은 떠나고 아르펜 제국은 무너지게 된다.

긴 시간이 흐른 후에 조각 생명체들의 일부는 몬스터가 되거나 인간들의 발길이 닿지 않는 지역에 가서 산다는 이야기를.

"그렇게… 되어 버리는가."

게이하르 황제가 적지 않은 충격을 받고 말문을 닫았다.

동료들은 나서지 않고 지켜보기로 했다.

'무슨 수로 설득할까?'

'100%. 단 한 번도 실패하지 않은 친밀도의 비결을 곧 보게 되겠어.'

'위드가 위대한 모험가로 성장한 이유는 말솜씨에 있다는 분석도 있었다. 멋진 대사들을 하지 않을까?'

오랫동안 함께했던 페일조차도 침을 꼴깍 삼켰다.

위드가 퀘스트를 위하여 주민들이나 영웅들을 다루는 모습을 본 적은 거의 없었던 것이다.

카리스마와 설득 능력!

그런 것들을 보게 될 거란 기대감이 듬뿍 들었다.

위드는 배낭에서 술통을 꺼냈다.

졸졸졸!

맑은 빛깔의 술이 황토로 빚은 술잔에 가득 담겼다.

최상급 품질의 증류주였다.

"일단 한 잔 드시죠."

"이건 뭔가?"

"스승님을 생각하며 담근 것인데 성의를 생각하셔서라도 들어 보시죠."

"으음, 그럼 맛이나 볼까."

게이하르 황제는 조각 생명체들의 미래를 생각하니 울적한 기분이라 단번에 술을 들이켰다.

"키야아아. 좋구나!"

"여기 구운 오징어와 닭 날개도 있습니다."

간단히 맛이나 보려 했는데 한 잔이 곧 두 잔이 되고, 석 잔으로 늘어났다.

위드는 배낭에서 각종 안줏거리와 술병들을 계속 꺼냈다.

"바람도 선선하고 날씨가 참 좋지 않습니까?"

"그래. 좋구나."

미각을 돋우는 안주 맛에 순식간에 병이 비워졌다.

"크으, 자네를 만나서 정말 좋군. 조각술도 익히고 있는 데다 요리 솜씨도 이렇게 훌륭하고……."

"조각술은 최고입니다, 스승님!"

또다시 한 병이 비었다.

"평생 아름다움을 친구로 두고 지냈다. 내 마음을 알아주는 친구들이 늘어났지만… 가끔씩은 외로울 때가 있어."

"스승님 마음, 충분히 이해하죠."

게이하르는 외로움을 호소하며 술을 마셨다.

어느새 한 병이 또 비고 말았다.

"대나앗부…터 이러케에 마니 마시며언 안 되는데에……."

혀까지 꼬이기 시작한 게이하르 황제!

평소에 술에 물을 타던 위드는 이번에는 반대로 독한 것들만 꺼내고 있었다.

안주도 튀김, 볶음, 탕, 면, 과일 등등 다양했다.

미리 준비하지 않았다면 이루어질 수 없는 빠른 세팅!

"약주입니다, 약주. 제국을 통치하고, 수많은 친구들을 보살 피시는 스승님께 이렇게 잠깐의 휴식은 더 나은 미래를 위해서도 필요한 게 아니겠습니까."

위드는 말을 하면서도 재빨리 술병의 뚜껑을 새로 땄다.

"이것만 드시지요. 스승과 제자가 한 잔씩 하는 거, 이런 게 다 정 아닙니까."

"그러얼까아, 그러어엄."

술잔을 나눠 받으며 게이하르 황제는 속마음의 이야기를 털어놓은 후였다.

친구들이 없던 어린 시절에 조각을 하면서 보냈다는 이야기.

진심을 담아서 대해 주었더니 생명을 부여할 수 있게 되었다는 사연.

술을 마시면 진심을 나누게 되고 친구가 되었다고 착각하게 만든다.

이것이 바로 술 영업의 진수!

게이하르 황제의 눈마저 서서히 풀려 가고 있을 때였다.

"저도 아르펜 왕국을 세웠습니다."

지금까지 그의 이야기를 들어 주기만 했던 위드의 입에서 묵직한 소리가 나왔다.

당연히 입술에는 침을 듬뿍 발랐는데, 이것은 아직 버리지 못한 최소한의 양심이었다.

"왕국을 세운 건 저 혼자 잘 먹고 잘 살자는 게 아니었습니다. 인간들끼리의 끝없는 전쟁. 하벤 제국에 세워져서 그들끼리 떼돈을… 아니, 인간들이 고통스러워하고 있었습니다."

"……."

술에 취한 게이하르 황제였지만 위드의 말에 조금 정신을 차렸다.

"그래서어?"

"아르펜 왕국. 이름부터 짐작하시겠지만 스승님을 존경하기 때문에 지었던 국명입니다."

활짝 마음이 열려 있던 게이하르 황제를 더욱 흡족하게 만드는 말이었다.

'떠오르는 이름이 없어서 대충 지었던가.'

왕국의 이름을 '위드만세'로 하려다가 그냥 아르펜으로 했다.

"제가 세운 아르펜 왕국도 평화로운 국가였습니다. 인간과 엘프, 드워프, 바바리안이 이미 폐허가 된 땅에 도시를 세우고 살아갔죠."

모라타의 기원에 대해서도 이야기해 줬다.

귀찮기는 했지만 게이하르 황제가 아르펜 왕국의 건국 이야기를 마음에 들어 하는 눈치였기에 얘기를 길게 이어 갔다.

"목숨을 걸고 노력하여 아르닌과 에르리얀도 구할 수 있었습니다. 아르닌은 노예가 되어서 비참하게 살고 있었죠."

"어찌이 그러언 일이……."

게이하르 황제는 분노로 몸을 떨었다.

자칫 술에 취해서 잠들어 버릴 수 있었으므로 적당한 때에 화를 내게 만드는 것도 필수.

"아르펜 왕국이 원하는 건 다른 것이 아닙니다. 모두가 행복하게 살아가는 것이죠. 그리고 스승님의 친구들을 구하는 것도 있습니다."

"그들을 잊지 않코오 있어꾸나."

게이하르 황제의 목소리가 약간이나마 또렷해졌다.

위드에 대한 고마움으로 가득할 때!

술 영업이 절정에 도달했다.

"아르펜 왕국은 전쟁으로 위기에 처해 있습니다. 염치는 없지만, 앞으로 힘들게 살아갈 조각 생명체들을 위해서, 스승님의 아이들을 구하고 대륙의 평화를 위해 좀 도와주십쇼!"

바로 이 순간.

제대로 치고 들어갔다.

위드는 게이하르 황제와 주거니 받거니 하며 술을 마셨다.

페일을 비롯한 동료들은 멀찌감치 떨어져 있었지만 대화에 귀를 기울이고 있었다.

"이게 성공할까요?"

"확실히 맨입으로는 힘들죠. 조각 부활술로 되살린다고 해도 생명을 부여하고 혼신을 다해서 도와야 하는 거잖아요."

제피는 부정적이었고, 양념게장도 마찬가지였다.

"이 설득이 잘못되면 가르나프 평원에 지어지고 있는 수많은 조각물들은 무용지물이 될 겁니다. 그건 정말 큰 타격이죠."

모두들 바라그를 비롯한 조각 생명체들의 전투력을 보고 감탄도 했다.

게이하르 황제의 참여에 따라 하벤 제국을 상대할 수 있는 방법도 달라질 것이다.

역사를 바꿔 놓은 영웅.

게이하르 폰 아르펜이었으니까!

'가르나프 평원에서 위드 님의 비장의 무기가 완전히 무용지물로 돌아가면 질 수도 있어.'

'무조건 설득해야 돼.'

수르카가 근처의 식당을 다녀왔다.

"매콤한 돼지통구이 사 왔어요! 양념을 발라서 먹으면 돼요."

돼지통구이를 먹으면서 위드와 게이하르 황제를 지켜보는 동료들.

위드가 술을 몇 잔 따라 줄 때만 해도 금방 본론을 꺼낼 줄 알았다.

"또 한 병을……."

"무지 빨리 마시네요."

"앗. 위드 님이 입안에 있던 술을 몰래 버렸어요!"

베르사 대륙을 구하기 위한 설득.

정신없이 마시게 하고, 살살 비위를 맞춰 준다.

순박한 게이하르 황제는 마음을 털어놓았고 진심을 이야기했다.

그때 도와 달라면서 치고 나오는 위드!

"허어. 그런 이유로 아르펜 왕국을 세운 거라니!"

"와, 진짜 위드 님이 사람들을 위하며 살긴 하시네요. 저런 고민들을 가진 줄은 몰랐어요."

"그럴 리가 없는데."

위드에 대해 잘 아는 동료들마저도 잠시 흔들릴 정도였다.

혼자 잘 먹고 잘 살려고 노력해 온 것인데, 뭔가 포장을 잘하니 대륙을 구하는 영웅처럼 느껴졌다.

예술을 위하여 고된 조각사의 길을 걸으며, 세상을 구하려고 각종 위험한 퀘스트를 수행하고 왕국까지 건설했던 영웅의 일대기!

제피는 고개를 갸웃했다.

"사실관계로 따지면 틀린 게 없긴 한데, 옆에서 지켜본 바로는 납득하기 힘든 부분들이……."

이리엔은 어색하게 웃었다.

"아무래도 그렇죠."

아르펜 왕국의 상권 장악을 비롯하여, 푸홀 워터파크의 땅투기 등 수많은 사건들을 알고 있는 동료들이었다.

그렇다고 해서 위드를 비난할 자격이 있진 않았다.

그들도 푸홀 워터파크에 별장 한 채씩을 공짜로 받았으니까!

'딱히 억울한 피해를 입은 사람이 있는 것도 아니고.'

'위드 님 덕분에 베르사 대륙이 더 좋아진 건 사실이지.'

'북부 유저들 중에서 위드 님을 원망하는 사람은 아마 거의 없을걸.'

좋은 국왕인지는 모르겠지만 어쨌든 살기 좋은 세상을 만들어 가고 있었다.

사리사욕을 따지지만, 그걸 챙기는 속도와 규모가 너무나도 크다 보니 역으로 왕국의 발전에도 도움이 됐다.

위대한 건축물이나 도시 개발, 교통망의 건설 같은 건 위드의 업적이 아니고서는 불가능했으리라.

"스승님의 아이들을 구하고 대륙의 평화를 위해 좀 도와주십시오!"

설득의 끝!

위드의 말이 떨어졌지만 게이하르 황제는 거절할 어떠한 이유도 찾을 수 없었다.

순전히 게이하르 황제 본인의 생각이었지만 그의 조각술을 이어받은 하나뿐인 제자였고, 아르펜 제국의 뒤를 잇기도 했으니 말이다.

'나를 생각하는 마음이… 얼마나 갸륵한가.'

그것만으로도 감동인데 대륙을 위한 퀘스트도 해냈고, 조각 생명체들도 구했다.

지금까지 또 얼마나 살갑게 대하며 잘해 주었는가.

"도와야지. 뭐어드은."

베르사 대륙을 통일했던 영웅.

게이하르 황제가 혀 꼬인 목소리로 대답했다.

가르나프 평원에 모인 유저들은 바빴다.

놀고 싶으면 축제의 장소로 가서 즐기고, 일을 하고 싶다면 거대 조각상 건축에 참여했다.

"벌써 소리가 들린다!"

"저거 봐, 저것들이 산이 아니라 조각상이잖아!"

중앙 대륙의 유저들은 말을 타고 가르나프 평원을 향해 달려왔다.

마법사들은 공중을 날았으며, 초보들도 쉬지 않고 걸었다.

가르나프 평원의 넓은 땅에 세워진 조각상들을 멀리서 보는 감동이란!

"축제다!"

"맥주부터 마시고 놀자. 오늘은 안 잘 거야!"

평원을 가득 메운 인파가 축제를 즐긴다.

그들이 뛰고 소리를 지를 때마다 땅이 흔들릴 정도였다.

축제에는 북부의 상인들이 총동원되어 준비한 음식 외에도 음악과 춤이 있었는데, 그 규모도 방대했다.

북부의 음유시인들은 대부분 참여했을 뿐만 아니라, 현실에서의 유명 가수들과 밴드도 왔다.

"신나게 노세요! 베르사 대륙이 흔들릴 정도로!"

각국의 유명 밴드들에게 이번 축제는 음악 역사상 최대의 이벤트였다.

전 세계의 사람들이 모이는 자리.

그들의 음악을 알리고 팬을 만날 수 있는 기회였기에 아침부터 새벽까지 쉬지 않고 음악 소리가 흘렀다.

"아르펜 왕국의 저력이 장난이 아니네!"

"어떻게 이런 준비를 했을까? 이만한 능력이 있을 줄은 몰랐는데."

솔직히 위드와 마판도 이 정도까진 생각하지 못했다.

전쟁 날짜를 늦추면서 모여든 사람들에게 술과 음식을 팔아서 떼돈을 벌려고 했을 뿐…….

저마다 자기 역할을 찾아 모여든 사람들 덕분에 결실을 맺고 있는 것이었다.

"참홍의 검을 판다!"

"와! 저건 거의 1,000만 골드는 나가는 물건 아냐?"

"레벨 제한이 520이나 되니까 우린 쓰지도 못할걸."

중앙 대륙의 유저들도 술이나 음식, 교역품을 개인으로라도 가져오고 있었으므로 시장도 활발하게 개설되었다.

"무기 수선해 드립니다. 3골드예요!"

"옷 수선 전문입니다. 떨어진 단추나 소매 수리, 완벽하게 꼼꼼하게 해 드려요! 세탁은 하루만 맡기시면 돼요."

"와! 북부 물가 엄청 싸다."

"하벤 제국에 비해 세금이 낮잖아."

"제국도 세금이 꽤 낮아졌는데 그래도 비교가 안 되네."

북부 유저들이 내뿜는 활기!

〈로열 로드〉를 뒤늦게 시작한 그들이었지만 베르사 대륙에 대한 애정과 활력만큼은 오히려 더하다.

중앙 대륙의 유저들에게도 그 생생한 기운이 옮아갔다.

"대박이다! 여긴 진짜……."

"이런 분위기였다면 아르펜 왕국으로 진작 안 넘어온 내가 멍청한 거였네."

"지금이라도 안 늦었지. 싹 다 정리해서 아르펜 왕국에서 살란다."

"이 전투만 이기면 중앙 대륙이 아르펜 왕국이 될 수도 있는 거잖아."

"그것도 괜찮겠네."

"푸홀 워터파크는 꼭 가 봐야지. 중앙 대륙에 그런 곳이 생길지도 모르지만 거긴 원조잖아."

시장에서는 평소에 처분하지 못하던 물품이나 고급 무기 같은 것들이 사고팔렸다.

레벨 100 이하의 초보에서부터 레벨 500대의 장비들까지!

마법 재료들은 종류를 헤아릴 수 없을 정도였고, 가장 많이 판매되는 건 레벨 200대에서 350 사이의 물품들이었다.

"북부 유저들 레벨이 의외로 꽤 높네?"

"레벨 200 이상이 어지간히 많아. 우리 때보다도 성장이 빠른 거 아니야?"

"사냥터 제한도 없고, 몬스터들도 많다고 하니 그렇겠지."

시장에서 짭짤하게 돈을 벌어들인 유저들은 축제에서 마음껏 먹고 놀았고, 그렇게 풀린 돈은 더 많은 물자와 상인을 끌어들였다.

위드가 15일 후에 전투를 벌이자고 했지만 거기에 대해서 아쉬워하는 유저들이 많았다.

아예 한 달 뒤로 잡았다면 가르나프 평원의 인파는 더 어마어마했을 것이므로.

베르사 대륙 전역에 퍼져 있던 유저들의 대부분이 한자리에 모이는 대회합의 장이 펼쳐지고 있었다.

축제가 밤낮으로 벌어지고, 대형 조각상의 공사 현장도 마찬가지였다.

건축가란 건축가는 다 몰려왔고, 자신들의 명예를 건 건설 회사들의 경쟁도 치열했다.

땅! 땅! 땅!

두드리고 부수고, 쌓아 올린다.

모든 작업들이 초고속으로 이루어지는데 안전에는 관심이 없었다.

아슬아슬하게 절벽을 타듯이 조각상 위로 오르고, 돌들을 쌓았다.

"으아아악!"

비명을 지르며 유저 1명이 떨어지고 있었다.

높이 500미터에서의 추락!

가까이 있던 마법사들이 주문을 외웠다.

"신속한 비행!"

비행 주문이 발동되며 떨어지던 유저가 다시 올라갔다.

"고맙습니다!"

"별말씀을요."

막무가내로 만들어지는 조각상은 이미 그 효율보다는 물량 경쟁으로 번진 지 오래였다.

"선봉을 서는 독버섯죽 부대가 가만있을 수 없겠군요."

"크고 아름다운 독버섯을 제작해 보죠."

"게살죽 부대여! 우리도 위풍당당한 게를 1마리 함께 만들어 봅시다."

풀죽신교의 각 부대들은 저마다 뜨거운 열정에 불타올랐다.

한편에선 시커먼 로브를 뒤집어쓰고 따로 모인 유저들도 있었다.

"우리 벌레죽도 상징물을 만들어야 하지 않겠습니까?"

"크큭. 1마리로는 부족하죠. 벌레 소굴 정도는 되어야……."

"벌레 창조는 어떻습니까?"

"촉수와 더듬이. 솜털. 또 어떤 게 있을까요?"

"물컹꿈틀이가 우리에게 주었던 충격은 대단합니다. 위드 님의 작품이라도 그 정도는 안 될까요?"

"시도해 봅시다. 무엇이든지 제대로요. 근데 물컹꿈틀이도 그냥 썩히기에는 아까운데요."

"물컹꿈틀이는 지렁이죽 부대에서 따로 만든다고 들었습니다만."

"지렁이죽 부대는 우리 벌레죽 부대의 동맹이죠. 그들의 판단을 존중해 줍시다."

가르나프 평원의 한쪽 구석에서는 어마어마한 벌레들이 창조되고 있었다.

벌레죽 부대의 사회적인 인맥이 의외로 넓었고, 그들은 벌레에 대한 가치를 재평가받기 원했다.

벌레에 대한 각 분야의 권위자들도 초청되어서 지상 최대의 벌레들을 제작하려고 했다.

심지어는 가르나프 평원의 지하에서도 작업이 이루어졌다.

"조각? 그 어떤 것이라도 손재주로는 드워프들을 따라오지 못하지."

"우리가 실력을 과시하면 인간들은. 흠흠."

"돌보다는 강철로 된 작품을 만들어 봅시다."

"그거 좋지요."

지하를 깊게 파고 들어가서 그 안에서 작업이 이루어졌다.

대장장이 스킬을 고급 이상으로 올린 명장들!

중급 정도의 스킬을 가진 드워프들도 흔했고, 그들은 팔팔 끓는 쇳물을 부어서 작품을 만들었다.

게이하르 폰 아르펜 황제의 참전은 방송을 통해 이미 알려진 후였다.

"생명만 부여되면 이것들이 세상에 날뛸 겁니다. 정말 멋진 모습이 되겠군요."

"드워프의 존재감이 베르사 대륙에서는 너무 약했죠. 만드는 것 하나는 드워프를 따라가지 못할 겁니다."

화가들은 특히 가장 바빴다.

수백 미터짜리의 조각상들이 완성되면 그것들에 색을 칠해야 한다.

다양한 종류의 색을 칠하는 데 동원되어야 했으며 물감도 제작했다.

가르나프 평원은 축제와 작업으로 모든 것이 분주하게 돌아 갔다.

사람들이 모여서 일하는 규모가 세계 최대급이었다.

모험가 체이스!

가르나프 평원에서의 전투를 위해 그는 대륙을 떠돌았다.

"가르나프 평원의 전설이라든가 숨겨진 이야기 같은 건 없을 까요?"

모험가는 딱히 전쟁터에서 할 수 있는 일이 많지 않기에, 뭐라도 돕기 위해서 물어보는 것이었다.

"거긴 버려진 땅이지."

"인간들이 살지 않아서 무성하게 잡초만 자랐다네."

"말들의 고향 아닌가. 튼실한 야생마들이 자유롭게 뛰어다니는 장소야."

가르나프 평원에 대해 자세히 아는 사람은 없었는데 꽤나 먼 브리튼 지역에서 실마리를 찾았다.

모험가 체이스가 수시로 술과 음식을 바쳐서 인맥을 쌓은 현자 도나드 공에 의한 것이었다.

"오래전에, 팔단 왕국이 가르나프 평원에 건국된 적이 있었다네."

"팔단 왕국요?"

"전쟁의 시대. 팔단 왕국은 평화를 주장했지만, 다른 왕국들의 연합 공격으로 철저히 몰락하고 말았다지."

"네, 그렇군요."

"한때는 그 유령들이 떠돌아서 인간들이 살지 않는 땅이 되었어. 팔단 왕국의 물건을 가지고 가면 그 유령들을 만날 수도 있다더군. 무슨 의미가 있을진 모르겠지만."

모험을 하기에는 한 달의 시간도 짧다.

특히 큰 규모의 모험은 몇 달의 시간이 걸리기도 하기 때문에 체이스는 모험가 길드에 도움을 청했다.

제목: 팔단 왕국에 대한 정보가 필요합니다.

모험가 체이스입니다.
가르나프 평원의 전투를 위해 모험가로서 팔단 왕국에 대해 알아보고 있습니다.
무엇이든 가지고 있는 정보가 있으면 제공해 주십시오. 꼭 부탁드립니다.

불과 1시간!

수많은 유저들의 댓글이 쇄도했다.

└ 전성기 시절 인구 148만으로 추정. 국왕 타굴.
└ 저도 팔단 왕국과 관련된 모험을 했지만 미해결 상태입니다. 도시의 흔적은 완전히 사라졌습니다. 지진으로 가라앉은 것으로 알고 있어요.
└ 발텐 협곡에서 옆으로 뚫린 길이 있습니다. 지하로 진입하는 동굴이 있는데, 거길 통하면 팔단 왕국의 흔적을 볼 수 있습니다.
└ 오. 그런 묘수가…….
└ 아직 보고되지도 않은 발견물입니다. 작은 도움이라도 되었으면 합니다.
└ 체이스 님, 지금 어디신가요? 저 35번 무대에 있는데요. 팔단 왕실 기사단의 문양을 가지고 있습니다. 저녁 약속이 있어서 친구 기다리는 중이거든요.
└ 길잡이 필요하지 않으십니까? 이쪽 지역의 지리에 대해서는 제가 잘 압니다. 어디든 빠르게 안내해 드리겠습니다.
└ 35번 무대에서 구경하고 있는 관객입니다. 제가 왕실 기사단장의 문양을 받아서 가져다 드려도 될까요? 레벨 400대의 레인저라서 말을 타면 금방 움직일 수 있을 것 같습니다.

모험가 길드의 협력!

풀죽신교의 유저들까지 협력하면서 체이스의 모험에 걸린 시간은 극적으로 단축되었다.

다른 지역에서의 정보나 실마리도 빠르게 해결되었다.

체이스는 고대 도시의 유적을 찾아냈다.

—우린 원한을 꺼뜨리기 위해 피를 원한다!

"얼마든지 드릴 수 있을 것 같습니다! 가르나프 평원에 전쟁이 벌어졌기 때문입니다!"

─우리의 땅에서 전쟁이라니. 피의 숙명을 풀어낼 수 있는 것인가.

"그럼요. 얼마든지요!"

체이스는 전쟁을 좌우할 수 있을 정도로 대단한 건 아니지만 5만의 팔단 왕국군의 유령들을 얻어 냈다.

농부 미레타스.

그는 축제와 공사가 한창 벌어지는 평원을 보며 막막하게 여겼다.

"여긴 사람들이 많아서 씨앗을 뿌리기가 곤란하겠어."

농부라고 무시할 게 못 된다.

사람을 잡아먹는 전투 식물들을 심어서 전투에 동원할 수 있는 것이다. 심지어 식물들은 성장하고 열매까지 맺어서 씨를 퍼트린다.

다만 씨앗에서 싹이 트고 자라나기까지 햇빛과 거름, 물과 시간이 필요했다.

이곳에 전투 식물들의 씨앗을 뿌린다면 자라는 동안 지나가는 사람들을 마구 잡아먹게 될 것이다.

"하벤 제국군을 상대로 싸우려면 제대로 키운 나무들이 필요한데 말이야."

미레타스는 고뇌에 잠긴 채로 축제의 주점에서 양꼬치를 먹었다.

"이건 왜 이렇게 맛있는 거야."

부지런히 양꼬치들을 입안에 쓸어 담았다.

농부로서 일을 하다 보면 입맛이 돋는 경우가 자주 있었다.

"크아! 이 맛이지."

미레타스는 마지막 남은 양꼬치에 손을 대려다가, 마찬가지로 한참 정신을 못 차리고 먹고 있던 엘프와 눈이 마주쳤다.

"어?"

"미레타스 님?"

엘프 스푸니커.

상위권의 랭커로서 역시 유명한 유저였다.

게시판에서의 유명인이었고, 그의 정보 글은 수많은 초보자들을 이끌었다.

"자, 양꼬치 또 넉넉하게 나옵니다!"

요리사가 넓은 접시 가득 양꼬치를 담아서 내왔다.

불길에 가려져서 제대로 못 봤지만, 요리사도 마스터를 노리고 있다는 엘크군!

"오, 여기서 이렇게 보기 힘든 사람들을 만나는군요."

"모두 반갑습니다."

"맛있게 드시고 계시지요?"

셋은 평소에도 친분이 있었다.

미레타스도 농업을 이끌어 가는 유저로서 명성이 자자했고, 그가 북부로 온 이후로 농업 생산량이 대폭 늘어났다.

식당에서 손님들을 자주 대하는 엘크군도 명성이 높은 건 마찬가지였다.

그의 요리는 먹는 사람들을 감탄시킬 정도였으니 희귀 재료로 만든 특별한 요리가 나오는 날에는 맛을 보기 위해 며칠씩 기다리는 일도 흔했다.

스푸니커도 그들을 위해 몇 가지 귀한 씨앗과 열매, 풀을 구해다 준 적이 있었다.

미레타스가 빙긋 웃었다.

"모두 하벤 제국과 싸우기 위해 온 것 같군요."

엘크군이 앞치마를 두른 채로 주방을 나왔다.

"예. 뭐, 그렇죠. 제가 할 수 있는 건 요리밖에 없지만 말입니다."

"특별한 음식이라도 준비하시는 모양입니다."

"대장장이분들이 대형 솥을 만들고 있습니다. 10만 인분의 풀죽을 한 번에 쑬 수 있도록 말이죠."

대장장이들과 마법사들의 도움을 받아서 전쟁에 참여하는 이들 모두에게 엘크군은 따뜻한 한 끼라도 먹이려고 준비하고 있었다.

"요리를 먹으면 체력과 생명력의 최대치가 높아지는 메뉴를 준비하는 중입니다."

그런데 스푸니커가 고개를 갸웃했다.

"하지만 대부분 초보들이라서 큰 의미는 없지 않습니까? 제국군을 상대로는 미안하지만, 그게 그거일 텐데요."

"더 오래 버티긴 어렵겠죠. 그래도 따뜻하고 맛있는 음식을 먹고 싸우면 기분이 한결 나아지지 않을까요? 요리란 정성이란 말처럼, 그저 허기를 때우는 게 아니라 기분이 좋아지게 하는 것도 있으니 말입니다."

엘크군의 이야기는 미레타스와 스푸니커에게도 깊은 감명을 주었다.

중앙 대륙에서는 사람들이 그저 착취의 대상이나 소모품으로 여겨졌을 뿐이다.

아르펜 왕국이 급속도로 발전한 이유는 사람들을 아끼는 마음이 있었기 때문이리라.

미레타스는 마침 잘됐다고 생각하고 자신의 고민거리를 털어놓았다.

"저도 전쟁에 기여하려고 준비 중입니다. 식물을 키우려는 것이죠. 그런데 가르나프 평원에는 사람들이 너무 많이 오가고 조각품 공사까지 하고 있어서, 여의치 않군요."

"그런 일이……."

스푸니커와 엘크군도 머리를 맞대고 고민했다.

"전투 식물이란 건 강합니까?"

"모릅니다. 전투를 위해 써 본 적이 없어서요."

"넓은 땅을 필요로 하겠죠?"

"예. 전투 식물들은 몇 미터씩 떨어뜨려서 재배해야 한다고 합니다. 그러지 않으면 자기들끼리 싸운다는 것이죠."

"크으음."

그들은 잠시 고민하다가, 스푸니커가 방법을 찾아냈다.

"뾰족한 귀 연합에 이야기해 봐야겠습니다. 그들이라면 도움을 줄 수도 있고요."

엘프 종족 최대의 초보자 모임.

스푸니커는 도움을 얻을 수 있는지를 문의했고, 금방 답변이
왔다.

> 푸른나무: 뾰족한 귀의 연합회장입니다. 우드 엘프 종족 중에서 지원자들이
> 기꺼이 전투 식물들의 성장을 도울 수 있도록 나서겠다고 합니다.

엘프들은 농부가 아니더라도 기본적으로 꽃이나 나무를 잘
키운다.

우드 엘프들의 협력을 얻어서 무시무시한 전투 식물 성장 계
획도 준비되었다.

파비오와 헤르만.

두 드워프들은 상대를 볼 때마다 생각했다.

'내가 더 낫겠지.'

'누가 봐도 내 검이 더 훌륭해.'

어디를 가든 어른 대접을 받기에 충분한 나이였지만 그들의
마음 깊숙한 곳에 있는 경쟁심은 활화산처럼 타올랐다.

파비오와 헤르만은 가르나프 평원으로 같이 가기로 했다.

'전쟁이라니 재밌겠군. 모든 이들이 보는 앞에서 최고의 대
장장이도 가리고 말이야.'

'진정한 대장장이 마스터라면 전쟁에서 역할을 해야지. 내

대장간의 물품들을 가진 전사들이 실력을 발휘할 거다.'

속마음과는 다르게 겉으로는 다정하기 짝이 없었다.

"잘 지내는가?"

"요즘에야 뭐… 그냥 밤마다 맥주나 마시면서 살고 있습니다. 파비오 님은요?"

"놀기 바쁘지. 그동안 열심히 지냈으니 좀 쉬어도 괜찮지 않겠나."

느긋하게 웃으면서 이야기를 나누었다.

그들에게는 아르펜 왕국과 하벤 제국의 전쟁도 우선순위에서 밀렸다.

'대륙제일검을 탄생시키고 말리라.'

'누구라도 한번 구경이라도 해 보고 싶은 신검을. 내 노력과 열정으로 만들 것이야.'

두 드워프들은 아무렇지도 않은 척 친근하게 대화하며 동행했다.

가르나프 평원까지 오는 내내 망치질을 하고 싶어서 죽을 지경이었지만 억지로 참아 내야 했다.

상대방이 느긋하게 쉬는데, 못 참고 검을 만들면 뭔가 패배한 느낌이었으므로!

"사과가 참 맛있군."

"딸기가 살살 녹습니다."

두 드워프들은 간간이 과일도 따 먹으면서 걸음을 옮겼다.

인간들보다 다리가 짧아서 가르나프 평원까지 오는 길이 오래 걸렸다.

워낙 안 돌아다닌 탓에 길을 잘못 찾아서 헤맨 것도 시간 낭비의 원인이 되었다.

"맥주죽, 소주죽 이쪽으로 모이십시오! 와인죽 부대원들과 정면 승부입니다."

"진달래죽 보신 분! 위치 좀 알려 주세요."

"붉은 땅콩 팝니다. 갓 구운 붉은 땅콩, 1실버예요."

가르나프 평원에 모여 있는 사람들은 이미 헤아릴 수 없이 많았다.

두 드워프들은 키가 작아서 보기도 어려웠지만, 그냥 평원 전체가 인간들로 뒤덮여 있는 게 느껴졌다.

모임들을 갖기도 하고 실컷 먹고 마시며 놀고 춤도 추었다. 그리고 멀리 산처럼 우뚝 솟은 조각품들은 장엄하기까지 했다.

'이런 짓을! 조각품의 규모와 개수가 대체 얼마나 되는 거야.'

'방송으로 보긴 했지만 직접 와 보니 더 대단하다. 진작 참여했으면 좋았으련만.'

'하필 오는 길에 헤르만을 만나서 늦었네.'

'파비오 어르신만 아니라면 달려왔을 텐데. 아니, 마차 뒤에라도 매달렸을 텐데.'

그들은 웃으며 말했다.

"막상 와 보니 별건 없군."

"뭐, 다 그렇지요. 실제로 보면 아무것도 아닌데, 참……."

"맛집이라고? 줄을 서서 기다리면서까지 먹어야 하나?"

"그러게 말입니다. 대충 끼니만 때우면 되는데요."

무거운 체면만큼 속내를 드러내지 않는 두 드워프.

'먹고 싶다. 배고프다.'

'아… 여기까지 왔는데 맛있는 것도 못 먹나?'

그래도 축제의 현장이 궁금한 건 마찬가지라서 둘은 짧은 다리를 부지런히 움직이며 돌아다녔다.

"드워프 대장장이님들은 역시 대단하네."

"와! 실력 봐라. 쇳물을 녹이면서 바로 만들어 버리잖아. 저분들이 없었더라면 일이 쉽지 않았을 거야."

파비오와 헤르만은 대장장이에 대한 이야기가 들리는 장소로 걸어갔다.

그곳에서는 뜨거운 열기와 함께 수천 명의 드워프들이 일을 하고 있었다.

"저건 엑버린의 대장간 마크인데."

"밤비도 있습니다."

쿠르소의 유명 드워프 대장장이들이 망치를 두드리며 무기와 방어구를 만들고 있었다.

어떤 이들은 삽이나 수레를 만들기도 했는데 완성되자마자 유저들이 와서 바로 사 갔다.

"고맙습니다, 드워프님."

"예, 뭘요."

수천 명의 드워프들이 한자리에 모이는 건 토르가 아니고서는 불가능에 가까운 일이다.

그런데 가르나프 평원에는 이런 드워프 장인들의 모임이 여기저기 흩어져 있었다.

너무나도 많은 유저들이 모였고, 전쟁 준비도 이루어지고 있었기에 드워프 장인들이 쉴 틈이 없었던 것이다.

"흐음."

"커허허험."

파비오와 헤르만은 손이 근질근질했다.

대장장이 마스터!

모든 드워프들의 꿈을 이룬 그들이었기에 어깨에 자연스럽게 힘이 들어갔다.

자랑은 하고 싶지만, 먼저 나서기는 아쉬운 상태.

"파비오 어르신 아닙니까?"

"헤르만 님?"

그들을 알아보는 드워프들이 나타났다.

"오! 진짜다."

"그 만나기 힘든 분들이 이 자리에 오셨어."

"파비오 어르신! 대장장이 마스터를 하신 게 정말입니까?"

"헤르만 님, 조금만 실력을 보여 주세요. 쇳물을 다루는 모습을 보고 싶습니다. 아니, 불을 피우는 법부터요!"

대장장이 마스터들이 보기에는 앞으로 한참 망치질을 해야 할 드워프들이 몰려들었다.

드디어 자존심이 충족되는 상황!

파비오와 헤르만의 입가에 슬며시 미소가 걸렸다.

오크들이 가르나프 평원에 왔다.

"취이익."

"취칫!"

땀과 먼지로 가득한 오크들의 코를 강하게 자극하는 짙은 음식의 향기.

"여기가 낙원이다. 췻!"

"머, 먹을 음식들이다. 취췟!"

"취에에엑! 다 먹어 버린다."

"취취취췻."

크고 작은 다양한 오크들이 가르나프 평원으로 속속 모여들었다.

오크 로드들은 그들끼리 천막에 모여 조용히 맥주잔을 기울이기도 했다.

"종족 잘못 선택, 취잇!"

"오크들은 진짜 지긋지긋해요. 취엑!"

"맨날 배고프고, 췻. 싸우고 싶다고 투정만, 취췟!"

다른 유저들은 모험이나 사냥, 휴양을 즐기려고 했지만 오크 로드들은 달랐다.

'많은 오크를 거느릴 것이다. 그리고 평원을 가로지를 거야. 세상은 오크들로 변할 것이다.'

혼자서, 혹은 파티를 이루어서 하는 사냥 따윈 시시하다.

오크 전사들 수백 마리로 던전을 휩쓴다.

그걸로 부족하면 수천 마리를 동원하면 된다.

포효하는 오크들의 돌격.

진정한 오크 로드의 로망이 아니겠는가!

이것 역시 위드가 오크 카리취로서 사람들에게 끼친 영향의 하나였지만, 그건 좋은 면만 보여 준 것이었다.

오크들은 기본적으로 냄새가 심하다.

원래 땀을 자주 흘리는데 씻지도 않으니 당연한 일이다.

그것까진 어떻게 견디겠는데, 금방 배고파한다.

밥을 먹어도 또 먹고 싶어 하며, 배가 터질 정도로 먹여 줘도 더 먹으려고 든다.

그렇다고 채식을 즐기지도 않으며, 악착같이 고기를 찾는다.

"맥주. 좋다. 취잇!"

"거품 나는 거. 거품. 거품. 취취췻!"

모라타산 맥주를 오크들이 조금 마셔 보더니 환장을 하고 매일 달라고 한다.

생고기에 맥주 한 잔!

오크 로드들은 오크 전사들을 데리고 아르펜 왕국의 변방 지역의 몬스터들을 퇴치했다.

많은 전리품과 영역을 확보했지만, 그러면서 얻은 수익이 대부분 식료품이나 병장기 값으로 들어간다.

사냥이 안 될 때면 배고프다고 난리.

사냥이 잘되면 맛있는 거 먹여 달라고 난리.

반짝반짝 빛나는 새 무기도 꽤나 좋아한다.

오크 로드들은 싸울 때 빼고는 후회할 때가 많았다. 그렇다고 포기하기에는 오크는 매력이 넘치는 종족이기도 했다.

수만 마리를 이끌면서 대륙을 떠도는 즐거움은 오크만이 누릴 수 있는 것이었으니까.

거친 야생의 생활, 생고기를 단단한 이빨로 뜯어 먹을 때의
쾌감.

바위산에 드러누워 자고, 험한 지형을 뚫고 나가며 탐험을
한다.

아르펜 왕국의 국경 확대와 영토 안정에는 모험가뿐 아니라
오크들의 공도 절대적이었다.

"크크크크췻!"

성공한 오크 로드 갈취!

그는 무려 460만이나 되는 전사들을 이끌고 가르나프 평원
에 왔다.

방송 인터뷰를 따로 할 정도의 인기인이었는데, 이번 전투의
소식을 크게 반겼다. ㅈ

"아르펜 왕국을 위해. 싸운다. 췻!"

"그래요. 멋지게 싸워 봅시다. 취취취췻!"

오크 로드들은 그들끼리 싸우기 위한 전술도 생각해 보기로
했다.

"……."

"……."

"……."

머리도 오크가 된 것처럼 묵묵하게 맥주를 마실 뿐.

"췻."

가끔씩 콧소리가 들리기도 했다.

오크 로드들은 솔직히 정면 돌격 외에는 그 어떤 전술도 써
본 적이 없었던 것이다.

로열 클럽!

베르사 대륙에 존재하는 비공식적인 동호회였지만 가입 회원은 엄격하게 받았다.

현실에서 본인이나 가문의 자산 규모가 3조 원을 넘어야만 회원으로 들어갈 수 있다.

"가르나프 전쟁이 우리의 운명도 좌우할지 모르겠습니다."

"쯧. 헤르메스 길드가 생각처럼 뛰어나지 못하군요."

"처음에 기대치가 높았던 것뿐이지요. 그리고 이런 어려움이 있어야 더 즐겁지 않습니까."

"그야 그렇지요."

로열 클럽의 유저들은 영주들이거나 희귀하고 멋진 장비들을 착용하고 있었다.

베르사 대륙은 자산가인 그들에게 천국이나 마찬가지였다.

맑은 공기와 푹 쉴 수 있는 풍경, 휴양지로 여기고 며칠 지내다 보면 욕심이 생긴다.

드넓은 험한 미지의 대륙을 탐험하고 싶기도 하고, 몬스터와 격렬한 전투를 치르고 싶은 충동도 드는 것이다.

도시에서는 수많은 유저들로 활기가 느껴져서 심장이 두근거린다.

레벨이 오를 때마다 육체 능력이 상승하는 쾌감도 짜릿한 것이었다.

'남들보다 더 빨리 강해지고 싶다.'

'크게 이루고 싶군. 나 정도 되는 사람이 이 세상에서 평범하게 살 수는 없지.'

자산가들 사이에 〈로열 로드〉의 유행이 번지면서 이제 골프를 열심히 치던 시대는 지나 버린 것이다.

그들은 현실의 부를 바탕으로 헤르메스 길드와 지속적인 거래를 해 왔다.

무기, 방어구, 사냥터, 도시, 용병.

욕망에 따라 얻을 수 있는 건 무궁무진했으니까.

로열 클럽의 유저들은 헤르메스 길드가 망하길 원치 않았다.

"위기는 곧 기회입니다. 헤르메스 길드에서 투자 의향을 물었는데… 전쟁 비용으로 돈이 꽤 필요한 모양입니다."

"투자의 대가는요?"

"북부의 도시들."

"나쁘지 않은 거래가 될 것 같군요."

수백여 명이나 되는 로열 클럽의 자산가들은 헤르메스 길드에 대규모 투자를 결정했다.

거인 기사 보에몽!

적색 기사단의 단장인 그는 휘하 병력을 결집시켰다.

"많기도 하군."

보르고 성의 앞마당에 모인 병력만 해도 기사 2,000에 병사 5,000이나 되었다. 게다가 용병들을 모집해서 병력을 2만까지

꽉 채웠다.

"어중이떠중이가 아니라는 점이 중요하지요. 이들이라면 적이 50만이라도 쓸어버릴 겁니다."

부기사단장인 베스가 웃으며 말했다.

중앙 대륙을 차지하고 있다는 이점으로는 언제든 징병이나 용병 고용이 가능하다는 것이다.

돈이 들긴 하지만 수많은 전쟁을 치른 중앙 대륙에는 병사로 모집할 수 있는 전력이 아주 많았다.

"이기는 것만이 남았겠지."

"당연합니다."

보에몽은 헤르메스 길드의 다른 영주들이나 랭커들도 병력을 끌고 오기로 했던 걸 떠올렸다.

장기전은 하벤 제국이라도 돈이 너무 많이 나가 유지하기 곤란하지만, 한 번의 전투에는 군대를 실컷 늘릴 수 있다.

중앙 대륙의 병력을 모조리 긁어모으는 것이다.

"승부를 본다. 이건 정말 귀중한 기회야."

"크크크. 위드가 멍청한 짓을 했죠."

헤르메스 길드에는 보에몽처럼 전쟁을 기다리는 유저들이 많았다.

브로너 성의 영주 렌슬럿!

하벤 제국군의 북부 정벌 총사령관이기도 했던 그는 중앙에서 밀려나 있었다. 수뇌부 회의에도 참석하지 않고, 아렌 성에 발길을 들이는 경우도 드물었다.

"복수한다. 어떻게든 이길 것이다."

렌슬럿은 위드에게 패배하고 난 이후에 절치부심으로 칼을 갈았다.

오로지 사냥!

몬스터와 싸우고 이겼다. 때론 죽으면서 레벨과 스킬 숙련도를 떨어뜨리기도 했지만 그런 건 감수할 수 있었다.

대영주로서 부유하고 편하게 살 수도 있었지만 사냥에만 집착했다.

"위드는 내 손으로 끝장낸다."

렌슬럿은 헤르메스 길드가 패배할 때마다 오히려 기뻤다.

북부 정벌의 실패가 사람들에게 잊힐 뿐 아니라 복수의 쾌감이 더해질 테니까.

가르나프 평원에서의 전투가 결정되자 렌슬럿은 복수의 날이 다가왔음을 느꼈다.

"모든 병력을 소집하라!"

브로너 성은 전시 체제로 돌아가고 있었다.

모든 자금이 군대 양성을 위해 소모된 덕분에 4만에 달하는 병력이 모인 상태였다.

드라카!

현재 〈로열 로드〉 랭킹 6위에 자리한 강자.

"전쟁이라면 기다렸던 바다!"

그 역시 하벤 제국의 북부 정벌군을 이끌었던 적이 있다.

막강한 그의 군대는 아르펜 왕국을 정복해 가며 대지의 궁전까지 이르렀지만 터무니없는 일들이 계속 벌어졌다.

부활한 헤스티거를 상대해야 했으며, 대지의 궁전까지 무너져서 몰살당했다.

"대지의 궁전을 산봉우리에 지었던 게 이걸 위함이었나!"

그 어떤 전략가, 전술가도 예측하지 못했을 수단에 당하고 말았다.

그럼에도 전투를 팽팽하게 이끌었을 정도의 강력한 군대!

드라카는 자신의 동료들과 같이 군대를 재건하며 기다리고 있었다.

그의 일생에서 단 한 번의 패배, 그것을 되갚아 주기 위해서였다.

"전부 쓸어버리도록 하지. 무엇이 진정한 강함인지를 알려주겠다."

칼라모르 지역.

다인이 지배하는 에바루크 성은 유저들로 붐볐다.

"여긴 그래도 살 만해."

"나쁘지 않지. 헤르메스 길드를 생각하면 열이 오를 때가 많지만 말이야."

에바루크 성은 기술력과 상업이 무섭게 발전하고 있었으니 유저들도 행복했다.

칼라모르에서 유일하게 희망을 가질 수 있는 땅!

그렇게 발전하던 에바루크 성이었는데, 다인에게도 헤르메스 길드의 소집령이 내려졌다.

모든 병력을 이끌고 가르나프 평원으로 출정하라.

다인은 명령을 거부할까도 고민해 봤지만 어쩔 수 없다고 생각했다.

'받은 게 너무 많아.'

위드와의 인연은 더 깊이 이어지진 않았어도 여전히 소중한 것이었다. 그렇지만 헤르메스 길드에 소속되어 있는 이상 그들을 배신할 수도 없다.

'싸우더라도 이해해 주길 바라는 수밖에⋯⋯.'

다인은 군대와 같이 전쟁에 참여하기로 했다.

그녀가 병력을 모집하자, 의외로 에바루크 성의 많은 유저들이 참여했다.

"착한 성주님 체면은 세워 줘야 하지 않겠어."

"안 그래도 우리 생각해 주느라 헤르메스 길드가 고깝게 보는 모양이던데. 의리로 싸우자."

"아르펜 왕국도 유저들의 편이잖아. 특히 위드가 세운 업적들은 전부 사람들을 위한 건데."

"물론 그렇지만 그래도 지금까지 우리가 다인 성주님한테 받은 걸 생각해야지."

"의리가 없으면 안 돼."

칼라모르 지역의 유저들이 모이면서 다인의 병력은 20만 명을 넘겼다.

일반 유저들은 하벤 제국의 편에 선 사람들이 대부분이었다.

뮬의 방문

뮬!

그리폰 군단의 수장인 그는 전쟁을 앞두고 조용히 가르나프 평원으로 잠입했다.

> 요정의 크림을 사용하였습니다.

얼굴 형태와 피부색을 미묘하게 바꿔 주는 요정의 크림을 사용했다.

한 병에 1,000골드나 되는 비싼 물품이었지만 재미로 구해 놓은 게 몇 개 있었다.

가르나프 평원에 사람들이 북적이고, 축제까지 벌어지는 광경을 직접 와서 보고 싶었다.

"안녕하세요. 닭죽 부대입니다. 시식 한번 하고 가세요."

"꼬막죽입니다. 죽 안에 꼬막 튀김이랑 꼬막 무침이 같이 들어 있어요."

"크흠. 고래죽입니다. 식사 안 하셨으면 한입 드시죠?"

뮬이 가르나프 평원 근처에 가자마자 유저들이 에워쌌다.

'아니, 어떻게 나를 알아봤지?'

그는 들킨 줄 알고 깜짝 놀랐지만, 다행히도 풀죽신교의 시식단 부대원들이었다.

뮬이 허둥대며 말했다.

"어… 그러니까 얼마죠?"

"공짜인데요."

"시식용이니 돈 안 받아요."

가르나프 평원에는 대륙 전역에서 허겁지겁 달려오는 유저들이 많이 있었다.

대부분 평원에서 하루를 남겨 놓은 지점부터는 밥도 제대로 안 먹고 뛰어왔다.

그들을 위해 풀죽신교의 각 부대들이 시식단을 결성하여 무료로 식사를 제공하기로 했다.

벌레죽이나 돌멩이죽처럼 특이한 부대를 제외하고는 맛에 대한 경쟁이 붙어서 뛰어난 요리사들이 동원되었다.

뮬은 취향에 따라 닭죽부터 받아서 마셨다.

"크으. 고소하고 맛있네요."

> 체력이 회복되었습니다.
> 일시적으로 힘이 3 강해집니다.

스탯도 스탯이지만 숟가락을 넣는 순간 입안 가득 퍼지는 놀라울 정도의 맛.

"에헤헤. 역시 닭죽 아니겠어요? 싫어하는 사람이 없죠."

닭죽 부대원은 자랑스럽다는 듯이 웃었다.

1,000명이 넘는 요리사들이 닭죽의 끝을 보기 위해 조리법을 연구한 결과물이었다.

"이번엔 저희 죽도 드셔 보세요."

> 따스한 꼬막죽을 마셨습니다.
> 정성이 듬뿍 담긴 요리를 먹어 영구적으로 행운이 1 증가합니다.

다른 죽들 역시 기꺼이 먹어 볼 가치가 있었다.

든든히 풀죽으로 배를 채운 뮬의 입가에 미소가 그려졌다.

"고맙습니다. 근데 공짜로 먹기에는 너무나도 아까운 음식인데 말입니다."

"그러면 기부금을 내실래요?"

"기부금요?"

"기부금함이 있어요. 이번 전쟁이나 평소에 초보자들을 돕기 위한 베르사 대륙 행복 기부금이요. 강요하는 건 아니니 안 내셔도 괜찮아요."

풀죽신교에서 만든 이 모금함은 아르펜 왕국의 모든 도시와 마을의 광장에 존재했다.

기부자의 편의를 위하여 영주의 관청, 성문, 유명 사냥터에까지 모금함이 퍼졌다.

기부를 하는 건 전적으로 자유였고, 이것으로 혜택을 입는 유저들도 굉장히 많았다.

막 〈로열 로드〉를 시작한 유저들에게 기본적인 장비들을 싼

값에 빌려준다.

레벨 50까지 성장이 빠르면 그 이후부터는 묻지도 따지지도 않고, 더 좋은 장비들을 3개월간 무이자로 대여해 주었다.

판자촌도 헐값에 지어서 분양했고, 재해나 재난, 몬스터의 습격으로 농사를 망치거나 큰 손해를 입은 초보 상인들도 도와 줬다.

형편이 어렵거나 절망에 빠진 유저들에게는 구명줄과도 같은 행복 모금함!

다만 모금함의 관리자가 누구인지에 대해서는 전혀 알려지지 않았다.

마판 상회라는 이야기도 있었고, 성녀 레몬이 직접 관리한다는 말도 있다.

의심 많은 사람들은 위드의 뒷주머니라는 소문도 퍼트렸지만 절대 그럴 리가 없다는 반발이 더 거셌다.

뮬은 선뜻 고개를 끄덕였다.

"기부금을 얼마나 내야 됩니까?"

"정해진 건 없어요. 1쿠퍼라도 성의가 중요한 거잖아요."

"아, 그런 거군요."

뮬은 체면 때문에라도 기부금함에 100골드를 넣었다.

'아르펜 왕국을 이롭게 하는 것 같은데… 이 정도야 상관없 겠지.'

가르나프 평원의 입구를 지나서 축제가 벌어지는 지역으로 걸어갔다.

기껏 여기까지 와서 조각상들의 건축 현장에 가서 일을 하고 싶은 마음은 없었기 때문이다.

'음악 소리가 들리는군.'

따라라랑! 따다다다라라랑!

축제의 공간에서는 무려 3,000명이 넘는 바드들이 악기를 연주하고 있었다.

중앙에 있는 바드 마레이!

그가 이끄는 음악이 넓은 지역에 거친 폭풍이 되어 퍼져 나갔다.

우리는 노래하네

승리와 영광과 사랑과 미래를

밝고 즐거움으로

내가 가진 용기로 일어서네

별을 조각했고

땅을 이루며

사람들을 이끄는 자여

마레이는 하프를 연주하고 있었다.

그가 앞서서 이끌면, 각양각색의 악기들을 든 바드들이 조화를 이루며 따른다.

물은 음악이 몸을 떨리게 한다는 게 어떤 의미인지 알 것 같았다.

전쟁터에서 싸우는 것처럼 강렬하고 파괴적인 연주와, 사랑하는 연인에게 고백하는 듯한 나긋나긋한 음들이 노래에 뒤섞였다.

  걸어간 발걸음과 위대한 흔적이
  손을 잡고 뒤따르는 이들을
  따뜻하게 미소 짓게 하네

  꿈을 꾸고 싶다면
  다가오는 운명을 피하지 말라
  우리는 혼자가 아니니
  함께 걸으리라

  악장이 바뀔 때마다 봄과 여름, 가을, 겨울이 순식간에 흘러가는 듯한 연주.
  3,000여 명의 합동 연주라는 것도 놀라웠지만, 실제로 마레이의 연주는 바람과 비를 일으켰다.
  음악으로 장대비를 내리게 하는 연주!
  '이런 건 처음인데. 평범한 연주 스킬이 아니야. 혹시… 바드의 비기인가?'
  마레이가 최초로 공개하는 바드의 비기.
  '광야의 연주'였다.
  탁 트여 있는 넓은 공간에서 수많은 청중을 상대로 연주하는 스킬.
  음악의 힘이란 결국 소리에 달려 있다.

멀리 있어서 들리지 않는다면 제대로 감상하지 못한다.

광야의 연주는 청중에게 1,000만 원짜리 고성능 헤드폰을 쓴 것처럼 음악을 선명하게 들려준다.

또한 조명이나 비바람처럼 원하는 무대효과까지 무제한으로 제공!

심지어 하늘에서 번개를 쳐서 누군가를 맞히는 것까지 가능했다.

쿠르르릉!

콰콰콰쾅!

천둥 벼락이 치고, 먹구름이 뒤덮여 햇빛이 가려진다.

자연과의 친화력에 따라 위력이 결정되는 것이기는 했지만 보이는 자체만으로도 경이로운 광경이었다.

노래와 음악이 멈추지 않는 이상 광야의 연주가 지역 전체를 장악한다.

3,000여 명의 바드들이 저마다 악기를 잡고 마레이의 연주에 어우러진다.

마레이와 바드들이 일제히 고개를 들어 세찬 빗줄기를 얼굴에 맞았다.

노래하라

더 크게 노래하라

바람이 시작되는 곳

맑은 물방울 소리

땅의 큰 울림에 귀를 기울이는 자들이여

고통치는 마음이 터져서
세상이 흔들리네

노래하고
눈을 들어서 보라
발걸음을 맞추어서 걷자
기적의 시간을 함께 하는 사람들이여!

바드들의 연주가 끝나 갈 무렵에는 먹구름이 걷혔다.

비바람도 그치면서, 찬란한 해가 떠오르는 건 어쩌면 너무나도 당연한 효과!

음악에 푹 빠져 있던 청중이 정신을 차렸다.

그들에게 주어지는 또 하나의 선물은 땅에서부터 가득 피어난 각양각색의 아름다운 꽃들이었다.

음악이 들리던 전역이 꽃밭으로 변해 버리는 기적!

이 한 곡을 완성하기 위해 마레이와 바드들의 마나가 전부 소모되었다.

"브라보!"

"최고다."

땅에 앉아 있던 사람들이 일어서며 박수를 쳤다.

마레이와 바드들은 전율이 일어날 정도로 환상적인 곡을 연주해 냈다는 기쁨으로 가득했다.

용기의 노래를 불렀습니다.
청중 812,389명이 음악을 감상했습니다. 대륙 최대 청중 인원 갱신! 새로운 기록을 세웠습니다. 청중으로부터 놀라울 정도의 찬사를 이끌어 냈습니다. 현재 810,988명으로부터 기립 박수를 받는 중입니다.

장난기 많은 요정과 정령 들이 멍하니 정신을 못 차립니다.
그들은 평소에 입버릇처럼 하는 불평과 짜증마저도 잊어버렸습니다.

마레이와 바드들에게 떠오른 메시지 창!

일상적인 거리 공연이라면 바드는 노래를 마치고 나서 즉시 명성이나 늘어난 스킬 숙련도를 확인할 수 있다.

이런 규모의 공연은 청중의 반응에 따라서 얻을 수 있는 명성이나 스탯, 스킬 숙련도에 차이가 있었다.

짝짝짝!

"너무 감동적인 곡이에요."

"인생 최고의 잊을 수 없는 노래입니다."

"브라보!"

10분도 넘게 환호성이 계속되었다.

마레이와 바드들은 관객들의 환호를 만끽하고, 연주한 곡의 성과를 확인하기 위해 서 있었지만 가슴으로 뜨거운 것이 치밀어 올랐다.

'그래, 이 맛이었어! 이래서 내가 바드가 된 거지.'

노래를 부르고, 연주를 한다.

소리와 표현으로 청중의 아픔을 달래 주기도 하고, 같이 웃을 수도 있는 것이다.

'음악은 사랑할 수밖에 없어.'

직업에 대한 자부심!

"흐흑."

절반에 가까운 바드들이 감동을 이기지 못해 눈물까지 흘리고 있었다.

처음 바드를 선택해서 어설프게 악기 다루는 법을 연습하고 더듬더듬 노래를 지을 때, 이런 순간을 맞이하게 될 줄 짐작이나 했을까.

인생을 멋지게 만들어 주고 영원히 추억할 시간이 왔다.

20여 분이 한순간에 지나가고, 마레이는 여전히 박수를 치고 있는 청중을 진정시켜야 할 필요성을 느꼈다.

들려준 음악에 환호해 주는 것은 좋았지만, 준비한 곡들을 연주하기에는 밤이 너무 짧았다.

환호를 더 듣기보다는 음악을 더 들려주고 싶었다.

"다음 곡으로 넘어가겠습니다. 이 자리에서 최초로 공개하는 노래, 〈별의 여신〉입니다."

마레이와 바드들이 다시 자리에 앉아서 악기를 연주하기 시작했다.

격앙되고 시끄러울 정도의 환호로 들끓던 가르나프 평원이 조용해지고 잔잔한 음악이 흘렀다.

귀를 씻어 내릴 정도로 맑고 고운 악기들의 조화로운 연주.

> 스킬, 광야의 연주가 시전되었습니다.

하늘이 조금씩 어두워졌다.

아까처럼 먹구름이 뒤덮은 것이 아니라, 밤이 찾아왔다.

밤하늘을 아름답게 수놓은 별들.

은하수가 펼쳐지고 신비로운 오로라가 흐르며 하늘에서 녹색 빛이 쏟아진다.

"아아……."

"꺄!"

"다시 시작됐다."

청중은 감탄으로 큰 소리를 내지 않기 위해 노력해야 했다.

악기들이 내는 아름다운 소리와 멋진 광경.

음악에 몰두하면서 행복한 자신을 만나 볼 수 있는 귀중한 기회였다.

새로운 곡이 시작되면서 마레이와 바드들에게도 용기의 노래의 결과가 정산되었다.

띠링!

용기의 노래가 청중의 마음을 흘렸습니다.
음악을 감상한 청중 784,014명으로부터 23분 19초 동안 기립 박수가 이어졌습니다. 9,284명이 쉬이 사라지지 않을 벅찬 감동의 눈물을 흘렸습니다.

물의 정령이 맑은 눈물을 흘렸습니다.
친밀도가 증가합니다.

바람의 정령이 춤을 추었습니다.
친밀도가 증가합니다.

빛의 정령이 환호합니다.
정령은 앞으로 당신을 지켜 주기로 약속했습니다.

소리의 요정이 미소 짓고 있습니다.
당신의 음악에 특별한 행운이 깃들 것입니다.

광야의 연주 스킬이 초급 8레벨이 되었습니다.
더 넓은 면적까지 음악을 전달하게 됩니다. 원하는 특수 효과의 규모와 신비
로움이 더욱 커집니다.

음악의 역사에 남을 만한 연주곡을 완성했습니다.
대륙 최대의 연주 기록들을 갱신하며 명성 83,193을 얻었습니다.

호칭! 마음을 이끄는 음유시인을 얻었습니다.
수많은 청중의 마음을 빼앗은 자! 음악으로써 말하고 보여 주는 이에게만 붙
는 영예로운 호칭입니다.

레벨이 올랐습니다.

레벨이 올랐습니다.

레벨이 올랐습니다.

화술 스킬의 레벨이 증가했습니다.

달빛 조각사

> 매력, 카리스마, 행운이 10씩 늘어납니다.

> 음악의 역사에 기록될 노래를 완성하면서 모든 스탯이 4씩 증가합니다.

연주하고 있는 마레이에게 메시지 창이 줄줄이 떴다.

'……!'

바드라는 직업은 다른 예술 계열보다도 명성이 엄청날 정도로 쌓이는 특성이 있었다.

그럴 수밖에 없는 것이, 실력이 있다면 도시나 마을에서 노래든 연주든 한 곡 하는 것만으로도 수백씩은 명성이 쉽게 늘어난다.

하지만 8만이 넘는 명성이 한꺼번에 쌓이고, 레벨과 스킬 레벨까지도 단숨에 오른 건 처음이었다.

'위드 님이 없었다면 이런 기회도 없었겠지.'

가르나프 평원이 아니고서야 이런 기적과도 같은 연주 기회는 없었을 것이다.

광야의 연주는 많은 관객들에게 들려줄수록 스킬 숙련도가 올라간다.

또한 연주에 참여하는 바드들이 많을수록 음악의 효과도 커지게 된다.

3,000여 명이 넘는 바드들.

심지어 아직 연주에 참여하지 않고 곡을 연습하고 있는 바드들만 해도 6,000명이나 된다.

북부 출신의 바드들은 악기를 한두 가지밖에 못 다루고, 연주 실력도 아직은 떨어졌다.

그럼에도 아름다운 음악을 연주하기 위해 노력하는 모습이 마레이를 설레게 했다.

헤르메스 길드와의 전쟁이 벌어지는 날에는 1만 명의 바드들이 합동 공연을 할 것이다.

'이런 광경, 이런 음악 그리고 행복. 내가 아는 〈로열 로드〉는 정말 멋진 곳이었어.'

마레이는 더욱 힘차게 악기를 연주했다.

비슷한 마음을 품은 바드들의 연주도 깊은 울림을 냈다.

"……!"

뮬은 청중 뒤쪽 줄에 섞여 있으면서 감탄으로 입을 다물지 못했다.

'이런 음악이 있구나. 사람들의 분위기도 보통이 아니잖아.'

헤르메스 길드원들에게 풀죽신교란 풀죽, 풀죽을 외치면서 덤비는 좀비들과 마찬가지로 인식될 뿐이었다.

하지만 막상 축제의 자리에 와 보니 그들은 진심으로 음악을 들으며 행복해하고 있었다.

'여기에 내가 모르는 멋진 세상이 있었구나.'

뮬이 보는 중에도 사람들이 늘어서 부근에만 약 100만 명은 될 것 같았다.

전쟁터에 끌어다 세운 병사들의 숫자가 아니라, 음악을 듣기 위해 모인 100만 명!

'이런 걸 보게 될 줄은 몰랐는데.'

뮬은 발길을 떼지 못하고 2시간 정도나 음악을 들었다.

마레이와 연주자들이 지쳐서 땀을 닦으며 휴식을 취할 때에야 그곳을 벗어나서 새로운 장소로 향했다.

"맛있는 음식 먹고 가세요!"

"이쪽은 식당 거리입니다. 오세요, 싸요!"

도시가 아닌 평원이라 간단한 천막을 쳐 놓고 식당들이 장사하고 있었다.

그 천막마저도 끝도 없이 늘어서 있는데, 온갖 종류의 음식들이 다 만들어졌다.

풀죽신교를 상징하는 약 400가지의 풀죽류에서부터, 세계 각 지역의 유명 요리들.

왕실요리사 다프네의 식당

군침이 넘어가는 멧돼지 요리

수심 300미터 이하에 사는 생선들만 전문으로 굽는 집

울호프 산호 지대의 최신 해산물!

채소, 과일, 속는 셈 치고 드셔 보세요!

군중은 취향에 따라 천막을 골라 들어가고 있었다.

"꺼억, 잘 먹었다."

"엇, 저쪽에 불고깃집이다."

"가자, 가자."

"우리 방금 먹었잖아."

"괜찮아. 우린 직업이 워리어라서 배 터져도 쉽게 안 죽어. 더 먹자."

"그럴까?"

워낙 많은 맛집들이 있기에 사람들은 정신없이 먹기 바빴다.

음식의 거리에는 세계 각 지역, 베르사 대륙 전역의 요리들이 모여 있었다.

각 요리사들이 자신의 이름을 내걸고 개발한 참신한 메뉴들까지 합치면 그 가짓수만 해도 어마어마하리라.

이곳만 돌아다니더라도 며칠은 시간이 가는 줄 모르게 될 것이다.

'여기에는 음식도 없는 게 없구나. 그리고 이토록 사람들이 환호하다니.'

뮬은 감탄만 하다가, 취향에 맞는 식당을 보고 들어갔다.

솔직히 해산물 요리를 좋아하기도 하지만 최근 방송에 나온 울호프 산호 지대의 음식들이 어떤 맛일지 궁금했다.

"저기, 혼자 왔는데요."

"네. 앉으세요."

100명도 넘는 사람들로 북적이는 식당에는 딱 세 가지 메뉴만이 있었다.

생선 정식   45실버
조개 정식   20실버
문어 정식   35실버

세 종류 다 먹으면 딱 100실버!

뮬은 다른 테이블에서 먹는 것을 살폈다.

손님들마다 그릇 위에 수북하게 쌓여 있는 해산물들을 먹어 치우고 있었다.

문어 정식의 경우에는 길이가 무려 80센티가 넘는 녀석이 구워져서 나왔다.

뮬은 지나가던 점원을 붙잡고 물었다.

"가격이 잘못 적힌 거 아닌가요?"

"어, 너무 비싼가요?"

"아니요. 그게 아니라… 골드가 실버로 적힌 거 아닙니까?"

생선 정식도 여러 종류의 생선들을 맛있게 구운 것이었다.

살이 두툼할 뿐만 아니라, 얼마나 잘 구웠는지 손으로 잡고 이빨로 뜯어 먹고 싶을 정도였다.

뮬은 45골드라고 해도 기꺼이 주문할 생각이었다.

점원이 웃으며 말했다.

"중앙 대륙 분이시죠?"

"예. 그런데요?"

"여긴 이 가격이면 돼요. 모라타는 더 싼걸요."

"……."

중앙 대륙에서는 상상도 할 수 없는 물가.

아르펜 왕국은 유저들의 인건비가 낮기도 했고, 또 모라타의 판자촌 시절에서부터 저렴하면서 맛있는 음식의 문화가 널리 퍼졌다.

그렇지만 근본적인 원인은 음식에 세금이 부과되지 않는 덕분이었다.

위드가 세금 항목들을 정할 때 외쳤다는 말은 아르펜 왕국의 유저라면 모르는 사람이 없었다.

"왜 음식에도 세금을 붙여야 됩니까? 사람 먹는 거 가지고 그러지 마세요!"

아르펜 왕국의 세율이 원래 대부분 낮지만, 음식에는 아예 세금이 붙지 않는다.
위드가 어릴 때 돈이 없어서 굶었던 경험이 많기에, 차마 음식에 대해서는 세금을 정하지 않았다.

"부족한 세금은 땅 장사를 해서 벌면 되죠. 바가지 좀 씌우면… 기획 부동산이 노다지 아닙니까?"

이런 뒷이야기도 있었지만, 조용히 묻혀서 알려지지 않았다.
어쨌거나 아르펜 왕국의 저렴한 물가에 뮬은 강하게 뒤통수를 맞은 느낌이었다.
'이런 식으로 편하게 의식주를 해결하게 해 버리면 사람들이 좋아하는 게 당연하지 않을까.'
가르나프 평원에 와 보니 복잡한 감정이 들었다.
하벤 제국에 있다가 아르펜 왕국으로 넘어온 유저들은 천국을 본 기분일 것이다.
풀죽, 풀죽, 하면서 싸우는 게 처음으로 납득될 정도였다.
'우린 승자니까 가지고 있는 힘을 부리는 게 당연하다고 생각했는데… 유저들을 심하게 괴롭히고 있었나?'

뮬은 식사를 마치고 나서도 평원을 돌아다녔다.

예술 작품의 전시회가 벌어지기도 했고, 엘프나 드워프의 문화 박람회도 열렸다.

부모들이 어린아이들의 손을 잡고 나무를 타고 엘프 체험을 하며 놀기도 한다.

엘지, 삼성을 비롯한 세계 각국 기업들의 브랜드 전시관도 성대하게 열린 것을 구경했다.

"빛나는 벽걸이 TV입니다! 멋진 디자인의 텔레비전으로 이번 전쟁을 시청하세요."

"지금 신청하시면 전 세계 어디든 이틀 안에 설치가 완료됩니다. 기념품으로는 크기 1미터가 넘는 대형 수정 구슬을 함께 드려요!"

"사은 행사 진행 중입니다. 휴대폰 개통 시, 마법 화살통과 은도끼를 드립니다!"

"쌍용 자동차입니다. 실물과 동일한 크기의 목조품으로 만들었습니다. 편하게 앉아 보세요. 구입 시 황소 1마리를 공짜로 드려요!"

〈로열 로드〉와 연계된 홍보관들.

늘씬한 엘프 아가씨들이 아르바이트를 하면서 업체 물품들을 알리고 판매했다.

"제약회사 광동입니다. 시원한 인삼물 한 모금 드시고 가세요. 피로 회복에 그만입니다."

"로이스 보험에서 나왔습니다. 인생, 보험 하나면 든든하지 않습니까. 지금 전시관을 들러 주시는 분들께는 활력 증강 포션 하나씩 나눠 드립니다.”

“KTX입니다. 빠르고 편리하게 목적지까지 보내 드려요. 잠시 후에 평원 동쪽으로 황소 100마리가 끄는 기차가 곧 출발합니다. 이용하실 분들은 모이세요!”

“전투기에서부터 화물기까지. 모든 종류의 전문 비행기 제작업체 보잉입니다. 전시관에 들어오셔서 편하게 관람하세요.”

“아모레! 무료로 허브 화장품 나눠 드려요. 선착순 50만 분께만 드려요.”

“PIC리조트입니다. 구경하느라 지치신 분, 어서 와서 쉬고 가세요! 수영장도 개장했어요!”

“노드스트롬 백화점에서 안내드립니다. 지금 방문하시는 고객 여러분들께는 마카롱 세트를…….”

전 세계의 기업체들이 이미지 홍보를 위해서 평원 한쪽을 가득 메우고 있었다.

기념품을 나눠 주거나 체험하는 방식으로 유저들에게 인지도를 크게 높일 수 있었다.

가전제품, IT, 자동차, 조선, 화학, 부동산, 건설, 건강용품, 철강, 가구, 은행, 기계, 백화점, 호텔!

세계 최대의 가전제품 박람회 정도는 규모 면에서 대학과 유치원의 차이로 느껴질 만한 전시관들이 만들어졌다.

뮬은 기가 막혔다.

“여기에 이런 게 있는 건 그렇다 치자고. 근데 이 모든 것이 고작 열흘 만에 준비가 돼?”

오래전이지만 그리폰을 타고 가르나프 평원 위를 날아간 적이 있었다.

풀들만 무성하게 자라 있던 지역이 완전히 뒤바뀌어 버린 것이다.

'위드의 영향력? 꼭 그런 것만은 아니겠지…….'

위드도 이 정도까지 예상한 건 아니었는데, 어찌하다 보니 눈덩이가 불어나듯이 일이 커졌다.

전 세계의 언론이 가르나프 평원에 집중되면서 경쟁이 벌어지니 이렇게 완벽하게 바뀌어 버리고 말았다.

"옥포중공업입니다. 세계 최대의 컨테이너선에 타 보십시오! 유람선도 지금 만들고 있습니다."

뮬은 커다란 고함 소리가 들려서 무심코 고개를 돌렸다.

그곳에는 일찍이 본 적이 없는 초대형 컨테이너선이 세워져 있었다. 길이가 400미터를 넘어서고, 높이 35미터, 폭은 무려 70미터나 되었다.

"저렇게 큰 배가… 또 어떻게 평원에 있지?"

불가사의한 일!

옥포의 경영진도 얼마 전까지는 상식에 미루어 볼 때 불가능하다고 여겼다.

하지만 가르나프 평원에 어마어마한 크기의 조각물이 속속 만들어지는 것을 보자, 안 될 건 또 뭔가 생각하게 되었다.

"바다에 띄울 것도 아닌데. 외관만 만들면 되지."

"제대로 해야 합니다. 다른 기업들은 가르나프 평원에 모형 물들을 세워서 전 세계 언론에 무료로 홍보를 했습니다. 우리라고 못 할 게 뭡니까?"

중공업의 기술자들이 항구 바르나의 조선 장인들과 협력하여 단 2일 만에 배를 건조해 냈다.

나무와 돌, 흙으로 급하게 만들어서 바다로 나가진 못하지만, 돛이나 선체의 구조는 그대로 만들었다.

"〈로열 로드〉에서 배를 제작하는 방식이 나쁘지 않은데? 해외 바이어들에게 실물 배를 보여 줄 수 있어서 홍보하기에도 편하고…….."

"우리 회사의 배가 〈로열 로드〉의 바다를 떠다니면 그것도 좋지 않겠습니까?"

34만 톤 규모의 컨테이너선!

〈로열 로드〉에서도 초대형 선박의 건조가 가능했다.

물론 항해 스킬의 도움을 받더라도 돛을 펼쳐 바람이나 노를 저어서 가야 했기 때문에 실제 바다에서 운항하기에는 불편함이 많았다.

그럼에도 관광용으로나 홍보용으로는 기꺼이 건조할 만한 가치가 있었다.

"대형 선박은 이런 식으로 건조하는군."

"조선업은 장인들의 협력이 역시 중요한 거 같습니다."

바르나의 조선 장인들은 대형 선박을 건조하면서 귀중한 노하우를 익혔다.

기술과 노동을 똑같이 들이더라도 노하우에 따라 시간이 오래 걸리는 선박 건조 속도는 2배 이상 차이가 나는 법이다.

"건조용으로 지상 데크를 만드는 방법도 참고할 필요가 있겠습니다."

"합동 조선소를 세우는 건 어떻습니까? 개인들이 활동하는 것도 한계가 있고."

"본격적으로 조선소를 세운다고요?"

"선원이 70명, 80명을 넘어가는 대형 상선은 혼자 만들기에는 시간도 오래 걸리고 어렵잖습니까. 협력 작업을 하고, 간단한 일은 초짜들도 쓰면서 효율을 높이는 게 백번 낫죠. 재료들을 규격화해서 구하는 것도 좋구요."

"일리야 있지만 일감이 없으면요?"

"하벤 제국 해군이 몰살당했습니다. 앞으로 바다는 아르펜 왕국의 것입니다."

무역과 탐험의 보고!

베르사 대륙을 떠나서 멀리 나아가면 엄청난 보물과 신비로운 땅들이 있다는 소문들이 있었다.

너무 위험하고 정보가 부족해서 원양 항해를 나가는 것은 소수였지만, 어차피 시간문제라고 봤다.

조선 장인들에게 배의 발주량은 매달 2배 가까이씩 늘어나고 있었던 것이다.

연근해를 오가는 작은 어선들이 압도적 다수였지만 날렵한 모험용 선체나 무역용 중형 범선도 많았다.

배의 크기도 갈수록 커져 가는 추세였다.

"그럼 해 보죠."

"후후. 좋습니다!"

축제의 부가적인 효과.

아르펜 왕국의 조선 산업이 생산량을 대대적으로 늘리는 계기가 되었다.

⚜

'아르펜 왕국의 국력이 실로 대단하구나. 전투력만 보고 무시했는데… 어쩌면 그 저력은 상상 이상일지도 모르겠다.'

뮬은 전시회장의 구경을 마치고 발길을 옮겼다.

'만만치 않아. 단단히 각오를 해야……. 여기까지 온 이상 조각품도 구경을 좀 해 봐야겠군.'

조각품의 건축 현장으로 걸음을 옮겼다.

축제의 지역을 벗어나는 데도 사람들 때문에 시간이 한참이나 걸렸지만, 건축 현장에 다가갈수록 압도되었다.

처음에는 평원의 한복판에 산들이 솟아 있는 줄로만 알았다.

너무나도 큰 것을 본 인간의 상식이라고 할 수 있었다.

근데 그 산에 사람들이 개미 떼처럼 붙어 있었고, 계단까지 만들어져 재료들을 나르는 것이었다.

'저게 조각품이라고?'

뮬은 또다시 당황했다.

그도 하벤 제국의 대영주로서 많은 조각품들을 봤다.

〈로열 로드〉의 초창기에 귀족들이 모으던 수집품이나 왕궁에 있던 으리으리한 예술품 들.

그래서 화려하고 섬세하게 세공된 조각품들에 대한 인식이 있었는데, 지금 보이는 건 거대한 규모로 무식하다는 말이 나올 정도로 컸다.

황소.

키가 210미터, 덩치가 600미터. 꼬리만 해도 50층 건물 정도
의 높이는 된다.

조각품 건설에 참여한 인부들의 목소리도 들렸다.

"석재랑 찐득찐득한 진흙 좀 빨리요!"

"표면이 갈라지고 있습니다. 도공이 필요할 것 같은데… 화
염 계열 마법사와 같이 올라와 주세요."

뮬은 머릿속이 복잡해졌다.

'아직도 만들고 있는 거야?'

세부적으로 다듬고 있기에, 더 커지지는 않는 것 같기에 천
만다행이었다.

'전투가 벌어지면 저런 거대한 것과 싸워야 하나?'

그리폰 부대의 전력은 중앙 대륙에서 무적이었다.

위드나 아르펜 왕국을 제외하고는 싸워서 져 본 적이 없다.

'하지만 저런 크기라니… 저게 살아서 움직일 수도 있단 말
이잖아.'

게다가 황소의 눈빛은 맹수처럼 날카롭지 않은가.

발톱은 사자처럼 뾰족하고, 옆구리에는 무려 날개까지 달려
있었다.

비상하는 황소

흙과 돌로 내부를 채우고, 골격에는 쇳물 329톤을 부어서 만든 작품이다. 이 작
품을 완성하기 위해 54만 명이 참여했다.

'답이 없다. 전투가 벌어지면 이건… 다른 부대들에 맡겨야 되겠군.'

뮬은 만만한 조각상들을 찾아보려고 했지만, 쉽지 않았다. 황소의 조각품 너머로 보이는 작품들은 더 압도적이었다.

날개 달린 뱀, 머리 셋 달린 와이번, 독침을 날리는 오소리!

공통점이라면 황소처럼 엄청난 크기라는 점이다.

'저런 것들이 하늘을 날다니.'

물론 크다고 해서 강하다는 법은 없다.

〈로열 로드〉에 있는 대형 몬스터들은 대부분 강했지만, 그건 그에 걸맞은 힘과 체력을 가지고 있기 때문이다.

조각상을 살아서 움직이게 하는 방식으로는 크기와 강함이 비례하지 않는다.

헤르메스 길드의 정보대도 빙룡과 이무기, 와이번, 불사조 등을 분석하여 이미 위드가 생명을 부여했을 경우의 전투력을 대략이나마 짐작하고 있었다.

'하지만 게이하르 폰 아르펜 황제는 생각도 못 했지. 도대체 얼마나 강할까? 그래도 모든 조각품을 살아서 움직이게 할 수는 없겠지.'

뮬은 조각상을 올려다보며 한동안 서 있었다.

전투가 벌어지면 알게 되겠지만, 가능하다면 모르고 싶은 마음이었다. 하늘에서 날개 달린 쥐와 싸우고 싶진 않으니까.

'그래도 승리는 헤르메스 길드에 손을 들어 주고 싶군.'

뮬은 라페이가 준비한 5대 비책을 모두 알고 있었다.

팔마의 그림자 부대는 격퇴되었지만 나머지는 그야말로 대량 학살이 가능한 비밀 병기들이다.

알려지는 것만으로도 비난받을 만한 무기들.

'뒤가 없는 헤르메스 길드도 필사적이니. 이번 전투에서 이기면 우린 돌이킬 수 없는 악당이 되겠군.'

가르나프 전투를 준비하는 라페이는 전쟁 계획을 수립하는 자리를 만들었다. 군대에서 병력을 지휘하는 건 중간 지휘관들이지만, 큰 틀에서 사용하게 될 전략을 결정해야 한다.

이 일에는 보안을 유지하기 위해 바드레이와 아크힘, 스티어, 라페이를 비롯한 20명만 참여했다.

"제국군의 합류와 사기에는 문제가 없을 겁니다. 용병의 모집이나 징병도 순조롭습니다."

"문제는 북부 유저들의 인해전술이 되겠죠."

"싸워서 죽이면 되는 거 아닙니까?"

"그런 방식으로는 종일 싸워도 끝이 안 날 테니 곤란하죠."

"우리가 입을 피해도 고려해야 합니다."

바드레이와 라페이.

그들은 모든 전투 계획들을 테이블에 올려놓고 검토했다.

정석에 가깝게 가르나프 평원으로 제국군이 진격하면서 북부 유저들에 맞서는 것은 기본이었다.

다양한 진형이나 마법병단의 운용도 고려했고, 제국의 5대 비책을 활용할 방법도 살폈다.

라페이가 고개를 저었다.

"강철 기사단을 비롯한 5대 비책은 굉장히 강력합니다. 틀림없이 효과를 보겠지만, 이것만으로는 결정적이지 못합니다."

"그렇다면요? 이 군사력으론 부족합니까?"

"더 확실한 것이 필요합니다. 힘으로 아예 짓뭉개 버릴 정도로 말이죠."

라페이는 전투에 대해서는 잘 몰라도 뛰어난 전략가였다.

착실하게 바닥을 다지면서 준비를 하고, 헤르메스 길드가 날개를 펼쳐서 중앙 대륙을 통일할 수 있게 만들었다.

꼼꼼하고 실수가 없었던 그지만, 위드를 상대로 하면서는 많이 당했으니 심하게 경계하고 있었다.

"이번 전투는 100% 예측하기 힘듭니다. 게이하르 황제라는 변수를 만든 것도 그렇고, 가르나프 평원을 완전히 자신들의 영역으로 선점한 것도 문제입니다. 우린 상대의 영토에서 싸우는 것과 마찬가지가 되었으니까요."

아크힘이 주먹으로 책상을 치며 분노를 표시했다.

"전투를 벌이자고 해 놓고 먼저 그 지역을 차지하고 준비하는 건 비겁한 행위 아닙니까?"

"위드가 직접 한 건 아니니 따지더라도 의미가 없지요. 우리의 반발까지도 고려했을 겁니다."

라페이는 상대방에게 끌려다니기를 원치 않았다.

주도권을 빼앗긴 상태에서는 무엇을 하든 일이 불리해진다.

하벤 제국의 군사력이 더 강하더라도, 위드가 원하는 방식으로 싸우게 될 수 있는 것이다.

'우리의 전투 요청을 받아들이자마자 직접 나서지도 않으면서 유저들에게 가르나프 평원의 판을 짜 놓도록 유도했다. 위드는 확실히 보통이 아니야. 나도 방심은 없다. 더군다나 이렇게 중요한 전투에서는 말이야.'

아르펜 왕국과 하벤 제국이 전력으로 붙는다.

이 전투가 끝나고 나면 베르사 대륙이 어떻게 바뀌게 될지 아무도 모른다.

라페이로서는 확실한 카드를 쥐길 원했다.

"저기……."

마법병단을 양성하고 있던 캐들러가 손을 들었다.

"제가 말씀을 좀 드리지요. 우리한테 연구 중인 마법 하나가 있습니다."

"마법이요?"

캐들러는 지금까지 전면에 나서지는 않았던 유저다.

친위대 소속으로, 일찌감치 살육의 마법사라는 숨겨진 직업을 얻었다.

그는 주민이나 유저를 죽일수록 마법력이 상승한다.

그 반발로 죽은 자의 힘이나 억눌린 분노 같은 부작용이 생기기는 했지만 전투력은 막강하다.

길드 차원의 많은 지원을 받으며 성장하고 있는 유저 중의 하나였다.

캐들러가 자신만만하게 웃었다.

"궁극 마법 중 하나인데, 어느 정도 준비를 마쳤습니다."

라페이는 얼마 전에 받은 보고서를 떠올렸다.

마법사의 유적에서 찾아낸 궁극 마법 중 하나.

불타는 유성 소환.

위드가 조각술 최후의 비기 퀘스트를 할 때 얻어 내서, 엠비뉴 교단의 총본영을 박살 낼 때 쓰기도 했다.

방송을 본 헤르메스 길드도 그 위력에 전율하면서 백방으로 찾아보려고 했다. 퀘스트에서 사용된 적이 있다면, 중앙 대륙을 점령하고 있는 그들이 구할 가능성도 상당히 컸으므로!

마법사의 던전이나 유적이 철저히 탐색되었고, 많은 어려움이 있긴 했지만 퀘스트를 거쳐서 불타는 유성 소환 마법서를 입수했다.

일부가 찢어져 있는 불완전한 마법서.

마법사와 모험가 들에 의해 복원되었지만, 불타는 유성 소환을 발동시키기 위해서는 마법 자료와 연구가 필요했다.

"지금 불타는 유성 소환을 사용할 수 있다고요?"

"정상적인 방법은 아니죠. 흑마법을 이용하면 2단계 위의 고위 마법도 사용이 가능하니… 흠흠. 보석과 마나석, 희귀한 생명체들을 희생시켜야 합니다만, 결론을 말씀드리면 쓸 수 있습니다."

불타는 유성 소환이라는 광범위 파괴 마법을 쓸 수 있게 되자, 전투 계획이 새로 세워졌다.

"비장의 카드로 전투의 중반 이후에 쓰는 게 어떻겠습니까. 흐름을 바꿔 놓을 수 있을 텐데요. 위드가 있는 곳에 떨어뜨리는 것도 방법이겠죠."

"혼전이 벌어지면 유성을 소환하지 못합니다. 아군의 희생도

클 겁니다."

"마법병단의 마나 소모도 심하죠."

"위드는 피해 버릴 수도 있습니다. 우리 쪽의 움직임을 보고 이상한 걸 느낄 겁니다. 그가 주로 타는 와이번, 빙룡 등의 이동속도를 고려할 때 맞히기 어렵습니다."

"유성 소환은 몇 번이나 가능하죠?"

"흑마법이라서 여러 번 사용할 수 있지만 갈수록 마법사들에 무리가 따를 겁니다. 다만 하벤 제국의 마법사들이 모두 투입되면 3개 정도는 동시에 쓸 수 있습니다."

"충분한 숫자로군요."

"이러면 유성 소환에 힘을 실어 주는 게 나을 것 같은데… 변수를 없애려면 일찍 사용하는 것이 좋겠군요."

"동의합니다."

전투 계획이 세워졌다.

불타는 유성 소환으로 가르나프 평원을 강타한다!

방송에서 보듯이 1억 명이 넘게 밀집해서 모여 있다면 입게 될 피해란 이만저만이 아닐 것이다.

하벤 제국군은 유성이 떨어진 이후에 신속하게 진입하여 적들을 학살하는 것을 기본 계획으로 했다.

"철저한 보안이 무엇보다 중요할 것입니다."

"마법사들에게도 전투 직전에 알려 주는 걸로 합시다. 흑마법의 일종이라서 핵심 역할을 할 몇 명만 알고 있으면 되니 말입니다."

"좋은 일이군요."

하벤 제국은 무기 창고를 모조리 열어서 군대를 정비하기로 했다. 영주들의 성, 도시의 치안대까지도 전부 동원시켰다.

이번에야말로 중앙 대륙을 지배하는 총전력이 한곳에 집결하는 것이다.

정보대의 수장인 스티어, 친위대를 담당하는 아크힘도 같이 바쁘게 움직였다.

"가르나프 평원의 동향은 현재까지 완성된 거대 조각상이 475개, 만들어지고 있는 건 3,741개입니다."

"그게 다 완성된다고요?"

"다는 아닐 겁니다. 아마 전투가 벌어질 때까지도 절반 정도는 완성되지 못할 걸로 보입니다."

"게이하르 폰 아르펜에 대한 분석 자료가 도착했습니다."

"게이하르 황제가 저 조각품들을 다 일으킬 수 있을까요?"

"판단하기는 어렵지만, 그래도 무리라고 생각됩니다. 위드가 지금까지 만들어서 부하로 삼은 조각품들의 숫자도 그리 많은 게 아닙니다."

"아르펜 제국의 전력과 당시의 조각 생명체 종족들에 대해서도 살피고 있습니다만 기록이 부족합니다."

정보대와 수뇌부도 정보를 모으고 대비책을 세우는 데 총동원이 되었다.

하벤 제국의 승률을 높이고, 전투 능력을 향상시키기 위해!

"울호프 산호 지대에 발제타 어인족이 출현했습니다. 그들은 조각 생명체 종족의 후손이라면서 게이하르 황제의 뜻에 따라 이번 전쟁에 참여하겠다고 합니다."

"서쪽 산맥 지대를 탐험하고 있던 모험가 파티가 정보를 팔았습니다. 5,000골드에 샀는데, 작은 새에 관한 것입니다. 멸종된 것으로 알려진 바라그의 새끼로 추정되고 있습니다."

"우연인가. 아니면……?"

"위드의 모험으로 역사가 바뀐 것 같습니다."

역사가 바뀐 흔적도 발견되었다.

게이하르 황제가 만든 바라그 종족은 역사와는 달리 완전히 사라지지 않고 서쪽의 따뜻한 섬으로 이주했다.

인간들의 발길이 닿지 못한 바다 한복판의 큰 섬에서 천혜의 낙원을 이루며 살았다.

그들 중 몇몇 조각 생명체 종족들이 게이하르 황제의 뜻에 따라 전투에 참여하기 위해 찾아오고 있었던 것이다.

"바라그의 전쟁 수행 능력은 어느 정도죠?"

"영상으로 봐서는 까다롭긴 합니다만 숫자가 많은 건 아닐 테니 상대할 수 있으리라고 봅니다."

"개조한 대형 쇠뇌를 배치하면 될 겁니다."

"쇠뇌로는 무리입니다. 지상군을 지키기에 번거롭고, 공중을 빼앗길 겁니다."

아크힘은 바라그의 존재가 영 찝찝했다.

전군 총지휘관은 황제 바드레이다.

자신은 부지휘관을 맡기로 했는데, 실제 병력 운용에 있어서는 제국군의 절반 이상이 그의 명령을 따른다.

책임이 막대하니 어떻게든 승리를 거둬야 했다. 전투의 승리만 확보한다면 어떤 손해도 중요하지 않았다.

"얼마 전에 파이어 드레이크들과 연관된 퀘스트가 있었죠?"

"예. 불의 보석을 대량으로 가져다주면 그들을 전투에 동원할 수 있는 퀘스트였습니다만……."

"퀘스트를 실행하세요."

"비용이 많이 들어갑니다."

"아낄 때가 아닙니다."

중앙 대륙을 독점적으로 지배하면서 수많은 종족들과의 협약이나 퀘스트의 목록을 얻어 낼 수 있었다.

화염 마법을 봉인할 수 있는 불의 보석!

주로 화산 지대에 생성되고, 까다로운 몬스터를 해치워야만 얻을 수 있다. 4,000골드에도 상점에 잘 나오지 않는 보석이었는데, 그동안 모아 둔 걸 모조리 투입하기로 했다.

"변수입니다. 한국에서 당일 휴가를 신청하는 직장인이 많다는 뉴스입니다."

"그런 일이……."

그 어느 나라보다도 상위권 게이머가 많은 한국의 동향은 중요하다.

"일부 고등학교는 학생들의 수업 분위기에 차질이 있을 것으로 예상하여 아예 휴일로 지정한답니다."

"맙소사!"

아크힘은 탄식했지만 그것도 잠깐이었다.

전 세계적으로 이런 전투에 참여하고 싶지 않은 사람은 거의 없을 테니까. 학생이나 젊은 직장인이라면 수단과 방법을 가리지 않고 어차피 접속할 것이다.

"미리 준비해 둔 덕분에 강철 기사단의 추가 확보는 순조롭습니다."

"알킨 병의 숙주도 가르나프 평원 인근에 숨겨 놨습니다. 해독약은 준비하고 있지만 넉넉하진 못합니다."

"판제롭 유령 기사단은요?"

"내일까지 확실히 도착합니다. 유저들의 눈에 띄지 않도록 이동하느라 시간이 많이 지연되었습니다."

"소멸의 창은……."

"34개를 주요 돌격대원들에게 나눠 줬습니다."

제국의 5대 비책도 차질 없이 동원되었다.

모든 진행 상황을 점검하던 아크힘이 고개를 끄덕였다.

가르나프 전투가 하루하루 다가올수록 하벤 제국군의 군사력은 완전해지고 있다.

임시 길드원, 징병이나 용병 고용으로 병력도 크게 늘리고 있었다.

'비난할 테면 승리한 우리를 비난해라. 하벤 제국은 할 수 있는 모든 걸 할 것이다.'

고급 수련관

위드는 게이하르 황제의 포섭을 마치고 동료들과 바라그의 등에 탔다.

"그럼 잘 다녀오게."

"예, 스승님!"

동료들과 베르사 대륙을 돌아보기로 한 것이다.

시간 조각술이 있다면 언제든 과거의 역사로 돌아올 수 있긴 하지만, 그렇기에 오히려 더 중요했다.

'역사서에 모든 게 기록된 건 아니야. 그리고 정보들은 잘못 전해진 것도 많지.'

제대로 시간 조각술을 쓰기 위해서라도 살펴볼 필요가 있다.

바라그를 타고 하늘을 날아다니면서 지상에 도시들이 보이면 땅으로 내려갔다.

"세상에… 그 험한 몬스터를 타고 다니다니, 제정신이 아니로군!"

"인간들의 자존심이 걸린 문제야. 언제부터인가 저런 몬스터들이 우리 땅을 차지하고 있어."

"황제의 업적은 인정하지. 그런데 마땅히 우리 인간들이 가져야 할 몫은? 왜 식량을 저들에게 나눠 줘야 해?"

"맞아. 열심히 농사짓는 건 우리인데 말이야."

도시와 마을에서 인간들은 바라그를 혐오했으며, 조각 생명체들에 대한 인식도 굉장히 나빴다.

'이건 예상했던 대로군.'

위드의 말을 들은 게이하르 황제는 술을 마신 이후에 조각 생명체들에게 말했었다.

"우리의 제국이 무너진다면 인간들을 위해 고생하지 마라. 마땅히 너희가 살아갈 길을 찾아야 할 것이다."

바라그를 비롯하여 크로커, 보록 들은 눈물을 흘리며 구슬프게 울었다.

"그리고 먼 훗날, 정말 내 제자의 말대로 다시 너희를 위한 왕국이 세워진다면… 모두가 함께 살아갈 수 있도록 다시 한번 도와 다오."

위드가 잘만 하면 아르펜 제국의 조각 생명체들을 주민으로 받아들일 수 있게 될 것이다.

물론 제국이 무너지고 나서 기나긴 시간 동안 살아남고, 또 황제의 뜻을 기억하는 조각 생명체들은 소수일 것이다.

그럼에도 가르나프 평원에 조각 생명체들이 나타난다면 그들은 아르펜 왕국의 귀중한 국민이었다.

'누렁이나 금인이, 와삼이처럼 말이야.'

위드는 차별 없이 조각 생명체들을 착취해 줄 생각이었다.

"어려운 부탁이 있는데 들어주겠는가? 심심치 않게 보상은 해 주지."

띠링!

마을 구석에 떨어진 은화

마구간지기 제피로스는 술에 취해서 은화를 잃어버렸다. 어젯밤에 하수구 부근에서 떨어뜨린 것 같다는데 확실하진 않다. 열심히 찾아본다면 운 좋게 눈에 띌수도 있을 것이다.

난이도: F

보상: 말발굽 2개

오랜만에 보는 난이도 F의 의뢰!

'이런 단순한 퀘스트는 연계 퀘스트로 이어질 확률도 낮아.'

친밀도가 필요 없고 명성도 적용되지 않아 이런 낮은 등급의 의뢰가 뜬 것이다. 위드의 명성이야 34만이 넘은 상태지만, 시간 조각술의 영향 때문이었다.

'과거로 오니 명성이 적용 안 되는 것 같아.'

베르사 대륙의 북부는 물론이고 중앙 대륙에서 울고 있던 어린아이도 알아보고 울음을 멈출 정도인 위드다. 온갖 퀘스트와 사냥, 예술 활동을 했기 때문에 부족한 명성으로 골치를 앓은 적이 없었다.

하지만 그것들은 미래에 벌어지게 될 일, 여기서는 전혀 반영되지 않았다.

"모르는 사람에게 부탁하기에는 위험한 일인데."

"누구? 조각사 위드라고? 전혀 모르는 사람을 만나고 싶진 않아. 밤에 술 한잔 사 주면 시간을 내 보지."

"무슨 소릴 하는 거냐. 썩 꺼져라!"

위드는 길거리에서도 면박을 당하기 일쑤였다.

그에 비해 제피나 파이톤은 대화하는 게 순조로웠다.

"고급스러운 옷을 입으셨군요. 귀족이십니까?"

"호오. 그 검은 보통이 아닌 것 같습니다. 마물 퇴치와 관련된 의뢰가 있는데, 도전해 보시겠습니까? 물론 그런 검을 쓰는 전사님이라면 그리 어렵지 않은 일일 겁니다만."

옷이나 무기에 반응하는 주민들.

고급 장비들을 쓰는 것도 명성이 부족할 때 난이도 높은 퀘스트를 받을 수 있는 조건 중 하나였다.

화령과 벨로트처럼 매력이 높으면 언제든 동료들이 함께 수행할 수 있는 퀘스트를 얻어 낼 수 있었다.

'지금은 편하게 살자. 다른 직업이나 모험가 들도 역사 퀘스트를 할 수 있게 될지 모르지만 그때까지는 오래 걸릴 거야.'

위드는 느긋하게 마음먹으며 동료들과 바라그를 타고 대륙을 돌아다녔다.

"끄우어어어. 힘들다."

"더 빨리 날아. 와삼이는 새벽에도 쉬지 않고 날았어. 잠을 안 자고도 말이야."

"그렇게 고생한 와삼이는 도대체 누군가?"

"내 자랑스러운 부하 중 하나지. 와삼이가 나를 얼마나 좋아하는지 알려 주고 싶군."

"도저히 믿을 수 없다."

"처음에는 다 그렇게 정상적으로 생각해. 하지만 일을 많이 시키다가 어쩌다 하루 놀게 해 주면 기뻐하기 마련이지."

위드는 모든 도시와 마을을 방문할 수가 없기에 하늘에서라도 살펴봤다.

이 시점에서 아르펜 제국의 지형과 도시 구조, 건물들을 확인하려는 것이었다.

고전 시대 아르펜 제국 건물 양식들을 감상하였습니다.
조각사로서 새로운 건물들을 관찰하게 됨으로써 소유하고 있는 마을과 성, 지역 등에 고전 시대의 건물들을 지을 수 있습니다. 특수 건물들을 건설할 수 있습니다.

아르펜 치안 관청
건축 비용 최소 15만 골드.
도시 내의 치안을 확보하기 위한 건물. 병사들과 자경단이 관리한다. 범죄가 감소한다. 몬스터들이 침략하면 잠깐은 싸울 것이다.

아르펜의 물레방앗간
건축 비용 최소 4만 골드.
물레방앗간이 필요한 이유는 요정들의 놀이터를 위해서이다. 어린아이들이 어울려 함께 놀기도 한다. 지역 내 곡물의 생산량이 늘고, 행복도가 증가한다. 요정들과의 친밀도가 향상된다. 정령사들의 성장이 빨라진다.

아르펜의 염전

건축 비용 최소 4,000골드.

태양의 힘으로 바닷물을 말려서 소금을 얻을 수 있는 시대는 지났다. 불의 종족 파란차들이 염전에서 근무한다. 그들이 낮잠을 잔 곳에서는 바닷물이 증발하여 양질의 소금을 얻을 수 있다.

음악이 흐르는 식당

건축 비용 최소 1,000골드.

아르펜의 주민들은 음악을 사랑한다. 즐거운 삶과 행복, 편안함, 멋진 음악을 들으면서 음식을 먹는 것을 최고의 행복으로 느낀다. 주민들의 행복과 예술의 발전도를 증가시킨다.

드워프들의 공방

건축 비용 최소 6,000골드.

드워프들이 무언가를 만드는 장소. 10명 이상의 드워프들이 모여서 필요한 모든 것을 만들어 낸다. 맥주 양조장이 가까이 있다면 작업 속도가 빨라진다.

흐드러진 꽃의 정원

건축 비용 최소 2만 골드.

아름다운 꽃들로 이루어진 정원. 이곳에서는 잠깐 휴식을 취하는 것만으로도 피로와 생명력이 빠르게 회복된다. 특별한 행운이 깃든다.

바라그의 둥지

하늘을 나는 생명체들의 거주지. 단단한 나무와 깃털을 모아서 만들어졌으며, 바람이 새지 않는다. 조인족 알의 부화 속도와 초반 성장을 빠르게 한다.

위드는 국왕으로서 건물들을 감상하는 것만으로도 왕국에 긍정적인 영향을 미칠 수 있었다.

'기회가 되면 역사적으로 존재했던 모든 시대의 건물들을 보는 것도 괜찮겠군.'

아르펜 왕국에 다양한 건물들이 지어지면 이를 좋아하는 유저들도 많으리라.

그러나 가르나프 평원의 전투에서 패배한다면 왕국 멸망은 순식간이었다.

"흠. 이대로 더 구경을 다녀도 될지 모르겠네요. 돌아가야 하지 않겠습니까?"

동료들이 초조함을 느끼고 먼저 말했다.

하벤 제국과의 전쟁을 고작 3일 앞두고 있는 것이다.

위드가 가볍게 미소를 지었다.

"천천히 가죠."

"지금 가도 늦지 않을까요? 일찍 가서 준비해도 모자랄 판인데요."

"후후후. 헤르메스 길드는 지금 불안할 겁니다. 마지막 순간까지 제가 어떤 계획을 가지고 있는지, 어떻게 할지 모르게 해서 혼란을 일으키려는 것이죠."

가르나프 평원에는 신분을 숨긴 헤르메스 길드원들을 비롯해서 스파이들이 판을 칠 것이라고 짐작했다.

위드가 일찍 나타나기만 한다면 헤르메스 길드도 지켜보고 대비책을 마련하리라.

지금으로써는 어떤 짓을 저지를지 모르니 오히려 더 불안한 상태일 것이다.

양념게장이 고개를 갸웃했다.

"근데 쭉 우리랑 같이 있지 않았습니까. 따로 뭐 준비하는 게 있는 겁니까?"

위드는 당당하게 대답했다.

"없어요."

"예?"

"없다고 해도 왠지 있는 것처럼 그럴듯하잖아요. 그리고 주인공은 극적인 순간에 등장하기 위함이랄까요?"

"……."

파이톤은 우연히 들른 아르펜 제국의 타호라는 도시의 주민으로부터 뜻밖의 말을 들었다.

"전사인가? 들고 다니는 대검을 보니 꽤나 강할 것처럼 보이는군."

"이거 꽤 좋은 검이지요. 흐흐."

"대검은 강한 자만이 들 수 있지. 혹시 이 지역의 고급 수련관도 통과했는가?"

조각 생명체들이 통일한 아르펜 제국.

인간들은 그렇기 때문인지 더욱 강한 전사들을 숭배하는 문화가 있었다.

"고급 수련관이요?"

"검을 든 자, 육체를 단련하는 자라면 누구나 가 보고 싶어 하는 장소인데, 모르나?"

파이톤은 당연히 알고 있었다.

위드도 고급 수련관이라는 말을 듣자마자 눈이 번쩍 뜨이는 기분이었다.

눈먼 돈이 하늘에서 떨어진 것만 같은…….

'이곳에 고급 수련관이 있다.'

〈로열 로드〉를 하는 유저들 중에서 최고의 자리에 오르려면 수련관을 통과하는 건 필수였다.

로자임 왕국의 세라보그 성에 있던 기초 수련관!

허수아비를 때리다가 교관 도르크와 소중한 인연을 맺어 달빛 조각사의 퀘스트를 얻기도 했다.

물론 돈이 안 될 것 같아서 그때는 가뿐하게 거부해 버렸지만…….

천공의 섬 라비아스에서는 초급 수련관을 통과하며 스탯 보상과 사자후 스킬을 얻었다.

'카리스마와 사자후는 쓸모가 정말 많았지.'

사자후는 대규모 전투에서 부하들을 다루기에 유용한 스킬이었다.

위드는 기사들처럼 병력 지휘 스킬이 다양하지 못하다 보니 만약 사자후가 없었더라면 지금까지 치른 전투들이 한층 어려웠으리라.

중급 수련관은 영웅의 탑을 최소 3층 이상 돌파해야만 통과할 수 있었다.

각 관문을 박살 내고 마지막에 도전한 5층에서는 작센 평야의 팔랑카 전투에 투입되었다.

가장 치열한 전장에서 해골 기사가 되어 레미 공주를 지키며 싸웠다.

7개 왕국의 병력이 전투를 치르는 격전지에서 사이클롭스의 돌에 맞아서 최종 사망.

'하지만 고급 수련관은 하벤 제국의 영토 안에 존재해서 가지 못했지.'

위드는 당연히 고급 수련관에도 가 보고 싶었지만 지금까진 기회가 닿지 않았다.

하벤 제국의 수도 아렌 성!

혹은 칼라모르 지역을 비롯해서 중앙 대륙의 몇몇 지역에만 존재했으니까.

북부에도 오래전에는 있었다고 하는데, 니플하임 제국이 멸망하면서 어딘지 알 수 없게 되었다는 기록만 남아 있었다.

중앙 대륙의 고급 수련관들은 일찍부터 각 지역을 지배하던 명문 길드들이 관리했으며, 현재는 헤르메스 길드의 허락이 있어야만 통과할 수 있는 장소가 되었다.

위드는 몰래 들어가 보는 것도 생각해 봤지만, 헤르메스 길드 유저들의 감시에 걸려서 집중 공격을 당할 위험이 있기에 포기했었다.

파이톤이 먼저 씩 웃었다.

"고급 수련관이라면 당장에 가 봐야지."

그 역시 대륙에 12개 존재한다는 중급 수련관밖에 통과하지 못했던 것이다.

위드도 당연히 동의했다.

"가 보죠."

고급 수련관의 영상은 과거에 헤르메스 길드에 의해 공개된 적이 있었다.

명예의 전당 조회 수가 무려 6억을 넘어선 동영상.

바드레이의 고급 수련관 공략!

바드레이와 헤르메스 길드원 30명이 동시에 고급 수련관에 도전하는 것으로 영상은 시작됐다.

"우린 투쟁의 길을 걸어갈 것이다."

"영광을 추구하는 흑기사로군요. 도전을 환영합니다."

전사 계열을 위한 고급 수련관은 투신 바탈리의 교단에서 만든 투쟁의 길을 의미했다.

강한 전사들과 마물들이 기다리고 있는 길!

다른 수단은 존재하지 않는다.

오로지 일직선으로 입구에서 출구까지 돌파해야만 성공하는 것이었다.

'바드레이는 9시간 45분 만에 성공했지.'

고급 수련관에서는 신성 마법이 모조리 봉인된다.

직접 몸을 쓰는 전투 스킬이 아닌 정령술이나 마법, 저주 같은 것도 사용이 불가능하다.

'관문을 통과할 때까지는 물도 못 마시고 음식도 먹지 못한다고 했어.'

인내심과 체력이 약하다면 지쳐서 전진하지 못한다.

온전히 자신이 가진 힘과 체력으로 승부를 보는 관문!

영상에 나오는 투쟁의 길에는 몬스터들이 바글바글했다.

> ┗ 와, 난이도 보소. 미쳤네.
> ┗ 원래 이렇게 많이 나와요? 그냥 밀려오는데?
> ┗ 고급 수련관은 미쳤음. 아까부터 쉬지 않고 계속 나옴. 전진하려면 끝도 없이 싸워야 됨.
> ┗ 크아. 진짜 어렵겠다.
> ┗ 이거 깨라고 만든 난이도임?

바드레이와 헤르메스 길드원들은 번갈아 휴식을 취하며 싸웠다.

투쟁의 길에서는 투신 바탈리의 소환에 의해 유저의 실력에 맞추어 마물들이 출현한다는 이야기가 있었다.

바드레이와 헤르메스 길드원들이 당시에 상대한 마물들의 수준은 일반 유저들이 보기에는 충격적이었다.

레벨 300, 400대의 마물들이 기본이고 500대에 속하는 녀석들도 가끔씩 출현했으니 방송을 통해 생중계까지 되면서 대단한 이슈가 되었다.

> ┗ 헤르메스 길드가 명실상부 최강이네.
> ┗ 무력 하나만큼은 확실히 증명함.

위드는 돈 안 되는 댓글들에는 상처받지 않았다.

특히 바드레이의 동영상을 본 이들 중에는 그의 강함에 매료된 팬들이 상당히 많았고, 헤르메스 길드원들이 댓글을 관리하기 때문에라도 찬양하는 글들이 많았다.

그렇지만 영상을 보며 상당한 흥미가 생긴 것도 사실이었다.

'고급 수련관이라. 나도 가 보고 싶다. 뭐, 사람들의 말처럼 어려워 보이진 않는데…….'

위드는 〈로열 로드〉를 하면서 약한 몬스터를 학살하는 식으로는 성장하지 않았다.

항상 강한 녀석들에게 도전했고, 사냥법도 언제나 지칠 때까지 썼다.

휴식?

지쳐서 쓰러지면 누워서라도 조각품을 깎았다.

몸살이 걸릴 정도로 사냥하는 데에 익숙했다.

체력과 인내심이 높아진 이후에는 웬만해서는 사냥하다가 탈진하는 경우도 없었지만.

'재밌을 거 같아. 아마 투쟁의 길에서는 조각술 스킬도 봉인될 가능성이 크지만. 그거야 상관없지.'

네크로맨서 스킬도 쓰지 못할 것이다.

커다란 불리함이 있다고 해도 고급 수련관을 도전하는 데 망설일 이유는 아니었다.

위드와 파이톤은 동료들과 도시 타호에 있는 바탈리의 교단으로 향했다.

교단 부근은 전쟁터로 느껴질 정도로 부러진 무기와 땅에 꽂힌 화살들이 널려 있었다.

"와… 여긴 진짜 분위기가 살벌하네요."

"바탈리의 교단이잖아요. 직접 와 본 건 처음이지만요."

수르카와 메이런은 입구에서부터 깜짝 놀랐다.

투신의 교단에 소속된 사제들은 남자건 여자건 몸에 흉터가 가득했다.

벽에 걸려 있는 무기들이 다양한 것도 특징이었는데, 어떤 것이라도 연마하며 싸운다.

그야말로 전사들을 위한 교단!

입구에 서 있던 바바리안 전사가 파이톤을 보며 거친 목소리로 말했다.

"너는 대검을 쓰는 전사인가."

날카로운 눈빛이 당장이라도 결투를 청하려는 듯 위압적이었다.

투신 바탈리의 교단은 그래서 평범한 사람들이 찾아오길 꺼리는 곳이었다.

파이톤이 용기를 내어 대검을 들고 큰 소리로 말했다.

"그래, 이게 내 무기다. 투쟁의 길을 걷기 위해서 왔다."

어디서도 꿀리지 않는 사내!

파이톤은 남자답게 아랫배에 힘을 주고서 거칠게 대꾸한 것이다.

'이게 내 방식이지.'

강자로서의 자부심.

바바리안 전사가 고개를 끄덕였다.

"흉터들만 봐도 경험을 알 수 있겠군. 목에 있는 건 만텔더의 흔적인가?"

"그렇다."

"만텔더에게서도 살아 돌아왔다면, 투쟁의 길에 도전할 자격이 충분하다."

그다음은 위드의 차례였다.

'어떤 식으로 넘어갈까.'

동료들은 기대했다.

위드에게는 아부와 친절이 기본으로, 무릎과 허리는 언제든 굽힐 자세가 되어 있다.

손바닥을 비비면서 흥정하는 모습은 마판마저도 한 수 보고 배울 정도!

위드가 게이하르 황제에게 한 술 접대는 영업직 5년 차를 능가할 정도였다.

위드는 바바리안 전사를 향해 오만하게 턱을 치켜들었다.

"길을 열어라."

"너도 투쟁의 길을 걷기 위해서 왔는가? 마땅히 자격을 갖춘 자에게만 열린다."

"닥치고 열어라. 전부 죽이고 열기 전에."

"방금 한 말이 진심인가?"

입구를 지키던 바바리안 전사들의 눈빛이 거칠어졌다.

위드는 감명 깊게 봤던 만화를 떠올리며 말했다.

"비켜라. 내 걸음을 멈출 수 있는 건 나 자신의 의지뿐이다."

"……!"

여러 말 섞지도 않는다.

바바리안 전사들을 상대로 비키지 않으면 죽이겠다는 선언!

위드는 〈로열 로드〉에 대한 방대한 지식을 가지고 있었다.

지금까지 모아 온 수많은 정보에는 몬스터나 던전에 대한 것뿐만 아니라, 베르사 대륙의 역사와 주민들까지도 포함된다.

로자임 왕국 세라보그 성의 청소부나 꽃집 아가씨의 취향에 대해서도 자세히 파악하고 있을 정도였다!

'바탈리 교단의 전사들은 단순하다. 오직 힘이 모든 것을 증명하지.'

검치나 다른 사형들과 비슷한 것처럼 보이지만 또 다르다.

'지금은 강자에게 약한 시기.'

전투 집단으로도 불리는 바탈리 교단의 흑역사!

아르펜 제국의 건국 전에 마물 크데르탈을 사냥하다가 진정한 전사들이 대부분 죽임을 당했다는 것이다.

지금 바탈리 교단에 남아 있는 전사들은 껍데기뿐.

전쟁의 시대를 거치면서 수많은 전사들의 희생 속에 바탈리 교단은 다시 자리를 잡았다.

입구를 지키는 바바리안들은 강함은 없지만 옛 영광을 떠올리며 허세만 부리고 있었다.

정상적인 방법으로는 투쟁의 길에 대한 도전 자격을 얻고, 상당한 금액까지 헌금으로 바쳐야 한다.

그건 절대 벌어져서는 안 될 일!

"우, 우리는……."

바바리안 전사가 배에 힘을 주고 버티려고 했지만, 위드는 그저 노려볼 뿐이었다.

돈을 떼먹으려다가 걸린 사기꾼을 보는 것처럼!

투지가 발동됩니다.

600을 넘는 투지 스탯의 발동.

강한 몬스터를 때려잡고, 때때로 학살해 가면서 쌓아 온 투지였다.

"크으으으."

바바리안 전사는 몸을 부들부들 떨더니 곧 옆으로 비켜섰다.

"투쟁의 길은… 교단 지하에 있다."

띠링!

겁주기 성공!

교단 내부에서도 위드는 투지를 풀풀 날리고 다녔다.

'방심할 수 없어. 여기 놈들이 언제 돈을 뜯어 가려고 나설지 몰라.'

수작을 부리기만 하면 원수를 상대하듯이 박살을 내 주리라.

위드가 지나가는 길에는 바탈리 교단의 여러 종족의 전사들이 길을 비켜 주었다.

양옆으로 멀찌감치 갈라져서 감히 덤벼들지도 못하는 광경이었다.

바탈리 교단의 지하에는 커다란 신상이 있었다.

투신 바탈리의 신상!

그리고 어둠을 향해 뚫려 있는 하나의 길.

무엇이 나타날지 모르지만, 위험하다는 느낌만은 가득했다.

바바리안 전사가 주눅이 들어서 말했다.

"이 길을 끝까지… 걸어가면 됩니다. 중간에 뭐든 먹어서는 안 되고, 되돌아와도 실패입니다. 죽더라도 길에서 죽어야 합니다."

띠링!

투쟁의 길을 마주했습니다

이 수련관은 언젠가 베르사 대륙이 위험에 빠졌을 때를 대비하여, 진정한 전사들을 성장시키기 위해 만들어졌다. 투쟁의 길을 걸어라. 그 길을 걸어서 스스로를 증명하라.

보상: 전투와 관련된 스킬과 스탯의 한계치 성장

난이도: 알 수 없음

제한: 길을 돌아 나오거나 음식을 먹으면 실패. 재도전 불가능. 갈증 해소를 위해 물은 마실 수 있다.

'지금까지 쉬웠던 일은 하나도 없다. 한 발자국도 물러설 일이 없겠지.'

위드는 각오를 단단히 다지며 투쟁의 길로 걸어갔다.

"어어!"

파이톤이 마음의 준비를 갖추기도 전에 먼저 들어가 버리고 말았다.

위드는 투쟁의 길에 들어서자마자 앞으로 달려갔다.

채앵!

로아의 명검을 뽑아 들고, 초보자 복장을 벗어 던지면서 갑옷으로 바꿔서 착용했다.

여신의 기사 갑옷은 파비오와 헤르만에게 녹여서 무기를 만들라고 했기에 지금은 없다.

파비오의 견고한 중갑옷

내구력 250/250
방어력 241
금속을 두드릴 줄 아는 대장장이 파비오가 만든 갑옷. 그의 일생에서 손에 꼽을 만한 뛰어난 갑옷이다. 특수한 광물들을 섞어서 여섯 번이나 강화했다. 두껍고 무겁지만 제대로 다룰 줄 아는 전사가 착용한다면 공격하는 적에게 절망감을 안겨 주리라. 완벽한 상태.
제한: 기사, 전사, 워리어 전용. 레벨 520.
옵션: 생명력 최대치 40% 증가. 물리 피해 45% 감소. 마법 저항력 3%. 맷집에 따라 피해 반사 최대 30%. 힘 -35. 민첩 -140. 매우 무겁다. 약한 공격으로부터 타격을 입지 않는다.

여신의 기사 갑옷을 주면서 필요할 때 쓰기 위해 파비오로부터 받아 놓은 갑옷!

다른 특성은 별로 없지만 방어력만큼은 압도적이다.

"크흐흐. 침입자다."

"이곳은 투신의 영역. 썩 돌아가라!"

투쟁의 길을 지키는 몬스터들이 출현했다.

바바리안처럼 큰 덩치를 가진 울르프 종족. 거미류 전사로 팔다리가 길고 감각이 예민해서 상대하기 곤란한 종족이다.

인원수 8.

추정 레벨 400대 이상.

위드는 곧바로 그들 사이로 뛰어들었다.

"크헤헤헤. 겁도 없구나."

"우리에게 도전한 걸 힘으로 꺾어 주지."

울르프들이 창을 들고 공격을 시작했다. 전투를 좋아하는 호전적인 성격답게 말이 많지 않았다.

위드는 창이 완전히 뻗어 나오기 전에 막을 것은 막고, 피할 것은 피했다.

전광석화처럼 스쳐 지나가는 전투력 분석.

'전체적인 실력은 좋은 편. 팔이 길어서 공격 범위가 크고 빠르지만 대부분의 몬스터들이 그렇듯 방어가 정교하진 않다. 그리고 그냥 막는 게 아니라 힘으로 받아치려는 성향이 있어.'

위드는 울르프의 호흡을 읽었다.

각 관절들이 움직이는 형태와 속도, 힘.

수많은 전투를 경험해서인지 머릿속으로 계산하지 않더라도 감각적으로 분석되었다.

재능과 노력으로 서울대에 수석 입학한 학생에게 초등학교 산수책을 보게 하는 격이랄까, 유명 호텔 레스토랑에서 근무한 요리사에게 계란 프라이를 시킨 것과 같았다.

"조각 검술!"

위드의 검이 빛을 일으켰다.

차라라랑!

2개의 창대를 타고 연속으로 흐르는 검.

5개나 되는 창들이 순간적으로 뒤엉켜 묶이고 말았다.

"칠성보!"

위드는 앞으로 쇄도하면서 검을 휘둘렀다.

한 걸음마다 방향이 바뀌고, 손에서 마법처럼 움직이는 검이 차례로 울르프들을 베어 버린다.

키엑?

조금 전까지만 해도 당당하던 울르프들이 회색빛으로 변해서 사라졌다. 로아의 명검이 가진 공격력에, 급소들만을 노린 치명타들을 감당하지 못한 것이다.

위드는 투쟁의 길을 그대로 달리면서 나아갔다.

물론 울르프들에게서 나온 전리품들은 완벽하게 회수된 상태였다!

> 울르프의 강철 창을 습득하였습니다.

> 가죽 주머니를 얻었습니다.
> 무언가가 꽤 담겨 있습니다.

> 가치 있는 빛나는 돌을 얻었습니다.

'시간과 체력을 효율적으로 쓴다.'

초반이라고 시간을 낭비하는 건 위드의 방식이 아니었다.

번갯불에 콩을 볶아 먹은 후에 고구마를 구우면서 라면까지 끓여 먹을 정도로, 쉬지 않고 빠르게 사냥하는 스타일!

그다음으로 출현한 몬스터는 지골라스에서 상대해 본 적이 있는 불의 표범 볼라드였다.

카릉!

모여 있던 볼라드들이 위협했지만, 위드는 그대로 달렸다.

'싸워 본 몬스터. 놈들은 빠르게 도약해서 공격한다. 그 속도

가 처음 당해 보면 무척 당황스럽기도 하지.'

경험이 중요하다.

상대의 강함이나 전투 방식을 알고, 그에 최적화된 싸움을 할 수 있기 때문!

"헤라임 검술!"

위드는 양손으로 로아의 명검을 들고 도끼를 휘두르듯이, 갑자기 도약해 오는 볼라드의 머리를 강하게 내려쳤다.

키에에에엥엥!

1차 연속 공격이 성공하였습니다.
민첩이 20% 늘어납니다.

볼라드의 생명력과 맷집으로도 견디기엔 매우 아픈 공격!

헤라임 검술의 영향으로 위드의 움직임이 조금 빨라졌다.

연달아 도약해 오는 볼라드들을 차례로 피하는 것과 동시에 머리통을 내려쳤다.

2차 연속 공격이 성공하였습니다.
힘이 40% 늘어납니다.

3차 연속 공격이 성공하였습니다.
민첩이 추가로 40% 늘어납니다.

4차 연속 공격이 성공하였습니다.
힘이 추가로 40% 늘어납니다.

5차 연속 공격이 성공하였습니다.
적이 실신합니다. 적이 공격 능력을 상실했습니다.

6차 연속 공격이 성공하였습니다.
힘이 추가로 50% 늘어납니다. 충격파에 의한 2차 범위 타격이 15%의 공격력으로 이루어집니다.

7차 연속 공격이 성공하였습니다.
민첩이 추가로 30% 늘어납니다. 힘이 추가로 20% 늘어납니다. 마나 1,500을 사용하여 원거리 공격이 이루어집니다.

무자비한 강타!

위드의 전투력은 이때부터 절정이었다.

헤라임 검술은 연속으로 제대로 맞히기만 한다면 그 어떤 적이라도 무너뜨릴 수 있었다. 한 번이라도 빗나가거나 피해 버린다면 헤라임 검술은 멈춘다.

투쟁의 길은 좁았고, 볼라드들 역시 사나웠기에 계속 뛰어들었다.

15차 연속 공격이 성공하였습니다.
고통이 다른 적들에게 전달됩니다. 13%의 연결 피해를 입힙니다.

16차 연속 공격이 성공하였습니다.
치명적인 일격이 적중했습니다. 적이 파괴되었습니다. 전장을 압도합니다!

검술 스킬의 숙련도가 향상되었습니다.

놀라운 전투 업적으로 인하여 명성이 580 올랐습니다.

힘이 1 상승하였습니다.

위드는 총 24차의 연속 공격을 성공시키며 볼라드들을 초토화시켰다.

사방으로 흩어진 볼라드의 잔해와 전리품들을 빠르게 획득!

힘과 체력의 소모가 있긴 했지만 아직 5%도 되지 않을 정도였다.

위드가 노가다로 얻은 스탯의 무지막지함 덕분이었다.

'아직은 쉽군.'

생각을 하면서도 몸은 움직인다.

위드는 그대로 투쟁의 길에서 기다리고 있을 다음 적을 향해 달려갔다.

꺄⁂꺄

파이톤은 싸움터에서 실력을 과시하던 전사였다.

대검을 들고 던전에 뛰어들면 날밤을 꼬박 지새우더라도 공략에 성공했다.

〈로열 로드〉 초기에 동영상을 올리면 수십만 건의 조회 수를 기록하기도 했다.

인기를 얻은 이후부터는 조회 수가 100만 단위를 넘기는 것은 기본이었다.

"괴력의 전사 파이톤이 발함의 던전을 싹 쓸어버렸다는 소문이 있어."

"들었나? 파이톤이 큰 바위를 힘으로만 들어서 옮겼다는군."

퀘스트나 사냥을 마치고 도시로 돌아왔을 때, 주민들 사이에서 알음알음 퍼지는 소문도 뿌듯한 기분을 안겨 주었다.

'전사들 중에서 내가 인정할 만한 이는 몇 명 되지 않는단 말이지.'

그 드높던 자부심은 위드를 만나면서 조금 줄어들었다.

'이놈은 왜 이렇게 강해?'

조각사임에도 불구하고 어찌 된 것인지 사냥터에 가면 어마어마하게 강하다.

몬스터를 사냥하는 속도와 끈질김, 실력만큼 따라가기가 벅찰 정도!

조각사를 마스터하고 네크로맨서가 된 것에 은근히 안도하며 가슴을 쓸어내리기까지 했다.

'아직은 아니야. 내가 전사 중의 전사다.'

파이톤은 고급 수련관에서 위드와 함께 실력을 발휘할 작정이었다.

헤르메스 길드가 바드레이를 포함하여 총인원 31명으로 돌파했던 고급 수련관!

그런 곳을 단둘이 어깨를 맞대고 뚫어 낸다면, 그 영상은 위드와 파이톤의 명성으로 함께 퍼지게 되리라.

가르나프 평원에서의 결전을 앞두고 방송된다면 이보다 더 좋을 이벤트가 없다.

'여기까지 다 생각하고 저지른 행동이겠지? 어려운 일이지만 우리 둘이 함께라면 승산이 있어. 철저하게 서로를 보완해 준다면 말이야.'

파이톤은 장비들을 점검하고, 수르카를 비롯한 동료들과 작별 인사를 나누느라 조금 늦었다.

그래 봐야 불과 10여 분의 차이.

'첫 번째로 나오는 몬스터들과 싸우면서 날 기다리고 있을 테지.'

투쟁의 길을 느긋하게 걸어서 들어갔다.

제일 먼저 그가 본 건 울르프들의 잔해뿐.

'흠, 여기는 혼자 정리한 모양이군.'

파이톤은 고개를 끄덕였다.

위드의 전투 실력이라면 울르프들을 상대로도 충분히 싸울 수 있었으리라.

조각술과 네크로맨서 스킬이 봉인되더라도 전투에 대한 경험과 감각이 출중하니까.

'나를 안 기다리고 가 버렸네. 다음 몬스터들과 싸우고 있으려나?'

파이톤은 위드가 남긴 전투 흔적을 구경하면서 여전히 느긋하게 길을 걸었다.

'일부러 천천히 가서, 도와 달라는 말을 들어 볼까? 아니, 왜 이렇게 늦었냐고 잔소리를 할지도…….'

늦게 가서 위드가 간절하게 도움을 청하는 모습도 떠올려 보았다.

그런 꼴을 볼 수 있다면 기쁠 것 같지만, 동료라면 해서는 안될 일이었다.

'크크크. 내 대검의 위력을 똑바로 보여 주지.'

다음 장소에는 볼라드들이 싹 정리되어 있었다.

파이톤은 12마리나 되는 볼라드들이, 그것도 가죽까지 싹 벗겨져 있는 광경에 조금 충격을 받았다.

"이놈들을 전부? 상대하기가 까다로운데… 역시 위드잖아."

볼라드는 위험하고 까다로운 몬스터다.

매섭게 덤벼드는 도약에 한번 당하고 나면 몸의 균형을 잃어버려 벗어나지를 못한다.

심지어 볼라드와 싸운 흔적은 여기저기 흩어져 있지도 않았다. 한 지점에서 전부 해치웠다.

시간도 얼마 안 걸린 것 같으니 볼라드와 전투를 펼치는 광경은 굉장히 멋졌으리라.

"확실히 싸울 줄 알아."

파이톤은 감탄하며 위드의 전투 실력에 대해서 조금 더 높게 평가했다.

레벨과 스킬이 강함과 완벽하게 비례하진 않는다.

대부분의 스포츠 역시 마찬가지이지만 힘을 가지고 있다고 해도 누구나 그 힘을 완벽히 쓸 수 있는 건 아니니까.

빠른 판단력과 반응, 적에 대한 이해를 비롯하여 전투 실력에 영향을 미칠 수 있는 요소들은 수없이 많다.

"괜히 강해진 게 아니로군."

파이톤은 계속 걸었지만 3차, 4차, 5차 전투 장소에도 몬스터들이 제거된 흔적만 남아 있을 뿐이었다.

위드가 싸우면서 그의 합류를 기다리는 광경을 상상했는데, 전투가 끝나고 찬 바람만 날렸다.

특히 5차의 경우는 까다롭기 그지없는 대형 마수병들이 줄줄이 땅에 쓰러져 있었다.

레벨이 무려 510에 달하는 마수병들이다.

"이놈들까지?"

파이톤의 마음이 급해지기 시작했다.

"여유를 부리다가 너무 늦은 것 같아. 빨리 만나야 되겠군."

그때부터는 대검을 등에 꽂고 뛰기 시작했다.

베르사 대륙에 명성이 자자한 자신이 전투에 늦어서 뛰는 광경이 어처구니가 없었지만, 다른 방법을 찾을 수 없었다.

'그렇게 느린 것도 아니었는데… 잠깐 기다려 줄 수도 있잖아. 왜 이렇게 몬스터들을 빨리 제거하는 거야.'

체력 소모를 무릅쓰고 빨리 달렸지만 이어지는 투쟁의 길에는 또다시 몬스터들이 제거된 흔적만 남겨져 있었다.

'이러면 큰일이다.'

파이톤은 전력 질주로 달리면서 생각했다.

그도 헤르메스 길드가 투쟁의 길을 공략하는 영상을 봤다. 31명이 톱니바퀴처럼 움직이는 광경이 대단하긴 했지만 큰 감명을 주진 않았다.

파이톤이 그들에 속해 있었다면 중간 이상은 했을 테고, 또

보기에 그렇게까지 위험한 광경은 안 나왔으니까.

결과적으로 바드레이와 30명의 친위대가 무사히 모두 공략에 성공한 것만 봐도 알 수 있었다.

'위드가 멈추지 않으면… 곤란한 일이 생길 수도 있어.'

투쟁의 길은 초반부에 몇 차례 전투를 치르면 도전의 관문이 나타난다. 그 문을 열기 전에 도전자는 선택해야 한다.

혼자 가느냐, 아니면 동료들과 함께 가느냐.

처음에는 혼자 도전한 이들도 있었지만 다들 몬스터들에 의해 무릎을 꿇었다.

도전의 관문을 넘어서면 한 걸음을 내디딜 때마다 몬스터들이 가득하다. 먹지도 못하는 투쟁의 길에서 쉬면서 버틸 수 있는 시간은 제한적이니, 지쳐서 죽거나 도망쳐서 관문을 되돌아 나오기 일쑤였다. 고급 수련관은 재시도를 허락하지 않으니 그것으로 도전은 영원히 좌절되었다.

그런 일이 몇 번 알려지고 나자, 헤르메스 길드를 비롯해서 대부분 동료들과 함께 도전하게 되었다.

바드레이와 그 친위대가 아닌 경우에는 그럼에도 꽤 많은 사상자들이 생겼을 정도다.

'당연히 멈춰서 기다려야지. 근데 터무니없게도 위드는 혼자가 버릴 수도 있겠어.'

어쩌면!

파이톤은 왠지 불길해졌다.

위드가 전투에 빠지면 아무것도 돌아보지 않을 것 같은 느낌이 들었던 것이다.

> 투신 바탈리가 그대의 싸움에 만족하고 있습니다.
> 헤라임 검술의 37연속 공격! 적을 압도하며, 전투가 멈추지 않았습니다. 투신의 축복으로 힘이 1 증가합니다.

위드는 투쟁의 길을 걸으면서 깨달았다.

'이 길을 뚫는 데는 헤라임 검술만 한 게 없다.'

다른 몇 가지 전투 스킬들이 있지만 체력이나 마나 소모가 상당하다.

몬스터들이 많다고 원거리 광역 공격 스킬 같은 걸 남발하다가는 금방 지쳐서 실력 발휘도 못 할 것이다.

'검술의 비기나 높은 레벨로 효과를 보는 곳이 아냐. 순발력과 적응력, 용기 같은 것들이다. 이게 꼭 필요한 관문이야.'

9차로 등장한 갈덴의 마전사들을 제거하고 나서 또다시 느꼈다.

커다란 방패를 들고 마법까지 사용하는 그들의 목적은 오로지 길을 막는 것. 도전자를 지치게 하고 체력과 마나를 소모하게 만든다.

한 호흡도 안 되는 틈을 찾아 헤라임 검술로 돌파해야 한다.

'이런 전투도 재밌네.'

위드는 오랜만에 웃었다.

처음부터 다 알고 와서, 너무 쉽다면 재미없지 않은가?

적의 허점을 공략하며, 한순간마다 최선을 다하여 나아갈 뿐이다.

'실컷 싸울 수 있는 장소야. 그리고 싸우면서 길을 만든다. 투쟁의 길, 그런 의미였어.'

위드는 전투 공적들을 세우면서 스탯도 얻었다.

> 명예로운 승리!
> 짧은 순간, 전력을 다해서 바덴호프 무리를 격살했습니다. 전장을 압도했습니다! 드높은 자존심을 가진 그들이지만 훌륭한 전사에게 무릎 꿇은 것을 기뻐할 것입니다.
> 카리스마와 용기가 2씩 증가합니다. 명성이 1,381 높아졌습니다.

사냥터에서 스탯을 얻는 게 쉬운 일이 아니다.

이곳에서는 아슬아슬하게 한계를 뛰어넘는 녀석들이 나타나다 보니 대부분의 전투가 업적으로 이어지게 됐다.

'실컷 싸울 수 있다라… 이건 좋군.'

위드는 전투에 취해서 나오는 적들마다 격파했다.

투쟁의 길에 막 들어왔을 때는 머리를 쓰면서, 어떤 방식이 좋을지에 대해 생각도 했다.

하지만 지금은 그저 적들 사이로 뛰어들어 미친 듯이 검을 휘두를 뿐이다.

몬스터들에게 막혀 있던 길을 열어 가며 어느새 도착해 버린, 도전의 관문!

> 도전의 관문에 도착하였습니다.
> 도전자는 이곳에서 동료와 함께 관문에 도전할 수 있습니다. 아니면 혼자 이 길을 걸어갈 수도 있을 것입니다.

투쟁의 길에 들어오기로 했을 때는 파이톤과 함께였다.

2명도 매우 적은 숫자지만, 그래도 혼자와는 차이가 있다.

최소한 등을 맞대고 싸우거나, 억지로 길을 열기에는 도움이 될 테니까.

위드는 잠깐의 고민도 하지 않았다.

'혼자 해 먹기도 바빠.'

도전의 관문을 열고 성큼성큼 걸어 들어갔다.

아크힘: 급보입니다. 위드가 고급 수련관을 들어갔습니다.

헤르메스 길드의 공식 통신 채널로 전해진 소식에 모두들 경악을 금치 못했다.

보에몽: 설마요? 거짓 정보가 아닙니까?
아크힘: CTS미디어 고위층에서 나온 확실한 정보입니다. 중요한 사건들이 있으면 위드에게 귀띔이라도 받도록 되어 있다고 하니까요.
팔랑크스: 도저히 믿을 수가 없는 것이… 그래요, 고급 수련관의 현재 상황은요?
데논: 침입자 없습니다. 이곳은 멀쩡합니다.

헤르메스 길드는 3일 후의 전쟁을 앞두고 대부분의 유저들이 접속해 있었다.

고급 수련관 근처에 있던 랭커 데논의 보고에 길드 유저들이 헛소문이라고 허탈해하고 있던 때였다.

라페이는 가르나프 평원의 결전을 위해 준비하는 중이었기에 대응이 느렸다.

하지만 그의 추측대로 위드가 과거로 돌아가서 퀘스트를 했다면 딱히 막을 방법도 없는 것이 사실이었다.

30분이 지나는 동안, 헤르메스 길드의 유저들은 고급 수련관을 통과할지도 모를 위드를 생각했다.

친위대에 속해 있는 강자들은 특히 위드가 더 성장하는 것이 달갑지 않았지만 어찌할 수 없었다.

아크힘이 다시 통신 채널에 등장하자 모든 길드원들이 귀를 기울였다.

중앙 대륙 전역에서 헤르메스 길드원들이 갑자기 멍하니 있는 광경이 벌어졌다.

> 보에몽: 파이톤은 울호프 산호 지대에도 있었으니 당연히 나서리라 생각했
> 습니다. 다른 사람에 대한 정보는 아직 없습니까?
> 아크힘: 그가 전부입니다.
> 라페이: 뭐라고요?
> 아크힘: 고급 수련관에 도전한 건 위드와 파이톤, 2명입니다.

헤르메스 길드의 공식 통신 채널에 정적이 흘렀다.

길드의 지역 채널을 비롯하여 사냥, 퀘스트, 친목과 관련된
대부분의 채널에서 아무 말도 나오지 않았다.

강자들이 즐비한 헤르메스 길드라지만 고급 수련관을 통과
한 이는 일부였다. 그럼에도 동영상이나 공략법에 대한 글들은
많이 올라와 있었다.

> —바드레이와 친위대급이 아닌 이상 최소 50명이 모이는 것이 유리합니다.
> —투쟁의 길에서는 음식의 섭취가 불가능합니다. 그래서 필수적으로 오랫
> 동안 포만감을 유지시켜 주는 보양 음식들을 사흘 전부터 꾸준히 먹어 두
> 면 유리한데, 그 목록으로는……
> —지도는 없습니다. 통로가 일직선으로 이어져 있고 몬스터들의 숫자와 종
> 류마저도 제멋대로입니다.
> —먹지 못하기에 공략에 제한 시간이 있는데, 약간씩의 차이는 있지만 격렬
> 한 전투를 하며 굶주림을 버틸 수 있는 한계는 20시간으로 봅니다. 그때
> 까지 돌파하지 못했다면 포기하고 나오는 것이 최선입니다.
> —다행히 휴식을 취하면 체력과 마나는 회복됩니다. 체력이라도 회복을 빨
> 리하기 위해서 추천하는 장비와 스킬들은 총 일곱 가지가 있는데요.
> —전사의 상위 직업인 강철전사와 불굴의 투사를 돌격대에 포함시키는 것
> 을 추천합니다. 거의 무제한의 체력을 보유하고 있어 공략하기에 수월합
> 니다. 최소한 2명은 있는 편이 낫습니다.

헤르메스 길드원들도 고급 수련관을 뚫으려면 미리 두세 달
씩 준비를 했다.

돌격대를 구성하고, 장비와 스킬까지 미리 맞춘다.

고급 수련관은 단 한 번밖에 도전할 수 없고, 그만큼 난이도가 높기 때문이었다.

보에몽: 단둘이? 미쳤습니까?
칼쿠스: 뭔가 정보가 잘못되었습니다. 그럴 리가 없습니다.
버딘: 터무니없는… 위드의 속임수일 겁니다.
바라쿠다: 애초에 이 중요한 시기에 고급 수련관을 도전하는 것 자체가 속임수 아닙니까?

고급 수련관을 클리어한 유저들부터 격렬히 반박에 나섰다.

그들이 겪어 본 고급 수련관을 2명으로 뚫는다는 건 정말 말이 안 되었다.

'가능성이 조금이라도 있나? 터무니없잖아, 이런 도전은?'

'2명으로 뚫을 수가 있을까? 말이 안 돼. 1인당 최소 수천 마리의 몬스터들을 상대해야만 하는데.'

'어떻게 그럴 수 있지? 뭘 보고 그런 미친 시도를 한 거야?'

'실수를 하지 않는다고 해도, 안 다치더라도 마나와 체력의 소모는 피할 수 없다. 중간에 꺾이는 게 당연해.'

헤르메스 길드 유저들은 불가능하다고 생각했기에 위드와 파이톤의 의도를 더욱 알기 힘들었다.

새로운 업적

시간 차이는 조금 있었지만 가르나프 평원에도 위드와 파이톤의 고급 수련관 도전이 알려졌다.

여러 방송국들이 정규 프로그램 중에도 속보로 정보를 전달했던 것이다.

"고급 수련관?"

"LK게임에서 소개하기로는, 중급 수련관까지 마친 이들만 통과할 수 있는 관문이래."

"레벨이 400이 안 되면 들어가는 게 의미도 없을 정도라고 하지."

"그건 최소한의 수치고. 위드 님이야 뭐, 레벨이 중요한 분은 아니잖아."

"당연히 성공하겠지."

"아니야. 2명이서 도전하는 건 이해가 안 갈 정도라는데. 진행자들 황당해하는 거 봐라."

KMC미디어, CTS미디어, LK게임, 온 방송국 등은 빠르게 스튜디오를 마련하고 고급 수련관과 관련된 뉴스를 직접 보도했다.

　바드레이와 헤르메스 길드가 고급 수련관을 힘겹게 뚫어 내는 영상도 나왔다.

　진행자들은 곤란해하며 멘트를 이어 갔다.

　— 정말 이해가 안 됩니다. 위드와 파이톤. 모두 대단한 실력을 갖춘 유저들이죠.

　— 예, 그들이야말로 강합니다. 싸울 줄 아는 유저들이에요.

　— 그런데 이번 고급 수련관만큼은 무모한 거 아닙니까? 위드만의 장기인 조각술 관련 스킬이나 언데드 소환을 쓰지도 못할 테고요.

　— 시간을 멈추거나 언데드를 소환하는 건 정말 강력한 무기죠. 헤르메스 길드도 싸울 때 골치가 아플 겁니다. 근데 고급 수련관에서는 전부 사용이 안 되는 게 문젭니다. 변수가 없어요.

　— 순수한 전투 스킬들, 그것만으로 뚫어야 하는데… 몬스터가 너무 많다는 게 문제죠.

　— 투쟁의 길이라 해도 헤르메스 길드처럼 몬스터들을 다 잡지 않아도 됩니다. 어떻게든 길만 지나가도 되죠. 도망을 치면서라도 말입니다.

　— 그것도 쉽지 않다는 걸 모르시겠습니까.

　— 천천히 공략하는 건 안 되겠습니까?

　— 체력이 좋은 워리어도 싸우다 보면 지칩니다. 생명력도 떨어지겠죠? 휴식을 취하면 회복되지만, 그렇게 시간을 쓰다 보면 굶어 죽거든요.

　— 상상을 초월하는 극악의 난이도입니다. 혼자서는 불가능합니다.

　— 고급 수련관이야말로 전투 계열의 마스터보다도 어렵다는 평가가 있

을 정도죠.

"헤르메스 길드의 영상을 봐. 둘이는 통과가 불가능하잖아."

"뭐지? 근데 왜 도전을 했어?"

고급 수련관에 대한 정보까지 알려지면서 북부 유저들은 당황했다.

"그냥 죽는 거잖아, 저러면."

"개죽음 아냐?"

"하필이면 죽더라도 왜 지금이야? 〈로열 로드〉에서 가장 중요한 전투를 앞둔 마당에."

"고급 수련관을 통과하고 멋지게 바드레이와 일대일의 전투라도 벌일 계획이지 않을까?"

"어이가 없네. 저런 무모한 짓을 저지르다니!"

"잘못하면 위드 님이 전투에 참여하지 못할 수도 있어."

고급 수련관에서 죽을 경우, 24시간의 제한을 마치고서야 다시 접속할 수 있다. 현실과 〈로열 로드〉의 시간 차이를 감안하면 4일이란 기나긴 기간!

가르나프 평원에서 벌어지게 될 전투에 위드가 늦게 오거나 아예 나타나지 못할 수도 있는 것이다.

"설마 그렇게까지야……."

"고급 수련관의 난이도를 감안하면 죽기 충분해. 방송이나 동영상만 봐도 그곳이 어떤 곳인지가 확인되잖아."

"지금까지 기적을 이끌어 낸 위드 님인데. 이루어 놓은 업적들을 보면 이번에도 성공하리라고 봐."

"방송 안 봤어? 거기서는 조각술도 쓸 수 없어. 순수하게 전투를 벌이며 뚫는 거밖에는 안 되는 곳이라고."

"위드 님은 애초에 전사나 기사가 아니잖아."

말과 말이 퍼지면서 가르나프 평원에 모여 있는 유저들은 불안에 사로잡혔다.

KMC미디어의 생방송 중에 긴급 속보가 나오고 나서부터는 더욱 그랬다.

위드. 단독으로 고급 수련관 도전!

위드를 믿고 따르던 북부 유저들이었지만 속보를 보는 순간 어리둥절했다.

"베르사 대륙을 구하기 위한 전투인데. 중요성을 알고 있다면 그래선 안 되지."

"최소 1억 명을 물먹인 거잖아."

"위드가 죽으면 정말 〈로열 로드〉의 역사에 한 획을 긋는 것이기는 하네. 물론 최악의 의미로 말이야."

위드의 고급 수련관 도전에 반발하는 유저들이 가르나프 평원에 속출하고 있었다.

위드가 이번에도 성공하리라고 기대하기에는 너무나도 황당하게 느껴졌던 것이다.

"케엣. 둘도 힘든데."

"역시 위드 님이네요."

"진짜 저 무모함은 아는 사람들만 알죠."

"대체 무슨 생각으로……?"

투쟁의 길 초입에서 기다리고 있던 페일을 비롯한 동료들도 소식을 접했다.

그들은 놀라진 않았다.

익숙하기까지 한 사고가 벌어졌다고 느꼈을 뿐.

'은근히 이런 식이었지.'

'단순하고 과격하고… 뭐, 어쨌든 성공은 하잖아.'

'지금까지 했던 모험에 비하면… 식은 죽 먹기까진 아니더라도 할 만해서 한 거 아닐까.'

위드를 잘 아는 동료들만큼은 그의 고급 수련관 도전을 긍정적으로 생각했다.

페일과 수르카, 이리엔, 로무나.

전부 레벨도 높고 전투 경험도 많았다.

고급 수련관에 대해 밝혀진 정보들을 바탕으로는 실패하리라 생각하는 것이 상식적이었지만, 그들은 위드와 보낸 시간만큼이나 바라보는 시야가 넓어졌다. 위드가 혼자 들어갔다는 소식을 듣는 순간, 근본적인 의문을 품었다.

'혼자는 돌파할 수 없는 고급 수련관? 이상해. 그러면 처음부터 여러 명이서 뚫도록 해야지. 혼자 도전할 수 있는 도전의 관문이 중간에 존재한다는 게 말이 안 되잖아.'

'다른 직업 스킬도 안 쓰고 길을 막는 수천 마리의 몬스터들과 싸운다고? 음, 애초에 위드 님처럼 여러 종류의 스킬을 다

높은 수준으로 익힌 유저는 거의 없지. 먹는 것도 불가능한데. 왜 그런 제약이 존재하는 걸까.'

고급 수련관의 존재 자체에서부터 숨겨진 해결책이 있을 것 같기도 했지만 막연한 느낌뿐이었다.

고급 수련관을 통과한 유저들은 명문 길드 소속, 대부분이 헤르메스 길드 유저들이었다. 그들 중에서도 몇 명은 고급 수련관에 대해 의심했겠지만 깊게 파고들지 않았다.

'투쟁의 길에 대한 공략은 이미 나와 있어.'
'다음 돌격대에 속해서 뚫으면 되겠군.'

고급 수련관은 한 번의 시도가 실패하면 그걸로 끝인데, 다행히 이미 해결 방법을 알고 있으며 이용할 수도 있었다. 위험 부담을 감수하고 모든 것을 걸어야 할 이유가 없었던 것이다.

페일은 확신했다.

'위드 님이라면 혼자서도 할 수 있겠지. 최초 정도는 어려운 것도 아니잖아.'

이 세상에 바퀴벌레가 존재하는 것이 가장 확실한 증거였다.

바퀴벌레보다 독한 위드가 실패할 일은 없으리라!

KMC미디어를 비롯한 방송국들은 중대한 고민에 빠졌다.

"위드가 왜 하필 이런 때에 위험하게 고급 수련관을 들어간 거지?"

"무슨 생각이 있을 것으로 보입니다만."

"생각은 무슨 생각이요. 아주 폭삭 망하려고 작정하지 않고서야."

가르나프 평원의 전투를 전 세계의 거의 모든 방송국들이 중계하겠다는 계약을 맺었다.

그것 때문에 앞으로의 일이 어떻게 진행될지 방송국마다 비상이 걸렸다.

"강 부장, 어떻게 되어 가고 있는가? 위드 쪽에서 소식 온 거 없나?"

"아직은 아무 연락도 없습니다."

KMC미디어의 기획 회의에는 이례적으로 국장까지 참석해 있었다.

팀장이나 실장 급은 전원이 참석할 정도로 방송국이 이 문제를 크게 본 것이었다.

"벌써 시간이 한참 지났는데……."

"정보를 입수하고 30분 정도 지났습니다."

"유저들의 반응은?"

"긴급 속보로 알리고 나서 전부 공황 상태에 빠져 있다는 것 같습니다. 조각품 건설도 대부분 멈춰 버렸고요."

"하기야… 이 와중에 조각품을 만드는 건 무리겠지."

국장이 길게 한숨을 쉬었다.

중계를 위해서 방송국의 장비와 인력도 총동원 상태였다.

기업들과의 광고 계약이나 지금까지의 홍보, 출연진의 문제도 있다.

방송 일정이 전부 가르나프 평원 전투 이후로 밀린 상황이었는데, 위드가 고급 수련관에 들어가다니!

"다시 되돌릴 수도 없는 문제고. 만약 위드가 죽어 버리면 가르나프 평원의 전투는 어떻게 되는 거지?"

"예정된 전투니 그대로 벌어지리라고 봅니다."

"차라리 며칠 뒤로 미루는 편이 낫지 않을까? 3, 4일만 뒤로 빼면 위드가 되살아나서 싸울 수 있잖아."

"유저들만 1억 명입니다. 게다가 헤르메스 길드가 뒤로 미루는 데 동의하겠습니까?"

방송국 관계자들은 앞으로의 대처에 대해서 막막했지만 한 가지 사실만큼은 확실했다.

위드가 고급 수련관에서 목숨을 잃는다면 그처럼 허무한 일도 없으리라.

〈로열 로드〉의 역사상 최악의 대참사로 부를 수 있을 정도의 일이었다.

대외 협력 팀장이 조심스럽게 말했다.

"우리가 위드 쪽으로 붙은 것이… 잘못 아닐까요?"

강 부장의 굳어 있던 얼굴이 그에게로 돌아갔다.

"무슨 말입니까?"

"앞으로의 상황이 위드에게 안 좋아질 것 같아서요. 만약 헤르메스 길드에 지기라도 한다면 우리 방송국의 입장에서도 불편하지 않겠습니까."

회의실에 있던 실무자들의 표정도 곤란한 기색이 역력했다.

"헤르메스 길드가 이기면 중앙 대륙에서의 중계 협상에 안 좋아질 겁니다."

"몇몇 유저들은 우리 방송국과 인터뷰도 하지 않습니다. 이렇게 계속 적대적으로 나오면 손해가 막심하겠죠."

"이 전투는 의미가 큽니다. 위드가 죽어 버리고 안 나타나면 엄청난 비난을 받게 되고 재기하지 못할 수도 있습니다."

"위드가 꺾이면 〈로열 로드〉의 인기 자체가 줄어든다는 점도 감안해야 합니다. 영웅이 사라지면 시청률이 떨어집니다."

회의실에 있는 사람들은 하나를 보고도 열 가지를 걱정해야 한다.

위드의 패배는 방송국에도 여러모로 손해가 되었다.

〈로열 로드〉와 관련된 방송국들은 대부분 위드의 편에 서기로 협력 관계를 구축했다.

그 이유는 복잡한 것이 아니라, 방송국은 시청률로 먹고살기 때문이었다.

흥행의 보증수표와 같은 위드, 거센 들불처럼 타오르는 북부 유저들과 아르펜 왕국이다.

시청률을 위해서라도 부정적인 이미지가 가득한 헤르메스 길드보다 위드의 편에 서는 것이 당연했다.

특히 KMC미디어가 높은 평균 시청률을 유지하는 대형 방송국이 된 데에는 위드의 모험 중계 덕이 컸지 않은가.

강 부장이 고개를 흔들었다.

"여러분들이 우려하시는 부분은 압니다. 하지만 지금까지 위드가 이룩한 수많은 업적을 보면 이 정도 위기로 흔들리진 않으리라고 보는데요."

"그래도 이번 도전은 너무나 무모한 것 아닙니까."

"확실히 깰 수 있다는 자신감이 있었다면요? 위드가 고급 수련관을 깨 버리면 되는 거 아닙니까? 상황도 오히려 더 긍정적으로 바뀔 테고요."

"으음."

강 부장과 대외 협력 팀장의 말을 듣던 방송국의 임원들은 말문이 막혔다.

확실히 위드는 때론 일부러인지 의심할 정도로 힘들고 어려운 길을 걸어서 유저들의 인기를 얻었고, 그럴 때마다 시청률도 폭증했다. 평범한 플레이를 해 왔다면 열광하는 시청자도 없었을 것이다.

그야말로 전설을 써 온 위드였지만, 이번만큼은 성공이라는 결과가 무엇보다 중요하다. 고급 수련관을 통과할 수 있느냐에 따라서 너무나도 극단적인 상황이 펼쳐지게 되리라.

회의실에서도 방송국의 입장을 정리하지 못했는데, 연출 팀 막내 작가가 조심스럽게 문을 열고 들어왔다.

"방금 정서윤 씨로부터 연락이 왔습니다."

"……!"

방송국 관계자들 중 서윤의 존재를 모르는 이는 단 1명도 없었다.

아르펜 왕국의 대소사를 관리하고 있으며, 풀죽신교의 여신!

결론이 안 나는 기나긴 회의에 맥이 풀려 있던 남자들의 눈에 생기가 돌았다.

"크흠."

국장이 헛기침을 하더니 물었다.

"뭐라고 하던가?"

"우리 KMC를 포함해 방송국들의 담당자와 만남을 가졌으면 한다는 이야기였습니다."

회의실에 모든 이들의 눈길이 자연스럽게 강 부장에게로 향했다. 위드와 관련된 모든 일을 강 부장이 전담하고 있기 때문이었다.

남자 직원들의 살벌한 눈빛에, 강 부장은 대머리에서 땀이 흐르는 느낌이었다.

"확실히 만나 볼 필요가 있을 것 같습니다. 지금의 사태에 대해 의견을 들어 봐야 하겠죠."

회의는 자연스럽게 강 부장이 서윤을 만나고 온 다음으로 미루어졌다.

"시간과 장소는?"

"시간은 1시간 뒤입니다. 장소는……."

"어딘데요?"

"우리 방송국 건너편에 있는 김밥헤븐입니다."

"……."

한국의 방송사들을 포함하여 전 세계의 〈로열 로드〉와 관련

된 방송국의 중역들이 김밥헤븐에 모이고 있었다.

미국, 중국, 일본, 러시아, 인도, 태국, 영국, 브라질, 프랑스, 독일… 국가로만 따져도 32개국! 방송사마다 한국 지사가 있었기에 책임자들이 빠르게 달려오는 중이었다.

"음, 그러니까……."

"허헛. 이거 참."

방송국의 중역들이 테이블에 앉아서 민망해했다.

서윤이 오기로 약속된 시간까지는 45분이나 남아 있었다.

"뭘 시켜야 하죠?"

"김밥을……."

"약속 시간까지는 여유가 있으니 김치볶음밥을 먹어도 될 것 같은데요."

김밥헤븐에서는 일단 자리에 앉으면 주문을 해야 한다.

"자리가 부족하니 합석 좀 할게요."

"…알겠습니다."

경쟁 업체의 관계자들끼리도 어쩔 수 없이 합석!

장소가 마땅치 않다고 생각하는 사람들도 있었지만 나눌 주제에 비하면 아무것도 아니다.

'화면발이 조금은 있겠지.'

'스탯의 효과가 있지 않았을까. 매력만 비정상적으로 높였다거나 하는…….'

이윽고 김밥헤븐에 서윤이 등장하는 순간, 관계자들은 넋이 나가고 말았다.

'이뻐.'

'이쁘다.'

'영상 그대로네. 후광이 비치는 듯한 외모.'

서윤은 청바지에 흰 티셔츠를 입었을 뿐인데도 그냥 시선을 장악해 버리고 말았다.

국적을 불문하고 사로잡아 버리는 미모!

"이렇게 한자리에 와 주셔서 고맙습니다. 가르나프 평원의 전투는 아무 차질 없이 진행이 될 테니 믿고 그대로 준비를 해 주셨으면 좋겠어요."

서윤은 아침의 새들이 지저귀는 듯한 맑은 음성으로 말했다.

"……."

일본의 JHG, 자국 내에서 압도적인 시청률을 자랑하는 거대 방송국의 담당자는 이번 일에 대해서 거칠게 따질 작정이었다.

'미리 협의도 하지 않고 고급 수련관에 도전해서 방송 일정이 불확실하게 되었다. 만약 이번 일이 잘못 풀릴 시에는 위약금을 요청할 생각이며…….'

20분 정도는 실컷 따질 수 있을 정도로 대사들을 준비해 왔는데, 그녀를 보는 순간 머릿속에 날벼락이 몇 개쯤 떨어졌다.

'이건 말할 수 없어. 업무를 떠나서, 아름다움에 대한 예의가 아냐!'

당장 눈이 먼 다른 방송국 관계자들의 질타를 받는 것은 둘째로, 살아가면서 평생 후회할 일이 될 것이다.

"혹시라도 다른 의견이 있으시면 말씀해 주세요."

서윤의 말에 불만을 드러내는 이는 단 한 사람도 없었다.

"평소에 취재하기 불편하셨던 부분이 있었다면 이 기회에 이야기해 주시겠어요."

"……."

"아르펜 왕국의 정책이나 통치 방향에 대해서도 안 좋은 점이 있으면 말씀해 주세요."

"……."

어떤 의견 충돌도 없이 간단히 대통합!

그때 강 부장이 조심스럽게 손을 들었다.

"위드 님이 꼭 고급 수련관을 통과할 것으로 믿습니다. 그렇지만 고급 수련관이 쉬운 장소는 아니지 않습니까. 혼자 도전하는 건 더더욱 말이 안 되고요."

방송국 관계자들이 일제히 고개를 끄덕였다.

그들이 이렇게 크게 놀라서 모인 이유도 바로 그것이었다.

중요한 시기의 고급 수련관 도전.

혼자 도전하면서, 실패하는 것이 아닌지 걱정하게 만들었다.

위드가 숱한 모험을 혼자서 치를 때엔 그게 얼마나 어려운지 몰라서 넘어갔었다. 하지만 고급 수련관의 경우에는 많은 자료들이 있어서 혼자 깬다는 게 어느 정도로 어려운 일인지 모두들 알고 있다.

"네, 맞아요."

"혹시 위드 님이 따로 고급 수련관을 깰 비책이라도 갖고 있는 겁니까?"

강 부장의 질문에 서윤은 얼마 전의 일이 떠올랐다.

헤르메스 길드의 영상을 본 그녀는 지나가는 말로 위드도 고급 수련관을 격파할 자신이 있는지 물어본 적이 있었다.

그때 위드에게 들은 대답은 지금도 여전히 떠올릴 때마다 그녀를 울게 만들었다.

서윤이 맑은 눈물을 흘리며 대답했다.

"굶으면 된다고요."

"네?"

"굶는 게 도대체 뭐가 힘드냐고… 남들은 몰라도 자신한테는 익숙하다고 했어요."

가르나프 평원은 여전히 어수선했다.

북부와 중앙 대륙의 유저들이 모였는데, 수정 구슬을 통해 위드의 고급 수련관과 관련된 방송을 보기에 여념이 없었다.

— 전투란 말이죠. 조금의 변수가 있어요. 어느 쪽이 강한가. 혹은 뛰어난 전술을 가지고 있는가. 근데 이건 혼자잖아요? 더 볼 것도 없어요. 개죽음입니다.

— 위드의 승리 신화요? 그런 건 포장이 많이 되어 있습니다. 지금까지 성공했다고 해서 앞으로도 이어 나갈 것이라는 건 근거 없는 믿음이지요.

— 동의합니다. 일반 유저들의 절대적인 지지. 그러니까 동정심을 바탕으로 한 도움을 받아 헤르메스 길드를 상대로 인해전술을 펼쳤던 거죠. 정작 자신은 멜버른 광산에서 바드레이 님에게 죽었지 않습니까.

— 사람들이 치켜세워 주니 자신감이 넘쳐서 드디어 자멸을 선택한 겁

니다. 솔직히 발 닦고 잠이라도 잤으면 더 나았을 텐데요.

― 고급 수련관을 깰 방법이요? 지금까지 많은 정보들이 조사되었지만 밝혀진 게 없습니다. 게다가 고급 수련관을 완료한 사람이 어디 한둘이었습니까? 그들이 바보도 아니었는데, 위드가 혼자서 깬다는 건 무리수죠.

― 왜 투쟁의 길이겠습니까. 전투를 해야 돼요. 위드가 지금까지 썼던 꼼수는 통하지 않습니다.

〈로열 로드〉의 상위 500 안에 드는 랭커들과 소위 전문가들이 방송에 나와 말하는데 모두가 부정적이었다.

그들이 보기에도 위드의 도전은 무모했지만, 헤르메스 길드에서 라페이가 비밀리에 지침을 내린 영향이 컸다.

"위드의 도전이 최악의 선택이었다는 점을 인터뷰를 통해 거듭 강조하세요. 그의 도전이 실패해서 아르펜 왕국은 패배할 것이라는 분위기를 조성해야 합니다."

위드가 가르나프 평원에 미리 여러 가지 유리한 판을 짜 놓았다. 라페이는 군중심리를 흔들어서 이를 바꾸려는 계략을 시도한 것이다.

가르나프 평원은 처음에는 그런대로 괜찮았다. 하지만 방송을 보면서 불안이 쌓여 갔고, 곧 전반적인 분위기 악화로 이어졌다.

"위드라고 해서 믿었는데… 어떻게 우리에게 이런 식으로 뒤통수를 치지?"

"며칠만 참으면 되는데. 그걸 못 하나?"

"진짜 큰일 앞두고 그러는 사람은 이해할 수가 없어. 우리가 누구 때문에 이 고생을 하고 있는데."

"에라. 다 때려쳐!"

"여러분, 그냥 놉시다. 우리가 왜 이렇게 노력해야 합니까. 이미 망했어요!"

가르나프 평원에서는 중앙 대륙 출신 유저들을 중심으로 분위기가 악화되고 있었다.

헤르메스 길드가 급히 보낸 첩자들이 불만을 내뱉으며 여론을 이끌기도 했다.

"야, 밥이나 먹자. 배고프다."

"젠장, 여길 왜 찾아왔는지 모르겠네. 텔레포트 게이트 이용하느라 돈만 엄청 쓰고."

"난 로자임 왕국에서 말 타고 왔는데. 휴우. 헛짓이었나."

"여기 소주 한 병… 아니, 위스키 주세요."

식당과 주점 거리에서 맥주와 와인을 비롯한 술 종류들이 무섭게 팔려 나갔다.

헤르메스 길드와의 전투를 위해 길면 열흘 넘게 고생한 유저들도 분노를 표현했다.

가르나프 평원에서 타오르기 시작한 군중심리!

이곳에 모이고 있는 약 1억 명의 유저들이 흩어져 버리거나 한다면 다시는 되돌리지 못하리라.

그렇지만 말없이 바쁘게 건축자재들을 옮기고 쌓는 수많은 유저들도 있었다.

현재 건설 중인 3,700여 개의 대형 조각품!

가르나프 평원의 광경을 송두리째 바꿔 놓는 대역사의 작업이 마지막 후반부를 남겨 놓고 있었다.

너무나도 거창한 목표를 세운 탓에, 조각품의 완성을 위해서는 밤낮을 가리지 않고 작업해야 했다.

"석재가 부족합니다. 더 많이 옮겨 주세요."

"네, 이 부근에 있는 건 다 써서 곧 추가로 가져올 거예요."

"마판 상회에서 마차들을 제공했는데, 기사분이 있으면 도와주세요. 부탁드립니다."

작업을 위해서 끊임없이 움직이는 유저들이 평원에 있는 이들 중 6할을 넘어섰다.

KMC미디어의 리포터 벨라가 그들에게 다가가 생방송임을 밝히고 인터뷰를 청했다.

"안녕하세요."

"예, 반갑습니다."

벨라는 자신의 몸보다도 더 큰 석판을 옮기고 있는 유저와 걸음을 맞추었다. 인터뷰를 하면서도 그는 힘겹게 걸어가고 있었다.

"우선 성함부터 말씀해 주시겠어요?"

"북부 유저 순두부라고 합니다."

"네. 지금 위드 님이 고급 수련관에 도전해서 분위기가 어수선한데요. 이런 상황에서도 조각품을 만드는 데 도움을 주시는 이유가 있을까요?"

순두부는 석판을 잠시 내려놓고 구부러진 허리를 폈다.

"뭐가 달라졌는데요?"

"예?"

"위드 님이 뭘 망쳤어요?"

"고급 수련관에 도전을 해서…….'"

"도전해서 죽었나요?"

"그건 아니지만… 그래도 이번 고급 수련관만큼은 통과 못할 거 같던데요?"

순두부는 선한 미소를 지었다.

"위드 님이 모험을 할 때마다 실패할 거라고 말하는 사람은 어디에나 있었죠. 방송에서 인터뷰하던 분들은 그때도 뭐라고 말했었죠?"

"그분들은…….'"

대부분의 전문가와 랭커 들이 위드가 모험을 할 때마다 부정적으로 이야기했다.

하지만 아르펜 왕국에서 〈로열 로드〉를 시작한 유저들은 믿음이 있었다. 위드가 없었다면 지금보다 훨씬 행복하지 못했으리라는 믿음!

"죽기 전까진 죽은 게 아닙니다. 죽을 거라고 예상할 필요도 없죠. 헤르메스 길드와 싸울 때 이곳에 못 오면 어떡하냐고 생각할 수는 있겠지만… 그래도 결정된 건 아니잖아요. 근데 왜 제가 할 일을 그만둬야 하죠?"

"……."

순두부의 인터뷰는 KMC미디어를 통해서 생중계되었다.

"맞네."

"그러게. 안 싸우거나 패배하면 우리 모두가 손해잖아."

위드의 고급 수련관 도전 이후로 악화된 분위기를 약간이나마 진정시키기에 충분했다.

북부 유저들 중에서도 일찍 시작한 모라타 출신들이 주위의 사기를 북돋았다.

"모두들 얼마 안 남았잖아요. 조각품도 만들고, 축제도 즐기면서 즐겁게 전투를 준비합시다."

"최선을 다해요. 위드 님이 우릴 실망시키면 그때 비난을 해도 되는데… 아직까진 아니잖아요."

모라타 출신의 유저들이 앞장서서 조각품 건설에 박차를 가했다.

그동안 풀죽신교에서도 자신들의 정체성에 대한 몇 번의 회의가 열렸다.

우리는 무엇인가.

위드와 아르펜 왕국을 위해 언제까지 싸워야 하는가.

지금까지 풀죽신교는 전투에 참여하거나 아르펜 왕국의 국력을 향상시키는 데 적극 개입했다. 풀죽 관련 부대들만 해도 어마어마하게 늘어날 정도로 매일 세력이 확장되고 있었다.

그렇다고 해서 불만을 쌓기에는, 어떠한 강제 조항이나 명령도 받지 않고 마음껏 살아가고 있었다.

"위드 님을 위해서 살 필요는 없습니다. 우리의 삶을 즐겁게 만들기 위해서 살아갑시다."

"전쟁이 벌어지면 힘을 모으는 이유? 사람들이 궁금하게 여기기는 하죠. 그건 위드 님에게 충성을 다하는 게 아닙니다. 우리 모두를 위해서입니다."

"아르펜 왕국이 위드 님만의 것이라고 생각하지 않습니다. 우리가 함께 만들어 간 겁니다. 자신의 것을 지키기 위해서 싸우는데… 뭐가 이상한 거죠?"

"가르나프 평원의 전투. 우리가 싸우는 겁니다. 위드 님만 해낸 건 아니잖아요."

풀죽신교의 유저들은 자유롭게 축제와 조각품 건설을 오가기로 했다. 누구도 강요하는 사람은 없기에 저마다 원하는 대로 하고 있었다.

위드는 도전의 관문을 열고 나서 첫 번째로 50마리의 고블린 기사단을 맞이했다.

"용기를 가진 자에게 인사를. 우리를 뚫어야 할 거다. 클클."

고블린 기사단이 있는 공터의 면적은 위드의 눈썰미에 의하면 대략 89평 정도!

투쟁의 길은 큰 규모의 싸움을 할 수 있을 정도로 넓어졌다.

'기사단이라… 재밌겠군.'

몬스터이긴 하지만 고블린 기사들의 수준은 400대 중후반으로 보였다. 쉬운 상대가 아닐 테지만, 그렇다고 해서 까다롭지도 않았다. 궁수, 마법사, 정령사, 사제까지 조합을 이루고 있다면 더 골치가 아팠을 것이다.

고블린들은 갑옷이나 방패가 부실하기도 했다.

'부딪쳐서 부수면 이긴다.'

위드는 로아의 명검을 들었다.

"도전자여, 들어오너라."

"헤라임 검술!"

고블린 기사들을 지나가면서 1마리씩 베었다.

처음에는 정확한 타격에 집중을 하는 모습이었다. 그런데 헤라임 검술의 특징은 중첩되며 강해지는 데 있었다.

쿵! 쾅! 퍽! 빡!

위드의 공격은 열 번 정도 성공한 이후부터 너무나도 빠르고 강해졌다. 수비를 하더라도 방패가 튕겨 나가고, 몸이 벽에 박힐 정도의 위력이었다.

"우와아아악!"

"크엑!"

홀로 나타난 도전자를 비웃던 고블린 기사들.

위드는 적진에 난입해서 폭풍처럼 휩쓸었다.

빠른 전투.
신속함은 전사가 가진 무시무시한 무기입니다. 가장 빠르고 정확한 공격들로 전투를 마쳤습니다.
다수의 적을 상대로 기록적인 전투의 결과! 힘이 1 늘어났습니다. 민첩이 3 증가합니다. 명성이 3,213 높아졌습니다.

투쟁의 길에서는 잘 싸우면 스탯을 쉽게 얻는다.

위드는 평소에도 남은 1%의 효율까지 중시하면서 전투를 치렀다.

'어떻게 하면 사냥 속도를 높이지? 맷집을 늘리기 위해 효율적으로 맞는 방법은… 전리품 획득도 더 빨라야 해!'

남들이 따라오지 못할 정도의 사냥 속도를 자랑하기까지 많은 고민이 있었다.

평소에도 완벽한 노가다의 효율성.

그런 고민들 덕분에, 전투를 할 때마다 얻을 수 있는 스탯이 최상의 집중력으로 나타나게 되었다.

"거지군."

고블린 기사들을 제거한 위드의 감상은 짧았다.

검이나 갑옷에서 건질 것이 없었다.

평소라면 일단 주워서 녹인 후 대장장이 스킬로 뭐라도 만들었을 것이다. 정 재질이 떨어지면 마판에게 넘겨 잡템으로 처분할 수도 있었다.

그러나 투쟁의 길에서는 먹지 못하기에 시간제한이 있다.

부실한 금속을 제련하거나 조각품, 방어구로 제작하는 건 시간이 부족해서 안 된다.

이가 빠진 검이나 균열이 생긴 갑옷 같은 것도 들기에는 무거웠으니 아쉽지만 포기했다.

전리품 포기 사태!

악몽이나 마찬가지인 일이 벌어지고 만 것이다.

"건질 게 없다니 최악의 장소로군."

위드는 투쟁의 길을 계속 달렸다.

그다음으로 등장한 황소 군단과 비슷하게 생긴 괴물 제베노드의 돌격!

"너희는 죽어서 가죽을 남겨라!"

위드의 검이 춤을 추었다.

집단 전투에 유리한 선더 스피어까지 뽑혀 나왔다.

쿠르르르릉!

벼락이 작렬하며 마비와 광역 피해를 주었다.

19차 연속 공격이 성공하였습니다.
민첩이 추가로 30% 늘어납니다.
약점 간파! 정교한 공격 효과가 발동됩니다

검과 창, 2개의 무기를 동시에 다룬다.

로아의 명검으로 찌르거나 베고, 선더 스피어로 후려치고 튕겨 낸다.

견제와 사냥이 함께 이루어진다.

자신의 움직임과 속도와 거리를 이용한, 다수를 상대하는 전투술!

투쟁의 길은 오로지 일직선이었고, 몬스터들이 도망가지 않고 덤비기에 가능했다.

스탯도 그렇지만 쌓이는 경험치도 상당했다.

네크로맨서로서 최하 100마리의 언데드를 이끌고 사냥할 때의 무지막지한 경험치에 비교할 수 있을 정도였다.

'강해지기에 좋은 장소야. 잡템을 챙기기 힘들다는 것만 빼면 말이지. 근데 그게 너무나도 큰 단점이군.'

평생 잊지 못할 시간과 장소가 될 것 같은 기분이었다.

80대, 90대의 노인이 되어서도 투쟁의 길을 떠올리며 원통해할지도 모르는 일.

위드는 제베노드의 뼈와 고기는 버리고 가죽만 챙겨서 이동했다.

투쟁의 길을 나아갈수록 몬스터의 수준이 오르거나 위험한 상황들이 벌어질 것이다.

'매번 새로운 도전이군. 재밌어.'

위드는 계속 전진하며 몬스터 무리를 격파했다.

배 속이 허전한 느낌.

'전투를 시작하고 6시간 정도 지났다. 이만하면 점심을 건너뛴 수준인가.'

휴식은 지치지 않을 정도로만 유지했다.

남은 생명력 73,492.

'생명력은 싸우기에 충분해. 잘 회복되고 있다. 확실히 혼자 도전하는 게 불가능하지는 않았어. 상당히 어려울 뿐이지.'

〈로열 로드〉에서 육체적인 능력을 좌우하는 기본 요소는 스탯이었다.

위드는 사냥과 모험, 조각술, 생산 기술들을 아우르며 스탯을 쌓았다.

힘 1,869. 민첩 1,255.

게시판에 올린다면 쉽게 믿기 힘들 정도였는데, 지금까지 무지막지한 노력이 있었다.

남들이 힘 10이나 20을 올려 주는 장비를 찾던 초보 시절부터 사냥하면서 스탯 노가다를 해 왔으니까. 남들은 시간 낭비라고 여긴 그 작은 성과들이 쌓여서 현재가 되었다.

또 다른 이유로는 레벨이 오를 때마다 예술에 포인트를 투자하지 않았다는 점을 들 수 있다.

'예술 스탯은 사치지.'

조각술 마스터가 되기 위해 남들보다 몇 배는 더 많은 노력을 해야 했지만 그 고생을 다 감수한 것이다.

체력 325.

힘이나 민첩에 비해서는 수치가 낮긴 하지만 여간해서는 지치지 않을 정도로 대단한 수준이다.

인내 1,321, 맷집 631.

이 스탯들이야말로 동급의 워리어들을 압도했다.

몬스터들을 상대로 일부러 죽기 직전까지 맞아 가면서 키운 알짜배기 스탯들이니까.

위드의 현재 상태는 갑옷을 착용하지 않더라도 어지간한 무기는 박히지도 않을 정도였다.

정신력 358, 지구력도 451이나 된다.

이 역시 정말 올리기 힘든 스탯들인데 모험과 사냥으로 악착같이 키운 것이다. 극한의 환경에서도 버티고, 강한 몬스터들을 밤새도록 때려잡았으니까.

여기서 조각술이나 모험을 통해 모든 스탯이 추가로 405나 높아졌다.

노가다로 달성한 스탯 깡패!

바드레이나 〈로열 로드〉의 최상위권에 있는 다른 경쟁자들도 한두 가지 스탯은 꽤 높을 것이다.

전사 계열이라면 힘이나 민첩을 집중적으로 키웠을 것이고, 전투 공적도 많이 얻었을 테니 그것들은 어쩌면 더 낮을 수도 있었다.

하지만 전체적으로 모든 스탯의 수치를 본다면 그 어떤 유저도 압도해 버릴 수 있는 경지였다.

'난 단기전보다는 장기전에 적합하지. 충분히 할 수 있을 것 같아.'

위드는 투쟁의 길에 대해 약간의 의심은 있었지만 단순하게 생각했다.

'음식을 먹지 못하니 오랫동안 머물수록 굶주리고 지치겠지. 그렇다면 참으면서 깬다.'

지금까지 키워 온 스탯들을 밑천으로 정면 돌파!

고급 수련관이 어려운 이유가 먹지 못하기 때문인데, 해결법은 굶으면서 싸우면 되는 것이다.

체력과 마나 소모를 최소화하는 것이야 전투 스킬에 의존하지 않았기 때문에 익숙했다.

전투에서는 상대에 따라 효율적으로 싸우면 시간도 아낄 수 있었다.

'많이 굶어 봤어. 아마도 인내심이나 지구력이 높아서 내 경우는 50시간 정도까지는 버틸 수 있을 거야.'

투쟁의 길에서 물은 마셔도 된다.

현실에서도 굶는 것에 대해선 전문가였다.

실제로 밥값이 아까워서 많이 굶어 봤고, 반찬 대신에 물을 말아서도 자주 먹었다.

'하루는 괜찮지. 이틀부턴 좀 어지러웠고. 평소 몸 상태에 따라 차이가 크긴 했지만.'

물배라도 채우면서 싸운다면 거뜬히 투쟁의 길을 깰 수 있다는 계산!

그 누구도 아닌 초보 시절부터 자주 굶어 본 위드이기에 가능한 전략이었다.

'체력이 떨어지고 몸 상태가 안 좋아지더라도 계속 달린다. 정면 돌파야!'

위드는 로아의 명검과 선더 스피어를 휘두르며 전진했다.

싸울수록 강해진다.

〈로열 로드〉에서는 당연한 일이지만, 투쟁의 길에 있는 위드는 전투를 거듭할 때마다 강해졌다.

싸움 외에 불필요한 것들은 모두 잊어버렸다.

어려운 난관을 맞이해 평소보다도 훨씬 전투에 집중하고 빠져들었다.

심하게 가난해 보이는 몬스터에게는 잡템도 확인하지 않으며 시간을 단축했다.

1초, 2초도 모이다 보면 상당히 길어지기 때문이다.

9시간 45분 13초.

바드레이가 투쟁의 길을 격파한 시간이었다.

30명의 친위대와 함께했던 걸 감안하면 몇 배의 시간이 걸릴지 가늠하기 어렵다.

이 고급 수련관은 도전자에 따라서 출현하는 적들의 수준도 달라진다.

누군가 투쟁의 길을 혼자서 뚫는 것도 가능하다면 분명히 통과할 수 있으리란 확신이 있었다.

솔직히 자신처럼 독하게 성장한 사람이 흔하진 않을 테니까!

'걸으면서 체력을 회복한다. 모든 효율성을 100%로 추구한다. 그러면 이 관문은 분명히 뚫을 수 있어.'

위드는 전투가 즐거워졌다.

투쟁의 길이 어렵다는 생각이 들자마자 발휘되는 집중력과 예민해진 감각!

생생하게 고양된 기분을 느끼며 적들을 제거하고 전진했다.

도전의 관문을 넘은 이후로 족히 1,000마리 정도의 몬스터들을 제거했다.

그리고 홀란의 눈이라는 괴생명체 무리와 싸워서 이긴 직후였다.

띠링!

> 투신 바탈리가 놀랐습니다.
> 그대의 지칠 줄 모르는 힘과 거친 용기, 화려한 전투 기술에 찬사를 보내고 있습니다. 진정한 전사에 대한 투신의 축복이 부여되었습니다.
> 힘이 4 증가합니다. 민첩이 2 증가합니다. 체력이 5만큼 늘어나고, 부상이 약간 회복됩니다. 상태 이상에 대한 투신의 정화가 발동되었습니다. 굶주린 상태가 7% 감소합니다.

"오, 이건 좋군."

위드는 투신의 축복에 만족스러웠다.

〈로열 로드〉에서 영구적으로 얻는 스탯은 최고의 보상이었으니까.

'굶주린 상태도 좀 줄여 주네. 더 화끈하게 싸워도 되겠어.'

투쟁의 길을 돌파하는 데 큰 도움이 되었다고 생각했다.

배가 허전하다고 먹은 계란 1개가 막상 죽기 직전에 이르러서는 큰 영향을 줄 테니까.

'스탯도 받았고, 나쁘지 않아.'

다음으로는 타락한 마족 병사가 기다리고 있었다.

"도전자, 네가 투신 바탈리의 시험에 들었더냐. 나는 말라붙은 피의 땅에서 온 학살병……."

위드는 마족 병사의 소개 따위 듣지 않고 곧장 덤벼들었다.

"광휘의 검술!"

자하브로부터 배운 검술의 비기.

신성 마법이 통하지 않는 이곳, 어둠 속성의 적들에겐 최고의 기술이었다.

마족 병사는 재빨리 뒤로 물러서려고 했지만, 위드는 그것을 예상하고 있었다.

칠성보로 일곱 번이나 방향을 바꾸면서 추적했다.

치명적인 일격!
47%의 피해를 추가합니다. 마족 병사 하이어거가 준비 중이던 흑마법 '머리 매몰'을 취소시켰습니다.

위드의 검이 빠르게 찌르고 춤을 추듯이 휘둘러졌다.

검의 길을 따르기 위해, 다리가 움직이고 손이 펼쳐진다.

힘과 속도, 몸의 균형을 유지하며 일격필살에 가까운 공격들이 피할 수 없는 공간과 각도로 들어갔다.

"살, 살이 타들어 가는 것만 같다!"

레벨 560이 넘는 마족 병사!

그가 족히 2미터는 되는 긴 낫을 뽑아 들었지만 위드의 공격을 막아 내진 못했다. 속전속결이라는 말처럼 다른 어떤 시도를 할 기회도 주지 않았기 때문.

살상 마법을 비롯하여 신체 강화와 회복의 권능을 가졌는데도, 위드가 광휘의 검술을 연속으로 쓰자 오래 버티지 못하고 사망하고 말았다.

마족 병사라는 이름에 걸맞지 않은 죽음!

위드의 전투 능력이 뛰어나기도 했지만, 전투에 완전히 집중하고 약점을 꿰뚫은 게 핵심이었다.

이번에는 전리품까지 입수!

하이어거의 영혼이 춤을 추는 낫을 얻었습니다.

마족 병사의 부츠를 얻었습니다.

보스급 몬스터를 제거했으니 쓸 만한 아이템도 떨어졌다.

그리고 뜨는 또 다른 메시지 창.

띠링!

투신 바탈리의 눈이 커졌습니다.
그가 본 수많은 싸움 중에서도 하이어거를 이긴 것은 놀랍다고 할 것입니다.
바탈리가 당신에게 주목합니다. 멈추지 않는 힘의 축복이 내려졌습니다.
지금부터 100일 동안 앞으로 나아갈 때 공격력이 15% 향상됩니다. 힘이 1
증가합니다. 전투와 관련된 모든 스탯이 1씩 늘어납니다. 굶주린 상태가
4% 감소합니다.

위드는 마트에서 물건을 사고 받은 영수증을 보는 것처럼 **빠**르게 메시지 창을 읽었다.

투쟁의 길을 달려가면서 영혼이 춤을 추는 낫과 마족 병사의 부츠도 감정할 생각이었다.

스탯을 얻은 것은 당연히 기쁜 일!

투쟁의 길이기에 특별히 많은 스탯을 얻는 것이리라.

바드레이나 헤르메스 길드 유저들도 여기서 전투 공적들을

세우며 스탯을 쌓았을 거라 짐작했다.

'나만 특별한 건 아닐 거야.'

하지만 실상, 위드를 제외하고는 여러 명이 동시에 도전을 했기에 투신 바탈리의 축복을 얻지 못했다.

자신의 힘으로 투쟁의 길을 도전하여 전사로서의 용맹함을 증명하고 한계를 극복해야 한다.

이것이야말로 진정한 고급 수련관의 의미!

아슬아슬하게 주어진 한계를 돌파해 낼 때에만 투신의 축복과 보상이 주어진다.

위드는 메시지 창의 마지막 부분에서 또다시 굶주린 상태가 4% 감소했다는 것을 확인했다.

'이번에도?'

이것으로 투쟁의 길을 완료할 가능성은 더 커졌다.

굶주리고 지친 최악의 경우에는 적을 다 죽이지 못하더라도 계속 앞으로 나아가려고 했다. 그런데 굶주림에 대한 보상을 받으면서 조금의 여유가 생겼다.

오랜만에 어릴 때처럼 독기로 가득하던 위드의 눈빛이 조금 누그러졌다.

'이러면 너무 쉬워지는 거 아냐?'

굶주림조차도 난이도의 일부라고 생각하고 받아들였는데, 해결법이 보이니 불만이었다.

격렬하고 거친 전투를 치르는 동안 피가 끓으며 정신은 맑아졌다.

그런데 잠깐 멈추고 의자에 앉아 돼지바를 하나 먹는 기분이랄까.

물론 돼지바가 맛있긴 하지만 이 순간에는 아니었다.

'이런 식이면 시시해지는데. 더 강한 몬스터들이나 잔뜩 나타났으면 좋겠다.'

위드가 고급 수련관을 도전하고 이틀 가까이 누구와도 연락이 되지 않았다.

벨로트를 비롯하여 세에취, 양념게장은 근심으로 제대로 식사도 하지 못했다.

"위드 님이 정말 괜찮을까요?"

"좋진 않을 거예요. 취칫."

"어지간한 상황이라면 대답 정도는 하셨을 겁니다. 아무 연락도 없는 걸 보면 아마도……."

양념게장은 나직하게 한숨을 내쉬었다.

'왜 그런 멍청한 짓을 해서. 가르나프 평원의 유저들 여론도 안 좋아졌고 말이야.'

페일을 비롯한 동료들이 귓속말을 보내도 대답이 없었다.

'고집부려 혼자 들어간 걸 후회하고 있겠지. 처음 계획대로 파이톤 님이 뚫고 위드 님이 보조했으면 둘이라도 승산이 조금쯤은 있으리라고 봤는데 말이야.'

양념게장은 애초부터 고급 수련관에 도전하는 것에 대해 반대했다.

시기가 시기이니만큼 미루고 동료들을 더 구하는 편이 낫다고 봤는데, 위드와 파이톤은 기어코 사고를 치고 말았다.

　설상가상 위드 혼자 도전의 관문을 들어갔다는 것이다.

　'미쳤지. 자살이나 마찬가지였어.'

　세에취와 양념게장은 이미 위드의 죽음을 믿고 있었다.

　'아직 죽지 않았다고 해도 고급 수련관에 도전하고 37시간이나 지났으니 굶주리고 지칠 때가 되었을 거야.'

　'몬스터들을 해치우고 나서 더 이상 움직일 힘도 없어 주저앉아 있지 않을까. 위드 님답지 않은 쓸쓸한 죽음이 되겠군.'

　그들이 위드의 죽음 소식만을 기다리고 있는데, 바로 옆자리에서는 닭을 굽고 튀겨 먹고 있었다.

　"꺼억. 많이들 드세요. 이 도시의 치킨 맛도 참 좋네요."

　"맥주가 기가 막혀요."

　"이곳 조미료도 마음에 들어요. 요리사는 노암 종족이라고요? 나중에 아르펜 왕국에 합류하면 사람들이 멋진 요리를 먹을 수 있겠어요."

　"……."

　메이런을 비롯하여 오랜 동료인 페일, 수르카, 이리엔, 로뮤나, 화령까지도 걱정하는 기색이 없었다.

　'겉으로 보기에만 좋은 동료들이었나? 저런 사람들인지는 몰랐는데.'

　'메이런 님… 방송인으로서 차분한 모습만 보여 주었는데 여기서는 맥주광이구나.'

　'이 와중에 치킨이 넘어가나? 가르나프 평원 전투가 고작 14

시간쯤 남았는데. 베르사 대륙의 운명이 걸린 이 순간에.'

그들이 실망하고 있을 때, 전투 노예 페일이 말했다.

"이리 와서 치킨 좀 드세요. 안 드시면 분명 후회할 겁니다."

양념게장이 한 걸음도 움직이지 않은 채 물었다.

"어째서 말입니까?"

"위드 님은 우리가 걱정할 필요 없는 분이니까요."

"……."

전혀 납득되지 않는 설명이라 치킨을 먹지 않았다.

위드와 엮이고 나서 사냥을 하느라 고생하긴 했지만 사람이 최소한의 의리라는 게 있지 않은가!

그런데 잠시 후, 위드가 그들끼리 있는 채팅방에 나타났다.

> 위드: 이제 거의 다 끝나 갑니다.

무려 38시간에 가까운 침묵 이후 첫 번째 말.

> 양념게장: 어디에서… 후. 그보다도 잃어버린 레벨과 스킬 숙련도는 너무 걱정하지 마십시오. 알아보니 이미 마스터한 스킬은 숙련도가 떨어지지 않는다고 합니다.

위드가 죽고 나면 잃을 것이 너무나도 많았다.

레벨과 여러 종류의 스킬 숙련도!

하지만 조각술 마스터가 한번 죽는다고 해서 그 분야에서 실력이 퇴보하진 않았다.

> 위드: 예?

> 양념게장: 배가 고프시면 차라리 스스로 목숨을 끊는 게 더 편할 겁니다. 시
> 간을 절약하는 의미에서요. 역시 고급 수련관이라 어려웠죠?
> 벨로트: 이해해요. 저도 고급 수련관 동영상을 봤거든요. 진짜 힘든 곳 같았
> 어요.

위드가 대답할 시간도 주지 않고 벨로트가 곧바로 말했다.

페일과 오래된 동료들은 설마 하면서도 여전히 치킨을 먹고 있었다.

> 위드: 고급 수련관, 형편없이 쉬운데요.
> 양념게장: 예?
> 위드: 보상이 크긴 하지만 그냥 식은 죽 먹기라서요.
> 양념게장: 그럴 리가 없잖습니까. 바드레이와 헤르메스 길드에서 뚫는 것만
> 봐도 대단했는데…….
> 위드: 싸우면서 다 때려죽이면 되는 곳인데 뭐가 어려워요?
> 양념게장: ……?

고급 수련관은 본래 어려운 곳이었다.

투신의 시험이기에 레벨이 높더라도 깬다고 장담하지 못하는 장소.

레벨과 스킬, 전투 중 보이는 실력에 따라 더 높은 수준의 적을 소환한다.

위드는 비정상적으로 많은 스탯도 있지만, 다양한 전투 경험을 가졌다.

게다가 검술 도장을 다니며 혹독한 수련으로 판단력이나 반응 같은 정신적인 부분까지 실력을 향상시켰다.

고급 수련관의 난이도 자체를 박살 내 버린 것이다.

> 양념게장: 이상한데. 정말 말이 안 되는데.
> 위드: 왜요, 왜 안 되는데요?
> 양념게장: 공략 영상이 잘못된 게 아니라면 중간에 벨호단의 10인 기사들이
> 나왔을 텐데 말입니다. 그걸 어떻게 깨셨습니까?

최근에 올라온 헤르메스 길드의 고급 수련관 영상에 벨호단의 10인 기사들이 출연했다.

개개인이 레벨 550을 넘는 최강의 기사들이었다.

> 위드: 기사도니 뭐니 하면서 1명씩밖에 안 덤벼들더라고요.
> 양념게장: 그래도 굉장히 강할 텐데… 쉴 시간을 안 주고 연속으로 싸워야
> 하고요.
> 위드: 때리면 죽는 건 다 똑같죠.
> 양념게장: 그렇게 쉽게 이길 수 있는 놈들이 아닌데…….
> 위드: 검술에서 몇 가지 안 좋은 버릇도 있고, 착용한 갑옷의 구조적 결함도
> 있었지만… 사막에서 데리고 다니던 부하들보다도 약하던데요.

페일과 오랜 동료들의 표정이 '역시 그렇지.' 하는 식으로 바뀌었다.

위드를 걱정하는 일은, 치킨을 뜯는 것보다도 무의미함이 다시금 확인된 것이다.

> 페일: 그럼 저희는 투쟁의 길 출구에서 기다리겠습니다.

약 이틀에 걸친 달콤한 휴식도 끝나 간다.

다들 아쉬움을 접고 움직이려 할 때였다.

위드: 그럴 필요 없고요. 다 끝나면 타호의 중앙 광장으로 제가 가죠.
페일: 고생하셨는데 저희가 마중이라도 나가야죠. 치킨도 3마리 주문해서
　　　가려고요.
위드: 투쟁의 길이라면 이미 깼어요.
페일: 옙?

페일조차도 이 말에는 깜짝 놀랐다.

페일: 혼자서 그렇게 빨리요? 아니, 시간상으로야 위드 님이라면 가능할 수
　　　도 있겠네요. 지금은 어디세요?
위드: 투쟁의 길에서 업적을 좀 세웠거든요. 그래서 새로운 이벤트가 발생했
　　　고… 투신의 대경기장에 있습니다.
페일: 처음 들어 보는 곳인데요. 장소의 이름으로 봐서는…….
위드: 투신 바탈리가 있는 곳이죠.

투신 바탈리

투신 바탈리의 축복은 장점과 단점을 동시에 가졌다.

장점은 도전자를 성장시키고 지친 몸을 회복하게 만든다. 반면 단점은, 소환되는 적의 수준도 그만큼 높아진다.

이때부터는 단순히 잘 굶으면 깰 수 있는 투쟁의 길이 아니었다. 강해지는 적들을 격파해야 한다.

'뭐가 나올지 모르니 더욱 기대가 되는군.'

적을 피하지 않고, 휴식도 조금만 취했다.

일부러 상태를 열악하게 해서 적과 아슬아슬한 싸움을 벌여 투신의 축복을 여러 번 얻어 낸다.

검과 창을 쓰다가 활도 쏘고, 단검도 던졌으며 도끼도 휘둘렀다.

공격력이 크게 높진 않더라도 상황에 따라 도움이 될 때가 있었던 것이다.

투쟁의 길에서는 스킬 레벨도 빨리 오르는 편이라 금상첨화!

가장 강했던 적은 그라토르그라는 19미터 크기의 전사였다.

추정 레벨은 750대.

명백히 위드보다도 훨씬 강했는데, 사막의 대제왕 시절에 싸워 본 경험까지 있었다.

'이놈까지 나오다니… 정상적으로는 나오지 않는 녀석일 텐데. 너무 축복을 자주 받았나?'

그라토르그는 10초마다 잃어버린 생명력을 2%씩이나 회복하는 사기적인 특성을 가지고 있었다.

채찍과 철퇴를 같이 휘두르는 적에 맞서서 오랫동안 싸우면 무조건 진다.

'그래도 해 볼 만은 할 거야.'

그라토르그를 피해서 통과하는 게 합리적인 선택이었다.

하지만 위드는 전투에 미쳐 있는 상태였던 것.

'가자.'

쐐애애액!

묵직하게 날아오는 철퇴는 스치듯이 피했지만 채찍은 중간에 휘어져서 다섯 번에 한 대는 맞았다.

> 강렬하고 고통스러운 충격을 입었습니다.
> 생명력 4,281 감소! 인내로 추가 피해를 감소시킵니다. 높은 맷집이 상처 부위를 줄입니다. 파비오의 견고한 중갑옷의 내구도가 3만큼 감소합니다.

중갑옷이 충격을 받을 정도로 공격력이 강했다.

'기회는 억지로 만들어야 한 번이다.'

그라토르그는 사정거리가 긴 철퇴와 채찍을 휘둘러 댔으니다가가기 힘들었다.

위드는 주위를 빙글빙글 돌다가 파고들어서 헤라임 검술을 여덟 번이나 작렬시켰는데도 그라토르그의 발길질에 걷어차이고 말았다.

"어리석은 놈. 나약한 놈. 비천한 목숨을 구걸하면 한 방에 죽여 줄 수 있다."

땅에 쓰러진 도전자에게 말하는 그라토르그!

하지만 위드는 공격당하기 직전에 스킬을 써 놓았다.

'분검술.'

분신을 만드는 검술의 비기!

그라토르그의 발에 차인 분신이 사라지고, 수많은 분신들이 나타나서 벽과 천장을 타고 달린다.

"발악이냐. 기꺼이 죽음을 맞이하라!"

그라토르그의 공격이 땅과 벽을 부수면서 투쟁의 길이 흔들렸다.

50개의 분신들은 소멸되면서도 하나둘 가까이 접근해 그라토르그를 공격했다.

철퇴와 채찍이 휘둘러지고 나타난 한 번의 기회!

위드는 측면 사각지대에 숨어 있다가 몸을 굴렸다.

암살자처럼 은신술을 펼친 건 아니었지만, 짧은 1, 2초 동안 시야 밖에 몸을 숨겼다가 나타난 것이다.

그라토르그의 몸이 로아의 명검의 사정거리에 들어왔다.

결 검술이 성공했습니다.

치명적인 일격이 터졌습니다. 상대방의 방어력을 무력화하며 426%의 피해를 추가합니다.

9차 연속 공격이 성공하였습니다.
힘이 추가로 20% 늘어납니다. 힘의 중첩! 무기의 공격력이 높아집니다.

로아의 명검이 그라토르그의 방어력을 뚫고 파고들었다.

두려움은 없다.

일부러 쥐어짜야 하는 용기도 없다.

이길 수 있다는 생각만으로 최선을 다했다.

몬스터를 사냥하다 보면 이길 때도 있고, 질 때도 있다.

그라토르그가 뛰어넘지 못할 한계는 아니었다.

싸워 본 경험이 있는 게 무엇보다도 중요했고, 위드는 지금 작은 가능성마저 현실로 만들어 낼 정도로 몰입하고 있었다.

무아지경에 빠져서 느껴지는 손맛은 가볍고, 강렬했다.

10차 연속 공격이 성공하였습니다.
힘이 추가로 30% 늘어납니다. 적의 투지를 저하시킵니다.

11차 연속 공격이 성공하였습니다.
민첩이 추가로 30% 늘어납니다. 정확한 일격으로 적이 0.6초 동안 기절했습니다.

치명적인 일격이 터졌습니다.

일점 공격술과 헤라임 검술, 결 검술!

그라토르그가 몸을 돌리려고 했지만, 그대로 따라 돌면서 23차 연속 공격의 성공.

"쥐새끼 같은 놈이!"

그라토르그가 분노로 고함을 질렀다.

보통은 범접하지 못할 존재에게 투지가 꺾여서 신체 능력이 저하되고 몸이 마비되기까지 한다.

위드의 투지는 이를 무시할 수 있을 정도로 충분했고, 공격이 이어질수록 로아의 명검이 가진 특성이 빛을 발했다.

대형 몬스터에게 3배의 피해.

피해의 절반만큼 적의 최대 생명력 감소.

치명적인 일격은 상대 방어력의 7% 약화.

보스급 몬스터 사냥에 최적화된 로아의 명검!

위드의 체력과 생명력도 전투가 지속될수록 감소했다.

그리고…….

45분이 넘는 악전고투 속에 승리!

대륙에서 가장 유명한 이가 되었습니다.

위드는 명성에는 연연하지 않고 전리품을 챙겼다.

그라토르그의 철퇴를 획득했습니다.

멸망의 금속을 얻었습니다.

그라토르그의 철퇴는 인간이 다루기에는 너무 컸다.

오크 투사나 바바리안 종족은 쓸 수 있을지도 모르지만, 레벨 제한이 700을 넘어서 팔지 못한다.

여러 희귀 금속들이 섞여 있었으니 녹이면 되리라.

멸망의 금속도 1등급 대장장이 재료 아이템!

그렇게 한숨을 돌리는 차에 또다시 메시지 창이 떴다.

존경받아 마땅한 전투!
그라토르그는 마프룩 성채를 200년 넘게 지켜 왔습니다. 용맹을 떨치는 전사들조차 이름만으로 벌벌 떨어야 했던 존재! 도전자는 훨씬 약한 육체를 가지고 그를 쓰러뜨렸습니다. 명예로운 고결한 기사들과, 투쟁심으로 가득한 전사들조차도 해내지 못할 업적을 이룩했습니다. 베르사 대륙의 역사에 기사들이 존경받아야 할 5대 전투 중 하나로 기록됩니다.

전투 명성이 32,890만큼 늘어납니다.

보유하고 있는 스탯 중에서 정신적으로 큰 성장이 이루어졌습니다.
카리스마, 투지, 통솔력, 기품, 용기, 정신력, 통찰력이 10씩 증가합니다.

투신 바탈리가 당신의 전투를 지켜보며 놀라움을 멈추지 못합니다.
당신을 '투쟁의 파괴자'로 임명하였습니다. 바탈리의 강함을 세상에 펼치는
자로, 전투 계열의 직업에서만 대륙에 5명에 한정되어 선정됩니다. 현재 직
업과 무관하게 바탈리 교단의 신성 전투 스킬들을 익힐 수 있게 됩니다. 신
성 전투 스킬들의 효과가 2배로 발휘될 것입니다. 육체에 신성 마법 '싱그러
운 회복력', '완전한 무기', '가공할 주먹'이 각인됩니다. 투쟁의 파괴자로 임
명되어 있는 동안 모든 스탯들이 45씩 증가합니다.
일곱 번 목숨을 잃거나 신앙심이 완전히 사라졌을 때, 바탈리 교단의 퀘스트
를 두 번 연속으로 거부하게 되면 임명이 취소될 것입니다.

불가능에 가까운 전투를 이겼더니, 업적과 함께 바탈리 교단
의 투쟁의 파괴자로 임명되었다.

위드의 입가가 쭉 찢어졌다.

"확실히 싸우는 건 재밌어."

투쟁의 길은 만족스러웠다.

전투 업적 달성, 스탯 보상!

위드에게는 절대적인 동기부여가 되는 것이었다.

투쟁의 파괴자가 되었더니 짧은 시간에도 피로가 빨리 회복
되었다.

덤으로 어떤 무기를 들더라도 잠재력을 더 이끌어 낼 수 있
었다.

가공할 주먹은 검사에게는 해당이 안 되는 특성이라고 할 수
있는데, 말 그대로 주먹질이 강해진다.

무기를 들지 않은 상태에서 효과를 볼 수 있기에 수르카처럼
권사들에게 유리한 특성이었다.

그 이후로 그라토르그처럼 강한 적이 또 나타나진 않았기에

커다란 위험 없이, 투쟁의 길 마지막까지 모든 적들을 제거하면서 도착했다.

띠링!

투쟁의 길을 끝까지 걸었습니다.
투신 바탈리가 안배한 전사로서의 성장을 끝마쳤습니다.

―강함에는 끝이 없다. 하지만 이 고난을 이겨 냈을 때에는 더욱 강해질 것이다!

그대는 홀로 투쟁의 길을 걸으면서 스스로를 증명했습니다. 검은 빠르고 강했으며, 높은 정확도를 자랑했습니다. 어떤 비겁한 수단도 쓰지 않고 정정당당하게 길을 걸었고, 모든 도전을 받아서 이겨 냈습니다. 투쟁의 길에서 사용한 무기는 검과 창, 활, 대형 도끼, 사슬낫, 단검입니다.

투쟁의 길을 걸으며 성장한 기록입니다.

- 216개의 전투와 관련된 스탯을 확보했습니다.
- 검술 스킬이 1단계 올랐습니다.
- 창술 스킬이 2단계 올랐습니다.
- 궁술 스킬이 1단계 올랐습니다.
- 부술 스킬이 4단계 올랐습니다.
- 대형 무기 스킬이 3단계 올랐습니다.
- 단검 투척술이 4단계 올랐습니다.
- 고급 수련관을 완료하며 명성이 30,000 올랐습니다.
- 보상으로 81개의 보너스 스탯이 추가로 부여됩니다.
- 생명력의 최대치가 11% 커집니다.
- 마나의 최대치가 5% 커집니다.

투쟁의 길 달성률 327.6% 앞으로 한 달간, 모든 전투 스킬의 숙련도가 3배 빠르게 습득됩니다.

고급 수련관의 공략 성공!

생명력의 최대치가 늘어난 것도 좋았고, 엄청나게 많은 스탯들을 얻었다.

투쟁의 길을 걸으며 검술 스킬도 고급 8레벨이 되었다.

전투 업적을 세우며 상승한 스탯만 해도 20개가 넘었다.

다른 유저들이 고급 수련관에서 얻은 이익을 우습게 여길 정도의 성과였다.

'기초 수련관부터 남들을 따라가기 바빴지만 이젠 앞서 나가는군.'

뿌듯함이 스쳐 지나갔다.

조각사로서, 모험가로서 명성과 실력을 갖춰 왔지만 검사로서 강해진 느낌은 더 각별했다.

땅을 사서 사촌에게 자랑하고 싶은 기분!

한쪽 구석에 일렁이는 황금색 포털이 있었다.

지금껏 다른 유저들이 고급 수련관을 공략할 때에는 보이지 않은 포털이었다.

> 투신 바탈리가 투쟁의 길에서 신화를 쓴 도전자를 친근하게 바라봅니다.
> 그가 전사 중의 전사를 만난 기념으로 특별한 선물을 주려고 합니다. 투신의 초대에 응하겠습니까?

응하지 않을 이유가 없는 초대였다.

위드는 기꺼이 포털로 들어갔다.

투신의 대경기장!

위드가 도착한 장소는 콜로세움을 연상시키는 거대한 경기장이었다.

—전사의 방문을 환영하노라!

투신 바탈리는 큰 의자에 앉아 있었다.

싸움밖에는 모르는 신!

그의 곁에는 금은보화가 아니라 온갖 종류의 무기들이 장식되어 있었다.

'이곳은······.'

위드는 경기장을 빠르게 둘러봤다.

투신 바탈리를 중심으로 사방의 좌석에 수많은 전사들이 앉아 있었다.

얼굴은 험상궂고, 몸에도 심한 흉터 자국들이 많다.

보통 사람이라면 그들에게서 살벌함을 느꼈을 수도 있지만, 위드로서는 검치나 사형들처럼 친숙한 외모였다.

'투신의 대경기장이라. 신화에는 베르사 대륙의 전사들이 죽고 나면 이곳으로 와서 끝없이 싸우며 용맹과 전투술을 갈고닦는다고 나오지.'

전사로서 삶을 불태웠던 이들이 이곳으로 오게 되는 것.

'나약한 모습을 보여 줘서는 안 될 것이다.'

대충 견적이 뽑혔다.

위드는 어깨를 활짝 펴고 투신 바탈리를 향해 섰다.

"제게 어떤 선물을 줄 것입니까?"

당당함!

투신이라면 당장은 싸울 수 있는 존재가 아니다. 그렇다고 비굴하게 무릎을 꿇는다 해서 좋아하지도 않을 테니 당당하게 나갔다.

위드가 〈로열 로드〉를 시작했을 때부터 잠재되었던 야망도 있었다.

'언젠가 저놈들도 잡아야 돼.'

투신이든 뭐든, 나중에 강해지면 몽땅 때려잡아 주리라!

게이머의 사냥은 10년도 짧은 법!

투신 바탈리가 흡족하게 웃으며 입을 열었다.

—투쟁의 길을 걷는 모습이 너무나도 아름다웠다.

싸움을 멋지게 여기는 투신!

위드는 칭찬보다도 선물이 더 궁금했으니 입을 꾹 다물고 있었다.

—네가 흘리는 땀방울에서 매혹적인 냄새까지 맡아질 정도였지.

"……."

—심장은 뜨겁고, 비장함이 감도는 눈으로는 적을 노려본다. 자신을 다 던져서 싸우고, 또 걸어가니 어찌 반하지 않을 수 있겠는가.

"……."

—단단한 근육과 그 안에 혈관이 꿈틀대더구나. 두려움을 모르는 마음은…….

어딘가 미묘한 칭찬!

어쨌거나 투신 바탈리는 선물에 대해 말했다.

—전사가 받아야 할 선물이란 마땅히 무기나 방어구가 되어야 할 것이다. 무엇을 받고 싶으냐?

"무엇이든 됩니까?"

—지금까지 세운 전투 업적을 평가하여 주겠다.

전투 업적!

왕국에 대한 공적치나 교단에 대한 공헌도처럼, 투신으로부터는 전투 업적에 따라 보상을 받을 수 있다.

'무기는 로아의 명검이면 충분하고. 방어구는 만들어 줄 사람들이 있어.'

대장장이 마스터 헤르만과 파비오에게 이미 부탁해 뒀다.

"바드레이와 싸워야 하니 헬리움으로 방어구를 만들어 주십시오."

최고의 명검으로 승부를 벌이던 그들이었지만, 바드레이와의 전쟁이 걸렸으니 혼신의 노력을 다해서 방어구들을 제작하고 있었다.

방어구는 대장장이 스킬과 인맥, 퀘스트로 얻은 광물들이 있으니 얼마든지 만들 수 있다. 그렇지만 특별한 것들은 쉽게 얻지 못한다.

위드는 곰곰이 생각하다가 말했다.

"저의 전투 업적으로 받을 만한 장갑을 얻고 싶습니다."

장갑은 방어력도 있지만, 다양한 특성과 공격력을 향상시켜주는 역할을 한다.

최상급 장갑은 사냥 속도나 전투력과 관계가 높아서 부르는게 값일 정도였다.

―셋 중 원하는 것을 고르도록 해라.

투신의 말이 끝나자 3개의 장갑이 나타났다.

불멸의 기사 장갑.

다양한 옵션들이 있었지만 중요한 건, 생명력을 6만이나 높여 주고 소생의 주문이 봉인되어 있었다.

100일에 한 번, 목숨을 잃었을 때 아무 대가를 치르지 않고 바로 부활할 수 있는 옵션!

이 장갑만 있다면 웬만한 사냥터에서는 죽을 염려가 없다.

'바드레이와 싸우게 된다면 전투에서 큰 도움이 되겠군. 그렇지만 장기적으로 본다면… 그렇게까지 효과적이지 않아. 사막의 대제왕 시절에 성장했던 수준까지는 사냥하며 안 죽을 테고, 찰나의 시간 조각술이 있으니 도망치는 것도 어렵지 않지.'

사냥터에서 잘 싸워 죽지 않는다면 쓸모가 거의 없는 장갑이 아니겠는가.

위드는 네크로맨서로 전직하고 거인들의 땅에서 사냥하며 불멸의 지혜 목걸이도 가지고 있었으니, 세트 아이템을 모은다는 의미 정도나 있을까.

'그래도 지금은 사치야.'

다음으로 나온 장갑은 '차원 문의 장갑'.

민첩을 비롯하여 스탯들을 제법 올려 주는 효과가 있었지만, 무엇보다 특이한 건 차원 문의 효과였다.

장갑을 착용하고 싸우면 반투명한 10개의 원들이 보인다.

그 원으로 무기를 휘두르거나 들어가면, 연결된 다른 원에서 나타난다.

왼쪽의 원을 단검으로 찔렀더니, 오른쪽 앞에서 불쑥 그 단검이 나타나는 식이다.

'일종의 단거리 공간 이동을 바탕으로 한 공격과 방어가 가능해지는 것인가.'

착용자의 숙련도에 따라서 전투가 매우 빨라지고, 효율을 높여 줄 수 있었다.

원이 존재하는 시간은 단 0.6초.

입구의 원과 출구의 원이 순간적으로 계속 위치를 바꾸기 때문에 써먹기 쉬운 건 아니다.

상황을 파악하고 활용 방법을 생각하는 사이에 원이 사라져 버리는 것이다.

물론 위드에게 그 정도야 아무것도 아니었다.

'5만 원짜리가 날아다닌다고 생각하면 절대 놓칠 수 없지.'

레벨 제한이 무려 760.

위드의 경우에는 대장장이 스킬의 효과로 착용할 수 있었다.

'일단 챙겨 놓고, 다음…….'

마지막 장갑은 꿰뚫고 파괴하는 장갑.

기괴한 이름이기는 하지만 정말 무시무시한 장비였다.

공격이 적중되면 상대방의 방어력만큼 추가적인 피해를 주고, 여러 번 반복되면 방어구를 파괴시킨다.

치명적인 일격의 피해도 5배로 높인다.

7회 이상의 공격이 적중되면 상대방의 생명력에 따라서 높은 확률로 즉사시킬 수도 있는데, 투신의 권능에 의한 것이라 신성력을 바탕으로 한다.

위드로서는 지금까지 쓸데없이(?) 쌓아 놓은 신앙심을 써먹을 수 있는 기회였다.

전투 관련 스킬과 스탯도 높여 주고, 숙련도 성장도 한층 **빨**라진다.

팔방미인이라고 할 수 있는 장갑이었지만 단점이 있다면 몇 가지 제한이었다.

오로지 전사 계열만 권능을 발휘할 수 있다.

다른 직업이 착용했을 때는 권능이 적용되지 않으며, 레벨 제한도 820이나 된다.

그만큼 좋은 장비라는 의미이긴 했지만, 실상 위드는 사막의 대제왕 시절에 많은 물품들을 가져 봤다.

'800이 넘는 레벨이라면… 저만한 장갑이 없진 않지.'

사막의 대제왕 시절에는 중앙 대륙을 정복하며 무수히 많은 물품을 전리품으로 쓸어 담고, 감정했다.

그렇기에 800대 레벨이 가진 장갑들도 알고 있었다.

레벨 400대, 500대와는 기본적인 수치가 다르다. 별 사기적인 특성들이 아무렇지도 않게 붙었으며, 악마 혹은 지배자 등급으로 불리기도 했다.

'탐나기는 해. 지금 내 직업이 전사가 아니라서 당장의 효율이 썩 좋진 않지만.'

위드는 충분히 시간을 들여서 심사숙고했다.

치명적인 일격의 위력이 5배.

'그냥 공격력만 극대화시키는 장갑인데… 일격필살도 가능하다. 그렇지만 치명적인 일격만 노린다면 전투의 형태는 단순

해질 수밖에 없지.'

계획대로 당분간은 네크로맨서로 레벨을 빨리 올리는 편이
나았다.

검술이나 여러 가지 무기술 스킬도 착실하게 성장시키고, 생
산과 예술 계열도 놓치지 않는다.

네크로맨서의 정점을 찍고 나서 전사 계열로 전직하면 어지
간한 몬스터들은 어렵지 않으리라.

전부 다 모은 조각술의 비기들.

사냥이 시작되면 일으킬 언데드들.

그것들을 지휘하며 돌진하는 전사란 그야말로 밸런스 파괴,
그 자체일 테니까!

위드는 현재 쓰고 있는 장갑부터 확인했다.

탁월한 지휘력의 전설 기사 장갑

제작 연대는 대략 250년 전에서 370년 전까지로 추측. 대륙 최고의 재봉사, 대
장장이 비밀 조합 블랙스미스에서 만든 작품. 고매한 기사 라르크에게 선물한
장갑으로 그의 사후에는 칼라모르 제국 황실 보물로 보관되어 왔다.
내구력: 90/90
방어력: 54.
제한: 레벨 490. 검술 고급 7레벨.
옵션: 전투 중 힘 +170. 모든 스킬의 효과 15% 추가. 치명적인 공격을 가했을
때 5가지 특수 피해 가산. 일시적으로 상대의 검술 스킬 약화. 명예, 기품
이 더 빨리 증가. 기사도 스킬 +2. 높은 내구도로 인해 쉽게 손상되지 않
는다. 왕국을 위한 업적 달성 시, 80%의 공적치가 추가된다.

용기사 뮬을 죽이고 빼앗은 장갑!

좋은 옵션들이 다닥다닥 붙어 있었지만, 한계도 있었다.

위드에게 기사도 스킬은 필요하지 않았고, 명예나 기품이 더 빨리 증가하는 것도 의미가 없었다.

아르펜 왕국의 국왕 자체의 지위가 명성과 기품을 보조해 주는 특징을 가졌으니까.

'이건 경매로 팔면 돼. 레벨 제한이 낮은 만큼 구매자들은 널려 있을 테니까. 지금 전투력을 높여 줄 수 있는 장갑은 하나뿐이로군.'

차원 문의 장갑

차원의 경계를 오가던 요정 기사 구완베더의 신비로운 물건. 모험과 싸움을 즐기던 그의 영웅담은 30권의 책에 기록될 정도로 방대하다. 특별한 장식이 없는 장갑이지만, 반경 20미터의 공간을 지배할 수 있다. 무작위로 생성되는 원을 통해 이동과 공격 전달이 가능하다. 요정 기사의 숨결이 닿아 있어 정령과 요정들의 깊은 호의를 받을 수 있다.

내구력: 110/110

방어력: 132

제한: 레벨 750. 민첩 1,200

옵션: 무기 성능 5% 향상. 투지 +200. 기품, 명예, 예술, 매력 +51. 모든 스탯 5% 증가. 회피 스킬의 효과가 35%까지 상승한다. 마법과 정령술의 피해 31% 감소. 명성 +13,283. 상대의 무기를 손으로 잡았을 때 피해를 입지 않는다. 단, 공간과 관련된 무기들은 제외. 장갑 착용 시, 20미터 이내의 공간을 이동하는 특수한 원이 나타난다.

위드는 차원 문의 장갑을 집어 들었다.

"이 장갑으로 하겠습니다."

고르고 나니 마음이 편했다.

오늘부터는 이 장갑을 매일 아껴 주리라!

그런데 투신 바탈리가 말했다.

—그 물건을 택하기에는 너의 전투 업적이 아주 조금 모자라는구나.

위드는 불사의 군단을 시작으로 수많은 퀘스트들을 성공시켰다. 그때마다 쌓은 전투 업적이 만만치 않았지만, 차원 문의 장갑 역시 보통 물건은 아니었다.

위드는 얼굴을 찌푸렸다.

"그러면 어떻게 해야 합니까?"

—업적을 세울 기회를 주지.

투신의 대경기장.

전사들과 싸우라면 기꺼이 싸우리라.

위드는 곧바로 입에 보리빵을 물었다.

> 보리빵을 먹었습니다.
> 배고픔이 줄어듭니다.

투쟁의 길은 끝났으니 먹으면서 몸 상태를 최상으로 끌어 올려야 한다.

검 갈기와 방어구 닦기!

장비들의 상태도 싸움이 벌어지기 전에 최대치로 올려놓는 등 만반의 준비를 갖추려고 했다.

—팔랑카 전투를 기억하느냐?

"예. 알고 있습니다."

팔랑카 전투.

베르사 대륙의 역사상 가장 치열한 전장 중의 한 곳으로 기록된 전투다.

전쟁의 시대, 작센 평야에서 7개 왕국의 군사력이 부딪쳤다.

몬스터와 이종족 들까지 끼어든 난장판으로 이어지게 된 전장이었다.

중급 수련관인 영웅의 탑에서 팔랑카 전투에 참여하여 사이클롭스가 던진 바위에 의해 사망!

위드가 실패한 전적이 있는 곳이기도 했다.

탐욕과 시기심이 절정에 달했던 시절.

인간들은 밀과 철을 확보하기 위한 확장 전쟁을 그치지 않았다.

이종족들 역시 처음에는 인간들에게 저항하기 위해서 뭉쳤으나, 그 의도는 변질되었다. 욕망을 추구하는 인간들의 영향을 받아서, 저마다 자기 종족의 이득을 위한 싸움을 벌이게 된 것이다.

인간들이 영역 다툼을 하며 스스로 힘을 갉아먹는 사이, 번식력이 뛰어난 몬스터들은 대륙 전체로 독버섯처럼 퍼졌다.

(베르사 대륙의 역사서, 《팔랑카 전투》 원본)

당시만 하더라도 몬스터들의 지능은 상당히 뛰어난 편이라서 조악하나마 언어를 사용할 수 있었으며, 대규모의 집단 활동을 했다고 한다. 그리고 그들은 작센 평야에서, 대륙의 주도권을 놓고 결전을 벌였다.

최후의 승자는 인간이 아닌 몬스터들이 되었다.

하지만 그 위험한 전장에서 살아남은 소수의 패잔병이 퍼트린 해골 기사의 활약 이야기가 잔잔하게 회자되었다.

그는 이스란 왕국의 레미 공주의 부탁을 받아 그녀를 구출하려고 했다. 그는 대단히 용맹하였고, 놀라운 마상 전투 능력을 갖추었다. 하지만 다른 공중을 나는 몬스터들에게 한눈팔린 사이에 애마와 공주를 잃어버리고 말았다. 분노에 찬 기사는 공주에 대한 애통한 마음을 다하기 위하여 싸우다가 그 자리에서 최후를 맞았다고 한다.

(새롭게 복원된 내용. 팔랑카 전투의 비사. 오래된 언어로, 언어학과 고고학을 상급까지 익힌 모험가만이 해독할 수 있음.)

―시간을 거스르는 전사로서 실패를 바로잡아라.

위드는 팔랑카 전투를 떠올렸다.

'공주가 있긴 했지.'

기록과 달리 레미 공주는 방치되어서 죽었다.

싸움에 정신이 팔리다 보니 깜박하고 그녀를 지키지 못했다.

피가 끓어오르는 난전! 수많은 무리가 뒤섞인 전투가 벌어졌으며 드레이크를 타고 싸우느라 깜빡 잊었다.

레미 공주가 죽고 난 다음에는 어차피 끝난 일, 말 그대로 죽어라 싸우다가 지쳐서 끝난 전투였다.

'실패를 되돌린다…라.'

위드는 어쨌건 차원 문의 장갑을 얻을 수만 있다면 긍정적이었다.

"팔랑카 전투를 치르겠습니다."

KMC미디어와 CTS미디어를 비롯한 각 방송국들이 간절하게 원하던 영상이 도착했다.

"부장님, 왔습니다. 고급 수련관의 영상입니다!"

방송국들조차도 초미의 관심사로 여기는, 고급 수련관의 영상. 하지만 위드와 미리 생중계 협상이 된 부분이 아니라서 영상의 전달이 조금 늦어졌다.

눈가에 진한 다크서클이 내려온 강 부장이 외쳤다.

"위드는? 수련관을 통과했나?"

"그건 아직 잘 모르겠습니다. 이게 절반의 영상이고, 나머지 반도 조만간 보낼 거라고 합니다."

"그래?"

강 부장과 기획실 직원들은 위드가 초반에 죽진 않았으리라고 짐작했다. 어쩌면 2부에서, 갇혀서 굶주리며 외롭고 쓸쓸하게 죽어 갈 수도 있다.

"이걸 방송해야 하나? 위드가 죽는 광경을 내보낸다면 가르나프 평원의 유저들은… 사기가 그야말로 바닥을 칠 텐데."

"안 할 수도 없지 않습니까? 다른 방송국들도 움직이고 있을 겁니다."

"확실히 그렇겠지? 연출 팀, 편집 팀, 모두 달라붙어서 작업 시작해!"

비상대기 중이던 전 직원이 달라붙어 방송 준비를 시작했다.

다른 방송국들은 일단 영상부터 내보내고 나서 편집에 돌입하기도 했다.

　KMC미디어는 투쟁의 길을 시작하는 장면에서 중계에 들어
갔다.

　"위드의 고급 수련관 도전! 그것도 단독으로 도전을 결정하
면서 대단한 파장이 일어났는데요. 그 영상이 지금 입수되었습
니다."

　오주완은 최근 걸 그룹 대세인 도찬미와 방송을 시작했다.

　깜찍한 얼굴과는 다르게 성숙한 몸매를 가진 그녀였다.

　중앙 대륙에서 시작하긴 했지만 북부로 옮겨 간 그녀는 풀죽
신교 닭죽 부대의 마스코트 역할을 하고 있었다.

　"와! 정말 기대돼요."

　"찬미 씨는 위드의 도전이 성공했을 거라고 보시나요?"

　"그럼요! 당연히 성공했을 거예요. 그렇지 않나요?"

　"실은 저도 잘 모릅니다. 시청자 여러분들과 마찬가지로 이
영상을 통해 확인해야 할 텐데요. 더 이상 끌지 않고 바로 시작
하겠습니다."

　화면으로 위드가 동료들과 떨어져서 투쟁의 길을 걷는 장면
들이 나왔다.

　울르프 종족과 볼라드를 차례로 해치우고 진격!

　검을 휘두르며 거침없이 나아가는 위드의 모습에는 박진감
이 넘쳐 났다.

도찬미의 입가에는 미소가 넘쳐 났다.

"꺄아! 멋있어요."

"표정을 보니 완전히 반한 모양이네요."

"그럼요! 2년 전에는 위드 님과 결혼하는 게 꿈이기도 했을 정도죠. 저는 남동생이 보는 동영상으로 〈로열 로드〉를 처음 접했거든요."

"그런 발언은 찬미 씨를 좋아하는 남성 팬들을 많이 실망시킬 텐데요."

"괜찮아요, 절대 이루어질 수 없는 소녀 시절의 꿈이니까요."

"어째서요? 찬미 씨를 싫어하는 남자도 있을까요?"

"그야… 위드 님 곁에는 그분이 계시잖아요!"

풀죽 여신!

그녀가 있기에 위드는 감히 범접할 수 없는 존재가 되었다.

오주완은 화면으로 위드의 전투 영상을 잠시 보다가 한숨을 쉬었다.

"이해가 안 될 정도로 정말 잘 싸우는군요. 쉽게 잡을 수 있는 몬스터들이 아닌데……."

"잘 싸우는 건가요?"

"기가 막힙니다. 스킬의 운용과 몬스터의 특성을 철저히 맞춰서 공략하는 식으로 전투를 하는데, 그게 굉장히 자연스러워요. 3, 4개의 스킬을 연달아 활용하면서 전투에 녹입니다. 우연도 아니고 놀라울 정도예요! 도찬미 씨도 레벨이 350을 넘지 않나요?"

"저는 마법사라서 원거리 지원을 하기 때문에 근접 전투에 대해서 자세히는 모르겠어요."

"시청자 여러분들 중에도 레벨이 높은 분들은 느끼실 겁니다. 저런 식으로 잡을 수 있는 몬스터들이 아니라는 것을요."

방송이 진행되면서 패널들도 급하게 초대되었다.

KMC미디어는 헤르메스 길드의 파클레스, 최상위 100위 안에 드는 랭커를 비롯하여 7명의 고레벨 유저들을 모았다.

흑사자 길드의 드워프 전사 빈델도 초대했는데, 위드의 편에서 줄 사람도 데려와서 어느 정도 중립성을 확보할 의도였다.

"……."

"……."

그런데 평소 말이 많던 그들이 입을 쩍 벌린 채 전투 영상을 구경만 할 뿐이었다.

'저게 어떻게 가능해?'

'된다고? 저런 방식으로?'

'덤벼들어서 네 번 베기? 그걸 다 치명타로 연결시켜서 잡아 버렸어?'

'밀치면서 두 번 공격, 옆으로 돌면서 세 번 공격. 무슨 연극이라도 하나? 몬스터의 움직임과 완전히 맞아떨어지잖아.'

심지어 파클레스는 헤라임 검술을 익히고 있기까지 했다.

그는 헤르메스 길드에서 권장하는 수많은 전투 스킬들을 습득했다.

검술서, 퀘스트, 수련 등을 통해 배운 것인데, 헤라임 검술에는 그것들보다 훌륭하다고 말하기 어려운 부분이 있었다.

'헤라임 검술은 직접 타격을 해야 돼. 연속 공격이 적중되지

않았을 때의 위험도 크고, 유효 시간도 짧아서 유지하는 것이 어렵다.'

연속으로 때린다고 다 맞아 준다면 사냥이 얼마나 쉽겠는가.

고레벨이 될수록 몬스터의 특성도 다양하고, 숫자가 많으며, 복잡한 스킬까지 사용한다.

그러니 공격을 하면서도 방어와 회피의 모든 동작들이 전투의 흐름에 이어져야 한다.

검을 찌르거나 휘두르는 타격 방식의 결정, 몬스터들을 적절히 도발하고 진형을 흐트러뜨리는 것도 감안해야 하고.

전투에서 발생하는 모든 요소들을 자신의 지배에 두어야만 가능했는데, 이건 상상하기도 힘든 어려움이었다.

"드디어 도전의 관문입니다."

"예, 들어가네요."

도전의 관문에서도 위드 혼자 발걸음을 옮긴다.

그 이후로도 몬스터들이 나타날 때마다 헤라임 검술로 모조리 전멸시켰다.

위드가 지나간 자리에 남는 건 몬스터의 잔해뿐이었다.

"지치지도 않는 것 같아요."

"달리고 있습니다. 다음 몬스터들을 향해서요!"

"화살을 쏘면서 거리를 좁히고 활대로 올려쳤습니다. 그 직후 검을 뽑아서 역시 헤라임 검술!"

1부가 끝날 즈음에는 스튜디오에 미묘한 분위기가 흘렀다.

"파클레스 님, 위드의 도전에 대해 어떻게 생각하십니까?"

"……."

"네그라트 님이 한말씀 해 주시죠."

"……."

초청된 패널들은 영상을 보며 할 말을 잃었다.

위드의 고급 수련관 영상 중계만을 기다리고 있던 시청자 게시판이 뜨거워진 것도 당연지사!

—저것들 인형임?

—정지 화면이네요.

—보면서 입이나 좀 다물었으면…….

—방금 오주완이 물어보는데 아무도 대답 안 함. 멍한 상태인 듯.

—몇 시간 전에 나와서 위드가 고급 수련관 통과하면 손바닥에 장을 지진다고 했던 파클레스도 있네.

—아직 통과한 건 아닙니다만.

—오주완이 또 물어보네요. 파클레스라면 저렇게 뚫을 수 있냐고요. 좀 쉬다가 나온 대답이 '최상위권 랭커라면 컨디션이 좋을 때 누구나 저 정도 전투력을 발휘할 수 있다.'입니다.

—근데 헛기침하고 대답함. 말하면서 본인도 민망하고 찔린 듯.

—틀린 말은 아니기도 하죠. 최상위권 랭커라면 다 저기까진 갈걸요?

—헤라임 검술? 저 검술만으로는 저렇게 못 싸우죠.

—어쨌든 핵심은 2부일 듯. 지금은 안 지쳐서 저렇게 싸운다지만… 조만간 한계가 찾아옴.

방송을 위해 빠르게 넘긴 전투들도 꽤 많았지만 위드가 몬스터들을 압도하는 광경은 계속 유지되었다.

중계 중 2부의 영상이 도착하고 방송국에서는 빠르게 분석에 들어갔다. 어떤 장면들이 있는지를 방송 전에 확인해야 했기 때문이다.

그 후, 연출자들의 사이에서는 환호성이 일어났다.

"까악!"

"와아아!"

PD를 비롯해서 몇 명이 영상의 뒷부분부터 살펴보고는 고함을 지른 것이다.

"정말이야? 깨 버렸어?"

"예, 그것도 압도적으로요!"

이 영상은 모든 방송국들에 동시에 보내졌다.

진행자들은 시청자들이 제일 궁금해할 결과부터 말했다.

"위드의 고급 수련관 도전! 일단 마지막 부분부터 보시겠습니다."

방송 영상에는 위드가 투쟁의 길 마지막에 도착한 장면이 나왔다.

"……."

패널들이 다시 입을 쩍 벌리고 있는 가운데, 이번에는 진행자 오주완조차도 할 말을 잃어버렸다.

화면에 나오는 위드는 누더기가 된 갑옷을 입고 있었다.

눈빛에는 어딘지 모르게 야성미가 넘쳐흐르고, 등에 메고 있는 배낭은 두툼했다!

위드는 진행자나 시청자들의 놀람 따위는 관심 없다는 듯이, 투신의 초대를 받아 생성된 푸른 포털로 들어갔다.

팔랑카의 별

베르사 대륙의 가장 치열했던 전장 중 하나인 팔랑카 전투.

무려 7개의 왕국과 이종족, 몬스터들이 대륙의 주도권을 놓고 다툰 전투였다.

위드는 전투 공적을 채우기 위해 투신 바탈리에 의해 이 역사적인 전장으로 소환되었다.

"죽여라!"

"이 더러운 놈들! 브롬바 왕국의 저 더러운 쓰레기들을 처단하라."

"마폰 왕국의 정예병들이여! 싸워서 승리를 쟁취하자."

"여왕 폐하께 영광을!"

전쟁터답게 고함 소리와 무기들이 부딪치고, 비명 소리가 울렸다.

"죽을 고생도 자주 하니 적응이 다 되어 버렸군."

위드는 반지하이긴 했지만 누우면 참 편안했던 옛 집을 떠올렸다.

전쟁터도 다닐 만큼 다녀서 몬스터나 거인, 비행 생명체들까지도 익숙했다.

본 드래곤은 부하 직원, 데스 나이트는 알바생 정도다.

그저 회사에 출근하는 느낌이라고 할까.

"마폰 왕국의 용사들이여! 지옥 훈련을 받으며 피와 땀을 흘린 대가를 적들에게 받아 내자!"

"우리의 검에는 자비가 없다. 켈튼의 기사도를 보여라!"

"브롬바, 그 영원한 이름으로!"

브롬바 왕국과 마폰 왕국을 비롯하여 여러 국가의 군대가 뒤섞여서 전투를 벌인다.

기사단이 말발굽으로 땅을 올리며 돌진하고, 눈먼 화살들이 4, 5미터 앞을 핑핑 소리를 내며 날아다닌다.

위드가 있는 곳은 전장의 한복판!

7개 왕국의 군대 너머에는 바바리안과 엘프를 중심으로 한 이종족 군단이 있으리라.

그 뒤로는 몬스터들이 끝도 없이 몰려드는 중일 테고!

'팔랑카 전투라… 이번에는 기왕이면 성공시켜야 되겠군.'

위드의 곁에는 지난번과 마찬가지로 이번에도 지켜야 할 사람이 있었다.

"기사님, 제가 믿을 사람은 당신뿐이에요. 저를 안전한 곳까지 데려다주세요."

백마를 타고 있는 아름다운 공주가 부탁했다.

띠링!

레미 공주의 요청

인구 8만 명의 변방 소국 이스란의 첫째 공주. 바다를 좋아하는 그녀는 고국에서 살고 싶어 했다. 그러나 예정된 정략결혼에 의해 브롬바 왕세자의 다섯 번째 첩실로 끌려가게 되었다. 하지만 갑자기 터진 전쟁으로 인하여 결혼식도 치르지 못한 채 왕세자가 있는 전쟁터로 나왔다. 그녀는 다시 고향으로 돌아가고 싶어 한다.

난이도: 영웅의 역사 퀘스트

보상: 역사적인 전투의 경험, 역사의 주인공이 될 수 있다.

제한: 공주의 부탁이므로 기사는 거절할 수 없다.

위드가 퀘스트와 사냥을 실패한 경우는 몇 번 되지 않았다.

과거에는 영웅의 탑 퀘스트 중에 목숨을 잃어서 해골 기사로 되살아났다.

팔랑카 전투를 치르기는 했지만, 레벨과 실력 부족으로 실컷 싸우다가 전장에서 쓰러지고 말았다.

위드가 가만있으니 레미 공주의 붉은 입술이 다시 열렸다.

"저에게는 기사님밖에 없어요. 드높은 명예와 긍지를 가지신 분. 저는 알 수 있답니다. 기사님이 저를 도와줄 것이라는 사실을요."

퀘스트를 수락하였습니다.

퀘스트 강제 수락.

위드는 레미 공주가 타고 있는 백마의 앞자리에 올라탔다.

"어머나!"

"공주님, 제가 지켜 드릴 테니 떨어지지 마십시오."

"네, 알겠어요. 기사님만 믿겠어요."

각 왕국의 군대들이 대대적으로 싸우면서 도주로가 막혔다.

하늘에도 드레이크들이 날아다니며 마구잡이로 불을 내뿜어 지상을 공격하고 있었다.

난전.

여러 개의 세력들이 뒤엉켜서 싸우는 중이다.

이 장소를 빠져나가고 난 다음에도 이종족과 레벨 300, 400 정도는 되는 몬스터들을 돌파해야만 한다.

'성공률을 높이기 위해서는 엘프들의 진영으로 가는 게 맞는 방향이지.'

엘프들은 성향이 악하지 않다. 위드가 사정을 설명하고 이해를 구한다면 공격하지는 않으리라. 적절한 아부가 곁들여진다면 더 유리하다.

엘프들 사이에 섞여 있다가 기회가 생기면 몬스터들을 벗어나서 전장을 이탈하면 된다.

합리적이고 성공률이 높은 방법.

'그런데 너무 쉽겠군.'

과거, 위드가 팔랑카 전투를 치르던 시절의 레벨은 354.

현재는 508이나 되었으며 조각술의 비기를 비롯하여 강력한 스킬들을 많이 배웠다.

퀘스트와 더 좋은 장비, 꾸준히 높여 온 스탯으로 전투력을 비교하는 것 자체가 무리일 지경.

소환할 수 있는 언데드까지 감안하면 전투력의 격차는 자전거와 비행기 정도라고 할 수 있으리라.

"흠. 어떻게 박살을 내 주어야 할까."

위드는 날카로운 눈빛으로 주위를 살피며 전장을 넓게 관찰했다.

레벨이 높아질수록 기본적으로 보는 것이 다르다. 병사들의 싸우는 모습이나 장비들이 우선 눈에 띈다.

'쓸 만하지만 조잡한 수준. 좀비들만 일으켜도 쓸어버릴 수 있겠어.'

기사들도 현재의 위드에게는 논밭에 세워 놓은 허수아비나 마찬가지였다.

사막의 대제왕 시절처럼 압도적인 강함을 발휘할 기회!

"수확의 시간이다."

위드는 백마의 고삐를 잡아채 전방으로 달리게 했다.

다그닥! 다그닥!

브롬바 왕국군의 진영을 향해 백마가 질주했다.

'거친 바람의 창술!'

위드는 선더 스피어를 뽑아 공중에서 휘둘렀다. 창에서 맹렬한 바람이 일어나 병사들을 강타했다.

"쿠엑!"

"으아아악!"

"저, 적이다."

공격에 맞은 병사들이 수십 미터씩을 날아가더니 그대로 회색빛으로 변해서 사라졌다.

전쟁의 시대, 일반 징집병들은 레벨이 50 이하인 경우가 많았으니 광역 스킬에도 간단히 죽어 버린 것이다.

쿠르르릉!

선더 스피어의 추가적인 효과로 천둥 벼락이 떨어졌다.

강렬한 충격파가 전장에 작렬했고, 인근 수십 명이 넘는 병사들이 떼죽음을 당했다.

'역시 이런 맛이지.'

강해져서 힘 자랑!

위드의 눈에 죽은 병사들이 떨어뜨린 전리품들이 보였다.

끝이 뭉툭한 바늘, 부러진 양초, 헤진 밧줄.

잡다한 물품들이 대부분인 사이에서 간신히 허름한 가죽 갑옷을 찾았다.

오래되어 색이 바랬고, 구멍이 뚫렸고, 방어력도 낮은 상태였다.

"수리! 방어구 닦기!"

하지만 위드의 스킬이 사용되자마자 반짝반짝 빛나는 새것처럼 변했다.

방어력이야 16밖에는 되지 않지만 그래도 최대 체력이 1,850이 붙었다.

"공주님, 이걸 입으십시오."

위드가 이 와중에 굳이 갑옷을 수리한 이유는 레미 공주에게 입히기 위해서였다.

"꼭 입어야 하나요? 갑옷에서 땀 냄새가 심하게 나요."

"살려면 입어야 합니다."

"너무 크고 불편해 보이는데…….."

위드가 가죽 갑옷을 수리하는 사이, 주변의 브롬바 왕국군 병사들이 창과 방패를 앞세우고 포위망을 갖춰 오고 있었다.

"이 악마!"

"강자다. 놈의 발을 묶는 동안 기사단을 불러야 한다."

딱히 눈여겨볼 만한 적은 없기에 그들을 내버려두었던 위드는 목소리가 들릴 만큼 가까워지자 전투를 시작했다.

"뇌격 파동!"

파지지직!

선더 스피어가 가진 전격 스킬로 공격 범위에 든 병사들을 통째로 날려 버렸다.

마나 소모가 큰 광역 스킬은 전투 중에 잘 쓰지 않는 편이었지만, 약한 병사들을 하나씩 공격하는 것이 더 시간 낭비였던 것이다.

"뇌격 파동!"

다시 전격 스킬!

"으으아아악!"

접근하던 병사들이 죽거나 기절했다.

"무, 무서워요."

그 광경을 보고, 백마 뒤에 타고 있던 레미 공주가 몸을 떨며 말했다.

"여긴 전쟁터입니다. 가죽 갑옷을 입어야 합니다."

"하지만 갑옷을 입는다고 확실히 살 수 있는 것도 아니잖아요. 저는 기사님을 믿고 있어요."

위드는 백마를 몰아서 브롬바 왕국의 진영으로 돌진했다.

"뇌격 파동!"

쿠르르르릉!

"뇌격의 비상!"

선더 스피어에 봉인된 광역 스킬을 마구 사용했다.

군대의 한복판에서 마구잡이로 백마를 몰면서 공격 스킬을 난사한 것이다.

"꺄아아악. 입을게요. 입으면 되잖아요!"

레미 공주에게는 위드가 기사의 역할을 맡은 것이 불행이라고 할 수 있었다.

그에게도 자상하고 따뜻한 면이 있긴 하지만, 그건 어디까지나 가족들에 한정되었다.

레미 공주가 미녀라고 해 봤자, 위드의 눈높이는 어느새 서윤을 기준으로 변해 있었으니 별 감흥도 없었다.

서윤에 비하면 누구라도 해산물로 변해 버리고 마는 것!

"이, 입었어요."

레미 공주가 가죽 갑옷을 드레스 위에 걸치자, 위드는 가죽 망토까지 하나 주워서 씌워 주었다.

"궁수 부대, 쏴라!"

그때 브롬바 왕국의 궁수대 2,000여 명이 위드와 레미 공주를 노리고 활시위를 놓았다.

일제히 쇄도하는 화살들이 하늘을 온통 뒤덮었다.

"화살이요. 꺄아아악!"

레미 공주의 비명 소리.

위드는 선더 스피어를 고속으로 회전시켰다.

오른손을 내밀고 손등으로만 창을 회전시키는 고난이도의

기술.

워리어에게 방패 돌리기 같은 방어 스킬이 있긴 하지만, 위드는 배운 적이 없다.

강제적으로 스킬을 몸으로 구현시켜 버린 것이다.

파파파팡!

창이 둥글게 돌면서 바람을 가른다.

위드와 레미 공주를 노리고 날아오던 화살들은 창대에 대부분이 맞아서 튕겨 나갔다.

일부는 뚫고 들어오기도 했지만 막아 내는 존재가 있었다.

"씽씽아. 일해라!"

"예, 주인님! 저를 불러 주셔서 영광입니다. 부지런하게 쉬지 않고 일해서 주인님을 편하게 해 드리겠습니다."

노예처럼 성실한 바람의 정령을 소환하여 화살을 약하게 만들었다.

파비오의 중갑옷에 바르칸의 지옥 망토까지 착용한 위드는 화살 공격에 거의 피해를 입지 않았다.

위드가 몸으로 막아 주었으니 백마 뒤에 앉은 레미 공주도 당연히 털끝 하나 다치지 않고 안전했다.

"화살을 쏴도 전혀 안 통해."

"상상을 넘어서는 강자다."

"하늘에서 내린 영웅인가. 어떻게 저런 기사가……."

브롬바 왕국군의 궁수들이 경악하는 모습이 보였다.

위드의 입가에 사악한 미소가 맺혔다.

솔직히 화살 공격 같은 건 씽씽이를 더 많이 소환하거나, 마법으로 막아 내도 된다.

투쟁의 길이 끝난 이상 네크로맨서 스킬도 쓸 수 있고, 본 실드를 시전하면 뼈의 장벽을 치는 것이 가능했다.

애초에 궁수대가 활약하지 못하게 하는 수단도 있었지만 화살을 쏘도록 기다려 줘서 멋진 장면을 연출해 냈다.

'이게 바로 멋이라고나 할까.'

시청률을 의식하는 프로 방송인다운 태도였다.

KMC미디어는 위드가 고급 수련관을 돌파하는 영상을 중계했다.

"부장님, 순간 시청률이 44%를 넘었습니다."

"방금 또 한 번의 전투가 끝났잖아. 빨리 가르나프 평원의 화면으로 전환해. 유저들이 환호하는 광경을 보여 주자고."

〈로열 로드〉의 거의 모든 유저들이 이 순간 위드의 고급 수련관 도전을 지켜보고 있었다.

생중계를 하는 방송국마다 사상 최고의 시청률을 기록하고 있을 정도였다.

학교, 회사, 관공서 들의 업무가 일시 마비되고, 피자나 치킨집들은 개점 이래 최고의 매출을 올리는 중이었다.

ㅡ양념 하나, 후라이드 하나, 파닭 하나 보내 주세요.

"손님! 주문이 밀려서 최소 5시간은 기다리셔야 되는데 괜찮겠어요?"

—그 정도야 기다려야죠.

전화를 내려놓기 무섭게 새로운 주문이 들어왔다.

치킨집들은 가르나프 전투를 위해서 냉장고에 최소 500마리씩은 저장해 놓았다.

그럼에도 불구하고 위드의 고급 수련관 도전에 몽땅 소진될 지경이었다.

"사장님, 오늘 치킨 주문한 사람들은 내일은 안 먹겠죠?"

"아마도 그렇겠지."

치킨집마다 딱 하루만 고생하자고 각오를 다졌다.

따르릉!

—내일 저녁에 뼈 있는 반반으로 5마리 예약 가능할까요?

치킨집에 예약 주문 전화까지 밀려왔다.

〈로열 로드〉가 히트를 치면서, 위드의 영상이 중계되는 날이면 치킨을 먹고 맥주를 마시는 문화가 전 세계에 퍼졌다.

이런 현상은 전 세계에서 밤낮을 가리지 않고 벌어지는 일이었다.

KMC미디어의 스튜디오에 있는 오주완과 도찬미도 신이 나서 방송을 이어 갔다.

"집계를 해 보니 위드가 헤라임 검술을 일흔세 번이나 성공시켰습니다. 파클레스 님, 이거 새로운 기록 아닌가요?"

"……."

"파클레스 님, 대답 좀 부탁드려요."

파클레스를 비롯한 패널들은 1부 내내 말이 없어서 시청자들의 질타를 실컷 받았다.

제작진으로부터도 단단히 주의를 받았기에 정신을 차리고 입을 열었다.

"크흠. 예. 뭐, 횟수가 대단하긴 하지만, 몬스터들을 잡으면 되는 단순한 전투였습니다."

"그래도 기록 아닌가요?"

"기록은 기록일 뿐입니다. 누군가가 또 깨겠죠."

파클레스는 말을 마치고 고개를 푹 숙였다.

오랜만의 방송 출연이라서 기분이 좋았는데, 이토록 비참하고 한심한 말이나 늘어놓게 될 줄이야.

"네그라트 님. 헤라임 검술이 저렇게 강할 줄은 몰랐는데요. 검술 위력에 대해서 어떻게 생각하십니까?"

"납득이 안 갈 정도의 위력입니다. 연속 공격으로 대미지가 누적된다지만 검술 자체가 강하다기보다는 위드가 사기… 아니, 커험, 투쟁의 길이라서 가능한 겁니다."

"투쟁의 길이라서요?"

"적이 일직선의 통로에 밀집해 있어야 헤라임 검술에 유리하니까요."

"투쟁의 길에서 헤라임 검술의 활용법을 찾아낸 건 나름 비법이라고 할 수 있지 않을까요?"

"조금은 인정해 줄 수 있겠죠. 그렇지만 누가 먼저 하느냐 정도의 차이라고 봅니다. 그리고 저런 방법을 쓴다면 누구든 투쟁의 길을 돌파할 수 있을 것입니다."

다시 시청자 게시판이 폭주했다.

> ─캬하하하학. 웃겨서 죽기 직전이다. 올해의 개그인 듯.
> ─누구나 다 한다고? 혹시 조각술 마스터하고, 검술은 랭커들도 씹어 먹을
> 정도는 되어야 평균이 되나?
> ─솔직히 자신 없다. 맹혹의 투견 5마리가 동시에 뛰어드는데 그 사이에서
> 움직이면서 검 휘두르는 게… 자동 공격이나 회피 스킬이 아니었다고? 말
> 이 됨?
> ─미친 움직임. 파티 사냥에서 한번 하면 바로 영웅 되죠.
> ─다들 멍하니 이해가 안 가서 구경하기 바쁠 겁니다.
> ─스킬 안 쓰고 장비발도 없이 똑같이 장검 한 자루만 가지고 싸우면 위드
> 이길 사람 거의 없을 듯.
> ─미리 위드를 거세게 비난하고 싶다. 앞으로 헤라임 검술 비법 찾아냈다고
> 고급 수련관 도전해서 죽을 사람만 최소 100명.
> ─난 솔직히 파클레스 말이 더 웃김. 저 기록을 누군가 또 깬다고? 아무것도
> 아니라고?
> ─지들은 좋은 무기와 방어구에 인원수도 가득 데리고 가서 간신히 깼으면
> 서 깎아내리는 거 보소.
> ─본래 헤르메스 길드는 염치가 없습니다.

시청자 게시판은 출연자들과 헤르메스 길드 비방으로 도배
되다시피 했다.

가끔씩 레벨 450 이상의 고레벨 유저임을 인증하고 글을 쓰
는 유저들도 있었다.

> ─직접 무기를 휘두르며 전투를 하는 정신적인 피로도는요. 축구 선수가 결
> 승전에서 90분 경기를 뛰는 것과 마찬가지일 겁니다.
> ─판단력, 전투 감각은 제쳐 놓더라도… 인간이 어떻게 저렇게 오랫동안 계
> 속 집중하면서 싸울 수 있음?

—위드가 마법의 대륙에서 어땠는지 모르세요? 204시간 동안 연속 사냥을 한 노가다 괴물입니다. 그 시절을 제대로 아는 사람들이면 지금까지 로열 로드에서 오히려 심하게 저평가되었음을 알 수 있음.
—위드를 우리랑 같은 인종이라고 생각하지 맙시다. 그러면 편한 게 아니라… 사실이에요.
—마법의 대륙에서는 위드가 접속하자마자 인근 유저들이 다 접속 종료했죠. 도망갔어요.
—진짜 마법의 대륙에서 위드가 폭군이었나요?
—악마죠. 최종 보스. 그 이상?
—수틀리면 다 죽였음. 1명이 잘못해도 집단 전체가 망함.
—도시 하나 멸망시킨 적도 있어요. 아예 지도에서 지워 버림.
—강변의 도시 아링깃 말씀하시는 거죠?
—위드가 했다니… 왠지 인기 있는 관광지의 느낌인데요?
—거기 그 이후에 위드가 강물 넘치게 해서 싹 다 잠기게 했어요. 이제 없음.

〈마법의 대륙〉 시절의 이야기도 시청자 게시판에서 오랜만에 크게 화제가 되었다.

뒤늦게 〈로열 로드〉에 빠져든 유저들은 모르고 있던 이야기들이었다.

—위드가 그 정도의 폭군이었다면 비난을 받아야 마땅하지 않나요?
—헛소문일 듯. 제가 본 위드 님이 그럴 분이 아닙니다.
—진짜예요. 마법의 대륙을 경험해 본 유저들은 다 알걸요.
—악명이 진짜… 모르는 사람이 없었어요. 위드의 무자비한 학살이라는 이름으로 동영상도 많아요.
—무자비한 학살자, 전쟁의 신으로 유명했죠.
—마법의 대륙을 겪어 본 유저들은 다 비슷하게 생각할 겁니다. 조각사라서 위드가 강한 게 아닙니다. 위드가 조각사를 했기 때문에 헤르메스 길드가 지금 숨을 쉬고 있는 거예요.

가르나프 평원!

축제와 조각품 건설이 공존하는 이곳에서 위드의 고급 수련관 도전 영상을 안 보는 유저는 거의 없었다.

"만세! 해냈다!"

"저, 정말 혼자서 극복해 낸 거야?"

"와… 대박이다, 정말."

불안해하던 1억 명의 유저들이 지금은 열광하고 있었다.

투쟁의 길을 마지막까지 간 것도 대단하지만, 혼자서 37시간을 연속으로 싸운 것도 엄청나다.

지치지도 않고 신기에 가까운 움직임으로 전투를 치른다.

모든 힘을 다해서 막는 적들을 부수고 나아간다.

그들이 〈로열 로드〉를 시작하며 꿈꾸던 진정한 전사의 모습.

가르나프 평원에 모여 있던 유저들의 심장을 거칠게 폭행하는 장면들이었다.

"싸우자!"

"헤르메스 길드 따윈 아무것도 아냐!"

머리에 풀을 꽂고 있는 북부 유저들이 환호성을 질렀다.

위드는 주위를 둘러보면서 먹잇감을 찾았다.

브롬바 왕국의 전쟁 영웅 바이스는 레벨 400을 넘는 실력자였다.

100명의 흑마를 탄 기사단을 지휘하며 마폰 왕국의 병력과 한창 싸우고 있었다.

"맛 좋은 먹이로군."

위드는 로아의 명검과 선더 스피어를 양손에 든 채로 백마를 몰아서 달려갔다.

"놈이 돌격해 온다."

"방패병! 중장갑보병과 함께 막아라앗!"

왕국군 지휘관의 명령에 따라 보병들이 움직였다.

하지만 레벨 500대를 넘는 몬스터나 마수에 비하면 어설픈 수준!

위드는 말과 하나가 되어 강력한 위력으로 호쾌하게 적진을 꿰뚫었다.

"으랴앗!"

위드의 검과 창이 휘둘러질 때마다 병사들이 사방으로 날아갔다.

"저 무, 무서워요!"

위드의 등을 레미 공주가 꽉 껴안았다.

아름다운 공주와 기사라면 로맨스의 단골 곰탕 같은 소재.

한 필의 백마를 함께 타고 미녀와 전장에서 활보하다니, 얼마나 극적인 순간이란 말인가.

위드는 잠시 고민했다.

'무기를 휘두르는 데 조금 방해가 되는군. 잠시 기절시킬까? 뭐, 죽지만 않으면 되니까…….'

뒤통수를 쳐서 기절시키는 게 더 편할 수도 있겠다는 생각이 들었다.

하지만 방송을 보게 될 시청자들이 발목을 잡았다.

'일단은 놔두자. 정 아니다 싶으면 화면에 안 잡히게 뒤통수 치고.'

위드는 달빛 조각 검술로 가볍게 병사들 중의 지휘관 하나를 베었다.

"공주님. 꼭, 무조건, 반드시 이곳을 뚫어야만 살아남을 수 있습니다."

"다른 길로 가면 안 돼요?"

"바빠도 챙길 건 챙겨야… 상황이 안 좋아져도 어떻게든 지켜 드릴 테니 걱정 마십시오. 이런 곳에서 허무하게 죽진 않을 겁니다."

"미, 믿겠어요."

레미 공주가 겨우 마음을 놓은 듯했다.

위드의 매력과 카리스마 스탯이 높은 것도 어느 정도 영향을 주었으리라.

위드는 시청자들을 의식하며 자상하게 말했다.

"바바리안 전사들이 꽤 강해 보입니다. 당장은 아니지만 어쩌다 날아오는 도끼에 죽을 수도 있습니다."

"예?"

"드레이크의 화염이 몸을 뒤덮어서 불타 버릴 수도 있겠죠. 참, 엘프가 화살을 쏘는 것도 조심하십시오. 제가 놓치면 머리가 꿰뚫릴 수 있으니까요."

"네에?"

자상한 말을 들으며 공포에 얼어붙은 레미 공주!

위드는 그사이에도 검과 창을 휘두르며 병사들을 돌파했다.

"라할노프의 성주이며 그롬터의 군단장이고, 왕실 흑기사단의 단장 바이스다. 너는 어디의 누구인가! 나와 싸우겠다면 당당히 이름부터 밝혀라."

바이스가 병사들의 피해에 돌격용 마창을 내밀고 나섰다.

다른 왕국 기사들과의 숱한 전투를 승리로 이끈 브롬바 왕국의 맹장 바이스.

기사단이 주위를 따르고 있었지만, 일대일 승부에 끼어들 생각은 없어 보였다.

위드는 시청률을 의식하며 백마를 마주 달렸다.

"나는 달빛 조각사다."

"뭐라고?"

"아르펜 왕국의 국왕이며, 극지의 탐험가, 불멸의 전사, 영광의 언데드 지휘관."

"그게 도대체 누구냐!"

"아직 설명이 끝나지 않았다. 끈질긴 낚시꾼, 대륙의 역사를 탐험하는 모험가이자, 신의 인정을 받은 왕이기도 하며, 대륙을 구하는 영웅이고, 악마병 사냥꾼, 대재앙을 몰고 오는 사람, 사막 여행자, 비를 부르는 자, 욕심 많고 추잡스러… 흠흠, 이건 제외하고. 드래곤 피어에 맞서는 자, 명예로운 왕 중의 왕, 드래곤의 예술가, 희귀 금속의 장인이다."

"웬 헛소리냐!"

"이외에도 다수 있지만 떠오르는 대로 간략히 말해 봤지!"

위드의 백마와 바이스의 흑마가 마주 달리면서 두 사람이 창과 창을 들고 교차하기 직전!

"어쨌든 위드라고 불러라. 거친 바람의 창술!"

브롬바 왕국의 전쟁 영웅 바이스는 흑마 위로 납작하게 몸을 숙였다.

무서운 파공음을 내며 스쳐 지나가는 선더 스피어!

"이런 큰 공격을 하다니, 마상에서 싸우는 법을 알려 주마!"

바이스가 말을 돌려 곧장 반격에 들어갔다.

능숙한 기마술로 위드를 따라잡았지만, 그를 기다린 것은 로아의 명검이었다.

슈슈슉!

위드는 일격에 바이스의 창을 밀어내 버렸고, 이격과 삼격이 그대로 몸에 적중했다.

> 무거운 충격!
> 상대방의 생명력을 20% 이상 감소시키는 강력한 공격을 성공시켰습니다.

> 육체 강타!
> 아주 짧은 시간 동안 적이 기절합니다.

바이스는 뛰어난 방어력을 가진 갑옷을 입고 있어서 죽기 직전에 멈췄다.

기사라면 본래 생명력이 높은 직업이기도 했다.

그렇다면 딱 죽을 정도로 한 대만 더 때리면 될 일!

바이스에게는 불행하게도 이제 위드의 손에서는 선더 스피어가 붕붕 회전했다.

"가라, 돌풍 창!"

창은 회전을 통해 공격력을 키울 수 있다.

정확하게 다섯 바퀴를 회전한 창이 바이스의 몸을 꿰뚫었다.

> 경험치를 획득하였습니다.

> 창술의 숙련도가 증가합니다.

> 국왕의 하사품. 빼어난 방어력을 가진 갑옷을 습득하였습니다.

바이스는 죽으면서 몇 개의 잡템과 붉은빛이 도는 갑옷을 남겼다.

위드는 기사단을 향해 뛰어들었다.

"뇌격의 비상!"

선더 스피어에 담긴 스킬이었다.

창에 벼락의 힘이 가득 실리더니 사방으로 날렸다.

새하얀 빛이 닿은 곳에서 땅이 뒤집히고, 달리던 말들이 쓰러졌다.

위드는 전투를 펼치면서도 잠깐의 여유 동안 바이스에게 얻은 갑옷을 살폈다.

높은 방어력은 기본이었고, 전투와 관련된 꽤 많은 스탯과 스킬!

전쟁의 시대에 유명한 대장장이가 심혈을 기울여서 만든 갑옷이었다.

'상당히 좋은데!'

위드가 입을 정도는 당연히 아니지만 그래도 나쁘지 않았다.

특히 레벨 제한이 낮아서 탐내는 사람들이 많을 듯했다.

잔뜩 붙은 명성과 호칭 '전쟁 영웅'은 덤!

'비싸게 팔 수 있는 장비를 하나 건졌군. 팔랑카에서 싸우는 영웅들 중에는 특별한 장비를 갖춘 이들도 꽤 있을 테지.'

위드가 사자후를 터트렸다.

"모조리 덤벼라! 너희 목숨을 거두어 주마!"

투신 바탈리는 위드에게 부족한 전투 업적을 달성하라고 팔랑카 전투로 다시 보냈다.

하지만 인류 평화를 위협하는 대악당의 인성이 깨어나고 말았다.

'이번 전쟁에서 얻을 수 있는 건, 레벨 제한은 낮아도 쓸 만한 장비들. 경매장을 불태우기 충분한 전설이나 영웅급의 물품들이다.'

마땅히 사냥에 나서야 할 일!

게다가 투쟁의 길이 끝났으니, 음식을 먹어도 되고 여러 종류의 제한도 해제되었다.

"조각 파괴술!"

위드는 조각품을 하나 꺼내서 파괴했다.

조각 파괴술로 3,600이 넘는 예술 스탯을 모두 지혜로 변환!

마나의 최대치, 회복력이 대폭 향상되었으며 마법의 위력과 범위가 확대되었다.

네크로맨서 스킬의 강화, 환영 마법의 보호까지 받을 수 있었다.

다른 스탯도 아니고 지혜라면, 그 의미하는 바는 명백했다.

네크로맨서 능력의 극대화!

위드가 기사단과 부근의 시체들을 향해 마법 주문을 외웠다.

"일어나라, 눈 감지 못하고 잠들지 않은 원혼들이여! 일어나서, 여기 살아 있는 자들과 너희를 죽인 자들에게 복수하라! 데드 라이즈!"

바이스를 비롯한 기사들이 데스 나이트가 되어서 다시 일어났다.

살점은 녹아 없어졌지만, 살아생전의 무기와 갑옷을 그대로 입고 있은 채로.

방금 일으키긴 했으나 생전보다도 더 강력해진 언데드들.

"레오날드, 어떻게……."

"사악한 네크로맨서! 언데드들을……."

그 광경을 지켜본 브룸바 왕국군이 비탄과 공포에 잠겼다.

"전부 죽여라."

위드는 언데드들에게 명령을 내렸다.

데스 나이트들은 조금 전의 동료들에게 거침없이 무기를 휘둘렀다.

뼈칼을 휘두르고, 박치기를 하는 해골들도 있다.

스켈레톤들의 생명력이 워낙에 높기에 허리가 갈라져도 죽지 않고, 뼈만 남은 상체만 기어 다니기도 한다.

끔찍한 위력을 발휘하는 언데드 군단!

7개의 왕국군이 뒤엉켜서 싸우고 있었기에 시체는 넘치는 상황이다.

"데드 라이즈! 몽땅 일어나라."

위드가 언데드 소환을 거듭할수록 스켈레톤과 데스 나이트 군대는 확충되었다.

언데드들은 자연스럽게 가까이 있던 브롬바 왕국군과 격렬하게 맞붙었다.

"콜 데스 나이트 반 호크! 콜 뱀파이어 로드 토리도!"

전속 부하들까지 소환.

검은 연기를 일으키며 나타난 반 호크와, 망토로 몸을 감싼 토리도.

"반 호크, 데스 나이트들을 이끌어라."

"목표는?"

"어떤 제한도 없다. 무기를 든 자는 모두 죽여라."

반 호크에게 데스 나이트들을 통솔하도록 했다. 혼자서도 강하지만, 언데드를 지휘할 때의 능력이 발군이었기 때문이다.

토리도가 망토로 몸을 감싸며 물었다.

"나는 뭘 해야 하는가?"

"자유롭게 날뛰어라. 마음껏 피를 마시고 부하들을 늘려도 좋다."

"알겠다, 주인."

토리도가 날카로운 송곳니를 드러내며 흡족한 듯, 미소를 지었다.

위드는 전투 공적도 많이 세웠고 명성도 오른 마당이었으니 잠시 악명 따위는 신경 쓰지 않기로 했다.

'나중에 모험 1~2개, 조각품 몇 개 더 만들면 되지.'

반 호크의 오라에 의해 데스 나이트들의 전투 능력도 크게 강화되었다.

현재 위드의 언데드 소환 마법은 중급 8레벨!

언데드 강화, 독약 제조, 본 실드, 골렘 소환 같은 보조 마법은 아직 중급에도 이르지 못했다.

지금으로써는 반 호크의 소환에 따라 향상되는 언데드들의 능력이 더 압도적이었다.

"돌파하라."

반 호크는 데스 나이트들을 순식간에 지배하며 전진을 개시했다.

"죽음 발걸음의 돌격!"

데스 나이트들은 브롬바 왕국의 방어 진형을 무참하게 허물어 버렸다.

토리도는 병사 1명을 잡더니 목덜미를 물고 갈증을 해소하려는 듯, 피를 쭉 들이켰다.

그렇게 생명력과 마나가 크게 늘어나자, 뱀파이어의 마법을 시전했다.

"피의 폭풍!"

핏방울들이 일대를 휩쓸고 병사들이 죽어 나간다.

"이 지독한 뱀파이어!"

기사 하나가 검을 들고 덤볐지만, 토리도는 손톱으로 쳐 내고 상대의 목덜미에 송곳니를 박았다.

"란데크를 구해야 한다."

"석상화!"

동료를 살리기 위해 덤벼들던 기사들이 그대로 돌이 되어 굳어 버렸다.

그동안 위드는 반 호크와 토리도를 퀘스트를 돕는 용도로만 주로 사용했다.

어려운 의뢰, 고된 사냥을 자주 하면서 그들을 자유롭지 못하게 했다.

둘 다 위드를 따라서 성장하긴 했지만, 데스 나이트와 뱀파이어란 원래 악의 성향!

토리도에게 흡혈을 당한 기사는 충직한 종이 되었다.

"싸워라."

"예, 로드!"

언데드 소환처럼 편한 건 아니지만 뱀파이어 역시 권속을 늘릴 수 있다.

"먹잇감들이 지천이구나. 이렇게 멋진 장소가 있다니!"

토리도는 궁수 부대에 통째로 매혹을 걸어 지배력을 확보한 후, 왕국군의 다른 부대들을 향해 화살을 쏘도록 했다.

"기습이다!"

"아군이 우리에게 화살을 쏘고 있다."

"배반이야!"

엉망진창이 되는 브롬바 왕국군.

팔랑카 전투는 과거의 역사, 지금의 병사들은 퀘스트 때문에 임시로 존재하는 것뿐이다.

위드는 반 호크와 토리도의 제한을 해제하고 실컷 날뛰도록
했다.

"기, 기사님?"

그때, 등 쪽에서 레미 공주의 떨림이 느껴졌다.

전쟁의 한복판에서 지켜 줄 줄로만 알았던 믿음직스러운 기
사가 사악한 언데드들을 지배하다니!

"어떻게 언데드 소환 마법을 쓰시는 거지요?"

"살다가 익힌 몇 가지 잡기술 중 하나입니다."

"기사의 긍지는요?"

"원래 전 조각사입니다."

"……."

대략 이틀 전.

"허어, 이걸 어쩐다."

파이톤은 난감하기 짝이 없었다.

투쟁의 길에서 도전의 관문을 위드 혼자 들어가 버리는 바람
에 그만 뒤에 남겨졌다.

"이렇게 된 이상, 나도 가는 수밖에."

망설임이 조금 있긴 했지만, 이내 도전의 관문을 열었다.

혼자 도전!

고급 수련관은 길에 새로운 적들을 가득 소환했다.

"크으으."

파이톤은 적을 모두 쓰러뜨린 후에 대검을 내려놓았다. 대검은 체력 소모가 크지만 공격력이 뛰어나고 방어에도 큰 도움이 된다.

솔직히 그는 모든 걸 불태워 강한 적과 싸우는 것을 즐겼다.

많은 적과 오래 싸우는 건 그의 취향이 아니지만, 그렇다고 전사가 되어 상대를 가릴 수도 없는 노릇이다.

"여기서 멈추지 않아."

간신히 적을 제압하며 전진했다. 그리고 잠시 쉬는 사이에 위드에게 귓속말을 보냈다.

> —여기 꽤… 재밌는 곳이군요.

싸움에서 물러서지 않는 남자답게, 힘든 기색은 감추고 말한 것이다.

> —저는 별로 재미없는데.

파이톤은 그 순간 이겼다고 행복했다.

고급 수련관 도전에 실패하더라도, 남자로서의 승부는 승리를 거둔 것이라고.

> —후후. 싸워 볼 만한 적들이 계속 나오니 재밌지 않습니까? 더 강한 적에게 도전해 보는 즐거움도 있고 말이죠.
> —이 정도로요?
> —네?
> —아니, 무슨 관문이 뒤통수도 안 치고 함정도 없어요. 저주나 속박처럼 귀찮은 스킬도 못 쓰는 때려잡기 좋은 녀석들만 나오는데요.

이때의 위드는 투신 바탈리의 축복을 받기 전이었다.

그럼에도 불구하고 전투 경험과 감각으로 몬스터들을 씹어먹고 있었다!

레벨에 비해 막대한 스탯까지 쌓인 덕분에 제대로 몬스터들을 해치우고 투쟁의 길을 걷는 중이었다.

> ─졸린 거만 빼면 그럭저럭 인건비는 나오는 사냥터 같습니다.
> ─고급 수련관을 사냥터라니⋯⋯.

파이톤은 머리를 굴렸다.

'허세인가? 평소의 위드라면 완전히 허세는 아닐 것이다. 그래도 나름 힘은 들겠지.'

따로 도전한 것이기에, 관문을 다 뚫을 때까지는 만나지 못한다.

그렇지만 거의 동시에 도전했으니, 누가 더 많은 적과 싸우며 오래 살아남는지 비교될 것이다.

'진정한 전사를 자부하는 나다. 결코 지지 않는다.'

파이톤은 전투를 계속했다.

대검을 쓰면 체력 소모가 커서, 힘이 약한 전사라면 버티지못한다.

어쩔 수 없이 쉬기는 했지만 평소의 몇 배나 되는 강행군을벌였다.

그렇게 10시간이 흘렀다.

파이톤은 스스로에게 만족했다.

'이 정도면 됐어. 훌륭해. 잘 싸웠다.'

자기 자신에 대해 칭찬을 해 주고 싶은 기분이 들었다. 마침 체력도 빠진 상태라 휴식을 취해 줄 필요성이 있었다.

음식을 먹지 못하기에 시간이 지날수록 회복이 힘들어지겠지만, 그래도 지친 몸을 쉬어 주고 싶었다.

파이톤은 위드에게 다시 귓속말을 보냈다.

> —하하. 조금 힘들군요.

위드가 이제는 솔직하게 말하면서, 도전의 관문에 혼자 뛰어든 것을 사과라도 하리라 기대했다.

'간단히 용서해 줄 수는 없지. 쓸 만한 물건이라도 받아 낼까? 조각상 정도라면… 기념품으로 얼마든 주겠지.'

> —농담이죠? 너무 쉬운데요.
> —쉽다…고 했습니까?
> —기대했는데, 영 수준에 못 미쳐서 실망스럽네요.
> —실망이라니…….
> —대충 싸우면 축복 들어오고, 엄청 간단해요.
> —……?

앞서간 위드는 조언이랍시고 설명해 주었다.

> —싸우다가 축복받으면 다 해결돼요.

간단하지만 이걸 제대로 아는 이가 없었다.

혼자 도전해서 힘겨운 전투를 승리로 이끌어야만 투신 바탈리가 기뻐하며 축복을 내리는 것이었다.

축복은 배고픔을 해소해 주기도 하고, 공격력을 늘려 주거나 체력을 회복시켜 준다.

만병통치약과 다름없어서, 투쟁의 길을 걷는 내내 어느 정도 이상의 몸 상태를 유지하며 강적들과 수준 높은 전투를 하게 해 준다.

말 그대로 투쟁의 길이지, 굶어서 쓰러지는 길은 아니었던 것이다.

'왜 나는 그런 걸 못 받았지?'

문제는, 정말 좋은 축복을 받기 위해서는 스스로를 극한의 상황까지 몰고 가야 한다는 것이었다.

지금까지 그의 전투는 여유 힘을 남겨 놓았다는 것밖에는 안 되었다.

'더 싸워야 하는구나.'

파이톤은 자리에서 일어나 다음 적들을 향해 걸었다.

체력은 두 번째 문제였고, 이미 10시간 이상 전투를 치르다 보니 몬스터들을 보며 정신적으로 지쳐 갔다.

'이렇게 어려운 관문이라니, 답을 알아도 끔찍한 곳이다.'

—쉴 필요도 없어요. 그냥 검 들 힘만 있으면 싸워요. 어떻게든 비벼 보면 되니까요.

'지독한 관문이야. 여길 돌파하고 나면 이쪽으로는 여행도 안 온다!'

헤라임 검술을 쓰는 법도 알게 되었다.

대검으로 연속 공격을 하기는 편하지 않았지만, 상대의 무기를 밀쳐 내고 적중시키는 등으로 응용이 가능했다.

—요령이 생기니까 갈수록 쉽네요.

파이톤도 간신히 굶주림을 해결하는 축복을 받았다.

위드는 엄청 쉽다고 했지만 노력 끝에 얻어 낸 축복이었다. 축복을 받고 한껏 기뻐하는데, 또다시 귓속말이 들어왔다.

—또 축복받았네요. 이제 슬슬 배가 부를 정도.
—…….

16시간을 꼬박 사냥하고 좀 쉬려는 참이었다.

사람인 이상 몬스터를 그만 보고 싶을 정도로 지쳤다.

간단히 이길 정도로 쉬운 상대도 아니고, 매번의 전투에 혼신을 다해야 하는 적들이었다.

—손 좀 풀리는 기분이네요. 재밌으시죠?

파이톤은 몬스터를 볼 때마다 지겹고 괴로웠다. 그것만큼이나 위드의 귓속말도 참기 어려웠다.

'인간이 아냐.'

지금껏 경쟁자일 뿐이라 여겼지만, 생각이 달라졌다.

'투쟁의 길이 어떤 곳인지 알았잖아. 위드와 비교하지 말고 천천히 해도 뚫을 수 있어.'

파이톤은 조금 쉬면서 여유를 갖고 돌파하기로 했다.

투신의 축복을 최대치에 비해 몇 번 덜 받겠지만 그 정도 손해는 감수하기로.

그의 생각에 위드가 아닌 다른 유저들보다는, 비교도 안 될 정도로 많은 축복을 받고 있을 테니까.

'그래, 이걸로 됐어. 난 사람이야.'

검치와 사범들, 수련생들은 가르나프 평원에 며칠 전에 도착
했다.

"스승님! 이것 좀 드셔 보시죠."

"으음. 맛있구나."

검치와 사범들은 아침과 점심 사이에 닭꼬치를 먹었다.

대륙 전역의 온갖 미식들이 존재했기에 하루에 여덟 끼씩 꾸
역꾸역 먹는 중!

대형 수정 구슬에 고급 수련관, 위드의 전투 영상이 나오고
있었다.

"만세!"

"위드 님이 또 승리했습니다!"

"풀죽풀죽풀죽."

가르나프 평원은 열광의 도가니였다.

"막내가 꽤 하는데요!"

"파고드는 순간이 날카롭구나."

"기회를 만들어 내는 것도 말입니다. 일부러 막을 수 있는 허
점을 드러냈습니다. 안 걸려들기가 어려웠죠."

검치와 사범들은 음식을 먹으면서도 전투를 반찬 삼아 이야
기를 나눴다.

남들은 그냥 멋지다고 볼 수 있는 전투였지만, 그 안에 숨은 공방의 의미까지 파악할 수 있는 게 그들이었다.

　헤라임 검술은 최소 서너 수 앞을 내다보지 않고서는 제대로 사용하기가 어렵다.

　몬스터의 성격과 공격 방식까지도 이해하고 이를 유도해야만 한다.

　위드의 움직임을 보는 검치는 뿌듯한 기분이었다.

　"가르친 건 그대로 써먹는구나."

　"머리를 치면서 상대의 무릎을 밟고 뛰어올라 공중에서 네 번 검 휘두르기! 방향의 전환과 적에게 남은 생명력까지 감안한 것 같습니다."

　"그럭저럭 쓸 만하다. 시청자들을 의식해서 큰 동작을 쓰긴 했지만."

　"조금 더 호전적이면 좋을 텐데… 뭐, 저만해도 뛰어난 수준이죠."

　검치와 사범들에게 칭찬을 듣기란 굉장히 어려운 일이다.

　위드의 전투는 깔끔하면서도 과감했고 의도된 것은 있어도 진짜 실수는 없었다.

　100의 실력을 가지고 있다면, 그걸 어떤 상황에서도 다 발휘하는 건 기본이다.

　상대의 실력이 80이나 90 정도라면, 200, 300처럼 느껴지도록 강함을 잘 이용했다.

　검둘치가 닭꼬치 3개를 동시에 입에 넣으며 말했다.

　"우린 사람들과 대결하는 검술… 쩝쩝, 막내는 이 〈로열 로드〉에 최적화되어서 스킬의 운용 면에서는 따르기가 힘들 것 같습니다."

검삼치도 동감했다.

"적의 사기나 여러 가지 특성들까지 감안하여 싸우니까요."

위드가 싸우는 모습은 어느새 그들을 감탄시킬 정도로 성장해 있었다.

거칠고, 빠르고, 화려한데, 그 안에 숨어 있는 무술의 이론이 대단히 뛰어나다.

탄탄한 기본기를 감추고 있어 일반인들이 보면 감탄밖에 나오지 않는 슈퍼 플레이들이 속출하는 것이다.

검치는 맥주잔을 내려놓았다.

"막내 혼자만 저렇게 재밌는 곳을 가다니……."

"부럽지 말입니다."

검둘치도 맞장구를 쳤다.

하지만 그들에게도 임무가 따로 있었다.

60만 사막 전사들!

사범들은 남부 사막의 정예 전사들을 이끌어야 했다.

어떤 수련생은 풀죽 부대들의 지휘를 맡기도 했는데, 그것 때문에 평소 읽지 않던 책도 봤다.

《체력 기사. 돌격의 정석》

《로열 로드 전쟁 입문서》

《파티 사냥의 기초》

《고객 만족 리더십》

서점에서 대충 눈에 띄는 베스트셀러들을 위주로 골라잡은 것들이긴 했지만…….

<hr />

데스 나이트가 주축이 되고, 해골 군단이 뒷받침이 된다.

위드는 시체들이 모인 곳에서 좀비들을 대거 일으켰다.

끄우웨에에엑!

푸푸푹!

망자의 손길을 휘두르는 좀비는 기본적인 전투력만 놓고 보면 약하다. 그렇지만 언데드들의 숫자를 단기간에 채우기에는 좋다.

"조, 좀비다!"

"브롬바에 영광을. 좀비들을 격퇴하라!"

좀비 떼가 빠르게 달려들어 브롬바 왕국군을 덮쳤다.

감염된 좀비, 타락한 좀비, 반쯤 썩은 좀비 등의 17종 세트!

언데드의 주축이 되는 해골 군단이 다른 왕국의 주력과 싸우는 사이에, 그들 부근에서 좀비들이 새로 대량으로 생겼다.

시체들이 일어나니 혼란을 일으키는 데도 그만이었다.

"동요하지 말고 좀비들을 베어라!"

전쟁의 시대에 브롬바 왕국은 중장갑보병으로 유명했다.

기사들과 병사들이 단단히 뭉치면서 좀비들을 막아 냈다.

그 모습을 지켜보던 반 호크가 검을 들고 데스 나이트들에게 명령했다.

"정렬하라!"

한마디 명령에 유령마를 탄 데스 나이트들이 일렬로 길게 늘어섰다.

"이 땅에 죽음을 내려라!"

> 죽음의 행군!
> 생명력이 10초마다 796씩 소모됩니다. 데스 나이트들의 전투 능력이 향상되며, 모든 방해 스킬에 면역이 됩니다.

데스 나이트들이 정면으로 유령마를 달렸다.

그들이 받은 임무는 쓰러질 때까지 적과 싸우다가 죽는 것.

"썩은 구름, 엄습하는 공포, 어둡고 긴 그림자 연맹."

위드는 네크로맨서의 주특기인 광역 저주 마법도 신나게 써 댔다.

"시체 폭발!"

때때로 병력이 밀집한 장소에 강력한 파괴력을 가진 시체 폭발은 필수!

브롬바 왕국군이 언데드들의 공격을 버티는 듯하더니, 반 호크가 이끄는 데스 나이트들의 거센 공격에 조금씩 흔들리기 시작했다.

"이 정도면 됐어. 동쪽을 친다."

위드는 추가로 데스 나이트와 스켈레톤을 소환하여 켈튼 왕국군에도 싸움을 걸었다.

"켈튼 왕국의 정예들이여, 언데드가 우리를 향해 몰려오고 있다."

"싸우자. 끝까지. 우리의 의기와 검은 꺾이지 않는다."

켈튼 왕국의 기사들이 고함을 질렀다.

그들의 검이 빛나면서, 병사들의 사기와 체력이 회복된다.

언데드들을 막아 내느라 치열하고 팽팽하기 짝이 없는 전투가 벌어졌다.

7개 왕국이 싸우는 팔랑카 전투!

위드는 언데드를 여기저기 투입하면서 가까운 곳을 온통 난전으로 이끌었다.

그의 목적은 어디까지나 전리품 수확이었다.

"네크로맨서! 구더기가 끓는 시체나 파먹는 종자야. 이곳이 네가 죽어서 뜨거운 불에 태워질 자리다!"

브롬바 왕국군의 영웅들이 알아서 몰려들고 있었다.

"정의를 위해!"

"네크로맨서를 처단한다!"

"함께 가자, 브롬바의 검들이여!"

켈튼 왕국의 기사단장과 영웅들의 멋진 외침!

혼전 중에도 가장 큰 피해를 입히고 있는 네크로맨서부터 막기 위해 온 것이다.

"너희 도전을 받아 주지."

5명의 브롬바 왕국 영웅, 7명의 켈튼 왕국 기사들.

위드는 로아의 명검을 들고 맞이했다.

사악한 네크로맨서를 막기 위해 온 그들은 뛰어난 검술에 의해 1명씩 목숨을 잃었다.

말 위에서 검이 부딪칠 때마다 힘에서 밀리고, 기술에서 압도당했다.

영웅들은 스킬까지 쓰면서 덤벼들었지만, 위드는 각각의 허점을 파고들어 단숨에 베어 버렸다.

"큭. 이런 훌륭한 검술을 가지고도 언데드를 소환했느냐."

"악당은 언제나 노력하는 법이지."

위드는 영웅들을 상대하며 확실히 이전보다 강해진 것을 느꼈다.

'투쟁의 길을 거치면서 15%는 넘게 전투 능력이 향상된 것 같군. 자세한 건 더 싸워 봐야 알겠지만. 스탯과 스킬, 투쟁의 파괴자로 회복 능력이 늘어나는 것 등 많은 부분에서 향상이 있었어.'

브룸바 왕국의 영웅들과 켈튼 왕국의 기사들이 더 많이 모여 들었다.

"우린 적대 관계지만 지금만큼은 힘을 하나로 뭉쳐야 할 것이다."

"네크로맨서를 제거하기 위해서는 협력이 필요합니다."

위드는 마상에서 여러 명과 동시에 싸우기 위해 선더 스피어도 뽑아야 했다.

"이것이 브룸바 왕국의 정통 헬란버그 창술이다!"

"켈튼의 검은 약하지 않다. 받아라. 바렛 공검술!"

위드는 말을 달리며 왼쪽으로 브룸바, 오른쪽으로 켈튼의 기사들을 상대했다.

"꺄아아악!"

레미 공주는 비명을 지르기에 바쁘다.

위드가 지켜 주고 있음에도 그녀를 아슬아슬하게 스쳐 지나가는 창과 검.

브롬바는 닥치는 대로 공격했지만, 기사도의 국가인 켈튼은 가능한 한 레미 공주를 다치지 않게 하려 했다.

'그래도 어떻게 될지 모르니 다 막는다.'

위드는 검과 창을 부지런히 움직여 모든 공격을 막아 냈다.

두두두두!

말을 달리면서 빠르게 벌어지는 공방전.

직업적으로 워리어와는 달리 타인까지 보호하는 스킬이 없는 위드는 직접 모든 공격을 걸어 내야 했다.

그래도 기본적인 힘에서 압도하고 있었기에, 무기를 받아 낼 때마다 상대 기사들이 말과 함께 휘청거렸다.

> 검의 귀신으로 소문난 망달의 기사 데칸제를 당당하게 이겼습니다!
> 전투 명성이 31 증가합니다.

> 브롬바 왕국군 소속 니달 델리샤르 백작을 제압했습니다.

마상에서 여러 명과 싸우는 전투는 어렵기는 하지만 그만큼 재미도 있다.

위드는 투쟁의 길에서 뜨거워진 심장이 시키는 대로 위험한 싸움을 즐기고 있었다.

> 브롬바 왕국의 진실한 영웅 웅그림이 당신의 검에 목숨을 잃었습니다.
> 전투 명성이 1,382 증가합니다. 검술 스킬의 숙련도가 크게 상승합니다.

거듭된 전투로 선더 스피어의 봉인이 1단계 해제되었습니다.

위드는 전투 공적이 아니라 정보 창부터 확인했다.

"감정!"

봉인된 선더 스피어

지고의 드워프 대장장이 론드핸드가 만든 최고의 역작! 드워프 장인 론드핸드
는 말년에 단순한 마법 무구를 넘어서 자연의 파괴력을 무기에 담으려고 하였
다. 이 창은 수십 번의 담금질을 마치고 수베인 왕국의 벼락이 그치지 않는 산
에 버려졌다. 수억 번의 벼락을 견뎌 낸 창이 마침내 그 힘을 간직한 채로 다시
태어났다.

내구력: 136/150

공격력: 146~223

제한: 기사 전용. 레벨 570. 창술 고급 6레벨.

옵션: 벼락을 일으키는 창. 마나를 소모할 때마다 일정 거리를 휩쓰는 광역 벼
락을 내려친다. 전격 계열 마법으로부터 97% 이상의 면역, 그 힘을 흡수
할 수 있다. 전격 계열 마법과 전격 공격 스킬의 효과 228% 상승. 공격
속도 21% 향상. 적과 무기를 부딪치면 일정 확률로 감전시킨다. 자신보
다 약한 적에게 치명적인 일격을 가했을 때, 33%로 기절시킨다. 7회 연
속 공격이 성공하면 주변으로 연쇄 번개 분산, 번개 방패가 무작위로 형
성된다. 전격 계열 스킬 뇌격의 비상, 파동, 번개 폭풍, 번개 흔들기, 뇌전
중심 진격, 휘몰아치는 전역 천둥 사용 가능.

*현재는 선더 스피어의 힘이 봉인되어 있다. 창이 가지고 있는 공격력의 76%
만 발휘. 충분한 능력을 가진 이가 창을 사용하면 봉인은 해제될 것이다.

창술이 향상되면서 선더 스피어의 봉인도 조금씩 풀리고 있
었다.

위드를 잡으러 왔던 영웅들은 불행히도 끝내 몰살을 당했다.

정의의 패배!

"일어나라, 눈 감지 못하고 잠들지 않은 원혼들이여! 일어나서, 여기 살아 있는 자들과 너희를 죽인 자들에게 복수하라! 데드 라이즈!"

마나가 모이면 반 호크가 싸우고 있는 지점에다 언데드들을 대량으로 소환해 주었다.

"네크로맨서를 잡아라!"

"이대로 싸워서는 안 된다. 크로스 왕국의 적은 저 네크로맨서다!"

전투 중이던 여러 왕국군들이 언데드를 목표로 삼았다.

1만에 달하는 병사들로 이루어진 군대가 위드를 향하여 진격해 오고 있기도 했다.

"이판사판이군. 시체 폭발!"

적들을 깊숙이 끌어들인 후에 대량 연쇄 폭발!

> 경험치를 대량으로 습득하였습니다.

> 악명이 84 증가합니다.

> 언데드들의 무자비한 살육으로 죽은 자의 힘이 61 증가합니다.

기회가 주어지는 순간을 놓치지 않고 엄청난 공적을 달성하는 위드!

전장 전체를 넓게 쓰면서 싸우고, 빠지고, 매복할 장소들을 정한다.

"반 호크, 스켈레톤 한 부대를 이끌고 북쪽으로 달려라. 적을 밀어내야 한다.”

“모두 죽이겠다.”

“아니. 밀어내기만 해.”

성기사나 사제가 포함된 군대에는 다른 적국의 군대들이 부딪치도록 유도했다.

싸우더라도 꼭 지는 건 아니지만, 왕국들끼리의 적대도까지도 적당히 유지하기 위함이었다.

“반 호크, 이번에는 마폰 왕국을 쳐서 크로스 왕국군을 구해 줘라.”

“알겠다.”

때로는 필요에 따라서 세력들끼리의 균형을 맞추기도 했다.

전장의 흐름을 주도하면서 전투 공적을 세운다.

> 경험치를 습득하였습니다.

무섭게 쌓이는 경험치!

> 코너 왕국군 섬멸!
> 전쟁 지휘관으로서 뚜렷한 공적을 달성했습니다. 명성이 374 늘어납니다.

전투, 전투, 전투, 전투!

언데드들이 더 빠르고 강해졌으며, 숫자도 많아졌다.

> 해골 병사들이 크게 승리했습니다!
> 해골들에게 더 강한 죽음의 기운이 깃듭니다. 언데드 소환 스킬의 숙련도가
> 증가했습니다.

7개의 왕국군은 시간이 지날수록 약해져 갔다.

하늘에서는 드레이크들이 불을 내뿜었으며, 외곽에서는 바바리안과 엘프의 이종족 군대가 공략하고 있었다.

"그렉타이드 공작 전하의 원수를!"

"켈튼의 자존심은 무너지지 않는다."

그 와중에도 7개 왕국군은 힘을 합치지 못했다.

시간이 흐르며 먼저 몰락한 건 브롬바 왕국이었고, 그다음이 연합 공격을 받은 마폰, 크로스 왕국의 순서였다.

기사도의 국가인 켈튼은 마지막까지 버텼지만 승자는 베이너 왕국!

"이겼다!"

"베이너 왕국의 승전이다!"

기사들이 피 묻은 검을 들어 올리며 소리쳤다.

하지만 베이너 왕국군의 환호는 5분도 지나지 않아서 사라졌다.

야만족 바바리안들이 짧은 가죽옷을 입고 맹렬하게 달려왔으니까.

그 너머에서는 외눈박이 거인 사이클롭스의 바윗덩어리들이 날아오고 있었다.

"떠돌이 전사 그라토르그가 출현했습니다!"

KMC미디어의 스튜디오.

레벨 750으로 알려진 그라토르그가 투쟁의 길에 등장했다.

이미 시청률 32.8%를 넘긴 시점이었다.

오주완이 깜짝 놀라 말했다.

"파클레스 님, 그라토르그는 헤르메스 길드가 관문을 뚫을 때는 안 나타났던 걸로 아는데요?"

"예… 그렇죠."

파클레스는 멍하니 영상을 보고 있었다.

위드는 투쟁의 길을 걸으며 무자비하게 몬스터들을 때려잡았다.

'저렇게까지 싸울 수 있다니, 그 누가 과연……'

전진 그리고 또 전진.

1시간도 아니고, 무려 30시간이 훌쩍 넘을 정도로 전투를 치르고 있었다.

일방적인 학살도 아니고 매번 만만치 않은 적들을 상대하는데, 영상만으로도 패기와 투기가 느껴질 정도였다.

"와라. 그 무엇이든 상대해 준다. 감당할 수 있겠나?"

위드가 말하진 않았지만, 딱 그런 느낌이었다.

로아의 명검을 들고 투쟁의 길을 달리는데, 감히 누가 막을 수 있을까.

레벨이 더 높다고 해도 그 기세만큼은 감당하기 어려운 것이었다.

"그라토르그는 자료에 의하면 굉장한 적입니다. 혼자서 사냥에 성공한 유저는 없다고 하는데요. 위드가 이번 위기를 무사히 넘길 수 있을까요?"

"……."

"파클레스 님, 이번에도 그라토르그로부터 위드가 살아남을까요?"

"아마… 살 겁니다."

파클레스는 인정하기 싫었지만 다른 선택지가 지워진 상태였다.

위드가 고급 수련관을 돌파한 것을 이미 알고 있었으니까.

그라토르그를 피하거나 여기서 도망치더라도, 어쨌든 결과적으로 살아남은 것이다.

'제발 당해라. 꼴불견으로 얻어맞으면 더 좋겠지만…….'

KMC미디어의 시청자 게시판을 넘어서, 〈로열 로드〉와 관련된 게시판마다 자신을 비웃는다는 걸 알았다.

위드가 그라토르그에게 죽도록 맞고 간신히 도망치기라도 한다면 무너졌던 자존심과 체면이 조금은 달래질 것 같았다.

"위드가 그라토르그를 공격하고 있습니다. 치고 빠지면서 헤라임 검술을, 저 상황에서도 연속 공격을 성공… 엇, 반격에 휘말려… 아, 분검술입니다! 검술의 비기가 절묘하게 사용되었습니다!"

이어진 영상에서는 그라토르그까지도 사망.

파클레스, 네그라트, 빈델 등은 보면서도 따라 하지 못하리라는 느낌이 들었다.

'저건 진짜 전사다. 전사라는 직업을 선택한 게 아니라 피와

살, 심장까지 전부 타고난 전사!'

두려움은커녕 투쟁심으로 가득하다.

그들이 고급 수련관을 돌파할 수 있었던 이유는 질보다 양이었음을 깨닫게 되는 순간이었다.

본래 고급 수련관이란 투쟁의 길이라는 뜻처럼 대단히 어려운 관문이다.

"모든 적들을 해치우고 투쟁의 길의 끝에 다다랐습니다."

파클레스와 네그라트는 방송을 빨리 끝내고 집에 가고 싶은 마음뿐이었다.

"근데 저 푸른 포털은 무엇이죠?"

"모르겠습니다. 출구로 가는 포털이 아닐지……."

"네그라트 님도 투쟁의 길을 공략하셨지 않습니까?"

"…제가 깼을 때는 안 나왔던 것입니다."

파클레스는 별게 아니기를 바랐다.

투쟁의 길을 걸으면서 위드가 엄청난 보상을 받았을 걸 생각하면 배가 아프다 못해 쓰러질 지경이었다.

팔랑카 전투에서 싸우던 인간들은 몰락하고 말았다.

그들의 시체는 고스란히 위드에 의해 언데드가 되었다.

좀비와 스켈레톤, 구울, 유령, 듀라한, 데스 나이트로 이루어진 언데드들의 군단!

"네크로맨서부터 잡아라!"

"만악의 근원, 자연을 거스르는 자를 처단합시다!"

위드를 상대하기 위해 이종족 중에서 부족장이나 전사들이 선두에 섰다.

엘프들은 타고난 궁수이자 정령사요, 마법사였다. 심지어 검을 쓰는 것도 나쁘지 않았다.

평화를 사랑한다지만 전투에 최적화되어 있는 종족.

바바리안들은 여러 부족들이 있긴 하지만 공통적으로 힘과 맷집이 굉장히 좋았다.

그중에서도 특별한 이는 뼈로 된 목걸이를 착용하고 있는 바바리안이었다.

위드는 오래전에 KMC미디어에 부탁해서, 베르사 대륙의 역사적인 인물들에 대한 모든 자료를 요청했었다.

500페이지짜리 기록물로 열 권이나 되었는데, 거기 나오는 인물이었다.

바바리안 투사 나린투르거

32개의 바바리안 부족 연맹체들에 의해 우두머리로 추대되었다.

큰 바위를 부수고, 산을 허무는 거력!

대륙의 오지를 떠돌아다니는 것을 좋아했으며 단 한 번도 패배한 적이 없다.

평화롭던 시절에는 수많은 전사들과 바바리안들이 그에게 도끼술을 배우기 위해 모여들었다.

인물 기록은 이 정도에 그치지만, 역사적인 사건들을 보면 참고할 만한 게 많았다.

레벨 600대의 몬스터를 때려잡았다거나, 요새의 철문을 도끼로 부수는 등의 행동을 저질렀다.

'도끼 마스터로 추측되는 바바리안. 게다가 워리어로서의 자질도 꽹장히 높다.'

바바리안 종족의 힘과 맷집, 한 방의 파괴력이 가장 강력한 도끼 전사는 극단적으로 위험한 존재였다.

그가 이끄는 바바리안들 역시 실력이 대단히 뛰어나다고 알려져 있었다.

"우선은 수비 진형을 취해라."

"알겠다."

반 호크에게 언데드들이 방어 진형을 취하도록 했다. 그래 봐야 무기도 방어구도 인간들처럼 좋지 않았으니 뭉쳐서 공격을 기다리는 정도였다.

바람처럼 빠르게 스켈레톤 사이를 달려오는 엘프들.

나린투르거를 따르는 바바리안들의 도끼질이 스켈레톤들의 뼈를 박살 냈다.

"우레야아!"

듀라한과 데스 나이트도 함성을 지르며 덤벼들었지만 오래 버티지 못하고 허물어졌다.

엘프들은 이상한 유물을 내밀기도 했는데, 강렬한 초록빛이 뿜어 나와 스켈레톤과 듀라한을 검게 태워 사라지게 했다.

이종족 군대에 의해 허무하게 언데드들이 무너지고 있었다.

"기사님, 저들과도 싸우실 건가요?"

레미 공주의 물음에, 위드는 고개를 가로저었다.

"이만 튀죠."

"네……?"

"저것들은 좀 까다로워서 주워 먹을 게 없어 보입니다."

"…기사의 긍지는요?"

"저, 조각사입니다."

"조각사에게도 긍지가 있지 않나요?"

"빵 한 조각에 팔았습니다. 비싼 값을 받은 거죠."

"……."

위드는 언데드들을 무더기로 던져 주면서 이종족 군대로부터 벗어났다.

언데드를 증오하는 엘프와 바바리안의 공격이 맹렬했지만, 그들도 곧 사이클롭스를 비롯한 몬스터들에 의해 짓밟혔다.

끝없이 밀려와 베이너 왕국과 엘프, 바바리안을 공격하는 몬스터들.

특히 나린투르거를 비롯한 바바리안들은 더없이 용맹하게 싸웠다.

그들은 일당백이라는 말로도 모자랄 정도로 멋진 전투를 펼쳤고, 엘프들의 화살은 몬스터들을 꿰뚫었다.

그렇지만 역사적으로 팔랑카 전투의 최종적인 승자는 몬스터였다.

위드는 레미 공주와 유령마를 타고 전투와는 멀리 떨어진 산까지 도망쳤다.

"일단 이곳은 안전하군요."

남겨 놓은 언데드들은 거의 대부분 전투 중에 사라져 버렸으리라.

어쨌든 팔랑카 전투에서 레미 공주와 관련된 퀘스트는 이것으로 깬 것이나 마찬가지였다.

전투 중에 더 활약하지 못해서 아쉽고 찝찝한 마음이 들긴 했지만, 그래도 이번에는 레미 공주를 지키는 것을 우선했다.

"기사님 덕분에 안전한 곳까지 왔어요."

"별말씀을."

"명예…로운 기사님에게 제가 가지고 있는 물품을 보답으로 드리겠어요."

레미 공주가 꺼낸 것은 작은 거울이었다.

레미 공주의 보석 거울

에메랄드와 사파이어로 장식된 거울. 이스란 왕국에서 대대로 내려오던 보물이다. 보물로서의 가치가 대단히 높다.

옵션: 선물로 받았을 시, 명성과 명예의 효과를 한 단계 높인다. 기품 + 50. 거래 스킬에 4%의 추가적인 효과를 더한다.

마법 물품은 아니지만 이 역시 탐내는 사람들이 꽤나 있을 법했다.

위드는 보석 거울을 받아서 배낭에 넣으려다가 조금 이상한 느낌이 들었다.

'재질이 조금… 투박한데?'

위드는 대장장이용 망치를 꺼내고 보석 거울을 바닥에 내려

놓았다.

"무슨 일인가요?"

"조금 의심스러운 게 있어서……."

"거울에요?"

"그렇습니다. 이대로도 아깝긴 한데, 아니면 다시 만들면 되나까……."

과감하게 망치로 보석 거울을 내리쳤다.

파삭!

단숨에 파괴된 보석 거울.

> 특급 대장장이 재료, 바다의 정을 발견하였습니다.

무기나 방어구를 만들면 추가적인 특성이 부여되고, 희귀한 물품을 제작하는 데 큰 도움을 주기도 한다.

영웅의 탑 5층, 팔랑카 전투에 숨겨져 있던 마지막 대박까지 알뜰하게 챙긴 위드였다.

KMC미디어.

강 부장과 연출부 직원들은 눈 밑이 검게 변해 있었다.

"이러다가 쓰러지는 거 아닌지 모르겠다."

"그러게 말입니다."

"휴, 본방에 들어가면 화장실 다녀올 시간이나 있을지……."

KMC미디어를 비롯한 여러 방송국들이 며칠 전부터 준비한 특집 영상들이 있었다.

바드레이의 일대기, 위드의 일대기, 헤르메스 길드 성장의 역사, 아르펜 왕국의 역사, 가르나프 평원의 전쟁 준비, 아렌 성의 상황, 전투에 참여하는 유명 유저들의 소개, 풀죽신교 각 집단들의 소개, 하벤 제국의 군사력 조직도, 지난 전투들 영상들, 전쟁 전문가들의 예상 등등을 다루는 내용이었다.

가르나프 전투가 벌어지기 전에 10시간 정도는 꽉꽉 채울 수 있는 영상들이었는데, 다들 쓸 수 없게 되었다.

투쟁의 길에서 팔랑카 전투까지 상황이 이어진 것이다.

위드의 도전이고 모험인데 생중계를 중단한다는 건 쉬운 결정이 아니었다.

야구로 치면 9회 말 2아웃에 뉴스로 넘기는 최악의 편성!

시청자의 호응 또한 폭발적이었다.

―네크로맨서다. 이것이 네크로맨서.
―덜덜덜덜. 완전히 밸런스 파괴 아님? 전사에 네크로맨서. 조각사는 덤임.
―팔랑카 전투에서 공주를 지키라고 보내 놨더니 전부 쓸어버렸음.
―네크로맨서는 다 이렇게 강한가요?
―위드라서 그래요.
―조각술 마스터하고 전직한 게 얼마 되지도 않았는데 사기 아님?
―대기업이 신규 시장에 진출한 느낌이네요. 조각사가 대기업인지는 좀 애매하지만.

〈로열 로드〉의 최상위 랭커들도 깜짝 놀랄 정도로 위드의 전투력은 압도적이었다.

KMC미디어에는 현역 네크로맨서 중에서 최고로 꼽히는 쟌이 출연했다.

"네크로맨서로 위드 님이 전직하고 시간이 얼마 되지 않았는데요. 이렇게 성장이 빠른 직업입니까?"

"저도 잘 이해가 안 갑니다만, 짚이는 바는 있습니다."

"무엇입니까?"

"네크로맨서 같은 직업은 첫 번째가 그 스킬의 이해도에 있다고 볼 수 있습니다. 직업의 특성을 잘 이해하고 다루는 것이 매우 중요하죠."

네크로맨서의 난이도에 대해서도 온라인 게시판에서 논쟁이 많이 붙었었다.

위드에 의해 네크로맨서가 선택 가능한 직업이 되고 많은 유저들이 도전했다.

어떤 이들은 좋다고 추천했지만, 어떤 이들은 최악의 직업이라고 평하기도 했다.

언데드를 많이 소환해 보기 전에는 스킬 레벨이 낮아서 그다지 쓸모가 없다.

나약한 스켈레톤 한둘을 데리고 다니다가 오히려 자신이 먼저 몬스터에게 공격당해 죽는 일이 흔히 벌어졌다.

언데드 소환과 저주가 초반의 전부라서 근접전이 벌어지면 제대로 저항도 할 수 없기 때문이었다.

파티 사냥에 의존할 수도 없고, 혼자 모든 걸 다 해내야 하는 것이다.

쟌이 확신을 담아 말했다.

"위드 님이 네크로맨서라는 직업을 개방하셨죠. 불사의 군단도 물리쳤고, 언데드를 지배하며 대규모 전투를 벌인 경험도 많습니다. 당연히 직업의 이해도가 저보다도 더 뛰어나리라 생각합니다."

"그 이해도가 강함의 비결이라는 말씀이군요."

"수많은 이유 중 한 가지죠. 그 외에도 지휘력이나 다양한 병력 운용도 이유가 되겠고… 위드 님의 경우는 네크로맨서의 약점도 별로 해당 안 되는 거 같으니 말입니다. 아마 위드 님과 완전히 똑같은 스킬과 장비가 있더라도 다른 네크로맨서라면 사냥 속도가 2배 이상 느릴 겁니다."

위드의 언데드 군단이 팔랑카 전투를 휩쓰는 장면들은 높은 시청률을 유지하며 중계되었다.

땅! 땅! 땅!

파비오와 헤르만은 대장간을 차렸다.

"3,700여 개나 되는 대형 조각품이라니, 이런 무모한 짓이 어디에 있나."

"휴. 그나마 조금이라도 도울 수 있어서 다행입니다."

그들만이 아니라 쿠르소의 드워프 대장장이들도 모두 돕고 있었다.

쇳물을 만들고 특정한 모형을 찍어 낸 다음, 정교하고 아름답게 다듬어 완성한다.

장인의 직업을 선택하는 유저들은 무언가를 만드는 데 기쁨을 느낀다.

혼자만의 작업도 좋지만, 수많은 유저들과 협력하여 작품들을 만들어 내는 과정은 또다른 즐거움을 주었다.

두 사람의 대장간에서 바쁘게 일하고 있는 대장장이들만 4,000명이 넘었다.

"뾰족한 부리 30개 납품 완료."

"구부러진 더듬이가 필요하답니다. 어제 주문한 건데……"

"1시간 후에 오라고 해요!"

대장간은 유저들로 북적였다.

대형 조각품에 필요한 다양한 형태의 부분 틀과 강철 구조물들을 제작한다.

게다가 전쟁에 필요한 장비들까지도 비밀리에 만들고 있었으니 바쁘지 않을 수가 없었다.

방패와 화살 같은 소모품을 찍어 내는 구역에는 아직 직업을 정하지 못한 유저들까지 와서 돕고 있을 정도였다.

"후와, 대단하다."

"여기 열기가 보통이 아냐. 이게 대장장이들이 일하는 터전인가."

모험가 체이스가 용암 봉인석을 가져와서 작업의 능률을 높여 주었다.

용암의 우물을 만들어 놓고 일하게 되니 숙련된 대장장이들의 작업 속도는 더욱 높아졌다.

파비오가 강철을 두들기던 망치를 내려놓고 맥주를 벌컥벌컥 마셨다.

"불꽃의 비는 마무리만 잘하면 되겠어."

"크으. 물컹찐득꿈틀이도 대충 끝나 갑니다."

대장장이 마스터로서 조각술을 펼치는 느낌이 새롭다.

금속이나 나무와 같은 재질을 다루는 그들의 능력은 최고 수준에 도달해 있었으니, 대형 조각품의 가치가 더욱 높아졌다.

가르나프 평원에는 조각사들 역시 총동원되어 있었기에, 걸작들이 꽤 많이 나왔다.

대형 조각품 공모전!

유저들끼리 공모전을 열어 다양한 아이디어들을 모으기도 했다.

형태가 결정되면 노동력과 재료를 아끼지 않고 투입했으니 걸작들이 되었고, 명작들도 드물지만 나왔다.

대작 조각품은 2개였다.

대작! 하늘을 뒤덮은 붕새!

오래 산 엘프들이 이야기하는 전설적인 신수를 표현한 작품! 이 신비로운 새가 날개를 펼치면 땅의 끝에서 끝까지 닿았다고 한다. 금속과 흙, 나무, 물, 바람이 하나가 되어 만들어진 작품이다. 함께 만든 유저는 무려 23,742명에 달한다. 예술적 가치: 9,837.

옵션: 〈하늘을 뒤덮은 붕새〉를 본 이들은 생명력과 마나의 최대치가 24% 증가한다. 인근에서 비행 생명체들의 활력을 증가시킨다. 정의로운 붕새가 악의 힘을 억제한다. 흑마법과 네크로맨서, 저주의 위력 감소. 전 스탯 34 상승. 단 한 번, 누구든 날개 도약 스킬을 사용할 수 있다.

〈하늘을 뒤덮은 붕새〉는 말 그대로 넓었다.

반경 500미터에 달하는 새를 조각했으며, 날개는 엘프들이 빠르게 성장하는 나무를 이어 붙였다.

정령사들이 바람과 물의 특징도 조각품에 부여해서 무척이나 신비로운 작품!

사실, 언데드 소환 마법을 억제하는 효과가 있어서 완성하고 나서 제법 논란도 있었다.

"위드 님에게 안 좋은 거 아닙니까?"

"그렇긴 한데… 대작 조각품이라서 포기할 수가 없네요."

"네크로맨서는 귀하잖아요. 몇 사람에게만 해당되는 페널티인데 위드 님이 요청한 것도 아니니 일단 두고 보죠."

대작! 사막의 대제왕 위드!

한 자루의 시미터와 낙타가 세상을 휩쓸던 시절! 사막의 대제왕으로 불리던 그는 용맹한 전사들과 광활한 대륙을 정복했다. 무자비한 살육자, 욕심 많고 추잡스러운 놈, 잔인무도한 희대의 살인마! 숱한 비난이 뒤따를 정도로 그의 군대가 공격한 도시는 약탈과 방화로 사라졌다. 하지만 모두가 미쳐 있던 전쟁의 시대를 종식시키고, 어둠 속에 자라던 엠비뉴 교단을 쓸어버린 인물이기도 하다. 혼돈의 드래곤 아우솔레토까지 사냥하면서, 그에 대한 평가도 새롭게 이루어졌다.

예술적 가치: 11,394

옵션: 〈사막의 대제왕 위드〉를 본 이들은 생명력과 체력의 최대치가 27% 증가한다. 힘 10% 상승. 적과 싸워서 이길 때마다 추가 경험치와 일시적인 전투 능력이 향상된다. 사막 전사들의 전투 스킬이 1단계씩 높아진다. 전 스탯 41 상승. 인내와 맷집 30씩 증가. 전사들은 레벨에 따라 최대 20분 동안 낙타를 소환할 수 있다. 〈사막의 대제왕 위드〉를 만져 본 대장장이들은 금속 연마에 대해 특별 숙련도를 얻는다.

사막 전사 위드의 모습을 5미터 정도의 크기로 조각했는데, 다른 작품들에 비하면 작다.

조각사 뎁스가 책임지고 만든 작품으로, 모험가들과 상인들이 내놓은 귀금속을 통째로 녹여 썼다.

파비오와 헤르만을 비롯하여 최고 실력의 대장장이들도 합세하여 작품의 완성을 도왔다.

"끄응. 빨리 다 끝내 놓고 시원한 맥주라도 한잔하고 싶군."

"슬슬 그만 마무리해야죠."

대장장이들은 바쁘게 움직이면서도 고생이 끝나 간다는 데 희미한 미소를 지었다.

하벤 제국과의 전투가 벌어질 때까지는 시간이 얼마 남지 않았다.

전쟁이 벌어지고 나면 대장장이들의 역할이 그리 중요하진 않을 것이다.

많은 대형 조각품들이 미완성의 상태이기는 했지만, 시간이 너무 촉박하다.

만들 수 있는 것에만 역량을 투입하고 있었으니 그들의 일도 조만간 끝날 것이었다.

그런데 갑자기 대장간 한쪽 구석의 공간이 일렁거리더니, 유린이 그림 이동술로 나타났다.

"파비오 님, 헤르만 님, 부탁드릴 게 있어요."

"무슨 일인가?"

위드의 여동생 유린은 그들도 간난 적이 있었다.

대륙을 자유롭게 떠돌아다니며, 사람을 만나고 그림을 그리는 물빛의 화가.

실제로는 어디든 빨빨거리고 다니기 때문에 위드가 골치를 앓는다는 것까지 알고 있었다.

"오빠의 부탁인데요. 헬리움으로 검을 만든다고 하셨죠?"

"음. 그건⋯⋯."

파비오와 헤르만의 말문이 막혔다.

헬리움을 바탕으로 명검을 만들어야 했는데, 결과물이 아직 나오지 못했으니까.

대장장이 마스터들끼리 경쟁하면서 확실히 상대를 이길 만한 검을 완성하기 위해 노력 중이었다.

"오빠가 새로 몇 가지 재료들을 보냈어요."

유린은 배낭을 풀고 가져온 물품들을 꺼냈다.

에센 포라트의 가죽과 심장, 1급 마나의 결정체, 그라토르그의 철퇴, 멸망의 금속.

소량이기는 하나, 위드가 아르펜 제국의 공헌도를 바꾸어서 마련한 '용의 눈물'까지 가져왔다.

"크흠."

"이런 것들을 다⋯⋯."

처음 보는 재료들이었지만, 모두 극히 뛰어나다는 것은 알 수 있었다.

"오, 놀랍군."

"이런 재료들로 검을 만든다고? 갑옷도 충분히 제작할 수 있는 양 아닌가."

드워프 대장장이 밤비와 마크도 다가왔다.

유린이 보조개가 보일 정도로 생긋 웃으며 말했다.

"오빠는 두 분을 믿고 있으니 이제 갑옷을 만들어 주세요."

"대장장이의 일에 대해 잘 모르는 것 같은데, 내일까지는 무리네."

"암. 재료들 하나하나를 두들겨 가며 속성을 확인하는 작업부터 최적의 조합비를 찾아내기까지, 만만치 않은 작업이야. 갑옷의 형태를 고민하는 시간도 필요하고……."

"검도 계속 늦어지는데 갑옷도 바로 안 돼요?"

"……."

"대륙 최고의 대장장이 두 분이시잖아요. 하지만 뭐, 도저히 못 하시겠다면 다른 분들에게 맡길게요."

파비오와 헤르만은 쉬거나 잠을 자기는 다 틀렸다는 생각을 했다.

남은 건 철야 작업뿐!

그래도 진귀한 재료들을 보며 의욕에 불타올랐다.

불타는 유성 소환

라페이는 아렌 성의 가장 높은 탑에 서 있었다.

"투쟁의 길에, 팔랑카 전투……. 남들이 한번 해 보기도 힘든 모험을 쉽게 해내니 대단하기는 하구나."

가르나프 전투 직전에 위드는 방송을 이용하여 주도권을 가져갔다.

그 과정과 결과를 보면 헤르메스 길드를 이끄는 입장으로서 입맛이 썼다.

"계획대로 진행할 건가?"

완전무장 차림의 바드레이가 탑을 올라왔다.

헤르메스 길드는 이번 전투를 위해 바드레이의 장비들을 가장 좋은 것으로 새로 맞춰 주었다.

"계획대로 갑니다."

라페이가 담담하게 대답했다.

"목표물은?"

위드와 아르펜 왕국 진영으로 불타는 유성 소환을 3개 동시에 발동시킬 것이다.

다만 유성들을 정확히 어느 지점에 떨어뜨릴지는 아직 결정하지 못했다.

라페이는 평원 지도를 펼쳐서 바드 마레이의 공연이 벌어졌던 장소를 손으로 가리켰다.

"2개 정도는 여기, 가장 많은 사람이 모여 있는 곳에 떨어뜨려야겠지요."

"나머지 하나는?"

"조각품들을 건설한 곳으로 선택했습니다. 저들이 지금까지 전쟁을 대비하여 만든 것들이 부서지게 될 것입니다."

바드레이는 대부분의 사안에서 라페이의 결정에 만족했으며, 이번 일도 마찬가지였다.

헤르메스 길드는 제국을 유지하는 데 어려움을 겪었다.

조금씩 막다른 절벽으로 몰리게 되었고, 이제 남은 것은 완전한 무력행사밖에 없다.

사실 이런 방식이야말로 헤르메스 길드가 가장 잘하는 것이었다.

쏴아아아아.

갈대가 밤바람에 흔들린다.

하벤 제국의 군대는 말을 타고 가르나프 평원까지 30분이면 도착할 수 있는 델라우드 강가에 주둔하고 있었다.

"하벤 제국의 병력도 엄청나다."

"그러게. 진짜 장관이다."

"크으. 오늘 드디어 끝내주는 전투가 벌어지겠구나."

수십만 명이 훌쩍 넘는 유저들은 멀리 있는 산에서 강가를 내려다봤다.

질서 정연하게 세워져 있는 군용 천막과 전투 마차, 군마 들이 감탄을 일으켰다.

"진짜 주력이 움직여서 치른 전투에서는 이름값을 톡톡히 했잖아."

"그 이상이었지. 바드레이가 이끈 전쟁은 패한 적이 없어."

"싸움도 안 되고 압도, 압살, 절대적인 승리… 뭐, 다 그런 식 아니었나."

중앙 대륙 출신 유저들 중에는 무력을 숭배하는 이가 많다.

하벤 제국의 승리를 매번 지켜봤고, 이번에도 이길 거라고 믿었다.

그들은 북부 유저들에게 합류하지 않고 하벤 제국의 결집지로 따라왔다. 헤르메스 길드 가입을 꿈꾸거나, 추후에 떨어질 떡고물을 기대하면서.

"그래도 북부 유저들에 비해 숫자는 적은 거 아닌가?"

"숫자가 중요한 건 아니니까. 진짜 핵심은 고급 전투력이라고 할 수 있지. 돈을 막 쓴다면 마법 스크롤 하나에 1,000명씩 도 죽잖아."

"그런 마법 스크롤이 흔한 것도 아니고. 머릿수는 무시 못 하지. 하벤 제국도 매번 잘 싸웠지만 수가 부족해서 졌잖아."

"이번에는 달라. 준비를 철저히 했을 테고, 하벤 제국의 모든 전력이 다 모이니까."

"아르펜 왕국 쪽에는 베르사 대륙 전역의 어중이떠중이들이 다 모일걸. 오늘은 진짜 최고의 전투가 벌어지는 날이야."

"싸우면 엄청나긴 하겠다."

하벤 제국과 아르펜 왕국!

어느 한쪽의 승리를 점치기란 쉬운 게 아니다.

전투가 벌어지면 한쪽으로 크게 기울 수도 있다고 생각들은 했지만 지금으로써는 어떻게 흘러갈지 몰랐다.

하벤 제국의 승리를 믿는 유저들은 델라우드 강가로 계속 모이고 있었다.

가르나프 전투 1시간 전!

하벤 제국의 아렌 성에는 최상위 랭커들이 1명씩 등장했다.

"드디어 오늘이로군."

"북부 놈들을 쓸어버릴 수 있겠습니다."

델라우드 강 유역의 진지가 아니라 아렌 성에 핵심 유저들이 모이고 있었다.

현재까지 알려진 최고의 장비들을 착용하고 전투준비를 마친 그들은 느긋하게 와인을 마셨다.

고정식 텔레포트 게이트가 설치되어 있다.

언제라도 아렌 성에서 가르나프 평원의 동서남북으로 이동할 수 있는 것이다.

게이트 설치 작업을 비밀리에 수행하기 위해 정보대와 암살단을 지휘하는 스티어가 큰 수고를 했다.

"보에몽 님도 어서 오십시오."

"쌍날도끼를 새로 마련했는데, 오늘 도끼가 부서지도록 싸워야겠습니다."

"네로 님은 아직 안 오십니까?"

"마법병단 쪽에 일이 많다고 들었습니다."

"얼음병단이라면 그럴 만도 하지요. 네로 님이 빙계 마법의 마스터가 얼마 남지 않았다는 소문도 들리던데……."

"그건 아닐 겁니다. 마법은 스킬 레벨을 굉장히 올리기 힘든 학문이니까요. 뭐, 그렇더라도 상당히 높은 수준이겠죠."

대륙의 사냥터와 던전에 흩어져 있던 그들이 모이는 것은 오랜만이었다.

큰 세력의 영주들과 기사단장을 비롯한 지휘관들도 음식을 들며 대화를 즐겼다.

"요즘 큰 전투가 없어서 몸이 근질근질하던 참이었습니다."

"이번이 규모만큼은 확실히 크죠. 잔챙이들이 많아서 다소 김은 빠지지만 말입니다."

"차후 북부로의 원정도 계획되어 있겠죠?"

"물론 그럴 겁니다. 전투에서 이기자마자 치고 올라갈 것 같더군요."

북부 유저들이 의외로 강하고, 중앙 대륙의 유저들도 꽤 많이 넘어간 것으로 알고 있었다.

그럼에도 중앙 대륙을 지배하고 있다는 자부심은 여유를 부릴 수 있게 해 주었다.

그들 1명이 초보 유저 1,000명을 상대로도 일방적인 학살을 벌일 수 있을 정도였으니까.

솔직히 레벨 100 이하의 유저들은 사람으로도 보이지 않을 지경이었다.

과거 북부 정벌군의 총사령관을 맡아서 아르펜 왕국을 침략했던 드라카가 거인 기사 보에몽을 향해 물었다.

"그런데 구체적인 계획이 뭡니까?"

"계획이요?"

"예. 그냥 싸우기에는 전투 규모가 너무 커서 말입니다."

"드라카 님은 13군에 소속된 걸로 아는데요?"

"그렇습니다. 그런데 제 군대가 어떤 역할을 해야 된다는 말이 없어서 그에 대해 준비를 하지도 못했습니다."

드라카가 항의하듯이 강하게 말하자, 연회장에 모여 있던 랭커들의 이목이 보에몽에게로 쏠렸다.

그들도 무척이나 궁금해하던 관심사였다.

이번에는 병력 배치를 제외하고는 사전에 아무것도 알려 주지 않았던 것이다.

하지만 보에몽도 아는 것이 없어서 어깨만 으쓱했다.

"저도 모릅니다. 그저 과거의 전투와는 다르다는 것만 확실하죠."

"전혀 들은 내용이 없으십니까?"

"조금 얻어듣긴 했는데, 최대한 많은 적을 죽일 준비만 하라더군요."

"죽일 준비만 하라니……."

헤르메스 길드원들은 구체적인 계획을 몰라서 어리둥절하면서도 자신감 넘치는 미소를 지었다.

그들이 가장 좋아하는 분야가 학살이었기 때문에.

이윽고 연회장에는 초대된 인원 1,000명이 모두 자리했다.

영주들과 기사단장을 비롯하여 널리 이름을 날린 최고 수준의 강자이거나 군대를 소유한 이들이 1명도 빠짐없이 모여 있었다.

약속한 시간이 되자, 헤르메스 길드를 이끄는 쌍두마차를 선두로 수뇌부가 줄줄이 모습을 드러냈다.

바드레이는 박수를 받으며 중앙에 섰다.

"궁금해하시는 분들이 많을 텐데, 지금부터 전투 계획을 설명하겠습니다. 먼저 중앙의 수정을 보시죠."

연회장의 중앙에 놓인 대형 수정 구슬.

수정 구슬에는 가르나프 평원의 현재 광경이 비쳤다.

아마도 꽤나 높은 곳에서 보고 있는 듯, 평원에 있는 사람들의 모습이 아득히 작게 보였다.

"으음."

누군가가 신음 소리를 흘렸다.

드넓은 평원이 모닥불과 횃불, 마법 등불로 가득했다. 불빛에 비치는 건 사람들로 채워진 것처럼 보였다.

멀리서 잡았는데도 우뚝 솟은 거대한 조각상들과 목책, 해자와 같은 방어 시설들도 눈에 띄었다.

'저기서 싸워야 하다니.'

'이기든 지든 화끈한 하루가 되겠군.'

랭커들은 전의를 불태웠다.

이번 전투에서 진다면 모든 걸 잃어버릴 수도 있겠지만, 그럼에도 불구하고 기다려 왔던 순간이다.

힘으로 세상을 얻는다.

헤르메스 길드가 초창기부터 쭉 이야기한 것이기도 하다.

바드레이의 말이 이어졌다.

"이 순간, 12시가 되었습니다. 베르사 대륙의 운명을 건 그날이 찾아온 것이죠."

전투의 날!

드디어 날짜가 바뀌어 운명적인 그날이 오고야 말았다.

"하늘을 보십시오."

수정 구슬은 가르나프 평원의 별들이 수놓아진 멋진 밤하늘을 비추었다.

하늘과 땅.

너무나도 아름다운 대륙이기에 더욱 정복해서 영원히 소유하고 싶은 건지도 모른다.

헤르메스 길드 유저들은 바드레이의 이어질 말을 기다렸지만 침묵이 흘렀다.

1분… 2분… 3분…….

연회장의 시간이 흐르고 있었다.

'도대체 언제까지 보라고?'

'뭐가 있다는 거지?'

몇몇 인내심이 부족한 이들이 고개를 돌리며 지루해하는 참이었다.

'뭔가 있다?'

미심쩍어하며 수정 구슬을 보던 유저들은 눈을 반짝였다. 조금 전까지만 해도 없던 작은 점들이 나타났다.

3개의 작은 점!

게다가 그 점들은 점점 커지고 있었다.

"설마 저건······."

"아, 유성이다!"

헤르메스 길드원들은 이런 쪽에서 감이 훌륭한 편이었다. 바드레이가 괜히 이 순간 밤하늘을 보라고 한 것이 아닐 터······.

불타는 유성 소환!

〈로열 로드〉에서 궁극 마법 중의 하나인 불타는 유성 소환이 가르나프 평원을 향해 떨어지고 있었다.

"끄아아아. 정상이다."

항구 바그나 출신의 유저 볼락은 암벽을 타듯이 기린 조각상에 올랐다.

가르나프 평원에서 명작인 조각품들 중 하나로 머리까지의 높이가 무려 650미터나 되었다.

"오늘은 드디어 싸우겠네."

기린 조각상의 머리에서 보이는 거리마다 사람들과 빛으로 넘실거리는 광경이 아찔할 정도로 아름다웠다.

볼락의 옆에도 광경을 보러 조각상에 올라온 구경꾼들이 가득했다.

"너무나 환상적이야. 여기가 쭉 이대로 남겨졌으면 좋겠군."

"응. 우리에게도 평생 잊지 못할 장소가 되겠어."

완성된 대형 조각상에는 드워프들이 구해 온 빛나는 돌을 박아 놓았다.

밤마다 조각상들이 달과 별, 지상의 불빛을 반사시키며 오묘한 색채를 냈다.

"다시는 못 보게 될 광경일지도."

볼락은 씩 웃었다.

밤바람이 상쾌하고, 어디선가 악기 연주 소리도 은은하게 들린다.

모든 것이 만족스러운 하루가 될 것만 같았다.

—너 어디냐.
—우리 준비 끝났어. 슬슬 모일 건데.

이번 전투를 함께 치르기로 한 친구들로부터 귓속말이 왔다.

—기린 조각상 머리 위야.
—넌 준비 다 했어?
—싸울 준비는 끝났지.
—그래? 그럼 우리가 그쪽으로 갈게.
—빨리 와라.

볼락은 귓속말을 마치고 기다리고 있는데, 사람들이 와서 먹을 것을 나눠 주었다.

"구운 빵 드세요."

"고맙습니다."

가르나프 평원에는 수많은 사람들이 모이고 있었다.

당연히 하벤 제국과의 전투를 기다리는 사람들이다.

오늘 싸우기로 정해지긴 했지만, 구체적으로 언제 시작하자는 이야기는 없었다.

'아마도 날이 밝으면 싸우지 않을까? 그들이 가르나프 평원으로 와야 전투가 벌어지게 될 테니 말이야.'

기린 조각상에 있는 사람들의 말소리가 들렸다.

"이 전투가 끝나면 베르사 대륙도 바뀌겠지?"

"응. 중앙 대륙에도 워터파크가 세워질 거라던데."

"푸홀 워터파크도 얼마 전에는 물 반, 사람 반이었지. 사람이 더 많다는 얘기도 있었고."

"휴가철에는 수영을 못 할 정도였어. 주말에도 그렇고."

"마판 상회에서 대륙을 잇는 길을 만든다는 소문도 들리던데. 상인들의 교역로만이 아니라 초보들도 안전하게 돌아다닐 수 있는 길 말이야."

"도시도 더 많이 세워질 거고……."

모두가 희망에 차, 밝은 미래를 떠올리고 있었다.

볼락은 무심코 별들이 반짝이는 하늘을 쳐다봤다.

'오늘 반드시 이겨야겠지.'

친구들이 올 때만을 기다리며 멍하니 하늘을 바라보았다.

그런데 언제부터인지 모르게 동쪽에 있는 3개의 별들이 의식되었다.

이상한 점을 처음에는 느끼지 못했지만, 좁쌀처럼 그 작은 별들이 붉은 꼬리를 그리며 날아오는 것이었다.

'지나가는 유성인가. 저걸 보면 행운이 온다는 이야기를 들은 적… 뭐야, 저건?'

볼락은 벌떡 자리에서 일어났다.

먼 하늘에서부터 붉은 꼬리를 달고 날아오는 3개의 유성이 조금씩 커지고 있었다.

'설마… 설마, 아니겠지.'

볼락이 보는 동안에도 유성은 점점 더 커졌다. 다른 곳으로 향하지 않고 그대로 가까워지는 것이었다.

"유성입니다! 유성이 이곳으로 떨어져요!"

볼락이 살아오면서 가장 큰 소리로 고함을 쳤다.

사람들은 무슨 소리를 하냐는 듯이 쳐다보았다.

"왜 저래, 저 사람?"

"몰라, 갑자기 저러는데."

하지만 그들도 곧 볼락이 손가락으로 가리키는 하늘을 쳐다봤다.

"저게… 뭐지?"

"뭐가 보이는데?"

"유성이잖아. 유성이… 날아온다!"

"꺄아아아악!"

찢어지는 비명 소리.

기린 조각상만이 아니라 다른 대형 조각상들 위에도 경치를 보러 올라온 많은 사람들이 있었다.

그들도 유성을 발견한 것인지 사방에서 비명 소리들이 터져 나왔다.

가르나프 평원 전역에서 불빛들이 출렁이고, 시간차를 두고 바드들의 음악 소리마저 멈췄다.

축제로 거리에 나온 사람들이 지금 무엇을 하는지 정확히는 알 수 없었지만 아비규환에 빠졌을 것으로 짐작되었다.

"안 돼, 피할 수 없어."

"너무 빨라."

사람들이 올려다보는 밤하늘이 검붉은 색으로 물들어 갔다.

동쪽에서 날아오며 대기권을 꿰뚫은 유성들은 하늘을 새하얗게 밝혔다.

"온다."

"으아아아아."

쿠구구구궁!

3개의 유성이 가르나프 평원을 강타했다.

대지 전체가 떨리는 것처럼 느껴졌다.

화염이 끝도 없이 하늘로 치솟았으며, 축제로 모여든 사람들은 섬광이 일어나며 순간적으로 소멸한 것 같기도 했다.

아렌 성의 연회장.

불타는 유성 소환이 가르나프 평원을 강타하는 광경을 본 헤르메스 길드원들은 한동안 입을 열지 못했다.

숱한 전투를 치른 그들이지만 충격적인 광경이었다.

'최소한 수십만은 죽었다. 밀집해 있었으니 더 많이 죽었을 수도……'

'저런 위력의 마법을… 길드에서 가지고 있었구나.'

대폭발이 일어나며 평원이 흔들리고, 대형 조각상들의 일부가 무너져 내리는 광경도 보였다.

감히 피해를 예측하기가 힘들 정도였다.

마법의 위력에 대해 놀란 이후에는, 전투를 위해서는 대단히 유리하다는 생각을 했다.

가르나프 평원에 모여 있는 유저들은 유성 소환의 충격에 정신을 못 차리고 있을 것이다.

이때를 노려서 하벤 제국군이 진군한다면 초반에 얻을 수 이득이 대단히 크리라.

보에몽이 큰 소리로 외쳤다.

"저한테 선봉을 맡겨 주십시오. 가르나프 평원을 제압해 보이겠습니다."

칼쿠스는 검부터 뽑아 들었다.

"4군단은 전투준비가 완전히 끝난 상태입니다. 텔레포트 게이트를 타고 지금 움직이면 15분 안에 가르나프 평원을 공격할 수 있습니다."

바드레이는 병력 지휘관들과 랭커들의 눈길이 뜨거워졌는데도 반응이 없었다.

수정 구슬의 영상에는 평원이 불타오르는 광경이 나왔다.

지반이 붕괴하여 커다란 구덩이들이 생겨났으며 북부 유저들이 불가에서 다급하게 뛰어다니고 있었다.

초보자들의 경우에는 멀리 떨어져 있음에도 죽은 이들이 속출한 듯했다.

"어서 출진 명령을!"

"기회가 왔을 때 잡아야 합니다."

보에몽과 칼쿠스가 거듭 재촉했지만, 바드레이는 차를 마시면서 여유를 부릴 뿐이었다.

모두의 궁금증이 커져 갈 무렵, 아크힘이 나서서 말했다.

"조금 더 지켜보십시오. 아직 준비는 끝나지 않았습니다."

"으으으."

"여기 사제님 와 주세요. 사람이 곧 죽어요!"

"땅에 묻힌 유저들이 있어요. 모두 모여서 구해 줍시다."

가르나프 평원은 몇 분 사이에 지옥처럼 변해 있었다.

유성이 추락한 자리에 살아 있는 유저는 없었고, 그 부근이라고 해도 충격파로 많은 이들이 죽었다.

불타는 유성이 대지를 강타하며 순간적으로 온도가 크게 올라가고 화재까지 일어났다.

"물의 정령, 물방울 소환! 어서 불을 꺼 주세요."

"범람하는 강!"

정령사와 마법사 들이 불을 끄기 위해 활약하는데, 일부 유저들은 우두커니 서 있었다.

레벨 10에서 30 사이의 유저들.

사냥에서 마법을 잘 활용하지도 않고, 공격 마법에 맞는 경우는 더욱 드물다.

마법만 봐도 신기한 이들에게, 궁극 마법의 하나인 불타는 유성 소환이 작렬하는 광경은 정신을 놓게 만들기에 충분했던 것이다.

"우리… 살았냐?"

"어, 살긴 살았어. 근데 생명력이… 반 이하로 떨어졌네."

"완전 놀랐다. 유성 떨어지는 순간 몸이 하늘을 날았다니까."

"거리가 1킬로도 훨씬 넘었는데… 조금만 더 가까웠으면 그냥 죽었겠다."

불타는 유성 소환의 파괴력에 유저들은 겁에 질렸다.

하벤 제국과 싸우다가 죽을 각오를 하고 오긴 했지만, 이런 경이로운 마법을 실제로 체험하는 건 느낌이 달랐다.

"이제 어떻게 싸우지?"

"몰라. 모여 있으면 또 유성 떨어지는 거 아냐?"

"얼마나 죽은 건데, 도대체?"

"지금으로써는 알 수가 없지. 저쪽에 있던 사람들은 다 죽은 거 같아."

"아이씨. 식당가가 있던 곳이잖아. 건물들이 다 사라졌네."

살아남은 유저들은 고요해진 밤하늘을 보며 다시 유성이 떨어지지 않을지 불안과 초조에 떨어야 했다.

그 와중에도 은밀하게 움직이는 이들이 있었다.

> 프겔: 목표 지점 도착.
> 다낭고: 불 위에 뿌리고 빠져나옵니다. 확산 속도가 빠르니 주의합시다.

100여 명의 유저들이 조용히 이동하며 병에 담긴 무엇인가를 불에 집어넣었다.

그들 근처에 있던 유저들도 그 광경을 보긴 했지만 별거 아닐 거라고 생각해서 막진 않았다.

> 프겔: 임무 성공. 이탈합니다.

병을 비운 이들은 빠르게 그 자리를 벗어났다.

가르나프 평원 전체가 혼란과 비탄에 빠진 가운데, 여기저기로 뛰어다니는 이들이 있었다.

"약초죽 부대원입니다. 저희 쪽엔 성기사와 사제가 많으니 부상을 입은 분들은 오세요!"

"닭죽 부대에서 지원 나왔습니다."

"붕대 필요하신 분 있으면 나눠 드릴게요!"

그들은 다친 사람을 돌보고, 불을 끄고, 파헤쳐진 땅을 복구하기 시작했다.

모라타에서부터 생겨난 유저들끼리의 끈끈한 정으로, 불타는 유성 소환에도 불구하고 서로를 돕는 것이었다.

그런데 어느 순간…….

> 알킨 병에 감염되었습니다!

> 몸에서 알 수 없는 현기증과 고열이 나고 있습니다. 매초 14씩 생명력의 피해를 입습니다. 최대 생명력과 마나가 감소합니다.

"어어……."

"알킨 병?"

"이건 또 뭔데?"

여러 곳에서 동시다발적으로 일어난 알킨 병!

병에 걸린 유저들은 별거 아니라고 생각하면서 사제들을 찾았다.

"병이 생긴 것 같은데 치유 마법 좀 부탁드립니다. 바쁘실 테니까 기다릴게요."

"괜찮아요. 지금 바로 해 드릴게요."

사제들은 치유 마법을 시전했다.

어지간한 병이라면 간단히 나을 만한 마법이었는데…….

> 치유 마법이 아무 효과가 없습니다.

> 육체가 쇠약해지며 알킨 병이 심해졌습니다.
> 생명력이 매초 47씩 감소합니다. 체력을 52%까지 상실합니다.

"이거 뭐지?"

"치유 마법으로도 병이 안 낫는데?"

병에 걸린 유저들이 당황하는 사이에도 병세는 점점 악화되었다. 생명력이 줄어들고, 몸을 제대로 가누지 못해 쓰러졌다.

그렇게 회색빛으로 변해 죽어 가는 유저들!

> 알킨 병에 전염되었습니다.

 가까이 있던 유저들도 남다른 저항력을 가진 사제들까지 병에 걸렸다.

 치유 마법으로도 해결되지 않는 전염병의 등장은 지역 채팅으로 알려지며 가르나프 평원을 공포로 물들였다.

 아렌 성의 연회장에 있는 헤르메스 길드원들은 감탄밖에는 할 수가 없었다.

 '지독하다. 우리 길드는 준비된 전투에서는 확실한 모습을 보여 주는구나.'

 '인해전술. 이걸 상대로 최적의 해법을 찾아낸 것이다.'

 제국의 내정이 악화되면서 라페이는 그 능력을 몇 차례나 의심받았다. 아르펜 왕국이나 위드에 대해 특히 무력해 보인다는 것이었다.

 하지만 이 시간 이후로 더 이상 그런 일은 없으리라.

 가르나프 평원의 군중을 확실하게 무력화시켜 버렸으니까.

 아크힘이 한 발자국 앞으로 나서서 말했다.

 "아직 끝난 게 아닙니다."

 "……!"

 헤르메스 길드원으로서 이 자리에 오려면 산전수전을 다 겪어야 한다.

그런 베테랑들임에도 불구하고 아크힘의 말에 신음 소리가 나오려는 걸 간신히 참았다.

'아직도?'

'여기서 무언가를 더 남겨 놓았다니! 내가 소속된 길드이긴 하지만… 지독하구나.'

'악마다, 악마야.'

위드와 아르펜 왕국.

그들은 어쩌면 상대를 잘못 만났다는 생각이 스쳐 지나갔다.

연회장의 수정 구슬을 통해 나타난 건 유령 기사단!

불타는 유성 소환이 작렬한 곳에서 등장해 가까이 있던 유저들부터 학살하기 시작했다.

조용히 지켜보고만 있던 렌슬럿이 물었다.

"언데드입니까?"

아크힘이 고개를 끄덕였다.

"판제롭 유령 기사단이라고 합니다."

"음. 레벨이 꽤 높은가 보군요."

"620 정도 될 겁니다."

판제롭 유령 기사단은 250명 정도로 보였다.

유령 기사단이라면 불타는 유성 소환이나 알킨 병에 비해서는 평범하다고 여겨질 만했다.

헤르메스 길드의 무력 단체 1~2개면 충분히 감당할 수 있는 정도의 전력이랄까.

'연속으로 혼란시키는 위력은 있겠지만, 대단한 건 아니군.'

'따로 준비한 것치고는 약해 보이는데… 유성 소환이 너무 강

렬했나?'

판제롭 유령 기사단을 막기 위해 북부 유저들이 나섰다.

레벨 200 이하의 유저들은 거의 나타나자마자 쓸려 나가고, 400대나 500대의 유저들이 결집했다.

중앙 대륙 출신의 유저들도 가르나프 평원에 꽤 많이 모여 있었다.

수많은 마법 공격들이 작렬!

판제롭 유령 기사단은 분노한 유저들에 의해 처참할 정도로 공격당했다. 하벤 제국과의 본격적인 전투가 벌어진 것이 아니기에 막강한 화력이 집중되는 광경이었다.

"허어!"

"저걸 어떻게……?"

그러나 잠시 후에 드러난 광경은 놀라울 정도였다.

판제롭 유령 기사단은 무수히 많은 마법 공격을 당하고도 끄떡없었다. 일부의 유령 기사들이 흩어지기는 했지만, 아무리 많은 집중 공격에도 소멸되지 않았다.

워리어, 전사, 성기사에 의해 질주가 막히면 영체가 되어 장애물을 뛰어넘으며 이동한다.

아크힘이 설명했다.

"판제롭 유령 기사단, 저들의 특징은 모든 피해로부터 면역이라는 것입니다. 어떠한 타격을 입더라도 그대로 존재하죠. 적을 다 제거할 때까지 말입니다."

"……!"

어떤 피해도 입지 않는 판제롭 유령 기사단.

헤르메스 길드에서 꺼낸 세 번째 비책이었다.

"저렇게까지……."

"희귀한 병력이나 마법을 총동원해서 두들기는구나. 이건 상대할 방법이 없겠어!"

아렌 성의 연회장에서 하벤 제국의 승리를 믿지 않는 자는 없게 되었다.

그제야 바드레이의 친위대 소속의 유저들이 병력 지휘관들에게 작전 계획이 담긴 종이를 나누어 주었다.

각 군단의 이동 경로와 작전 목표, 전투 대형이 적혀 있었다.

군단장들은 작전 계획을 확인했다.

전멸 작전

1단계: 가르나프 평원에 불타는 유성 소환 시전.

2단계: 알킨 병을 퍼뜨림. 즉시 감염되는 전염병으로 유저들이 전투력 상실, 공포 전염.

3단계: 판제롭 유령 기사단의 출현. 절망감을 안겨 줌.

4단계: 제국군이 동서남북의 각 경로로 진입. 강철 기사단과 소멸의 창 사용.

5단계: 불타는 유성 소환 재사용. 혼란 중에 위드를 비롯한 주요 유저들 암살이나 제압.

과정마다 상세 계획들이 수십 장씩 마련되어 있었다.

목표는 위드를 포함하여 모여 있는 유저들 중 4할 이상을 죽이는 것이었다.

"이런 계획이라면 성공하겠군."

"도대체 함정에, 매복에… 위드라고 해도 무조건 걸려들겠는데요."

"다 죽이는 거지. 핵심은, 다시는 우리에게 덤벼들지 못하도록 만드는 거야."

아렌 성에 모여 있던 군단장들과 랭커들이 웃음을 나누며 흩어졌다.

그들은 빨리 전장으로 향하고 싶은 마음뿐이었다.

얼마 전, 위드는 팔랑카 전투를 마치고 투신 바탈리에게 돌아갔다.

—팔랑카 전투의 역사가 바뀌었다. 그리고 너는 놀라운 전투 업적을 세웠구나. 기대했던 전사로서는 아니지만… 아니, 전사로서 해낼 수 없는 일을 했다.

"최선을 다하고 싶었을 따름입니다."

위드는 공손하지만 당당하게 주장했다.

—가지고 있는 힘을 쓰지 않는 것도 전사로서의 올바른 모습은 아닐 테지. 장갑은 여기 있다. 다음에 볼 때는 나의 전사들과 싸움을 시킬 것이다.

"그때도 보상이 있습니까?"

─싸워서 이긴 자는 명예와 힘을 가질 수 있다.

"다음에 꼭 오겠습니다."

인간들 외에도 온갖 종족의 강자들이 모여 있는 투신의 대경기장에서 물러 나오며, 위드는 생각했다.

'검술과 궁술, 창술까지 마스터하고 나면, 와서 다 때려잡아야겠군.'

그 이후, 위드는 페일을 비롯한 동료들을 다시 만났다.

대장장이와 재봉 스킬을 이용해서 손상된 장비들을 손보고, 식사도 좀 해야 했다.

맛있는 요리를 먹어서 체력을 보충하는 일은 전투 전에 상당히 중요하니까.

조각술의 스킬 노가다를 할 필요가 없어지면서부터 다른 스킬들의 숙련도가 빠르게 오르고 있었다.

"유성 소환이에요!"

그러다가 가르나프 평원의 소식을 급히 듣게 되었다.

위드는 로뮤나의 수정 구슬을 통해서 영상부터 확인했다.

불타는 유성 소환으로 어둠 속의 평원이 불붙은 바다처럼 타오르고 있었다.

알킨 병과, 판제롭 유령 기사단까지 출현하면서 북부 유저들이 당하는 영상들이 이어졌다.

헤르메스 길드가 무시무시한 카드를 꺼낸 것이었다.

하지만 위드는 좀 다르게 생각했다. 일찍 전력을 노출한 셈이니 어떻게든 감당해 내면 된다고.

우선, 풀죽신교의 레몬에게 귓속말을 보냈다.

—바쁘세요?
—네엣? 정신없긴 하지만 말씀하세요, 위드 님!
—현장 상황은요?
—수습이 조금도 안 되었어요. 지휘 체계도 완전히 무너졌구요.

풀죽신교는 거대한 규모를 수많은 죽부대들로 나누는 바람에 유성 소환이라는 재난에 빠르게 대처하기가 어려웠다.

사실, 그 어떤 지휘 체계가 있었더라도 크게 달라질 것은 없었으리라.

—그래도 사제나 성기사님 들이 나서서 다친 분들을 돕고 있어요.
—역시 그렇군요.

북부 유저들의 정은 끈끈했다.

위험에 빠진 이들을 기꺼이 돕는 문화가 있었다.

—전염병 얘기도 나오고 있어요. 해결책이 없는데… 유령 기사단도 마찬가지고요.

위드도 당장 손을 쓸 수 없는 건 마찬가지였다.

알킨 병과 판제롭 유령 기사단에 대해서도 처음 들었다.

아무리 그렇다고 해도 〈로열 로드〉의 수많은 비밀들을 다 파악하고 있지는 않은 것이다.

—위드 님! 방금 조인족들에게 보고가 들어왔어요. 하벤 제국군이 가르나프 평원의 동, 서, 남, 북, 모든 곳에 나타났다고 해요!

달빛 조각사

하벤 제국군의 총 20개 군단이 갑자기 진격을 개시했다.

델라우드 강의 군사기지 외에도, 비밀 기지들에서 병력이 나와 가르나프 평원을 향해 이동했다.

"총공격을 시작하라!"

텔레포트 게이트를 통해서도 아렌 성에 대기하던 랭커들이 등장했다.

그들은 헤르메스 길드를 추종하는 유저들, 주로 레벨이 높은 이들을 이끌고 참전했다.

"앞으로는 중앙 대륙의 도시뿐만 아니라 모든 땅에 하벤 제국의 깃발이 꽂힐 겁니다!"

"갑시다. 낮이 될 때까지는 전쟁을 끝내야지요!"

헤르메스 길드의 랭커들과 각 병력의 지휘관들이 당당하게 외쳤다.

조금 전까지만 하더라도 오늘 벌어질 전투의 양상에 대한 격정이 다들 조금씩은 있었다.

유성 소환, 알킨 병, 판제롭 유령 기사단.

세 가지의 강력한 카드를 보고 난 지금, 패배할 것이라는 생각은 누구도 하지 않는다.

헤르메스 길드원들의 발걸음은 그래서 주저함이 없었고, 목소리에도 힘이 실렸다.

"가르나프 평원을 공략한다. 이번 전투 계획의 이름은 전멸 작전. 남김없이 쓸어버리자!"

"어설프게 상대하지 않는다. 헤르메스 길드의 방식으로, 더이상 저항하는 이들에게 자비 따위는 없다!"

가르나프 평원을 향해 동, 서, 남, 북, 모든 방향에서 20개 군단이 진군하고 있었다.

이 광경은 방송국들의 중계를 통해서 실시간으로 전해졌다.

진행자들은 전투 초반임에도 목에 핏대를 세우고 고함을 쳐댔다.

"놀랍습니다. 신중하게 전력을 끌어모아서 대치하리라 생각했는데, 이런 전투를 벌이다니요."

"헤르메스 길드의 진정한 역량을 보여 주는 것 같습니다."

"중앙 대륙을 정복하던 당시의 완벽한 모습 그대로였죠."

"기세가 살아 있습니다. 필승의 확신을 가진 것 같네요."

위드나 북부 유저들에 호의적인 KMC미디어의 진행자들도 하벤 제국을 높이 평가했다.

오주완은 여러 개의 모니터로 하벤 제국군의 영상들을 살펴보며 말했다.

"북부 정벌 실패와 반란군을 상대로 한 미숙한 대처가 있기도 했지만, 그건 어쩔 수 없는 경우들이었죠. 지금 등장한 제국군은 무적을 자랑하던 그 모습 그대로입니다."

"아르펜 왕국이 막을 수 있을까요?"

신혜민은 메이런으로서 전투에 참여하고 싶었지만 워낙 중요한 방송이라 진행을 맡았다.

2부로 이어진다면 휴식을 위해 진행자가 교체될 테니, 그때는 〈로열 로드〉에 접속해서 싸울 작정이었다.

"솔직히 지금은 저도 잘 모르겠습니다. 하벤 제국군이 작정하고 나섰고… 유성 소환이나 알킨 병까지 쓰는 것으로 봐서 어떤 비난도 감수할 모양입니다. 그야말로 전투 승리만 생각하고 있어요."

걸 그룹 출신의 도찬미가 말했다.

"막다른 길에 몰려서 몸을 일으킨 호랑이 같아요."

"음. 적절한 비유일지도 모르겠네요. 저렇게까지 강력한 카드를 꺼낸 것을 보면 말이죠. 작정하고 칼을 빼 들었으니, 라페이의 전략에 바드레이의 군사력이 조화를 이룰 것입니다."

신혜민은 태블릿을 조작해 몇 개의 자료들을 찾아보고는 물었다.

"알킨 병과 판제롭 유령 기사단에 대해서는 공개된 자료가 없는 것 같은데요."

"헤르메스 길드에서 극비리에 준비한 모양입니다. 전투에 큰 영향을 줄 것 같은데, 이걸 어떻게 아르펜 왕국에서 막을 수 있을지도 지켜봐야겠네요."

베르사 대륙의 전역에 있는 도시의 유저들이 수정 구슬로 방송을 보고 있었다.

산속이나 던전, 바닷가의 유저들도 의견을 나누었다.

"진짜 이번 전투는 하벤 제국의 손을 들어 주어야겠네."

"이렇게나 준비를 했다니 대박이다."

"이걸로 끝이 아닐 거 아냐. 제국군의 군사력이 핵심이기도 하니까."

하벤 제국의 군대가 이동하는 길에서, 승리를 기대하며 합류하는 유저들도 많아졌다.

중앙 대륙 출신의 고레벨 유저들은 가입한 길드가 무너지고 소속을 잃었다. 북부로 옮기자니 아직은 발전도가 낮은 것 같고, 솔직히 명문 길드들의 횡포에 앞장서서 이득을 챙기기도 했던 그들이다.

"아르펜 왕국에 합류할까."

"그래서 무슨 이득이 있어?"

"사냥 제한도 없고, 퀘스트 같은 걸 자유롭게 할 수 있잖아."

"몰라. 난 예전이 훨씬 나은 것 같다. 마음대로 살면서도 힘에 대한 대우를 확실히 받을 수 있었으니 말이야."

"초보들 눈치 보며 살고 싶진 않지, 솔직히."

내심 헤르메스 길드에 가입하고 싶었는데, 기회가 생겼다.

라페이가 공식적으로 중앙 대륙의 모든 이들에게 공지를 한 것이다.

베르사 대륙 정벌 전쟁!

이 전쟁에서 공을 세운 이들에게는 헤르메스 길드 가입을 허락한다.

중앙 대륙에서 레벨이 높은 이들이 대거 합류했다.

초반의 상황을 보니 아르펜 왕국의 승리 가능성은 대단히 희박해 보였기 때문이다.

"장기적으로는 손해가 크니 나도 이렇게까지 하고 싶진 않았다. 하벤 제국을 위기로 몰아넣은 것은 너희니 그 뒷감당도 너희가 해야지."

라페이는 아렌 성에서 텔레포트 게이트로 향하고 있었다. 그 역시 가르나프 평원으로 갈 예정이었다.

'오늘, 대륙의 역사가 결정된다!'

그런데 갑옷을 입은 여자가 다가와 물었다.

"이 전투에서 이길 수 있을 것 같으세요?"

라페이는 천천히 고개를 돌려 여자를 봤다.

'다인……'

〈로열 로드〉의 초창기에, 라페이와 다인은 사냥터에서 만나 자주 어울렸다.

그 시절만 하더라도 라페이는 순수하게 사냥을 즐겼다.

'강해지는 것이 좋아. 그리고… 같이 힘을 모아서 모험하는 것도 즐겁고.'

그야말로 헤르메스 길드의 초창기였다.

라페이와 바드레이를 중심으로 야망에 불타는 꽤 많은 유저들이 있었지만, 지금처럼 거대한 체계를 갖추진 않았다.

〈로열 로드〉 자체가 새로웠고 즐거웠기에, 그저 하벤 지역을 중심으로 대륙을 떠돌아다녔다.

당연히 강해지기 위한 사냥이 우선이었지만 모험과 탐험도 비중이 있었다.

"이 세상은 참 재미있어요."

다인이 환하게 웃는 그 미소가 좋아서, 라페이는 세상을 다 가진 것만 같았다. 행복한 순간이 영원히 지속될 것만 같았다.

하지만…….

"하벤 왕국부터 철저히 잡아먹어야 해. 우리 세력이면 차근차근 준비하면 돼."

"다른 세력들을 도태시키려면 정상적인 방법만 쓸 수는 없지. 적은 비용으로 큰 효과를! 그리고 목표를 달성할 수 있도록 준비한다."

"척살대를 비밀리에 운영해서 제거할 자들을 미리미리 처리해 버리자고."

라페이, 바드레이와 어울리면서 다인도 헤르메스 길드의 실체를 알게 되었다.

"꼭 이렇게까지 해야 하나요?"

다인의 물음에 라페이는 다른 곳으로 고개를 돌렸다.

"우리가 아니더라도 누군가는 할 거야. 그럴 바에는 우리가 나서는 게 더 낫지 않을까."

헤르메스 길드를 지켜보면서도 다인은 떠나지를 않았고, 그들의 사냥과 모험은 계속되었다.

다인은 샤먼으로서 굉장히 유능했고, 사냥터에서도 다재다능했다. 50명 이상이 포함된 전투에서 전사 1~2명이야 없어도 되지만, 저주와 치료, 전투, 축복 등 모든 부분에서 능력을 발휘하는 다인은 귀중한 자원이었다.

그런데 어느 날, 다인이 이상한 말을 했다.

"앞으로는 자주 들어오지 못할 거 같아요."

"어째서?"

"몸이… 좀 안 좋아요."

"기다릴게."

"언제 올지 몰라요. 최소 6개월? 어쩌면 1년이 넘을지도."

라페이는 성장을 위해서 시간을 낭비할 수 없었다.

다인이 사흘간 접속하지 않자, 바드레이를 비롯한 핵심 유저들은 떠나기로 했다.

"천공의 섬 라비아스에서 쓸 만한 사냥터는 다 돌아본 것 같군. 조사해 둔 다음 지역으로 이동하지."

"다인은요?"

"접속을 안 하는데 어쩌겠어. 뭐, 쪽지라도 남겨 놓지. 나중에 귓속말을 해도 되고."

헤르메스 길드의 최상위권에서는 치열한 선두 경쟁이 벌어지고 있었다.

바드레이가 단연 앞서갔지만, 2위, 3위 등의 경쟁도 심했다.

다인을 위해 시간을 쓸 수 있는 사람은 없었고, 그렇게 그들과 라페이는 함께 떠났다.

'잘못된 선택이었어. 다른 사람들은 떠나더라도… 나는 남아 있어야 했다.'

라페이는 뒤늦게 미안함과 그녀에 대한 자신의 마음을 깨달았다.

'그 후로는 〈로열 로드〉를 해도 그때만큼 즐겁지 않았지.'

다인과 연락이 두절되고 나서는 사냥터에도 가지 않고 퀘스트도 하지 않았다.

오직 헤르메스 길드가 베르사 대륙을 차지한다는 목표를 위해서만 움직였다.

그녀를 버리고 선택한 길이었으니 실패자가 되고 싶진 않았기 때문이다.

다인이 어느 날 돌아왔을 때는 기뻐서 무엇이든 해 주고 싶었다. 중요한 칼라모르의 에바루크 성 영주로 임명했던 것도 그런 이유.

그녀는 훌륭하게 성을 다스렸고 평판도 굉장히 좋았다.

라페이는 다인의 얼굴을 마주 보며 자신 있게 웃었다.

"꼭 이길 거야. 내가 일군 헤르메스 길드는 절대 패배하지 않을 테니까."

크레볼타, 〈로열 로드〉에서 10위 안에 드는 랭커인 그는 7군단을 맡았다.

"우린 선봉이다. 해야 할 일은 모조리 죽이는 것. 힘을 확실히 보여라."

7군단은 중장갑보병과 기사 들을 주력으로 구성되었다.

정석에 가까운 돌격대로서 무지막지한 공격력과 돌파 능력을 자랑했다.

둥! 둥! 둥! 둥!

전설급 아이템인 폭풍의 북이 내는 웅장한 소리가 전장에 울렸다.

"다 죽이고 길을 열어!"

7군단은 가르나프 평원의 남쪽에 도착하자마자, 눈에 보이는 유저들을 학살하며 전진했다.

코뿔소를 닮은 투구에 흑색 갑옷을 입은 병력이 명령에 따라 일제히 달렸다.

"크우와아아아아아!"

기사들의 외침에 전진하는 중장갑보병은 활력이 샘솟았다.

"저리 비켜라!"

"보잘것없구나."

무시무시한 힘과 파괴력으로 방패를 앞세워 상대 유저들을 밀어붙였다.

"파괴자의 격노!"

"대지 강타!"

헤르메스 길드 유저들도 적극적으로 선두에 나섰다.

그들이 광역 스킬을 쓸 때마다 반경 10미터, 20미터 안의 유저들이 증발하듯이 사라졌다.

"마, 막아!"

"무슨 수로?"

"어떻게든 해야지!"

가르나프 평원의 외곽에 있던 유저들은 뜻밖의 공격에 우왕좌왕하다가 무너졌다.

6군단은 그로스가 맡았다.

전쟁에 참여한 적이 드문 인물, 그렇지만 레벨을 기준으로 한 서열에서는 3, 4위를 늘 유지했다.

"체면 때문에라도 다른 군단에 져서는 안 되겠지."

그로스는 병력을 단순하게 운용했다.

궁수 부대를 전열에 세우고 쭉 전진시킨다.

우월한 사거리와 파괴력이 핵심이 된다.

북부 유저들이 공격하기 위해 다가오는 경우도 드물었지만, 다가오려 해도 기다리던 기사들에 의해 먼저 처형됐다.

"언덕이라… 동쪽을 폭격하지."

"예."

심상치 않은 곳에서는 마법을 사용했다.

하늘에서부터 돌무더기가 떨어지면서 유저들이 숨어 있던 지역을 강타했다.

16군단은 검투사 막스의 담당이었다.

그는 특이하게도 검투사 군단을 거느렸다.

10만의 병력이 모조리 검투사로 구성되어 있었다.

극강의 공격력과 맷집, 체력!

중앙 대륙 정복 전쟁 당시에 선두에서 싸우느라 피해가 컸지만, 전공도 가장 크게 올렸다.

전쟁을 바탕으로 정예 병력으로 성장했고, 그 후로도 던전과 사냥터를 통해서 단련된 병력이었다.

"신호를 올려라. 우린 진격한다."

검투사들은 진형이랄 것도 없이 각자 멋대로 가르나프 평원의 유저들을 향해서 달렸다.

무질서하기 짝이 없는 모습이었지만, 그들 하나하나가 일당백의 병사들이다 보니 상대 유저들을 단숨에 학살했다.

"피, 오랜만에 피에 흠뻑 취하리!"

"술을 가져와라. 그러면 더욱 고통스럽게 죽여 주마!"

광란의 검투사 군단은 무수한 유저들을 제거했다.

전쟁이 끝날 때까지 그들의 임무는 알아서 싸우는 것이었다.

북부 유저들이 약하기 때문에 택한 전법이 아니라, 매번의
전투를 그런 식으로 해치웠던 게 그들이었다.

바드레이는 텔레포트 게이트를 타고 델라우드 강의 군사기
지에 도착했다.

하벤 제국군의 1, 2, 3군단이 출동한 곳이며, 황제 직속군이
기다리고 있기도 했다.

15만의 전투 골렘으로 이루어진 강철 기사단, 흑마법사들의
전유물인 키메라 군단도 준비되었다.

심지어 마녀와 흑마법사, 야수 군단 역시 바드레이의 직속
부대에 속했다.

헤르메스 길드는 제국군에서도 최정예로 이루어진 군대를
황제 직속 군단에 포함시켰다.

바드레이가 이끄는 군대는 제국군의 상징이었고, 대륙 통치
를 위한 권위가 필요했다.

"생각보다 전황이 원활하다는 보고가 들어오고 있습니다."

"북부 유저들이 제대로 싸우지도 못하고 당한다고 합니다."

"너무 많은 숫자가 모였기에 바람이 부는 대로 날리는 것이
지요. 이대로라면, 1시간만 지나도 큰 피해를 입힐 것입니다."

황제 직속군에는 가르나프 전투의 소식들이 계속 들어왔다.

"6군단 보고입니다. 중앙 대륙 출신으로 보이는 1,000여 명의 저항하는 무리 발견! 어렵지 않게 격파했다는 소식입니다."

"19군단이 100만 명 이상의 대규모 집단을 격퇴했습니다. 적 사망자 45만 추정. 나머지는 도주했습니다."

전투 보고마다 승전이 대부분이었다.

바드레이와 아크힘은 물론이고 헤르메스 길드 유저들의 얼굴이 밝아졌다.

"초반 전황으로는 좋군요."

"쭉 이렇게 될 것입니다."

"적들은 어느 순간이 되면 모두 무너지겠죠. 오래 버티지 못할 겁니다."

바드레이의 황제 직속군은 출정을 기다리고 있었다.

황금과 은으로 장식한 갑옷을 입었으며, 마법 무구들을 사소한 것까지 모조리 착용했다.

돈으로도 맞추기 쉽지 않은 장비였지만, 오래전 전쟁의 시대에 만들어 놓은 켈튼 왕국군의 무구 창고를 발굴했다.

중앙 대륙을 정복하여 얻게 된 이점 중의 하나로, 이번에 처음으로 꺼내 든 것이다.

아크힘에게 부관 중의 1명이 와서 말했다.

"CTS미디어에서 11군단 전투 영상의 중계를 요청하고 있답니다."

"그쪽 상황이 어떻죠?"

"쌍검 전사들이 앞장서서 전투를 이끌고 있습니다. 특이해서 관심을 끈 모양입니다."

"화력이 압도적이어야 되죠. 모두가 두려움에 떨 수 있을 정도로요."

"충분한 장면들이 연출되고 있습니다."

"생방송으로 중계될 테니, 길드원들을 조금 더 지원해 주고 시원하게 지르라고 하세요."

하벤 제국은 방송국을 이용한 심리전까지 준비하고 있었다.

가르나프 평원에서 위드가 판을 짤 때는 모든 일이 그들에게 불리하게 돌아갔다. 그렇게 15일의 시간 동안 잃어버린 전력과 주도권을 전투가 벌어지자마자 되찾은 것이었다.

───※───

클라우드 길드, 사자성, 로암 길드, 블랙소드 용병단, 흑사자 길드.

과거 5개 명문 길드들의 병력은 가르나프 평원이 멀리 보이는 곳에서 대기하고 있었다.

"허어……."

사자성의 군트가 평원에서 섬광이 크게 번뜩이는 걸 보고 감탄성을 흘렸다.

"헤르메스 길드, 과거보다도 훨씬 더 강해졌어. 인원수도 크게 늘어난 것으로 보이고."

"군대의 전투력만 놓고 보면 비교할 수 없을 정도군요. 우리가 다 함께 모였지만 다시 싸운다면 상대도 안 되겠습니다."

블랙소드 용병단의 미헬도 눈을 찌푸리고 있었다.

하벤 제국군이 북부 유저들을 밀어붙이는 광경을 보니, 중앙 대륙을 먹고 나서 얼마나 덩치를 불렸는지 알 수 있었다.

헤르메스 길드원의 일부는 예전 그들 길드에 속했던 유저들이었다. 명문 길드들이 몰락하고 나서 강자들만 교묘하게 빼내 갔던 것이다.

"이번 전투에서는 위드가 질 수도 있겠는데."

샤우드가 그렇게 말했지만, 다른 사람들은 신중한 자세였다.

'섣불리 단언할 일이 아니야.'

'샤우드는 매번 저런 식이지.'

'위드에게 반대하면 뭔가 대단한 일이라도 해낸 것처럼 느껴지나?'

5대 명문 길드들은 이미 아르펜 왕국에 귀속하기로 서약서를 제출했다. 현실적으로 세력이 위축되어 그들끼리만 무엇을 할 수도 없는 처지였다.

다들 고민이 많긴 했지만, 특히 흑사자 길드와 로암 길드는 역사에 남을 광경을 직접 겪었다. 위드가 깃발 몇 개만을 들고 반란을 일으켜 브리튼 지역을 장악해 버렸을 때!

헤르메스 길드가 커다란 곰이라면, 위드는 한창 전성기의 수사자! 양쪽 다 강하기로는 마찬가지지만 수사자에게는 날개가 달려 있다고 생각했다.

군트가 은연중에 걱정을 담아 중얼거렸다.

"헤르메스 길드가 크게 지른 상황인데, 아르펜 왕국에 너무 위험한 것 아닌가?"

그들은 어제까지만 해도 가르나프 평원에 있었다.

축제도 겪었고, 조각품 건설에도 참여했다.

풀죽신교와 아르펜 왕국의 충성도 높은 유저들이 죽어 나갈 것이 걱정되었다.

칼리스가 피식 웃었다.

"유성 소환이나 판제롭 유령 기사단이 대단하다고는 하지만 싸움은 이제부터죠. 위드도 아직 나타나지 않았고 말입니다."

5대 명문 길드의 길드장들이나 소속 유저들은 피가 끓어오르는 기분이었다.

북부 유저들을 거세게 밀어붙이는 하벤 제국군과 어서 싸우고 싶다.

그들이 아직 죽지 않았음을 보여 주고 싶었다.

하지만 위드가 말했던 신호가 떨어지지 않았다.

"놀랍군."

"어어… 어르신, 조심하세요!"

상인 바트는 가르나프 평원에 있었다.

"으헉!"

불붙은 돌 조각이 날아오는 것을 옆 사람 덕분에 간신히 피했다.

"아직 위험해요. 주변을 신경 쓰셔야 돼요."

"고맙네."

불타는 유성 소환이 펼쳐졌을 때는 몸이 굳은 듯이 움직이지 않았다.

'정말 놀라운 경험이었어.'

바트는 아슬아슬하게 파괴의 경계를 벗어났다.

충돌의 순간에 사제들이 희생의 주문을 외우고, 워리어들은 보호 스킬을 사용한 채 유성을 향해 몸을 던졌다.

실제로 유성의 파괴력을 얼마나 줄였는지는 미지수였지만 그래도 북부 유저의 저력을 엿볼 수 있었다.

'이번 싸움, 그 녀석에게도 쉽지 않겠구나.'

바트는 어렵게 끌고 온 마차의 지붕에 올라가서 외쳤다.

"회복을 위한 약초와 붕대가 잔뜩 있습니다. 모두 무료이니 필요한 만큼 가져가세요!"

"정말이세요?"

"예. 실컷 쓰십시오."

장사꾼!

지금까지는 물품을 팔았지만, 이제부터는 사람들의 마음을 사야 한다.

전쟁이 끝난 이후의 시대는 더 밝고 희망찰 것을 믿어 의심치 않는 바트였다.

위드의 노래

농부 미레타스의 눈앞에 가르나프 평원이 불에 타는 광경이 보였다.

"이런… 이렇게까지 하다니."

그의 주변에는 귀가 뾰족한 엘프 유저들이 함께 있었다.

"너무나도 참혹합니다."

"사방에서 아우성이 들리는군요. 불의 정령들도 두려움에 날뛰고 있습니다."

정령의 말을 들을 수 있는 엘프들은 괴로워했다.

불타는 유성 소환의 여파로 모든 종류의 정령들이 혼란에 빠져 있었다.

"사람들을 구하러 가 봐야겠습니다. 정령 치유술이라도 펼쳐야 하니까요."

엘프들이 서둘러 떠나고 나서, 미레타스는 혼자 무거운 생각에 잠겼다.

'이게 〈로열 로드〉인가? 강한 힘이 있다고 서슴지 않고 쓰는 것이?'

과거, 초보였던 시절이 떠올랐다.

도시에서는 땅값이 비싸서, 그는 성 밖에 있는 황무지로 나가 자갈을 고르고 물길을 내어 채소를 키웠다.

새싹이 움트고 무럭무럭 자라는 모습을 지켜보는 행복과 충만감!

다른 유저들이 사냥과 퀘스트로 많은 돈을 벌 때, 그는 시장에서 채소를 팔아 적은 돈을 받아도 만족했다.

"미레타스, 사냥 가자. 좋은 사냥터를 알아내서 10골드 벌었어. 경험치도 많이 줘."

"음, 다음에."

"저 녀석은 내버려둬. 농부는 사냥에 아무 도움 안 되잖아."

어릴 때부터 알던 친구들과 함께 시간을 보내는 일도 줄어들었다.

비가 많이 오거나 가뭄이 들 때마다 조마조마하며 농작물들을 보살폈다.

몬스터와 짐승 들 때문에 농사를 망칠 때도 있었지만, 다시 씨를 뿌리고 땅을 일구었다.

〈로열 로드〉 초창기에는 농사에 관심을 갖는 유저가 극히 드물었다. 드넓은 대륙과 모험이 기다리고 있었으니, 채소 따위(?)를 며칠씩 키워서 푼돈에 파는 일은 시시하게 느껴질 만도 했다.

하지만 미레타스는 농부로 사는 게 좋았다.

여러 가지 작물들을 꾸준히 키웠고, 씨앗 상점이나 농산물 거래소의 상인들과 친밀도도 높아졌다.

"열심히 하는군. 이 씨앗도 좀 심어 보게."

그 덕분에 얻은 기회였다.

"처음 보는데, 무엇의 씨인가요?"

"꽃의 일종이라는데, 귀족들이 좋아해. 브리튼에서는 특산품 취급도 받는다네. 여기서도 재배할 수 있다면 좋겠지."

씨앗의 발아 조건부터 감춰져 있었고, 키우는 방법도 까다로워 보였다.

간신히 싹을 틔웠더니, 햇볕이 뜨거워도 죽고 바람만 좀 불어도 죽었다. 물도 적당히 주어야지 약간만 과하거나 모자라도 축 늘어져 죽어 버렸다.

미레타스는 열정과 고민과 관찰로 그 씨앗, 파라도리아의 꽃을 피우는 데 성공했다.

"바로 이것이었어! 이 아름다운 꽃이라면 모든 귀족들이 좋아할 거야!"

그가 키운 파라도리아는 현지에서 높은 가격에 거래되었고, 품질을 높여서 나중에는 지역 특산품에도 등록되었다.

1년이 넘도록 직접 재배한 꽃을 모두 특산품으로 팔 수 있어서 미레타스는 많은 돈을 벌었다.

그 정도로도 명성과 부유함을 누릴 수 있었지만 그가 도전한 건 또 다른 식물들이었다.

땅을 사서 약초, 과일, 꽃, 희귀 식물, 마법 식물, 해양 식물… 가리지 않고 마구 심었다.

극소수 존재한다는 마법 재료들을 키우면서 다시 한 번 큰 명성과 돈을 얻기도 했고, 몇 작물의 종자 개량에도 성공했다.

그러는 동안, 명문 길드들이 싸우며 땅을 황폐화시키고 막대한 세금을 물리는데도 참았다.

'세상은 아름다운 곳이야. 농사를 지어서 사람들을 더 풍족하게 해 줘야지.'

미레타스는 옛 데일 왕국의 땅에 그대로 살면서, 유저들만이 아니라 주민들이 맛있는 밥을 배불리 먹게 해 주기 위해서라도 농사를 지어 왔다.

결국 못 견디고 아르펜으로 떠나기는 했지만, 설마하니 헤르메스 길드가 이런 식의 공격까지 할 줄 몰랐다.

'내가 너무 안일했구나. 전투 식물이나 좀 내놔서 한 사람 몫은 할 생각이었지만… 그래, 좋다! 땅과 식물의 힘이 어디까지인지 보여 주마.'

"아파요."

"으그그극. 이렇게 죽어 가다니……."

알킨 병에 걸린 유저들은 땅에 드러누웠다.

전염성이 워낙 강한 병이기에 다른 유저들이 알아보고 가까이 오지 않도록 하기 위함이었다.

"조금만 참으세요. 매스 큐어!"

각오를 단단히 다진 사제들이 치유 마법을 펼쳐 보기도 했지만 효과는 없었다. 금세 더 악화되었으며 병이 생명력을 야금야금 갉아먹었다.

"성령의 힘이여, 여기 고통받는 이를 구원해 주세요. 치료의 손길!"

"이쪽이요!"

"이쪽도 아파요. 곧 죽을 것 같아요."

사제들이 계속 생명력을 보충해 주어도 땅에 드러눕는 유저들은 늘어만 갔고, 나중에는 신성 마법을 펼치지 못할 정도로 마나가 소진되었다.

> 알킨 병에 감염되었습니다.
> 육체의 저항력이 약화된 틈을 타서 알킨 병이 옮았습니다. 손발이 떨리고, 어지럽습니다. 매초 11씩 생명력의 피해를 입습니다. 최대 생명력과 마나가 감소합니다. 신성 마법의 효과를 낮춥니다.

신의 가호를 받아서 질병, 저주에는 탁월한 사제들까지 병에 걸리고 말았다.

"피해! 이건 해결책이 없어."

"가까이 가지 마!"

"우린 버리더라도 다른 사람들은 구해 주세요, 여러분."

"미안해요. 정말 미안해요."

어떻게든 치료해 보려고 했지만 결국 성직 계열의 유저들마저도 피할 수밖에 없었다.

땅에 드러누워서 격리된 채로 죽어 가는 유저들.

"크흑, 지더라도 시원하게 싸워 보고 싶었는데……."

"레벨이 300을 넘었는데. 병에 걸려서 죽을 줄은 몰랐어."

"헤르메스 길드, 이 비겁한 놈들."

유저들의 일부는 희망을 버리지 않고 체력 회복에 도움이 되는 약초라도 씹으면서 버텨 보려고 했다.

하지만 소용없었다. 레벨이 높을수록 시간차로 좀 더 버텼을 뿐, 결국 다 목숨을 잃었다.

병에 걸린 유저들을 격리시키는 것으로 해결해 보려고도 했지만, 알킨 병의 감염 범위는 상당히 넓었다. 멀리 피한 유저들도 알킨 병에 걸렸고, 그들을 격리하기도 전에 감염되는 이들이 속출했다.

할마, 마르고, 레위스, 그랜.

뒤치기 4인조는 가르나프 평원에 와서 놀고먹던 중이었다.

"전투야 뭐, 벌어지건 말건."

"맞아. 우리가 알 바 아니지."

"크크큿. 크게 싸웠으면 좋겠다. 우리가 와서 본 보람이 있게 말이다."

산해진미가 모여 있는 식당가에서 맛집을 찾아다니고, 풀죽신교의 유저들과도 친해졌다.

"뒤치기도 인맥이 필요하잖냐."

"암. 어떤 호구가 있는지를 알아서 같이 던전에 들어가야지. 그러고는… 슥!"

그렇게 별생각 없이 가르나프 평원에 머무르고 있었다.

전투가 벌어지면 싸우지 않고 멀찌감치 도망 다니면서 구경이나 하려고 했으니 걱정거리도 없었다.

베르사 대륙이 멸망하더라도 즐거울 뒤치기 4인조!

불타는 유성이 평원을 강타할 때에도 그들은 감동했다.

평원에 커다란 버섯구름이 일어나고, 대지가 뒤흔들린다.

멀리서도 숨쉬기 어려울 정도로 후끈한 화염 폭풍이 불어오는데, 일생일대의 경험이었다.

"와, 대박!"

"끝내준다. 이것이 스케일!"

"역시 헤르메스 길드야."

"우리가 바드레이나 라페이라면 좋겠다. 그러면 맨날 도시에 유성 떨어뜨리면서 살 텐데."

"도시들 다 부숴 버리고… 개꿀잼이겠다."

뒤치기 4인조는 즐거웠다.

이 얼마나 아름다운 광경이란 말인가. 게다가 이 혼란 후에 부상자들의 뒤통수를 칠 생각을 하면…….

"죽기 직전까지 다친 애들 찾아보자."

"맞아. 도와주는 척하고 다가가서 쓱싹!"

"크흐흐흐. 우리 벌써 나쁜 짓을 시작하는 거냐? 흥분되네."

뒤치기 4인조는 유성이 떨어진 지역으로 전력을 다해 달려갔다.

대기는 뜨겁게 달궈져 있었고, 땅에서는 화염이 이글거리며 솟구쳐 올랐다.

"여긴 위험합니다."

어떤 유저가 길을 막으며 붙잡았지만, 할마가 묵직한 목소리로 말했다.

"괜찮습니다. 사람을 돕기 위해 가야 합니다."

"더 가시면 죽을 수도 있습니다."

예전이라면 힘으로 밀고 지나갔으리라.

하지만 시간이 지나면서 뒤치기 4인조도 조금 더 발전(?)된 형태의 악당으로 성장했다.

"옳은 일을 하는데 목숨이 중요합니까? 이 한목숨이 뭐가 아깝겠습니까?"

"아아."

"들어가겠습니다. 살아 있는 사람이 있다면 꼭 구해 오겠습니다."

가까이 있던 유저들에게 감동을 안겨 주고 유성이 떨어진 지역에 진입했다.

"얼마 전까지만 해도 여긴 식당가였는데. 해산물 요릿집도 있었어. 전복 좀 더 달라고 떼를 썼었지."

"지금은 아무것도 안 보이네."

대지가 깊게 패고 건물들은 파괴되어 폐허로 변해 있었다.

몇몇 사람들이 움직이기는 했지만, 대지의 균열에서 솟구치는 화염에 그들조차 위태로워 보였다.

"으으으."

"살아 있는 사람이다."

뒤치기 4인조는 쾌재를 부르며 달려갔다.

불이 나서 환하긴 하지만 다른 이들의 시선이 가려진 사이에 나쁜 짓을 할 수 있으리라!

신음을 낸 사람은 하반신이 큰 바위에 깔려 있었다. 그렇지만 떡 벌어진 어깨와 발달된 목 근육, 만두귀가 보였다.

바로 검삼치였다.

"헉!"

"오, 도와주러 온 사람들인가?"

바위에 깔렸는데도 묵직하고 힘 있는 목소리였다.

뒤치기 4인조는 슬그머니 칼을 꺼내려다가 주저했다.

'분위기 장난 아닌데…….'

'이거 진짜 죽여도 돼?'

'괜찮은 거야?'

서로 눈빛을 주고받으며 슬그머니 다가가긴 했지만, 공격하는 건 인간으로서의 본능이 거부했다.

'이 아저씨 눈빛 좀 보소.'

'왜 이렇게 험악해? 차라리 몬스터가 낫겠다.'

사람의 팔뚝에 있는 근육이 꿈틀거리는 걸 보고 공포를 느낀 건 처음이었다.

동시에 상대가 누군지도 알아차렸다.

'검 귀신들 중 1명이다.'

검치와 사범들, 수련생들은 아르펜 왕국의 유명인이었다.

그랜이 걱정스럽게 물었다.

"많이 아프세요?"

"별건 아닌데, 바위 좀 치워 주겠는가?"

"예, 도와드리겠습니다. 여러분, 이쪽에 살아 있는 사람이 있으니 좀 도와주세요!"

뒤치기 4인조는 주변 사람들과 함께 검삼치의 몸을 누르고 있던 커다란 바위를 치웠다.

"헉!"

"아… 부러지셨네."

검삼치의 허벅지는 보기 징그러울 정도로 뭉개진 데다 다리가 바깥쪽으로 꺾여 있었다. 〈로열 로드〉에서도 고통을 느낄 수 있기에 당연히 꽤나 아플 수밖에 없는 상황!

높은 레벨 덕분에 살아남았겠지만 생명력과 체력 역시 상당히 저하되어 있으리라.

뒤치기 4인조는 얼른 이 자리를 벗어나고 싶었다.

"저희가 가서 사제님을 모셔 오도록 하겠습니다."

"사제? 아니네, 내가 치료할 수 있어."

"사제는 아닌 것 같고… 성기사였습니까?"

"아닌데. 그보다, 약초 좀 있나?"

레위스는 배낭에서 상처 치료에 도움이 되는 붉은 약초를 꺼냈다.

"조금 있긴 합니다만, 큰 도움은 안 될 텐데……."

"고맙군. 이거면 돼."

검삼치는 뭉개진 허벅지에 붉은 약초를 슬쩍 붙였다. 그리고 두 손으로 다리를 잡았다.

뿌드드드득!

뼈가 꺾이는 소리와 함께 다리가 원래의 방향으로 돌아왔다.

"역시, 오랜만에 해 봤는데 잘되네. 〈로열 로드〉에서는 처음이지만 말이야."

"……."

"룰루루."

검삼치는 콧노래를 부르며 상처 부위에 붕대를 감았다.

할마가 궁금함을 못 참고 물었다.

"그렇게 한다고 제대로 움직일 수 있는 건 아니지 않습니까? 사제가 치료 마법을 써 줘야 할 텐데요."

"나 투쟁의 파괴자거든."

"그거 혹시 바탈리 교단의……?"

"맞아."

위드 때문에 투쟁의 파괴자란 호칭이 최근 들어 유명해졌다.

"싱그러운 회복력, 이거 덕분에 부상 같은 건 금방 낫지. 그래서 요즘 새로운 취미가 생겼다네."

"뭔데요?"

검삼치가 타오르는 불길에 왼팔을 넣었다.

이글이글!

팔에 불이 붙어서 타는데도 태연하게 그것을 지켜봤다.

"이 정도면 딱 4도 화상이 나오지. 이러면서 화염 저항력 올리는데, 재밌더라고."

"……."

〈로열 로드〉가 실제와 동일한 고통을 느끼는 건 아니라지만 꽤나 아프고, 정신적으로도 생살이 타는 광경을 지켜봐야 하니 그 또한 정상인이라면 쉽지 않으리라.

"딱 죽기 직전까지만 불로 지지면 맷집이나 화염 저항력이 오르더군. 좋은 방법 아닌가?"

"그…렇네요."

"〈로열 로드〉가 재밌긴 하지만, 너무 막 놀았다는 생각이 들어서 말이네. 슬슬 더 강해지려고."

"추, 충분히 강해지신 것 같습니다."

검삼치는 거짓말처럼 몸을 일으키더니 씩 웃었다.

"그럼 착한 친구들, 같이 사람들을 구해 보자고."

뒤치기 4인조는 결국 순한 양이 되어 사람 구하는 일을 도와야 했다.

북부의 비상전략상황실에 모인 유저들은 자신들이 방심했음을 뼈저리게 느꼈다.

"이렇게 강할 줄이야. 20개 군단을 과감하게 투입할 수 있는 하벤 제국의 군사력이 놀랍습니다."

"중앙 대륙을 다스리면서 쉬지 않고 전투력을 향상시켰다고 봐야죠."

"그래도 수단과 방법을 가리지 않을 줄은 몰랐습니다."

하벤 제국이 무적이라고는 하지만 북부 유저들은 매번 승리를 거두었다. 게다가 가르나프 평원에 어마어마한 인원이 모이는 걸 보고 마음을 놓았는데, 초반부터 궁지에 몰리게 되었다.

뼈저린 후회와 반성이 있었지만, 그렇다고 해도 솔직히 지금까지 대응하긴 어려운 공격들이었다.

"적의 군대가 사방에서 찔러 오고 있습니다. 초보 유저들로 막기는 불가항력입니다."

"거의 피해도 못 주고 있다고 하는군요."

"방어 병력을 투입할 수 있나요?"

"그게 쉽지가 않습니다. 20개나 되는 진격로를 다 막을 수도 없지만, 북부의 고레벨 유저들로 구성했던 타격대까지 큰 피해를 입었을 정도니까요."

"타격대까지… 우리 움직임을 다 보고 있었던 거죠."

헤르메스 길드는 첩보원들을 풀어서 가르나프 평원을 실컷 정찰했다. 그 덕분에 꽤나 유명하거나 영향력이 큰 유저들이 모여 있는 곳을 골라서 유성을 낙하시킬 수 있었다.

북부로서는 안타깝게도 주요 지역이 통째로 증발하면서 시작부터 많은 유저들이 사망하고 말았다.

"판제롭 유령 기사단만 상대해야 합니다. 그들을 어떻게든 막아야 돼요."

"그것도 쉽지 않습니다. 레벨 600대가 넘는 기사단이에요. 레벨 200 이하의 유저들은 근처에 가는 것만으로도 공포에 질려서 싸우지 못합니다."

"물리 공격, 마법 공격, 신성 마법까지 다 면역이라니……."

"하지만 알킨 병이 더 곤란합니다. 현재까지 감염된 유저들이 최소 3만 명이 넘어요."

"30분 전만 해도 7,000이라고 보고하지 않았습니까?"

"그사이 더 퍼진 거죠. 어쩌면 지금은 10만 명을 넘겼을지도 모릅니다."

풀죽신교도 혼란에 빠져 있었다.

그들은 우선, 20개의 군단으로 나뉘어 쳐들어오는 제국군의 진군 속도를 늦추고 조금씩이라도 반격을 가하기 위해 군사적인 준비에 들어갔다. 전투를 기다리던 여러 죽 부대에 상황을 전달하고, 병력의 조합과 위치, 공격 방향 등의 전술을 급히 짜냈던 것이다.

하지만 알킨 병과 판제롭 유령 기사단에 대해서만큼은 어떤 대비책도 찾을 수 없다는 점에서 당혹스러웠다.

"이대로 다 죽자는 말입니까?"

"어떻게 하겠습니까. 방법이 없는 것을……."

"뭐라도 해야 하는데 갑갑하기 짝이 없습니다."

풀죽신교의 성녀 레몬!

그녀는 고등학교를 막 졸업한 여대생이었다. 평소에는 풀죽신교의 마스코트 같은 이미지였지만, 지금은 머리에 끈을 질끈 동여매고 있었다.

"방금 위드 님으로부터 귓속말이 왔어요!"

레몬의 말에 웅성거리던 사람들이 딱 조용해졌다.

풀죽신교에는 공식적인 지휘 체계라는 게 없었지만, 어떤 상황에서도 전부를 움직일 수 있는 사람이 존재했다.

"위드 님이 지금 오신대요!"

"……!"

위드는 유린의 그림 이동술로 동료들과 함께 전투가 벌어지는 가르나프 평원에 도착했다.

둥! 둥! 둥!

거센 북소리와 함성이 들렸다.

우리는 노래하네
승리와, 영광과, 사랑과, 미래를
밝고, 즐거움으로
내가 가진 용기로 일어서네

별을 조각했고
땅을 이루며
사람들을 이끄는 자여

바드 마레이가 위드의 주제곡이라고도 할 수 있는 용기의 노래를 부르고 있었다. 1만 명이 넘는 바드들이 함께 연주하고, 가르나프 평원의 유저들도 입을 모아 떼창을 했다.

걸어간 발걸음과 위대한 흔적이
손을 잡고 뒤따르는 이들을
따뜻하게 미소 짓게 하네

꿈을 꾸고 싶다면

다가오는 운명을 피하지 말라

우리는 혼자가 아니니

함께 걸으리라

바드의 비기인 광야의 연주가 발동되면서 하늘에는 무수히 많은 빛들이 어우러졌다. 영역을 넘어서 다투고, 합쳐지고, 하나의 형상을 이루는 빛의 쇼!

"분위기가 나쁘지 않네요?"

"그러게요. 헤르메스 길드로부터 공격을 크게 당했다고 하더니 말이에요."

페일과 벨로트가 한마디씩 했다.

가르나프 평원이 워낙 넓기 때문에 불타는 유성의 파괴 범위나 알킨 병의 여파가 이곳까진 미치진 않았다.

"어? 저 사람 방금 나타났어."

"텔레포트인가. 마법사 스킬이라면…….."

"저분, 어디서 많이 본 거 같지 않아?"

주위에 있던 유저들이 위드와 그 일행들을 손으로 가리켰다.

위드는 자연스럽게 어깨를 펴고 고개를 뻣뻣하게 들었다.

권력을 얻고 출세하다 보면 역시 사람들이 알아봐 주는 맛이 있어야 하지 않겠는가!

"전쟁 노예 페일 님이다!"

"낚시꾼 제피 님도 있어."

"진짜 잘생겼네. 비율도 좋고."

"그 옆은 화령 님이잖아. 로브를 입고 있어서 몰라봤어."

"와, 수르카 님이랑… 다 있네!"

사람들의 눈에는 페일을 비롯한 동료들이 먼저 보였다.

위드의 평범한 외모 탓!

게다가 지금은 평소에 자주 입던 초보자 복장도 아니고 파비오의 중갑옷 때문에 외관이 많이 달라져 있었다.

그래도 몇 초 후에는…….

"위드 님이닷!"

"위, 위, 위, 위드 님이 오셨다!"

걸어간 발걸음과 위대한 흔적이
손을 잡고 뒤따르는 이들을
따뜻하게 미소 짓게 하네

꿈을 꾸고 싶다면
다가오는 운명을 피하지 말라
우리는 혼자가 아니니
함께 걸으리라

바드 마레이의 노래가 계속되고 있었지만, 위드가 나타났다는 소식으로 인한 들썩거림은 군중 사이에 급속도로 퍼졌다.

"위드 님이 여기 왔다고?"

"정말 전쟁의 신 위드 님이야?"

"와! 방금 방송에서 봤는데."

"진짜다! 위드 님이 오셨다."

마법사들이 공중으로 솟구치고, 유저들이 북적였다.

위드 일행이 도착하고 귓속말이나 채팅으로 불과 20~30초 만에 반경 3킬로미터까지 소문이 쫙 퍼졌다.

"보러 가자!"

"나 완전 팬인데. 위드 님 보고 죽으면 여한이 없어."

"위드 님, 한마디만 해 주세요!"

군중 사이에서 거센 환호가 일어났다.

공중에 떠 있는 마법사들은 가르나프 평원에 온 수많은 사람들이, 사탕을 본 개미 떼처럼 모이는 것을 볼 수 있었다.

바드 마레이가 그 광경에 연주를 중단하려고 했지만, 위드가 귓속말을 보냈다.

—노래를 계속해 주세요.

조각사로서의 경험은 노가다에 가까웠지만 어쨌든 조각이라는 예술을 업으로 하는 위드다.

그가 나타나기 전까지 마레이는 열정으로 노래하며 군중과 어우러지고 있었다. 하늘까지 다채로운 빛으로 물들이는 음악을 자신의 등장으로 멈추게 하고 싶지 않았다.

노래하라

더 크게 노래하라

바람이 시작되는 곳

맑은 물방울 소리
땅의 큰 울림에 귀를 기울이는 자들이여

고동치는 마음이 터져서
세상이 흔들리네

노래하고
눈을 들어서 보라
발걸음을 맞추어서 걷자
기적의 시간을 함께 하는 사람들이여!

장엄하게 흐르던 음악이 끝났다.

모든 유저들의 시선을 받고 있던 위드가 손을 들어 박수를 치기 시작했다.

페일과 동료들도 열심히 박수를 쳤다.

"최고다!"

"멋진 음악이었습니다."

군중 속에서도 힘찬 박수와 환호성이 터져 나왔다.

> 용기의 노래를 감상하였습니다.
> 10,239명의 바드들이 참여한 노래. 대륙에서 가장 큰 규모로 연주된 곡을 들었습니다. 단 하루 동안, 모든 회복력이 200%가 됩니다. 육체가 고양되어 체력의 최대치가 25% 증가합니다. 모든 스탯이 7%만큼 늘어납니다. 영웅적인 의지! 직업에 따른 잠재력이 가까이 있는 사람의 숫자에 따라 최대 12%만큼 늘어납니다

> 광야의 연주를 들었습니다.
> 통찰력으로 더 높은 습득을 합니다. 연주의 효과가 20% 증가합니다. 지식
> 이 2 높아집니다. 통찰력이 3 증가합니다. 예술 스탯이 7 증가합니다.

음악을 듣고 누리는 효과!

위드의 입가에 가벼운 썩은 미소가 맺혔다.

'바드도 상당히 좋은 직업이군. 이 정도면 써먹을 일이 많겠는데……'

계획을 바꿔서, 네크로맨서를 마스터하고 다음 직업으로 바드를 선택하는 것도 고민이 될 정도였다.

언데드들도 춤추게 만드는 바드!

'내가 노래는 되니까, 악기 연주만 조금 연습하면… 아, 하프도 다룰 줄 아니 쉽겠네.'

〈로열 로드〉 유저들의 청각을 위험하게 하는 중대한 착각!

검술이나 주력 전투 스킬들은 관련 직업을 선택하면 더 빠르게 오른다.

하지만 위드는 이미 고급 8레벨을 넘은 지 한참이었고, 투쟁의 길에서도 숙련도를 얻었다.

현재는 고급 8레벨 68%.

검사로 전직할 필요가 없을 정도였으므로 진지하게 바드를 고려해 보는 것이었다.

조각사로서 쌓아 놓은 예술 스탯이 무지막지했으니 바드와 같은 예술 계열의 직업은 전직하자마자 거장의 소리를 들을 만도 했다.

'문어발식으로 확장하는 거지. 큰 그림을 그리기 위해서 말이야.'

위드가 진지하게 생각에 잠긴 사이, 마레이와 연주자들은 사람들의 박수와 환호성으로 귀가 멍해져 있었다.

매번의 연주가 최고의 반응을 이끌어 냈지만, 전투가 벌어진 지금이 가장 거셌다.

"흠흠."

위드가 마레이에게 걸어가기 시작하자, 군중 사이로 바다가 갈라지듯이 길이 열렸다.

"위드 님……."

마레이는 감격으로 눈물까지 글썽였다.

'나를 격려해 주기 위해 오고 있구나.'

이번 전투를 위해 자신과 뜻을 함께하는 연주자들을 모았다.

노래를 만들고, 다 같이 연습했다.

흘린 땀방울과 성취감!

멋진 무대를 꾸민 것을 다른 사람도 아닌 위드가 알아준다고 생각했던 것이다.

위드는 무대에 올라가서 말했다.

"잘 들었습니다. 그럭저럭 노래를 잘하시는군요."

"고맙습니다. 앞으로 더 열심히 할 생각입니다."

"부탁이 있습니다."

"말씀하십시오, 위드 님."

마레이는 부탁을 듣기 전부터 각오를 다졌다.

자신의 연주를 끝까지 이어지게 해 준 것도 그렇고, 위드의 모험이나 업적은 가능한 한 가까운 곳에서 지켜보고 싶었다.

어떤 어려운 부탁이라도 들어주면서 친해지고 싶었다.

"제가 노래를 한 곡 하려고 하는데 연주 가능하신가요?"

"위드 님이 노래를요?"

"예. 지금 부를 겁니다."

"그렇다면 영광이죠."

마레이는 당연하다는 듯이 대답했고, 그 직후 떠올렸다.

대체로 위드의 노래라는 게 지금까지 어떠했는지를!

가르나프 평원의 외곽으로부터 하벤 제국군이 쳐들어오고 있다는 걸 사람들은 이미 알고 있었다.

알킨 병, 판제롭 유령 기사단에, 불타는 유성 소환이 언제 다시 하늘에서 떨어질지도 모른다.

그럼에도 당장 기대되는 건 위드가 부를 노래였다.

—시청자 여러분, 주목하셔야 할 것 같습니다. 전쟁의 신 위드가 노래를 할 것 같습니다.

—위드의 노래라면 곧 하벤 제국과의 전면전쟁을 알리는 것과 마찬가지입니다.

방송국들도 실시간으로 중계를 하고 있었다.

위드가 나타난 곳 일대에 몰린 유저들만이 아니라 가르나프 평원의 1억 명 이상으로 집계된 이들 대부분이 집중하고 있었다. 아니, 이 순간 하벤 제국군과 전투 중인 이들을 제외하면 모두가 지켜보고 있다고 해도 과언이 아닐 것이다.

"위드 님이 노래를?"

"드디어 오셨네!"

심지어 알킨 병에 걸린 유저들까지도 수정 구슬을 통해 위드가 나오는 화면을 봤다.

지금까지는 헤르메스 길드에 크게 얻어맞기만 했지만, 그 흐름을 바꾸어 놓으리라는 기대감이 있었다.

위드는 항상 어렵거나 불가능하다고 여겨지는 일들을 극복해 왔다. 재능이나 운도 있겠지만, 스스로의 노력과 도전 정신으로 해냈다.

방송 진행자들도 위드가 나타나자, 적극적으로 목소리를 높였다.

—불사의 군단과 싸울 때에도 위드가 노래를 했었죠. 노래를 부른 위드는 정말 엄청난 결과물들을 만들어 냈습니다.

—오크 카리취의 곡은 정말 명곡입니다. 음악가들은 동의할 수 없겠지만, 어린이들 중에는 모르는 아이가 없을 정도로 인기를 얻었습니다.

—유치원생들이 그 노래를 부르면서 소풍을 갈 정도였다고 하더군요.

마레이가 다른 바드들과 함께 연주하기로 합의한 후에, 위드에게 물었다.

"악보가 있습니까?"

"아뇨."

"그럼 어떻게 연주를 하죠?"

"노래가 시작되면 그냥 맞춰서 연주하면 됩니다."

"아……."

가수에게 맞춰서 즉석에서 만들어 내는 연주!

분명 고난이도의 작업이 될 테지만, 마레이는 바드의 직업을 얻고 나서 실용음악학과로 대학을 다녔다.

작곡에 대한 공부도 꾸준히 했고 경험도 많은 만큼 연주를 할 수도 있을 것 같았다.

새로운 도전이라는 생각에 더욱 불타오르는 기분.

마레이는 이 자리에 모인 1억 명의 청중에게, 앞으로 두고두고 회자될 음악을 들려주고 싶었다.

"그래도 연주를 잘하기 위해, 대충의 구성이나 몇 구절이라도 먼저 알려 주시면 좋을 것 같습니다."

"아직 노래를 안 만들었는데요."

"예? 아직… 안 만들었다고요?"

"지금 만들 겁니다."

마레이는 혈압이 오르는 느낌이었지만, 참고 다시 청했다.

"주제나 가사라도 알려 주시죠. 가사를 들으면 분위기 정도는 파악할 수 있거든요."

"가사도 이제 지어야죠."

"……."

"그냥 흐름에 맡기세요. 느껴지는 대로, 감정을 따르는 게 좋은 음악입니다."

위드는 음악에 평생을 바친 사람들이나 할 만한 대사를 서슴지 않고 했다.

절로 찌푸려지는 이마를 누르며 마레이가 물었다.

"혹시 지금까지 부른 곡들도 그런 식으로 나온 겁니까?"

"예."

"순전히 즉흥적으로만……?"

"그렇게 해도 아무 문제 없던데요."

위드가 당당하게 무대 중앙으로 나설 때, 마레이는 들고 있던 지휘봉으로 뒤통수라도 후려치고 싶은 심정이었다.

'이런 규모의 무대, 처음 듣는 즉흥곡, 그것도 음치가 부르는 노래에 맞춰야 하다니!'

음악과 함께한 삶에 회의가 일어날 지경이었지만, 가장 뛰어난 실력을 가진 바드 10명에게 신호를 보냈다.

즉흥곡이니 연주가 마구 엉키면 안 되기에 마레이가 이끄는 대로 따라와 줄 수 있는 실력자들로만 우선 조합했다.

그들 중에는 마레이처럼 바드의 비기를 익힌 유저도 있었다.

다행히도 베르사 대륙 최고의 바드 11명이 전부 이 자리에 있었던 것이다.

—각오 단단히 하세요. 상상… 이하의 음악이 나올 수도 있습니다.

바드들은 이를 악물었다.

'그래, 뭐든 해 봐라. 설마 우리가 못 맞춰 주겠냐.'

'전쟁의 시작을 알리는 곡이니 장엄하고 웅장한 멜로디로 가겠지. 그러면 리듬은 단순하게 뽑아도 되니까…….'

'나도 박자를 무시하고 연주해야 되나?'

위드는 바드들이 어떤 생각을 하는지 신경 쓰지 않았다.

"노래를 부르기 전에 잠시 실례하겠습니다."

군중을 기다리게 한 후에, 조각칼을 꺼냈다.

"우오오!"

위드의 조각칼이 보이자마자 열기가 올랐다.

가르나프 평원에 만들어진 수많은 조각상들 덕분에 현재 조각술의 인기는 대단했다.

"먼저 무대가 무대이니만큼 조각할 것이 있습니다."

사사사삭!

큰 바위를 두고 매끄럽게 움직이는 조각칼.

마법처럼 빠른 손놀림이었는데, 거의 떠올리는 대로 조각을 할 수 있는 경지였다.

이기적으로 주름진 눈매와 게걸스럽게 벌리고 있는 입.

욕망으로 가득한 코!

크고 두꺼운 이빨은 툭 튀어나와 있었으며, 야만스러워 보이는 근육과 흉터.

너무나도 유명한 모습이었기에 군중은 바로 알아봤다.

"설마 저건……."

"꺄아아아악!"

"너무 멋있어요."

"카리취! 카리취!"

위드가 만드는 조각품은 오크 카리취!

조각품에서 예술적 가치 같은 것이야 찾아보려 애써도 소용이 없다.

불사의 전쟁이 큰 이슈를 끌고 나서 수많은 조각사들이 오크 카리취의 조각에 도전했다.

그러나 어떤 조각사도 성공하진 못했다.

외모는 비슷할 수 있지만 끊임없는 욕망과 집착, 원한을 담아내는 건 쉬운 일이 아니었다. 그런 미묘한 감정들까지 고스란히 얼굴에 새겨진 오크 조각품은 누구도 만들지 못했다.

위드의 카리취는 눈동자는 기본이고, 삐뚤어진 이빨까지도 욕망을 드러내고 있었다.

조각사들 사이에서 위드의 실력이 발군으로 꼽히는 이유가 바로 카리취의 조각상!

'돈. 돈. 돈. 돈. 돈.'

위드는 돈을 떠올리며 오크 카리취의 조각상을 만들었다.

과거보다, 자세히 보지 않으면 알지 못할 정도로 미세하게 뱃살도 더 불룩해졌다.

부유해진 현재에 대한 여유!

그러나 부자일수록 더하다는 말처럼 눈은 더욱 험악하게 찢어졌고, 이빨은 더 날카로워졌다. 아름드리 통나무 같은 허벅지도 더 굵어졌으며, 힘줄마저도 전투적으로 더 튀어나왔다.

오크 카리취가 나이를 비열하게 먹었다면 변했을 모습을 조각해 내는 데 성공한 것이다.

그야말로 압도적인 조각술.

위드의 조각칼이 한 번도 쉬지 않고 오크 카리취의 조각상을 만드는 광경을 군중은 직접 보고 있었다.

"이건 경이롭다."

"감정이 담긴 조각상인데도… 멈추지 않아."

"예술 계열, 그것도 조각사는 정말 다른 직업들과 차원이 다르구나."

"난이도가 비교도 할 수 없을 거 같아. 저 정도는 해야 마스터인가?"

진정한 예술 작품을 조각한다면 위드도 고민깨나 했으리라.

기념품으로 바가지를 씌워서 팔아먹기 위해 수없이 반복했던 사슴, 여우, 토끼 조각상!

그다음으로 가장 자신 있는 조각상이 오크 카리취였다.

"조각 변신술!"

위드는 조각 변신술을 써서 오크 카리취로 변신하는 광경도 보여 주었다.

팔다리가 길어지고, 온몸이 근육질로 변하자 두 팔을 번쩍 들었다. 인간의 것으로 적당하던 팔뚝이, 거칠고 우락부락한 오크의 팔로 변해 있었다.

군중을 열광시키기 위한 쇼맨십!

"우와아아아!"

"카리취, 카리취!"

무대 밑에서 누군가 글레이브까지 하나 던져 주었다.

"취익! 취익!"

위드는 글레이브를 받아 휘두르며 위협적인 자세까지 취해 보였다.

오크 카리취는 인형은 물론이고 각종 굿즈로 만들어져서 어마어마하게 팔렸다.

'이런 자리에서 한 번 더 변신해 주면 매출이 또 오르겠지.'

날개 돋친 듯 팔리는 캐릭터 산업을 위해서 바쁘더라도 기꺼이 시간을 내줄 수 있는 위드! 다른 조각사들은 절대 따라 하지 못할 오크 카리취의 정신 그 자체였다.

"취이이익!"

위드는 시간이 급하기에 콧소리를 가다듬고, 즉흥적인 노래를 부르기 시작했다.

밤은 이제 어둡네
유성이 떨어졌고, 병도 퍼지네
취이익

어둠이 찾아와서인가
아픔에 물들었지

마레이와 바드들도 노래에 맞춰 잔잔하게 연주를 시작했다.

'가사가 생각보다 그럴듯한데!'

'최악은 아니네. 노래 같긴 해.'

바드들의 음성 증폭 스킬 때문에 위드가 작은 목소리로 노래해도 부드럽게 멀리까지 퍼졌다.

'의외로 노래다운 노래를 부르는구나.'

덤벼라. 세상아
칫칫칫. 추추추

그런데 갑자기 노래의 템포가 빨라졌다.
몇 마디를 천천히 걸어갔다면, 갑자기 달리는 것 같았다.

검, 도, 창, 도끼, 활, 철퇴!
뭐든지 휘둘러서 박살을 내 주마!
취잇!

마법, 정령술, 소환술, 저주!
뭐든지 써서 아작을 내 주마!
취취취익!

위드는 사자후를 터트리며 실컷 내질렀다.
일단 노래라면 강렬하게 지르는 맛이 아니던가.
새벽에 술 취한 사람들에게 배운 노래 실력!

와라. 와라!
다 해치우고 전리품을 얻을 거야
주우면 내 거
다 죽여. 다 죽여!
취이이이잇!

가르나프 평원을 쩌렁쩌렁 울리는 위드의 사자후!
노래가 아니라, 그냥 하고 싶은 걸 말하고 있었다. 그럼에도
불구하고 왠지 모르게 신이 났다.

헤르메스 길드와 싸워야 한다는 걱정 따위는 날려 버리는 흥겨운 곡조.

아침이 될 때까지 밤새도록 싸우자
먹고, 마시고, 먹고, 마시고
취취칫!
오늘은 부자가 될 거야
왔노라, 보았노라, 먹었노라!

어깨를 맞대고 싸우자
다 같이 싸워 보세
추이추이칫!

먹고, 마시고, 먹고, 마시고
노세, 노세, 젊어서 싸우고 노세!

이겼다. 이겼어!
취이이이익!

마레이와 바드들까지도 흥겨움에 정신없이 연주했다. 사자후에 맞춰서 악기를 연주하기 바빴던 것이다.

이윽고 마지막의 커다란 콧소리 노래가 끝나고 정적이 찾아왔다.

바드들은 그제야 얼음물을 뒤집어쓴 것처럼 정신이 들었다.

'1억 명 앞에서 망했다.'

'개망신. 손가락이 오그라들고 있어. 잠들기 전에 분명 이불을 차게 될 거야.'

'평생 잊지 못할 흑역사가 만들어지고야 말았군.'

바드들은 노래를 마친 위드를 보았다.

오크 카리취의 모습을 하고 있는 그는 온 세상을 끌어안을 듯이 두 팔을 펼치고 있었다.

'미쳤다, 미쳤어.'

'아… 도망가고 싶다. 부끄러워!'

그때 누군가 박수를 치기 시작하더니 곧 우레와 같은 소리로 퍼졌다.

"위드 만세!"

"헤르메스 길드 따위는 쓸어버립시다."

"풀죽, 풀죽!"

가사와 음정은 엉망이었지만 경쾌함과 박력은 있었다.

무엇보다도 위드가 당당하고 큰 소리로 부르니, 그 분위기가 군중에게도 전염되었던 것이다.

"우오와아."

"딱 이런 느낌이지."

"그래, 인생 뭐 있냐! 싸우고 부대끼는 날도 있는 거지."

다른 곳에서 수정 구슬로 영상을 본 유저들도 막혀 있던 가슴이 뚫린 듯 시원해졌다.

하벤 제국의 만만치 않은 공격에 내심 걱정이 컸다.

죽음, 패배, 정복.

안 좋은 단어들을 떠올리고 있었는데, 위드의 흥겨운 노래가
그런 기분을 말끔히 날려 버린 것이다.

인생에서 내일을 알 수 있나?

시원하게 싸우면 된다.

위드가 다시금 사자후를 터트렸다.

"잠에서 깨어나라. 모두 공격하라!"

가르나프 평원의 유저들도 소리 높여 호응했다.

"가자, 몽땅 때려 부수러!"

"다 죽여!"

"먹고 노세!"

4군단을 지휘하는 학살자 칼쿠스!

그가 맡은 지역은 불타는 유성이 떨어진 곳과 가까웠다.

"우리가 가장 신속하게 적진을 꿰뚫는다."

반란군이 많은 툴렌 지역에 배치되었던 4군단은 지속적으로
병력의 충원과 강화가 이루어졌다.

군단별로 전력의 차이는 있었지만, 1군단을 제외하면 4군단
이 가장 많은 군사력을 보유한 상태였다.

"기사단이 적진을 돌파한다!"

"레인저들이 지정된 위치에 배치되었습니다."

"거점을 중심으로 주변을 쓸어버린다."

4군단은 과감하게 움직였다.

북부의 유저들을 줄이는 게 주목적이 아니라, 헤르메스 길드 유저들과 기사들이 길을 열고 전군이 따라서 움직였다.

가르나프 평원의 외곽에서부터 진군은 조금도 지체되지 않았고, 군중의 내부로 들어오면서도 마찬가지였다.

"숫자만 많을 뿐, 이들은 군대가 아니군."

칼쿠스는 비릿하게 웃었다.

단단히 뭉쳐 있는 유저들을 기사단으로 꿰뚫는다. 그것만으로도 가까이 있던 초보 유저들은 겁에 질려서 제대로 저항하지 못했다.

"어린아이들을 쥐어 패는 느낌이야. 너무 간단하군."

죽이고 또 죽인다.

덤벼드는 유저들이 많아질수록 시체들을 산처럼 쌓으며 돌파했다.

스티어: 위드 출현!

위드가 등장했다는 소식을 듣긴 했지만 위기감은 생기지 않았다. 칼쿠스는 오히려 군중 속에서도 나약한 북부 유저들에게 실망하고 있었다.

400대나 500대 레벨을 가진 유저들조차 따로 몇 명이 덤벼들어서는 군단의 힘에 짓밟힐 뿐이었다. 전투가 벌어져 압도당한 이후부터는 도망치기에 바빴다.

"가라, 우리가 최고임을 증명하라!"

한 번도 패배를 경험한 적 없는 칼쿠스는 오직 진군만을 독려했다.

"싸우자!"

"제국군을 막아요."

"겁먹지 말자. 죽을 각오로 싸우는 게 아니라, 멋지게 죽는 거야."

그런데 전장의 바람이 바뀌었다.

맥없이 죽어 나가던 유저들이 어느 순간부터 적극적으로 덤벼들기 시작했다.

"우에우에!"

"우리가 간닷."

"다 죽여!"

제국군의 진군을 경외와 두려움으로 지켜보던 유저들이 뛰어나와 부딪치는 것이다.

불나방처럼 목숨을 잃고 회색빛으로 변하는 유저들.

그 뒤에는 더 많은 유저들이 아무 무기나 들고 뛰어오고 있었다.

"그래 봐야 보잘것없는 초보들이다."

"기사단, 돌파해!"

칼쿠스의 군대는 사방에서 덤비는 유저들을 처리했다.

그럼에도 잔잔한 바다에서 수영하다가 거친 파도가 밀려오는 것을 마주한 듯, 상황이 달라졌음을 느끼기 시작했다.

수정 구슬로 위드의 노래를 들은 유저들도 무기를 쥐었다.

"싸우려고 왔으니 싸우면 되는 거잖아."

"불리한 거 따지기는 무슨, 여기서까지 그러고 싶진 않아."

"가자고, 어디든!"

몇 명의 유저들이 앞장서면, 무섭게 사람들이 모여들었다.

"우린 1군단을 향해서 갈 겁니다."

"이쪽은 2군단을 공격하죠!"

"3군단도 가야 하는데… 거긴 너무 멉니다. 부근의 형제들이 어떻게든 싸워 줄 테니 우린 가까운 곳부터 갑시다."

"어디든 가요. 싸우다가 죽읍시다."

그들을 지휘할 사람은 없다.

레벨이 높은 유저들이 초보들의 뒤를 따르는 상황도 흔히 벌어졌다.

"뭐야, 갑자기 이 분위기."

"완전 두근거린다."

헤겔, 벨라, 르미, 나이드.

한국 대학교 가상현실학과의 학생들도 분위기에 휩쓸렸다.

무기를 꺼내 들고 하벤 제국군이 공격해 오는 방향을 향해 군중이 걷고 있다.

수많은 사람들이 전투를 위하여 빠르게 걸어가는 그 박력!

불타는 유성 소환, 알킨 병 등으로 당황했지만, 위드가 나타나자마자 싸울 의지를 갖춘 것이다.

"이거… 못 이길 거 같은데, 우리도 가서 죽어야 돼?"

헤겔이 눈살을 찌푸리며 하는 말에 르미가 그의 정강이를 걷어찼다.

"야, 무슨 말을 그렇게 하냐! 다 같이 싸우자는 거지."

"왜 싸워, 그러다 죽으면 우리만 손해인데."

"맨날 이익만 생각하며 사냐?"

"응, 그래야 손해가 없지."

구경이나 하려던 헤겔은 문득 하늘을 봤다.

쏴아아아아.

'바람 소리인가?'

무언가에 의해 별들이 가려졌다.

꾸으아아악!

째재잭!

들려오는 새소리.

"춤추는 빛!"

어느 마법사의 손에서 빛줄기가 하늘로 솟구쳤다.

그 빛으로 일순 환해진 밤하늘은 새들로 뒤덮여 있었고, 새들의 등에는 전사들이 1명씩 타고 있었다.

조인족과 북부 유저들 중에서 추리고 추린 공수부대원들!

기동력이 뛰어난 그들이 나타난 것이었다.

꿀꺽.

헤겔은 마른침을 삼켰다.

하벤 제국과 아르펜 왕국!

베르사 대륙의 두 주력이 정말 맞붙으려는 것이다.

"이 전투에는 꼭 끼어야 할 것 같다. 어디 가서도 자랑거리가 될 테……."

조용히 고민에 잠겼던 헤겔은 뒤늦게 친구들이 모두 떠난 것을 확인하고 급히 뛰기 시작했다.

　진리의 마법사 제스트.

　그는 중앙 대륙에서 〈로열 로드〉를 시작하여 일찍이 명성을 떨쳤다.

　마법사 중에서 서열 3위 안에 드는 실력자로, 하벤 왕국을 근거지로 삼고 살았다. 〈로열 로드〉의 초창기에는 하벤 왕국과 칼라모르 왕국이 영토가 넓고 국력이 강했기 때문이다.

　그 인연으로 헤르메스 길드에 소속되었지만, 얼마 전에 아르펜 왕국으로 이주했다.

　"헤르메스 길드가 뭐든 지원해 주긴 하지만 공짜는 아냐."

　중앙 대륙이 혼란스러운 시절에는 전쟁에서 활약하는 일이 자연스러웠다.

　하지만 아르펜 왕국과 대립하게 된 후로는, 떳떳하게 살고 싶어졌다. 명예를 파는 대가로 그들의 하수인이 될 생각은 없었다. 그래서 이주를 결정했던 것이다.

　"번식하는 화염의 정화."

　제스트는 멀리서 하벤 제국군 8군단을 향해 마법 주문을 외웠다.

　장거리 마법 주문!

하벤 제국군의 진영이, 하늘에서 떨어져 내린 화염의 정화로 불타올랐다.

뒤이어 기사단이 돌격하는 것을 본 제스트는 곧바로 대지 마법을 펼쳤다.

"대지의 몰락."

기사단 앞쪽의 땅이 일자로 갈라지더니 그들을 한꺼번에 집어삼켰다.

> 마나가 고갈되었습니다.
> 현재 남은 마나는 4%입니다.

장거리 광역 마법은 마나를 심하게 잡아먹었다.

"내 할 일은 다 했으니 좀 쉬어야겠군."

제스트가 물러나려고 할 때, 8군단의 진영에 변화가 생겼다. 헤르메스 길드 유저들이 그가 있는 곳을 향해 달려 나온 것이었다.

"이런, 플라이!"

제스트는 비행 마법을 펼쳐서 뒤로 빠졌지만, 헤르메스 길드의 추적도 대단히 빨랐다. 도둑, 암살자, 레인저처럼 속도가 빠른 직업들이 추적하는 모양이었다.

제스트와 추적자들 사이의 거리가 좁혀지려 하자, 그 광경을 본 북부 유저들이 나섰다.

"막아. 우리가 막아!"

"어서 피하세요!"

헤르메스 길드 유저들이 스킬을 쓸 때마다 몸으로 막은 북부 유저들이 죽어 나갔다.

제 한 몸 희생해서라도 제스트가 도망칠 수 있는 시간을 벌어 주려는 유저들이었다.

"지금 죽여야 돼."

"제스트! 도망치지 못할 거다."

단숨에 수백 이상을 죽일 수 있는 직업, 마법사.

제스트의 정체를 알기에 헤르메스 길드 유저들이 집요하게 추적하는 것이었다.

200미터… 100미터…….

그들 사이의 거리가 빠르게 줄어들고 있었다.

"큭."

"컥!"

"으악!"

그런데 갑자기, 북부 유저들을 돌파하면서 제스트를 쫓고 있던 헤르메스 길드 유저들이 하나둘 죽어 갔다.

"여기 암살자가 있다!"

뒤늦게 알아차렸지만, 암살자는 북부 유저들 사이에서 헤르메스 길드 유저들을 사냥하고 있었다.

"돌아가자!"

어느새 10명밖에 남지 않은 것을 확인한 헤르메스 길드 유저들은 8군단 진영으로 돌아가기로 했다.

"막아요!"

하지만 북부 유저들이 다시 그들의 앞을 가로막았다.

조금이라도 지체하고 싶지 않았기에 헤르메스 길드 유저들은 강력한 광역 스킬을 쓰면서 전장을 벗어나려 했다.

그러나 새벽의 짙은 어둠!

그림자 속에서 짧은 칼날이 튀어나와 다리와 허리, 목덜미를 연속으로 베었다.

"끅."

"이렇게 죽다니……."

남은 이들도 1명씩 차례로 죽어 갔다.

교묘한 위장술과 기습 공격, 환영을 이용한 암습.

헤르메스 길드 유저들의 시체 위에 나타난 것은 검은 활동복을 입은 암살자.

죽음을 몰고 오는 그림자, 양념게장이었다.

오크 카리취의 싸움

위드의 노래가 끝나고 나서도 일대는 열광의 도가니였다.

"우리에게 승리를!"

"어서 하벤 제국을 물리쳐 주세요!"

"오크 카리취다. 완전 실물로 보니깐 진심 무섭게 생겼어."

오크 카리취의 노래를 직접 들은 사람들은 흥분을 감추지 못했다.

취익, 취익, 취취익!

위드는 두 팔을 덩실덩실 흔들면서 어깨춤도 추었다.

커다란 오크 카리취의 댄스!

전형적인 것과는 인연이 없는 아저씨들 춤이었음에도 불구하고 사람들은 분위기에 빠져들었다.

"멋지다!"

"꺄! 저 여유 좀 보세요."

"최고다, 위드 님!"

피라미드를 지을 때보다도 훨씬 더했다.

어떤 이야기를 하더라도 들어줄 것만 같은 상태에 돌입하고 있었다.

'이때다.'

위드의 날카로운 눈빛이 스캐너처럼 무대를 훑고 지나갔다.

수십만 명이 넘는 사람들이 모여 있었지만, 그중에서도 몇 명은 특히 눈에 띄었다.

장비를 비롯한 옷차림이 튀거나, 유저들의 수준이 높았던 것이다.

이른바 고레벨 유저들!

그들은 모르겠지만 위드는 아르펜 왕국에서 레벨 500대를 넘는 유저들은 최소한 이름이라도 파악하고 있었다.

거머리보다도 철저한 빌붙는 능력이 독재자의 기본기!

위드는 무대에서 큰 소리로 외쳤다.

"고라골 님. 취칫."

"예에? 저요?"

"그렇습니다. 이쪽으로 나와 주십시오. 취이익!"

1명씩 호명하며 불러낸다.

위드는 40명의 유저들을 선발해서 무대에 오르도록 했다.

"우릴 왜 나오라고 한 거지?"

"모르겠어요."

작게 속삭이는 유저들은 어리둥절한 기색이 역력했다.

그들 중 누구도 위드와는 인연이 없었다.

모라타에서 우연으로라도 스쳐 지나갔거나, 조각품을 구매했거나, 건설에 참여했던 유저들은 고작 7명이었다.

어쨌거나 다들, 위드가 자신의 이름을 아는 것을 신기하게 여기며 어리둥절해 있었다.

딱 사기 치고 호구 만들기 좋은 상태!

"취익. 잠시만 기다려 주십시오."

위드는 40명의 유저들이 쳐다보는 가운데, 나무토막에 조각술을 펼쳤다.

'기다림이 때론 기대감을 일으키지. 사람들의 상상력이란 사기의 토양이라고 할 수 있어.'

욕심과 상상력이 있기에 즐거운 인생이 아니겠는가.

위드는 흉악한 오크의 몸으로 작은 조각칼을 움직였다.

사자, 호랑이, 코끼리, 하마, 기린 등등의 동물 조각상들이 빠르게 만들어졌다.

걸작도 아닌 평범한 나무로 만든 작품!

심지어 조각상들의 밑에는 기다란 봉을 꽂아서 높이 들어 올리기 좋게 했다.

"고라골 님, 첫, 사자 부대의 대장으로 임명하겠습니다."

"네?"

고라골은 뜬금없는 말에 눈이 휘둥그레졌다.

"북부 유저들을 이끌고 가서 적을 막아 주십시오. 취익!"

중앙 대륙에서부터 시작해서 이주해 온, 레벨 510이 넘는 유저 고라골!

명문 길드 출신이기도 했지만, 영토를 빼앗긴 이후에는 질려서 북쪽으로 온 사연이 있었다.

"저를 믿으십니까?"

"당연히 믿지요. 췌췟. 평소 고라골 님 이야기를 많이 들었습니다."

고라골은 정이 있는 편이라 사람들이 잘 따르고, 전투 감각도 탁월했다.

"알겠습니다. 어디 한번 뼈가 부서지도록 싸워 보지요. 전투 지역에서 한 발자국도 물러나지 않을 겁니다."

위드는 1명씩 불러서 조각상 깃발을 넘겨주며 부대장으로 임명했다.

40명의 유저들은 수많은 사람들과 방송 무대 앞에서 위드로부터 대장 임명을 받아 크게 감격하고 있었다. 놀라운 명예와 권위를 얻었다고 생각한 것이다.

"더할 나위 없는 영광입니다."

"하벤 제국 놈들은 제 시체를 밟지 않고서는 더 이상 다가오지 못할 겁니다."

"멋지게 싸우겠습니다."

"결코 기대를 저버리는 일 없을 겁니다."

이 순간, 위드는 단순히 전쟁의 신이라고 불리는 유명한 유저가 아니었다.

아르펜 왕국의 국왕은 기본적인 자격이었으며, 1억 명 이상의 유저들을 배경으로 두고 있다.

시청률까지 이용해 먹는 모습!

위드가 아니라면 1실버에도 구매하지 않을 간단한 조각상 깃발을 받고 고레벨 유저들이 목숨을 바쳐 하벤 제국과 싸우기로 한 것이다.

"사자 부대원을 모집합니다. 바로 전투 지역으로 갈 것이니어서 와 주세요!"

"코끼리 부대입니다. 부대 이름처럼 적을 짓밟아 버립시다."

부대장들은 평원의 유저들을 모아 하벤 제국군이 쳐들어오고 있는 방향으로 빠르게 달려갔다.

머릿속에는 어떻게든 멋지게 이기려는 생각뿐이었다.

실제로, 방송과 1억 유저들의 시선이 두려워서라도 잘 싸울 수밖에 없을 터였다.

'돈도 안 주고 부려 먹고, 죽어도 뒷감당을 신경 쓰지 않아도 되지.'

무보수!

무보험!

위드는 군중 앞에서 이름을 부르고 조각품 하나 만들어 주는 것으로 혼신을 다할 전투 지휘관들을 얻은 것이다.

"와아! 가자!"

"싸우자. 물리치자!"

부대장들의 인솔을 따라 유저들 무리가 떠나고 나서도 남아 있는 이들의 열기는 대단했다.

위드가 다시 사람들을 부르고 조각품들을 만들었다.

그 광경에 레벨이 높은 유저들은 기대감을 품었다.

'설마……'

'또?'

'다시 기회가 있다. 나라면 부대장으로 뽑아 주지 않을까.'

이번에도 부대장들을 임명!

가르나프 평원에 모여 있는 유저들은 많지만, 그들을 이끌 사람은 확실히 부족했다.

하벤 제국의 갑작스러운 공격으로 유저들이 이리저리 뒤엉켜 있는 와중이었다. 지휘권이 제대로 확립되지 않은 채 혼란스럽게 싸우면 그나마 있는 전투력도 발휘하지 못한다.

유저들이 많다고 해도, 열심히 싸우지 않고 도망치기 시작하면 급속도로 무너져 버리는 것이다.

모라타에서부터 시작한 북부 유저들은 확실한 의지가 있었지만, 지금 이곳에는 분위기를 봐서 구경만 하려는 이들이 상당히 많이 섞여 있으리라.

'큰 조직일수록 관리가 중요해. 놀고먹는 사람을 없애야지. 다 부려 먹을 수만 있으면, 이 전투 이긴다.'

해결책은 임명장 남발!

위드는 실력자들을 부대장으로 지정해서 싸우도록 했다.

물론 모든 유저들이 명예와 지휘권을 가졌다고 충성을 다하는 건 아니라는 사실도 알고 있었다.

"다르비 님, 취익, 동쪽 해안가에서 고생하신 이야기는 들었습니다. 추이익!"

"영광입니다. 위드 님이 저를 알아주시다니……."

"츄익. 프로본스 님, 매주 초보자들에게 붕대를 나누어 주셨다죠? 췻. 그 헌신에 놀랐습니다."

"위드 님께서 하신 일에 비하면 정말 별거 아닌데요."

"막테 님, 꼭 만나 보고 싶었는데 드디어 뵙는군요. 췻!"

"무한한 영광입니다."

칭찬과 아는 척.

그것만으로도 부대장에 임명된 이들은 더 열심히, 목숨을 걸고 싸울 생각을 하게 되었다.

사람이란 대부분 단순해서 자신을 알아주는 이를 위해 싸울 수 있는 것이다.

아르펜 왕국의 국왕이며 〈로열 로드〉의 영웅인 위드가 자신을 알아주었다!

'위드 님이 날 지켜보고 있었구나.'

'와… 나 유명인이 되는 건가?'

'내 평판이 이 정도로 대단했나? 위드 님이 말하는 거니 모두 알고 있다는 뜻이겠지?'

실제로는 당연히 사기에 가까운 꼼수였다.

> ─동쪽으로 340미터 정도, 등에 검을 2개나 꽂고 있는 사람이 보일 겁니다. 그가 쌍도로 유명한 두소라고 합니다. 프레야 여신상 제작에 참여했죠.

> ─서쪽으로 420미터에서 궁수로 유명한 제베가 접근하고 있습니다. 같이 퀘스트를 해 본 적도 있는데요. 원거리 저격이 굉장히 뛰어납니다. 얼굴 잘생겼다는 칭찬을 좋아합니다.

> ─북쪽이요! 나마드 수도원의 권사들이 오고 있어요. 그들은 영주 자리에 관심이 있을 거예요.

발굴해야 할 인재를 동료들이 제보해 주고 있었던 것이다.

그물망에 걸려든 고레벨 유저들은 모조리 임명장을 주고 전투 지역으로 보냈다.

대부분 싸우다가 죽을 테지만, 전쟁이란 본래 희생을 필요로 하는 것!

위드는 100명이 넘게 부대장을 뽑았다.

가르나프 평원에 뭉쳐서 할 일을 찾던 유저들의 교통정리!

부대장들은 명성이나 인맥에 따라 수만 명씩을 거느리고 싸우도록 했다.

위드가 있다는 소식이 알려지면서 많은 유저들이 계속 모여든 덕분에 사람이 줄어든 티도 나지 않았다.

"저요! 저도 부대장으로 뽑아 주세요. 레벨 484예요!"

"저도 싸우고 싶습니다. 아르펜의 왕실 기사입니다. 공적치로는 누구에게도 지지 않습니다."

"죽순죽 출신입니다만 매일 22시간씩 게임합니다. 위드 님을 닮고 싶어요!"

순진무구한 유저들이 자신을 부대장으로 뽑아 달라고 애원했다.

하벤 제국의 기습으로 시작됐던 전쟁이 위드의 등장으로 뭔가 재밌고, 뜨거운 것으로 변해 가고 있었다.

점점 동료들로부터의 제보가 줄어들고, 부대장으로 뽑을 인재도 잘 나오지 않았다. 최소 수만 명씩의 부하를 거느리기 때문에 레벨과 인성, 지휘력을 전부 감안해야 했던 것이다.

그렇다고 이 자리에 모인 유저들을 그냥 이대로 해산시킬 수는 없었다.

밥그릇에 붙은 밥알의 흔적까지 긁어내 먹어 치워야 한다.

위드는 사자후를 터트렸다.

"이곳에 모인 분들은 저와 함께 싸우러 갑시다! 취이이익!"

"우와아아아!"

"까아악!"

평원이 떠나갈 듯, 유저들의 함성이 울렸다.

고조된 분위기에 실제로 땅이 흔들리는 것 같은 착각이 일어날 지경이었다.

"갑시다. 취칫. 싸웁시다. 취익. 먹읍시다! 추익!"

"만세!"

"어서 놈들을 해치워요!"

"다 죽입시다!"

"우린 11군단으로 갑니다. 취이잇!"

위드는 목표를 11군단으로 정했다.

대충 고른 게 아니라 CTS미디어에서 생방송으로 중계하고 있는 것도 중요한 이유였다.

"가자!"

당당한 오크 카리취의 모습을 한 위드가 걸어가니, 주변의 유저들이 다 같이 따라나섰다.

끝도 없는 유저들의 이동.

중간에 합류하는 유저들로 인해 행렬의 덩치는 금세 몇 배나 불어났다.

수백만 단위가 우습게 모였고, 새로운 유저들이 접속하면서 그 수는 늘어만 갔다.

위드가 선봉에 서니 유저들의 자신감이 하늘을 찌를 듯했다.

"우릴 상대해야 하는 11군단도 어지간히 재수가 없다."

"와! 위드 님과 같이 전투를 하게 되다니, 며칠 전부터 오늘만 기다린 보람이 있네."

"이길까, 질까?"

"이 인원이면 질 수도 없겠다."

"그래. 주변을 둘러봐, 유명한 사람이 한둘이 아니라고!"

중앙 대륙과 북부의 고레벨 유저들은 위드에게 더욱 적극적으로 호응했다.

부대장 임명 때문에라도 위드의 눈에 띄어서 명예와 인지도를 얻으려고 고무되어 있었다.

11군단과의 전투를 지켜보기 위해 뒤따르던 마레이와 바드들은 정신적으로 2차 충격을 받았다.

"음 이탈에 가사 엉망인 노래 한 곡으로 이렇게까지 사람들을 흥분시켜?"

"음악이 사람의 마음을 움직인다지만… 이런 영향력은 생각도 못 했어요."

"소문으로 들은 것 이상입니다."

"오크 카리취로 변신하는 순간부터 사람들이 완전히 빠져들었던 거죠."

11군단을 지휘하는 군단장 울타르는 강렬한 카리스마를 발

휘하고 있었다.

"모조리 쳐죽여! 제국에 저항하는 것이 어떤 의미인지 이 미개한 놈들에게 가르쳐 주어라!"

제국군 전사들이 돌진하면서 북부 유저들을 제거하기 시작했다.

어떤 전사들은 화염의 검을 사용했다.

그 검에 맞은 이들은 5미터도 넘는 불길에 휩싸여 목숨을 잃었다.

> 연쇄 화염이 발동되었습니다.

화염은 가까이 있는 다른 유저들에게 옮겨붙어 폭발하며 공포를 심어 줬다.

헤르메스 길드원들도 선두를 달리며 신나서 싸우고 있었다.

> 스티어: 위드가 나타났습니다.

위드가 등장하거나 말거나 신경 쓰지 않았다.

'다른 군대가 알아서 하겠지.'

20개 군단이나 진격하고 있었으니 자신의 일이란 생각이 들지 않았다. 사방에 넘쳐 나는 적들을 상대로 무기를 휘두르고 스킬을 쓰기 바빴다.

무시무시한 학살극을 벌이며 스스로의 강함에 도취되기도 했다.

'재밌어. 〈로열 로드〉는 역시 약자들을 쳐죽이는 맛이지. 이 즐거움을 얼마나 오랫동안 억눌러야 했던가.'

새로 들어온 정보에 울타르와 헤르메스 길드원들이 동시에 멈칫했다.

'위드가 우릴 잡으러 온다고?'

'여기로 와?'

울타르는 회심의 미소를 지었다.

그 역시 〈로열 로드〉에서 레벨을 기준으로 랭킹 30위권 안에 포함되는 강자인 것이다.

'위드와 싸운다.'

손발이 저릿저릿한 쾌감과 두려움.

전투를 즐기는 그로서는 오히려 반갑기까지 했다.

라페이가 귓속말을 보내왔다.

—소식은 들었을 겁니다.
—예, 꽤 많은 사람들을 이끌고 위드가 이쪽으로 온다고요.
—자신은 있겠죠?
—다 처죽일 자신 있습니다. 진다는 건 생각도 안 합니다.
—저도 믿습니다만, 가까이 있는 몇 개 군단에 지원을 명령했습니다.
—흠. 굳이 그럴 필요까진 없는데.

울타르는 항상 신중한 수뇌부가 거슬렸다.

헤르메스 길드를 여기까지 키우는 데 있어 라페이의 공로를 인정하긴 했지만, 그렇더라도 너무 머뭇거린다.

'나라면 진작 북부를 점령하고 정복을 끝내 버렸을 거다. 힘이 있는데 안 쓰는 게 멍청하지.'

불타는 유성 소환과 알킨 병에 감탄하긴 했다.

—미리 짜 놓은 전투 계획대로입니다. 다만 그들 역시 적진을 뚫고 도착해
야 하니 도착할 때까지 시간이 걸릴 것입니다.
—큿. 더 늦어져도 상관없습니다. 천천히 하시죠.
—불타는 유성 소환 마법의 준비도 서두르고 있습니다. 1시간이면 사용 가
능합니다. 소멸의 창도 최대한 지원될 겁니다.

울타르는 가까이까지 달려온 드워프 전사를 검으로 베어 버
렸다.

—알아들었습니다.
—무운을 빕니다.

솔직히 그로서는 준비가 과하다고 생각했지만, 싫다고 하진
않았다. 승리를 거둔다면 역사에 자신의 공으로 남을 것이기
때문이었다.

조인족들이 위드에게 합류하기 위해 찾아왔다.
달과 별이 보이지 않을 정도로 조인족들이 하늘을 가득 채우
고 있었다.
조인족의 대장을 맡은 유저, 날쌘찬바람은 제비에서 독수리
로 변이를 마쳤다. 넓게 벌어진 어깨와 딱딱한 부리가 강철이
라도 맛있다고 쪼아 댈 것 같았다.
날쌘찬바람이 위드를 향해 정중하게 말했다.

"우리도 북부 유저로서 이번 전투를 치르고 싶습니다. 목숨을 바쳐 싸울 것입니다."

"……."

위드는 그저 말없이 날쌘찬바람을 보고 있었다.

오크 카리취의 형태로 가까이에서 만나니 상대가 받는 압박감은 보통이 아닐 것이다.

카리취의 흉터와 힘줄로 뒤덮인 팔뚝은 당장이라도 목을 비틀어 버릴 정도로 강인했다.

오크 카리취의 실물이란, 인적이 뜸한 밤거리에서 만나면 경험 많은 전사들조차 두렵게 느껴지는 것이었다.

위드가 단단한 이빨을 드러내며 씩 웃었다.

"취췻. 허락합니다."

조인족들의 합류!

그들은 하늘을 빠르게 날 수 있기에 전투 부분에서는 탁월한 강점을 가졌다. 평원을 날아다니며 약한 몬스터들을 공중에서 사냥하고, 또 넓은 시야로 약초 같은 걸 찾아낼 수도 있었다.

하지만 조류의 특성상 대부분 밤눈이 어둡다는 단점도 가지고 있었다.

"아침이 올 때까지 저희는 병력 수송을 우선시하겠습니다."

"네. 취췻."

"전투 지역의 공수부대 낙하는 무제한적으로 이루어질 것입니다."

"원하는 대로. 취익!"

당장 전투에 참여하지 않는다고 해도 조인족들의 도움은 제국군의 전투 진형을 파괴하는 효과를 갖고 있었다.

위드에게 합류하려는 무리는 조인족 외에도 많았다.

"도와드리러 왔습니다!"

잔을 비롯한 네크로맨서들은 끓고 있는 라면에 계란 같은 존재! 그들이야 언제든 환영이었다.

"병아리죽 부대입니다. 정식으로 합류 요청합니다!"

"죽순죽 43분대입니다. 조촐하게나마 싸우고 싶습니다."

"산딸기죽입니다. 참고로 딸기죽 부대와는 친하지만 별도로 존재합니다!"

위드가 11군단으로 병력을 데려가는 사이에 풀죽신교의 여러 죽 단체들도 합류했다.

인파는 11군단과 전투가 벌어질 때쯤에는 1,000만을 넘을 것으로 예상되었다.

"소프 님이 이끌어 주세요. 취익!"

위드는 일정 수의 병력이 모일 때마다 지휘관을 임명했다.

전체적인 병력 운용의 효율을 감안하고, 유저들에게 소속감을 주기 위해서였다.

'고레벨 유저들과 인연을 많이 만들어 둬야지. 언제 써먹을지 모르니 말이야.'

명예의 전당에 오르거나 게시판에서 유명한 유저들도 뒤늦게 합류하여 위드의 주변이 북적였다.

"페일 님, 보고 싶었습니다!"

"예. 오랜만입니다, 팔알토 님. 잘 지내셨어요?"

"그럼요. 항상 페일 님과 다시 만날 날을 기다렸죠. 핫핫핫!"

페일은 어디서나 유저들에게 인기가 있었다.

모라타에서 꽤 오래 활동을 했고 위드와의 친분에다 궁술 실력까지 겸비한 만큼 호감을 사기 쉬웠다.

어떤 퀘스트는 궁수가 있으면 난이도가 훨씬 떨어지기도 해서 자주 도움을 주기도 했다.

"이리엔 님, 완전 회복 마법을 익히셨다면서요?"

"네. 아직 숙련도가 낮아서 생명력의 절반을 채우는 정도지만요."

"하아. 그것도 놀라운 수준이죠! 언제 파티라도 한번 같이할 영광이 있을까요?"

"기회가 되면 불러 주세요."

이리엔은 사제로서 독보적인 명성을 보유했다.

사제의 회복 스킬은 쓸데가 아주 많지만 숙련도를 높이는 조건이 다양하고 까다로웠다.

회복력을 높이기 위해서는 약한 자들을 많이 치료해 주거나, 죽음의 위기에 처한 이들을 살려야 한다.

어떤 때는 패배의 위기에 놓인 전투를 치유의 능력으로 기적을 발휘해 숙련도를 쌓는다.

적성에 맞지 않는다면 불가능한 직업으로, 그런 만큼 사제는 어디서나 높은 대우를 받았다.

이미 대중적인 인기를 얻은 화령과 벨로트는 물론이고, 수르카와 로무나를 비롯한 다른 동료들도 사람들에게 둘러싸였다.

"하하하."

"후후후."

친근하게 웃고 있는 그들이었지만 속으로는 인사를 나누는 이들의 이름을 기억에 새기는 중이었다.

다음에 위드에게 부대장으로 써먹을 유저들을 추천해 주기 위해서였다.

울타르가 이끄는 11군단은 대규모의 병력이 진군해 오는 것을 발견했다.

"놈들이 옵니다! 확실히 많습니다!"

"어디에 있나?"

"아직 안 보입니다."

11군단의 유저들은 위드가 나타나지도 않았는데 평원 너머가 불빛으로 가득한 걸 보았다. 끝을 알기 힘들 정도로 이어진 불빛들이 그들을 향해 다가오고 있었다.

울타르는 기대가 되는 한편, 예상을 웃도는 광경에 조금은 당황스러웠다.

"처음에는 접근하는 놈들부터 차근차근 제거하며 이득을 본다. 마법 함정들을 여기서 몽땅 쓴다는 생각으로 아끼지 말고 깔자."

병사들이 그의 명령에 따라 땅을 파거나 바위를 옮겨서 벽을 세웠다.

"보급 마차의 문을 열어!"

"가리지 말고 뭐든 다 꺼내라."

헤르메스 길드원들의 지휘 아래 1개에 500골드가 넘는 마법 함정들도 설치했는데, 땅에 깊게 파묻히는 대지 계열이나 폭발하며 피해를 입히는 유형들이 많았다.

"이게 다 돈이 얼마야. 비싼 것들을 다 쓰려니 아깝군."

"그래도 남겨 둘 필요는 없지. 잘하면 여기서 전투가 끝날 수도 있으니까."

"이기면 우린 전설이 될 거야."

"당연한 이야기. 대륙 정복의 역사를 나 금라덴이 결정한다."

헤르메스 길드원들은 두근거리는 마음으로 기다렸다.

가르나프 평원을 밝히는 불빛들의 행렬이 빠르게 밀려오고 있었다.

"아직 기다려라."

울타르는 냉정한 눈으로 그들을 주시했다.

꾸준히 불빛들이 접근해 왔고, 나중에는 사람들의 얼굴까지 보일 정도의 거리가 됐다.

"쏴라!"

11군단의 진영에서 화살과 마법 공격이 일제히 퍼부어졌다.

"공격해라!"

"선봉은 우리닷."

"조기죽. 출동이요!"

11군단을 향해 횃불을 든 유저들이 화살과 마법을 맞으면서 질주해 왔다.

초보자 복장에 싸구려 장검을 든 유저들!

운이 나빠 맞으면 목숨을 잃고 회색빛으로 변해서 사라지지만 그다음 사람이 바로 자리를 채운다.

하벤 제국군이 가르나프 평원으로 와서 이미 숱하게 상대해 본 초보자들과 비슷했다.

콰과광!

유저들은 마법 함정들을 밟고 화려한 불꽃을 일으키며 폭발했다.

숱한 사람들이 그 폭발에 휘말려 사라졌지만, 돌격해 오는 속도는 조금도 줄어들지 않았다.

검을 들고 달려오는 어마어마한 유저들!

울타르는 가슴을 뜨겁게 하는 전쟁의 기운을 물씬 느꼈다.

"쌍검 전사들이 전면에 나선다. 다가오는 놈들은 모조리 처죽여!"

채챙!

양손에 검을 든 제국군 병사들이 전열에 섰다.

미리 연습한 진형에 따라 창병과 방패병이 도열했으며, 기병도 대기했다.

궁수와 마법사 들은 계속 활시위를 당기고 마법을 발현시켜 날렸다.

"제국에 영광을!"

"황제 폐하를 위하여!"

검을 들고 뛰어오는 유저들에게 화살이 비처럼 쏟아지고, 마법 폭발이 일어났다.

"망설이지 말고 부딪치세요. 우리는 해낼 것입니다."

"풀죽, 풀죽, 풀죽!"

죽을 줄 알면서도 달려오는 선두의 유저들!

그들에게는 목숨보다도 소중한 것이 있었다.

등수 놀이!

"내가 1등으로 왔다. 내 이름은 바이타르다!"

"아자. 아슬아슬하게 2등이다."

"3등. 순위권!"

힘껏 달려온 유저들과 11군단의 거리가 가까워지더니 정면으로 부딪쳤다.

"방패로 밀치고 창으로 찔러라!"

"크억!"

"악!"

대부분은 온 힘을 다해서 달려온 연약한 유저들이 제국군에 막혀서 회색빛으로 변해 죽는 걸로 끝났지만, 일부는 돌파에 성공했다.

모라타 시절부터 시작했던 아르펜 왕국의 1세대 유저들이 선두에서 병사들을 제압하고 뚫어 낸 것이다.

"싸워요. 이곳을 더 넓혀야 해요!"

"승리를!"

"버티십시오. 나머지는 동료들에게 맡기고요!"

제방을 무너뜨리듯이 유저들이 밀려들었다.

"늑대 기사단 투입해!"

울타르는 가만히 지켜보다가 기사단을 추가로 보내 유저들을 저지하게 했다.

'약간은 쓸 만하네.'

가르나프 평원에 와서 지금까지 싸운 유저들과는 많이 달랐다. 레벨이나 실력도 더 높았지만, 그보다는 속도와 기세가 문제였다.

대규모 군중이 메뚜기 떼를 연상시킬 정도로 전력을 다해서 달려든다. 믿을 건 검 하나밖에 없는 유저들이라, 죽으면 그만이라는 기세로 힘껏 부딪쳐 오는 것이다.

그 바람에 수비의 부담은 몇 배가 되었다.

울타르가 지켜보는 와중에도 제국군 병사들이 조금씩 죽어 나가고 있었다.

"울부짖는 마검!"

한 유저가 검을 들어 올렸다.

'저것은 레벨 제한 450이 넘는 스킬?'

울타르와 헤르메스 길드원들은 깜짝 놀랐다.

그 유저의 검이 붉게 달아오르더니 휘두를 때마다 제국군 병사들이 무참히 죽어 넘어갔다.

방어력에서 큰 차이가 나면 막아 내지 못하는 검술이다.

제국 기사들과 헤르메스 길드원들이 대응하기도 전에 그 유저는 뒤로 물러났다. 잠깐 사용한 스킬을 제외하고는 다들 비슷한 초보자 복장을 하고 있었기 때문에 다시 찾아낼 수도 없었다.

"혼을 강타하는 도끼!"

이번에는 도끼 전사가 나타나서 병사들을 공격했다.

강렬한 공격들을 방패병들이 막아섰지만, 절반이 넘는 방패들이 부서지고 말았다.

이어지는 공격에, 병사들은 도끼가 조금이라도 스치면 금세 기절하며 전투 불능에 빠졌다.

도끼 전사 역시 힘과 마나를 실컷 소모하며 활약하더니 뒤로 물러났다.

그렇게, 인해전술로 밀려오는 유저들 사이에서 실력자들이 활동하고 있었다. 평범한 초보자 복장을 하고 있는 레벨 300대, 400대, 드물지만 500대의 유저들까지 뒤섞였다.

아르펜 왕국의 편에 선 정예 유저들이 대거 위드를 따라왔던 것이다.

"매우 안 좋아."

울타르가 만만하게 본 것은 위드를 따라온 유저들의 전반적인 수준이었다.

하지만 위드가 직접 이끌고 온 군중에는 고레벨 유저들이 많이 섞여 있어서 병력의 질 자체가 달랐다.

"조금이지만 위기가 느껴질 정도로 강하군. 그러니 재밌어지는데."

11군단이라면 어떤 병력이 오더라도 단기간에는 무너지지 않는다.

이제 곧 다른 군단들이 도착하고, 불타는 유성 소환 마법도 준비를 마치게 될 것이다.

'여길 위드의 무덤으로 만든다. 오히려 약간은 손해를 보는 것이 싸워 볼 만하다고 느끼게 만들지도…….'

울타르가 욕심을 내고 있을 때였다.

"오크 카리취!"

"전면에 위드가 등장했습니다."

유저들로 구성되어 밀려오는 대병력의 중심에 생각보다 빨리 위드가 등장했다.

다른 인간들보다도 키와 덩치가 훨씬 더 커서 눈에 띄는 흉악한 오크!

온갖 범죄들을 다 저질러서 지명수배된 이들의 외모 특징을 전부 모아 놔도 카리취에게는 안 될 것이다.

'왔다. 이제 진짜 싸움이 벌어진다. 총공격이야.'

울타르와 헤르메스 길드원들의 긴장감이 더해졌다.

아껴 둔 마법과 화살, 원거리 무기 들!

전투 병력의 제한을 전부 해제하리라.

11군단이 모든 것을 걸고 전면전을 벌이기 직전이었다.

위드가 사자후를 터트렸다.

"울타르! 너에게 일대일 승부를 청한다! 취취치칙!"

그 순간, 격렬하던 전투의 소음이 꺼진 듯이 사라졌다.

달려가던 유저들이 당황해서 멈춘 것이었다.

'일대일 승부라고?'

울타르도 뒤통수를 망치로 거하게 두들겨 맞은 것 같았다.

위드가 다시 사자후를 터트렸다.

"울타르! 취췻. 거기 있는 거 안다. 빨리 나와라! 취익!"

거침없는 도발.

'싸움을 걸면 당연히 응해야지.'

울타르는 바로 반가운 기분이 들었다.

제국군 11군단장은 만만한 자리가 아니다.

위드에게 전쟁의 신이라는 별명이 붙었지만 대단히 고평가되었다는 판단이었다.

'〈마법의 대륙〉 시절의 별명이 이어진 것뿐. 게다가 퀘스트를 잘 수행하는 것과 전투력은 별개다. 고급 수련관을 통과했다고 기고만장해졌나?'

투쟁의 길에서의 활약도 방송을 통해서 봤다.

꽤나 인상적이긴 했어도 솔직히 대단하게 여기진 않았다.

헤라임 검술의 운용이 놀랍지만, 일대일의 싸움에서는 그런 게 잘 먹히지 않으니까.

연속 공격을 이어 나간다는 건, 뒤로 빨리 물러서기만 하더라도 중단되어 버리는 것이다.

'초보자들이 보면 놀랍기도 하겠지. 그러나 전쟁이 빈번하게 벌어진 중앙 대륙이다. 쓸 만한 전투 스킬들은 수없이 검증되었어. 헤라임 검술이 주목받지 못한 것도 다 이유가 있었다.'

위드가 불패의 신화를 이룩해 오고 있었지만, 그것은 헤르메스 길드의 1할도 안 되는 전력들이 북부로 갔기 때문이다.

실제로 바드레이에게 대인전에서 패배하고 죽음을 맞이한 전력도 있지 않은가.

여러 가지 상황 판단들이 있었지만 결론은 정해진 것이나 다름없었다.

CTS미디어를 비롯하여 여러 방송국들이 생중계를 진행하고 있을 것이다. 자존심 때문에라도 위드의 일대일 승부를 거부하고 꼬리를 마는 겁쟁이가 될 생각은 없었다.

'기꺼이 응해 준다. 하지만 그 전에…….'

울타르는 최근에 대지의 여신 미네의 성기사가 된 노돔에게 슬쩍 고개를 돌렸다.

성기사로서는 드물게 노돔은 모험을 통해 미네의 선물 중 한 가지를 받게 되었다.

대지의 갑옷.

수많은 옵션들이 있었지만, 가장 중요한 건 두 가지였다.

하나는 최대 생명력을 350%나 늘려 준다는 것.

또 하나는 갑옷을 발동시키면 10분 동안 상대방에게 맞은 물리 피해를 87.4%나 감소시켜 준다는 점이었다.

'내가 대지의 갑옷을 입는다면 절대 질 수가 없지 않나?'

울타르의 뜨거운 시선을 받은 노돔이 고개를 끄덕였다.

오랜 친분이 있기도 했고 서로 많은 도움을 주고받았으니 갑옷을 빌려주는 정도는 어렵지 않은 일이다.

울타르가 조용히 귓속말로 속삭였다.

—고맙다, 친구.
—크크. 위드를 해치우고 나면 그 공의 절반은 나한테 있음을 잊지 말라고.
—위드에게 얻은 전리품은 그게 뭐든 한 가지를 고르게 해 주지.
—거래 성립이야.

울타르는 전사의 외침 스킬을 사용했다.

"일대일 승부라면 이쪽에서 원하던 바다. 기꺼이 받아 주마!"

위드와 울타르가 마음껏 싸울 수 있도록 평원에 넓은 공터가

생겼다.

제국군은 남쪽으로 물러났으며, 유저들은 북쪽을 차지하고 앉았다.

"와, 누가 이길까?"

"당연히 위드 님이 이기겠지."

"울타르도… 그래도 최상위권 랭커잖아. 바드레이를 제외하고는 져 본 적이 없을걸."

"일대일 결투에서는 바드레이 못지않게 강하다는 소문도 있던데."

"그런 건 싸워 보지 않고서는 몰라. 다 소문이지."

"확실한 건 우리 눈이 호강하게 될 거란 사실. 그리고 전쟁의 신 위드 님이 이길 거야."

위드!

울타르!

이름만으로도 구경꾼들이 다 긴장이 되는 결투였다.

위드는 결투를 위해 로아의 명검을 뽑아 들었다. 갑옷은 파비오와 헤르만이 아직 완성하지 못했다.

'일대일 승부를 정말 받아들일 줄은 몰랐는데. 실컷 즐겨 줘야지.'

오크 카리취로서 절로 비열한 미소가 지어지려는 것을 억지로 참아야 했다.

'결투는 익숙하지 않지만, 못할 것도 없지.'

기사나 전사는 퀘스트에서 종종 결투를 경험한다고 하는데, 주로 어디의 누구를 이기라는 의뢰였다.

인맥과 명성을 쌓고 전투 실력을 향상시키는 데 결투 퀘스트는 상당히 중요했지만, 조각사에게는 연관이 없었다.

　　어쨌거나 위드는 수단과 방법을 가리지 않고 이기려는 편이었다.

　　'낭만적인 결투라… 그런 건 세상에 없어. 승자와 패자가 있을 뿐이지.'

　　위드는 오징어 먹물보다 새까만 속마음을 감추고 씩 웃었다.

　　"취익. 멋지게 싸워 보자, 울타르."

　　"물론이다. 이렇게 빨리 싸울 수 있을 줄 몰랐는데. 고맙다."

　　"왜? 취췻."

　　"전투가 일찍 끝날 테니까. 덕분에 나도 헤르메스 길드도 수고를 덜게 되었다."

　　울타르는 검과 석궁으로 양손을 무장했다. 당연하게도 강력한 마법이 걸려 있는 무기들이었다.

　　"후회하기 전에 미리 경고해 두는데, 석궁을 단단히 조심해야 할 거다. 조금만 방심해도 네 이마에 화살이 박힐 테니까 말이다."

　　울타르의 전투 방식은 상당히 유명했다.

　　그는 레벨이 200대를 넘었을 때부터, 검으로 싸우다가 들고 있던 석궁을 쏘는 방식을 즐겼다.

　　위드는 웃으면서 그 말을 받아 주었다.

　　"좋은 무기다. 강함에는 비겁함이 없지. 취췻. 재밌는 싸움이 될 거 같다. 췻!"

　　"당해 보고 나서도 그런 말을 했으면 좋겠군."

울타르는 몸이 조금 굳긴 했지만, 자신의 승리를 100퍼센트 확신했다.

'조각사 따위에게… 게다가 요즘 신경 쓰이는 언데드 소환도 쓰지 못할 거 아냐? 둔한 오크의 형태를 하고서 결투에 나서다 니 웃음이 나올 정도야.'

오크라면 과거에 수도 없이 잡아 본 몬스터!

오크 부락, 오크 성채 들을 휩쓸었던 경험이 아주 많다.

'투지를 발산해서 동료들의 전투력을 증가시키는 게 오크들 의 특징. 오크가 전사 집단이라고는 해도 저 상태로는 장점도 못 살린다.'

오크는 쉽게 강해지지만, 아무리 강해져도 오크라는 판단이 었다.

탁월한 힘과 발달된 육체를 가졌으나 다양한 스킬들을 구사 하지 못하니 레벨이 높아질수록 한계가 드러난다. 덩치가 큰 것도 그만큼 공격할 부위가 많아서 약점이 될 수 있다.

더군다나 위드는 갑옷도 제대로 갖춰 입지 않았다. 어디서 주운 것인지 허름한 오크 갑옷을 입고 있긴 했지만 울타르가 빌려 입은 대지의 갑옷과는 비교도 안 될 정도로 흔해 빠진 것 이었다.

'가소롭게도 날 얕본 것이겠지. 헤르메스 길드에 바드레이가 아니더라도 위드 너를 이길 사람은 많다는 걸 증명해 주지. 반 드시 이길 거다. 죽여 주마, 위드!'

하지만 울타르는 결투에 나선 위드가 정작 무슨 생각을 하는 지 전혀 알지 못했다.

'석궁이 꽤 비싸 보이는군. 다른 장비들도 싸구려는 아닌 것 같고… 아주 좋아!'

"쯧쯧."

이 순간, 수많은 유저들이 위드와 울타르의 전투에 집중하고 있었다.

유병준 역시, 〈로열 로드〉를 통일하고 자신의 모든 것을 이어받을지도 모를 위드라서 모니터로 지켜보고 있었다.

"울타르? 저놈은 도대체 누구야?"

— 레벨을 기준으로 하면 랭킹 77위, 전투력 순서로는 124위인 유저입니다.

인공지능 베르사의 대답은 일반적으로 알려진 것과 크게 달랐다.

울타르의 레벨은 대략 23위 정도로 알려져 있었는데, 실상은 미공개 상태로 활동하는 유저들을 제외한 순위였다.

헤르메스 길드가 중앙 대륙의 좋은 사냥터와 퀘스트를 독점하긴 했지만, 구석구석에 많은 유저들이 살아가고 있었다.

어떤 유저는 알려지지 않은 미궁에서 오래도록 사냥을 하고, 금역에서 지내는 이들도 있다.

〈로열 로드〉로 돈을 버는 다크 게이머들은 당연히 미공개 상태로 그들끼리 협력했다.

암시장에서 물품과 정보를 교류하면서 성장해 나간다.

그들에게는 〈로열 로드〉가 직장이었기에 헤르메스 길드의 눈을 피해 가며 살고 있었다.

북부와 동부, 서부에서도 유저들이 숨어서 성장해 왔는데, 어려움 속에서도 실력을 끈질기게 발전시켰다.

하벤 제국의 통치가 강력한 것으로 보였음에도 불구하고 흔들렸던 건, 그런 유저들의 전력이 만만치 않았기 때문이다.

유병준은 장검과 석궁을 들고 자신감에 차 있는 올타르를 보며 짜증이 났다.

"저놈은 자기가 이길 거라고 생각하는 건가?"

─눈빛과 표정, 목소리에 담긴 감정으로 유추해 보면 98.4% 정도 확신하고 있습니다.

"애송이 놈이군."

절로 한숨이 나올 것만 같은 일이었다.

유병준은 위드의 모험을 중점적으로 지켜봤기 때문에 페일과 같은 동료들보다도 숨겨진 흑막을 더 잘 알았다.

"일단 조각 변신술이란 말이지. 그것도 오크 카리취로……."

위드가 한 짓은 당연하게 의심부터 해 봐야 한다.

군중을 열광시키기 위해 인기가 있는 오크 카리취로 변신했을 수 있다.

어쩌면 최근에 계약한 오크 카리취의 음식 광고 때문일 가능성도 컸다.

라면과 피자, 통닭 광고!

위드는 통 크게 세 종류나 되는 브랜드와 동시에 계약을 맺었다.

오크 카리취가 맛있게 먹어 치우는 광고였는데, 매출액의 증가에 따라서 인센티브도 받을 수 있었다.

〈로열 로드〉에서 촬영하면서 요리까지 직접 했는데 맛있게 먹는 모습에 광고주들이 대박을 외쳤다고 한다.

'위드가 이런 기회를 놓칠 놈이 아니지.'

그러나 광고만을 보고 오크 카리취로 변신했다고 생각한다면 위드에 대해 잘 모르는 것이다.

'항상 일석이조 혹은 그 이상을 한꺼번에 노리는 놈이야.'

조금이지만 더 걸리는 구석이 있었다.

조각 변신술로 오크 카리취처럼 물리적인 전투에 최적화된 종족이 되면 스탯들에도 변화가 생긴다. 잡캐로 쌓은 다양한 스탯들이 힘과 민첩을 중심으로 편성된다.

위드는 바뀐 육체의 무게중심이나, 크기, 종족에 따른 특성마저도 완벽히 파악하고 이용한다.

'오크라고 얕봐서는 곤란하지. 겪어 봤던 오크들과는 완전히 다를 테니까.'

위드가 감춰 둔 꼼수는 그것만이 아니었다.

투쟁의 길을 걸으면서 얻었던, 유효기간이 조금 더 남은 투신의 축복 몇 가지!

검사의 휘호, 물러서지 않는 투사, 최상의 육체, 꿰뚫는 검.

투신이 직접 내린 축복의 효과는 사제들의 것과는 비교할 수도 없다.

팔랑카 전투까지 치르며 받은 차원 문의 장갑도 결정적인 한수! 눈 깜짝할 사이에 이리저리 사라지고, 공격은 공간을 넘어서 갑자기 튀어나올 것이다.

상당히 어려운 전투법이고 따로 연습해 본 적은 없지만, 위드의 바퀴벌레 같은 적응력을 감안해야 한다.

'굉장히 잘 써먹겠지, 아마도.'

반대로, 장검과 석궁이라는 전투법만 고수하는 울타르는 답답해 보이기만 했다.

'상대방의 신경을 거스르게 하는 데는 효과가 있겠지만, 어디 그게 통할 놈인가?'

대지의 갑옷을 빌려 입었다고는 하지만, 맞고 덜 아프다고 싸움에서 이긴다는 건 단순한 생각이다.

'그걸로도 끝이 아니야.'

위드의 언데드 소환 레벨은 중급 8에 달했다.

둠 나이트 같은 언데드의 소환은 결투 중에 하지 않겠지만 써먹을 스킬은 그 외에도 다양하다.

착취의 손.

딱 위드가 좋아하게 생긴 이름을 가진 네크로맨서 스킬은 언데드 소환이 중급 8레벨에 오르면 배울 수 있었다.

공격이나 방어에 성공할 때마다 상대방의 체력과 생명력을 일부씩 빼앗는 스킬!

바르칸의 마법서에 기록된 마법으로, 위드는 당연히 익혔다.

익힌 지는 얼마 안 되지만, 1레벨이라도 없는 것보단 낫다. 무엇보다, 상대방의 생명력을 꾸준히 흡수하게 되면 결투에서 누릴 수 있는 이점은 굉장했다.

"위드는 그렇게 많은 꼼수들을 가지고 있는데… 저놈은 그저 석궁에 좋은 갑옷 좀 입었다고 자신만만한 꼴이라니."

유병준은 위드가 생고생을 하는 모습을 원했지만, 아무래도 힘들 것 같았다.

울타르는 오히려 위드를 더 빛나게 해 주는 엑스트라 정도의 역할이나 할까?

"문제는 불타는 유성 소환과 알킨 병인데……."

이번 전쟁이야말로 헤르메스 길드의 승리 가능성이 대단히 커 보였다.

20개나 되는 군단이 빠르게 습격하여 아르펜 왕국의 편에 선 유저들을 학살하고 있다. 어떤 수단을 써서 겨우겨우 그들을 막아 내더라도 시간은 헤르메스 길드의 편.

"유성이 다시 떨어지면 대규모로 죽어 나가겠지. 위드는 피하더라도 그 녀석을 따르는 유저들은 많이 죽을 거야."

고레벨 유저들이 한곳에 많이 모일수록 헤르메스 길드가 한꺼번에 쓸어버리기 좋을 것이다.

"전염병이라… 알킨 병을 막지 못하면 모두 죽을 테고, 전투도 자연히 패배하겠지."

유병준은 인공지능 베르사에게 물었다.

"그런데 알킨 병이 대체 뭐야?"

―연금술과 저주가 결합되어 만들어진 전염병입니다. 탄생하고 374년 동안 붉은 바위에 봉인되어 있었으며, 헤르메스 길드 측의 발굴단이 찾아냈습니다.

"위험도는?"

―특급으로, 전염 속도가 매우 빠릅니다. 35시간이 지나면 가르나프 평

원에 모여 있는 유저들 중 86% 이상이 감염될 것으로 추정됩니다.

알킨 병은 너무나 지독하다.

아르펜 왕국의 진영에서는 전투가 벌어지는 중이라 제대로 된 피해 파악도 어려웠다.

"그럼 거의 못 막는다고 봐야겠군."

유병준은 비로소 확신이 섰다.

이번에야말로 위드의 실패를 보고야 말리라!

그의 후계자는 바드레이보다 기왕이면 위드가 되는 편이 낫다고는 생각한다. 그래도 매번 성공하기보다는 한 번쯤 망하는 것을 보여 주는 것도 좋지 않겠는가.

"이 전쟁은 확실히 위드가 지겠어. 어떤 꼼수를 쓰더라도 말이야."

유병준은 혼잣말을 한 것이었는데, 친절한 인공지능이 되물었다.

—양측의 승리 확률을 계산해 볼까요?

"아니야, 하지 마."

기대되는 영화의 결말을 미리 아는 것처럼 김빠지는 일이 되리라.

하지만 더 두려운 것은, 이 불리함에도 불구하고 왠지 위드가 이길 것 같다는 느낌 때문이었다.

"죽여! 죽여라, 죽여!"

"전쟁의 신 위드가 이길 거야!"

"울타르. 헤르메스 길드의 힘을 보여 주라고."

"한 방에 끝내 버려!"

"위드. 위드. 위드!"

유저들의 거센 함성이 들렸다.

위드의 편에 서 있는 이들이 100배도 넘게 많았지만 응원이 결투에서 중요한 건 아니었다.

오크 카리취!

울타르!

둘은 원을 그리며 빙빙 돌면서 상대방을 노려보았다.

양쪽 다 전투의 시작을 어찌해야 할지 치밀한 계산을 하는 것이었다.

푸슉!

선공은 울타르, 그가 갑자기 석궁을 쏘며 덤벼들었다.

티잉!

위드는 검을 살짝 비트는 것으로 화살을 튕겨 냈지만 꽤 묵직한 힘이 느껴졌다.

'이 정도라면 높은 공격력에 파괴력 추가, 관통, 밀쳐 내기 같은 옵션이 담겨 있겠군.'

석궁은 일반적으로 장전 속도가 느리고 연사가 안 된다는 취약점을 갖는다.

그렇지만 울타르가 들고 있는 석궁은 마나 화살을 쏠 수 있으며, 자동으로 장전까지 이루어진다. 단점 따위는 없고 근거리에서도 마음껏 사용이 가능한 무기였다.

'확실히 비쌀 거야.'

울타르가 오크 카리취의 오른쪽으로 파고들었다. 둔한 오크의 몸으로는 사각지대가 될 수 있는 방향이었다.

검이 유난히 빛나는 것을 보면 공격력을 높이는 스킬도 사용했으리라.

'어림도 없지.'

위드는 오른쪽으로 마주 뛰쳐나가며 가볍게 손을 휘둘렀다.

오크들이 주로 사용하는 글레이브 대신에 젓가락처럼 얇아 보이는 로아의 명검이 바람을 갈랐다.

까아아아아앙!

울타르는 검이 부딪치는 순간 강한 충격에 손목이 꺾였다. 검과 검이 부딪쳤는데 팔과 어깨가 끊어지는 것만 같았다.

> 막강한 충격!
> 생명력이 3,487 감소합니다. 검의 내구도가 1 떨어집니다.

레벨 차이가 심하지 않고서야 한 번 부딪친 것으로 무기의 내구도가 떨어지는 건 드문 일이었다.

그야말로 상상할 수 없는 압도적인 힘!

'오크가 이런 괴력을 발휘하는 스킬이 있었단 말인가.'

위드는 꼼수 중의 하나로 조각 파괴술을 써서 모든 예술 스탯을 힘으로 바꿔 놓은 상태였다.

그래서 막강한 힘으로 검을 휘둘렀을 뿐인데도 자연스러운 체중 이동에 어깨와 허리 움직임을 따라 대단한 위력이 발휘된 것이었다.

"크합. 오크 삼단치기!"

위드는 스킬명까지 친절하게 외치면서 공격했다.

연속으로 세 번을 검을 휘두르는 오크 삼단치기는, 속도가 갈수록 빨라지고 마지막에는 기절의 효과가 있는 일격까지 날리는 공격이었다.

"제기랄."

울타르는 급하게 검을 휘두르고 석궁을 쏘면서 물러났다.

까가강!

두 번을 받아치고 나서야 공격 범위에서 벗어날 수 있었으니, 놀라서 등줄기가 서늘했다.

위드가 흉기나 다름없는 근육으로 뒤덮인 왼손을 앞으로 내밀었다.

까딱.

덤비라는 듯, 거만하게 움직이는 손가락!

전투는 이제부터 시작이었다.

'무식한 오크와 힘으로 맞설 필요는 없지. 애초에 그럴 생각도 없었고. 기본 실력부터 가늠해 본 것뿐, 힘보단 기술 위주로 싸운다.'

일단 부딪쳐서 낭패를 본 울타르는 전략을 바꾸기로 했다.

상대의 힘이 부담스러우니 근접전이라도 속도와 현란함으로 승부를 봐야 하리라. 난전을 이끌고 다른 유저들을 해치웠던 것처럼 기회를 봐서 석궁을 쏘는 것이다.

마비, 기절, 중독의 효과가 있는 화살은 스치기만 해도 상대의 전투력을 크게 떨어뜨린다.

"다른 하나의 검!"

검술의 비기.

울타르는 검을 소환하여 날아다니게 했다.

모든 전투 스킬 중에서도 최상의 활용도를 자랑하는 기술.

"피 안개의 검!"

이것은 검술의 비기는 아니지만, 생명력을 약간 소모하는 대신에 안개에 가려져 공격할 수 있게 된다.

울타르의 몸이 핏빛 안개 속으로 사라졌다.

일반적으로 적의 모습이 보이지 않으면 당혹과 두려움에 휩싸이기 마련!

붕붕붕!

하지만 위드는 장난감처럼 손아귀로 로아의 명검을 돌리면서 기다렸다.

'넌 모르겠지만 오크 카리취의 모습을 한 이상 절대로 질 수 없다.'

사실, 평소의 모습이라면 막 일어나서 눈곱만큼의 손해라도 보면서 싸울 수 있었다.

그러나 지금으로써는 오크 카리취의 광고 매출, 캐릭터 산업을 감안한다면 패배란 있을 수 없는 일!

'압도적인 강함으로 꺾어야 한다.'

위드는 담담하게 기다릴 뿐이었다.

묵묵히 몇 초 정도의 시간이 흘렀다.

울타르는 상대가 자신의 전략에 휘말렸으리라고 확신했다.

"받아 봐라. 이것이 겔크의 검술이다!"

핏빛 안개에서부터 잔상처럼 희미한 검들이 그대로 위드에게로 날아왔다.

겔크의 검술은 마나 소모가 크지만, 반경 10미터까지를 검의 공격 반경에 들게 만들었다.

쐐애애액!

다른 하나의 검 역시 쏜살처럼 위드를 노리고 날아왔다.

"취취췻."

위드는 장난감처럼 휘두르던 로아의 명검으로 다른 하나의 검부터 받아쳤다.

까앙!

그렇게 간단히 막아 낸 후, 겔크의 검술은 유연하게 상체를 눕히면서 옆으로 한 걸음 옮겨서 피했다.

푸슉!

그때, 조금 전보다 3배는 빠른 석궁이 쏘아졌다.

'반드시 맞힌다. 이건 기회다.'

울타르는 화살이 저 흉악한 오크의 몸에 그대로 박히기를 기대했다.

실제로, 화살이 눈에 보이지도 않을 정도로 빠르게 날아가고 있는데도 위드는 피하거나 막을 기색을 보이지 않았다.

다만 성큼, 한 걸음 옆으로 걸었을 뿐이다.

그런데 감쪽같이 사라졌다.

"……!"

울타르는 본능이 시키는 대로 몸을 날렸다.

반경 3미터는 되는 피 안개 속에 숨어 있지만, 왠지 불길한 예감이 들었던 것이다.

쐐애애애액!

땅을 구르자마자 그가 있던 자리로 로아의 명검이 크게 휘둘러졌다.

조금이라도 늦었다면 그대로 당했겠지만 숱한 경험 덕분에 반응이 빨랐다.

"제법이다. 취익!"

위드는 이어서 전진하면서 검을 휘둘렀다.

피 안개에 가려진 울타르를 정확히 인지하고 있었다.

발소리와, 검을 피하면서 흘리는 기척.

게다가 검술 자체도 토끼를 사냥하듯이 적의 방향을 한쪽으로 유도하는 것이었다.

"이런……!"

울타르는 피하고 막으면서 버텼다.

> 막강한 힘에 의해 데고르 소드의 내구도가 3 감소합니다.
> 부수적인 피해! 공격을 막았지만 생명력이 3,492만큼 줄어듭니다.

상대의 막강한 공격력에, 막아도 계속 생명력이 떨어졌다.

석궁을 넣고 방패를 꺼내는 것도 순간 고민했지만, 그랬다가는 영영 수비만 하다가 끝날 것 같았다.

그래도 검술의 비기인 다른 하나의 검이 위드의 머리를 향해 날아가고 있었다.

'잠시 후면 너도… 최소한, 막거나 피해야 한다.'

다른 하나의 검이 머리를 꿰뚫으려는 참이었다.

'생각도 못 하는 건가? 오호라, 방심했구나! 그렇다면 맞는 순간 반격이다.'

그러나 검에 적중되었다 싶은 순간, 위드의 몸이 또다시 사라졌다.

'도대체 뭐야!'

스킬도 아닌데, 어떤 사전 조짐도 없이 공간 이동 같은 것이 일어났다. 위드가 투신 바탈리에게 받은 차원 문의 장갑에 대해 모르는 그로서는 어리둥절할 수밖에 없었다.

울타르는 본능을 믿고 앞으로 굴렀지만, 이번에는 위드가 정면에서 나타났다.

부우우우웅!

위드가 골프채를 휘두르듯이 쳐올린 로아의 명검이 울타르를 강타했다.

"꾸엑!"

> 통렬한 일격!
> 매서운 충격이 육체를 뒤흔들었습니다. 생명력 53,481 감소!
> 대지의 갑옷이 상태 이상을 막아 냈습니다.
> 체력의 최대치가 6% 줄어들었습니다. 신체의 회복 능력이 저하됩니다.

순식간에 생성되는 메시지를 다 읽지도 못할 정도였다.

울타르의 몸이 땅에서 40미터도 넘게 포물선을 그리며 떠올랐다.

"취익!"

위드는 땅을 박차고 점프했다.

육중한 오크 카리취의 몸이 먹잇감을 포착한 듯이 땅에서 솟구치는 모습은광경은 어마어마한 압박감을 주었다.

위드가 하늘에서 로아의 명검을 도끼로 장작 패려는 듯 두 손으로 잡았다.

"아, 안 돼!"

울타르는 공중에서 빙글빙글 돌다가 눈앞에 보이는 광경에 경악했다.

오크 카리취의 몸으로 그런 자세를 하니 정말로 흉악하기 짝이 없었다.

"으아."

"꺅!"

지켜보는 군중도 손이 땀으로 젖었다.

헤르메스 길드 유저들은 그저 두려울 뿐이었다.

불과 1초도 안 되는 순간이었지만 저보다 더 무서운 광경이 또 어디에 있단 말인가.

"한 번만 살려……."

울타르가 두려움에 본능적으로 애원했다.

씨도 안 먹힐 소리.

위드의 차가운 눈길은 이미 울타르의 전신에 걸쳐져 있는 장비들을 훑어본 후였다.

"죽어서 아이템이나 남겨라."

"뭐, 뭣?"

오크 카리취의 형태를 한 위드의 손에서 로아의 명검이 강력하게 울타르를 내리쳤다.

　콰드드드득!

　얼마나 강한 타격이었는지, 끔찍한 소리가 울렸다.

　검치와 검둘치는 사막 전사들을 이끌고 있었다.

　"크흐흐. 약탈이다, 약탈!"

　"모조리 휩쓸자!"

　시미터를 휘두르며 낙타를 달리는 용맹한 사막 전사들.

　그들은 솔직히 헤르메스 길드의 주요 타격 대상이 아니라서 전력을 그대로 보존할 수 있었다.

　"사부님, 저희 왔습니다."

　"그래, 따라붙어라."

　검육치부터 수련생들도 합류하면서 덩치를 불린 그들은 가까운 제국군을 향해 몰려갔다.

　"삼치랑 몇 명이 안 보이는구나?"

　"고기 먹다가 유성을 맞았습니다."

　"죽었더냐?"

　"아니요, 그냥 좀 아팠답니다. 살이 이글이글 타올랐다고 하던데요."

　"재밌는 경험이었을 텐데, 아쉽군. 철이 좀 덜 들었을 때 공업용 알코올 가지고 불장난 많이 했었지."

　"타이어 쌓아 놓고 태워 보셨습니까? 폐차장에서 하는 불장

난이 정말 재밌지 말입니다."

"어릴 때 추억이 제일 아름다운 것 아니겠냐."

그때, 위드가 하벤 제국 11군단의 군단장 울타르와 싸움을 벌인다는 소식이 전달되었다.

검치 들은 길을 멈추고 유저들이 꺼낸 수정 구슬로 전투 장면을 지켜보기로 했다.

"재밌겠네."

"듬직하게 생긴 오크라니… 막내가 아주 즐겁게 싸우는 법을 아는 것 같습니다."

"우리도 저렇게 멋진 모습을 하고 싸워 보면 좋겠구나."

검치와 사범들은 물론이고 수련생들까지도 위드에 대해서는 전혀 걱정하지 않았다.

검치의 도장에서는 무수히 많은 싸움법을 가르쳤다.

그렇게 몸과 머리에 새겨진 경험들은 〈로열 로드〉에서도 가진 바를 최대한 발휘하게 해 주었다.

애초에 레벨이나 스킬의 차이가 극심하게 나서 지는 건 어쩔 수 없는 일이다. 하지만 비슷한 레벨이라면 감각이나 전투 실력으로 압도해 버린다.

검치조차도 인정하는 것이 위드의 스킬 운용, 순간 판단력, 상대방을 다양한 방법으로 공략하는 능력이었다.

위드는 착실한 기본기를 바탕으로 해서, 변칙적으로도 잘 싸우고, 정면 승부에도 뛰어난 역량을 보였다.

"구운 감자라도 좀 돌려라. 먹으면서 보자."

"예, 스승님. 근데 다 먹을 시간을 줄지 모르겠습니다."

그리고 많은 유저들이 손에 땀을 쥐고 지켜보는 가운데, 위드와 울타르가 결투를 시작했다.

아니, 울타르가 시원하게 처맞기 시작했다.

오크 카리취는 한순간 울타르의 허점을 공략하더니 그가 정신을 수습할 겨를도 없이 다양한 방법으로 두들겨 팼다. 보는 사람들이 다 불쌍하게 여겨질 정도였다.

강한 스킬을 쓴다면 제대로 발동되기까지 틈이라도 있을 텐데, 그저 쥐 잡듯이 몰아치는 것이었다.

검치가 혀를 차더니 말했다.

"역시… 막내는 사람을 많이 안 때려 봐서 어설프구나."

검둘치도 고개를 끄덕였다.

"자잘하게 때리면 과격해 보이죠. 깔끔한 맛이 부족합니다."

"그래도 보는 맛은 있구나. 어릴 때 우리도 저렇게 싸우지 않았더냐."

"아름다운 추억이죠."

"멋진 인생이었다."

잠시 화려한 과거를 떠올려 보는 그들이었다.

"위드 님이 이기고 있어!"

"만세!"

위드의 압도적인 모습에 군중이 환호성을 올리고 있었다.

"크헤헤헤헤헤. 역시 이겼군."

산적왕 스타이너.

하벤 제국에서 활동하던 그는 부하들을 잔뜩 이끌고 가르나프 평원에 와 있었다.

"와! 굉장하지 말입니다."

"무서운 실력입니다."

수정 구슬을 보던 산적들도 감탄을 터트렸다.

직업으로 도둑을 선택하는 건 특별한 일도 아니었지만, 산적은 스타이너가 최초로 발견한 직업이었다.

산을 중심으로 활동하며, 괜찮은 전투력을 발휘하고, 약탈의 페널티가 적다. 레인저, 전사, 도둑이 뒤섞인 것 같은 직업!

영주처럼 산채를 운영하면서 크게 성장시킬 수도 있다는 점이 특히 매력이었다.

"우리도 한탕 해 봐야지."

"물론입니다, 대장."

스타이너가 이끄는 산적 떼는 하벤 제국군의 토벌에도 끈질기게 버틴 만큼 정예화되어 있었다.

중앙 대륙 출신의 패잔병이나 유저들도 흡수하여 나름 강력한 병력을 자부했다.

"이쪽에서 가까운 건 13군단 같은데."

"거리 4.3킬로, 말을 타고 달리면 금방입니다."

"그래? 그럼 놈들을 치지."

스타이너와 산적들은 뜨거운 눈빛을 교환했다.

"우린 산적이니 베르사 대륙의 정의니 뭐니 말하지 말자고. 그냥 놈들이 부유하니까 주머니를 턴다는 합리적인 개념으로 접근하는 거야."

"그렇습니다. 산적답게 멋지게 해내죠."

"갑시다. 한탕 하러!"

"누가 누구와 싸운다고?"

"전쟁의 신 위드가 울타르와 결투를 합니다. 어느 채널을 보더라도 곧 나올 겁니다."

헤르메스 길드원들은 느닷없는 소식에 황당했다.

라페이와 수뇌부가 상세한 전투 계획을 세워 놓았기에 누구도 일대일 결투에 대해서는 생각하지 않았다.

하지만 결투든 뭐든, 싸워서 이기면 된다.

"위드만 이긴다면… 이 전투는 의외로 허무하게 끝나는 것 아닌가?"

"많은 준비를 했는데… 뭐, 그래도 울타르가 승리하면 우리 헤르메스 길드가 전 대륙을 정복하는 것이나 마찬가지지."

헤르메스 길드원들은 위드와 결투를 펼치는 당사자가 자신이 아님을 아쉬워했다.

이 한판의 결투에서 승리하면 돈과 명예를 비롯해서 모든 것을 갖게 될 터!

그래서 울타르가 결투 제안을 받아들였을 때만 해도 누구나 당연하고 올바른 결정으로 여겼다.

퍼버버벅!

콰직!

따다다다다닥!

울타르가 실컷 얻어맞기 전까지는.

"……."

"허……."

"야무지게도 맞네요."

지켜보기만 하는데도 몸이 절로 움칠거릴 만큼 무참한 매질이었다.

"검이란… 보통 찌르거나 베는 거 아니었나?"

"휘둘러서 패고 있는데."

"위드가 비열하게 울타르를 농락하고 있는 것 아닌가?"

"그렇게 볼 수도 있겠지만, 일부러 약하게 때리는 건 아냐. 죽을 만큼 맞았는데도… 안 죽은 거지."

"입고 있는 장비가 좀 특이해 보이는데."

"대지의 갑옷 때문인 것 같군."

위드가 어마어마하게 두들겨 팼음에도 울타르는 특수한 갑옷으로 보강된 맷집 덕분(?)에 버티고 있는 것이다.

하도 다부지게 맞다 보니 모든 능력치가 감소하여 저항조차 할 수 없는 지경으로…….

결투라고 할 만한 건 초반의 잠깐이었고, 내내 위드가 압도하고 있었다.

울타르에게는 석궁이 전투력의 절반가량을 차지하는데, 이렇게 몰린 상태에서는 무용지물인 것도 큰 이유가 되었다.

수정 구슬로 전투를 지켜보던 라페이가 눈가를 찌푸렸다.

"위드가 예상보다 강한 것인가, 아니면 울타르가 과대평가되었던 건가? 이 승부가 대세에 큰 지장을 주진 않겠지만……."

군중의 심리는 중요하다.

울타르가 위드를 꺾었다면 훨씬 쉬워질 전투였지만, 이렇게 되면 반가운 일이 아니었다.

'그렇다고는 해도… 모습을 드러내고 시간을 끈 건 네 실수다, 위드.'

라페이는 20군단에 위드를 공략하라는 명령을 내리고, 캐들러의 마법병단에도 지시했다.

―불타는 유성 소환이 준비되는 대로 사용합니다.
―목표물은 역시 위드겠죠?
―물론입니다. 아르펜 진영의 고레벨 유저들도 같이 모여 있으니 간단히 쓸어버리면 되리라 생각합니다.
―목표물 확인 완료. 마법사들이 회복 중이라 다음 공격은 40분 정도 걸립니다.
―너무 늦습니다. 그때는 위드가 다른 곳으로 떠날지도 모르니 흑마법을 써서라도 시간을 단축하세요.
―좀 무리가 됩니다만… 그렇게 하지요.

바드레이도 위드의 전투 영상을 지켜봤다.

'강해.'

명예의 전당이나 방송국에서 중계한 위드의 전투 동영상, 모험 영상 들을 빠짐없이 챙겨 본 그였다.

'방심해서는 안 될 상대라는 게 다시 확인되었군. 그래도 저런 전투 방식을 파악한 건 큰 도움이 되겠어.'

울타르와 싸우는 모습을 통해 위드의 전투 방식을 다시 머릿속에 새겨 놓았다.

이미 싸워 본 적이 있고 그 후 동영상으로 분석도 했지만, 새삼 만만치 않게 느껴졌다.

'만약 싸우게 된다면 거리 유지와 강한 스킬, 내게 유리한 것을 활용해서 끝내는 쪽이 낫겠어. 근접전을 펼치더라도 강력한 한 방으로 반격한다면 내게 기회가 생길 테고…….'

하벤 제국의 황제와 아르펜 왕국의 국왕!

둘이 결투를 벌일 기회가 오기는 쉽지 않을 테지만 바드레이도 기다리고 있었다.

제국의 군사력만으로 대륙을 통일하는 것은 어딘가 아쉽다.

오랫동안 호적수로 불렸고 최근에는 더 큰 명성을 날리고 있는 위드를 직접 꺾어 주고 싶었다.

'만약 나와 만날 때까지 살아 있다면, 그동안의 준비가 섭섭하지 않게 해 주지.'

와삼이의 기사

울타르는 11군단장답게 끝까지 포기하지 않았다. 땅에 틀어박히고도 벌떡 일어나서 반격을 노렸다.

"섬광의 질주."

사정거리 10미터, 일직선으로 3개의 섬광을 쏘는 스킬을 사용했다.

헤르메스 길드에서도 손에 꼽는 유저답게 스킬의 발동과 공격하는 각도가 날카로웠다.

덩치가 큰 오크에게는 피하기가 어려운 기술이었다.

위드는 로아의 명검을 들었다.

"달빛 조각 검술!"

검술 스킬이 여럿 있긴 했지만 익숙하기도 했고, 무엇보다도 섬광의 질주 같은 스킬을 막아 내기에 좋았다.

오크 카리취의 몸으로 휘두르는 검이지만 느리면서도 부드럽다.

빛을 일으켜서 꼭 필요한 만큼의 빠르기로 막아 내니, 울타르가 쏘아 낸 섬광들이 아무 피해도 입히지 못하고 튕겨 났다.

"취이이익!"

그 직후 위드는 땅을 박차며 돌진했다.

당당하기 짝이 없는 근육질에 험상궂은 오크가 고장 난 트럭처럼 정면에서 맹렬하게 달렸다.

시각적으로 가하는 무자비한 폭력!

"으으익!"

울타르의 머릿속에서 여러 가지 스킬들이 스쳐 지나갔다.

효율이 높은 방어 스킬들도 떠오르긴 했지만, 막기만 해서는 이기지 못한다.

'가르곤의 해머!'

울타르는 모험을 걸기로 결심했다.

검을 내려치면, 벼락과 바위가 동시에 떨어지면서 반경 8미터 정도를 아수라장으로 만든다.

"이거나 먹어라!"

위드는 울타르가 검을 들어 올렸을 때부터 경계하고 있었다.

머릿속에 몇 가지 스킬들이 떠오르는 사이, 전기의 힘이 검에 맺히는 것을 보고 확실한 판단이 섰다.

'가르곤의 해머다. 저것도 익히고 있었구나!'

위드는 그 스킬을 확인하자마자 대응했다.

"분검술!"

오크의 몸으로 펼치는 검술의 비기!

쿵쿵쿵쿵!

50명이나 되는 오크 카리취가 한꺼번에 땅을 울리며 달리기 시작했다.

"이익!"

울타르가 정면으로 스킬을 내려치자 벼락과 바위가 대지를 강타했다.

위드의 분신들은 스킬을 온몸에 맞고 소멸되거나, 검을 휘두르면서 바위들을 격파했다.

어떤 오크들은 괴성을 지르며 뛰어올라서 울타르의 시선을 끌기도 했다.

"어디냐!"

울타르가 분노와 경계로 고함을 질렀지만, 이미 위드는 차원 문으로 몸을 던진 후였다.

3개의 차원 문을 연속해서 통과해 이동하면서 울타르의 옆에 붙었다.

"때리는 맛이 좋은데 조금 더 맞자."

위드가 입을 열기 전까지 전방을 주시하던 울타르는 미처 알아차리지도 못했다.

"너, 너!"

울타르는 당혹스러웠다.

몬스터나 유저들을 상대로 많은 전투를 치러 봤지만 석궁 견제 같은 건 의미가 없었다.

전투의 속도가 빠르고 상대의 움직임은 예측 불가능하다.

정확히 자신의 허점만을 공략해 오는데, 완전히 말려든 기분이었다.

'참격!'

울타르가 반사적으로 검을 휘둘렀지만, 위드는 육중한 오크의 몸으로 발레를 하듯이 유연하게 발을 뻗어서 그의 손목을 걷어찼다.

"커억!"

그리고 울타르 쪽으로 몸을 바싹 붙인 후 팔꿈치로 옆구리를 연속으로 두들겼다.

바위를 부술 수 있을 정도로 엄청난 힘이 실려 있는 공격이었다.

빠바바박!

위드가 잡캐이기는 하지만 전문적으로 주먹질까지 연마하진 않았다.

그럼에도 오크 카리취인 상태로 때린다면 맞으면 무조건 아플 수밖에 없다.

위드는 힘과 체중의 차이로 뒤로 밀려나는 울타르의 목덜미를 잡아챘다.

"츄르르!"

앞으로 전진하며 다리를 걸어 균형을 무너뜨린다. 그리고 겁에 질린 울타르를 종잇장처럼 가볍게 한 바퀴 돌려서 땅에 내리꽂았다.

꽈아아앙!

땅에 떨어진 건 울타르인데 굉음이 터졌다.

맹렬한 힘이 발동되었습니다.

조각 파괴술로 예술 스탯을 힘에 몰아넣은 덕분에 육체적인 공격이 커다란 위력을 발휘했다.

그것으로 끝난 것도 아니다.

위드는 어느새 로아의 명검을 높이 들어 올렸다.

"더 맞자, 헤라임 검술!"

투쟁의 길에서 멋진 움직임으로 적들을 상대하는 것과는 다르게 사정없이 검을 내려쳤다.

"빌어먹을. 대지의 갑옷 발동."

그런데 울타르가 입고 있는 갑옷에서 뿌리와 줄기들이 자라더니 그의 몸을 감쌌다. 10분 동안 피해량을 87.4%나 줄여 주는 옵션이 발동시킨 것이다.

하지만 그 결과는 처참했다.

빠바바바박!

맞아도 잘 안 죽으니 계속 맞았다.

울타르는 일어나서 반격을 가하기도 했지만, 위드의 움직임은 큰 덩치에도 불구하고 부드러우면서 느렸다.

꼭 필요한 만큼만 이동하면서, 때론 폭발적으로 빨라지더니 차원 문을 통과하며 공간을 마음껏 이용했다.

위드가 휘두르는 연속 공격에 울타르는 정신이 쏙 빠질 정도였다.

맞고, 맞고, 또 맞는다.

"이대로는……."

"아직 끝나지 않았다!"

"승부는 이제부터다."

울타르는 궁지에 몰릴수록 상황을 반전시킬 수 있는 큰 스킬에 의존하게 됐다.

위드는 토끼를 막다른 길로 몰아가듯이 완벽하게 공략하고 있었다.

결국 방송으로 수많은 유저들이 보는 가운데 울타르는 목숨을 잃었다.

먼 곳의 학살자 울타르가 결투 중에 죽었습니다.
악명이 자자하던 보넴 성의 영주가 사망했습니다. 전투 공적으로 힘이 2 증가합니다. 명성이 4,391만큼 늘어났습니다.

압도적인 승리!

위드가 오크들이 전투에 이겼을 때처럼 고함을 내질렀다.

"흐우아아아아아아아!"

결투를 지켜보던 유저들도 따라서 함성을 질렀다.

가르나프 평원 전체가 들썩거릴 정도로 커다란 외침이 가득했다.

모든 유저들, 모든 시청자들이 오크 카리취의 얼굴을 쳐다보고 있을 때였다.

샤샥!

위드의 손은 누구의 눈보다 빠르게, 심지어 카메라 렌즈보다도 빠르게 움직여 전리품들을 수거했다.

샤샤샤샥!

전리품. 대지의 갑옷을 습득하였습니다.

대지의 갑옷!

대지의 여신 미네의 성물이며, 울타르가 빌려 입었던 갑옷이 전리품으로 떨어졌다.

위드는 메시지 창을 보고 나서 입이 쩍 벌어졌다.

'이게 웬 로또냐. 음… 아니지, 아닐 거야. 내 운에 그럴 리가 없어.'

의심도 해 봤지만, 손끝에서 느껴진 감촉이 진짜라고 말하고 있었다.

명품의 만질만질하면서도 믿음이 갈 정도로 묵직하고, 깔끔한 감촉!

'이놈의 팔자가 드디어 한 건 해내는구나.'

울타르는 살인자 상태였고 악명까지 높았기 때문에 귀중한 대지의 갑옷을 잃어버리고 말았다.

'내가 잘 보관해 주지.'

일반적인 전리품이라면 뺏어서 자신의 소유로 사용해도 상관없다. 그렇지만 대지의 교단의 성물이라면 언젠가 돌려주는 편이 좋긴 하리라.

'잘 쓰고, 천천히 주면 되겠지. 아주 천천히 말이야.'

그러니까 악덕 기업들이 이런저런 핑계를 대며 하청업체들에 제때 돈을 안 주는 것처럼 말이다.

위드는 전리품에 만족하며 사자후를 터트렸다.

"진격하라. 취익!"

"우리도 싸우자!"

벤트 성의 성주 오베론!

그는 중앙 대륙에서 차가운 장미 길드를 이끌 때부터 높은 신망을 얻어서 따르는 유저들이 수만 명을 넘었다.

오베론은 평소에 벤트 성에서 지역 발전과 안정, 영역 확대를 위해 발을 벗고 나섰다.

초보 유저들이 던전에 갇혀 있다는 소식을 듣고 직접 구출하러 갔던 적도 흔했기에 명성이 높았다.

게다가 이곳은 가르나프 평원이었다.

아르펜 왕국의 성주, 영주, 마을의 자경단장.

어느 직책에 있든 깃발 하나만 들면 구름처럼 많은 유저들이 따랐다.

"여기 오베론이 말한다! 우린 싸우러 갈 것이다!"

오베론이 반격의 외침이라는 워리어 스킬을 이용하여 고함을 질렀다.

그러자 사방에서 횃불을 든 유저들이 모여들기 시작했다.

"싸웁시다!"

"닭죽 부대에 속해 있는 전사 300여 명, 함께 참여합니다."

"오베론 만세!"

"바지락죽 부대원도 있습니다. 근데 뭐, 소속이 어디든 무슨 상관이겠습니까. 싸우러 가자는데요."

"고위 마법사들 3명 있어요. 우리 자리도 있을까요?"

주변에서부터 호응하는 유저들.

저 멀리까지 금세 이야기가 퍼지면서 오베론을 중심으로 유저들이 뭉치기 시작했다.

밤이라서 인원수는 도저히 알지 못하지만 많은 사람들이 함께한다는 것은 추측할 수 있었다.

오베론이 다시금 외침을 터트렸다.

"이 부근에 있는 적은 하벤 제국의 12군단입니다. 우린 그들을 칩시다."

"예!"

오베론은 병력을 전진시켰다.

중간에 마주치는 수많은 북부 유저들을 합류시키면서 덩치를 불려 나갔다. 그리고 마침내 그레놀이 이끄는 12군단과 조우했다.

"캬하."

"저 위용은 정말 대단하네."

제국의 마법 전투 마차들이 환히 빛을 밝히고 있었다.

8마리의 말이 마차를 끄는데, 마법으로 속도와 지구력을 향상시키고 물리적 피해는 감소시키는 효과를 낸다.

마법 전투 마차에는 기사들이 타고 있어, 선두에서 긴 창을 휘둘러 북부 유저들을 학살하면서 전진했다.

12군단 소속의 궁병과 마법사 들은 원거리 공격으로 일대를 파괴하고 있었으며, 헤르메스 길드 유저들도 마음껏 날뛰었다.

개개인이 레벨 400대 후반에서 500대에 이르다 보니 스킬 한 번에 수십 명씩 우습게 죽었다.

처음 헤르메스 길드를 상대로 싸우는 유저들은 겁에 질리고 몸이 얼어붙을 정도였다.

"우리의 목표가 여기 있습니다!"

오베론이 이끄는 대규모 무리는 그대로 달려가 12군단의 측면을 공략했다.

제국군 군단장이며 마법사인 그레놀이 부엉이 눈이라는, 밤의 시야를 확보하는 마법으로 그 광경을 확인했다.

"어이가 없군. 고작 저런 녀석들로……."

오베론이 끌고 온 유저들의 상당수는 싸울 줄도 몰랐다.

마법 전투 마차로 달려가 몸으로 부딪치고 그대로 회색빛으로 변해서 사라졌다.

"인해전술이라더니. 이건 단순히 머리 숫자만 채우는 게 아닌가."

그레놀은 중앙 대륙을 정복하던 시절의 전투를 떠올렸다.

지금에 비하면 레벨이 낮긴 했지만, 한때는 다른 명문 길드의 정예들과 팽팽하게 다퉜다.

승리는 매번 자신들의 것이었지만, 전투에서 언제 죽을지 모른다는 긴장감이 있었다.

"영상에서 본 대로 수준 낮은 놈들이군."

그레놀은 광역 마법을 몇 개 일으켜, 습격해 온 무리에게 날렸다.

화염과 바람 마법이 조합을 일으켜서 불의 해일이 휩쓸고 지나갔다.

그것만으로도 어느 정도 기선을 제압했으리라고 믿고, 시선을 돌리려는 참이었다.

"그레놀!"

커다란 고함 소리가 들렸다.

그레놀은 깜짝 놀라서 마법이 펼쳐진 곳을 봤다.

온몸에 불이 붙어 있는 키 작은 드워프 워리어!

오베론이 마법을 뚫고 일직선으로 달려오고 있었다.

하벤 제국군의 병력, 헤르메스 길드 유저들 몇 명이 막아 보려고 했지만, 도끼와 방패 밀치기에 의해 튕겨 나갔다.

그 순간, 그레놀은 그 유명한 드워프 워리어의 이름이 생각났다.

"네가 오베론이구나!"

한때 〈로열 로드〉에서도 80위권 안쪽의 강자로 소문이 자자했다.

하벤 제국이 중앙 대륙을 차지한 이후로는 신경 쓰지 않았는데, 이곳에 나타난 것이다.

"죽여 버려."

그래도 200미터 이상 거리가 있으니 헤르메스 길드원들이 어떻게든 해 주리라 생각했다.

12군단에는 1만 명의 길드원들이 있고, 그 대부분이 전방에서 싸우긴 하지만 그레놀의 옆에도 100명은 넘었다.

오베론을 노리고 정령술과 마법 공격 들이 일제히 날아갔다.

"거스름의 바람!"

워리어의 이동과 회피를 겸한 기술이 발동되었다.

몸이 작은 드워프 워리어!

오베론은 지그재그로 방향을 바꾸며 기가 막힐 정도로 아슬아슬하게 공격들을 피해 냈다.

빗나간 정령술과 마법은 오히려 제국군을 덮쳤다. 마법 전차가 뒤집어지고, 대지가 터져 나갔다.

"걱정 마. 우리가 막아 줄 테니까."

군단장 호위 역할을 맡은 근접 계열의 헤르메스 길드원들이 자신감을 보였다.

상대가 오베론인 걸 알아보고는 반가워하기도 했다.

"아무리 그래도 혼자 들어오다니, 자살행위를 하는군."

"포위망을 구성하자고. 도망칠 때 못 잡으면 안 되니."

오베론은 1명이고, 자신들은 여럿이다.

호위병으로서 심심한 일만 벌어질 줄 알았는데, 이미 유명한 유저인 데다 아르펜 왕국의 성주를 죽인다면 마땅히 자랑거리가 될 만했으니까.

"밀레암 투척!"

어느 순간, 오베론의 손에서 도끼가 날았다.

빙글빙글 무서운 속도로 회전하며 날아오는 도끼는 수백 배나 거대해졌다.

"도끼의 비기?"

"방어 기술을 펼쳐!"

어마어마한 도끼 투척 기술!

거대해진 도끼가 그레놀이 있던 지점 부근을 강타했다.

헤르메스 길드원들 중에서 마법사와 정령사 5명이 죽긴 했지만, 그 외의 피해는 크지 않았다.

"……!"

그러나 그레놀은 봤다.

오베론이 호위 역할을 맡은 헤르메스 길드원들 사이를 통과하는 모습을!

길드원들도 뒤늦게 알아차리고 공격을 가했지만, 오베론이 그 공격들을 고스란히 몸으로 버텨 내면서 빠르게 통과해 버린 것이다.

"비상하는 날개의……."

그레놀은 근접전의 불리함을 알기에 비행 마법을 펼쳐서 도망치려고 했다.

"어디로 가든 나의 전투 영역을 벗어나지 못한다. 이끌림의 속박!"

워리어 계열의 스킬.

적이 도망치거나 다른 곳으로 움직이는 것을 막아 버리는 스킬이다.

오베론의 속박에 걸려 비행 마법이 취소되었다.

"이런 무모한."

그레놀은 주변을 살피지도 않고 무작정 달려온 오베론이 멍청해 보였다.

설혹 자신이 먼저 죽더라도 그 역시 헤르메스 길드원들에게 죽임을 당할 게 아닌가.

마침내 오베론이 단검을 꺼내 그레놀을 찔렀다.

맷집과 생명력이 낮은 마법사에게는 목숨을 빼앗기에 충분한 공격이었다.

회색빛으로 변해서 사라지는 그레놀을 보며 오베론은 씩 웃었다.

"제국군의 대장을 처리하다니 나도 실력이 녹슬진 않았군."

바로 옆에 있던 헤르메스 길드원이 외쳤다.

"멍청한 놈. 너도 저들의 대장이 아니더냐?"

오베론이 끌고 온 병력은 12군단과 싸우고 있었다.

분명히 12군단의 전투 능력이 우세했기에, 수많은 무리를 이 끌어야 할 대장인 오베론이 단독으로 돌진해 온 것이 헤르메스 길드원들로서는 이해가 되지 않았다.

하지만 오베론에게 후회는 없었다.

"나 같은 놈의 지휘 같은 건 필요 없어. 우린 막 싸울 테니까. 각자가 싸우기 위해서 모였으니 말이야."

"그래도… 죽는 게 아쉽지 않나?"

헤르메스 길드원이 다시 물었다.

"아니. 나 같은 놈이 이곳에는 아주 많거든. 장담하는데, 지옥은 너희가 보게 될 거다."

크롸라라라라라라라!

빙룡을 선두로 와이번들은 먼 곳의 하늘을 맴돌고 있었다.

조각 생명체들은 전투에 참여하지 않고 대기 중이었다.

그 이유는 위드의 명령 때문!

섣불리 나섰다가 대규모 마법에 당할 수 있기에 먼 주위를 맴돌며 경계를 펼쳤다.

"우린 왜 이렇게 약한가."

"가서 싸우고 싶다."

"기다려야 한다. 주인이 우리를 소중하게 여기는 거다."

불사조, 불의 거인, 데스 웜, 이무기, 킹 히드라, 백호, 나일이, 누렁이, 금인이 등등.

모여 있는 위드의 조각 생명체들은 전투에 나서지 못하는 것을 아쉬워했다.

"뭐라도 하고 싶은데."

"난 머리가 9개라서 싸워도 될 것이다."

"인간들이 많이 모여 있으니 무리다. 착한 인간들을 죽이게 될 거다."

그렇게 조각 생명체들이 떠들고 있을 때였다.

"무언가가 다가온다."

빙룡이 서쪽 하늘을 향해 몸을 틀었다.

대형 비행 생명체로서의 본능으로, 먼 곳에서부터 강렬한 존재감이 다가오는 것이 느껴졌다.

"전원 전투준비."

빙룡은 더 높은 하늘로 올라가고, 와이번들은 흩어지면서 자리를 잡았다.

조각 생명체들 중에서도 강대한 전투력을 가진 불사조와 불의 거인은 함께 싸울 준비를 했다.

데스 웜은 땅속으로 모습을 감추었으며, 킹 히드라는 9개의 머리를 꼿꼿하게 세운 채로 독을 내뿜기 위해 숨을 크게 들이 마셨다.

위드가 조각 생명체들을 아껴서 함부로 사용하진 않지만, 이들의 전력만 하더라도 성 1~2개 정도는 간단히 함락할 수 있었다.

〈로열 로드〉의 초창기였다면 사상 최악의 괴물들로 불리기에 충분한 전투력!

그들이 긴장한 채 기다리는 가운데, 어둠 저편에서 달과 별들을 가리며 거대한 형체들이 소리도 없이 날아왔다.

새의 형태이긴 했지만 거대한 날개를 펼치고 있어서 크기가 300미터에서 500미터에 달했다.

몸 역시 우락부락한 근육들로 뒤덮여 있는 전투 비행 종족 바라그!

바라그들은 50마리에 달했으며, 그들이 가까워질수록 조각 생명체들은 움츠러들었다.

킹 히드라의 머리들이 조금씩 숙여졌으며, 빙룡은 조금씩 뒤로 물러났다.

불사조는 깃털을 바짝 세우고 있었는데, 그만큼 커다란 위협을 느끼는 것이었다.

"너희는 우리의 적이냐!"

불의 거인이 땅과 하늘이 다 울리도록 고함을 내질렀다.

파라라라락!

빠르게 날아오던 바라그들이 속도를 조금 줄였다. 그럼에도 여전히 그들의 비행으로 지상에 돌풍이 일어날 정도로 빠르고 위협적이었다.

바라그들은 기특하다는 듯이 누렁이를 비롯한, 위드의 조각 생명체들을 봤다.

"모르겠느냐. 우린 친구다."

"친구라고?"

"우리도 예술과 조각술로 탄생했다."

조각 생명체들의 만남.

게이하르 폰 아르펜 황제가 안배해 놓은 바라그 종족이 멸망하지 않고 찾아온 것이다.

"음머어어어. 난 저들을 안다. 본 적이 있다."

"우리도 부모의 부모로부터 이야기를 들었다. 무척 맛있게 생긴 소가… 아니, 멋진 소 친구가 있다고. 과연 그 명성 그대로구나."

바라그의 번뜩이는 눈동자가 누렁이의 갈비뼈들을 살피듯 훑고 지나갔다.

쿠르르릉!

데스 웜이 땅에서 솟구쳐 나오고, 기사 세빌과 엘프 엘틴도 인사했다.

곧 비행 생명체들까지 땅으로 내려와서 간단히 서로를 마주하는 시간을 가졌다.

하지만 이내 바라그들은 날개를 펼치며 떠날 준비를 했다.

"이 지역에서 전투가 벌어졌는가?"

"그렇다."

빙룡이 당당하게 몸을 세웠다.

허약한 얼음 드래곤이지만 그래도 사냥을 해서 몸집만큼은 바라그들에 비해 당당함을 유지할 수 있었다.

"우린 싸우러 가야 한다. 예언에 따르면 위대하신 분께서 조각술의 힘으로 살아나실 것이다. 우리는 그분에게 힘이 되어 주어야 한다."

게이하르 황제를 위해 싸우려는 충성스러운 바라그 종족!

"오래전처럼, 조각 생명체들이 자유롭게 살아가는 세상을 만들기 위해 우린 싸우러 간다."

바라그들은 그 말을 남긴 채 날아올라서 가르나프 평원으로 향했다.

"……."

위드의 조각 생명체들은 그대로 가만히 있었다.

그들도 세상을 위해서, 또 조각 생명체들을 위해서 싸우고 싶긴 했다.

하지만 위드가 명령을 내렸다. 나서라고 할 때까지는 이대로 기다리라고.

적보다는 위드의 말을 안 들었을 경우에 듣게 될 잔소리가 훨씬 더 무서운 것이다.

어두운 밤.

횃불도 밝히지 않고 수많은 유저들이 바글바글 모여 있었다.

불타는 유성이 대지를 강타한 지역!

대형 조각품들이 건설되었던 이곳에 유성이 떨어지며 충격파가 땅을 뒤흔들었다.

수백 미터의 높이로 세워 놓았던 조각품들은 그 충격을 이기지 못했다.

완성된 것도 있고 제작 중이던 것도 있었다.

이곳에 모인 유저들은 3,000여 개가 넘는 그 작품들이 우수수 허물어지는 광경을 무력하게 보고만 있어야 했다.

"우리가 그렇게 노력했는데, 헤르메스 길드가 한 번에 다 날려 버렸어."

"끝났어. 기린 조각상까지 무너졌잖아."

조각품마다 수많은 유저들의 땀방울들이 묻어 있었다.

그 모든 조각품들이 순식간에 잔해로 변해 버린 것에 유저들은 낙담했다.

그렇지만 누군가가 외쳤다.

"아직 멀쩡한 조각품들도 있어요!"

"와! 갈구하는 고블린 궁수, 이 작품은 끄떡없네요."

"도약하는 타조의 조각상, 이것도 허물어지지 않았는데… 조금씩 흔들립니다."

"보수공사를 해요. 지지대 같은 걸 만들어서 받쳐 주면 될 거 같아요!"

대형 조각품을 만들어 놓은 지역에 있던 유저들에게는 전투 중이냐 아니냐가 문제가 아니었다.

무너진 조각상에서 쇠막대나 석재 등을 빼내서라도 아직 무사한 작품들까지 붕괴하는 걸 막아야 했다.

<u>그르르르르릉!</u>

대형 돌고래 조각상이 중간 부분쯤에서 위태롭게 흔들리고 있었다.

"꺅! 무너져요."

"어서 빠져나와요!"

"이것만… 이쪽만 보강하면 됩니다."

"안 돼요! 늦었습니다. 밖으로 빨리…….."

쫘르르릉!

돌고래 조각상이 산산조각으로 부서지면서 대지가 흔들릴 정도로 충격이 컸다. 끝까지 작업하던 유저들도 함께 여럿이 사망하고 말았다.

하지만 그때부터는 오히려, 남은 이들의 눈에 더 독기가 어렸다.

"이판사판. 건축가님들, 위험도 측정 같은 거 하지 맙시다."

"네? 공사장에서는 안전 절차를 지켜야죠. 안전이 제일이에요. 풀죽신교에서도 조각품 건설하면서 희생자들이 나지 않도록 얼마나 애썼는데요."

"오늘만큼은 생략하죠. 전쟁이 이미 시작됐으니까요."

독기가 오른 유저들은 남아 있는 조각상들의 보강 작업을 서둘렀다.

몸에 밧줄도 매지 않고, 그냥 손과 발로 조각상을 타고 오르면서 철근과 석재를 보강했다.

건축가들도 마찬가지로 희생을 감수하면서 무너지기 직전의 조각상에 기어올랐다.

"이건 내가 만든 작품이야. 그러니 내가 살려야지."

콰르르르르르!

대형 조각품들이 여기저기서 무너지는 소리가 들리는데도 사람들은 주저하지 않았다.

소식을 들은 유저들도 조각상이 있는 곳으로 모여들면서 작업이 활기를 띠었다.

그들은 목숨이 아깝지 않은 게 아니라, 지금까지의 노력과 희망을 짓밟고 싶지 않은 것이었다.

"전사의 조각상은 멀쩡합니다."

"북부의 개척자상도 이상 없어요!"

기적처럼 유성 낙하의 충격에도 멀쩡한 조각상들이 400여 개나 나왔다.

조각사 뎁스.

그가 땀과 흙먼지로 뒤덮인 얼굴로 외쳤다.

"손상된 조각품들, 고칠 수 있는 건 우리 힘으로 고쳐 보는 게 어떻습니까?"

"예?"

"조각품들이 많이 무너지고 깨지긴 했습니다. 그렇지만 여기 계신 분들이 도와주신다면 고칠 수 있는 작품도 꽤 됩니다."

전체가 파괴되지 않은 경우에는 조금만 손을 보면 복원할 수 있었다.

조각상에서 끊어지고 깨진 부분들은 붙이고, 안 되면 강철을 박아서라도 연결해 보는 것이다.

"충분히 할 수 있겠네요!"

"조각상이 너무 커서 문제지만… 그러니까 따닥따닥 연결하면 가능합니다. 노동력만 충분하다면 말이죠."

유저들이 그런 생각으로 각자 할 일을 찾으려 하는데, 뎁스의 제안은 끝난 게 아니었다.

"무너진 조각상도 그냥 치워 버리긴 아깝습니다. 그러니 괜찮은 부분들을 따로 모아서 결합하는 방식으로 새 작품을 만들어 보면 어떨까요?"

파괴된 조각품의 결합!

어떤 조각품은 몸통과 머리가 멀쩡한데 팔다리가 없는 경우도 있었고, 그 반대 역시 흔히 존재했다.

부서진 것들 중에서 활용할 수 있는 부위들을 찾아서 끼워 맞추자는 이야기였다.

"그래도… 되나?"

"조각상마다 종족도 다르고, 크기나 형태도 각양각색으로 차이가 있는데요."

"그래도 작품인데… 막 만드는 것은……."

유저들은 잠시 갈등에 빠졌지만, 결국 모두 동의할 수밖에 없었다.

현실적으로, 이미 50%도 넘게 부서진 조각품들의 경우에는 되살리는 것이 다시 만드는 것보다 어려울 수 있다.

그렇지만 조금씩 손을 봐서 일부라도 재생한다면 그냥 버리는 것보다는 낫지 않겠는가.

설혹 정말 실패작이 나온다 해도, 그때 가서 포기하면 되는 것이고.

"우린 모두의 희망입니다. 어떻게든 해 봐요!"

"힘을 내세요. 우리는 할 수 있습니다."

"웃샤웃샤!"

"소식을 들은 일꾼들이 계속 오고 있어요. 노력합시다. 기적을 만들어 내게 될 거예요."

15일간 가르나프 평원의 일부를 대형 조각품들로 채운 유저들의 힘!

함께 참여했던 유저들이 소식을 듣고 여기저기서 달려왔다.

부서지고 무너진 조각품들의 폐허에서 재건을 이루기 위한 땀방울들이 쏟아지고 있었다.

───※───

위드가 울타르를 이기고 진격의 사자후를 터트리자, 수많은 유저들이 무기를 들고 일어섰다.

"돌격이요, 돌격!"

"황소 기사단은 모여서 다 함께 갑시다."

"공수부대, 낙하를 시작하라!"

지상에서는 검과 방패를 든 유저들이 달려갔고, 하늘에서는 조인족들이 유저들을 떨어뜨렸다.

하벤 제국군 11군단은 군단장을 잃은 상태로 전투를 개시해야 했다. 당연히 병사들의 사기가 하락해서 전투력에도 20%가 넘는 손실이 생겼다.

국가 간의 전쟁에서 이만한 차이라면 매우 큰 것이었으며, 기세로도 아르펜 왕국의 진영이 압도적이었다.

승리를 확신한 유저들이 전력을 다해서 싸우고 있었기에 제국군은 물러서기 바빴다.

"이렇게 놀고 있을 수만은 없지. 취췻."

위드는 손가락을 입에 넣고 휘파람을 불었다.

삐이이이익!

전장을 가로지르는 날카로운 소리.

가까이 있던 사람들이 왜 그러는지 궁금해할 때였다.

위드는 조각 소환술을 써서 와삼이를 불렀다.

"나를 태워라."

"주인. 설마 그 모습으로 탈 것인가?"

"당연하지. 실컷 싸우자."

등이 넓고 편안한 승차감을 주는 와삼이였기에 오크 카리취의 모습 그대로 탈 생각인 것이다.

주인 잘못 만나면 평생 고생!

위드는 전투에 앞서서 와삼이를 위한 몇 가지 방어구들을 꺼냈다.

검은색으로 물들인 강철을 얇게 펼쳐서 만든 목 보호대와 가슴 가리개, 투구였다.

뮬의 그리폰 부대가 착용하는 것처럼 와이번 전용 갑주를 만들어 두었던 것이다.

"이런 귀한 걸……."

"직접 만들었다. 췻."

"고맙다, 주인."

와삼이는 크게 감격했지만 정작 하나씩 몸에 걸치면서는 실망을 금치 못했다.

너무 얇고, 가벼웠다.

대충 휘두른 검도 제대로 막을 수 있을지 의문일 정도로 방어력마저 낮았다.

"혹시, 마법을 막는 물건인가?"

"그런 기능은 없지. 취취익."

"…화살은?"

"못 막지. 취이익."

"그럼 이걸 왜 입나?"

"화면발이 좋잖아. 취익!"

위드가 원한 것은 오크 카리취가 흑색 갑주로 장비한 와이번을 타고 하늘에서 호령하는 것이었다.

"전투를 시작하자! 취취취익!"

꾸아악!

비행 노예 와삼이가 날개를 떨치며 힘차게 날아올랐다.

"우와아아아!"

"카리취, 카리취!"

위드가 와삼이를 타고 하늘을 나는 모습만 보여 주었는데도 유저들의 환호성이 어마어마했다.

"아래로 가까이 가자. 췻!"

땅으로 낮게 내려가서 유저들과 제국군이 맞붙어서 싸우고 있는 지역을 스쳐 지나갔다.

창을 비롯한 무기들이 와삼이의 다리에 닿을 듯했지만 그 정도로 겁을 먹진 않았다.

여러 전투를 경험했으며 꾸준히 비행 능력이 향상된 와삼이는 일반 병사쯤은 우습게 볼 정도로 강해진 것이다.

주인을 잘못 만나기는 했지만 그 본성은 사납기 짝이 없는 와이번!

꾸우에에엑!

와삼이는 전투기처럼 공중에서 곡예를 부리며 폭발적인 속도로 날았다.

"위드 님이다!"

"저것이 소문으로만 듣던 와이번?"

"어마어마하게 빨라!"

와삼이가 지나가는 곳에서는 환호하며 무기를 쳐드는 유저들로 사기가 치솟았다.

검은색 갑주를 착용한 와이번과 오크 카리취!

이 어울리지 않는 조합이야말로 전장에서는 폭군 역할을 하기에 충분했다.

위드의 눈에 제국군의 기사단이 보였다.

"전방에 먹잇감이다. 췻."

"간다."

와삼이가 방향을 바꾸어 수직에 가깝게 치솟았다. 그리고 일순 정지했다가 급강하하며 제국군 기사들을 덮쳤다.

위드는 로아의 명검과 선더 스피어를 동시에 휘둘렀다.

"취이익!"

무쌍난무!

와삼이가 땅에 닿을 정도의 높이에서 검과 창을 휘두르며 돌파했다.

"끄억!"

튼튼한 갑옷을 입은 제국군 기사들이 사방으로 수십 미터나 나가떨어졌다.

"저기다. 취익!"

다른 기사들은 내버려두더라도 기사단장만큼은 반드시 해치워야 한다.

전투에서는 지휘관을 먼저 공략하는 게 기본이기도 하지만, 사실 그가 착용하고 있는 황금 관이 위드의 눈에 띈 탓이 컸다.

"최소 1킬로그램은 되어 보인다. 순금이다. 취익!"

와삼이는 위드의 지시에 따라 기사단장을 따라가 발톱으로 붙잡고 난폭하게 벽에 내던졌다.

크웨에에엑!

즐거워하는 와삼이!

위드는 기사들을 상대하는 한편으로 헤르메스 길드원들의 주목도 받았다.

오크 카리취에 와삼이까지 있으니 단연 눈에 띄지 않을 수가 없는 한 쌍이었다.

"어쨌든 저놈만 해치우면 되잖아."

"상대가 위드라면 결투처럼 일대일로 싸울 필요도 없지."

"죽이자."

헤르메스 길드원들에 의해 화염의 벽이 공중에 생성되고, 얼음의 창이 날아오기도 했다.

와삼이는 빠른 속도로 뚫어 내거나 공중에서 이리저리 회전하며 피해 냈다.

저공비행을 하며 지그재그로 달릴 때는 제국군의 마법 공격이 마구 작렬했다.

"어서 달려요!"

"모두 쓸어버리는 겁니다."

위드와 와삼이가 이목을 끄는 동안, 유저들은 11군단을 거세게 압박하고 있었다.

고레벨 유저들도 다수 포함된 병력이 11군단을 사방에서 에워싸고 빠르게 숫자를 줄여 나갔다.

함정 격파

판데그가 이끄는 제국군 20군단은 특별한 부대였다.

"우린 전투에 거의 참여하지 않는다. 그렇지만 싸우면 끝을 봐야 하지."

헤르메스 길드의 많은 유저들 중 20군단 소속은 고작 100여 명뿐이었다. 기형적이라고 해도 좋을 만큼 나머지 병력은 병사들로만 채워졌는데, 중앙 대륙을 정복할 당시에도 20군단은 존재감조차 없었다.

가르나프 평원으로 진군하면서도 느긋하게 다른 군단의 뒤를 따르던 그들에게 직접적인 명령이 떨어졌다.

―위드를 공격하세요.
―알겠습니다. 계획대로입니까?
―끝까지 변동 사항은 없습니다.
―바로 진행합니다.

판데그는 다른 군단장들에게도 알려지지 않은 비밀 계획을 수행하기 위해 병력을 움직였다.

7군단과 14군단을 우회하여 전투를 최대한 치르지 않은 채로 11군단이 있는 지역으로 신속하게 진군한 것이다.

다른 군단들은 길드 수뇌부의 명령으로 길을 터 주는 역할까지 맡아야 했다.

"저들은 뭐야?"

"제국군의 복장인데, 왜 우릴 보고도 합류하지 않고 그냥 지나치지?"

헤르메스 길드 유저들이 이상하게 생각했지만 한가롭게 궁금증이나 해소해 줄 시간은 없었다.

가르나프 평원의 어느 곳에 위드가 나타나더라도, 20군단의 목표는 오로지 하나뿐이었다.

'위드만 잡아도 이번 전투는 9할 이상 이긴 싸움이라는 게 명백해. 잔챙이들은 무시하고 우린 가장 큰 공을 세우는 거다.'

판데그의 20군단은 신속하게 이동해서, 11군단과 싸우고 있는 대규모의 유저들과 마주했다.

"다 죽여!"

"풀죽, 풀죽, 풀죽!"

"아르펜에 승리를!"

"우아아아아아아!"

유저들이 절규하는 소리가 귀를 울렸다.

어디선가 악기를 연주하고, 그 연주에 맞춰 노래하는 소리도 들려왔다.

산을 옮기자

강을 만들자

메마른 땅에서 태어나 씩씩하게 걸으리

약하지만 우리는 하나

검 한 자루를 들면 불가능을 바꾸리

나아가자

싸우자

기적을 우리의 손으로!

아르펜 왕국 진영의 유저들에게 힘을 안겨 주는 전쟁의 노래였다.

노래를 들으며 싸우는 유저들은 불굴의 의지를 자랑했다.

11군단의 정예 병력을 상대로 폭풍이 몰고 오는 거센 빗줄기처럼 공격을 퍼부었다.

"막앗!"

"나중 일은 생각하지 말고, 화살이든 마법이든 뭐든 쏴!"

"방패병을 전진시켜서 여유를 벌어야 해. 뭐라도 하라고!"

11군단은 전력을 다해 덤비는 유저들을 수비 진형으로 버텨 보려 했지만 이미 여러 곳에서 밀리고 있었다.

하늘에서 떨어진 유저들은 몸으로 부딪쳐 내리고, 땅으로 달려온 유저들은 죽어 넘어질 때까지 싸운다.

하나를 죽여도 금방 둘, 셋으로 불어나는 그 속도와 양세!

위드를 보고 따라온 고레벨 유저들도 곳곳에서 활약하면서 제국군 병사들을 제압했다.

"공격해라!"

판데그는 20군단에 즉시 공격하기를 지시하고 전투에 돌입했다.

제국군 지원부대의 출현으로 아르펜의 유저들은 당황했지만 금방 새로운 전선이 형성되었다.

"얼마든지 오너라!"

"이놈들도 전부 다 싸잡아 먹읍시다."

초보들이 밀려오고, 고레벨 유저들이 든든하게 뒤를 받친다.

위드에 의해 임명된 부대장들은 유저들을 이끌고 20군단의 사방에서 반격을 가했다.

"싸우자!"

"반데르트를 따르라."

"우리의 전술은 달리기입니다. 어렵지 않죠? 각자 무기를 들고 뛰어요!"

이번 전투를 위해 가르나프 평원에 모인 유저들은 매일 밥을 먹으면서도 인해전술에 대해 들었다.

"숫자가 힘입니다. 앞에서 달리면 따라 달리세요. 적과 바로 앞에 가면 싸우는 겁니다. 절대로 뒤처지지 말아야 해요."

"밀집대형! 바로 옆에 사람이 있을 정도로 뭉쳐야 합니다. 그러지 않으면 주저하는 사람 때문에 전부가 망해요."

"무엇을 위해 싸우는지만 기억하세요. 하고 싶은 대로 하면서 살아야죠. 그래도 다가올 그 순간에 주저하지는 마세요. 방송 화면에라도 잡힐지 모르잖아요."

"손해 보고 싶지 않다면 전투에 참여하지 않으면 됩니다. 북부의 전투들은 언제나 마찬가지였어요. 원하는 사람들이 싸웠고, 자랑스러워했죠. 싸우고 싶다면 나서세요. 모두 환영할 겁니다."

축제를 개최하면서 저절로 진행되었던 세뇌 작업들.

최적화된 인해전술, 물량에 속도가 받쳐 주면 그 위력은 폭발하게 된다.

소모해도, 소모해도, 끝없이 채워진다.

다른 구역에서의 싸움도 격렬했지만, 위드가 이끌고 온 이곳에는 실력자들이 넘쳐 났다. 그들은 20군단이 합류해 온 것을 오히려 반가워하는 듯했다.

'병력 피해는 상관없다. 한 번의 기회만 만들어 주면!'

판데그는 냉정하게 전투를 지켜봤다.

평원을 가득 메운 양측의 병력이 죽고 죽이는 싸움을 하고 있었지만 그에게는 그저 늦지 않게 와서 다행이라는 생각뿐이었다.

'병사들은 다 죽어도 좋아. 다 죽어도……'

20군단은 정복 전쟁 당시에 여러 왕국의 패잔병들을 모아 만든 병력이었다. 수준이 하벤 제국 군사력의 평균에 미치지 못할 정도니 몰살당해도 아깝지 않았다.

밤이라서 잘 보이지 않지만, 방송이 나오는 수정 구슬로 확인한 바에 따르면 위드는 와이번을 타고 있었다.

"놈이다."

판데그는 이를 드러내며 웃었다.

한참 만에 11군단의 기사들을 괴롭히고 있는 위드를 발견하고야 만 것이다.

―⚜―

위드는 와삼이를 탄 채로 전투를 펼치고 있었다.

"취칫. 더 빨리, 더 낮게 날아라!"

"그러면 위험하다. 그리고 이미 최고 속도다."

"날개를 더 파닥여! 취익!"

"어떻게 더 파닥이란 말인가."

"그건 네가 생각해 내야지. 츄추익!"

적의 화살들이 날아오는데도, 위드는 와삼이에게 저공비행을 명령하고 거침없이 선더 스피어를 휘둘렀다.

위드가 창을 휘두를 때마다 벼락이 기사들에게 작렬한다.

여러 개의 마법 공격이 그에게 집중되었지만, 와삼이는 곡예와 같은 비행으로 피해 냈다.

"잘했지? 칭찬해 다오, 주인!"

"칭."

"…그게 뭔가?"

"절반만 칭찬한 거야. 더 잘하라고. 취익!"

와삼이는 저공비행에 급선회, 땅으로 내려와서 말처럼 달리다가, 다시 솟구치기도 했다.

위드의 까다로운 요구 사항들이었다.

장비가 좋은 기사들을 제거하려다 보니 어쩔 수 없이 묘기들을 부려야 했다.

"만세!"

"대박이네. 이런 전투를 직접 보다니 말이야."

"역시 위드 님이다!"

같이 싸우는 유저들의 사기는 최고 수준!

와삼이의 등에는 어느새 몇 개나 되는 배낭이 묶여 있었다. 기사들을 해치우고 얻은 전리품이 묵직하게 채워진 배낭들!

그런데 오크 카리취는 잔뜩 화가 난 표정이었다.

"잡템을 그렇게나 버리다니… 취췻. 초심을 잃어버렸어. 어떤 상황에도 잡템을 포기해서는 안 되는 거였는데."

자괴감이 넘치는 목소리!

전투의 속도가 너무 빠르다 보니 전리품을 줍는 게 쉬운 일이 아니었다.

심지어 차원 문의 장갑까지 이용했다. 그러고도 간신히 비행 중인 와삼이의 등으로 돌아왔을 정도여서 몇 가지 잡템들과 싼값에 팔리는 물품들은 줍는 데 실패하고 말았다.

와삼이가 고개를 갸우뚱하며 물었다.

"싸구려 100개보다 비싼 거 1개를 얻는 게 낫지 않나?"

"뭐가 더 낫다고 할 수 없는 문제야. 취익!"

"이해가 안 간다."

"통장에 1억이 있다고 해서 100만 원을 안 줍진 않지. 추이익. 아무튼 그런 줄 알아라. 취취익!"

위드와 와삼이의 전투 장면은, 방송을 보는 이들에게 환상처럼 느껴지는 묘기의 연속이었다.

—제국군이 더 몰려옵니다. 20군단이라는 소문이 있습니다.

위드는 다가오는 제국군에 대한 소식을 마판에게 들어 이미 알고 있었다. 임명장을 남발했던 지휘관들로부터 전투 현황 보고라는 것이 계속 들어왔는데, 거기에도 새로운 군대가 등장했다는 내용이 있었다.

'이해가 안 가는군. 누가 더 오든 크게 달라질 건 없을 텐데.'

위드는 바드 마레이의 공연장에 나타난 이래로 여기까지 유저들을 끌고 왔고, 북부 유저들과 중앙 대륙 출신 유저들이 뒤섞인 이곳에는 아르펜 왕국 전력의 핵심이 모이게 되었다.

게다가 울타르와 결투를 벌이는 동안 더 많은 유저들이 합류해서 질과 양, 어느 쪽으로도 자신이 있었다.

하벤 제국군 3개 군단이 오더라도 거뜬히 싸울 수 있는 전투력이 뭉쳤으니 20군단의 합류가 반가울 정도였다. 아직 싸우지 않고 기다리던 후방의 유저들에게도 전투의 기회가 생기게 되었으니까.

'와 줘서 차라리 고맙군. 여기서 한꺼번에 처리할 수 있으니 말이야.'

위드는 11군단과 전투를 펼치다가 적당한 때에 와삼이를 타고 20군단으로도 넘어가서 싸울 생각이었다.

전투 공적을 세우고, 전리품도 듬뿍 얻을 수 있는 기회!

'잘됐어. 좀 더 쉽게 하벤 제국의 전력을 깎을 수 있으니 앞

으로의 전투에도 유리하겠지.'

산뜻한 마음으로 전투를 이어 나가려는데, 갑자기 가슴 한구석이 무거워졌다.

악덕 집주인에게 반지하방을 싸게 빌렸다고 기뻐하던 때의 기억이 떠올랐다.

'내 인생에 이렇게 쉽고 간단하게 풀린 적이 있나? 혹시… 지금 내가 상대를 무시하고 있는 건 아닌가?'

그때 얻은 반지하방은 습기가 너무 심해서 아침마다 이불이 축축해질 정도였다. 할머니와 여동생이 기침을 달고 살았다.

여름에는 이상하게도 서늘해서 더위를 못 느끼긴 했지만, 기본적으로 벽에 시퍼런 곰팡이들이 울창하게 자랐다.

집을 구하면서 범한 최악의 시행착오였다.

'뭐지? 뭐가 어떻게 잘못된 것일까.'

위드는 슈퍼컴퓨터가 곱셈을 연산하는 처리 속도처럼 그간의 상황들을 되짚어 봤다.

결투를 벌여 울타르를 이긴 것까지는 당연한 진행이었다.

조각 파괴술에, 오크의 형태로 몸을 바꿨고, 차원 문의 장갑까지 썼다. 울타르가 석궁에 의존하고 근접전에 좀 약하다는 사전 정보를 알고 공략한 것이다.

매우 빠른 호흡으로 이루어지는 개싸움으로 그가 실력 발휘를 할 기회도 주지 않고서 이겼다.

'11군단과 싸우기 위해서 온 것도 내가 주도한 거지.'

20개의 군단이 동시에 진격 중이라는 것을 알고 적당한 상대를 골라 온 것이다.

여기까지는 확실히 놓친 부분이 없다.

그런데 갑자기 헤르메스 길드가 1개의 군단을 추가로 보낸 것이다.

'이대로 11군단을 몰살시키는 것도 큰 손해야. 근데 20군단이 제 발로 찾아와 준다고? 다른 군단과 연합하지도 않고?'

전형적인 1+1의 상황.

하지만 헤르메스 길드가 그런 멍청한 짓을 저지를 리 없다는 생각이 마음을 불편하게 했다.

'세금을 거두는 거라든지 독재하는 방식 같은 것에서는 배울 점이 많아. 그렇게 뛰어난 사람들이 이런 무모한 진군을 감행했다고?'

칙칙한 의심이 더 짙어졌다.

이득에 눈이 멀어 생각 없이 덥석 삼키는 건 위험하다.

'뭔가가 있어. 냄새가 심하게 나.'

판데그는 두 눈을 부릅뜨고 기회가 오기만 기다리고 있었다.

11군단의 유저 몇 명이 적들을 뚫고 그들과 합류했다.

"소멸의 창은 어떻게 되었습니까?"

"아직 안 썼습니다. 군단장님이 죽어 버리는 바람에……."

"잘됐군요. 그럼 우리에게 더 좋은 기회가 올 겁니다."

깊은 함정을 파고 기다린다.

판데그는 군단장임을 숨기지 않고 화려한 복장을 입었으며,

가까운 곳에 마법 등불도 환하게 밝혀 두었다.

"여러분들도 근처에 계십시오."

"좋습니다."

"놈이 오더라도 신호를 보내기 전에 나서지 마시고요."

"알겠습니다."

헤르메스 길드 유저들은 판데그의 근처에서 잠복하며 기다렸다. 11군단의 병력이 줄어들고 있었지만 그들은 오로지 위드를 잡을 생각뿐이었다.

전쟁의 규모가 큰 만큼 위드의 목숨에 붙은 가치는 절대적이었다. 왕이 사라지면, 그가 퍼뜨리는 희망이나 저항의 정신도 함께 소멸할 것이기 때문이다.

"놈이 11군단의 기사단을 죽이고 있습니다."

"침착하게 기다리죠. 자리를 지키면서 말입니다."

"이쪽으로 넘어오더라도 섣불리 움직일 필요 없습니다. 워낙 도망을 잘 치는 놈이라 기회를 잡아야 합니다. 판데그 님이 더 눈에 띄는 위치에 계세요."

"와이번이 날아오기 좋은 지점에서 기다리고 있겠습니다."

헤르메스 길드원들은 숨죽인 채 때가 오기만을 기다렸다.

30여 분이 지나는 동안, 11군단의 병력은 산산조각이 났고 20군단도 심한 압박을 받고 있었다.

"하벤 제국을 완전히 물리쳐요!"

"이대로 돌진합시다. 승리다!"

유저들의 환호성 소리가 가까워진다.

초조한 기다림에 숨이 막힐 지경인데, 문득 하늘에서 커다란 날갯짓 소리가 들렸다.

"와이번이 옵니다."

"쉬잇. 가까이 오기만 노립시다."

판데그는 병력을 지휘하는 척하며 하늘을 봤다.

무언가 시커먼 형체가 날아오고 있었다. 마법사들의 밤눈을 밝게 하는 마법이 선명하게 보여 주었다.

검은 갑옷을 입은 와이번과 그 위에 타고 있는 오크!

이제는 정말 흥분을 감추기가 어려웠다.

> ─드디어 때가 왔습니다. 모두 자리에서 철저히 준비해 주세요.

은밀한 신호를 받은 헤르메스 길드 유저들만 200여 명이나 되었다.

일반 병사 혹은 시종으로 위장하고 무기를 숨긴 그들은 위드를 죽이기 위한 기다림이 드디어 결실을 맺는다는 희열에 들떠 있었다.

이윽고 거짓말처럼 와이번에서 오크가 툭 떨어져 내렸다.

20군단의 대장인 판데그를 직접 상대할 생각인지 고작해야 8미터 정도 떨어진 거리였다.

"취이익! 널 상대하러 왔다!"

오크가 글레이브를 높이 치켜들었다.

"놈이 왔다, 지금이다!"

판데그의 외침에, 20군단의 주술사들이 주문을 외웠다.

"피와 육신에 새겨진 허약함을 저주하라. 모든 악령들이 이 자리에 모여 너를 갉아먹을지니… 이면의 징벌!"

군단장을 호위하는 병사들의 복장을 하고 있었지만 그들은 숨겨진 비장의 무기 중 하나였다.

주술사들이 귀한 보석들을 제물로 바치며 발동시킨 주술은 전투력을 쇠약하게 하는 것이었다. 각종 전투 능력과 스킬의 하락, 최대 생명력까지 절반 넘게 감소시키는 주술!

이어서 정신 혼란, 극심한 피로, 흔들리는 시야와 같은 저주들도 사용되었다.

"쳐라!"

헤르메스 길드원들이 사방에서 뛰쳐나와 오크를 향해 질주하기 시작했다.

어떤 이들은 금속 막대를 손에 들었는데, 이것이야말로 헤르메스 길드에서 준비한 소멸의 창이었다.

1회용이기는 해도, 저장된 태양의 기운을 발출하여 빛의 기둥을 일직선으로 내뿜을 수 있었다.

위력이 강해서 개인을 대상으로 쓸 무기가 아니다.

공성전이나 군대를 상대해야 마땅한 소멸의 창까지 꺼내 든 건 반드시 여기서 죽이겠다는 의미였다.

"뭐, 뭐야!"

그런데 오크의 얼굴을 가만히 보던 판데그가 놀라고 당황해서 소리쳤다.

"넌 누구냐!"

"취이익!"

오크의 외모가 카리취와 닮기는 했다. 커다란 덩치에 못생긴 외모는 착각하게 만들 만했다.

그래도 카리취보다는 훨씬 순박하게 생겼다. 카리취가 산전수전 다 겪은 거친 사자의 느낌이라면, 이 오크는 집 나온 늑대 정도. 자세히 보면 어깨의 너비라든가 근육도 차이가 컸다.

오크가 글레이브를 들고 웃었다.

"헤르메스 길드 바보. 취익."

주술이 적중되어 심상치 않은 보랏빛 기운을 발하며 오크의 몸을 휘감았다.

그럼에도 오크는 신경 쓰지 않는 기색이었다.

"별걸 다 쓰네. 나 레벨 19인데. 캬캬취취췻!"

"……."

막 거세게 공격하려던 헤르메스 길드원들을 김빠지게 만드는 말이었다.

"이런……."

"위드가 이걸 볼 수 있다!"

헤르메스 길드원들은 소멸의 창을 비롯해서 무기들을 서둘러 숨겼지만 늦은 후였다.

"이거 방송되잖아. 취치칙!"

오크 하나를 두고 그들이 떼로 덤벼들려던 모습이 방송으로 다 중계되었으리라.

'어떻게 위드가 안 오고 초보를 보낸 거지?'

판데그는 속았다는 사실이 믿기지 않았다.

20군단의 존재 이유, 함정을 만들어서 위드를 잡겠다는 계획은 이걸로 물 건너간 셈이다.

그들은 벗어나기 힘든 함정을 파 놓고, 20군단까지 기꺼이 먹이로 던져 주었다. 하지만 노리던 물고기가 떡밥만 먹고 빠져나가 버린 상황이었다.

판데그는 방송을 의식하며 목에 힘을 주었다.

"너희는 착각하고 있구나. 위드가 안 왔다고 해서 뭐라도 얻은 것 같나?"

"에? 취췻."

이번에는 오크를 당황하게 만들 차례였다.

"직접 위드를 잡으면 좋겠지만, 그러지 않더라도 시간만 끌면 충분했다. 그 이유는……."

판데그가 손가락으로 하늘을 가리켰다.

아주 먼 곳에 깨알보다도 작은 3개의 붉은 점들이 보였다.

"불타는 유성 소환이 이곳으로 떨어지기 때문이지."

"취이이이잇!"

오크는 하늘을 올려다보고 경악했다.

판데그와 헤르메스 길드원들은 하늘에서 유성들이 떨어진다는데 겁먹지 않을 이는 거의 없으리라고 생각했다.

"저 유성이 떨어지면 우리도 죽겠지. 그렇지만 방송을 보는 이들이여, 너희도 똑똑히 알아 둬라. 아르펜 왕국 진영의 유저들 중 실력자들이 여기에 많이 모인 걸 알고 있다. 이곳에 유성이 떨어지면 어떻게 될까?"

"……."

"내가 말해 주지. 대부분 죽을 거다. 어쩌면 위드와 함께 말이야."

미끼로 던져진 오크가 입을 열었지만, 말은 나오지 않았다.

판데그는 흐뭇한 승리의 쾌감을 느끼며 말을 이었다.

"운이 좋아서 살아남더라도 기뻐할 것 없다. 그 후에는 가까이 있는 제국군 군단이 와서 전부 쓸어버리게 될 테니까. 엉망진창이 된 너희와 위드를 말이지."

판데그의 말을 들은 헤르메스 길드원들의 얼굴에 미소가 맴돌았다. 승리자들의 전형적인 오만한 표정!

못생긴 오크는 그들을 가만히 바라보다가 코를 실룩이며 웃었다.

"키키킷. 위드 님 말씀대로네. 취익!"

"뭐라고?"

"위드 님이 분위기가 이상하다고, 나보고 대신 가라고 하셨거든. 취익!"

"으음."

"그리고 위드 님은, 취칫. 풀죽신교의 실력자들을 모아서 다른 군단 상대하러 가셨지. 취지익!"

"헉!"

판데그는 가슴이 내려앉는 듯한 충격을 받았다.

불타는 유성 소환이 떨어지고 있는데, 이미 위드가 떠났다면 그보다 더한 낭패가 없었다.

"어, 어떻게 알고 빠져나간 거지?"

"나도 잘 이해 못 한다, 취익. 그냥 감이 안 좋다고 하셨다."

"우리 함정을 피해 갈 정도로… 감각이 그렇게 예민하단 말인가?"

"노력도 안 했는데 눈먼 돈이 떨어진 느낌… 취익, 인생이 그렇게 쉽게 풀릴 리가 없다고 말씀하셨다. 취칫!"

서윤은 북부 유저들과 중앙 대륙 출신 유저들의 일부를 모아
기다리고 있었다.

"저겁니다."

"보입니다. 유성이 떨어집니다."

불타는 유성 소환!

깨알처럼 작은 유성을 시력이 좋은 궁수들이 먼저 발견했다.

밤하늘에서 생겨난 불타는 유성은 금세 누구나 알아볼 수 있
을 정도로 크고 선명해졌다.

"목표는 아직 모르겠습니다만… 위드 님이 있는 지역이 아닐
까요?"

"그쪽을 걱정할 여유는 없어요. 우리가 맡은 임무에 충실해
야 해요."

"예, 우리가 잘해야만 더 이상의 피해가 없을 겁니다."

서윤을 따르는 이들은 풀죽신교 최정예 병력!

대지의 궁전 전투에서도 혁혁한 공을 세운 이들로만 구성된
아르펜의 핵심 전력이기도 했다.

"불타는 유성 소환의 시전 범위는 모르지만 마법 발동은 서
남쪽에서 시작되었습니다."

"5군단과 7군단이 의심스럽군요."

"그중 한쪽이 마법사들을 지키고 있을 겁니다. 양쪽 다 쳐 보

는 수밖에 없겠죠."

처음에는 모르고 당했지만, 모든 마법에는 발동되는 시간과 범위라는 게 있다. 불타는 유성 소환이 두 번째 사용되었을 때, 측량을 통해 대략적이나마 방향을 가늠해 보았다.

"바로 가도록 해요."

서윤은 와삼이가 아니라, 무시무시하게 생긴 비행 몬스터의 등에 탑승했다.

크우와아악!

조각 생명체 바라그!

근육질의 몸에 기다란 몸체, 사냥과 전투에 최적화된 부리와 발톱은 칼날을 세워 놓은 것처럼 날카롭다. 최상위 포식자답게 살벌한 눈빛만으로도 뭇 몬스터들을 겁에 질리게 만든다.

실제로도 조금 전에 바라그들이 등장했을 때는 북부 유저들 조차 가슴이 철렁 내려앉을 정도였다.

"위대한 게이하르 폰 아르펜 황제께서 남긴 말을 듣고 오늘을 기다려 왔다."

위풍당당하게 나타난 바라그들은 북부 유저들의 앞에서 마음껏 포효했다.

> 절대적인 공포!
> 극심한 두려움에 빠집니다. 육체적인 위축! 정신 쇠약! 이동 불가! 모든 스킬의 성공 확률이 88% 감소합니다. 생명력의 최대치가 레벨에 따라 최대 85%까지 감소합니다.

절대적인 강함을 자랑하는 몬스터.

레벨 100 이하는 바라그들을 감히 보는 것만으로도 다리가 후들거려 움직이지 못한다.

"저게 몬스터라고?"

"으아… 방송으로 보긴 했는데, 정말."

"저런 게 사냥이 돼?"

"놀랍고도 무섭다."

북부 유저들은 직접 보게 된 바라그의 실물에 충격받았다.

하늘에서 날개를 펼친 채로 덩치를 자랑할 때는 300미터에서 500미터에 달한다. 드래곤과도 맞먹는 크기의 바라그들이 하늘을 장악했는데, 평소에 사냥하던 짐승이나 몬스터 들이 귀여워 보일 정도였다.

던전의 보스급 몬스터라고 해도 적당히 치고받는 맛이 있기 마련이지만, 바라그들은 도시를 초토화시키고 국가를 상대로 싸울 수 있는 수준이었다.

지상의 인간들은 언제라도 발가락으로 밟아 죽일 수 있을 것처럼 가공할 힘을 자랑했다.

"너희가 영광스러운 아르펜 제국의 뜻을 잇는 자들인가!"

바라그들의 거센 위협에 평원에는 무거운 침묵이 흘렀다. 그때 서윤이 앞으로 나섰다.

"맞아요."

바라그들의 번들거리는 붉은 눈동자가 서윤에게로 향했다.

"아… 엥?"

한동안 멍하니 쳐다보는 초대형 비행 생명체들.

충격, 놀람, 현실, 빠져듦, 행복…….

미녀, 미녀, 미녀, 미녀!

광포하던 녀석들의 눈이 순하게 바뀌었다.

바라그들은 부끄러움을 타는 듯이 앞발을 공손하게 모으고 섰다.

"안녕하세요. 저희는 바라그 종족입니다."

"네. 반가워요."

예쁘게 자란 유치원생들처럼 착하게 인사하는 바라그들. 심지어 몇몇은 고개를 숙여 배꼽인사까지 했다.

게이하르 폰 아르펜 황제의 조각 생명체들!

미녀를 좋아하는 황제를 따라 모든 조각 생명체들도 아름다움엔 약하게 만들어졌다.

"반갑대."

"우릴 보고 기뻐하는 거야?"

"진작 올걸."

"빗물에 목욕이라도 할 걸 그랬다."

서윤이 인사를 받아 주자 바라그들은 서로 눈빛을 교환하면서 기쁨을 나누었다.

"저희가 도와드릴 일이 있을까요?"

"시키는 일은 무엇이든 잘할 수 있습니다."

"대제께서 남기신 말씀도 있었고요. 뭐라도 하게 해 주세요."

"네, 도와주세요. 정말 힘든 일이 많아요."

게이하르 황제의 명령에 따라 오게 된 바라그들이었지만 크게 만족하면서 아르펜 왕국의 진영에 합류했다.

그렇게 서윤과 아르펜 왕국의 최정예로 구성된 유저들은 든든한 바라그의 등에 탔다.

밤하늘을 조용히 날아오른 바라그들.

거대한 성채가 떠오르는 것처럼 묵직한 승차감을 자랑한다.

게이하르 황제가 전투용으로 제작한 조각 생명체인 만큼 밤눈도 뛰어난 편이었다.

"움직이겠습니다."

바라그들이 빠르게 가속하더니 무시무시하게 바람을 가르며 밤하늘을 날기 시작했다.

"이렇게 된 이상 모두 쓸어버리자고."

"음. 피가 부글부글 끓어오르는군."

바라그의 등에 탄 유저들은 하늘에서 유성이 점점 다가오는 걸 더 확실하게 볼 수 있었다.

1초라도 빨리 싸우고 싶지만, 그들의 임무는 불타는 유성 소환을 시전한 마법사들을 처리하는 것.

한 번, 두 번은 모르고 당했다 하나 더 이상 허용해서는 안 된다. 지상의 병력과 싸우는 것 이상으로 중요한 임무이고, 생존을 장담하기 어려운 일이었다.

그럼에도 임무에 참여한 것을 후회하는 이는 없었다.

아르펜 왕국에서 뛰어난 공을 세운 유저는 명예를 얻는다.

셀지움에서 끝까지 싸우다가 죽은 영웅들이 어떤 대우를 받는지 가르나프 평원에서 직접 봤기에 목숨을 걸면서도 아깝지 않았다.

"크크. 명예롭게 죽어서 세상에 이름을 새겨 보자고."

"로디움 조각사 연합에서 전쟁 기념관을 세워 준다는 소식 들었어?"

"전쟁 기념관?"

"우리가 승리하게 되면 가르나프 평원에 위대한 건축물로 전쟁 기념관이 만들어질 거래. 공을 세운 유저들의 동상도 세워 준다고 했어."

중앙 대륙의 예술가들은 당연히 먹고살기 좋고 존중까지 해주는 아르펜 왕국 편에 섰다.

그들이야 넘어가든 말든 헤르메스 길드는 1%도 신경을 안 썼지만, 가르나프 평원의 조각품 건설에 있어서는 절대적인 역할을 한 이들이었다.

건축가들이 전쟁 기념관을 만든다고 하니 예술가들은 기꺼이 영웅들의 조각품이나 그림을 제작하겠다며 나섰다.

"저쪽이 5군단입니다."

"음. 확실히 의심스러운데…….."

서윤을 비롯한 유저들은 바라그를 타고 5군단이 보이는 곳까지 날아갔다.

제국군 5군단도 바라그가 공중에서 다가오는 것을 보자마자 고슴도치가 몸을 감싸듯이 일부 병력을 빼서 방어 진형을 편성했다.

"불타는 유성 소환은 궁극 마법입니다. 지금 알려진 유저들의 수준으로는 쓴 것도 의아할 정도지만, 사용하고 나서 한동안은 무력한 상태일 거예요."

"우리가 알고 온 것인지, 모르고 온 것인지는 저들도 확신할 수 없을 겁니다. 그러니까 그냥 대비하고 있는 것 아닐까요?"

"싸워 보면 알겠죠. 갑시다."

여러 말이 오고 갔지만 사실을 확인하기 위해서라도 전투를 결정했다.

바라그가 서윤에게 공손하게 물었다.

"저희도 싸워도 되겠습니까?"

"네. 그렇게 해 주세요."

"고맙습니다. 실망시키지 않겠습니다."

제국군 궁수들이 활시위에 화살을 걸었지만 선제공격을 가한 건 바라그였다.

바라그들은 날개를 좌우로 활짝 펼치고 숨을 크게 들이마셨다. 그러지 않아도 거대한 몸이 풍선처럼 크게 부풀어 오르면서 어마어마한 열기를 축적했다.

그리고 어느 순간, 참아 낸 숨을 한꺼번에 토해 냈다.

"이 열기가 예술과 아르펜을 지키는 힘이다!"

어두운 밤하늘을 가르며 붉은 화염 줄기들이 쏟아져 나가 제국군을 뒤덮었다. 풀과 나무들이 불타서 사그라지고, 대지마저 달구는 초고열의 브레스!

"으아악!"

"뜨, 뜨거워!"

"방패도 소용없어. 도망쳐!"

브레스가 쏟아질 때마다 반경 100여 미터가 화염으로 뒤덮였다. 불의 길이 1킬로미터까지 이어졌으며, 그 안에서 죽어 가는 병사들로 아비규환이었다.

최상위 몬스터로 분류해야 마땅할 바라그들의 등장은 정예 병력으로 꼽히는 제국군마저 공황 상태로 몰아넣었다.

"우, 우린 다 죽을 거야."

"신이 노하셨어!"

유저가 아닌 주민들로 구성된 제국군 병사들 중에는 겁에 질려 도주하는 무리도 있었다.

헤르메스 길드원들조차도 손을 놓고 지켜보기만 했다.

비행 마법이 걸린 장비나 스크롤을 가지고 있긴 했지만, 감히 바라그 무리를 향해 날아오를 자신은 없었던 것이다.

"그 영상에서 본 몬스터들이 등장했구나."

"우리만으로는 안 돼. 2군단이 와야 승부를 볼 수 있겠지."

"한꺼번에 공략해야 잡을 수 있는 몬스터니까. 그것도 마법의 지원이 필수다."

병사들이 헤르메스 길드원들에게 다가와서 애원했다.

"제 부하들을 살려 주세요. 대장님!"

"나도 어쩔 수 없다."

"검에 봉인된 치료 마법이라도 써 주시면 부상병들에게 도움이 될 겁니다."

"그건 중요한 순간을 위해 아껴 둬야 한다."

도처에서 제국군 병사들의 사기가 크게 떨어지고 있었다.

헤르메스 길드원들조차 화염의 브레스를 피해 도망 다니거나, 이후의 전투를 준비하기 바빴다.

"우리를 귀하게 생각하지 않는군."

"하벤 제국의 명예를 위해서 싸우라고 하지만, 정작 우리 가족은 과도한 세금으로 굶주리고 있다고."

"자유롭게 약탈하던 그 시절이 그리워."

그 사이에도 바라그들은 화염의 브레스를 내뿜으며 제국군을 구석구석 타격했다.

"힘이 빠질 때까지 흩어져서 기다린다."

"기사들을 아껴라. 어떻게든 전투력을 보존해야 한다."

5군단은 그래도 최고 정예인 만큼 빠르게 병력을 분산 배치하면서 피해를 줄이려 애썼다.

그러던 중에 바라그의 브레스가 여러 겹의 보호 마법에 막히는 일이 벌어졌다. 지상으로 쏘아진 화염 브레스는 겹겹의 보호 마법을 통과하면서 약해지다가 끝내 흩어져 버렸다.

"저곳이구나!"

"최소 열두 종류 이상의 보호 마법이 동시에 사용되었습니다. 마법사들도 있어요."

아르펜 유저들의 눈에 허둥지둥 도망치는 마법사들이 보였다. 헤르메스 길드 유저 상당수가 그들을 호위했다.

일반적으로 전쟁에 참여하는 마법사가 아니라, 레벨이 매우 높은 고위 마법사들이 한 지역에 몰려 있었던 것이다.

이것이야말로 불타는 유성 소환을 시전한 이들에 대한 확실한 증거!

서윤이 검을 들어 마법사들을 가리켰다.

"공격해요!"

밤하늘을 가로지르는 불타는 유성들.

첫 공격 때도 그랬지만, 이번에도 유저들은 넋을 놓고 유성이 그리는 궤적을 쳐다보고 있었다.

"으아아아아."

"이곳으로 올까? 아니겠지?"

"다가온다. 남쪽으로 지나가고 있어!"

하늘에서 떨어진 3개의 유성이 가르나프 평원 전역을 다시 한 번 크게 뒤흔들었다.

거대한 폭발이 일어나는 것을 누구나 볼 수 있었고, 그 위치가 아르펜 왕국 유저들이 하벤 제국군 11군단과 20군단을 상대로 싸우던 장소라는 사실도 금방 알려졌다.

하지만 이번 공격은 아르펜 왕국 진영의 누구도 겁에 질리게 만들지 못했다.

오히려 그들 마음에 불을 지펴 활활 타오르게 했다.

"다 죽여!"

"형제들의 복수를 하자."

"자유를 위하여!"

유저들이 사방에서 제국군에게 격렬하게 덤벼들었다.

"뭐야, 이것들은? 더 날뛰고 있네!"

4군단장 학살자 칼쿠스.

가르나프 평원에 막 진격해 왔을 때와 지금은 분위기가 완전히 다르다. 유저들이 미친 듯이 덤벼드는 서슬에 제국군 병력도 손실을 입는 격렬한 전투가 펼쳐지고 있었다.

"그래 봐야 약한 놈들뿐! 더 강하게 공격한다!"

칼쿠스는 흑기병을 전진시켰다.

중앙 대륙 정복 전쟁을 치르고 반란군들을 제압하며 성장한 정예 군대, 어떠한 방어선이라도 돌격하여 전투를 끝내는 병력이 과감하게 북부 유저들을 돌파했다.

"풀죽, 풀죽, 풀죽!"

"싸워요. 끝까지 버티면 우리가 이길 수 있어요!"

"빽빽하게 밀집하세요. 그리고 달려야 합니다."

고레벨 유저들이 섞여 있긴 했지만, 제국군을 상대하는 가장 많은 이들은 아르펜 왕국에서 시작한 초보들이었다.

칼쿠스의 4군단은 인해전술로 밀려드는 유저들을 궤멸시키며 피와 시체들이 깔린 땅을 진군했다.

"거침없이 쓸어버려라! 이 전장은 우리가 지배한다."

칼쿠스가 기사단을 직접 이끌었다. 전투를 좋아하는 성격인 그는 기사단과 함께 전장을 압도하는 쾌감을 포기하지 못했다.

"후아. 이거 칼춤 한번 제대로 추네."

"가장 많이 죽인 건 우리 군단이 되지 않겠어?"

헤르메스 길드원 1만여 명도 저마다 공을 세우고 있었다.

마법사 유저들이 가장 많은 전과를 기록했지만 선두에 선 전사들 역시 만만찮은 능력을 자랑했다. 각자가 보스 몬스터처럼 100명 이상 유저들의 합공을 견디며 밀어붙였던 것이다.

분노에 차서 막무가내로 덤벼들던 북부 유저들조차 견고한 4군단의 공세에 위력을 잃어 갈 때였다.

"쿠우아아아아아아취이이이!"

평원을 떨게 만드는 고함 소리가 들렸다.

"뭐, 뭐야!"

"누구야, 이 소리는?"

멀리서 들려온 소리임에도 불구하고 싸우고 있던 유저들의 마음을 흔들어 놓았다.

"무슨 고함 소리가 이렇게 크고 무시무시해."

"몬스터 아냐? 엄청난 몬스터가 나타난 것 같아."

그리고 곧, 탐욕스러움과 비열함의 표본으로 삼을 만한 생김 새를 한 커다란 오크가 대규모 유저들을 이끌고 나타났다.

"저기… 위드 님 아냐?"

"맞는 것 같은데!"

"틀림없어, 오크 카리취야!"

11군단을 상대로 싸우던 위드는 이상한 낌새를 느끼고 고레 벨 유저들을 모아 전장을 이탈했다.

그로부터 이곳으로 오는 동안, 가르나프 평원에 흩어져 있던 유저들이 속속 합류했다.

한 걸음 걸을 때마다 사람들이 늘어났다.

아마도 어디서든 위드가 사자후 한 번만 터트리면 수십만의 병력이 모여들 것이다.

"우아아아아!"

"위드 님이 오셨다!"

"이겼어, 이겼다고!"

위드가 도착한 것만으로도 4군단과 싸우던 유저들의 사기는 절정에 달했다.

아군들이 죽어 가며 힘겨운 전투가 이어지고 있었는데, 어마 어마한 규모의 지원군을 이끌고, 그것도 오크 카리취의 모습으로 위드가 오고야 말았다.

"유성 소환으로 죽은 형제들을 애도하자. 취취익!"

위드의 사자후가 다시 한 번 전장을 울렸다.

"그래, 유성을 또 떨어뜨렸지."

"이번엔 또 얼마나 많이 죽었을까?"

"가자, 그들의 죽음을 헛되지 않게 해야 해!"

"돌격!"

"달려라!"

"풀죽, 풀죽, 풀죽!"

"순교, 순교, 순교!"

위드가 끌고 온 새로운 병력이 함성을 지르며 달려들었다.

"위드라면 여기서 꺾어야 되겠다."

칼쿠스는 인근의 다른 군단장들에게 지원을 요청했다.

북부 유저들이 사방에 깔려 있어서 지상 병력이 도착하려면 시간이 걸릴 것이다. 하지만 용기사 뮬이 지휘하는 2군단은 공중 병력이니 신속하게 올 수 있다.

칼쿠스가 혀로 입술을 핥았다.

"2군단만 오면… 한바탕 제대로 어우러질 수 있겠지."

헤르메스 길드에는 전투를 즐기는 이들이 아주 많았다.

전쟁의 신

—전쟁이 벌어지고 있다. 우리의 원한이 잠들어 있는 땅에서… 누가 감히!

모험가 체이스가 데려온 팔단 왕국의 유령 5만이 크레볼타가 이끄는 7군단을 공격했다.

"차분하게 대응해라. 사제들의 전력이 부족하긴 하지만, 적은 그저 귀찮을 뿐 공격력이 강하지는 않을 것이다. 저주에만 신경 쓰도록!"

크레볼타의 지휘력은 대규모 던전 공략을 통해 정평이 나 있었다. 〈로열 로드〉에서 10위권 내에 드는 실력자일 뿐 아니라 친화력도 큰 인물로, 그를 따르는 길드원들이 많았다.

팔단 왕국의 유령들이 중심이 되고 북부 유저들이 끝없이 모여들어 만만치 않은 전투가 벌어졌다.

유령 군단과 그를 따르는 북부의 유저들.

그리고…….

"이거 저주받은 물품이랍니다. 착용해 주실래요, 머리 긴 유령님?"

"저주받은 마검도 있어요. 이름만큼 대단한 건 아니지만요."

"전 불행의 목걸이 가지고 있는데, 도움이 될까요?"

유저들은 유령들에게 선뜻 저주받은 물품들을 내놨다.

살아 있는 이들이 착용하면 생명력을 빼앗기고 불행해지지만, 유령에게는 적합한 아이템들이었다.

군단장 그로스가 이끄는 6군단은 꽃과 잡초와 나무 들의 공격을 받았다.

빠르게 움직이며 땅속을 기어 다니기까지 하는 전투 식물들이, 아르펜 진영에 합류한 엘프들과 함께 공격했다.

"한자리에 멈춰 있지 마세요. 쏘고 움직여야 합니다."

"조금만 기다리세요. 조인족들이 우릴 태워 준다고 했어요!"

탁월한 궁술을 가진 엘프들은 전쟁에서 놀라운 위력을 발휘한다.

제국군의 입장에서 레벨 100이나 200의 유저라면 칼질 한 번으로 제거할 수 있지만, 엘프들은 먼 곳에서 화살을 쏘며 빠르게 달리기 때문에 계속된 피해를 입혔다.

제국군 궁병들의 대응도 있었지만, 곧 북부 유저들이 나서서 엘프들이 다치는 것을 막아 주었다.

특히 농부 미레타스는 분노를 숨기지 않았다.

"땅을 일구고 사랑해 왔다. 단 한 번밖에 쓸 수 없는 스킬이지만, 오늘을 위해 존재했던 것 같구나."

그리고 '땅의 분노' 스킬을 활성화시켰다.

미레타스는 하나의 씨앗으로 변해 땅을 파고들었다.

목숨을 바치는 희생으로, 농부가 오직 한 번 사용할 수 있는 스킬.

이름 그대로 땅이 분노했다.

지진이 난 것처럼 출렁거리던 땅은 제국군 병사들과 헤르메스 길드 유저들을 집어삼켰고, 모래와 돌로 된 땅의 병사들이 일어나 전투를 치르기도 했다.

"아, 악마인가?"

제국군 기사가 모래 병사에게 힘껏 창을 찔렀지만 그대로 관통할 뿐이었다. 옷도, 갑옷도 입지 않은 투박한 모래 병사들은 거침없이 진군해 왔다.

병사의 형태를 한 모래알들은 마치 안개처럼 모이고 흩어지면서 점점 더 많은 병력으로 늘어났다.

"부숴라! 날려 버려!"

"파이어 버스터!"

헤르메스 길드원들이 강력한 스킬을 써서 모래 병사들을 공격했지만, 그 또한 섣부른 판단이었다.

화아아아앗!

불붙은 모래알들이 사방으로 흩어지며 수없이 많은 벌레들로 변하더니, 제국군 병사들을 먹어 치우기 시작했다.

"어? 우리도 흑마법을 쓰는 거야?"

"적이라지만 저건 조금 심하다."

불의 벌레들은 병사들의 몸에서 영양분만 흡수하고 미라처럼 만들어 놓았다. 그 잔인하기 짝이 없는 광경에 미레타스의 희생을 모르는 북부 유저들조차 눈을 돌렸다.

그런데 영양분을 얻은 모래알들에서 풀이 자라고, 꽃이 피었다. 순식간에 멋진 나무로 성장해 가지를 넓게 펼치고 열매를 맺기도 했다.

농부 미레타스는 땅의 분노를 일으켰지만, 멸망과 죽음은 곧 새로운 탄생을 이끌어 내는 것이 자연의 순환!

뒤늦게 미레타스가 목숨을 바쳐 일으킨 스킬이라는 이야기도 퍼졌다.

"우와아아아! 대박이다."

"이게 다 스킬이라고? 끝내주는 위력이잖아!"

"농부가 최강이네. 이건……."

6군단의 입장에서는 상상을 초월하는 공격을 당하면서 병력의 절반가량을 잃은 전투였다.

엘프들은 숲을 바탕으로 추가적인 공격력과 은신처를 얻으면서 지속적으로 제국군을 괴롭혔다.

"싸우고 싶은 사람, 모두 나를 따르라!"

검삼치는 불타는 유성에 얻어맞은 분노로 고함을 내질렀다.

불타는 유성 소환에서 살아남은 유저들과 평원 중앙에 밀집해 있던 사람들이 그를 따랐다.

분노에 찬 유저들은 물불을 가리지 않고 전투에 참여하기로 했다.

"아, 나! 우리가 왜 싸워야 하는데?"

"모르지만 일단 가 보자."

"야, 한가롭게 나쁜 짓이나 할 분위기가 아냐."

"미치겠네, 정말."

할마, 마르고, 레위스, 그랜.

뒤치기 4인조도 어쩔 수 없이 제국군을 향해 진군했다.

악당은 강해야 한다!

그런 신념을 갖고 있었지만, 15군단의 세력을 보자 말문이 탁 막히고 말았다.

제국군은 마법으로 하늘을 환하게 밝혀 놓았다.

그 빛 아래, 검과 방패를 들고 걸음걸이까지 질서 정연하게 전진해 오는 병사들의 모습은 압도적이었다.

"계란에 바위 치기 아냐?"

"…바위로 계란을 친다고?"

"어? 아니, 그게 아니라… 어쨌든, 저기서 싸우면 우린 확실히 죽어."

"눈치를 봐서 도망치자."

뒤치기 4인조는 도주할 기회를 노리기로 했다.

"전투다아아아아아아! 모두 돌겨어어어어억!"

검삼치가 다시 고함을 질렀다.

지휘 같은 건 생각도 없는 그는, 그저 선두에서 고함을 지르며 달려가 싸우고 또 싸운다.

그가 나서자 북부 유저들도 무작정 달려가 전투를 벌였다.

마법과 화살이 유저들을 한차례 쓸어버리면 금세 빈자리를 뒷사람들이 메웠다.

"빨리 앞으로 가 주세요."

"저기, 우린 그냥 구경을…….."

"풀죽, 풀죽, 풀죽, 풀죽."

헤르메스 길드만 풀죽신교를 무서워하는 줄 알았다.

그런데 막상 뒤에서 달려오는 풀죽신교를 보니 뒤치기 4인조도 그들이 무서웠다.

"어어, 여기 멈춰 있지는 못하겠는데…….."

"일단 가 보자니까."

"싸우려고?"

"안 갈 수도 없잖아."

뒤에서 밀려오는 유저들에게 쫓기다시피 해서 뒤치기 4인조도 제국군에게 달려갔다.

"이거나 먹어라. 단검 던지기!"

"내 무기는 쇠사슬이다!"

뒤치기 4인조가 공격하면 주변 유저들이 호응해서 제국군 병사들을 잡았다.

"와! 이분들 강하시네."

"잘하시네요."

병사들로 이루어진 몇 겹의 방어벽을 뚫는 것도 어쩐지 통쾌했고, 유저들에게 칭찬까지 받으니 더욱 신났다.

"우리… 잘 싸우는 것 같은데! 방송에 나오겠어."

"이러다가 정말 영웅 되는 거 아냐?"

"아르펜의 영웅? 그것도 좋지!"

뒤치기 4인조의 기분이 한창 들떠 있을 때, 그들이 있던 곳에 수십 줄기의 벼락이 떨어졌다.

헤르메스 길드 마법사가 마구잡이로 날린 마법이 하필…….

벼락이 떨어진 곳에는 뒤치기 4인조가 유품으로 남긴 잡템들만 남아 있었다.

"페일 님, 우리도 함께 싸우게 해 주세요!"

"수르카님, 평소에 흠모하고 있었습니다."

위드의 동료들은 워낙에 유명했기에 다수의 유저들이 함께 싸우기를 바랐다.

"부대 지휘에는 자신이 없는데요."

페일은 난처한 기색을 숨기지 않았다.

"그냥 싸우면 되지 않겠습니까? 우린 구심점이 필요합니다."

레벨이 300이나 400을 넘는 유저들이 모여서 대장을 맡아 주기를 청했다.

페일이라는 이름도 널리 알려졌지만, 위드의 전투 노예라는 수식어가 더 유명한 인물!

"아… 이래서 위드 님이 나한테는 굳이 부대장 자리를 맡으라는 말을 안 하신 건가?"

"예?"

"아뇨, 혼잣말입니다. 알겠습니다. 같이 싸우죠!"

페일이 그를 따르는 대규모 병력과 같이 전투에 나섰다.

수르카와 로뮤나, 제피도 상당히 많은 병력을 각각 맡아야 했고, 이리엔은 사제단을 따라서 전투가 힘든 지역을 순회하기로 했다.

화령과 벨로트는 따로 할 일을 찾았다.

"평원 밖으로 나가자."

"왜요?"

"우리가 조금이라도 아는 유저들이 많이 있잖아."

하벤 제국에 의해 중앙 대륙의 영주로 임명되었던 화령이다. 헤르메스 길드는 그리 신경 쓰지 않고 북부 유저들에게 보여 주는 상징적인 존재 정도로만 생각했다.

화령은 매일 파티를 열면서 영주 생활을 했는데, 파티에서 인사를 나눈 유저들이 많았다.

"아직 전투에 참여하지 않은 유저들에게 도와 달라고 하자."

"목숨을 걸어야 하는데 쉽게 승낙하겠어요?"

"명분이 없어서 망설이고 있는 사람도 많을걸. 게다가 남자들이잖아."

"예?"

"남자한테는 거절당해 본 적이 없거든."

화령은 개인적으로 부탁하는 일이 드물었지만 부탁한 일을 거절당한 경험은 더더욱 없었다.

―진형이 무너진 병력은 군대라고 할 수 없습니다. 어떻게든 시간을 벌

어서 체계적으로 싸워야 됩니다.

─가르나프 평원의 서쪽은 구경꾼들도 많이 섞여서 아르펜 왕국 측이 취약한 것으로 보입니다. 그래도 무너지는 속도를 늦출 필요가 있습니다.

─12군단을 보십시오. 헤르메스 길드에서 전투 마차를 이용한 대규모 전격전을 시도하고 있습니다. 일제히 달려갑니다!

KMC미디어와 CTS미디어를 중심으로 한 방송국들은 전 직원이 철야를 각오하고 여러 가지 프로그램들을 준비했다.

그런데 막상 베르사 대륙의 운명이 걸린 결전이 벌어지자, 전투들이 너무나도 빠르게 진행되었다.

─6군단이 밀리고 있습니다. 엘프 군대가 활약하는 광경을 보십시오!

─드라카 군단장이 이끄는 13군단! 산적들을 맞이하여 혁혁한 전공을 세우는 중입니다. 그렇지만 북부 유저들이 사방에서 접근하는 공중 화면을 보면 앞으로는 만만치 않을 것 같습니다.

─불타는 유성 소환을 일으킨 것으로 추정되는 헤르메스 길드의 마법병단. 마법사 캐들러가 등장했습니다.

─가장 치열한 격전지 중 한 곳은 12군단이라고 할 수 있겠습니다. 오베론이 죽고 나서 유저들이 말 그대로 몸을 던지며 싸우고 있습니다.

방송 진행자들은 모니터를 보며 정신없이 중계를 이어 갔다.

드넓은 가르나프 평원의 전역이 고작 3~4시간 만에 전면전이 펼쳐지는 전쟁터로 변했다. 그것도, 죽고 죽이는 속도가 너무나도 빠른 전장이었다.

─하벤 제국군이 굳건하게 버티고 있습니다. 화염 마법이 북부 유저들의 진군을 막아 낸 것 같아요.

─하늘을 보십시오. 너풀거리며 떨어지는 건 눈이 아니라 사람입니다.

불리한 전황을 극복하기 위한 조인족의 대대적인 지원이 있습니다.

─14군단입니다. 하벤 제국군이 승리할 것 같다는 전망은 취소해야겠는데요. 북부 유저들, 저런 실력자들이 어디서 저렇게 많이 나왔을까요? 강합니다. 매우 강한 전사들입니다!

현장 중계를 위해 파견 나간 유저들의 말이 수시로 바뀌었다. 카메라와 연출 팀도 수집된 영상을 분석하고 편집하면서 한계 이상의 업무들을 처리하고 있었다.

─불타는 유성 소환으로 초반의 승기는 하벤 제국으로 넘어간 것으로 봤지만, 북부 유저들이 예상보다도 훨씬 잘 싸웁니다.

─20개의 군단. 제국군의 공격에 의해 지금까지 죽은 유저들의 규모를 가늠하기 어렵습니다. 천문학적인 숫자가 사라졌을 것으로 추측됩니다.

─제국군의 전투와 진행 경로를 보면 여러 군단들이 굉장히 복잡한 전술을 구사하고 있는데… 인해전술로 맞섭니다!

─중앙 대륙 출신으로 보이는 유저들도 많이 보이는데요. 그들도 전염이 된 것일까요? 밀려오는 유저들 사이에 많이 섞여 있습니다.

방송국마다 가르나프 평원의 전투 중계 화면을 빠르게 바꾸었다. 모든 전투가 중요하기에 한곳에 오랫동안 화면을 집중시킬 수가 없는 것이다.

〈로열 로드〉 최정상의 랭커나 유명인 들이 한순간에 죽어 나가고, 대단한 전력의 기사단이 새로 모습을 드러낸다.

내보낼 장면들이 너무 많다 보니 고민할 겨를조차 없었다.

과거라면 몇 주는 우려먹었을 격렬한 전투들이 도처에서 벌어졌다. 강력한 마법이 발동되더라도 따로 소개할 틈이 없었고, 기사단의 돌파 장면 같은 것도 부각시켜서 보여 줄 여력이 없을 정도였다.

"위드! 위드가 4군단과 마주쳤다."

"학살자 칼쿠스와의 전투? 그건 무조건 최우선 순위에 올리도록."

복잡한 상황에서도 시청률으 보증수표인 위드에 대한 관심도는 높았다

아르펜 진영의 핵심인 위드의 움직임 하나하나가 전장의 향방을 결정짓는 요인이 되었기 때문이다.

방송국들은 다른 한편으로, 뛰어난 실력자들을 모아 분석 팀을 가동하고 있었다.

선거철에 각 후보자들의 유불리를 따지고, 투표 현황을 생중계하는 것과 마찬가지였다.

위드냐, 바드레이냐.

아르펜 왕국이냐, 하벤 제국이냐.

실시간으로 전투를 분석하여 최종 승자는 어디가 될지를 예상하기 위해서는 별도의 팀이 필요했던 것이다.

"도대체 지금 몇 명이 싸우는지도 모르겠습니다."

"어두워서 다행이죠. 밝은 상태에서 가르나프 평원을 보면 전부 죽고 죽이고 있을 겁니다."

"드넓은 베르사 대륙에 있는 유저들 중 9할 이상이 한자리에 모였습니다. 아무리 많은 시간이 흐르더라도 규모 면에선 오늘의 전투를 능가하지 못할 겁니다."

분석원들은 두 손, 두 발을 다 들었다.

물고 물리는 접전이 아무렇지도 않게 일어나고, 수만 명이

눈 깜짝할 사이에 죽어 나간다.

스튜디오에 내려와 있던, KMC미디어의 강 부장이 부하 직원에게 물었다.

"CTS미디어의 전망은 어때?"

"하벤 제국이 초반에 많은 이득을 거두었다고 보고 있습니다만, 그쪽도 승패 예상은 하지 못하는 모양입니다."

방송국들은 아침이나 낮이 되어야 베르사 대륙의 운명을 건 전투가 진행될 줄 알았다.

그런데 불타는 유성이 소환되고부터 상황이 급박하게 돌아갔다. 방송 관계자들도 발등에 불이 떨어진 듯 움직일 수밖에 없었다.

"다만… 방송에 내보낼 정도로 근거가 확실한 건 아닌데, CTS는 하벤 제국의 승리 가능성을 더 크게 보고 있답니다."

"무슨 이유로?"

되묻는 강 부장의 표정이 심각해졌다.

KMC미디어는 위드의 인기에 힘입어서 크게 성장했다. 하벤 제국이 승리하는 건 그들로서는 바라지 않는 결과였다.

"위드가 잘 싸우고 있잖아. 11군단도 쳤고, 20군단도 불타는 유성 소환에 무너졌어. 그쪽은 거의 잔당만 남아서 버티는 정도지."

하벤 제국군의 11군단과 20군단은 거의 힘을 잃었다. 다른 군단들도 만만치 않은 타격을 받았거나, 잘해야 팽팽하게 싸우는 정도.

가르나프 평원 전역을 전장으로 만들어 버린 제국군의 손실은 무시 못 할 수준이었다.

"그냥 무너져 내릴 줄 알았던 유저들이 무섭게 몰아치고 있지 않나? 물론 유저들의 소모도 극심하겠지만……."

"알킨 병에 대해서 살피고 나온 결론입니다."

"그게 왜?"

알킨 병!

시선을 빼앗는 화려한 전투들이 연달아 벌어지는 바람에 관심도가 떨어지기는 했지만, 알킨 병은 환자 수를 무섭게 늘려가고 있었다.

"전염으로 죽은 사람이 많습니다. 죽은 시체에서도 병이 퍼지는 것으로 보입니다."

"아직도 못 고치는 거야?"

"예, 속수무책입니다. 무엇보다, 전염력이 매우 강해요. 이대로 시간이 흐르면 감당하지 못할 정도로 죽어 나갈 겁니다."

"흐음."

KMC미디어의 내부 분석 팀은 알킨 병에 대한 영상들을 따로 모아 두었다.

병에 걸려 누워 있다가 죽어 가는 유저들의 영상으로, 상황이 급박하게 돌아가는 바람에 심도 깊은 분석에는 들어가지 못했지만 현황 파악 정도는 되었다.

레벨이 높을수록 쉽게 알킨 병에 걸리지 않고 오래 버티기도 했다.

하지만 걸렸다 하면 목숨을 잃거나 전투 불능 상태가 되는 건 모두 마찬가지였다.

"몇 명이나 걸렸지?"

"여러 곳에 감염자 집단이 흩어져 있습니다. 정확한 집계는 아니지만 400만이 넘는 것으로 추정됩니다. 그리고 더 빠르게 퍼져 나가고 있죠."

"엄청나군! 그 정도라면……."

강 부장도 알킨 병이 적잖게 신경 쓰였다.

앞에서 열심히 싸우고 있지만, 그 뒤에서는 수많은 유저들이 죽어 가고 있다.

이런 상황이 오래 지속된다면 아르펜 왕국의 진영은 사상누각처럼 무너져 버리고 말 것이다.

'설마 20개의 군단이 한꺼번에 나서서 싸우는 것도 알킨 병을 감추기 위해서일까?'

순간적으로 스쳐 지나간 의심이지만 어쩌면 사실일 수도 있을 것 같다.

방송 화면에는 위드가 이끄는 병력이 4군단과 부딪치는 장면들이 나오고 있었다.

힘과 힘의 대결!

아르펜 왕국 진영에는 유저들이 많지만, 특히 위드가 있는 부근은 실력자들이 즐비하다.

시청률에 울고 웃는 방송 관계자들이 기뻐할 전투가 벌어지게 되리라.

"알킨 병에 대한 조사에도 인력을 투입해."

"예?"

"최대한 빠르게 알킨 병에 대해 자세히 방송하자고."

하벤 제국의 공중군을 이끄는 뮬은 귓속말을 받았다.

—당장 이곳으로 와서 위드를 죽이는 데 동참해!

5,000마리의 그리폰 군단.

사람이 타진 않지만 전투에 도움이 되는 드레이크를 비롯하여 하피, 멧차이, 고르골 같은 비행 몬스터들도 뮬의 지배 아래에 있었다.

하벤 제국에서도 넓은 영토를 가진 그가 길드의 방침에 따라 모든 자금을 군사력에 쏟아부은 결과였다.

—위드라면 반드시 내가 죽이려고 했는데.
—네 복수심을 잘 알고 있다. 해결할 기회도 줄 수 있겠지.
—좋아. 가도록 하지.

뮬은 기꺼이 수락하고 병력 이동을 시작했다.

공중 병력의 장점이라면 지형지물이나 지상의 병력에 상관할 필요가 없이 빠르게 움직일 수 있다는 것이다.

"지상이 정말 화려합니다, 형님들."

"이런 날이 올 줄은 몰랐네요."

2군단에 속해 있는 유저 랑블과 도르케가 말했다.

하늘에서 내려다보는 가르나프 평원은 도시의 야경처럼 빛으로 가득했다.

유저들이 들고 다니는 횃불도 있겠지만, 마법이 작렬하고 화염이 일어나는 것이었다.

먼 곳에서 불타는 유성 소환이 떨어진 순간에는, 밤하늘까지 대낮처럼 환해지기도 했다.

'저런 광역 마법을 아무렇지도 않게 쓰다니, 헤르메스 길드도 미쳤지.'

뮬은 헤르메스 길드에서도 권력의 핵심이라 할 수 있었지만, 길드의 모든 결정에 동의하는 건 아니었다.

헤르메스 길드는 실질적으로 라페이와 바드레이, 두 사람에 의해 다스려졌다.

나머지 유저들은 무력 기반을 형성하는 대가로 달콤한 꿀을 빨고 있을 뿐이었다.

'대륙의 운명이 결정되는 전투.'

뮬은 2군단에 속한 동료들에게 말했다.

"가 보자고. 우리가 어떻게 싸우는지를 보여 주지."

"어. 몸이 근질근질했는데 잘됐어."

"전속력으로 날아가자."

"제가 선두에 서겠습니다, 형님들!"

2군단의 구성은 제국군의 다른 부대들과 비교해도 독특한 편이었다.

뮬의 동료들이며 비행에 관심이 많은 유저들!

처음에 그리폰을 길들인다며 뮬이 무모한 도전을 했을 때부터 함께한 유저들이 주축을 이루었다.

그런 만큼 하늘의 기병대라고 불릴 정도로 호흡이 잘 맞고 전투력도 뛰어났다.

"춰이이이이익!"

오크 카리취의 모습을 하고 있는 위드!

그는 우연히 무기 하나를 주웠다.

일부러 얻으려고 한 건 아니었고, 근처에 있던 전사 유저가 죽으면서 떨어뜨린 것이었다.

무지하게 단단한 대형 도끼

자유도시의 어딘가에 정신 나간 대장장이가 존재했다. 그는 무려 10년이 넘는 시간 동안 한 자루의 도끼를 만들었다. 달구고, 두드리고, 달구고, 두드리고⋯ 그렇게 무수한 담금질을 거쳐 완성된 이 도끼는 정말 무겁고 단단하다.

내구력: 190/200

공격력: 45~104

제한: 힘 280.

옵션: 양손을 사용하면 최대 공격력이 2.5배 증가한다. 힘의 차이가 심한 상대에게 치명적인 공격이 성공하면 피해량 200%. 약자들을 밀쳐 낸다.

"오호라, 이거 꽤 손맛이 있는 무기인데!"

위드는 꽤 오랫동안 콜드림의 데몬 소드를 썼다.

몬스터를 위축시키는 효과에 힘과 민첩의 스탯 부여, 마법 저항을 비롯한 여러 옵션들이 달려 있었기 때문이다.

기본 공격력도 103에서 211이나 되었으니, 데몬 소드에 비하면 이 도끼는 절대 좋다고 할 수 없었다.

양손을 써야 한다는 제약, 대형 무기이고 도끼라서 검처럼 빠르게 찌르거나 베지 못한다는 것도 약점이 된다.

그럼에도 불구하고 위드는 이 도끼가 마음에 들었다.

"취이익!"

오크 카리취로서 쓰기에 로아의 명검은 너무 가벼웠다. 선더 스피어도 마찬가지. 그런데 도끼는 오크의 솥뚜껑 같은 손에 착착 감기는 맛이 일품이었다.

"으랴아아아아!"

위드가 시험 삼아 제국군 방패진을 향해 도끼를 휘둘렀다.

"으아아악!"

섬광처럼 휩쓸고 지나간 도끼질에 병사들이 들고 있던 방패 가 산산조각이 났다.

위드의 넘치는 힘은 그것으로도 모자라 20명 정도의 병사들 을 멀리 날려 버렸다.

"이거 괜찮네!"

한 번의 도끼질로 제국군의 방패진을 무너뜨린 것이다.

붕붕붕!

위드는 도끼를 신나게 휘두르며 달려들었다. 조각 파괴술로 늘려 놓은 힘을 대형 도끼에 담아 아낌없이 분출했다.

방패병들을 상대로 부수고 파괴하며 전진하는 오크 카리취!

"위드 님이 길을 열고 있습니다. 진격하세요!"

"만세! 방어벽이 뚫렸다."

"돌진이다아!"

위드가 열어 놓은 틈으로 유저들이 쇄도했다.

저수지의 둑이 무너지듯이 작은 구멍이 벌어지면서 유저들 이 퍼져 나간다.

4군단 진영으로 파고든 유저들은 더욱 적극적인 공세를 취했고, 사방에서 치열한 접전이 벌어졌다.

"나는 헤르메스 길드의 그순이라고 한다. 결투를 신청한다."

"위드다. 쳇!"

위드는 때때로 덤벼드는 헤르메스 길드원들과의 결투를 즐겼다.

일대일 승부에서 져 본 적이 없는 사람들 중에는 여전히 위드를 얕보는 이들이 많았다.

'조각사 주제에……'

'운이 좋아서 여기까지 왔겠지.'

'실력이 진짜라고 해도 꺾는다. 위드만 잡아 죽이면 내가 영웅이야.'

위드는 전투에 최적화된 오크 전사 카리취의 모습으로 참교육에 들어갔다.

"으랴합!"

도끼로 인정사정없이 두들겨 패고, 로아의 명검으로 베면서 승리를 거두었다.

빠바바바박!

세상에서 수없이 많은 욕을 먹는 헤르메스 길드지만, 〈로열 로드〉 상위 1만 등 안쪽에 드는 실력자들이 꽤 많은 것도 사실이었다.

위드 역시 그 정도라면 조금 눈여겨볼 만하다고 생각했다.

울타르처럼 기형적인 전투 방식이 아니라 기본기에 충실하고 스킬의 숙련도도 높은 자들.

"내려치기!"

위드는 도끼질을 해서 상대의 균형을 무너뜨렸다.

현격한 체격의 차이이다. 조각 파괴술로 명작을 부수면서 모든 예술 스탯을 힘으로 몰아넣은 덕분에 가능한 일이었다.

위드가 승리를 거둘 때마다 주위에서 함성이 터져 나왔고, 헤르메스 길드원들은 끊임없이 결투를 청했다.

'세상 아직 덜 살았군. 스스로 나쁜 짓을 저지르고 있다고 생각하는 사람들 중에서도 순수한 이들이 많단 말이야. 눈탱이 몇 번 맞아 보면 정신을 차리겠지.'

그렇게 결투를 이어 가는 한편으로, 위드는 4군단과의 전투도 지휘해야 했다. 다행히 그는 검치나 다른 동료들보다도 전장을 인식하는 범위가 넓었다.

'동쪽으로 지원 병력을 보내야 하는데… 여기선 명령한다고 해도 듣기 어렵겠지.'

이름도 모르는 수많은 유저들과 같이 싸우고 있다.

운좋게 부대장들을 찾아 명령을 내린다 해도, 뒤엉켜 있는 병사들 사이에서 부대원을 모으고 이동하는 것은 무리한 일이리라.

'직접 움직여야 한다.'

위드는 필요에 따라 돌진하고, 때로는 이동했다.

"동쪽이다! 취이이익!"

"동쪽이래."

"동쪽으로 가자!"

"위드 님이 동쪽으로 간대."

위드가 사자후를 터트리는 대로 병력 전체가 이동했다.

4군단이 강력한 전력을 갖춘 만큼 이미 많은 유저들이 죽었다. 위드를 보호하기 위해 제국군 기사단의 돌격을 가로막다가 죽은 이들도 있었고, 마법 공격에 의해서도 떼죽음을 당했다.

"곰죽 부대 집결 완료! 지원 왔습니다!"

"위드 님과 같이 싸울 수 있어서 영광입니다. 딸기죽과 바나나죽이 도착했습니다."

"저희는 생수죽입니다. 맑은 물을 죽과 함께 마셔 보아요!"

하지만 끝도 없이 도착하는 유저들이 든든하게 뒤를 받친다.

무엇보다, 북부와 중앙 대륙 출신의 유저들이 점점 더 많이 전투에 참여하고 있었다. 불타는 유성 소환의 위력은 무시무시했지만, 전쟁의 열기가 그들을 이끌어 낸 것이다.

헤르메스 길드 유저들과 지휘부도 그러한 전황의 변화를 분명하게 인식하고 있었다.

"놈의 인기가 대단하군."

칼쿠스는 짜증으로 눈가가 파르르 떨렸다.

전쟁의 신 위드!

바드레이와 함께 〈로열 로드〉 최고의 명성을 자랑하지만 인정하고 싶지 않았다. 세상 모두가 맞는다고 해도, 그 스스로 아니라고 느끼면 아닌 것이다.

"우리 역시 지원군이 곧 도착한다. 이 자리에서 모두 끝장을 내 주마!"

칼쿠스는 4군단에 배치된 강철 기사단을 전부 출동시켰다.

무한대의 체력과 경악스러운 방어력을 가진 강철 기사단 10만, 강철로 된 골렘들이 진군하면서 유저들을 밀어붙였다.

"다 죽여라! 전면전이다."

4군단의 병력에도 총공격령이 떨어져 북부 유저들을 거세게 밀어붙이기 시작했다. 헤르메스 길드 유저들 또한 아끼지 않고 스킬을 쓰며 학살극에 동참했다.

"위드 님, 팬이에요!"

"저도 한칼 돕겠습… 으아악!"

주변이 그를 따르는 유저들로 혼란스러웠지만, 위드는 이번에도 자연스럽게 전장의 상황이 달라진 것을 느꼈다.

4군단이 모든 병력을 전투에 투입했다. 마법사와 궁수 부대까지 뒤를 생각하지 않고 화력을 쏟아부었다.

> ―위드 님, 큰일입니다. 그쪽으로 제국군들이 전부 모이고 있어요.

> ―저희는 제국군과 교전 중이었는데, 기동력이 뛰어난 기사들이 일제히 빠져나갔습니다. 추적조가 보내온 정보에 따르면, 위드 님이 있는 곳으로 향하고 있답니다. 저희도 바로 지원군을 보냈지만, 그들보단 늦게 도착할 것 같습니다.

> ―흠흠. 저 계장입니다, 위드 님. 8군단과 싸우던 중에 저들의 주력이 사라진 걸 알았습니다. 아무래도 그쪽으로 가고 있는 것 같습니다.

동료들과 풀죽신교의 고위급 유저들이 제국군의 결집에 대해 다급하게 보고해 왔다.

하벤 제국이 동원한 20개 군단 중에서 핵심 병력들이 이곳으로 향하고 있다는 것. 중앙 대륙을 통일했던, 그 강대하기 짝이 없는 전력이 한자리에 모이고 있는 것이다.

> 라페이: 전 군단장들은 4군단을 지원하는 일에 우선순위를 둡니다.

라페이가 작전 지시를 내렸다.

11군단의 울타르가 뜻밖의 결투에서 허무하게 패해 버렸지만 조금의 시간은 벌었다고 생각했다.

그런데 위드는 20군단을 동원한 공격과 불타는 유성 소환에도 눈치 빠르게 빠져나가 버렸다.

두 번의 기회를 놓친 헤르메스 길드.

물론 그것으로 끝이 아니었다. 가르나프 평원을 휘젓고 다니던 제국군이 노린 것은 바로 이 순간이었다.

"가르나프 평원에 모인 유저들이 1억에 달한다고 하지만, 그들 모두가 실전에 투입될 수 있는 건 아니다."

우선 전술적으로, 위드가 싸우고 있는 곳 인근 지역들을 제국군이 모조리 장악한다. 그렇게 아르펜 왕국의 편에 선 북부유저들과 다른 이들이 오지 못하게 고립시켜 놓고, 위드와 그의 편에 선 이들을 싹 쓸어버리면 된다.

그래서 이동 가능한 모든 주력을 4군단이 싸우고 있는 지역으로 움직이게 했다. 나머지 병력은 아르펜 왕국의 편에 선 유저들을 막아 내기 위해 유격전에 나섰다.

"전투의 시작과 끝은 우리가 결정한다! 여기가 위드의 무덤이 될 것이다."

위드는 헤르메스 길드의 꼼수를 알아차리고 사자후를 터트렸다.

"우리가 이기고 있다! 모두 공격하라!"

유저들이 미친 듯이 달리기 시작했다.

"이긴대."

"당연히 우리가 이기지."

"우아아아아. 싸우자!"

실제인지 아닌지는 모른다. 그렇지만 사기를 올려서 상대방에게 맞불을 놓았다.

4군단의 전력은 넓게 펼쳐져서 전투를 시작했고, 공성 무기들이 마구 불을 뿜었다.

이쪽에서는 그에 맞서 수백만 명의 유저들이 넓게 펼쳐지며 있는 힘껏 달려가고 있었다.

죽고, 죽이는 소모전!

위드는 대형 도끼를 한 손으로 휘두르며 활약했다.

"다 부서져라!"

그러다가 유저들이 비명과 함께 내지르는 소리를 들었다.

"마법이다!"

"마법이에요."

동쪽에서부터 수백 개도 넘는 얼음의 창들이 날아오고 있었다. 4군단이 기회를 보다가 위드와의 거리가 충분히 가까워지자 일제히 마법을 발동시킨 것이다.

위드의 머리가 빠르게 회전했다.

'프로즌 스피어. 위력은 강하지만 맞지 않으면 그만이지. 공중에서 폭발하는 화염 마법이었다면 더 골치 아팠을 거야.'

새하얗게 빛나는 얼음 창들은 밀집도와 파괴력이 대단하다.

아마도 위드의 맷집이나 생명력을 고려해서 강한 마법을 쓴 것이리라.

'레벨 450 이상의 마법사를 20명 넘게 동원했겠군.'

명예의 전당이나 동영상 사이트에 올라온 마법들을 바탕으로 견적까지 뽑고 있었다.

충돌 5초 전!

'피하는 건 쉽지.'

차원 문의 장갑을 이용하면 귀신처럼 피할 수 있다. 놀라운 힘으로 땅을 박차고 도약하여 수십 미터를 이동해도 된다.

위드가 막 자리를 뜨려는 참이었다.

"위드 님, 어서 피하세요!"

앳된 얼굴의 유저가 달려오며 소리쳤다.

수많은 북부 유저들 중 1명이지만, 북부 개척의 초창기 모라타에서 여우 조각상을 팔아먹은 기억이 있다.

"저… 위드 님, 조각상을 사고 싶은데요."

"여우 조각상 하나 남았습니다."

"'7골드밖에 없는데, 이걸로는… 위드 님의 작품을 구입하는 게 무리겠죠? 너무 죄송해요."

꿀꺽.

"모든 사람들이 돈에 연연하지 않고 예술품을 감상해 주기를 바라는 게 제 마음입니다."

"와앗. 그럼 저한테 팔아 주시는 거예요?"

"예, 7골드만 받겠습니다."

위드는 바가지를 듬뿍 씌워서 여우 조각상을 팔았다.

그 당시 초보 유저는 허름하고 낡은 장갑과 망토에, 갑옷도 변변치 않은 걸 착용하고 있었다. 지금껏 사냥이나 모험에 전념하지 않은 것인지 여전히 레벨이 높아 보이지는 않았다.

불현듯 그때 받아 낸 7골드가 미안해졌다.

남이 하면 사기, 내가 하면 장사!

위드의 파란만장한 바가지 역사상 드물게도 양심의 가책이 쥐꼬리만큼씩이나(!) 느껴졌다.

프로즌 스피어 충돌 3초 전.

얼음 창들이 수십 미터를 꿰뚫듯이 날아오고 있었다.

'내가 피하면 저 사람은 죽겠지. 어쩔 수 없는 희생……'

죽음의 위기에 처하면 과거의 기억이 주마등처럼 스쳐 지나 간다고 한다. 양심이 조금 찔려서 그런지 스쳐 지나가는 기억 들이 무척 많았다.

위드는 도망치려던 마음과는 달리 로아의 명검을 단단히 쥐 었다.

"취에에에엑!"

허벅지 근육이 두꺼운 밧줄처럼 꿈틀거리고, 두 다리가 힘차 게 땅을 박찼다.

그대로 수십 미터를 도약한 위드는 공중에 뜬 채로 얼음의 창들을 맞이했다.

"분검술."

오크 카리취가 무려 50마리로 늘어났다.

하늘이 흉악한 오크들로 가득 찬 순간!

"달빛 조각 검술!"

위드는 빛을 내뿜는 검으로 얼음의 창들을 쳐 내기 시작했다. 분신들과 함께 휘두르는 검에 얼음 창들이 부서져 나간다.

'빠르고, 너무 많다.'

아득할 정도로 끊임없이 다가오는 얼음의 창을 제대로 볼 틈도 없이, 그저 반사 신경으로 검을 휘두른다. 마나의 소모를 아끼지 않고 검광을 뿜어내며 하나하나 박살 낸다.

거짓말처럼 부서진 얼음의 창들이 파편이 되어 땅으로 떨어져 내렸다.

위드나 분신들의 몸에 적중한 창도 있었다. 분신들은 그대로 사라졌지만 직접 맞은 것은 고스란히 피해를 입어야 했다.

프로즌 스피어에 강타!
높은 맷집과 마법 저항력으로 피해를 87% 감소시킵니다. 이동속도가 3.5% 저하됩니다. 몸의 움직임이 1.4% 둔화됩니다.

프로즌 스피어에 옆구리를 부딪쳤습니다.
단단한 피부가 꿰뚫림을 막습니다. 피해 부위가 얼어붙으면서 체력이 5% 감소했습니다. 생명력이 5초 동안 13,812만큼 감소합니다.

프로즌 스피어에 연속으로 적중당하고 있습니다.
얼음 마법의 저항력이 일시적으로 8% 감소합니다. 몸이 얼어붙으면서 전체적인 신체 능력이 하락합니다. 상태 이상의 발생 가능! 생명력이 4,991 줄어들었습니다. 심한 피로를 느낍니다.

프로즌 스피어 연쇄 타격!
무자비한 얼음 마법이 단단한 결빙을 일으킵니다. 두꺼운 얼음이 달라붙어서 몸을 움직일 수 없습니다. 이동 능력을 상실합니다. 매초 생명력이 감소합니다. 3분 내로 결빙 상태를 해소하지 못하면 사망에 이르게 됩니다.

하늘에서 부서진 얼음의 창들이 눈처럼 반짝이며 지상으로 내렸다.

위드는 막강한 마법을 터무니없게도 맷집과 검으로만 막아내고 있었다.

"꺄아아아아! 너무 멋지다."

위드는 누군가의 환호성을 들으면서 생각했다.

'음. 오크 카리취의 인형을 더 팔아먹을 수 있겠군.'

"위드 님이 우릴 지켜 주려고 목숨을 걸었어."

'솔직히 목숨까지 걸진 않았는데. 다 할 만하니까 한 거지.'

"항상 저랬어. 사람들은 때로는 불평하고 의심했지만, 우리가 알고 있는 위드 님은 언제나 저런 분이었다고."

'좋은 건 알리고, 나쁜 건 몽땅 숨긴 덕분이지. 아직까진 인생 감쪽같이 잘 살아왔군. 그래도 이렇게까지 효과가 크다니… 그래서 정치인들이 할 만한 직업인가.'

"우리 아버지보다도 나는 위드 님을 더 믿어!"

'저런 아들 낳지 말아야 하는데.'

그렇지 않아도 콩깍지가 제대로 씌어 있던 유저들에게 두꺼운 안대까지 더해 주게 되었다.

"저런 미친 짓을!"

"그냥 피하면 되는 것을… 정신 나간 것 아냐?"

헤르메스 길드원들도 깜짝 놀랐다.

위드를 표적으로 공격하긴 했지만 먼 거리였기 때문에 피하리라고 예상했다.

얼음의 창을 공중에서 분쇄해 버린 것은 그 자체로 전투 능력을 보여 주는 대단한 일이었지만, 한편으로는 다시 오지 않을 기회이기도 했다.

그들이 보기에 위드는 얼음의 창을 최소 10개 이상 맞았다.

"그래도 저건… 무모했잖아?"

"생명력이 크게 떨어졌겠군."

"마법의 위력을 감안하면 살아 있는 게 신기할 정도야."

위드는 고위 마법사들이 쏜 프로즌 스피어에 수차례 얻어맞고 땅으로 추락했다. 얼음 덩어리가 되어 몸을 가누지도 못하고 비틀거렸다.

"기회다."

"죽여 버리자고."

헤르메스 길드원들 중에서도 최상의 실력을 자부하던 이들이 마구 뛰쳐나왔다.

먹잇감을 본 뱀처럼 반응하며 돌격이나 도약, 비행 마법을 펼쳐서 유저들을 넘어왔다.

목표는 당연히 위드!

그들은 움직이면서도 위드에게서 시선을 떼지 않았다.

"몸이 완전히 얼음에 뒤덮였다."

"조금 의심했는데 제대로 맞았어."

"이건 진짜 기회다!"

베르사 대륙의 운명을 좌우하는 전투였다.

그 막중함이야 이루 말할 수 없었지만, 잠깐 사이에 모든 것이 결정지어질 수도 있었다.

역사가 바뀌는 순간이란 그런 게 아니겠는가.

헤르메스 길드원들은 자신이 그런 주인공이 되길 바라며 빠르게 위드와의 거리를 좁혔다.

"죽어라!"

"여기서 끝낸다. 방송국에서 인터뷰를 하거든 마카로에게 죽었다고 알려라!"

"내 이름도 받아 적어라. 튀긴이다."

헤르메스 길드원들은 막 땅 투기를 시작한 사람처럼 확고한 자신감을 가지고 있었다.

'먼저 도착한 놈이 잡는다.'

'주변에 있는 잔챙이들은 무시해. 시간 낭비다.'

'아군을 더 경계해야 돼. 이 영광을 나눠 주긴 아깝지.'

헤르메스 길드원들의 확신이 깨지기까지는 오래 걸리지 않았다.

위드가 주먹을 휘두르자, 겉을 싸고 있던 얼음 덩어리들이 와장창 소리를 내며 깨져 나갔다.

높은 마법 저항력과 체력으로 결빙을 극복해 낸 것이다.

'그래 봐야 딸피, 조금만 치면 죽는다.'

'저항해 봐라. 우린 100명이 넘어.'

'아무리 위드라도 동시에 우리를 다 상대할 수는 없을걸.'

절호의 기회를 맞아 하이에나들이 뭉쳤다.

베르사 대륙 최정상에 있는 헤르메스 길드원들을 다 모아 보니 모두가 무시하지 못할 실력자들이었다.

몸을 둘러싸고 있는 얼음을 깨 내긴 했지만 위드의 몸은 확실히 정상이 아니었다.

체력 저하, 신체 능력 저하, 전투력 감소에, 크게 쇠약해진 상태!

그런데 어느 순간, 오크 카리취의 형태를 하고 있는 위드에게 수천수만 개의 빛들이 모여들었다.

밝고 아름다운 빛!

각 교단의 성기사와 사제의 직업을 가진 유저들이 정화와 신성 마법을 아끼지 않고 써 준 것이다.

생명력이 382 회복되었습니다.

생명력이 931 회복되었습니다.

생명력이 2,474 회복되었습니다.

생명력이 894 회복되었습니다.

생명력이 126 회복되었습니다······.

회복량의 차이는 있었지만 단숨에 생명력이 가득 차올랐다.

위드는 평소 상태를 회복한 것은 물론이고, 온갖 종류의 축복을 듬뿍 받았다.

짧은 순간이었지만, 그가 프로즌 스피어를 맞는 광경을 본 사제들 중 몇 명이 자기희생 주문을 외웠다. 목숨을 바친 주문으로 그의 방어력을 높이는 축복을 보내 준 것이다.

오크 카리취의 강대한 육체에 걸맞은 힘과 생명력이 깃들였다. 탄력 있는 근육이 꿈틀거리고, 몸은 불을 끌어안은 듯 뜨거워졌다.

"후아아아아아아아아!"

위드는 도끼를 들어서 사정없이 후려쳤다.

뻐어어억!

끔찍한 소리를 내며, 먼저 도착한 헤르메스 길드원이 뒤로 튕겨져 나갔다.

"으아아아아… 어라, 괜찮네?"

도끼질을 당한 헤르메스 길드원은 비명을 지르다가 의외로 피해가 없음에 놀랐다. 그가 착용한 방어구가 단단한 대형 도끼의 공격을 상당 부분 흡수해 낸 것이었다.

생명력이 7% 정도 줄어들긴 했지만, 맞아도 될 정도?

"공격력이 약해졌다!"

"위드, 네 전설도 여기서······."

헤르메스 길드원 5명이 동시에 위드를 둘러쌌다.

하지만 그 순간, 위드가 꺼지듯 사라졌다.

차원 문의 장갑을 사용해서 적시에 몸을 피할 수 있었던 것!

헤르메스 길드원들이 빈자리를 둘러싸고 어리둥절해 있는 사이, 위드는 그들 중 한 명의 등 뒤에 다시 나타났다.

그리고 로아의 명검을 거침없이 휘두르기 시작했다.

베고, 베고, 후려치고, 벤다.

한 걸음을 걸을 때마다 어깨와 팔이 저절로 움직이는 것처럼 군더더기 없는 공격을 가한다.

검의 움직임이 멈추면 안 된다.

아름다운 선을 그리면서 검에 실린 힘이 끊임없이 이어졌다.

순식간에 헤르메스 길드원 3명이 큰 피해를 입고 물러났다.

"완전히 멀쩡하잖아."

"그 이상이야."

"도끼는 약한데, 저 검은 진짜다!"

그들은 일생일대의 기회인 줄 알았는데, 알고 보니 호랑이 굴에 발을 들이밀었다는 걸 깨달았다.

위드는 조금의 상처도 없이 회복되었고, 근거리에서 직접 상대해 보니 확실히 강했다.

"크흐흐. 그래도 대물을 잡을 기회란 말이지."

"시간 끌지 말고 같이 해치우자고."

어느새 모여든 헤르메스 길드원 100여 명!

눈빛을 마주치는 것만으로 위드를 제거한다는 목표를 공유한 그들이 동시에 덤벼들었다.

"전뇌의 추!"

"하늘, 땅, 바람 강타!"

"무쇠 쇄도!"

헤르메스 길드원들은 저마다 가장 자신 있는 스킬을 펼쳤다.

'멧돼지들 같군.'

위드의 머릿속이 빠르게 회전했다. 찰나의 조각술을 비롯해서 몇 가지 써먹을 만한 스킬들이 떠올랐다. 장비들의 목록도 마치 파워포인트를 연 것처럼 스쳐 지나갔다.

대지의 갑옷!

최대 생명력을 350% 늘려 주고, 갑옷의 효과를 발동시키면 10분 동안 물리적 피해를 87.4%나 줄여 주는 성물!

대지의 교단 사제들도 위드에게 치유 마법을 써 준 덕분에, 신성력이 보충되어서 언제든 발동이 가능했다.

게다가 이 갑옷은 오크의 몸으로도 입을 수 있다. 모든 이들을 보살펴 주는 공평한 대지의 여신의 갑옷이기 때문이다.

차라랑!

위드는 단숨에 인벤토리에서 갑옷을 꺼내 바꿔 입었다.

흉기나 다름없는 오크 카리취의 몸이, 흰색과 녹색으로 어우러진 멋진 갑옷에 감싸였다.

"물러서지 않는 투사 발동!"

> 투신의 축복!
> 물러서지 않는 투사. 전장에서 오로지 전진만 하는 당신에게는 드래곤의 피부와 같은 단단함이 적용됩니다.

유효기간이 조금 남아 있는 투신의 축복. 도망치지 않으면,

어마어마한 방어력을 발휘할 수 있는 축복이었다.

위드는 바드레이를 상대하게 되면 써먹을 생각이었지만, 그냥 써 버렸다. 전쟁에는 수많은 변수들이 있는데 아껴 두었다가 누렁이 주는 일이 생겨서는 안 되기 때문!

'아, 괜히 썼나. 아깝기는 한데……'

하지만 생각은 생각일 뿐, 그러는 사이에도 몸은 멈추지 않았다. 정면으로 빠르게 달리는 그를 노리고 5~6명의 헤르메스 길드원들이 동시에 공격을 날렸다.

이때 위드는 그 누구도 상상하지 못할 일을 저질렀다.

광역 스킬들이 작렬하며 눈을 뜨기도 힘들 만큼 흙먼지가 일고 섬광들이 번뜩였지만, 어느 것 하나 피하거나 막지 않고 몸으로 다 받아 버린 것이다.

"헤라임 검술."

대신에 검을 휘두르기 시작했다.

헤르메스 길드는 이 검술에 대해 여전히 경각심을 갖지 않았다. 몬스터가 아니라 유저들을 상대로 한 실전에서는 쓸모없다는 평가가 주류를 이루었기 때문이다.

'중간에 한 번만 막으면 되잖아? 마나 엄청 쓰더라도 수비 스킬로 때려 막으면 끝이지.'

'회피 스킬로 피해도 돼.'

'바보도 아니고, 한 번을 못 피하겠냐.'

연속 공격이 성공해야만 강해지는 기형적인 스킬.

위드가 투쟁의 길에서 쓰긴 했지만, 실전에 사용하기 힘든 스킬이라는 사실은 달라지지 않은 것이다.

퍼퍼퍼퍽!

위드가 섬광 속에서 가장 가까이 있는 적들을 향해 검을 휘둘렀다. 공격을 뚫고 들어가, 무방비 상태인 헤르메스 길드원들에게 무자비한 타격을 퍼부었다.

> 1차 연속 공격이 성공하였습니다.
> 민첩이 20% 늘어납니다.

> 2차 연속 공격이 성공하였습니다.
> 힘이 40% 늘어납니다.

> 3차 연속 공격이 성공하였습니다.
> 민첩이 추가로 40% 늘어납니다.

"잡아!"

"이쪽이다."

그래도 위드를 향해 불나방처럼 덤벼드는 자들은 줄어들지 않았다. 하나같이 욕심을 내고 있었기에 10~20미터까지 통째로 불타거나 파괴하는 광역 스킬 같은 건 쓰지 못한다는 게 그나마 다행일까.

따닥. 퍽. 빡. 쫘광!

쾅쾅! 콰콰콰쾅!

위드는 맞으면서도 미친 듯이 검을 휘둘렀다.

10회가 넘자 고막을 두들길 정도로 강력한 일격들을 날리게 되었고, 그다음부터는 제어가 안 되는 폭풍과 같았다.

힘과 속도에 판단력과 과감함까지 겸비하고서, 덤벼드는 헤르메스 길드원들을 마구잡이로 날려 버렸다.

1초에 4~5명씩!

멀리서 보기에는 헤르메스 길드원들이 기세 좋게 덤볐다가 한순간에 쓸려 나가는 꼴이었다.

오크 카리취의 흉기 같은 근육이 탄력적으로 꿈틀거릴 때마다 폭발적인 힘이 터져 나왔다.

앞이 제대로 보이지 않아도, 두꺼운 허벅지가 바위처럼 묵직하게 무게중심을 지탱하고 검이 날카롭게 바람을 가른다.

30여 회의 공격이 작렬하고 난 후, 위드를 막겠다고 나서는 자는 아무도 없게 되었다.

좋은 장비들을 갖춰 입고도 제대로 얻어맞으면 목숨을 잃었으니 그럴 만도 했다.

"으아아아아. 미쳤다!"

"뭐야. 뭐가 저렇게 세!"

절대적인 방어력이 헤라임 검술과 결합되면 최강의 공격력으로 바뀌기도 했다.

위드는 사자후를 터트렸다.

"우으아아아아아아아아아!"

두꺼운 목에서 울리는 포효성!

짧은 사이에 30여 명이 목숨을 잃었다.

위드의 몸도 수많은 공격을 받아 내면서 만신창이가 되었지만, 대지의 갑옷은 크게 파손되지 않았다.

원래 부서지지 않는 옵션을 가지고 있었고, 땅의 기운을 흡수해서 자체적으로 내구력이 복원된 덕분이었다.

위드는 다시 전진하기 시작했다.

오크 카리취!

그가 검을 휘두를 때마다 헤르메스 길드원들이 초보들처럼 가볍게 박살 났다.

"저렇게 강할 수가……."

"미치게 강하잖아."

"살려고 하지 마! 우린 여길 벗어나지 못해. 기회를 만들면 누군가는 잡는다."

"그래, 놈도 많이 다쳤을 거라고!"

순간의 욕심에 눈이 멀어 달려온 그들에게 남아 있는 선택권은 없었다. 이미 주변에 북부 유저들이 가득해서 되돌아가기도 어려웠다.

그들이 보기에 위드는 상당히 크게 다쳤다. 벌써 수십 번은 죽었어야 할 피해를 입은 것이다.

그럼에도 여전히 어마어마한 전투력을 발휘하고 있었다.

정말로 위드의 별명 중 하나인 전쟁의 신이라도 된 것처럼, 나름 강하다고 자부했던 그들을 힘으로 찍어 누른다.

"자존심이 있지. 질 수 없다고!"

"그래! 위드, 여기가 네 무덤이다."

"끝장을 보자. 혼돈격!"

헤르메스 길드 유저들도 이제는 아예 방어를 포기했고, 동료들의 안전도 살피지 않았다. 그저 모든 마나를 동원하여 최강의 스킬을 발휘하며 덤벼들었다.

그들로서는 최선이었다!

위드가 피한다면 폭풍과도 같은 헤라임 검술도 중단되는 것이다.

칼날 베기!
무자딘의 칼에 옆구리를 베였습니다. 두꺼운 가죽 피부로 인해 피해가 감소합니다. 생명력이 4,281 감소했습니다.

예리한 꿰뚫음!
날카로운 검이 등을 꿰뚫었습니다. 막지 못하는 출혈 발생! 생명력이 7,381 감소했습니다. 상처 부위를 지혈할 때까지는 매초 318의 생명력이 줄어듭니다.

최후의 반격!
기사 더존이 죽는 순간에 반격했습니다. 이 최후의 반격에는 모든 힘이 실려 있었습니다. 중대한 타격을 받아서 생명력이 40,846 감소합니다. 최대 체력이 7% 줄어들었습니다.

피부 파열!
화염 마법이 작렬하여 몸에 불이 붙었습니다. 불에 대한 저항력으로 극복했지만, 피부의 일부가 터져 나갔습니다. 생명력이 7,466 줄어들었습니다. 맷집이 13% 약화됩니다.

대지의 갑옷과 투신의 축복으로 피해가 줄어들기는 했지만 위드의 몸은 점점 더 엉망이 되고 있었다.

생명력이 747 회복되었습니다.

생명력이 912 회복되었습니다.

생명력이 481 회복되었습니다.

방어력 강화!
암석 피부의 축복이 부여되었습니다. 피부를 단단하게 만듭니다.

생명력이 9,928 회복되었습니다.

생명력이 54 회복되었습니다.

검의 영광!
루의 빛이 로아의 명검에서 발산됩니다. 무기의 공격력이 14% 증가합니다.

다시 한 번, 북부 유저들 중 사제 집단의 일제 치료!

위드의 몸이 온갖 신성력으로 뒤덮이더니 또다시 말끔하게 치료되었다.

최대 생명력의 몇 배나 회복되었을 정도!

"이건 사기야."

"개사기다!"

"도저히… 싸울 수 없잖아."

헤르메스 길드원들은 몸이 얼어붙었다.

전쟁의 신이라는 칭호를 실체화한 듯한 오크 카리취!

그가 무섭게 달려들면서 헤라임 검술로 1명씩 쳐 내고 있다.

초반에는 몇 대씩 맞으면서도 버틸 수 있었지만, 이젠 그냥 스치듯 맞아도 50~100미터씩 날아가 사망이었다.

말 그대로 스치듯 안녕!

헤르메스 길드원들 사이에서 도저히 안 되겠다고 판단한 듯, 몸을 빼려는 자들이 나오기 시작했다.

하지만 북부 유저들 중에도 실력자들이 많았다.

1명, 1명 그리고 또 1명!

땅을 울리며 빠르게 달려드는 오크 카리취가 무기를 휘두를 때마다 처참하게 죽어 갔다.

"우와와아아아아아아악!"

위드가 다시 사자후를 터트리자, 4군단과 싸우기 위해 모인 군중이 일제히 호응했다.

누구나 〈로열 로드〉를 하면서 영웅이 되기를 바란다.

멋진 모험도 하고, 던전의 몬스터들을 사냥도 하고…….

그러면서도 가장 두렵고 위험한 존재로 여기는 것이 헤르메스 길드원들이었다.

도시에서든 시골 마을에서든, 특별한 강자들로만 인식되었으니까.

그들 100여 명이 오크 카리취의 모습을 하고 있는 위드에게 파리처럼 목숨을 잃는 광경은 대단한 명장면이었다.

멀리서 전황을 살피던 칼쿠스가 혀를 찼다.

"쯧. 욕심을 너무 부렸지. 그래도 저렇게 질 줄은 몰랐군."

뛰어난 실력자들이라고는 하지만 고작해야 100여 명에 불과했다.

70만에 달하는 전체 길드원 수를 감안하면 큰 피해는 아니겠지만, 그래도 입맛이 썼다.

사실, 위드가 결빙 상태에 놓였을 때는 그조차 뛰어들지 말지를 고민했다.

"간단히 이기진 못한단 거지. 어쨌든, 그물망은 철저히 완성되고 있으니……."

수뇌부의 명령에 따라 이 일대를 제국군의 각 군단이 장악해 가고 있었다.

다른 모든 전투와 상황을 제쳐 두고 이곳으로 모이라는 명령이 가르나프 평원 전역의 제국군에 내려졌던 것이다.

"네놈들만큼은 특별히 마지막 1명까지 다 죽여 주마."

마지막 수단

—위드 님. 그쪽으로 병력들이 몰려가고 있는 것 같습니다.

—적 기사들의 움직임이 이상합니다. 기사와 기병대가 전투 중에 빠르게 이탈해서 달려갔습니다.

—판제롭 유령 기사단이 그쪽으로 갔어요. 피하셔야 돼요!

—거기 위험해요. 어서 나와요.

—보고입니닷. 지금 풀죽신교의 각 분대장들이 말하기를, 상당히 많은 병력이 위드 님을 목표로 움직이고 있다고 합니다. 저희가 막고는 있지만 뚫고 지나갔어요. 어서 빠져나오세요!

위드에게 여러 사람들의 귓속말이 들어왔다.

가르나프 평원에서 대대적으로 전투를 펼치던 제국군이 목줄을 끊어 낸 맹수처럼 달려오고 있었다.

"날 잡으려고 하는군. 췻."

오늘 치른 전투들이 머릿속을 스쳐 지나갔다.

20군단이 함정을 파고 기다렸고, 불타는 유성 소환까지 거침없이 사용했다.

하벤 제국군의 움직임이 바뀐 것도, 명백히 그를 노린 것이었다.

"내가 뭘 잘못했다고… 취취익. 등 따습고 배 좀 부르게 살아 보려고 한 건데 말이야. 취익!"

위드가 한탄하는 사이, 다른 유저들에게도 소식이 전해진 듯했다.

"제국군이 온대!"

"모조리 여기로 온다는데……."

풀죽신교의 비상 통신망에는 제국군의 급격한 움직임이 속속 올라오고 있었다.

뮬의 그리폰 군단이 하늘을 뒤덮으며 날아오고 있다는 것도 조인족들에 의해 확인되었다.

"피하세요!"

"여긴 위험합니다, 위드 님."

가까이 있던 유저들이 위드의 안전을 걱정하며 말했다.

북부 유저들도 이곳이 격전지임을 알게 되면 몽땅 모여들 것이다. 그럼에도 평원에 넓게 흩어져 있는 유저들은 제국군보다 한두 발 늦을 수밖에 없으리라.

'20개나 되는 군단이 한꺼번에 진격한 것은 전술적인 이점 때문이기도 했지만 날 확실히 죽이려는 목적이었겠군.'

위드는 상황을 냉정하게 평가해 보았다.

사기꾼에게 당해도 정신만 차리면 살아날 길이 있기 마련!

물론 그 사기꾼이 완벽한 계획을 세웠다면 생존이 불가능하겠지만, 세상일에는 변수가 많다. 완벽하게 치킨 1마리를 튀기는 것도 쉽지 않은 법이다.

"저희가 막겠습니다. 당장 빠져나가세요."

"여기서 죽으면 안 됩니다."

"우린 괜찮아요. 위드 님이 사셔야죠."

유저들이 몰려들어 탈출로를 열겠다고 너도나도 자원했다.

"여러분……."

위드의 눈가가 감동으로 씰룩거렸다.

물론 그 이후에 벌어지게 될 일은 불을 보듯 뻔하다. 이곳에 모여 있는 유저들은 전멸할 것이다.

수많은 유저들이 사방에서 공격당해 죽어 가게 된다…….

위드가 도망치는 모습도 방송을 탈 것이고, 명성의 추락은 정해진 수순이었다.

도망자.

비겁한 사람.

지금까지 쌓아 올린 인기가 물거품처럼 사라진다.

다른 무엇보다, 광고 수입! 출연료!

지금 위드의 인기는 아이들의 동심을 파고들어 코 묻은 돈까지 탈탈 털어 낼 수 있을 정도다.

매년 판매량이 늘고 있는 캐릭터 사업까지 감안하면 도망치는 건 최악의 수였다.

"위드 님을 피하게 해야 합니다. 모두 협조를 부탁드려요!"

"제국군이 다가오지 못하도록 막아 주세요. 위드 님이 무사히 빠져나가도록요!"

간절한 목소리들이 계속해서 들려왔다.

'아냐, 흔들리지 않아! 내 밥그릇은 내가 지킨다.'

핵폭탄이 떨어진다 해도 지켜야 하는 밥그릇!

위드는 사자후를 터트렸다.

"여러분! 하벤 제국군이 지금 이곳으로 모여들고 있습니다! 취취익!"

이 자리에 있는 대부분의 유저들이 알고 있는 사실이지만 일부러 이야기했다.

"어서 가세요, 위드 님."

"지금이라면 위드 님은 빠져나갈 수도 있을 거예요. 우리가 막을게요."

유저들은 당연히 위드가 떠나리라고 생각했다. 다만, 어쩔수 없이 간다고 사과라도 하려는 것으로.

하지만 이어지는 말은 정반대였다.

"저는 끝까지 싸울 것입니다. 취이이익! 한 발자국도 물러서지 않겠습니다. 그리고 승리할 겁니다! 취취익, 취! 우리의 의지는 누구도 꺾을 수 없는 것! 제가 여러분들께 기적을 보여 드리겠습니다. 추이이이익!"

위드는 국회의원 선거에 나온 사람처럼 극적으로 외친 후,

정말 기적을 만들기 위해 조각칼을 들었다.

스스스스.

그리고 가까이 있는 바위를 빠르게 깎아 내기 시작했는데, 조금씩 드러나는 형체는 행색이 꼬질꼬질하고 수염을 기른 할아버지였다.

'여기서 다른 대책이 없긴 하지만, 어떻게든 해 주겠지.'

위드가 사자후를 터트리고 조각품을 만들자, 모든 유저들의 이목이 집중되었다.

제일 먼저 조각상의 정체를 알아차린 건 북부 유저들로, 그들도 놀라서 믿기 어렵다는 듯 눈이 커졌다.

"맙소사!"

"그분이다."

"누군데?"

"게이하르 폰 아르펜 황제! 베르사 대륙을 최초로 통일한 황제잖아!"

위드는 원래, 챙길 것 챙겨 가면서 좀 더 싸운 후에 게이하르 황제를 되살릴 생각이었다.

가르나프 평원에 세워진 많은 조각품들이 파괴된 상태라 복원을 위한 시간도 필요로 했던 것이다.

'계획 변경이다. 일단 다 떠넘기자.'

위드가 조각칼을 움직이는 광경은 멀리 있던 4군단의 칼쿠스와 헤르메스 길드 유저들도 보고 있었다.

사실, 방송을 통해 중계되고 있었으니 전 세계의 무수한 유저들이 지켜보는 중이라고 해도 과언이 아닐 것이다.

—게이하르 황제!

—위드가 드디어 황제를 되살릴 모양입니다.

—얼마 전에 위드는 아르펜 제국 시절로 돌아가서 바다를 지키는 모험을 했죠. 그 이유라고 할 수 있는 게 게이하르 폰 아르펜 황제입니다.

—저 사람이 도대체 누군데요?

—저희가 조사한 자료에 따르면, 조각사로서 최초로 전 대륙을 통일한 황제라고 합니다.

각 방송국의 프로그램마다 열기가 흘러넘쳤다.

위드가 출연하면서 가르나프 평원의 전투는 급박하게 돌아갔고 한층 더 격렬해졌다.

이 순간에도 여러 지역에서 중요한 전투들이 벌어지고 있었지만 위드가 서 있는 장소만큼은 아니었다.

제국군들이 결집하고, 그 뒤를 따라 북부 유저들도 모이고 있었기에 중요도는 더욱 높아졌다.

어쩌면 베르사 대륙의 운명이 이 자리에서 정해지리라.

그런데 게이하르 황제의 소환이라니!

"놈이 칼을 뽑았다."

위드의 의도를 알아차리자마자 칼쿠스는 막아야 한다는 생각부터 들었다.

죽은 영웅을 되살리는 광경은 근본적으로 호기심을 자아내기 마련이지만, 그게 이루어지면 이쪽이 불리하단 걸 알고 있었기 때문이다.

"저걸 못 만들게 해!"

헤르메스 길드의 마법사들이 마나를 아끼지 않고 강력한 원거리 마법 주문을 외웠다.

"확산력과 피해가 큰 화염 마법으로 간다."

"파이어 블래스터."

"플레임 샤워."

"파이어 버스터!"

수백 개의 화염 마법들이 쏘아져 커다란 포물선을 그리며 하늘을 가로질렀다.

목표는 위드!

다행히도 이번에는 북부 유저들의 대응이 빨랐다.

"우리 마법사님들도 받아쳐요!"

"무슨 수를 써서라도 막읍시다."

"몸이라도 던져요!"

정령과 마법 화살, 얼음 마법 등이 수만 개는 하늘로 발동되었다.

파파파팡!

헤르메스 길드의 화염 마법들은 온갖 종류의 대응 마법들과 부딪치며 폭발을 일으켰다.

세상의 폭죽을 한꺼번에 터트린 것만 같은 화려한 불꽃들이 어두운 밤하늘을 가득 채운다.

하지만 화염 마법들은 대기권을 관통하는 유성우처럼 타오르고 부서지면서도 계속해서 다가왔다.

"막을 수 있어요!"

"조금만 더 힘을!"

마법사들이 다시 얼음 마법을 쏘고, 사제들은 위드를 중심으로 보호 마법을 펼쳤다.

평범한 유저들까지 성벽처럼 몸을 쌓아 방어벽 역할을 했다.

위드가 그들을 지켜 주겠다고 선언하였기에, 그들도 기꺼이 몸을 던질 수 있었던 것이다.

"으아… 그래도 좀 무섭다."

"막자. 우리가 할 일은 이것이야."

벽이 되기를 자원한 유저들은 두려움을 누르고 애써 눈을 부릅뜨며 화염 마법의 접근을 바라봤다.

화염 마법들이 어두운 밤하늘에서 온갖 종류의 불꽃이 되어 부서지고 흩어진다.

하지만 더 이상 다가오지 못하고 끝내 사라져 가는 광경에 유저들은 두 팔을 번쩍 들었다.

"만세!"

"우리가 또 해냈다."

화염 마법을 막기 위해 썼던 얼음과 물의 마법의 여파로 뜨거운 빗줄기가 여기저기 쏟아졌다.

쏴아아아아.

위드는 비를 맞으면서도 조각칼을 쉬지 않았다.

빠르게 형태를 갖춰 나가는 게이하르 황제의 조각품!

눈가의 주름과 수염 가닥, 삐죽하게 튀어나온 이빨까지도 고스란히 재현되고 있었다.

'머리에 땜빵도 크게 있었어. 이런 걸 빠뜨릴 수는 없지.'

자세히 보면 게이하르 황제는 그렇게 영웅의 인상이 아니었다. 하지만 사회생활을 하다 보면 알게 되는 게 있다.

평범하게 생긴 사람이 정말로 무서울 수 있다는 것!

악독하게 생긴 집주인도 월세를 올릴 때는 조금이나마 미안해하는 표정을 짓기도 한다.

반면에 평범하게 생긴 사람은 당당하게 말한다.

"이번 달부터 월세 3만 원 올리지."

"영감님… 아니, 어르신! 지금도 겨우 맞춰서 내고 있는데… 주변 시세도 안 올랐고요."

"싫으면 나가든가. 세입자 없어서 못 구하는 줄 아나? 불쌍해서 길거리에 나앉을 놈들 살게 해 줬더니!"

"저희 입장에서 매달 3만 원은 부담이 큽니다. 고장 난 보일러도 안 고쳐 주셨잖아요."

"누군 땅 파서 이 집 지은 줄 알아? 내가 집 지을 때 삽질이라도 해 줬어? 어? 해 줬냐고!"

위드는 지독했던 집주인을 떠올리면서 게이하르 황제의 조각품을 만들어 갔다.

지극히 평범하지만, 그렇기에 무슨 짓을 하더라도 이상하지 않다.

예술성이나 정교함보다는 빠른 손놀림으로 완성되어 가는 조각품!

꾀죄죄한 옷차림에 수염을 기른 할아버지!

대륙을 통일한 영웅이라기보다… 삼겹살에 막걸리 한잔하고 잠든 것처럼 나른한 표정이었다.

어쩌면 예전에 만났던 그 노인을 닮은 구석도 조금은 있는 것 같다.

'그 할아버지… 코코아는 드셨을까?'

스쳐 지나가듯 잠깐의 인연이었지만, 어깨가 좁고 처량해 보이는 할아버지였다. 이야기 속에 흔히 나오는, 겉으로는 꼬장꼬장하면서도 알수록 불쌍한 유형.

'나이 먹고 당 떨어지면 더 힘들다던데, 밥은 챙겨 드시는지 모르겠네.'

어찌나 안타깝게 생겼던지, 인색한 위드가 코코아 뽑아 드시라고 200원이나(!) 내놓지 않았던가.

"벌써 조각품이 만들어졌어!"

"우와아! 5분도 안 걸려서 사람을 하나 만들어 내다니, 복사기 수준 아냐?"

"3D 프린터네. 완전히 게이하르 황제랑 똑같잖아."

위드가 조각품을 만드는 내내 눈을 떼지 못했던 유저들에게는 경악스러운 속도였다.

그냥 슥슥 손을 움직이면 정교한 묘사들이 이루어진다. 몸과 얼굴선이 생겨나고 주름살이 잡힌다.

이른바 예술가라는 이들의 작품들처럼 감각적이고 독창적인 표현력에 있어서는 모자랄 수 있다.

그런데 이것저것 짜 붙이는 응용력(?)과 작업 속도에 있어서만큼은 거장이라고 부를 만했다.

노가다계의 신화!

위드는 바로 스킬을 시전했다.

"조각 부활술!"

조각 부활술 스킬을 사용하였습니다.
드넓은 대륙의 지배자. 예술을 널리 퍼뜨리고 모든 생명체들의 아버지이자
조각술의 마스터이며 아르펜 제국의 황제 게이하르 폰 아르펜이 예술의 부
름을 받아 이 땅에서 다시 움직이게 될 것입니다.
예술 스탯 45가 영구적으로 사라집니다. 신앙 스탯 10이 영구적으로 줄어
듭니다. 레벨이 3 하락합니다. 생명력과 마나가 18,000씩 소모됩니다.
조각 부활술에 의하여 되살아나는 인물은 생전의 지식과 능력을 가지고 있
습니다. 정해진 짧은 시간이나마 세상을 다시 볼 수 있고 움직일 수 있게 해
준 것에 고마워할 수도 있고, 그러지 않을 수도 있습니다.

조각 부활술 스킬의 숙련도가 향상되었습니다.

게이하르 황제의 조각품!

그것은 몇 초 동안 아무 반응이 없었다.

지켜보던 사람들이 다 숨 막힐 만큼 긴장감에 고조되던 어느
순간, 게이하르 황제가 오랜 잠에서 깨어난 듯 기지개를 펴며
하품을 했다.

"으하아아암. 여기는… 제자로구나."

"예, 스승님."

위드는 넙죽 고개 숙여 인사부터 했다.

되살린다고 해서 무조건 도와주는 게 아니다. 조각 부활술로
살아난 이들은 자신이 하고 싶은 대로 했다.

'대륙을 구하는 일이라고 사기를 좀 치기도 했고… 술도 사
주고, 고기까지 구워 줬지. 하라는 대로 다 했어.'

그렇지만 최악의 경우, 먹튀도 감안해야 하는 상황!

베르사 대륙을 최초로 통일한 영웅 게이하르 황제였지만, 위드는 일말의 불안감을 갖고 있었다.

　게이하르 황제는 주위를 둘러보다가 4군단과 유저들이 치열하게 싸우고 있는 것을 확인했다.

　"여긴 전쟁터구나. 네 말대로 지금이 그 순간인 것이냐."

　"그렇습니다."

　"저들이 그 못된 놈들이고?"

　"맞습니다, 완전 인간 망종들이죠!"

　앞서 게이하르 황제를 만났을 때, 위드는 하벤 제국과 전쟁을 치를 것이라고 설명하면서 조미료를 듬뿍 뿌렸다.

　대륙의 평화를 위협하며, 예술을 경시하여 조각품을 파괴하고도 남을 악의 제국!

　위드가 비장한 목소리로 말했다.

　"저들이 이 땅을 차지해 버리면 스승님의 위업은 사라지고 말 겁니다. 이미 누렁이가……."

　"뭣이! 누렁이가 죽었느냐!"

　조각 생명체에 대한 게이하르 황제의 애정은 각별했다.

　누렁이를 보고도 멋진 소라고 칭찬하며 애착을 갖고 등에 올라타기도 했다. 물론 누렁이는 매우 귀찮아하며 억지로 태워 준 것이었지만…….

　"아직 죽진 않았습니다. 그런데 놈들이 누렁이를 보면서 입맛을 다셨습니다. 소금도 가지러 갔습니다."

　"소고기에는 역시 소금이지."

　"맞습니다, 이것저것 필요 없고 좋은 소금에 찍어 먹으면 딱

이죠."

"누렁이의 갈빗살은 그야말로 훌륭하지. 떠올리기만 해도 입 안에 침이 고이는구나."

"스승님께서 목을 좀 축이시라고 좋은 막걸리도 따로 담아 놨습니다."

위드는 나무로 된 술병을 슬며시 내밀었다.

뇌물로 바치는 최상의 막걸리!

게이하르 황제의 취향을 완벽하게 저격한 것이었다.

─2군단 도착 1분 전!

─3군단도 합류하고 있습니다.

─가르나프 평원의 곳곳에서 제국군이 모입니다. 북부 유저들을 학살하며 위드가 있는 지역으로 진격하고 있습니다!

제국군의 급작스러운 전술 변화에 방송국마다 뒤집어질 정도로 난리가 났다.

자정부터 벌어진 전투는 새벽을 지나고 하늘이 조금씩 밝아져 오는데도 계속되고 있었다. 무수히 많은 제국군 병력이 사방에서 모여드는 광경은 충격적이었다.

─동쪽에서 판제롭 유령 기사단의 쾌속 진격 중입니다.

─서쪽에서 9군단, 북쪽에서 14군단도 곧 도착할 것으로 보입니다.

─제국군의 움직임은 경이적입니다! 뒤늦게나마 자료들을 찾아보니, 위드가 등장했을 때부터 제국군의 위치와 이동 경로가 조금씩 바뀌었더군

요. 이 순간만을 노렸던 것으로 보입니다.

─맹수가 어슬렁거리다가 단숨에 먹잇감의 목덜미를 물어뜯는, 그런 광경이 떠오르네요.

하벤 제국군에 의해 위드와 그를 따르는 유저들이 위험에 빠진 것으로 보였다. 북부 유저들도 허겁지겁 집결하고 있지만, 그들을 방해하는 부대들이 따로 있었다.

하지만 상황이 영락없이 죽거나 도망칠 수밖에 없게 되었을 때, 위드가 조각 부활술을 사용했다.

게이하르 폰 아르펜 황제의 등장!

─놀랍습니다. 조각품이 살아났습니다.

─게이하르 황제! 아르펜 제국의 이름으로 대륙을 통일한 역사적인 인물의 출현입니다.

─위드에게는 사용이 예정된 카드나 마찬가지였죠. 실제 효과는 어느 정도나 될 거라고 보십니까?

─가르나프 평원에다 수많은 유저들이 조각품을 만든 이유가 바로 이 순간을 위해서일 텐데요. 하지만 분명히 고려해 두어야 할 것이 있습니다. 조각품의 파괴죠.

─파괴요?

─불타는 유성 소환이 많은 조각품들을 파괴해 버렸습니다. 유저들이 복구에 나서긴 했지만 피해가 클 겁니다.

─당장 그곳까지 가는 것도 문제가 될 것으로 보이네요.

제국군이 굶주린 승냥이 떼처럼 사방에서 달려오고 있었고, 위드와 함께한 유저들은 외곽에서부터 급속도로 죽어 나갔다.

─저대로라면 위드도 게이하르 황제도 버티지 못할 겁니다.

─도망치는 것도 쉽지 않을 것 같네요.

─하늘은 2군단에 의해 막혔죠, 지상에서는 어느 방향으로 움직이더라도 제국군이 막을 겁니다. 완전히 포위됐어요!

<hr />

"크으. 죽이는군. 이 맛에 되살아나는가."

게이하르 황제는 막걸리 세 병을 차례로 들이켰다.

그사이 위드는 여러 가지 경로로 전황을 확인하고 있었는데, 마판의 소식이 가장 정확했다.

> ─위드 님이 있는 곳으로 집결하고 있는 제국군 병력이 너무 많습니다. 2군단과 3군단, 6군단, 7군단이 가장 빨리 도착할 겁니다! 정보의 출처는 CTS미디어입니다.

위드는 이 자리에 남기로 했지만, 아무 근거 없는 자신감은 아니었다.

게이하르 폰 아르펜!

대륙을 통일한 영웅인 그가 무엇이든 해 주리라!

"딸꾹. 꺼어어억. 취한다. 좋구나. 얼쑤!"

게이하르 황제는 두 팔을 휘저으면서 춤을 추고 있었다.

> ─포위망이 취약한 방향은 없습니다. 그리고 3군단의 병력 중 마법 스크롤을 보유한 이들이 대량으로 발견됐습니다! 그들의 광역 마법이 하늘에서 떨어지면 위드 님을 지키는 유저들은 급속도로 줄어들 겁니다.

조금이라도 희망적인 소식이 없다.

의리보다는 확실한 이해관계로 얽힌 마판이니 지금이라도 헤르메스 길드로 전향한다 해도 이상하지 않을 상황이었다.

그럼에도 마판이 성실하게 소식을 전하는 데는 이유가 있었다. 바로 위드에 대한 기대감!

경험에서 비롯된 감이었다.

마판은 위드가 절대로 그냥 죽지 않으리라고 확신했다.

"이대로 가만있다가는 다 죽을 판입니다, 스승님! 어서 뭐라도 해 보세요."

"막걸리 한 병 더 없나? 딱 좋은 기분이 들 때까지는 조금 부족한데."

"방금 드신 게 마지막입니다."

"아쉽네. 아주 큰 흥이 일어나려고 했는데 말이야."

위드는 못 본 사이 황제가 알코올중독이 된 건 아닌지 상당히 의심스러웠다.

'역사적으로는 기록된 바는 없는데… 설마 알코올중독으로 죽었던 건 아니겠지.'

시간 조각술의 드러나지 않은 폐해.

나비의 날갯짓이 태풍을 일으키듯이, 어쩌면 게이하르 황제를 알코올중독이 되게 만들었을지도 모르는 것이다.

"많은 시간이 흘렀다. 내가 직접 생명을 부여한 친구들이 이 시대에는 거의 대부분 죽었겠지."

게이하르 황제가 슬픈 눈빛으로 말했다.

"아마도 그럴 것입니다."

철혈의 워리어 바하모르그는 되살아났다.

수명이 긴 해양 생명체들을 비롯해서 여러 종족들이 아직 존재하겠지만, 게이하르 황제가 직접 생명을 부여한 이들은 대부분 목숨을 잃은 것이 사실이었다.

"내 친구들, 내 아이들의 죽음을 애도하려고 하는데… 한 잔의 술이 부족하구나."

공짜 술을 좋아하는 게이하르 황제는 슬퍼했다.

"스승님, 제가 미처 생각하지 못했습니다."

위드는 어쩔 수 없이 기분을 맞춰 주기 위해 아껴 놓았던 비싼 포도주까지 꺼내야 했다.

한 병에 3,000골드가 훨씬 넘는 고급술이었다.

"꼴깍. 꼴깍. 끄윽. 취한다."

게이하르 황제는 병을 따더니 막걸리를 마시듯이 들이켰다.

> ―위드 님! 외곽이 무너지고 있어요!

> ―남쪽에서 대규모 병력이 출현했습니다! 바로 눈에 보입니다!

> ―꺄아아아악. 그리폰 부대가 하늘을 날아다니고 있어요! 언제라도 공격해 올 것 같아요!

죽어 가는 유저들의 소식이 여기저기서 들어오는 가운데, 뮬의 2군단이 하늘을 돌면서 지상을 관찰하고 있었다.

뮬은 위드를 만만하게 여기지 않았기에 즉시 공격하지 않았지만 기회가 보인다면 활동을 시작하리라.

사상 초유의 위기!

그런데 게이하르 황제는 다 비운 포도주병을 손에 든 채 눈을 감고 있었다.

"스승⋯님?"

쿨⋯⋯.

"스승님, 혹시 잠드신 겁니까? 일어나시죠. 지금 이럴 때가 아니에요."

드르렁드르렁!

"⋯⋯."

깊이 잠든 게이하르 황제를 확인한 위드는 로아의 명검을 뽑아 들었다.

달면 삼키고 쓰면 뱉는 인간관계에서 이건 있을 수 없는 일이다. 흔해 빠진 먹튀랑 뭐가 다르단 말인가!

"헤스티거의 반만이라도 해 주길 바랐는데⋯ 역시 조각사들은 게을러터지고 제멋대로 사는 인간들이야."

당장이라도 게이하르 황제의 목을 쳐 버리고 싶었지만, 또 망설여졌다.

'그래도 투자한 게 있는데⋯ 아니야, 베어 버리고 지금이라도 도망치는 게 낫지⋯만 아직 끝난 건 아니니까⋯⋯.'

위드는 위기가 닥칠수록 머리가 빠르게 돌아가는 게 강점이었음에도 게이하르 황제에 대한 아쉬움 때문에 결정을 내리기 어려웠다.

다시 3.2초 후!

드디어 판단을 내렸다.

"이렇게 된 이상 어쩔 수 없지. 내가 나서는 수밖에."

오크 카리취의 모습으로 알맹이들만 골라서 사냥하려던 계획이 틀어졌다.

공짜 밥을 먹을 수 있을 줄 알았는데, 밥값을 지불해야 했다.

전쟁의 신으로서 진면목을 드러낼 시간.

위드는 조각칼과 조각 재료로 금괴 덩어리들을 꺼냈다.

배낭에서 하나둘씩 꺼낸 황금이 높게 쌓였다.

돈 없다고, 가난하다고, 모든 걸 아르펜 왕국을 위해 투자했다고 말하고 다녔지만, 실상은 알부자!

모험과 사냥으로 얻은 누런 금들을 뭉쳐서 따로 모아 두었던 것이다.

"신성한 불!"

위드는 헤스티아의 불꽃을 일으켜 황금을 녹인 다음, 다시 커다란 하나의 덩어리로 만들었다.

샤샤샤샥!

그리고 물의 정령 씽씽이를 불러내 그 뜨거운 금덩어리를 식히는 동시에 깎아 내기 시작했다.

"앗뜨뜨뜨드."

화염 피해를 입습니다.
생명력이 31 감소하였습니다.

화염 저항과 맷집 덕분에 덜해지긴 했지만 그래도 피해는 있었다.

위드는 고통도 무시하고 굉장히 빠른 속도로 조각술을 펼쳤다. 지금까지 작업했던 그 어떤 조각품보다도 빠르게!

"우와앗! 저렇게 많은 황금 처음 봐."

"위드 님은 정말 대단하구나."

주변 유저들의 시선이 모이고 있었기 때문이다.

'세상에 믿을 놈은 없지만, 도둑놈은 많지.'

다행히 과거에도 여러 번 조각해 본 대상이었기에 위드의 손놀림은 거침이 없었다.

살점 하나 붙어 있지 않은 해골!

삶과 죽음의 경계를 넘어서 끔찍한 전투를 지휘하며, 몇 배나 되는 적과도 당당하게 싸울 수 있는 존재.

'리치다.'

찬란하게 빛나는 황금 해골 조각상!

어울리지 않는 조합인 것 같지만 일단 멋은 있었다.

통째로 황금을 쏟아서 만들고 있으니 당연히 멋있는 것이 정상이었다.

금인이도 황금의 후광으로 만들지 않았더라면 좀 평범했을 것이다.

피부 미인이라는 말처럼 조각술 역시 재료발이었다.

'음. 재료가 좀 부족하군.'

위드는 상체를 조각하다가 황금이 약간 모자란 것을 느꼈다.

4군단의 공세가 계속되고 있었고, 사방에서 조여드는 헤르메스 길드 유저들에 대한 보고도 잇따른다.

하늘에서는 뮬의 그리폰 군단이 슬슬 지상을 향해 내려오고 있었다.

위드가 지금껏 안전한 것은 그래도 게이하르 황제가 등장하면서 적들의 경계심이 높아진 덕분이었다.

'그냥 대충 하자. 다리 하나가 좀 짧아도 마법을 쓰는 데는 문제없겠지.'

만든 조각품의 이름을 정해 주십시오.

"황금 리치로 해."

〈황금 리치〉가 맞습니까?

"아니, 잠깐만! 음, 기왕이면 아이들에게 꿈과 동심을 심어 줘야지. 귀여운 이름을 지어 줘야 캐릭터가… 뽀로로나 타요를 봐도 말이야. 그래, 꼬롱이로 하자."

〈꼬롱이〉가 맞습니까?

"맞아."

명작! 〈꼬롱이〉상을 완성하였습니다!
세상을 구한 영웅이며, 광대한 북쪽 대륙의 왕! 널리 명성을 떨치고 있는 조각사 위드의 새로운 작품. 오로지 순수한 황금으로 만들어 낸 리치의 조각상. 미묘한 공포를 일으키는 해골! 인체 내부에 있는 뼈들이 놀랍도록 정교하고 아름답게 표현되었다. 한쪽 다리가 짧은 이유는 알 수 없지만, 다른 부분들의 완성도를 감안할 때, 조각사의 깊은 의도가 있을 거라고 짐작된다.
예술적 가치: 12,381
옵션: 〈꼬롱이〉상을 본 언데드들은 생명력과 마나 흡수율이 24% 증가한다. 아군의 사기 저하. 적에게 괴로움과 공포를 심어 준다. 행운 55% 감소. 흑마법 저항력 10% 감소. 언데드 소환 스킬의 효과 강화. 언데드들의 고유

스킬 사용 시간 감소. 아군이 죽음을 두려워하지 않으면서, 생명력이 감소할 때마다 공격력이 최대 3배까지 비례하여 상승한다. 전 스탯 33 상승. 영구적으로 지식 1 증가. 이 지역에 전리품 획득률을 늘려 준다. 다른 조각품과 중복으로 적용되지 않는다.

지금까지 완성한 명작의 숫자: 36

명성이 5,321 올랐습니다.

예술 스탯이 44 상승하였습니다.

인내가 1 상승하였습니다.

통솔력이 3 상승하였습니다.

지혜가 2 상승하였습니다.

신앙심이 2 감소하였습니다.

조각상으로부터 깨달음을 얻어 통찰력이 2 상승하였습니다.

명작 조각품을 만든 대가로 전 스탯이 1씩 추가로 상승합니다.

명작의 완성!

급해서 바쁘게 조각한 것임에도 불구하고 명작으로 완성되었다.

위드가 조각술 스킬의 마스터인 덕분도 있었지만, 어느 정도 운도 따라 준 것이었다.

"역시 예술 작품은 돈과 디테일인가. 조각 변신술!"

조각 변신술을 사용합니다.

위드의 키가 오크 카리취의 장신에서 서서히 줄어들었다. 어깨도 좁아지고 통나무 같던 팔다리도 가늘어졌다.

풍성하던 머리카락은 바람결에 우수수 떨어져 내렸다.

앙상하게 말라 가던 몸에서 가죽까지 벗겨지고 마침내 뼈다귀만 남았다.

해골! 그것도 리치였다.

몸의 형태가 바뀌면서 현재 착용하고 있는 장비들의 상당수가 쓸 수 없게 되었습니다. 미스릴이나 신성력이 들어간 장비들은 입을 수 없습니다. 종족이나 형태에 따라 필요한 장비를 새로 구하십시오.
조각 변신술의 영향으로 지식과 지혜가 매우 높게 증가합니다. 힘과 민첩이 많이 감소하고, 예술 스탯이 삼분의 일로 줄어듭니다. 생명력과 마나가 대폭 늘어납니다. 체력의 한계가 사라집니다.

조각품에 대한 이해 스킬이 마스터라서 완전한 리치가 되었습니다. 리치 특유의 특성이 부여됩니다. 생명 보관! 병을 만들어 자신의 생명을 보관합니다. 병이 파괴되지 않는 이상 매우 강력한 마법이나 신성력이 아닌 한 죽지 않습니다. 언데드를 통한 생명력 흡수와 마나 흡수의 효율이 45%입니다. 햇빛을 보면 생명력과 마나의 회복이 이루어지지 않습니다. 신성력이 더욱 치명적으로 나쁘게 적용됩니다. 조각 변신술이 풀릴 때까지 유효합니다.

명작의 조각품으로 변신했습니다!
불완전한 형태의 조각품에 의해 악독함의 특성이 부여되었습니다. 살아 있는 인간을 죽일 때마다 일정 확률로 스탯을 얻을 수 있습니다. 저주와 공포의 주문 위력이 200%로 강화됩니다. 악명이 42% 많이 증가합니다. 죽은 자의 힘이 26% 더 많이 쌓입니다.

이름은 꼬롱이!

그렇지만 무시무시하기 짝이 없는 리치로 변신한 위드였다.

차차차착.

바르칸의 풀 세트도 모조리 착용하고, 타락한 성자의 지팡이도 들었다.

"너희가 살아서 움직이던 땅으로 돌아오라. 이곳은 어두운 곳, 검고 부패한 땅. 영영 사라지지 않을 암흑의 율법을, 모든 이들에게 새길 수 있도록 하라. 언데드 라이즈!"

곧바로 사용한 언데드 소환 마법.

데스 나이트는 기본이었고, 스켈레톤은 군단이 통째로 일어났다.

유령 기사단이 소환되고, 헤르메스 길드 유저들의 시체들로 대장 격인 둠 나이트들까지 만들어졌다.

"콜 데스 나이트 반 호크! 콜 뱀파이어 토리도!"

시커먼 연기와 함께 부하들도 나타났다.

"끄오오오로로로오오오옹!"

위드는 마지막으로 사자후를 터트렸다.

스켈레톤들을 중심으로 언데드 군단이 턱뼈를 달그락거리며 괴성을 울렸다.

"크케케케케켓!"

"캬카캿!"

"으헤헤헤헤헤헤헤헤."

"피를! 죽음을!"

"놈이 리치로 변신했다."

칼쿠스는 4군단에 명령했다.

"언데드는 철저히 파괴해야 한다. 다시는 되살아나지 못하게 만들어라!"

위드가 일으킨 대규모 언데드 군단은 헤르메스 길드에도 충격이었다.

언데드 소환 마법 한 번에 수천 마리의 스켈레톤들이 일어나는 것을 보며 긴장하지지 않을 수 없었다.

"귀찮아지는 일이 없도록 빨리 길을 열어야 하는데… 빌어먹을! 시간이 우리 편인 것은 맞지만 일이 복잡해지겠군."

칼쿠스를 비롯한 헤르메스 길드원들은 원망스럽게 하늘을 올려다봤다.

뮬과 그리폰 군단이 하늘을 배회하고 있을 뿐, 쉽게 지상으로 내려오지 않는 것이다.

"도대체 왜! 설마… 병력을 보존하면서 자기들이 위드를 잡을 기회를 노리는 것인가."

"역시 그 목적 아니겠습니까."

"이 전투가 끝나면 분명히 항의해야 한다."

뮬과 2군단이 공세에 참여했다면 위드를 더 빨리 노릴 수도 있으리라.

그렇게 다들 불만족스러워하기는 했지만, 상황은 갈수록 하벤 제국에 유리해졌다.

"3군단이 보인다!"

"멀리 6군단도 나타났습니다."

"7군단도 등장!"

제국군들이 속속 합류하고 있었다.

6군단은 엘프와 농부 미레타스에 의해, 7군단은 팔단 왕국의 유령에 의해 크게 고역을 치른 후였다. 그래서 처음 가르나프 평원에 도착했던 병력의 3~4할 정도로 줄어 있었지만, 그것도 무시하지 못할 강한 전력이었다.

"됐다. 어쨌든 이 자리에서 확실히 위드를 잡는다."

칼쿠스는 군단장들의 통신 채널을 열었다.

> 칼쿠스: 위드 사냥에 참여하신 분들을 환영합니다. 늦지 않게 오셨군요.
> 하일러: 반갑습니다. 이곳의 지휘권은 누가 갖습니까?
> 칼쿠스: 3군단장님이 서열이 높다고 하지만, 그래도 군단별로 독립 작전을 추진하는 것이 좋지 않겠습니까?
> 하일러: 뭐, 그것도 방법이겠죠.

칼쿠스는 지휘권을 놓고 싶지 않았다.

전력을 고스란히 보존하고 있는 하일러도 비슷한 생각을 했다. 따로 싸우더라도 자신이 위드를 잡을 가능성이 크다고 보았기 때문에 독립적인 지휘권 행사를 제일 먼저 받아들였다.

하일러: 그러면 우리 3군단이 북쪽을 맡겠습니다. 적진을 완전히 부숴 버릴
겁니다.
그로스: 6군단은 서쪽을 맡죠.
크레볼타: 우린 동쪽을 맡겠습니다. 모두 잘해 봅시다. 최고의 먹잇감을 두
고 벌이는 경쟁이니 말입니다.
칼쿠스: 크크. 4군단은 경쟁에 질 자신이 없습니다. 지금까지 위드를 묶어
놓은 것도 우리 공이 아닙니까.
하일러: 3군단, 전투에 돌입합니다.

막강한 제국군 4개 군단이 일제히 움직였다.

다시 외곽에서부터 북부 유저들을 제거하고, 언데드들을 소
탕하기 시작했다.

마법이 대규모로 작렬하며 전장 전체에 불길이 타올랐다.

위드는 반 호크와 스켈레톤들을 지휘하고 있었다.

"전부 죽여라. 놈들을 막아!"

"알겠다, 주인!"

스켈레톤들이 무리를 지어 달려가 7군단과 맞붙었다.

일반적인 전투력으로는 스켈레톤이 제국군 병사보다 조금
더 약하다. 그렇지만 많은 생명력을 보유하고 있었기에 꽤나
잘 싸웠다.

더구나 하체가 날아가도 움직이는 스켈레톤들은 악착같이
병사들을 물고 늘어졌다.

"으어어어! 안 돼, 시체들이랑은 싸울 수가 없잖아!"

"죽을 거야. 우린 다 죽는다고."

언데드들에게 공포를 느끼는 병사들!

기사들과 헤르메스 길드 유저들은 고함을 지르며 그들을 진

정시키려 했다.

"공포에 지지 말고 싸워라. 우린 제국군이다!"

"하벤 제국은 무적이다!"

언데드와 싸우면서 사기가 하락하는 것이 제국군의 큰 문제점이었다.

위드와 싸우기 위해 만약에 대비해 은을 바른 무기와 축복받은 갑옷까지 갖추고 왔다.

그럼에도 언데드들은 꽤나 귀찮은 존재였다.

"지옥의 검을 보여 주어라."

"피의 행진을!"

30기의 둠 나이트들도 무서운 위력을 발휘했다.

둠 나이트 영웅 네튜러스!

그가 소환되어 둠 나이트들을 이끌었다.

어둠과 독을 내뿜는 지옥마를 탄 둠 나이트들이 제국군 기사들과 부딪쳤다.

콰콰쾅!

단번에 수십 미터씩 날아가 버리는 제국군 기사들.

위드는 그 광경을 보며 아쉬워했다.

"조각 파괴술을 써서 지혜로 스탯을 몰아주었으면 더 강력했을 텐데."

조각 변신술은 그 종족 특유의 기술과 특성을 활용할 수 있게 해 준다.

그래도 위드가 전직을 통해 여러 종류의 스킬들을 익히고 네크로맨서의 특성들을 깨친 덕분에 그의 언데드들은 일반적인 경우보다 훨씬 더 강력한 편이었다.

위드의 몸이 갑자기 불길에 휩싸였다.

신성한 불이 당신을 태웁니다.
생명력이 8,381 감소하였습니다.

전투를 지켜보고만 있음에도 불구하고 때때로 새하얀 불길에 휩싸이는 위드!

리치로 변신한 탓에, 여신 헤스티아가 부여한 신성한 불이 부작용을 일으키는 것이었다.

마나가 3.7% 감소했습니다.

역시 부작용으로 인한 피해였다.

하지만 위드는 전투에 참여한 언데드들로부터 생명력과 마나를 흡수하고 있었기에 금방 회복되기도 했다.

번쩍번쩍!

오히려 빛을 더한 황금 해골의 광채가 어둠을 밝혔다.

"우왓. 위드 님 좀 봐."

"엄청 멋지다."

별게 다 유저들의 관심을 끌고 있었다.

그만큼 위치를 뚜렷하게 드러내는 것이라서 4개의 제국군 병력이 공격할 방향을 정해 주기도 했다.

북부 유저들과 중앙 대륙 출신의 유저들은 나름대로 잘 싸우고 있었지만, 추가적으로 제국군이 합류한다면 금세 열세에 처하게 될 상황이었다.

—제국군 1군단도 이동 중. 5분 정도 뒤면 도착하리라고 봅니다.

—달려가고 있습니다. 저뿐 아니라 이곳의 모든 유저들이 뛰고 있어요. 조금만 버티십시오. 어떻게든요!

—조인족들이 모두 집결했습니다. 천공의 섬 라비아스에 있는 병아리들까지 전투태세에 돌입했어요. 하지만 그곳으로 가는 길에 문제가 발생했습니다. 헤르메스 길드가 마법으로 하늘에 돌풍을 일으켜서 방해하고 있는 것 같습니다.

—바라그들을 이끌고 마법병단을 막고 있어요. 유성 소환은 절대로 못 쓰도록 할게요. 그렇지만 일부 마법사들은 빠져나간 것 같아요.

—기억하실지 모르겠는데 건축가입니다. 위드 님에게 가는 제국군들을 방해하려고 준비하고 있습니다. 지반 전체를 붕괴시켜서 막으려고 하는데, 그래 봐야 최대한 끌 수 있는 시간은 10분입니다.

여러 유저들이 귓속말로 상황이 심상치 않음을 보고하고 있었다.

위드는 가까이 있던 유저이며 실력이 뛰어나서 분대장으로 임명하기도 했던 루블을 불렀다.

"당장 해 주셔야 할 일이 있습니다."

"뭐예요? 뭐든 할게요. 죽음으로써 탈출로를 뚫으라 해도 뚫을 거예요."

금발의 여전사.

루블은 높은 레벨을 가진 호전적인 전사였다.

위드는 그녀에게 술에 취한 게이하르 황제를 넘겨주었다.

"이분을 좀 맡아 주세요."

"…예?"

"헤르메스 길드가 집중적으로 노릴 텐데, 무사히 지켜 드려야 합니다."

"……."

루블로서도 쉬운 임무라는 생각은 들지 않았다.

전투가 벌어지기 전에 수많은 유저들이 조각상을 만들었던 이유가 게이하르 황제를 기다리기 위해서였다.

이 술 취한 노인이 죽어 버리면 아르펜 왕국의 기둥 하나가 쓰러지는 것이다.

그 사실을 헤르메스 길드가 알아차린다면 맹공을 퍼부을 게 분명했다.

"어떻게든 지켜 볼게요."

위드는 게이하르 황제를 떠넘기고 홀가분하게 전장에 나서기로 했다.

'어차피 직접 싸워야 했다. 이건 내 전투야.'

비장의 카드가 무용지물이 되었지만, 언제나 믿는 건 자기 자신이었다.

마나가 26 흡수되었습니다.

마나가 31 흡수되었습니다.

마나가 55 흡수되었습니다.

마나가 12 흡수되었습니다.

마나가 7 흡수되었습니다.

마나가 83 흡수되었…….

전투에 참여한 언데드들로부터 높은 비율로 생명력과 마나가 흡수되고 있었다.

"라이프 베슬 생성."

위드는 리치의 생명력을 보관할 병을 만드는 주문을 썼다.

흙이 뭉쳐져 단단한 병이 만들어졌다.

라이프 베슬
매우 강력한 리치 꼬롱이의 생명이 보관되어 있다.

리치는 생명력이 보관된 병이 파괴되지 않는 한 잘 죽지 않는다. 그렇지만 이 병이 파괴되어 버리면 마력이 감소하고 생명력과 마나 흡수율도 낮아진다.

무조건 지켜야 하는 병!

이런 건 땅을 깊게 파고 묻어 놓아도 불안한 법이다.

위드는 콜라병 크기의 라이프 베슬을 향해 턱뼈를 쩍 벌렸다. 그리고 단숨에 병을 삼켜 버렸다.

꼴깍!

목을 지나서 갈비뼈 안쪽에 딱 떨어진 라이프 베슬.

"누구한테도 못 맡기니 몸속에 보관하는 게 낫겠지!"

위드는 근접 공격만 당하지 않으면 안전한 위치에서 짐짓 큰 소리로 중얼거렸다. 혼잣말 같지만 주위의 유저들이 충분히 들을 수 있도록!

그리고 성큼성큼 걸어 유저들을 스쳐 지나갔다.

샤샤샥!

어느 순간, 고급 전리품을 획득할 때처럼 손이 재바쁘게 움직였다. 낡은 로브를 뒤집어쓴 유저를 지나칠 때였다.

> ―잘 받았어. 그럼…….

여동생 유린이었다.

그녀의 임무는 라이프베슬을 가지고 이곳을 벗어나는 것!

비전투 계열 유저는 헤르메스 길드의 우선순위에도 들지 않고 관심조차 받지 않았다.

특히 유린은 그림 이동술을 비롯해 몇 가지 탈출 방법도 가지고 있기에 위드가 따로 부탁한 것이었다.

〈로열 로드〉를 하면서 유린은 한 번도 죽어 본 적이 없었다. 생존 능력만큼은 위드마저도 접어주어야 할 정도였다.

동생에게 무사히 라이프베슬을 넘긴 위드는 지옥 망토를 펄럭이며 스켈레톤들이 제 몸들을 쌓아 만든 산에 올랐다.

"모두 엎드려라!"

"케케켈."

30미터 정도 되는 높이를 이룬 해골들이 조금씩 꿈틀거린다.

그 정상에 서서 내려다보는 황금 리치!

위드에게는 이 순간에도 생명력과 마나가 흡수되고 있었다.

> 죽은 자의 힘이 3 쌓였습니다.

죽은 자의 힘에는 페널티가 있지만, 단기적으로 보면 이 또한 마법력이 강해지는 원동력이 된다.

'나중 일은 나중에 생각하고, 이번에는 그냥 모조리 다 질러 보자.'

뒷감당 따위를 걱정할 때가 아니다.

지금 이 순간만큼은 오늘만 사는 남자가 되기로 했다.

위드는 타락한 성자의 지팡이를 들고 소리쳤다.

"빛에 의해 흩어지지 않는 칙칙한 어둠이여, 이곳에 내려와 죽음을 일깨우는 자들에게 깃들라. 데스 오라!"

바르칸의 3대 마법 중 하나.

언데드를 강화하는 데스 오라의 발동!

위드가 해골로 이루어진 산에 타락한 성자의 지팡이를 내리치자, 흑색의 오라가 사방으로 퍼져 나가면서 언데드를 변화시켰다.

새하얗고, 어딘가 익숙하기까지 한 스켈레톤들.

뼈마디가 굵어지면서도 날카로워지고, 덩치까지 점점 더 커진다.

"크우와아아악!"

"이 거침없는 힘! 이것이야말로 죽음마저도 우리가 이겨 냈다는 증거다!"

언데드 중에서도 좀비와 더불어 최하급에 속하는 것이 스켈레톤이다.

하지만 그들이 변화하면서 중간 보스급 스켈레톤 지휘관까지 등장했다.

하늘을 날아다니던 유령들은 비명을 지르면서 악귀로 변환되었다. 흑마법을 쓰고, 생명력을 빼앗고, 땅과 사람에 저주를 내리는 악귀들!

둠 나이트들의 변화는 더욱 극적이었다.

"우리의 힘이 돌아왔다. 지옥의 수문장이라도 이길 수 있을 것 같다."

"강대한 네크로맨서가 우릴 소환한 것이다. 절대복종을!"

30기의 둠 나이트들이 위드를 향해 고개를 숙였다.

정중한 예를 취한 후에는 지금까지 호각으로 싸우던 헤르메스 길드 유저들의 목을 단숨에 베어 버렸다.

둠 나이트에게는 싸울수록 강해지는 것을 비롯하여 단거리 비행 등 몇 가지 고유 특성이 있다.

데스 오라에 의해 모든 특성들이 깨어나 본연의 전투력을 발휘할 수 있게 된 것이었다.

반 호크도 마치 허물을 벗듯이 변화했다.

암흑 군대의 총사령관이라는 지위에도 불구하고 데스 나이트에 머물러 있었는데, 둠 나이트 대장으로 승급한 것이다.

뱀파이어 로드 토리도 역시 어둠 속에 스며들었다.

위드의 부하가 된 이후로 뱀파이어로서의 능력을 많이 잃었다. 적들을 상대로 간신히 싸워야 했던 그에게서 모든 봉인이 풀려 나간 것이다.

"이걸로 끝나서는 섭섭하지."

위드는 마나를 흡수하여 다시금 스킬을 사용했다.

"미개한 인간들이여, 어리석은 저항을 하는구나. 이 땅은 내 암흑의 율법이 지배한다. 영원한 불사의 힘이 장악하리라. 다크 룰!"

한 지역의 법칙을 바꿔 버리는 마법!

모든 시체들이 깨어나서 강제로 언데드가 되게 한다.

위드의 다크 룰은 대지의 깊은 곳까지 어둡게 물들였다.

들썩들썩.

땅이 뒤집어지고 갈라지면서 수많은 스켈레톤과 좀비, 데스 나이트, 듀라한, 유령 들이 일어나고 있었다.

위드를 죽이려다가 실패한 헤르메스 길드 유저들의 시체는 특히 좋은 제물이 되었다.

둠 나이트가 35기나 늘어났으며, 일부 고급 시체들은 뒤엉킨 채로 어둠을 발산했다.

끄우아아아아아아아아악!

뼈들이 녹아서 뭉쳐지고, 형태가 기괴하게 바뀌어 간다. 부서지고 깨지는 소리가 연달아 울렸다.

긴 척추가 생성되더니 날개가 돋아나고, 점점 자란 날개는 끝내 활짝 펼쳐졌다.

꽈아아아아아!

이윽고 울부짖으며 하늘로 날아오르는 본 드래곤 2마리!

과거에는 명문 길드가 전력을 쏟아붓더라도 본 드래곤 1마리를 사냥하기가 힘들 정도였다.

지금은 최상위권 유저들이 힘을 합치면 하늘을 나는 본 드래곤도 사냥할 수 있었다.

그렇다고 해도 본 드래곤의 탄생이 주는 위압감은 이만저만이 아니었다.

땅이 움직임을 멈추지 않는다.

가르나프 평원에서 죽었던 모든 시체들이 일어나면서 수백만의 언데드 군단이 생성되고 있었다.

다크 룰

　"미개한 인간들이여, 어리석은 저항을 하는구나. 이 땅은 내 암흑의 율법이 지배한다. 영원한 불사의 힘이 장악하리라. 다크 룰!"

　위드의 마법에 가르나프 평원의 땅이 들썩거리더니 언데드들이 일어난다.

　우글거리면서 움직이는 좀비와 스켈레톤!

　안개를 일으키면서 솟아나는 유령들과, 말을 탄 채로 포효하는 데스 나이트들!

　"맙소사! 놈이 언데드를 소환했어."

　"이게 언데드 소환이라고? 시체들이 끝도 없이 일어나고 있잖아."

　4군단장 칼쿠스가 보는 사이에도 언데드들이 거의 10만 단위로 일어나고 있었다.

　위드는 스켈레톤들로 만들어진 탑 위에 서서 외쳤다.

"이것이 정의 따위는 절대 승리하지 못할 어둠의 강력한 힘이다!"

진정으로 악당다운 대사!

이 상황에 더없이 잘 어울리는 발언이기도 했다.

"바르칸 데모프의 다크 룰이다."

"우와앗. 이 마법을 정말로 보게 되다니!"

유저들은 마법의 위력에 전율하고 말았다.

죽어 있던 시체들이 끊임없이 되살아나는데, 숫자의 제한이 없다.

다크 룰은 언데드 하나하나를 일으키는 것이 아니라, 대지 전체의 율법을 바꿔 버리는 것이기 때문이다.

"나의 충실한 종들아, 진격하라. 너희는 불멸의 생명을 얻었으니 끝없이 다시 일으켜질 것이다."

위드의 명령에 따라 스켈레톤들이 뼈마디를 삐걱거리면서 하벤 제국군을 향해 진격을 개시했다.

"불사의 로드시여!"

"리치 왕이 우리에게 명하셨다."

"영겁의 고통을!"

"피의 축복을 내려 주소서."

근본적으로 약한 언데드라고 해도, 끝을 모를 대군이 되어 손과 발을 맞추며 진군하는 광경은 무시무시한 것이었다.

위드가 조각 변신술을 써서 리치로 몸을 바꾸었을 때, 스탯과 스킬에도 변화가 생겼다.

지식과 지혜가 대폭 증가했으며, 언데드 소환은 중급 8레벨에서 고급 7레벨로 향상되었다.

마법은 1레벨의 차이도 굉장히 크기에 언데드들도 훨씬 강력해졌다.

스켈레톤의 경우, 흑색으로 물들었거나 뼈와 암흑의 갑주를 착용하고 있었다.

"빌어먹을. 쉽게는 안 죽겠다는 뜻이군."

칼쿠스는 언데드 소환을 보고 짜증이 나긴 했지만 빠르게 냉정을 되찾았다.

"모든 병력은 성수를 아끼지 말고 활용해라."

그의 휘하에 있는 병력이 무기와 갑옷에 성수를 뿌렸다.

4군단은 이번 전투에 참여하기 전에 많은 기부금을 써서 성수를 대량으로 구입했다. 만의 하나라도 위드를 잡을 기회가 생겼을 때 리치로 변신하는 것까지 계산에 넣었던 것이다.

그 준비가 빛을 발하는 순간이었다.

하벤 제국의 다른 군단들도 성수를 뿌리거나 축복받은 무기들을 꺼냈다.

전투 마차에서 은화살을 잔뜩 꺼내는 3군단은 더 철저히 준비해 왔다.

"서둘러 준비해라!"

"신속하게 진격한다."

위드가 일으킨 대규모 언데드 군단에도 불구하고 하벤 제국의 군대는 진격을 멈추지 않았다.

"화염의 회오리여, 일어나라. 일어나 움직이며 모든 것을 휩쓸어라!"

"전쟁의 영광, 무자비한 살육을 일으키는 광휘의 빛이여!"

헤르메스 길드 마법사들의 공격들도 이어졌다.

베르사 대륙 최정상의 유저들이 이 자리에 모여 있었다. 그들이 5~6명씩 힘을 합쳐서 마법들을 완성시켰다.

반경 40미터 정도 되는 화염 회오리들이 대지를 휩쓸고 가며 스켈레톤과 좀비 들을 하늘로 띄워 올렸다.

초고열의 화염 속에서 흐물흐물 녹아내리고 타 버리는 스켈레톤들!

하늘에서 잿빛의 잔해들이 지상으로 뿌려졌다.

"진군하라! 하급 언데드 따위는 무시하고, 곧장 위드만을 노린다. 꿰뚫는 섬광!"

"속도에서부터 밀리지 마라. 가장 먼저 도착하는 것은 우리 7군단이다."

기사들이 빛에 휩싸이더니 무섭게 말을 달리며 질주했다.

좀비와 스켈레톤 같은 언데드들은 그 질주에 튕겨져 나가고, 기사들이 창을 휘두를 때마다 녹아내렸다.

"그엑!"

"크르륵!"

멋진 광경이기는 했지만 반쯤 부서진 스켈레톤들은 상당수가 생명력을 흡수해서 되살아날 터였다.

"확실히 강하군. 그래도 언데드를 무시할 수 없을걸."

해골이 쌓인 높은 탑에서 위드는 지극히 냉정하게 전장을 주시하고 있었다.

콰콰콰쾅!

마법들이 작렬하며 대지가 뒤흔들렸다.

궁수들은 불화살을 쏴서 스켈레톤과 좀비 들의 대열을 무너뜨리려 했다.

대량의 언데드 군단이 동시에 움직이는 광경은 경이로울 정도였지만, 하벤 제국군에 의해 조금씩 뚫리고 있었다.

"저들도 모를 리가 없겠지. 버티면 내가 이긴다는 것을."

지금은 위드가 극도로 불리해 보이지만 시간이 지나면 상황이 바뀌게 된다.

하벤 제국군 너머에서 끝 모를 수의 유저들이 이곳으로 달려오고 있는 것이다.

"우리의 주인께서 위기에 처했다. 모두 일어나서 싸워라!"

둠 나이트 영웅 네튜러스가 다시금 소리 질렀다.

그의 목소리에 언데드들이 힘을 냈고, 30기의 둠 나이트들이 종횡무진 활약했다.

7군단에서 튀어나온 1,000기 이상의 기사단을 당당하게 막아 내는 저력을 발휘했다.

"아, 안 돼."

마법사 포르몬.

그는 떨리는 손으로 지팡이를 움켜쥐었다.

레벨이 45밖에는 안 되지만, 그럼에도 전장에 나왔다.

"이럴 줄 알았으면 푸홀 워터파크에서 적당히 놀면서 열심히 사냥이나 할걸."

바드 마레이의 공연장에서부터 위드와 함께 싸운다고 정신없이 달려왔다.

하지만 막상 전장에 서자 느낌이 달랐다.

"망했다."

"제국군이 전부 우릴 잡으러 몰려왔어."

초보 유저들은 빠른 상황 전개에 눈이 돌아갈 지경이었다.

4군단을 머릿수로 밀어붙일 때만 해도 즐거웠는데, 모든 제국군이 이곳으로 결집하고 있다는 충격적인 소식이 들렸다.

"함정에 빠진 거잖아."

"아, 미치겠네. 쟤들 전술 죽인다. 이렇게 베르사 대륙이 하벤 제국 손에 넘어가나……."

"위드 님이 그냥 여기서 도망치면 되는 거 아니야?"

"그냥 도망치실 분이 아니잖아. 그리고 이곳에 모여 있는 유저들이 북부의 주력이라고. 다 죽으면 심각할걸."

포르몬을 비롯한 유저들은 두려움에 휩싸였다.

북부 유저라고 모두가 용맹한 것은 아니었다.

아르펜 왕국을 위해서 싸우다가 죽을 수는 있지만, 그래도 무서운 건 무서운 것!

"좀비들 대박이네."

"스켈레톤 달리는 것 좀 봐."

"솔직히 우리보다 더 강해 보이잖아."

위드와 함께 포위망에 갇힌 북부 유저들은 여전히 많았고, 다들 전투가 벌어지기를 기다리고 있었다. 몇 초나 싸울 수 있을지는 의문이었지만…….

대규모의 파괴를 일으키는 마법들이 멀리서 작렬했다.

그 파괴력에 땅이 흔들릴 때마다 헤르메스 길드가 대단하게 느껴졌다.

레벨이 400~500만 되어도 마법으로 작은 구역을 통째로 파괴할 수도 있는 것이다.

마나 소모가 심해서 자주 쓸 수 있는 스킬이 아니라는 점만 위안이 되었다.

> 만돌: 침착하세요! 우리의 역할은 시간을 끄는 겁니다.

셀지움의 영웅.

만돌이 지역 채팅 창을 통해서 꾸준히 용기를 심어 주고 있었다.

"젠장. 여기가 죽을 자리야."

"각오하긴 했지만, 마지막에는 멋지게 싸우고 싶은데."

유저들은 무기를 든 채로 제국군이 다가오기만을 기다렸다.

악취를 내뿜는 좀비들이 전투에 나서고 스켈레톤들이 부서지면서도 싸우는 광경을 지켜보면서.

"하늘에 본 드래곤이다."

꾸우으와아아아아아악!

붉은 안광을 내뿜는 본 드래곤이 공중에서 포효했다.

메아리가 이어질 정도로 큰 울부짖음.

"이런 전장에 나온 것만 해도 대박이긴 하지?"

"그래, 〈로열 로드〉가 아니라면 이런 경험을 언제 또 어떻게 해 보겠어."

"자꾸 싸우다 보면 점점 나아지겠지. 그땐 이렇게 약하지 않을 거야."

일반 유저들은 알 수 없었지만, 제국군의 지휘관들에게는 메시지가 떴다.

> 비탄의 공포!
> 죽음을 상징하는 존재의 울음소리를 들었습니다. 병사들의 사기가 31% 감소합니다. 불행을 맞이합니다. 질병에 감염될 확률을 높이고, 병사들이 쉽게 혼란에 빠집니다.

본 드래곤의 포효성!

2마리의 본 드래곤이 하늘을 날아서 유저들에게 접근하는 10군단 진영에 떨어졌다.

거대한 몸에 그대로 깔린 병사들이 죽어 나갔고, 발에 짓밟히고 꼬리에 얻어맞아 뭉개졌다.

쿠우워어어어어어!

기사들은 한꺼번에 서넛씩 주둥이로 물어 100여 미터 밖으로 내던져 버렸다.

"건방진 본 드래곤 따위가……."

"죽여!"

헤르메스 길드 유저들은 본 드래곤이 강하다고 해도 자신이 있었다.

공격대를 편성해서 잡아 본 적 있는 수준의 몬스터이기 때문이었다.

"없애 버리자!"

유저들이 뛰쳐나와서 스킬을 시전했다.

본 드래곤은 수십 개의 스킬을 맞으며 군대와 군대 사이를 뛰어다녔다.

데스 오라에 의해 강화된 본 드래곤이기에 뛰어난 방어력과 마법 저항력으로 버틸 수 있었던 것이다.

도저히 참기 어려워지면 울부짖으며 하늘로 날아올랐다.

곧 음습한 어둠이 본 드래곤을 둘러쌌다.

> 언데드의 새로운 고향
> 이 땅에는 죽음의 공포가 가득합니다. 비탄으로 얼룩져 죽음의 경계를 벗어난 이들이 생명력을 전합니다! 본 드래곤의 생명력이 완전히 회복됩니다. 속도가 34% 빨라지고, 힘이 51% 강해집니다.

"아······."

지상에 있던 유저들은 탄식했다.

이 지역에 대규모의 언데드들이 자리 잡았다.

덕분에 본 드래곤도 생명력을 흡수해 금세 회복되어 버리는 것이었다.

10군단장 슬래터가 검을 들고 명령했다.

"신성력이 없다면 고위 언데드는 피해 입히기 힘들다. 그냥 피해서 옆으로 돌진해!"

그의 입장에서는 굳이 골치 아픈 본 드래곤과 싸우며 시간을 끌 필요가 없다고 여긴 것이다.

그들이 처리하지 않아도 다른 제국군이 싸워서 물리쳐 주리라고 판단했다.

후우ㅇㅇㅇㅇㅇ읍!

그렇지만 본 드래곤이 숨을 깊게 들이마시는 모습을 보자, 가까이 있던 헤르메스 길드원들은 기겁했다.

"미친… 브레스다!"

"저, 저건 피해야 하잖아."

본 드래곤의 산성 브레스!

헤르메스 길드원들은 단거리 이동 스킬이나 특수 장비를 쓸 준비를 했다.

제국군 병력이 브레스를 뒤집어쓰는 순간 막대한 피해를 입을 수밖에 없는 상황이었다.

슬래터가 비명을 지르며 지휘했다.

"멈추고 방어해라! 방어 마법 다 가동해!"

"전군 선회를!"

10군단의 보병들이 진형을 무너뜨리며 달리고 넘어지고, 최대한 빨리 본 드래곤으로부터 떨어지려고 했다.

그런데 본 드래곤은 들이마신 숨을 토해 내는 대신 다른 곳으로 움직였다.

"……?"

"뭐지, 저건?"

한순간 농락당해 버린 10군단.

돌격 진형은 병사들이 뒤엉켜서 엉망진창이 되었고, 이것을 수습하는 데만도 시간이 걸릴 터였다.

북부 유저들이 사방에서 모여들고 있었으니, 제대로 발목이 잡혀서 지체하게 생겼다.

"우릴… 속인 거야?"

"맙소사. 본 드래곤이 그런 지능이 있다니."

콰아아아아아아아아!

하늘로 날아가던 2마리의 본 드래곤이 느닷없이 14군단을 향해 산성 브레스를 내뿜었다.

어둡고 푸른 브레스 줄기가 공간을 가로질러 14군단의 제국 군들을 휩쓸어 버렸다.

"대박……!"

"엄청 세잖아."

그 광경을 지켜보던 10군단 소속의 유저들은 울어야 할지, 감탄해야 할지, 조금 애매했다.

"제법 잘 싸우는군."

위드는 리치로 변신한 순간부터 사방을 대낮처럼 환히 볼 수 있었다.

리치의 눈.
고위급 언데드에게 어둠은 친숙한 것입니다. 더 멀리, 짙은 어둠 속에 가려진 곳까지 생생하게 볼 수 있습니다.

어둠을 밝히는 마법을 쓰지 않아도 되니 편했다.

소환된 언데드는 이미 수백만을 훨씬 넘었고, 이 순간에도 일어나고 있었다.

하벤 제국군의 맹공격에 위드를 따라온 북부 유저들이 무참히 죽어 나갔지만, 그들이 언데드로 일어나서 다시 전장으로 합류하는 것이었다.

어떤 경우에는 살아 있을 때보다 스켈레톤으로 변하고 나서 더 세지기도 했다.

잔혹한 광기가 발동되었습니다.
투쟁심 강한 언데드들의 전투 능력이 향상됩니다.

심연의 두려움!
병사들이 겁에 질립니다.

피해 회복.
데스 나이트 일부가 새로운 기술을 터득했습니다. 그들은 살인을 통해 생명력을 흡수할 줄 알게 되었습니다. 데스 나이트들이 살아 있는 많은 생명을 거두도록 하십시오. 어쩌면 그들은 영혼의 속박을 벗어나서 새로운 존재로 재탄생될지도 모릅니다.

좀비들이 역겨운 구토를 시작했습니다!

언데드들의 상태를 알려 주는 메시지 창도 수없이 울렸다.

"데스 나이트 크로웰, 불사의 지휘관을 영접합니다."

"가라. 싸워라."

"모든 적들에게 죽음을!"

위드는 2마리의 본 드래곤을 지휘하며 다크 룰로 일어나는 보스급 데스 나이트 대장들의 충성 맹세를 받았다.

다크 룰에 의해 수많은 언데드들이 되살아난 만큼 고급 언데드들도 갈수록 증가하고 있었다.

언데드의 성지!

그야말로 죽음의 땅이 만들어졌다.

위드는 날카로운 눈빛으로 전장을 주시했다.

"그래도 전투가 불리한 건 여전하군."

명령만 내리면 스켈레톤들은 불속에라도 기꺼이 뛰어들 것이다.

대부분의 하급 언데드들은 제국군과 제대로 전투를 치르지 못하고 무너졌다.

수천의 스켈레톤 군단이 달려가다가 화살에 그대로 녹아내리는 광경이 사방에서 보였다.

불타는 돌 마법이 언데드들의 한복판에 떨어져서 뼈마디가 부서지며 흩어지기도 했다.

"크으. 분하다. 너의 승리다."

"위대한 율법이 이 땅을 지배한다. 죽음으로부터 돌아왔다."

"너무 강하군……."

스켈레톤들은 죽고 되살아나기를 반복하며 하벤 제국군을 조금씩 갉아 먹고 있었다.

"꿰뚫어라!"

하벤 제국군 기사들이 출동하기라도 하면 늦가을의 낙엽처럼 우수수 쓸려 나가야 했지만, 그럼에도 금방 일어나서 제국 병사들과 기사들을 막는 끈질김을 보여 주었다.

리치 상태인 위드의 턱뼈가 쓰윽 내려가며 완벽한 썩은 미소를 지었다.

"꽤 좋은 전장이긴 해."

하벤 제국군이 사방에서 모여드는 걸 보았을 때, 위기감이 강하게 들긴 했다.

그렇지만 달리 생각해 보면 이보다 더 크고 멋진 전장이 또 있을까.

모든 능력을 다 써서 부딪칠 수 있는 전장이다.

"얼마든지 깽판을 쳐 주지."

"반 호크, 네튜러스, 돌아오너라!"

위드는 사자후를 터트려서 반 호크와 둠 나이트 영웅 네튜러스를 불러들였다.

"주인의 부름이다."

"즉시 이동한다."

전투를 펼치고 있던 최정예 언데드 기사들이 적을 뿌리치고, 스켈레톤 탑으로 달려왔다.

데스 나이트, 둠 나이트.

세월에 낡은 갑옷을 입고, 어둠으로 변색된 뼈를 그대로 드러내고 있는 위험한 존재들.

불길한 기운과 흉흉한 기세.

그들을 지휘하는 이가 위드였다.

흑마법의 기운이 안개처럼 흐른다.

까악! 까아아아악!

까마귀들은 목청껏 비명을 지르며 울었다.

"명령을 받듭니다, 불사의 로드시여."

위드는 해골을 쌓아 만든 탑에 서 있었고, 고위급 언데드인 둠 나이트들이 정중하게 엎드렸다.

반 호크만 뻔뻔하게 서 있었지만, 다른 언데드들을 보고 그도 따라서 무릎을 꿇었다.

네크로맨서로서의 지배력이 발휘되고 있었다.

'이게 권력의 느낌이지.'

위드는 뿌듯해졌다.

그룹 회장이 이럴까.

시장이나 군수 같은 정치인이라면 비슷할까.

수많은 부하들의 충성을 받는 이 기분.

위드의 앞에는 둠 나이트 영웅 네튜러스를 비롯하여 수십만의 언데드들이 경배를 올리고 있었다.

제대로 된 의사소통 능력이 부족한 해골이나 살점이 뚝뚝 떨어지는 좀비가 그중 99%를 차지하기는 했지만…….

무엇보다, 북부 유저들은 물론이고 헤르메스 길드원들의 시선까지 그를 향하고 있다.

이럴 때 한 방 터트려 주어야 효과가 크다.

위드는 암흑의 기운을 퍼뜨리는 해골 지팡이를 높이 들었다.

"보아라, 이것이 나의 마법이다."

바르칸의 마법서에 나오는 마법 중 하나.

희생의 집중.

"소멸하라. 타올라라. 죽음의 경계를 넘어온 자들이여, 나를 위해 모든 것을 희생하라!"

언데드들이 바친 대량의 생명력으로 마법의 파괴력을 상승시키는 비법을 사용했다.

위드의 몸에서 붉은 기운이 방출되면서 마법 능력이 75%씩이나 증가했다.

언데드들과 그 자신의 생명력도 그만큼 손해 봤지만, 문제될 건 없었다.

> 생명력이 341 흡수되었습니다.

> 생명력이 278 흡수되었습니다.

> 생명력이 94 흡수되었습니다.

> 생명력이 67 흡수되었습니다.

> 생명력이 219 흡수되었…….

생명의 근원이 되는 라이프 베슬을 빼돌린 상태이기도 했고, 전투 중인 언데드들로부터 생명력을 계속 흡수하고 있는 덕분이었다.

'역시 좋군. 건물주들이 아파트와 상가를 수십 개 사 놓고 월 세를 받는 느낌이 이럴까.'

위드에게 축구는 그다지 좋아하는 스포츠가 아니었다. 아무 래도 그라운드 위에서 규칙에 따라 정정당당하게 승부를 펼쳐 야 하기 때문이리라.

'야성적이고 멋지긴 하지만… 그래도 짜릿함이 부족하단 말 이지.'

위드가 추구하는 승리 방식은 간단했다.

'이용할 수 있는 모든 것들을 이용해 먹는다. 어떻게 해서든 남들보다 압도적으로 이겨야 속이 시원해.'

역전극보다는 확 차이 나는 힘을 바탕으로 찍어 누르는 것이 더 재미있다.

상대가 헤르메스 길드였기에 매번 약자의 몸부림으로 보였 을 뿐.

사실, 〈마법의 대륙〉 시절부터 위드가 가장 즐긴 건 일방적 인 힘으로 짓밟아 버리는 것이었다.

겁화.

대지의 제물.

죽은 자의 진노.

마력 증폭.

저주받은 자의 힘.

생명력이나 스스로에게 거는 속박을 바탕으로 마법력을 계 속 증폭시켰다.

조각 변신술을 이용해서 리치로 변신, 지금은 거기에서도 제대로 뺑튀기를 해 버렸다.

마법력의 확장, 확장, 확장…….

그리고 또다시 무자비한 확장.

위드의 몸에서부터 암흑의 마나가 무시무시하게 방출되어 해골 탑을 따라 흘러내렸다.

가수들의 콘서트에서 조명이 터지는 것과 비슷했다.

질척거리는 암흑의 마나가 사방으로 뿌려지자 언데드들이 이를 주워 먹었다.

하급 스켈레톤들은 마나를 먹어 치우면서 손톱과 발톱이 길어지고 몸에 북슬북슬한 털이 자라났다.

크오오오옥!

언데드들이 조립 블록처럼 합쳐지면서 괴기한 형태의 마물이 되기도 했다.

그런 현상조차 위드가 얻은 암흑의 마나가 만들어 낸 효과의 일부에 불과했다.

"절대적인 힘으로 살점과 뼈마디, 피부와 손톱, 눈알마저도 으깨라. 뒤틀린 파열의 공간."

위드는 4군단의 진영을 향해 흑마법을 시전했다.

검은 갑옷을 입고 잘 싸우던 제국군 병사들 1,000여 명이 목표였다.

암흑의 기운이 뻗어 나가 그들을 감싸더니 그대로 쥐어짜 터트렸다.

순식간에 650여 명의 병사들을 죽여 버리는 흑마법!

"쿠억!"

"마법 공격이다!"

나머지도 심대한 피해를 입고 죽거나 전투 불능의 상태가 되었다. 그 안에는 기사들까지 포함되었다.

헤르메스 길드원들 중에서 눈치 빠르게 일찍 피했거나, 신성력 장비를 많이 착용한 이들만 생존에 성공할 수 있었다.

"강하네."

위드는 해골을 쌓은 탑 위에 서서 만족했다.

마나 소모는 크지만 넓은 지역에 발동되는 것이 뒤틀린 파열의 공간이다.

고위 마법이 대략 어느 정도의 위력을 발휘하는지도 이 한번 공격으로 알게 되었다.

'일반적인 위력보다 10배는 센 거 같군.'

명예의 전당에 헤르메스 길드의 흑마법사 존클락이 뒤틀린 파열의 공간을 쓰는 영상이 나온 적이 있다.

> ㄴ 놀랍습니다. 저것이 바로 흑마법!
> ㄴ 괜히 헤르메스 길드가 아니지. 역시 위력 끝내줍니다.
> ㄴ 덜덜덜. 최강인 듯.
> ㄴ 몬스터 80마리 정도가 순삭! 마법사가 전투에 미치는 영향. 메모합니다.
> ㄴ 그냥 쓸어버리네요. 존클락 님도 곧 랭커 상위권 찍으실 듯요.

당시 댓글에는 놀라움과 찬사가 가득했다.

마법사가 예나 지금이나 각광받는 이유는 극강의 공격력과 대량 학살에 있는 것이다.

존클락이라는 유저는 약한 몬스터들을 대상으로 마법을 사용했지만 위드는 제국군을 향해서 썼다. 레벨과 장비, 신성력에 의한 축복까지 부여된 병력을 상대로.

또한, 그가 사용한 마나는 언데드들의 활약으로 금방 회복되었다.

"크워억!"

"우린 불사의 힘을 얻어 다시 태어났다!"

마법에 의해 죽은 제국군 병사들까지 듀라한이나 스펙터로 다시 일어나 조금 전까지 동료였던 이들을 공격했다.

그들은 암흑의 마나에 의해 여러 종류의 저주와 강화들을 갖고 있었다.

'이러면 대충 견적은 뽑혔고.'

위드는 이제 본격적으로 놀아 보기로 했다.

해골 탑 정상에 버티고 선 채로 주변을 돌아보며 마나를 아낌없이 퍼부었다.

"피의 앙갚음!"

"갈증과 고통 감염!"

"화염 장막!"

"휩쓰는 칼날!"

"침몰하는 땅!"

마법이 시전될 때마다 수백 명씩 피해 범위에 들어간다.

마법 하나하나가 수십에서 수백을 타격할 뿐 아니라, 그것들의 위력이 어우러진다.

저주로 약화시키고, 질병을 일으키며, 불로 태우고, 바람과 함께 칼날을 퍼부었다.

최악의 음치를 자랑하지만, 마법 주문을 외우는 순간에는 래퍼를 능가할 정도의 기교를 다 부렸다.

제멋대로 라임과 플로우를 넘나드는 랩 스킬!

혀도 없고 숨을 쉬지 않아도 되는 해골이니 그 속도가 무제한이다.

마치 조각 생명체들에게 폭풍 잔소리를 퍼붓듯이 마법 주문을 쏟아 냈다.

"미쳤다!"

"위드 님이 마법을 쓰고 있어."

"화력 대박이다."

위드는 4군단에만 집중적으로 마법을 퍼부었다.

흑마법은 보통 생명력과 마나를 동시에 소모했고 신체의 부상이나 상태 이상을 초래하는 경우도 있었다.

페널티로 팔다리가 부러지고 땅에 주저앉기도 했는데, 리치의 특성 덕분에 금방 회복되어 다시 일어났다.

막강한 하벤 제국군도 집중 공격을 당하자 최소 수십 명씩 죽어 나가고, 또 그만큼 전투 불능 상태가 되었다.

제국군 또한 신성 장비들로 막으려고 했지만, 폭풍처럼 쏟아지는 마법 공격이 그럴 여유를 주지 않았다.

어떤 때는 저주 마법들이 속도 경쟁을 하듯이 연달아서 날아들었다.

미칠 듯한 마법의 집중!

"멈추지 말고 움직여! 놈을 죽이라고!"

칼쿠스의 4군단은 여기까지 기를 쓰고 돌파해 왔지만, 아직 남아 있는 북부 유저들과 언데드들을 뚫을 수가 없었다.

"마나 축적!"

위드는 마법을 쓰면서도 흡수하는 마나의 일정량을 꼬박꼬박 저장해 두었다.

4군단의 마법사들이 멀리서 공격해 왔을 때, 막아 낸 방법은 무식하면서도 간단했다. 리치의 마법 저항력과 재생 능력을 믿고 몸으로 받아 낸 것.

하지만 높게 쌓은 해골 탑을 표적으로 공중 폭격을 하듯이 쏟아진 마법 공격들은 주문을 외우는 데 불편함을 주었다.

"반 호크, 스켈레톤들을 날려라."

"알겠습니다, 주인."

데스 나이트들이 스켈레톤들을 하늘로 던졌다.

"영혼의 방벽."

위드는 스켈레톤에 깃든 영혼을 뽑아내서 주변에 강력한 마법 보호막을 쳤다.

바르칸의 3대 스킬인 다크 룰, 데스 오라에 이은 절대 마법 방어만큼은 아니지만 그럼에도 꽤 효과가 있었다.

일시적이고, 스켈레톤과 마나를 많이 소모해야 한다는 점만 제외하면 상당히 좋은 스킬.

쐐애애애액!

쿠구구궁!

스켈레톤 방벽에 하벤 제국 마법사들의 공격들이 작렬하며 폭발했다.

공중에 펼쳐진 영혼의 방벽이 대부분의 피해를 흡수한 덕분에, 지상은 세찬 바람이 이는 정도로 끝났다.

"간지러운 수준이군."

어쨌거나, 양 진영 모두 마법 공격으로 난장판이 되어 가고 있었다.

위드는 그동안 모은 마나를 확인한 다음, 긴 주문을 외웠다.

"하늘을 꿰뚫는 벼락의 창이여, 대지와 함께 분노하여 모든 자들을 징벌하라. 약한 자들이 내지르는 최후의 비명마저도 잠재우는 위대한 마나의 힘으로……."

해골의 탑에 서 있는 위드가 마법을 쓰니, 검보랏빛 광채가 해골 탑 전체를 휩쌌다.

끔찍한 최종 보스의 위압감!

주문을 완성한 위드는, 시전하기 직전에 2배의 마나를 소모해서 위력을 강화하는 것도 잊지 않았다.

"타오르는 전격의 대지!"

4군단 진영이 이번에도 목표가 되었다.

하늘에서 수십 발의 벼락이 떨어졌다.

벼락들은 한 곳을 치고 사라지는 게 아니라 일정 영역을 돌아다녔다.

대지가 무너져 내리며 사람들을 잡아삼키고, 기사단이 타고 있던 말은 공포로 발광했다.

> 경험치를 습득하였습니다.

> 경험치를 습득하였습니다.

경험치를 습득하였…….

한꺼번에 쌓이는 경험치!

레벨이 올랐습니다.

당연하게 뒤따른 소득이었다.

무자비한 살육으로 죽은 자의 힘이 361 증가합니다.

죽은 자의 힘이 대폭 오르기는 했지만, 개의치 않았다.

현상금이 걸려 있는 도살자 케록을 죽였습니다.
명성이 2,381 늘어납니다. 악명이 31 감소했습니다.

헤르메스 길드에 악당이 많아서 악명은 오히려 줄어드는 효
과가 있었다.

"크헤헤헤헤헤헤헷!"

위드는 미친 듯이 웃으며 다시 공격 마법을 사용했다.

바닥까지 드러난 마나는 언데드들의 전투로 계속해서 회복
되고 있었다.

"괴물이네. 정말 미쳤다."

그리폰 부대를 이끄는 뮬은 여전히 하늘에서 지상을 내려다
보고 있었다.

위드가 주문을 외울 때마다 드넓은 지역이 저주나 공격 마법의 피해를 입는 전율적인 광경이 펼쳐졌다.

'도대체 얼마나 강한 거냐.'

일반 유저들은 물론이고 바드레이 같은 정상급조차 상상하지 못할 짓을 저지르고 있다.

전설의 마법 무구 정도를 쓴다면 비슷한 효과를 낼 수도 있겠지만, 저 괴물은 피로를 느끼지도 못하는지 쉬지를 않는다!

> ─뮬, 대체 뭘 하고 있는 건가. 어서 공격하라고!

칼쿠스가 벌써 몇 번째인지 모를 귓속말을 보내 왔다.

하지만 뮬은 가뿐하게 씹었다.

"위드를 죽이려고 오긴 했지만 저런 상태는 좀 곤란하지."

2군단이 지상으로 하강해서 공격하면 하벤 제국군은 한숨 돌릴 수 있겠지만, 그 피해는 그리폰 부대가 봐야 했다.

하늘을 제압하는 공중 부대의 약점은 역시 마법에 있었다.

위드가 퍼붓는 마법을 뚫고 지상으로 강하한다면 궤멸적인 피해를 입게 되리라.

'힘이 빠질 때까지 지켜보고 기회를 노리자. 근데 저 괴물이 힘이 빠지긴 할까.'

뮬은 눈을 가늘게 떴다.

저주, 흑마법, 막강한 생명력.

최악의 네크로맨서인 리치답게 제국군에 무자비한 피해를 입히고 있었다.

물론 언제까지 위력을 발휘하기란 힘들 것이다.

다크 룰로 생성한 언데드들.

특히 좀비나 스켈레톤들은 제국군 병사들에 의해서도 **빠르**게 숫자가 줄어들고 있었으니까.

위드의 불가사의한 마법력을 보고, 언데드로부터 마나를 흡수한다는 걸 깨닫고 제국군은 철저히 스켈레톤들을 소멸시키고 있었다.

그럼에도 유령이나 데스 나이트들이 날뛰고, 둠 나이트들은 무자비한 살상을 벌였다.

둠 나이트도 그렇지만, 온갖 버프들을 몸에 휘감고 있는 데스 나이트들은 일반적으로 알려진 전투력을 훨씬 넘어섰다.

'정말 골치 아프군. 이 많은 병력이 모였음에도 한 놈을 죽이는 게 이렇게 힘들다니…….'

뮬은 당분간 지켜보기로 했다.

중앙 대륙 정복 당시에도 하늘에서 싸우는 그의 부대는 지상에 있는 이들에게 구원을 받은 적이 없었다.

대부분이 그가 다른 제국군을 도와주는 역할을 했기에 빚진 것도 없었다.

"빌어먹을. 젠장. 염병할!"

칼쿠스는 생방송도 의식 못 한 채 연신 욕을 퍼부었다.

"좀 고분고분 죽어 주면 안 되냐!"

당연한 말을 하면서도 머릿속이 빠르게 돌아갔다.

병사들이, 기사들이, 그의 군단에 속한 헤르메스 길드원들이 죽어서 언데드로 되살아나고 있었다.

'우리 부대만 집중적으로 공격한다. 피해가 너무 커.'

위드를 표적으로 한 포위 섬멸전의 시작은 좋았다.

포위망에 갇힌 북부 유저들의 거센 저항도 그동안 당한 게 있어 예상했던 바고, 위드가 리치로 변신하는 것도 계산했던 여러 변수 중 하나였다.

'그래도 너무 세잖아, 저건……'

불사의 군단을 이끌었던 바르칸이 떠오를 정도로 무수히 많은 언데드 물량전에 화끈한 마법 공격!

칼쿠스를 비롯한 군단장들은 전투에서 승리를 거두더라도 자신의 군대가 전력을 유지한 채로 남아 있기를 바랐다.

그러나 포위망에 갇힌 북부 유저와 언데드, 위드의 몸부림은 너무나도 거셌다.

'하필이면 나만 표적이 된 거야.'

"위드! 더러운 언데드 소환 마법을 쓰는구나. 나 볼칸이 너를 처단하겠다!"

커다란 고함 소리가 들리더니, 전사 1명이 빛에 휩싸인 채 하늘을 날아서 위드에게로 향했다.

'저건 누구야?'

칼쿠스는 이름도 모르는 이였지만 그가 고마웠다.

딱 1.5초 동안.

쿠르릉!

하늘에서 벼락이 내리쳐, 볼칸이라고 자신을 밝힌 유저의 몸통에 사정없이 작렬했다.

"……."

수많은 사람들이 보는 와중에 볼칸이라는 유저는 허무하게 사망했다. 그리고 곧 데스 나이트로 부활했다.

"크워어어어. 죽음으로부터 너희를 자유롭게 해 주기 위해 내가 왔다!"

제국군 진영의 한복판이었기 때문에 막 일어난 데스 나이트는 빠르게 제거되었다.

"젠장. 다른 군단은 뭐 하는 거야."

"언데드들을 처치하고 있답니다."

"우리가 당하고 있는 동안 자신들은 유리해질 셈이군. 방법이 없으니 속도를 더 내라!"

"하급 부대가 뒤처질 겁니다. 스켈레톤들이 계속 되살아나고 있는데……."

"본대와 거리를 두더라도 헤르메스 길드와 기병들을 중심으로 뚫는다. 이 전투는 우리가 끝낸다."

"옛!"

칼쿠스는 주력인 기사들만 이끌고 스켈레톤 무리를 향해 뛰어들었다.

목표는 해골 탑 정상의 위드!

'800미터… 단숨에 돌파해서 가면 된다.'

스켈레톤들은 말을 탄 채로 돌파하고, 듀라한과 데스 나이트는 창을 휘둘러서 부숴 버렸다.

금세 지긋지긋하게 되살아날 테지만, 뒤를 걱정할 여유가 없다. 그냥 적진으로 파고드는 판단을 선택했다.

"저건……."

그의 움직임을 보고 3군단의 하일러도 마음이 급해졌다.

"만약 칼쿠스가 성공하면 우리는 공든 탑을 무너뜨리는 거야. 속도를 낸다. 가라!"

3군단만이 아니었다.

이대로 4군단에 모든 공을 빼앗겨 버릴 수는 없다!

4군단, 6군단, 7군단의 기사들이 속도를 내며 거침없이 달리기 시작했다.

넓게 퍼져 있는 북부 유저들과 언데드들의 사이를 송곳처럼 날카롭게 꿰뚫는다.

위드는 턱뼈를 달그락거리며 웃었다.

'나를 너무 얕보는 것 같군.'

위드는 바르칸의 마법서를 처음부터 끝까지 외우고 있었다.

언젠가 나쁜 짓을 할 때, 제대로 써먹기 위해서!

"준비된 악당이야말로 성공하는 법이지. 뼈들의 결집!"

전장에는 무수히 많은 뼈들이 흩어져 있었다.

파괴된 스켈레톤들.

다크 룰에 의해 되살아나지도 못할 정도로 부서진 뼈들을 마법으로 한자리에 모았다.

"본 골렘 소환!"

쩌저저적!

거대하게 엉켜 있던 뼈들이 폭풍이라도 만난 것처럼 바람에 휘감겨 날아올랐다.

공중에서 합쳐진 뼈들은 이윽고 신장만 170미터나 되는 거대 골렘으로 변했다.

"죽음으로부터……."

"소개는 됐어. 적들과 싸워라."

"알겠습니다."

위드가 소환한 본 골렘이 4군단의 진영으로 뛰어가서 전투를 시작했다.

화살과 마법 공격을 무수히 당하면서도 끄떡도 하지 않는 본 골렘.

소환하기 위해서는 1만 구의 시체에 해당하는 뼈들이 필요하며, 완성된 골렘은 마법과 물리 저항의 권능을 자랑한다.

말 그대로 신성력을 제외한 어떤 타격도 입지 않는 사기적인 특성!

이동속도가 조금 느리고 매우 간단한 공격 스킬들만을 사용한다는 단점 따위는 문제도 되지 않았다.

"솟구치는 뼈!"

본 골렘이 걸음을 뗄 때마다 땅속에서 날카로운 뼈들이 튀어나와 병사들을 괴롭혔다.

마나는 넘쳐 나고, 적들은 어디에나 보이고, 괴롭힐 마법들은 많다.

위드가 해골 지팡이를 들고 다시 주문을 외웠다.

"집요한 악령의 소환!"

적들에게 악령들이 달라붙었습니다.
이동속도가 저하됩니다.

―키헤헤헤헤헤헤. 같이 놀아요, 아저씨!

헤르메스 길드원들의 발목에 어린아이들의 악령이 달라붙어
매달렸다.

"육체 쇠약!"

신체의 저항력이 떨어집니다.
목표 부근에 있는 적들의 근접 방어가 크게 약화되었습니다.

목표로 한 유저들의 피부가 흐물흐물하니 약해졌다.

"티라크의 개미 소환!"

붉은 개미가 생성되어 갑옷 위를 기어 다닙니다.
10초마다 1씩의 내구도가 저하됩니다. 일정 수준 이상 내구도가 떨어졌을
경우에는 방어력이 감소하고, 파괴될 수 있습니다.

그 외에도 열세 가지 종류의 저주 마법을 래퍼처럼 연달아
때려 붓는 위드!

어떤 저주들은 위력이 강하기보다는 느낌이 불쾌한 것들이
었다. 끈적끈적하고 물렁물렁한 뱀장어가 옷 안에서 꿈틀거리
고 있는 감촉이랄까.

미약한 전류가 찌릿찌릿 울리면서 집중을 방해하기도 했고,
심지어 까마귀들이 부리로 깃털을 뽑아 뿌리는 저주도 있었다.

위드는 귀찮거나, 취향에 따라 혐오할 만한 저주 마법들을 패키지로 신나게 열여섯 종류나 사용했다.

"이건 저주의 랩소디라고 불러도 되겠군."

마나야 어차피 남아도는 것!

결승에 오른 래퍼처럼 저주를 정확하고 또박또박한 발음으로 폭포처럼 퍼부었다.

그야말로 잔소리의 신!

"반드시 죽인다!"

"더러운 네크로맨서 놈, 정말 추잡스럽게도 싸우는구나!"

돌격해 오던 헤르메스 길드원이 악이 받쳐 고함을 질렀다.

"욕을 먹으니 확실히 보람이 느껴지는군. 이 맛에 네크로맨서 하는 거 아니겠어."

위드는 욕을 먹을수록 기분이 좋아지는 성격이었다.

뭔가, 자신을 위해서 열심히 살고 있음을 확인한 것처럼 보람이 느껴진다고 할까.

북부 유저들도 헤르메스 길드 유저들이 약해지자 신이 났다.

"우린 이길 수 있어요. 최선을 다해서 싸워요!"

"풀죽, 풀죽, 풀죽, 풀죽!"

하벤 제국군은 위드와 가까워질수록 강한 저항에 부딪쳤다.

중앙 대륙 출신이거나 모라타에서부터 성장해 온 고레벨 유저들이 위드 근처에 밀집해 있었다.

일대일의 승부라면 어림도 없겠지만 그들도 수적 우위를 믿고 연합해서 덤볐다.

"포획하는 그물!"

"차가운 칼날!"

"단검 투척!"

그래 봤자, 위드는 다양한 스킬들을 활용해서 헤르메스 길드 유저들에게 피해를 입혔다.

"이 지긋지긋한 저주들만 아니라면!"

"언데드부터 정리하라고. 안 그럼 되살아나잖아!"

하벤 제국군은 유례없는 악전고투를 경험하고 있었다.

위드의 마법은 4군단에 집중되었지만, 기회가 있을 때마다 다른 공격도 섞어 썼다.

"다크 스피어!"

한창 어둠의 창을 휘두르다가, 언데드들과 싸우느라 생명력이 많이 떨어진 헤르메스 길드원을 보면 기습적으로 날리는 식이었다.

기회라면 놓칠 수 없는 것.

> 레벨이 올랐습니다.

> 어둠의 창 스킬이 고급 4레벨로 향상되었습니다.
> 더 우수한 관통력을 발휘합니다. 사정거리가 확대됩니다.

높은 레벨의 헤르메스 길드원은 가장 쉽게 경험치를 획득할 수 있는 기회였다.

"젠장!"

무리를 이끄는 군단장들은 피해를 입고 있다는 걸 알면서도 부하들을 통솔하기가 힘들었다.

적진의 한복판인 데다 효율 좋은 저주 마법이 지겹게도 쌓이고 있다.

사제들의 신성력을 저주를 해소하는 데 써 버리면, 또 그만큼 언데드들을 퇴치하기가 어려워진다.

"시체 폭발!"

더구나 위드는 사제들이 방심한 사이, 그들을 공격할 기회를 놓치지 않았다.

사제들을 보호하며 싸우던 병사나 기사가 죽자마자 터트려 버리는 꼼꼼함.

군단장들이 격노해서 소리쳤다.

"위드다. 목표가 바로 저기 있다!"

경쟁적으로 덤벼 오는 4개의 군단들.

4군단이 마법 공격에 주춤하는 사이에, 3군단의 하일러가 선두에서 스켈레톤의 무리를 뚫고 나타났다.

"왔다. 드디어 위드를……."

해골을 쌓은 탑이 불과 30미터 앞에 있었다.

그는 고개를 쳐들고 해골 탑 위에 있을 위드를 찾았다. 그런데…….

'…없어?'

한창 저주 마법을 퍼붓던 위드가 보이지 않았다. 전투와 저주에 정신이 팔린 사이, 숨어 버린 것이다.

'도대체 언제……!'

그때 하일러의 눈에 흐릿한 회색 안개 같은 것이 반대편에 있는 칼쿠스를 향해 빠르게 날아가는 것이 보였다.

'설마… 위드?'

하일러는 수많은 전투의 경험으로 직감했지만, 아무런 경고도 보내지 않았다.

칼쿠스와 평소에 친한 사이도 아니었으며 경쟁자에 불과한 것이다.

'위드의 전투법을 볼 수 있는 기회다. 대체 어떤 식으로 싸우는지 좀 볼까.'

회색 안개가 칼쿠스의 뒤에서 위드로 변하더니 두 손으로 커다란 무기를 들어 올렸다.

그것은 대형 강철 도끼!

무지하게 단단한 대형 도끼

자유도시의 어딘가에 정신 나간 대장장이가 존재했다. 그는 무려 10년이 넘는 시간 동안 한 자루의 도끼를 만들었다. 달구고, 두드리고, 달구고, 두드리고… 그렇게 무수한 담금질을 거쳐 완성된 이 도끼는 정말 무겁고 단단하다.

내구력: 190/200

공격력: 45~104

제한: 힘 280.

옵션: 양손을 사용하면 최대 공격력이 2.5배 증가한다. 힘의 차이가 심한 상대에게 치명적인 공격이 성공하면 피해량 200%. 약자들을 밀쳐 낸다.

"카, 칼쿠스……."

하일러는 저도 모르게 신음을 흘렸다.

뭔가 앞으로 벌어질 일에 대한 기대감으로 시선을 뗄 수 없는 느낌이라고 할까.

쐐애애애액!

위드가 대형 도끼를 사정없이 강하게 내려찍었다.

콰드드득!

대형 도끼는 끔찍한 소리와 함께 칼쿠스의 머리통에 작렬했다. 정확히 뒤통수의 가르마가 시작되는 부위였다.

> 치명적인 일격!
> 소름 끼치도록 무자비한 일격이 터졌습니다! 2초 동안 기절합니다. 방어력을 31% 약화시킵니다. 생명력을 23,317 감소시킵니다.

"어어."

"뭐야아!"

헤르메스 길드원들의 시선이 집중된 가운데, 칼쿠스가 땅바닥을 굴렀다.

위드는 조각 변신술을 쓴 데다 조각 파괴술로 모든 예술 스탯을 힘으로 바꾼 상태였다. 그 막강한 힘을 바탕으로 쳐 낸 도끼를 따라 몸을 날린 것이었다.

"넌 내 먹잇감이다. 지금까지 죽이고도 회수하지 못한 전리품에 대한 복수다!"

대형 도끼는 왼손에 그대로 쥐고, 어느새 꺼내 뽑은 로아의 명검이 오른손에 들려 있었다.

위드는 두 개의 무기를 자유자재로 휘두르며 숨 쉴 틈도 없이 몰아붙였다.

"이, 이익!"

기절에서 깨어난 칼쿠스가 저항하려 했지만, 위드의 연계 기술들이 작렬하면서 또다시 기절과 마비와 혼란 사이를 오락가락하게 되었다.

"도, 도와주자고!"

바로 옆에 있던 칼쿠스의 동료들이 움직였다. 그들도 레벨이 500을 넘는 실력자들이었다.

"갈 수 없다."

"허락이 떨어지기 전에는 움직이지 못한다."

하지만 위드를 따라온, 네튜러스가 이끄는 둠 나이트들이 그들을 막아섰다.

"칼쿠스를 구해야 한다. 다 쓸어버려!"

4군단의 유저들과 둠 나이트들 간에 전투가 벌어졌다.

그러거나 말거나, 위드는 칼쿠스만을 노리고 찰거머리처럼 따라붙어 연속 공격을 날렸다.

압도적인 힘으로 밀어붙이면서 근접전으로 스킬을 사용할 여유를 주지 않고 공격을 퍼붓는다.

"서, 섬광의……."

칼쿠스가 간신히 검을 뽑아 스킬을 쓰려고 하면, 그것이 발동되기도 전에 도끼로 후려쳐 끊어 버렸다.

스킬을 사용할 여유를 주지 않는 근접전에서는 도저히 상대가 되지 않는 두 사람이었다.

칼쿠스도 검을 익숙하게 다루기는 했지만, 애초부터 위드는 이런 상황을 위해 검도를 높은 수준까지 배워 두었다.

게다가 도끼와 검을 한꺼번에 쓰고 있으니, 눈앞이 혼란스러워진 칼쿠스는 어떤 공격이 어디로 향할지도 알 수 없었다.

"이런 젠장!"

그렇게 궁지에 몰리다 보니, 이판사판이었다.

아껴 놨던 비장의 스킬을 사용하기로 마음먹었다. 단 한 번도 공개해 본 적 없는 스킬이었다.

"악마의 검!"

생명력이 떨어질수록, 부상이 클수록, 그에 비례해서 파괴력이 올라가는 스킬.

위드에게 두들겨 맞기만 하던 칼쿠스의 눈이 붉게 빛났다.

전투를 마치고 나면 영구적으로 힘과 민첩 스탯을 14씩이나 잃게 될 것이다.

악명, 신앙심, 투지까지 덩달아 하락한다.

뼈아픈 손실이라고 할 수 있지만, 이 전투에는 그만한 가치가 있다고 믿었다.

그러나 너무도 늦은 판단이었다.

위드는 칼쿠스의 생명력이 20% 이하로 떨어졌다는 계산이 나온 순간, 뼈다귀밖에 없는 손을 내밀었다.

"데스 터치!"

생명력이 일정 수치 이하면 즉사시키는 네크로맨서 스킬!

데스 터치가 칼쿠스를 사망시켰습니다.
생명력 23,816을 흡수했습니다. 마나 7,482를 얻었습니다.

찰링턴의 영주 칼쿠스가 목숨을 잃었습니다.
전사 중의 전사로 꼽히며 뛰어난 무용을 자랑하던 그가 가르나프 평원에 쓰러졌습니다. 대단한 업적을 세워 명성이 7,947만큼 늘어납니다.

경험치를 획득하였습니다.

검술의 숙련도가 증가합니다.

전투 업적으로 투지가 1 오릅니다.

헬무트의 투구를 얻었습니다.

바람 불꽃의 장갑을 획득하였습니다.

871,038 골드를 얻었습니다.

샤샤샥!

칼쿠스가 떨어뜨린 장갑과 투구에, 돈까지 순식간에 챙겨 넣은 위드!

'이토록 나태한 자세라니!'

위드는 전쟁터에 나오면서 많은 골드를 갖고 있었던 칼쿠스가 고마우면서 안타까웠다.

세상에 믿을 놈 하나 없다지만, 가장 위험한 것은 바로 자신에 대한 과한 믿음이다. 인생을 살면서 방심하고 자만하다가 몰락한 이들이 어디 한둘이던가.

'뭐, 실력은 좀 있었지만… 그런 마음가짐으로 이 험한 세상을 살 수는 없지.'

자신의 전투력을 온전히 발휘하는 것도 능력!

칼쿠스가 위력적인 스킬을 발동시키도록 기다려 주었다면 귀찮은 싸움이 되었을지도 모른다.

"위드를 죽여라!"

4군단 소속 헤르메스 길드원들은 칼쿠스가 간단히 죽은 것에 크게 놀랐다.

그들은 복수를 위해서라도 위드를 잡아야 한다고 생각했고, 저마다 무기를 들고 몸을 날렸다.

"날 그렇게 쉽게 잡을 수 있다고 생각하나. 분검술!"

하지만 위드의 분신들이 50개로 늘어나 공중을 장악했다.

해골들이 둥둥 떠다니면서 도끼와 검들을 휘두르는데, 어느 공격 하나 얕볼 수 있는 수준이 아니었다.

"다 없애 버려!"

4군단의 헤르메스 길드 유저들이 위드의 분신들을 차례로 격파해 나갔지만, 그사이 진짜는 하벤 제국군 사제들 뒤쪽으로 돌아가 있었다.

"끄아악!"

긴 수염의 남자 사제가, 불쑥 앞으로 다가온 해골을 보고 비명을 질렀다.

"놀라지 마세요. 자랑은 아니지만 한두 번 죽여 본 게 아니라서 고통은 없을 겁니다."

"정의의 방패!"

사제는 신성 보호 스킬을 시전했지만, 그것이 발동되기도 전에 로아의 명검이 그의 허리를 가르고 있었다.

깔끔하게 사망!

"여기다!"

"이쪽이야!"

위드의 위치가 드러나면서 강력한 스킬들이 집중되었다.

10여 번의 폭발이 일어났지만, 위드는 아랑곳하지 않고 다음 목표로 접근했다.

신성 마법이 아닌 이상 물리적인 타격은 리치의 몸이 대부분 흡수해 버린다.

게다가 생명력과 마나를 계속 흡수하고 있었기 때문에 어지간한 공격은 문제도 되지 않았다.

위드를 스쳐 지나간 스킬들은 하벤 제국 병사들에게 작렬하고 말았다.

"암흑의 잔재! 광휘의 검술!"

위드는 뒤도 확인하지 않은 채, 저주 마법과 검술의 비기를 한꺼번에 사용하며 적진을 휘젓고 다녔다.

"네튜러스, 반 호크, 토리도!"

"옛. 주인!"

"실컷 싸워라! 너희는 미래가 없다. 오직 오늘만 산다."

"알겠습니다."

둠 나이트와 데스 나이트 들이 일어나 거세게 4군단을 밀어붙였다.

데스 오라의 효과를 받는 둠 나이트들.

그들은 죽음을 두려워하지 않고 공격 일변도로 나아갔다.

좀 전에 죽은 칼쿠스와 남자 사제도 둠 나이트가 되어서 부활했다.

"불멸의 전사께 영광을."

"말은 필요 없다. 싸워라."

위드는 오른손으로 검을 휘두르면서도, 왼손으로는 언데드들을 축복하고 4군단 유저들에게 저주를 뿌렸다.

"찢어지는 굉음!"

"짓눌려라!"

"타오르는 육체!"

검과 마법을 동시에 쓰며 적진으로 파고드는 리치!

"데스 터치!"

위드가 생명력이 낮은 이들을 죽음으로 이끌 때마다 둠 나이트들의 병력이 늘어났다.

"다른 하나의 검 소환!"

10명의 헤르메스 길드원들이 나서며 검술의 비기를 동시에 발동시켰다.

회심의 노림수!

위드는 신경도 쓰지 않고 적진을 파고들었다.

10개의 날아다니는 검이 그 뒤를 쫓으면서 헤르메스 길드원들 사이를 헤집었다.

"피하라고!"

"그게 마음대로 되는 줄 알아!"

헤르메스 길드원들은 위드와 싸우는 한편으로, 날아다니는 검들까지 막아 내야 했다.

생명력이 132 흡수되었습니다.

생명력이 442 흡수되었습니다.

생명력이 892 흡수되었습니다.

명력이 837 흡수되었습니다.

생명력이 910 흡수되었습니다…….

생명력 흡수!

위드는 몇 번씩이나 검에 베이면서도 공격을 멈추지 않았다.
단숨에 죽지 않는 이상 얼마든지 싸울 수 있었다.

신성 마법 응징의 망치에 적중되었습니다!
3,491만큼의 생명력이 사라졌습니다. 신성 마법에 담긴 기운에 의해 육체
능력이 3초 동안 4% 저하됩니다.

신성 마법 고결한 단죄에 적중되었습니다.
사악함을 처단하는 사제의 의지! 생명력의 16%가 감소합니다.

신성 마법 연쇄 고통에 적중되었습니다.
앞으로 3분 동안 입는 피해량을 3배로 늘립니다.

사제들의 신성 마법도 수도 없이 적중했다.

위드에게로 모든 신성 마법이 쏟아진 덕분(?)에 둠 나이트들

은 활개를 치고 다녔다.

"토리도!"

"기다리고 있었다, 주인!"

4군단의 유저들은 갑자기 나타나서 칼쿠스를 죽인 위드에게만 집중하고 있었다.

은밀하게 날아온 박쥐 떼가 뱀파이어로 변하며, 그들 가운데 사제와 마법사를 노려 습격했다.

"커억!"

표적으로 정한 상대를 붙잡기 무섭게 목덜미에 이빨을 꽂고 피를 마시는 진혈의 뱀파이어 종족.

"이놈들부터 죽여 줘!"

뱀파이어들의 일부가 공격을 당해서 목숨을 잃었지만, 그럼에도 여전히 수백을 헤아렸다.

인간의 피, 그것도 순수한 사제의 피를 마신 뱀파이어는 능력이 크게 강화된다.

"너무, 너무 강하잖아."

"이건 괴물이야."

위드와 언데드들이 합세해서 공격하자 4군단의 유저들도 당황할 수밖에 없었다.

칼쿠스를 포함해서 이미 87명의 유저들이 목숨을 잃었다.

둠 나이트들과 싸우고 있거나 뱀파이어가 달라붙은 이들까지 감안하면 희생은 급속도로 늘어나게 되리라.

죽은 이들은 어김없이 고위급 언데드로 되살아난다는 점도 큰 문제였다.

'리치면 멀리서 언데드나 일으키고 저주 마법이나 써야지. 무지막지한 힘에다 근접전에도 능하고 검술까지 써?'

'저, 저렇게 강할 수가 있나?'

리치와 같은 마법사들의 약점은 근거리 전투에 있었다.

위드는 조각술의 마스터로서 기상천외한 스킬들을 사용하고, 타고난 전투 감각과 노력으로 갈고닦은 검술을 높은 수준에서 발휘했다.

거기에, 리치가 되면서 다양한 마법을 펼치는 한편으로 언데드 소환을 통해 아군을 끝없이 늘리고 있는 것이다.

막대한 생명력을 가진 것으로도 모자라 넘쳐 나는 흡수까지!

'미쳤다. 진심 사기 캐릭터야.'

'저런 괴물을 어떻게 죽여?'

헤르메스 길드 유저들도 위드의 실체를 뒤늦게나마 깨닫고 있었다.

조각사, 검사, 네크로맨서가 합쳐지니 단점이라곤 존재하지 않는 것만 같았다.

TO BE CONTINUED